TRILOGÍA DE FUNDACIÓN

Isaac Asimov

Trilogía de Fundación

Fundación
Fundación e Imperio
Segunda Fundación

Traducción de
Manuel de los Reyes

ALAMUT

Título original:
Foundation
Foundation and Empire
Second Foundation
Traducción de Manuel de los Reyes

Ilustración de cubierta: Maciej Garbacz
Diseño de cubierta: Alejandro Terán

Primera edición: junio de 2012
Primera reimpresión: noviembre de 2015
Segunda reimpresión: septiembre de 2020
Tercera reimpresión: septiembre de 2021

© 2021 Alamut Bibliópolis SLU
Alcalá, 387
28027 - Madrid
infoed@alamutediciones.com

IBIC: FLC
ISBN: 978-84-9889-064-8
Depósito legal: M-17989-2012

Impreso por Romanyà Valls

Impreso en España
Printed in Spain

Fundación

Para mi madre,
que me debe no pocas de sus canas

Primera parte

Los psicohistoriadores

1

HARI SELDON: [...] nacido el año 11988 de la Era Galáctica; fallecido en 12069. Es práctica común expresar las fechas en consonancia con la Era Fundacional en curso, p.ej., -79 con respecto al año 1 E. F. Criado en el seno de una familia de clase media en Helicon, en el sector de Arcturus (donde su padre, según una leyenda de dudosa veracidad, cultivaba tabaco en las centrales hidropónicas del planeta), pronto demostró poseer un talento asombroso para las matemáticas. Las anécdotas inspiradas en su habilidad son innumerables, y en algunos casos contradictorias. Se dice que cuando contaba dos años de edad [...]

[...] Es indudable que sus principales aportaciones se produjeron en el ámbito de la psicohistoria. Cuando Seldon entró en contacto con la disciplina, ésta era poco más que un montón de vagos axiomas; gracias a él se transformó en una rigurosa ciencia estadística [...]

[...] Por lo que a los pormenores de su vida respecta, la mayor autoridad existente es la biografía escrita por Gaal Dornick, quien de joven conoció a Seldon dos años antes de que el genial matemático falleciera. La historia del encuentro [...]

ENCICLOPEDIA GALÁCTICA*

Se llamaba Gaal Dornick y era un simple chico de campo que nunca antes había pisado Trantor. Literalmente hablando, al menos. Sí que lo había visto muchas veces en el hipervídeo, y de forma ocasional en los espectaculares noticiarios tridimensionales que cubrían alguna coronación imperial o la inauguración de un consejo galáctico. Que jamás hubiera salido del planeta Synnax, el cual orbitaba alrededor de una estrella en los confines del Cúmulo Azul, no quería decir que estuviera aislado de la civilización. Por aquel entonces, ningún rincón de la Galaxia lo estaba.

Era una época en la que la Galaxia contenía cerca de veinticinco millones de mundos habitados, y hasta el último de ellos debía lealtad al Imperio con sede en Trantor. Fue el último medio siglo del que se pudo afirmar algo así.

---

* Todas las citas de la Enciclopedia Galáctica aquí reproducidas están extraídas de la 116ª edición, publicada en 1020 E. F. por la empresa editorial de la Enciclopedia Galáctica S.A., Terminus, con permiso de sus responsables.

Para Gaal, este viaje constituía la cima indiscutible de su joven vida, consagrada a los estudios. Puesto que ya había estado antes en el espacio, la travesía era un mero desplazamiento entre dos puntos sin mayor importancia para él. Cierto es que sus anteriores excursiones se habían circunscrito al único satélite de Synnax, con el objetivo de recabar información sobre la mecánica de la deriva meteórica con la que documentar su disertación, pero quien surcaba el espacio una vez ya lo había visto todo, daba igual que se recorrieran quinientos mil kilómetros u otros tantos años luz.

Eso no impedía que anticipara con cierta ansiedad el salto a través del hiperespacio, un fenómeno que no se experimentaba en los viajes interplanetarios corrientes. «Saltar» todavía era, y probablemente seguiría siéndolo siempre, la única forma práctica de surcar las estrellas. La velocidad estándar de la luz limitaba cuán deprisa se podía recorrer el espacio (uno de los escasos hechos científicos que perduraban desde el remoto albor de la historia de la humanidad), lo que significaba que llegar siquiera al más próximo de los sistemas habitados requeriría años de travesía. En el hiperespacio, esa región inaprehensible que no era ni espacio ni tiempo, ni materia ni energía, ni algo ni nada, uno podía ir de un confín de la Galaxia a otro en el intervalo que mediaba entre dos instantes adyacentes.

Aunque Gaal había aguardado con aprensión el primero de dichos saltos, éste resultó no ser más que un leve estremecimiento, una sacudida interna casi inapreciable que terminó antes de que pudiera cerciorarse de haberla sentido. Eso fue todo.

Después de aquello no quedaba sino la nave, gigantesca y resplandeciente, el frío fruto de los 12.000 años de avances tecnológicos del Imperio; y él, con su recién obtenido doctorado en matemáticas y una invitación del gran Hari Seldon para acudir a Trantor y entrar a formar parte del ambicioso y no exento de misterio proyecto que llevaba su nombre.

Divisar por fin Trantor era lo que más ilusión le hacía a Gaal tras la decepción que había supuesto el salto. No salía de la sala de observación. Puesto que las persianas de acero estaban programadas para levantarse a intervalos regulares, él se las apañaba para encontrarse siempre presente en esas ocasiones a fin de admirar el despiadado fulgor de los astros, o para deleitarse con la espectacular evanescencia de un cúmulo estelar semejante a una gigantesca aglomeración de luciérnagas que alguien hubiera capturado en movimiento y petrificado para la posteridad. En cierta ocasión, el celeste vaporoso de una nebulosa de gas que distaba cinco años luz de la nave se extendió por la ventana como leche derramada a lo lejos, inundando la estancia con un tinte glacial antes de perderse de vista al cabo de dos horas, después de otro salto.

La primera impresión que daba el sol de Trantor era la de ser una mota blanca prácticamente perdida entre una miríada de puntitos iguales, reconocible tan sólo gracias a las indicaciones del navegador de a bordo. Las estrellas se masificaban en el centro de la Galaxia. Pero cada nuevo salto hacía que ésta brillara con más intensidad, eclipsando a las demás, diluyéndolas y difuminándolas.

Un oficial entró en la habitación y anunció:

—La sala de observación permanecerá cerrada durante el resto del trayecto. Nos disponemos a aterrizar.

Gaal había salido detrás de él, agarrado a la manga del uniforme que lucía el emblema de la nave espacial y el sol del Imperio.

—¿No podría quedarme? Me gustaría ver Trantor.

El oficial esbozó una sonrisa y Gaal se ruborizó, al tiempo que se le ocurría que debía de haber hablado con un inconfundible acento provinciano.

—Nos posaremos en Trantor por la mañana.

—Me refiero a que me gustaría verlo desde el espacio.

—Ah. Lo siento, muchacho. Tal cosa sería factible si esto fuera un yate espacial, pero hemos emprendido el descenso en espiral por la cara del sol. No olvides que la radiación podría abrasarte, cegarte y dejarte cubierto de cicatrices.

Gaal empezó a alejarse.

—Además —añadió el oficial a su espalda—, Trantor no sería nada más que un borrón gris, muchacho. ¿Por qué no contratas una visita espacial guiada cuando estemos en tierra? Son muy asequibles.

—Se lo agradezco —respondió Gaal, volviendo la vista atrás.

Sabía que la desilusión que lo embargaba era algo infantil, pero lo infantil es potestad de los adultos tanto como de los niños, y Gaal no podía evitar que se le hubiera formado un nudo en la garganta. Nunca había contemplado Trantor en todo su esplendor, al natural, y le costaba imaginar que la interminable espera aún tuviera que seguir prolongándose.

2

La nave aterrizó envuelta en una maraña de ruidos: el siseo lejano de la atmósfera rasgada que se deslizaba por el casco metálico de la nave; el ronroneo incesante de los refrigeradores enfrentados al calor producido por la fricción y el retumbo acompasado de la desaceleración forzada por los motores; el murmullo de las personas que se congregaban en las salas de desembarco y el rechinar de los ascensores que izaban maletas, sacas de correo y cajas al eje alargado de la nave, desde donde se trasladarían más tarde a la plataforma de descarga.

Gaal sintió la leve sacudida que indicaba que la nave había perdido su independencia motriz. La gravedad planetaria llevaba horas suplantando a la de a bordo. Miles de pasajeros se habían armado de paciencia y aguardaban sentados en las salas de desembarco, habitáculos que se mecían con suavidad sobre campos de fuerza no rígidos para ajustar su orientación al capricho de las fuerzas gravitacionales. En estos momentos descendían por rampas curvadas en dirección a las grandes escotillas abiertas.

Una vez en cubierta Gaal, que viajaba ligero de equipaje, esperó mientras éste era registrado y reordenado de nuevo con rapidez y eficiencia. Apenas prestó atención cuando le inspeccionaron y sellaron el visado.

¡Estaba en Trantor! El aire daba la impresión de ser un poco más denso que en su planeta natal, y también la gravedad parecía ser ligeramente superior a la de Synnax, pero sabía que terminaría por aclimatarse. Dudaba, en cambio, que algún día lograra acostumbrarse a la inmensidad.

El edificio de desembarco era gigantesco. El tejado prácticamente se perdía de vista en las alturas. A Gaal no le extrañaría que se concentraran las nubes al amparo de su enormidad. No se veía ninguna pared al fondo de la sala, tan sólo gente y ventanillas, y un suelo que se extendía hasta tornarse borroso a lo lejos.

El empleado de la ventanilla estaba hablando de nuevo. Parecía enfadado.

—Apártese, Dornick. —Tuvo que abrir el visado y volver a mirar para recordar el nombre.

—¿Dónde... dónde...? —balbució Gaal.

El inspector apuntó con un pulgar por encima del hombro.

—Encontrará taxis a la derecha y la tercera a la izquierda.

Gaal se puso en marcha, contemplando las brillantes cintas etéreas suspendidas en el vacío donde se podía leer: TAXIS A TODAS DIRECCIONES.

Una figura se separó de la multitud anónima y se detuvo frente al mostrador mientras Gaal se alejaba. El empleado de la ventanilla levantó la cabeza y asintió sucintamente. El recién llegado imitó su gesto y partió tras los pasos del joven inmigrante.

Llegó a tiempo de oír cuál era su destino.

Gaal se tropezó con una barandilla.

En ella, un cartelito rezaba: «Supervisor». Sin levantar la cabeza, la persona a la que hacía referencia el letrero preguntó:

—¿Adónde?

Aunque Gaal no nadaba precisamente en la abundancia, sería sólo por esta noche, y después tendría un sueldo fijo.

—A un hotel de los buenos, por favor —respondió, intentando aparentar confianza.

El supervisor no se dejó impresionar.

—Todos lo son. Nombre uno.

Desesperado, Gaal replicó:

—Al que esté más cerca, si es tan amable.

El supervisor oprimió un botón. En el suelo se formó una fina línea de luz que zigzagueó entre otras igualmente parpadeantes de distintos tonos y colores. El billete que cayó en las manos de Gaal emitía un suave fulgor.

—Uno con doce —anunció el supervisor.

Mientras escarbaba en los bolsillos en busca de monedas, Gaal preguntó:

—¿Adónde me dirijo?

—Siga la luz. El billete no dejará de brillar mientras camine en la dirección adecuada.

Gaal levantó la cabeza y echó a andar. Cientos de personas hormigueaban por la vasta superficie, cada una de ellas siguiendo su propio rastro luminoso, agolpándose y dispersándose en las intersecciones camino de sus respectivos destinos.

Al final de su rastro particular había un hombre, resplandeciente e impecable en su uniforme de plastotextil azul y amarillo chillón a prueba de manchas, que levantó las dos maletas de Gaal.

—Línea directa al Luxor —dijo.

La sombra de Gaal lo oyó, igual que oyó el «está bien» con que respondió Gaal y lo vio entrar en el vehículo de morro achatado.

El taxi despegó verticalmente con Gaal asomado a la ventana curvada, maravillado por la sensación que le producía volar dentro de una estructura cerrada y aferrado instintivamente al respaldo del asiento del conductor. La enormidad se contrajo y las personas se convirtieron en hormigas distribuidas sin orden ni concierto. El escenario se redujo más aún y empezó a deslizarse hacia atrás.

Había un muro frente a ellos. Nacía a gran altura y se elevaba hasta perderse de vista. Estaba trufado de agujeros que eran bocas de túneles. El taxi de Gaal avanzó hacia uno de ellos y se introdujo en él sin aminorar la marcha. Distraídamente, Gaal se preguntó cómo era posible que el conductor supiera cuál debía elegir entre tantos.

La negrura lo envolvía todo ahora, interrumpida tan sólo por el centelleo ocasional de los letreros luminosos que rompían la oscura monotonía. Un silbido atronador inundaba el aire.

Gaal se inclinó hacia delante para combatir la fuerza de la desaceleración cuando el taxi salió del túnel como un tapón de corcho del cuello de una botella y descendió una vez más al nivel del suelo.

—El hotel Luxor —anunció sin necesidad el conductor, que ayudó a Gaal con el equipaje, aceptó la propina de un décimo de crédito sin inmutarse, recogió a otro pasajero que estaba esperando y remontó el vuelo.

En todo este tiempo, desde el momento del desembarco, Gaal no había vislumbrado ni un resquicio de cielo.

3

TRANTOR: [...] Fue a comienzos del decimotercer milenio cuando esta tendencia alcanzó su clímax. Como sede del gobierno imperial durante cientos de generaciones sin interrupción y emplazado en las regiones centrales de la Galaxia, entre los mundos de mayor densidad demográfica y con las industrias más avanzadas del sistema, era inevitable que se convirtiera en el foco de humanidad más nutrido y variado que la especie hubiera visto jamás.

El imparable proceso de urbanización por fin había tocado a su fin. Los 195.000.000 de kilómetros cuadrados de la superficie de Trantor eran una sola ciudad. En su punto máximo, el número de habitantes superaba con creces los cuarenta mil millones. Esta inconmensurable población se dedicaba prácticamente en exclusiva a satisfacer las necesidades administrativas del Imperio, y aun así, la complejidad de la tarea hacía que resultara insuficiente. (Cabe recordar que la imposibilidad de una administración eficaz del Imperio Galáctico durante el poco inspirado mandato de los últimos emperadores fue uno de los factores determinantes de la Caída.) A diario, flotas de naves espaciales que se contaban por decenas de miles acercaban a las mesas de Trantor los productos de veinte planetas agrícolas [...]

Su dependencia de los mundos exteriores, tanto para alimentarse como para afrontar los demás requisitos imprescindibles para la subsistencia, hacía de Trantor un objetivo susceptible de ser conquistado mediante el asedio. Durante el transcurso del último milenio del Imperio, las incesantes revueltas populares intentaron llamar la atención de un emperador tras otro sobre este hecho, y la política imperial se redujo a poco más que la protección de la delicada yugular de Trantor [...]

ENCICLOPEDIA GALÁCTICA

Gaal no sabía si brillaba el sol ni, ya puestos, si era de día o de noche. Le daba vergüenza preguntar. Era como si un techo metálico cubriera el planeta entero. La comida de la que acababa de dar cuenta llevaba la etiqueta de «almuerzo», pero muchos mundos se regían por una escala temporal estándar que de ningún modo acataba la sucesión de los ciclos diurno y nocturno, en ocasiones inconveniente. Las velocidades de giro planetarias diferían, y no sabía cuál era la de Trantor.

Al principio, ilusionado, había seguido los carteles que prometían un «solario», el cual resultó no ser más que una cámara en la que exponerse a radiaciones artificiales. Se quedó allí un momento antes de volver al vestíbulo principal del Luxor.

—¿Dónde se pueden adquirir los billetes para una visita planetaria guiada? —le preguntó al recepcionista.

—Aquí mismo.

—¿Y cuándo empezaría?

—Se la acaba de perder. Mañana habrá otra. Compre su billete ahora y le reservaremos una plaza.

—Vaya. —Mañana sería demasiado tarde. Mañana tendría que estar en la universidad—. ¿Y no habría una torre de observación o algo? Me refiero al aire libre.

—¡Claro que sí! Le puedo proporcionar una entrada para eso, si lo prefiere. Pero antes déjeme comprobar que no esté lloviendo. —Cerró un contacto con el codo y estudió los caracteres flotantes que empezaron a deslizarse por una pantalla escarchada. Gaal fue leyendo a la vez que él—. El tiempo es apacible. Ahora que lo pienso, me parece que ya ha empezado la estación seca. Lo que es a mí —añadió con campechanería—, el exterior no me llama. Hace tres años que no salgo al aire libre. Cuando se ha visto una vez, ya sabe, se ha visto todo. Tenga, su ticket. Hay un ascensor especial en la parte de atrás. Verá un cartel donde pone: «A la torre». No tiene pérdida.

El ascensor era un modelo nuevo que funcionaba mediante un sistema de repulsión gravitacional. Gaal montó en él seguido de varias personas más. El operador cerró un contacto. Por un momento, Gaal se sintió suspendido en el espacio cuando el valor de la gravedad se convirtió en cero, antes de recuperar una pequeña cantidad de su peso con la aceleración ascendente del ascensor. A continuación, con la desaceleración, sus pies abandonaron el suelo. Se le escapó un gritito.

—Meta los pies debajo de la barandilla —le indicó el operador—. ¿Es que no ha leído el letrero?

Eso era lo que habían hecho los demás, que sonrieron ante sus desesperados y vanos intentos por gatear pared abajo. Tenían los zapatos enganchados en las barandillas cromadas que surcaban el suelo en paralelo, separadas por medio metro de distancia. Aunque Gaal las había visto al entrar, no les había prestado la menor atención.

Sintió cómo una mano tiraba de él hacia abajo.

Dio las gracias, jadeando, mientras el ascensor frenaba hasta detenerse.

Salió a una terraza abierta, bañada en un resplandor blanco que hacía daño a los ojos. El hombre de cuya mano amiga acababa de beneficiarse, situado inmediatamente detrás de él, dijo con voz cordial:

—Hay asientos de sobra.

Gaal cerró la boca, que llevaba abierta un buen rato, y respondió:

—Eso parece. —Encaminó sus pasos hacia ellos, pero se detuvo—. Si no le importa, me quedaré un momento en la barandilla. Me... me gustaría echar un vistazo.

Cuando el hombre mostró su conformidad con un ademán amistoso, Gaal se asomó a la barandilla que le llegaba a los hombros para admirar el panorama.

No se veía el suelo. Las complejas estructuras construidas por el hombre lo ocultaban. El único horizonte que se apreciaba era el del metal contra el firmamento, extendiéndose hasta adquirir un gris casi uniforme. Gaal sabía que sería igual en toda la superficie sólida del planeta. Apenas se detectaba movimiento —un puñado de naves de recreo se recortaban contra el cielo—, pero sabía que la epidermis metálica del mundo ocultaba el bullicio de miles de millones de almas.

No había ni rastro de verdor; ni plantas, ni tierra fértil, la única vida era humana. Recordó que en alguna parte debía de estar el palacio del emperador, emplazado en medio de doscientos cincuenta kilómetros cuadrados de suelo natural, con árboles verdes y flores arco iris. Una isla diminuta perdida en un océano de acero que no se podía ver desde su atalaya. Quizá estuviera a diez kilómetros de distancia. No lo sabía.

Dentro de poco obtendría su visita guiada.

Exhaló un ruidoso suspiro, pensando que por fin estaba en Trantor, en el planeta que era el centro de la Galaxia y el corazón de la especie humana. Ninguno de sus defectos era aparente. No estaba aterrizando ninguna nave cargada de alimentos. Nada insinuaba la yugular que tan delicadamente conectaba a los cuarenta mil millones de habitantes de Trantor con el resto de la Galaxia. Lo único que se exhibía ante él era el mayor logro de la humanidad, la conquista absoluta de un mundo, prácticamente humillante de puro definitiva.

Impresionado, apartó la mirada. Su amigo del ascensor estaba indicando un asiento junto a él, y Gaal lo tomó.

—Me llamo Jerril —se presentó el hombre, con una sonrisa—. ¿Es tu primera vez en Trantor?

—Sí, señor Jerril.

—Me lo imaginaba. Jerril es mi nombre de pila. Trantor siempre deslumbra a quienes poseen un temperamento poético. Los trantorianos, sin embargo, nunca suben aquí. No les gusta. Les pone nerviosos.

—¡Nerviosos! Me llamo Gaal, por cierto. ¿Por qué tendría que ponerles nerviosos? Es espectacular.

—Una opinión subjetiva, Gaal. Cuando uno nace en un cubículo, se cría en un pasillo, trabaja en una celda y disfruta de sus vacaciones en un solario atestado, salir al aire libre sin nada más que el cielo sobre su cabeza bastaría para provocarle una crisis nerviosa. Hacen que los niños vengan aquí arriba una vez al año, después de haber cumplido los cinco. No sé si sirve de algo. Lo cierto es que sólo entienden una pequeña parte de lo que ven, y las primeras veces se ponen histéricos y gritan hasta quedarse afónicos. Las excursiones deberían tener carácter semanal y ser obligatorias desde el destete.

»También es verdad —prosiguió tras una breve pausa— que no cambiaría en nada las cosas. ¿Qué más daría que no salieran jamás? Desde ahí abajo dirigen el Imperio y son felices. ¿A qué altura dirías que nos encontramos?

—¿Ochocientos metros? —aventuró Gaal, preguntándose si no estaría pecando de ingenuo.

Debía de ser ése el caso, pues Jerril soltó una risita y replicó:

—No. Tan sólo ciento cincuenta.

—¿Qué? Pero si el ascensor tardó como...

—Ya lo sé. Pero la mayor parte del trayecto se consumió subiendo al nivel del suelo. Los túneles de Trantor se extienden a unos dos kilómetros bajo tierra. Es como un iceberg, oculto en sus nueve décimas partes. Se extiende incluso varios kilómetros hacia lo que antaño fuera el lecho oceánico, en las costas. A decir verdad, la diferencia de temperatura entre el nivel del suelo y un par de kilómetros más abajo nos proporciona toda la energía que necesitamos. ¿Lo sabías?

—No. Creía que utilizabais generadores atómicos.

—Así era antes. Pero de este modo se reducen los costes.

—Me lo imagino.

—¿Qué opinas de todo esto? —La sonrisa cordial de Jerril se tiñó de picardía, confiriéndole un aspecto ligeramente taimado.

Gaal se esforzó por encontrar la palabra adecuada.

—Espectacular —musitó.

—¿Has venido de vacaciones? ¿Viaje? ¿Turismo?

—No exactamente... Siempre había querido visitar Trantor, pero estoy aquí principalmente por motivos de trabajo.

—¿Sí?

Gaal se sintió en la obligación de explicarse.

—Colaboro con el proyecto del doctor Seldon en la Universidad de Trantor.

—¿Seldon el Cuervo?

—No, no. Me refiero a Hari Seldon... Seldon, el psicohistoriador. No sé nada de ningún cuervo llamado Seldon.

—A Hari me refería. Lo llaman el Cuervo. Es argot, ya sabes. Como no deja de predecir desastres...

—¿Eso hace? —La sorpresa de Gaal era auténtica.

—Tú deberías saberlo, ¿no? —Jerril había dejado de sonreír—. Al fin y al cabo, vas a trabajar para él.

—Bueno, sí, en calidad de matemático. ¿Cómo que predice desastres? ¿De qué tipo?

—¿Tú qué crees?

—Me temo que no tengo la menor idea. He leído los ensayos publicados por el doctor Seldon y su equipo, y todos versan sobre teorías matemáticas.

—Sí, los publicados.

—Creo que va siendo hora de que me retire a mi habitación —dijo Gaal, irritado—. Encantado de conocerte.

Jerril agitó un brazo con indiferencia a modo de despedida.

Gaal se encontró con que había alguien esperándolo en su cuarto. Su sobresalto fue tal que tardó unos instantes en formular la inevitable pregunta que afloró a sus labios:

—¿Qué hace usted aquí?

El desconocido se puso de pie. Era anciano, estaba casi completamente calvo y cojeaba al andar, pero sus ojos azules brillaban rebosantes de vida.

—Soy Hari Seldon —se presentó un momento antes de que las aturulladas neuronas de Gaal relacionaran aquel rostro con el recuerdo de las innumerables ocasiones en que lo había visto retratado.

16

4

PSICOHISTORIA: [...] Gaal Dornick, valiéndose de conceptos no matemáti-
cos, define la psicohistoria como aquella rama de las matemáticas que estu-
dia la reacción de los conglomerados humanos a determinados estímulos
sociales y económicos [...]

[...] Todas estas definiciones dan por sentado que el conglomerado hu-
mano en cuestión es lo suficientemente numeroso como para poseer un va-
lor estadístico representativo. El tamaño mínimo de estos conglomerados
puede determinarse según el Primer Teorema de Seldon, el cual [...] Otro
requisito imprescindible sería la ignorancia del análisis psicohistórico por
parte del conglomerado humano, a fin de que sus reacciones sean verdade-
ramente aleatorias [...]

La base de toda psicohistoria válida se encuentra en el desarrollo de las
Funciones de Seldon, las cuales exhiben propiedades congruentes con las
de fuerzas sociales y económicas como [...]

ENCICLOPEDIA GALÁCTICA

—Buenas tardes —dijo Gaal—. Me... me...

—¿Se creía que no íbamos a vernos hasta mañana? Así habría sido, en circunstancias normales. Lo que ocurre es que, si queremos utilizar sus servicios, debemos apresurarnos. Conseguir reclutas se está volviendo cada vez más complicado.

—No lo entiendo.

—¿No es cierto que estuvo hablando con un hombre en la torre de observación?

—Sí. Su nombre de pila es Jerril. No sé nada más de él.

—Su nombre no es nada. Se trata de un agente de la Comisión de Seguridad Pública. Lleva siguiéndolo desde que salió del espaciopuerto.

—¿Pero por qué? Me temo que no entiendo nada.

—El hombre de la torre, ¿no dijo nada acerca de mí?

Gaal titubeó antes de responder:

—Se refirió a usted como «Seldon el Cuervo».

—¿Le dijo por qué?

—Dijo que predecía desastres.

—Así es. ¿Qué significado tiene para usted Trantor?

Era como si a todo el mundo le interesara su opinión sobre Trantor, mientras que Gaal sólo atinaba a recurrir una y otra vez al mismo calificativo:

—Espectacular.

—Habla usted sin pararse a pensar. ¿Qué hay de la psicohistoria?

—No se me había ocurrido aplicarla a este problema.

—Cuando usted y yo nos separemos, muchacho, habrá aprendido a aplicar la psicohistoria a todos los problemas por acto reflejo. Fíjese. —Seldon sacó una calculadora de la bolsita de su cinturón. Se decía que guardaba una debajo de la almohada para entretenerse cuando lo eludía el sueño. El acabado, gris y lustroso, se veía ligeramente desgastado por el uso. Los ágiles dedos de Seldon, moteados ya por la edad, se deslizaron por la rígida carcasa de plástico. Unos símbolos rojos refulgieron sobre el fondo gris—. Eso representa la condición del Imperio en estos momentos.

Se quedó esperando.

Al cabo, Gaal repuso:

—Es imposible que se trate de una representación exhaustiva.

—Es incompleta, cierto —reconoció Seldon—. Me alegra que no se fíe a ciegas de mi palabra. Sin embargo, es una forma práctica de representar la teoría. ¿Le parece mejor así?

A lo que Gaal, en un intento por eludir cualquier posible encerrona, repuso:

—Sí, siempre y cuando luego pueda verificar la derivación de la función.

—Bien. Sumemos a esto la probabilidad conocida de un asesinato imperial, una revuelta virreinal, la actual recurrencia de periodos de recesión económica, el declive en la tasa de exploraciones planetarias, la...

Siguió enumerando. Conforme mencionaba una nueva variable iban añadiéndose símbolos que surgían al contacto de sus dedos para fundirse en la función básica, que no dejaba de expandirse y cambiar.

Gaal sólo lo interrumpió una vez, para decir:

—No entiendo la validez de esa transformación de conjuntos.

Seldon volvió a repetirla, más despacio.

—Pero eso obedece a una socio-operación prohibida —protestó Gaal.

—Bien. Es usted rápido, aunque no lo suficiente. En esta conexión no está prohibida. Permítame demostrarlo mediante expansiones.

El proceso distaba de haber llegado a su fin, y cuando lo hizo, Gaal tuvo que admitir humildemente:

—Sí, ahora lo veo claro.

Seldon había terminado.

—Esto es Trantor dentro de cinco siglos. ¿Cómo lo interpreta? ¿Eh? —Ladeó la cabeza, expectante.

—¡Una devastación absoluta! —exclamó incrédulo Gaal—. Pero... pero eso es imposible. Trantor nunca ha estado...

—Bueno, tranquilícese. —Seldon hacía gala de una intensidad propia de alguien cuya edad sólo había logrado hacer mella en su cuerpo—. Acaba de ver cómo se llega a este resultado. Expréselo con palabras. Olvídese de simbolismos por ahora.

—A medida que Trantor continúa especializándose —empezó Gaal—, aumenta su vulnerabilidad, es menos capaz de valerse por sus propios medios. Más aún, cuanta más relevancia adquiere como centro administrativo del Imperio, mayor es su valor como trofeo. Ante la creciente incertidumbre que rodea la cuestión de la sucesión imperial, las disputas entre las familias más importantes se disparan y la responsabilidad social desaparece.

—Ya es suficiente. ¿Y qué hay de la probabilidad numérica de una devastación absoluta dentro de cinco siglos?

—No sabría decirlo.

—Pero sabrá realizar una diferenciación de campo.

Gaal se sentía sometido a mucha presión. Seldon no le ofreció la calculadora, que sostenía a un palmo de sus ojos. La frente se le perló de sudor mientras lidiaba mentalmente con los números.

—¿Alrededor del 85%?

—No está mal —dijo Seldon, impulsando el labio inferior hacia fuera—, pero tampoco es correcto. La cifra exacta es 92,5%.

—¿Y por eso le llaman Seldon el Cuervo? En los ensayos no se menciona nada de todo esto.

—Por supuesto que no. Esto es impublicable. ¿Cree que el Imperio puede desvelar sus flaquezas así como así? Lo que acaba de ver es un sencillo caso práctico de psicohistoria. Pero algunos de nuestros resultados se han filtrado a la aristocracia.

—Eso es horrible.

—No necesariamente. Se han tenido en cuenta todos los factores.

—Entonces, ¿así se explica que estén siguiéndome?

—En efecto. Todo lo relacionado con mi proyecto está siendo investigado.

—¿Corre usted peligro, señor?

—Ya lo creo. La probabilidad de que me ejecuten es del 1,7%, pero eso, naturalmente, no detendrá el proyecto. También lo hemos tenido en cuenta. En fin, da igual. ¿Nos veremos mañana en la universidad?

—Allí estaré —respondió Gaal.

5

COMISIÓN DE SEGURIDAD PÚBLICA: [...] La camarilla aristocrática llegó al poder tras el asesinato de Cleón I, último de los Entun. Por regla general, los nobles supieron dar ejemplo de orden durante los siglos de inestabilidad e incertidumbre que sacudieron el Imperio. Bajo el dominio de las grandes familias de los Chen y los Divart, sin embargo, esta cualidad degeneró en la mayoría de los casos hasta convertirse en una obsesión ciega por preservar el statu quo [...] Su influencia a la hora de tomar decisiones de estado no sería eliminada por completo hasta que ascendió al trono el último emperador firme, Cleón II. El primer comisionado general [...]

[...] En cierto modo, los orígenes del declive de la Comisión podrían rastrearse hasta el juicio contra Hari Seldon, celebrado dos años antes del comienzo de la Era Fundacional. Dicho juicio se describe en la biografía de Hari Seldon elaborada por Gaal Dornick [...]

ENCICLOPEDIA GALÁCTICA

Gaal faltó a su palabra. Un zumbido apagado lo despertó a la mañana siguiente. Al responder a la llamada, la voz del recepcionista, tan baja, educada y desaprobatoria como cabía esperar, lo informó de que quedaba arrestado por orden de la Comisión de Seguridad Pública.

Gaal se levantó de un salto, corrió hasta la puerta y descubrió que ésta ya no se abría. Lo único que podía hacer era vestirse y esperar.

Vinieron a por él y se lo llevaron a otro sitio, aunque seguía estando detenido. Lo interrogaron con suma cordialidad. Todo era muy civilizado. Gaal explicó que era oriundo de Synnax; que había estudiado en tal y tal facultad, y que se había doctorado en matemáticas en tal y tal fecha. Había solicitado un puesto en el equipo del doctor Seldon y lo había obtenido. Una y otra vez repitió los mismos detalles; y una y otra vez, sus interrogadores volvieron sobre la cuestión de su ingreso en el Proyecto Seldon. Cómo se había enterado de su existencia, cuál sería su cometido, qué instrucciones secretas había recibido, de qué iba todo aquello.

Gaal respondió que no lo sabía. No le habían dado instrucciones secretas. Era un estudioso, un matemático. No le interesaba la política.

Al cabo, el amable inquisidor preguntó:

—¿Cuánto falta para la destrucción de Trantor?

Gaal titubeó.

—No sabría decirlo.

—¿Sabría decirlo otra persona?

—¿Cómo podría hablar por boca de otro? —Gaal empezaba a sentirse sofocado.

El inquisidor insistió:

—¿Le ha hablado alguien de dicha destrucción? ¿Alguien le ha sugerido una fecha? —Al ver que el joven vacilaba, continuó—: Hemos estado siguiéndolo, doctor. Estábamos en el aeropuerto cuando llegó; en la torre de observación mientras esperaba usted a su cita; y, como es lógico, pudimos escuchar la conversación que mantuvo con el doctor Seldon.

—En tal caso, sabrá ya lo que opina él sobre este asunto.

—Es posible. Pero nos gustaría oírselo decir a usted.

—Opina que Trantor será arrasado dentro de cinco siglos.

—¿Lo ha demostrado por medios... esto... matemáticos?

—Sí, en efecto —respondió Gaal, desafiante.

—Y supongo que usted mantiene que las... esto... matemáticas se sostienen.

—Si el doctor Seldon las da por válidas, deben de serlo.

—En tal caso, volveremos.

—Espere. Tengo derecho a un abogado. Exijo que se respeten mis derechos como ciudadano imperial.

—Así se hará.

Y así se hizo.

Fue un hombre alto el que entró algo más tarde, un hombre cuyo rostro parecía componerse en exclusiva de líneas verticales, tan enjuto que cabía preguntarse si habría sitio para una sonrisa entre sus mejillas.

Gaal levantó la cabeza. Se sentía sucio y extenuado. A pesar de que no llevaba ni treinta horas en Trantor, habían ocurrido muchas cosas.

—Me llamo Lors Avakim —se presentó el recién llegado—. El doctor Seldon me ha pedido que lo represente.

—¿Es cierto eso? Bueno, pues mire. Exijo hablar con el emperador de inmediato. Me están reteniendo sin motivo. Soy inocente de todo. ¡De todo! —Extendió las manos de golpe, con las palmas hacia abajo—. Tiene que solicitar audiencia con el emperador, ahora mismo.

Avakim estaba enfrascado en vaciar el contenido de una carpeta poco abultada en el suelo. Si Gaal hubiera tenido ánimo para ello, podría haber reconocido los formularios legales de celomet, unas finas láminas adaptadas para su inserción en los reducidos confines de una cápsula personal. También podría haber reconocido una grabadora portátil.

Sin prestar la menor atención a los exabruptos de Gaal, Avakim por fin le dirigió la mirada y dijo:

—La Comisión, como es lógico, nos estará apuntando con un haz espía para escuchar nuestra conversación. Es un recurso que va contra la ley, pero eso no les impedirá usarlo.

Gaal rechinó los dientes.

—Sin embargo —Avakim se sentó con parsimonia—, la grabadora que he dejado encima de la mesa... un instrumento cuyo aspecto es perfectamente corriente y que también desempeña su función original... posee la cualidad añadida de ser capaz de interferir con el haz espía. Se trata de algo que no descubrirán enseguida.

—De modo que puedo hablar.

—Por supuesto.

—Pues quiero ver al emperador.

En los labios de Avakim se dibujó una sonrisa glacial que, después de todo, resultó sí tener espacio en su enjuto semblante. Sus mejillas se arrugaron para hacerle sitio.

—Es usted de provincias.

—Pero no por ello menos ciudadano imperial. Con los mismos derechos que usted o cualquiera de los integrantes de la Comisión de Seguridad Pública.

—Sin duda, sin duda. Ocurre tan sólo que, como natural de las provincias que es, carece usted de la comprensión necesaria del funcionamiento de las cosas en Trantor. El emperador no recibe a nadie.

—¿A quién si no debería apelar para quejarme de la Comisión? ¿Existe otro procedimiento?

—No. No existe ningún recurso, en el sentido práctico de la palabra. Desde un punto de vista jurídico, podría usted apelar al emperador, pero éste no le concederá audiencia. El emperador de nuestros días no tiene nada que ver con los de la dinastía Entun, entiéndalo. Me temo que Trantor está en manos de las familias aristocráticas, cuyos miembros constituyen en gran medida la Comisión de Seguridad Pública. Se trata de un desarrollo de los acontecimientos que la psicohistoria supo predecir con gran acierto.

—¿Es cierto eso? —replicó Gaal—. En tal caso, ya que el doctor Seldon puede predecir la historia de Trantor a quinientos años vista...

—Puede predecirla hasta mil quinientos años en el futuro.

—Que sean mil quinientos. ¿Por qué no pudo predecir ayer lo que iba a ocurrir esta mañana y ponerme sobre aviso? No, disculpe. —Gaal se sentó y apoyó la cabeza en la palma de una mano cubierta de sudor—. Comprendo perfectamente que la psicohistoria es una ciencia estadística y no puede predecir con exactitud el futuro de un solo individuo. Estoy muy nervioso, hágase cargo.

—Se equivoca usted. El doctor Seldon sospechaba que lo arrestarían esta mañana.

—¡Cómo!

—Lo lamento, pero así es. La agresividad de las actividades de la Comisión va en aumento. Las nuevas adhesiones a nuestro grupo son víctimas de un acoso cada vez menos encubierto. Según los gráficos, repercutiría en nuestro provecho que la tensión alcanzara su clímax ahora. Puesto que la Comisión estaba demorándose, el doctor Seldon lo visitó ayer para obligarles a reaccionar. No hubo otro motivo.

—Es indignante... —jadeó Gaal, consternado.

—Por favor. Era necesario. No lo han capturado por ninguna razón personal. Debe entender que los planes del doctor Seldon, basados en las matemáticas desarrolladas a lo largo de dieciocho años, contemplan todas las eventualidades con probabilidades significativas. Ésta es una de ellas. Mi presencia aquí obedece únicamente a nuestro afán por garantizarle que no tiene nada que temer. Todo terminará bien; para el proyecto, casi con toda seguridad; y para usted, con una probabilidad razonable.

—¿Cuáles son las cifras? —quiso saber Gaal.

—Para el proyecto, más del 99,9%.

—¿Y para mí?

—Se me ha confiado que esa probabilidad es del 77,2%.

—En tal caso, la probabilidad de que me encarcelen o me ejecuten es más de una entre cinco.

—Eso último está por debajo del uno por ciento.

—Claro. Los cálculos relativos a una sola persona no significan nada. Dígale al doctor Seldon que venga a verme.

—Por desgracia, no puedo. El doctor Seldon también se encuentra detenido.

La puerta se abrió de par en par antes de Gaal pudiera hacer algo más que ponerse de pie y empezar a articular un grito. Entró un guardia que se acercó a la mesa, cogió la grabadora, la examinó desde todos los ángulos y se la guardó en el bolsillo.

—Necesito ese instrumento —dijo tranquilamente Avakim.

—Le proporcionaremos otro que no emita campos de estática, consejero.

—En tal caso, doy por concluida esta entrevista.

Dicho lo cual se fue y dejó solo a Gaal.

6

No hacía tanto que había empezado a celebrarse el juicio (al menos eso suponía Gaal que era, aunque a efectos legalistas guardara escaso parecido con las elaboradas técnicas procesales sobre las que había leído). Tan sólo era la tercera jornada. Y sin embargo, la memoria de Gaal empezaba ya a tener problemas para remontarse a sus comienzos.

Con su persona específicamente habían sido bastante compasivos. La artillería pesada estaba apuntada contra el doctor Hari Seldon, quien, por su parte, se mantenía imperturbable en su asiento. A los ojos de Gaal, era el único vestigio de estabilidad que quedaba en el mundo.

El escaso público había sido seleccionado en exclusiva entre los barones del Imperio. La prensa y la población civil estaban excluidas, y era poco probable que el número de personas al corriente de que estaba juzgándose a Seldon fuera significativo. Reinaba un ambiente de hostilidad indisimulada contra los encargados de la defensa.

Había cinco miembros de la Comisión de Seguridad Pública sentados detrás de la mesa elevada, vestidos con uniformes escarlatas y dorados, y tocados con los brillantes y ceñidos gorros de plástico que simbolizaban su autoridad judicial. Ocupaba el centro el comisionado general Linge Chen. Gaal, que jamás había visto a un noble tan importante, lo observaba fascinado. Chen apenas había abierto la boca en todo el juicio, como si quisiera dar a entender que su dignidad estaba por encima de palabrerías.

El abogado de la Comisión consultó los apuntes y se reanudó el interrogatorio, con Seldon aún en el estrado.

P. Veamos, doctor Seldon. En estos momentos, ¿cuántas personas están implicadas en el proyecto que usted dirige?

R. Cincuenta matemáticos.

P. ¿Contando al doctor Gaal Dornick?

R. Con el doctor Dornick serían cincuenta y uno.

P. Ah, de modo que cincuenta y un implicados. Haga usted memoria, doctor Seldon. ¿No serán cincuenta y dos, o cincuenta y tres? ¿O incluso más?

R. El doctor Dornick todavía no se ha unido oficialmente a mi organización. Cuando lo haga, el número de integrantes será cincuenta y uno. En estos momentos es cincuenta, como ya he dicho antes.

P. ¿No serán cien mil, más bien?

R. ¿Matemáticos? No.

P. No hablo de matemáticos. Teniendo en cuenta todas las funciones, ¿serían cien mil?

R. Teniendo en cuenta todas las funciones, esa cifra podría ser correcta.

P. ¿«Podría ser»? Yo afirmo que lo es. Afirmo que el número de personas implicadas en su proyecto asciende a noventa y ocho mil quinientas setenta y dos.

R. Creo que incluye mujeres y niños.

P. (levantando la voz) ¡Declaro que hay noventa y ocho mil quinientas setenta y dos personas! No hace falta ponerse quisquillosos.

R. Acepto las cifras.

P. (consultando sus notas) Olvidémonos de eso por ahora y abordemos otra cuestión en la que ya habíamos abundado. Doctor Seldon, ¿le importaría repetir sus teorías concernientes al futuro de Trantor?

R. No tengo inconveniente en reiterar cuantas veces haga falta que Trantor será un montón de escombros dentro de cinco siglos.

P. ¿No le parece que sus declaraciones rozan la deslealtad?

R. No, señor. La verdad científica está por encima de lealtades y deslealtades.

P. ¿Está seguro de que esa verdad científica se ve reflejada en sus declaraciones?

R. Lo estoy.

P. ¿En qué se basa para afirmarlo?

R. En las matemáticas de la psicohistoria.

P. ¿Podría demostrar la validez de dichas matemáticas?

R. Sólo ante otro matemático.

P. (con una sonrisa) Así pues, lo que asegura es que la naturaleza de su verdad es tan esotérica que escapa a la comprensión de las personas normales. Me parece a mí que la verdad debería ser un poco más clara, menos misteriosa, más accesible para la mente.

R. Para algunas mentes es perfectamente accesible. La física de la transferencia de energía, lo que se conoce como termodinámica, ha sido clara y transparente a lo largo de toda la historia de la humanidad desde tiempos remotos, lo que no impide que algunos de los presentes seguramente no supieran ni por dónde empezar a diseñar un motor. Y estoy refiriéndome a personas de inteligencia probada. Me extrañaría que los excelsos comisionados...

Llegado este punto, uno de los citados comisionados se inclinó hacia el abogado. Nadie oyó sus palabras, pero el siseo de su voz estaba teñido de aspereza. El abogado se ruborizó e interrumpió a Seldon.

P. No hemos venido a escuchar sermones, doctor Seldon. Supongamos que ha dejado clara su postura. Permítame sugerirle que sus catastrofistas predicciones podrían estar dirigidas a socavar la confianza de la ciudadanía en el gobierno imperial con intereses particulares.

R. No se da el caso.

P. Permítame sugerir asimismo que lo que usted se propone es afirmar

24

que el periodo de tiempo previo a la supuesta caída de Trantor estará plagado de toda clase de revueltas.

R. Eso es correcto.

P. Y que, mediante su mera predicción, usted espera desencadenar ese hecho, y conseguir así un ejército de cien mil personas a su disposición.

R. En primer lugar, eso es falso. Y aunque no lo fuera, la investigación demostrará que apenas diez mil de esas personas son varones en edad de combatir, ninguno de ellos con formación militar.

P. ¿Actúa usted en representación de otra parte?

R. No estoy a sueldo de nadie, letrado.

P. ¿No lo mueve ningún interés? ¿Sirve a la ciencia?

R. Así es.

P. En tal caso, explíquenos cómo. ¿Se puede cambiar el futuro, señor Seldon?

R. Evidentemente. Este tribunal podría volar por los aires dentro de unas horas, o no. Si lo hiciera, es indudable que el futuro cambiaría en algunos pequeños detalles.

P. No responda con evasivas, señor Seldon. La historia común de toda la especie humana, ¿se puede cambiar?

R. Sí.

P. ¿Con facilidad?

R. No. Con gran dificultad.

P. ¿Por qué?

R. La tendencia psicohistórica de un planeta repleto de personas contiene una inercia enorme. Para alterar su rumbo habría que enfrentarla a algo que poseyera una inercia parecida. Debería haber otras tantas personas implicadas o, si el número de participantes fuera relativamente pequeño, habría que darle al cambio un ingente margen de tiempo. ¿Lo entiende?

P. Me parece que sí. Trantor se salvará del desastre si el número de personas suficiente decide actuar para evitarlo.

R. Correcto.

P. ¿Cien mil personas, por ejemplo?

R. No, señor. Serían demasiado pocas.

P. ¿Está seguro?

R. Piense que Trantor tiene cuarenta mil millones de habitantes. Y tenga en cuenta además que la tendencia detonante de la catástrofe no es exclusiva de Trantor, sino que pertenece al Imperio en general, y el Imperio contiene cerca de un trillón de seres humanos.

P. Ya veo. Entonces, sería posible que cien mil personas modificaran la tendencia si ellas y sus descendientes se esforzaran durante quinientos años.

R. Me temo que no. Quinientos años es muy poco tiempo.

P. ¡Ah! En tal caso, doctor Seldon, podemos extraer la siguiente conclusión de sus declaraciones: ha reunido a cien mil personas dentro de los confines de su proyecto, pero éstas son insuficientes para cambiar la historia de Trantor en los próximos quinientos años. En otras palabras: hagan lo que hagan, no conseguirán evitar la devastación de Trantor.

R. Me temo que está en lo cierto.

P. Y, por otro lado, sus cien mil colaboradores no albergan ninguna intención criminal.

R. Correcto.

P. (despacio y con satisfacción) En ese caso, doctor Seldon... Preste mucha atención, pues esperamos que nos proporcione una respuesta meditada. ¿Cuál es la finalidad de sus cien mil colaboradores?

La voz del abogado se había vuelto estridente. Había hecho saltar la trampa; había arrinconado a Seldon; le había arrebatado astutamente la posibilidad de enunciar una respuesta satisfactoria.

El creciente murmullo de conversación que suscitaron sus palabras se propagó por las filas de asistentes hasta invadir el estrado de los comisionados, que se arracimaban cubiertos de escarlata y oro. Únicamente el comisionado general se mantenía impasible.

Hari Seldon, impertérrito, esperó a que se evaporara el clamor.

R. Minimizar los efectos de la devastación.

P. ¿Y cómo se propone conseguirlo, exactamente?

R. La explicación es muy sencilla. La inminente destrucción de Trantor no es un hecho aislado dentro del esquema del desarrollo de la humanidad. Supondrá el clímax de un intrincado drama que comenzó hace siglos y que no deja de precipitarse. Lo que se avecina, caballeros, es el declive y caída del Imperio Galáctico.

El murmullo dio paso ahora a un rugido apagado. El abogado, obstinado, estaba gritando: «¡Osa afirmar públicamente que...!», pero hubo de guardar silencio cuando las voces de «¡Traición!» del público pusieron de manifiesto que se había llegado a un veredicto sin necesidad de descargar ningún mazazo.

Lentamente, el comisionado general levantó el martillo y lo dejó caer. El sonido fue el de un gong melodioso. La algarabía cesó a la vez que las reverberaciones. El abogado respiró hondo.

P. (con gesto teatral) Doctor Seldon, ¿se da cuenta de que habla usted de un Imperio que ha cumplido los doce mil años de edad pese a todas las dificultades de tantas generaciones y que goza de las simpatías y el cariño de casi un trillón de almas?

R. Estoy al corriente tanto de la situación actual del Imperio como de su pasado histórico. Con el debido respeto, dudo que cualquiera de los presentes en la sala sepa más que yo sobre este tema.

P. ¿Y aun así se empeña en predecir su ruina?

R. Son las matemáticas las que la predicen, yo me reservo mis juicios morales. Personalmente, estas perspectivas de futuro me afligen. Aunque se aceptara el supuesto de que el Imperio es algo perjudicial... palabras que no hago mías... su caída provocaría un estado de anarquía aún peor. Es ese estado de anarquía lo que se propone evitar mi proyecto. No obstante, caballeros, la caída del Imperio es algo de proporciones gigantescas, difícil de combatir. Viene dictada por la proliferación de la burocracia, la restricción de la iniciativa, el estancamiento de la casta, la demonización de la curiosidad y mil factores más. Como decía antes, es un movimiento que lleva siglos en marcha, imparable debido a su enormidad.

P. ¿No es evidente que el Imperio goza de mejor salud que nunca?

R. Estamos rodeados de aparentes ejemplos de ello. Cualquiera pensaría que podría durar eternamente. Sin embargo, letrado, la ilusoria robustez de un árbol podrido no se muestra como lo que es hasta el momento mismo en que el rayo lo parte en dos. Ese rayo silba entre las ramas del Imperio mientras hablamos. Escuche con los oídos de la psicohistoria y lo percibirá.

P. (titubeante) Doctor Seldon, no hemos venido a...

R. (con firmeza) El Imperio caerá, y todas sus virtudes con él. Los conocimientos acumulados se marchitarán y el orden impuesto desaparecerá. Las guerras interestelares no tendrán fin, el comercio interplanetario se tambaleará, la población disminuirá, los distintos mundos perderán el contacto con el núcleo de la Galaxia... Y esa situación se prolongará.

P. (un hilo de voz en medio del apabullante silencio) ¿Eternamente?

R. La psicohistoria, capaz de predecir la caída, nos ayuda también a analizar la edad oscura que se avecina. El Imperio, caballeros, como acabamos de recordar, se remonta hasta doce mil años en el pasado. La edad oscura que nos espera durará no doce sino treinta mil años. Surgirá un Segundo Imperio, pero entre él y nuestra civilización mediarán mil generaciones de apesadumbrados seres humanos. Eso es lo que debemos combatir.

P. (intentando sobreponerse) Se contradice usted. Antes ha dicho que no podía evitar la devastación de Trantor. Por consiguiente, es lógico asumir que la caída... esa supuesta caída del Imperio...

R. No es mi intención afirmar que podamos evitar la caída, pero todavía no es demasiado tarde para acortar el interregno que la sucederá. Caballeros, si mi equipo gozara de libertad para actuar ahora, sería posible limitar la duración de la anarquía a un solo milenio. Nos encontramos en un momento crucial de la historia. Debemos desviar ligeramente, tan sólo un poquito, el imparable aluvión de acontecimientos que desencadenará la catástrofe. Por poco que sea, quizá baste para borrar veintinueve mil años de sufrimiento del porvenir de la humanidad.

P. ¿Cómo se propone conseguir algo así?

R. Salvando los conocimientos de nuestra especie. La suma del conocimiento humano es superior a la de una persona sola, a la de un millar. Con la destrucción de nuestra estructura social, la ciencia se fragmentará en un millón de trozos. Cada individuo dominará una diminuta fracción de todo cuanto podría saber. Por sí solos, se sentirán impotentes e inútiles. Esas porciones de conocimiento, insignificantes, no se transmitirán de generación en generación, sino que se perderán en el olvido. Pero si elaboramos ahora un compendio gigantesco de todo el saber, no se perderá jamás. Las generaciones venideras lo expandirán, sin necesidad de redescubrirlo por sí solas. Un milenio valdrá por treinta mil años.

P. Todo esto...

R. Mi proyecto entero, mis treinta mil hombres con sus mujeres e hijos, están consagrados a la elaboración de una «enciclopedia galáctica». No les dará tiempo a completarla mientras vivan. Ni siquiera llegarán a verla empezada en condiciones. Pero cuando se produzca la caída de Trantor, estará terminada y habrá ejemplares de ella en las todas las bibliotecas importantes de la Galaxia.

La maza del comisionado general se elevó y descendió con fuerza. Hari Seldon bajó del estrado y, en silencio, fue a ocupar su asiento junto a Gaal.

—¿Qué le ha parecido el espectáculo? —preguntó con una sonrisa.

—Ha sido la estrella absoluta. ¿Qué va a pasar ahora?

—Cancelarán el juicio e intentarán llegar a un acuerdo conmigo en privado.

—¿Cómo lo sabe?

—Le seré sincero —respondió Seldon—. No lo sé. Todo depende del comisionado general. Hace años que estudio e intento analizar sus mecanismos, pero ya conoce los riesgos de introducir particularidades individuales en las ecuaciones psicohistóricas. Sin embargo, no pierdo la esperanza.

7

Avakim se acercó, saludó a Gaal con la cabeza y se agachó para susurrar algo al oído de Seldon. Los guardias los separaron cuando se anunció a voces el aplazamiento. Condujeron a Gaal al exterior.

La sesión de la jornada siguiente fue distinta por completo. Hari Seldon y Gaal Dornick se reunieron a solas con la Comisión. Sentados juntos a la misma mesa, apenas mediaba separación entre los cinco jueces y los dos acusados. Llegaron a ofrecerles incluso el contenido de una caja de plástico repleta de puros cuya apariencia recordaba al agua en constante movimiento. Aunque la vista sucumbía a la ilusión de movilidad, el tacto revelaba la solidez y sequedad del material.

Seldon aceptó uno; Gaal rehusó la oferta.

—Mi abogado no está presente —observó el primero.

—Esto ya no es ningún juicio, doctor Seldon —repuso uno de los comisionados—. Hemos venido para discutir la seguridad del estado.

—Hablaré yo —intervino Linge Chen, y los demás comisionados se reclinaron en sus asientos, dispuestos a escucharle. Alrededor de Chen se formó un pozo de silencio que aguardaba a llenarse con sus siguientes palabras.

Gaal contuvo el aliento. Chen, de porte recio y enjuto, mayor en apariencia de lo que en realidad era, desempeñaba a efectos prácticos las funciones de emperador de toda la Galaxia. El niño que ostentaba ese título no era más que un simple icono creado por el propio Chen, y ni siquiera el primero.

—Doctor Seldon —comenzó Chen—, sus acciones perturban la paz de los dominios del emperador. Ninguno de los miles de billones de personas repartidas entre las estrellas de la Galaxia seguirá estando con vida dentro de un siglo. Así pues, ¿por qué tendría que preocuparnos lo que suceda dentro de quinientos años?

—Es posible que yo no siga con vida dentro de un lustro —dijo Seldon—, pero eso no impide que constituya una de mis mayores preocupaciones. Llámelo idealismo. Llámelo identificación por mi parte con esa mística generalización a la que aplicamos el término de «hombre».

—Ahora no me apetece ponerme a desentrañar misticismos. ¿Le importaría explicarme por qué me no puedo librarme de usted y de un incómodo e innecesario futuro de quinientos años que no veré jamás ordenando que lo ejecuten esta misma noche?

—Hace una semana —replicó tranquilamente Seldon—, esa decisión quizá le hubiera permitido retener una probabilidad entre diez de llegar a finales de año con vida. Hoy, esa probabilidad es de apenas una entre diez mil.

Los reunidos se revolvieron en sus asientos, incómodos, y empezaron a cuchichear. Gaal sintió cómo se le erizaba el vello sobre la nuca. Chen entornó ligeramente los párpados.

—¿Y eso?

—La caída de Trantor es un proceso imposible de detener, pero eso no significa que no se pueda precipitar. La noticia de mi juicio abortado llegará a todos los rincones de la Galaxia. La frustración de mis planes para paliar la catástrofe convencerá a la gente de que la aguarda el menos prometedor de todos los futuros posibles. Las vidas de nuestros antepasados ya han empezado a provocarnos envidia. Asistiremos a la proliferación de revueltas políticas y estancamientos comerciales. Entre los habitantes de la Galaxia se extenderá la idea de que lo único que importa es aquello que puedan obtener por sus propios medios. Las personas ambiciosas intentarán aprovechar la menor oportunidad y los hombres sin escrúpulos no se quedarán de brazos cruzados. Sus acciones acelerarán el declive de los planetas. Máteme y Trantor sucumbirá dentro de cincuenta años en vez de quinientos, y usted, en menos de uno.

—Cuentos para asustar a los niños —dijo Chen—. Sin embargo, su muerte no es la única solución que nos satisfaría.

Levantó la mano esbelta de los papeles en los que reposaba, hasta dejar tan sólo dos dedos ligeramente apoyados en la primera hoja.

—Dígame, ¿su única actividad sería la preparar esa dichosa enciclopedia?

—En efecto.

—¿Y es preciso que lo haga en Trantor?

—Trantor, señor, cuenta con la Biblioteca Imperial y con los recursos académicos de la universidad.

—No obstante, si su ubicación fuera otra... por ejemplo, un planeta donde el frenesí y las distracciones propias de las metrópolis no interfirieran con su académico empeño, donde sus hombres pudieran entregarse por completo y en exclusiva a su labor... ¿no tendría sus ventajas?

—Discretas, tal vez.

—Pues ese planeta ya ha sido elegido. Podrá usted continuar su trabajo, doctor, a placer, rodeado de sus cien mil personas. Toda la Galaxia sabrá que están esforzándose por impedir la caída. Anunciaremos incluso que van a evitarla. —Chen sonrió—. Puesto que hay tantas cosas en las que no creo, me cuesta poco ser escéptico también con respecto a la caída, por lo que estoy plenamente convencido de que estaré diciéndole la verdad a la gente. Mientras tanto, doctor, no cause problemas en Trantor y la paz del emperador no se verá alterada.

»La alternativa pasa por la muerte de usted y de tantos de sus seguidores como sea preciso. Desestimo las amenazas que ha expuesto con anterioridad. La oportunidad de escoger entre la muerte y el exilio tiene una validez que se prolongará desde ahora hasta dentro de cinco minutos.

—¿Cuál es el mundo elegido, señor? —preguntó Seldon.

—Creo que se llama Terminus —respondió Chen. Con las yemas de los dedos, despreocupadamente, dio la vuelta a los papeles que había encima de la mesa hasta dejarlos mirando a Seldon—. Está despoblado pero es perfectamente habitable, y se puede amoldar a las necesidades de un colectivo de estudiosos. Se encuentra algo retirado...

—Se encuentra al filo de la Galaxia, señor —lo interrumpió Seldon.

—Algo retirado, como decía. Idóneo para la concentración. Venga, le quedan dos minutos.

—Preparar semejante viaje requerirá tiempo. Hay veinte mil familias implicadas.

—Dispondrán de tiempo.

Seldon se quedó pensativo mientras se agotaba el último minuto. Al cabo, anunció:

—Acepto el exilio.

Cuando Gaal escuchó aquellas palabras, el corazón le dio un vuelco en el pecho. Si bien escapar de la muerte le producía un alivio inconmensurable, no podía evitar que su alegría se viera empañada por el pesar que le producía el haber sido testigo de la derrota de Seldon.

8

Guardaron silencio durante largo rato mientras el taxi silbaba por cientos de kilómetros de túneles sinuosos con rumbo a la universidad. Gaal fue el primero en salir de su estupor.

—¿Es cierto lo que le dijo al comisionado? ¿Realmente se aceleraría la caída si lo ejecutaran?

—Por lo que a mis hallazgos psicohistóricos respecta —contestó Seldon—, no miento nunca. Tampoco hubiera servido de nada en este caso. Chen sabía que estaba siendo franco. Como político astuto que es, la misma naturaleza de su labor le exige poseer una perspicacia innata para asimilar las verdades de la psicohistoria.

—Entonces, necesitaban que usted aceptara el exilio —reflexionó Gaal, pero Seldon no respondió.

Cuando irrumpieron en los jardines de la universidad, los músculos de Gaal decidieron actuar por su cuenta; o no actuar, mejor dicho. Hubo que sacarlo prácticamente a rastras del taxi.

Un halo cegador envolvía el campus entero. Gaal ya casi se había olvidado de la existencia del sol. Sin embargo, no se encontraban al aire libre. Los edificios estaban cubiertos por una monstruosa cúpula de cristal que no era realmente tal. El material polarizado permitía a Gaal contemplar directamente el astro que resplandecía sobre sus cabezas. La luz atenuada se reflejaba en las construcciones metálicas hasta donde alcanzaba la vista.

El frío gris acerado que era característico del resto de Trantor estaba ausente en las estructuras plateadas de la universidad, cuyo lustre metálico exhibía tintes prácticamente marfileños.

—Soldados, al parecer —observó Seldon.

—¿Cómo? —Gaal bajó la mirada al prosaico nivel del suelo y divisó un centinela a lo lejos.

Cuando se detuvieron ante él, un capitán se materializó procedente de un portal cercano.

—¿Doctor Seldon? —preguntó con voz suave.

—Sí.

—Estábamos esperándolo. A partir de este momento, sus hombres y usted deberán acatar la ley marcial. Se me ha pedido que le informe de que disponen de seis meses para ultimar los preparativos antes de viajar a Terminus.

—¡Seis meses! —empezó a protestar Gaal, pero Seldon lo acalló aplicando una leve presión con los dedos sobre su codo.

—Ésas son mis órdenes —insistió el capitán.

Cuando se alejó, Gaal se volvió hacia Seldon.

—¿Pero qué podemos hacer en seis meses? Esto no es más que una forma más lenta de asesinarnos.

—Calma. Calma. Vayamos a mi despacho.

Éste no era espacioso pero sí a prueba de escuchas, y por medios prácticamente indetectables. Los indiscretos haces espía apuntados sobre él no captaban ni un sospechoso silencio ni una aún más sospechosa estática, sino una conversación construida al azar a partir de un ingente catálogo de frases inocuas entonadas con distintas voces e inflexiones.

—Veamos —dijo Seldon, sabiéndose a salvo—, seis meses serán más que suficientes.

—No veo cómo.

—Muchacho, en un plan como el nuestro, las acciones de los demás se doblegan ante nuestras necesidades. ¿No le había dicho ya que el temperamento de Chen se ha estudiado con más detenimiento que el de cualquier otro personaje histórico? El juicio comenzó exactamente cuando el momento y las circunstancias eran más propicios para que terminara como nosotros queríamos.

—¿Pero lo organizaron...?

—¿... para que nos exiliaran a Terminus? ¿Por qué no? —Una sección de la pared se deslizó a un lado detrás de Seldon cuando éste apoyó los dedos en un punto determinado de la mesa. Nadie más podría imitarlo, puesto que el escáner montado en el mueble sólo se activaba con sus huellas dactilares—. Ahí dentro encontrará varios microfilms. Coja el que está marcado con la letra T.

Gaal así lo hizo y se quedó esperando mientras Seldon introducía el carrete en el proyector y le entregaba unas gafas. El joven se las ajustó y vio cómo la película se desenrollaba ante sus ojos.

—Pero, entonces... —musitó.

—¿Por qué se sorprende?

—¿Lleva dos años preparándose para partir?

—Dos y medio. No estábamos seguros de que el destino elegido fuera Terminus, naturalmente, pero esperábamos que así fuese y actuamos en consonancia con esa posibilidad.

—¿Pero por qué, doctor Seldon? Si el exilio estaba organizado, ¿por qué? ¿No se podrían controlar los acontecimientos más fácilmente desde aquí, en Trantor?

—Bueno, los motivos son variados. Trabajando en Terminus, gozaremos del beneplácito del Imperio sin que éste tema que suponemos un peligro para su integridad.

—Pero usted mismo ha suscitado esos temores para provocar el exilio. Sigo sin entenderlo.

—Es posible que veinte mil familias no quisieran trasladarse a los confines de la Galaxia por voluntad propia.

—¿Pero por qué tendrían que viajar hasta allí? —Gaal hizo una pausa—. ¿No puedo saberlo?

—Todavía no —respondió Seldon—. Por ahora, confórmese con saber que Terminus será la base de un refugio científico. Y digamos que se establecerá otro en la otra punta de la Galaxia —sonrió—, en el Extremo de las

Estrellas. En cuanto al resto, mi fin está cerca, y usted verá más que yo...
No, no. Ahórreme su consternación y sus buenos deseos. Los médicos me
han dicho que no duraré más de uno o dos años. Sin embargo, he cumplido en vida con mi cometido y, dadas las circunstancias, recibiré con gusto
a la muerte.

—¿Y después, señor?

—Bueno, tendré sucesores... Quizá usted mismo sea uno de ellos. Ellos
darán los últimos toques a mi plan e instigarán la revuelta de Anacreonte
de la forma adecuada en el momento oportuno. A partir de ahí, los acontecimientos se desarrollarán por sí solos.

—No lo entiendo.

—Ya lo entenderá. —La serenidad y la fatiga se instalaron al unísono
en el arrugado semblante de Seldon—. La mayoría partirá hacia Terminus,
pero algunos se quedarán aquí. Será fácil organizarlo. En cuanto a mí
—concluyó con un susurro que Gaal hubo de esforzarse por escuchar—,
he terminado.

Segunda parte

Los enciclopedistas

TERMINUS: [...] Su ubicación (véase el mapa) desentonaba con el papel que le había tocado representar en la historia de la Galaxia, y sin embargo, como muchos escritores no se cansan de señalar, no podría haber sido otra. Se trataba del único planeta de un sol aislado, emplazado al filo mismo de la espiral galáctica, pobre en recursos e insignificante por lo que a su valor económico respectaba, sin colonizar durante los cinco primeros siglos posteriores a su descubrimiento, hasta el aterrizaje de los enciclopedistas [...]

Era inevitable que, con el desarrollo de una nueva generación, Terminus se convirtiera en algo más que un simple apéndice de los psicohistoriadores de Trantor. Con la revuelta anacreóntica y la llegada al poder de Salvor Hardin, el primero de una ilustre estirpe de [...]

ENCICLOPEDIA GALÁCTICA

Lewis Pirenne estaba ocupado en su escritorio, en la única esquina bien iluminada de la habitación. Había tareas que coordinar; esfuerzos que organizar; hilos que entretejer hasta obtener el diseño deseado.

Ya habían transcurrido cincuenta años; ése era el tiempo que habían tardado en establecerse y convertir la Fundación Número Uno de la Enciclopedia en un organismo eficiente. Cincuenta años recabando la materia prima. Cincuenta años de preparativos.

Lo habían conseguido. El próximo lustro sería testigo de la publicación del primer volumen de la obra más monumental que se hubiera concebido jamás en toda la Galaxia. Después, a intervalos de diez años, con la puntualidad de un mecanismo de relojería, se sucederían las siguientes entregas. Acompañarían a éstas suplementos diversos, artículos especiales sobre temas de actualidad, hasta que...

Pirenne se revolvió incómodo cuando el timbre que había encima de la mesa emitió un zumbido sordo, enfurruñado. Casi se había olvidado de la cita. Oprimió distraídamente el pestillo de la puerta y, por el rabillo del ojo, vio cómo ésta se abría para facilitar la entrada de la oronda figura de Salvor Hardin. Pirenne no levantó la cabeza.

Hardin sonrió para sus adentros. Aunque tenía prisa, sabía que no serviría de nada ofenderse por el desdén que dispensaba Pirenne a todo aquello o aquél que lo distrajera de sus quehaceres. Se arrellanó en la silla que había enfrente del escritorio y se dispuso a esperar.

El estilo de Pirenne volaba sobre el papel imitando el sonido de unos delicados arañazos. Era lo único que se movía y se oía en toda la estancia. Hardin sacó una ficha por valor de dos créditos del bolsillo de su chaleco. La luz arrancó destellos de la superficie de acero inoxidable cuando la lanzó al aire. La cogió al vuelo y repitió la misma acción, contemplando los reflejos con expresión indolente. El acero inoxidable constituía la moneda de cambio ideal en un planeta que dependía de las importaciones para obtener todos sus metales.

Pirenne levantó la cabeza y parpadeó.

—¡Estese quieto! —exclamó con voz quejumbrosa.

—¿Eh?

—Esa moneda infernal, deje de lanzarla al aire.

—Ah. —Hardin devolvió el disco metálico al interior del bolsillo—. Avíseme cuando acabe, ¿quiere? Prometí que volvería a la reunión del consejo de la ciudad antes de que se sometiese a votación el proyecto del nuevo acueducto.

Pirenne exhaló un suspiro y se apartó de la mesa de un empujón.

—Ya he terminado, pero espero que no haya venido para molestarme con asuntos urbanísticos. Haga el favor de encargarse de eso usted solo. La Enciclopedia ocupa todo mi tiempo.

—¿No se ha enterado de la noticia? —preguntó Hardin, flemático.

—¿Qué noticia?

—La que recibió el equipo de ultraondas de la ciudad de Terminus hace dos horas. El gobernador real de la prefectura de Anacreonte ha asumido el título de rey.

—¿Y? ¿Qué pasa con eso?

—Pasa —respondió Hardin— que nos hemos quedado aislados de las zonas interiores del Imperio, hecho que no por esperado resulta menos incómodo. Anacreonte está en el centro de lo que era nuestra última ruta comercial con Santanni, con Trantor, e incluso con Vega. ¿De dónde vendrá ahora nuestro metal? Hace seis meses que no recibimos ningún cargamento de acero ni aluminio, y ahora nuestras posibilidades han quedado reducidas a cero, a merced de la generosidad del rey de Anacreonte.

Pirenne chasqueó la lengua con impaciencia.

—Pues apelen a esa generosidad.

—¿Es posible tal cosa? Escuche, Pirenne, según los estatutos sobre los que se asienta esta Fundación, la junta de fideicomisarios del comité de la Enciclopedia ha recibido plenos poderes administrativos. Yo, como alcalde de la ciudad de Terminus, tengo autoridad para sonarme la nariz y puede que para estornudar si usted refrenda la orden que me lo permita. Todo está en sus manos, y en las de la junta. En nombre de la ciudad, cuya prosperidad depende del comercio ininterrumpido con la Galaxia, le ruego que convoque una reunión de emergencia...

—¡Basta! Los discursos propagandísticos sobran. Mire, Hardin, la junta de fideicomisarios no ha prohibido la creación de un gobierno municipal en Terminus. Entendemos que es necesario debido al crecimiento demográfico desde que se estableciera la Fundación, hace cincuenta años, así como al número cada vez mayor de personas implicadas en asuntos ajenos a la Enciclopedia. Pero eso no significa que el principal y único objetivo de la Fundación haya dejado de ser la publicación de una enciclopedia definitiva donde se contenga todo el saber de la humanidad. Somos una institución científica subvencionada por el estado, Hardin. No podemos, ni debemos, entrometernos en la política local.

—¡Política local! Por el dedo gordo del pie izquierdo del emperador, Pirenne, se trata de una cuestión de vida o muerte. El planeta Terminus no puede sustentar una civilización mecanizada por sus propios medios. Carece de los metales precisos para ello. Usted lo sabe. Las rocas de la superficie no contienen ni rastro de hierro, cobre y aluminio, y tan sólo escasas cantidades de los demás. ¿Qué cree usted que ocurrirá con la Enciclopedia si este reyezuelo de Anacreonte decide cortarnos las alas?

—¿«Cortarnos las alas»? ¿Olvida tal vez que nuestro gobernante directo es el mismísimo emperador? No rendimos cuentas ante Anacreonte ni ante ninguna otra prefectura. ¡Métase eso en la cabeza! Formamos parte integrante de los dominios personales del emperador, de modo que nadie puede ponernos la mano encima. El Imperio cuida de los suyos.

—En ese caso, ¿por qué no impidió que el gobernador real de Anacreonte sacara los pies del tiesto? Y ni siquiera se trata tan sólo de Anacreonte. Al menos veinte de las prefecturas más remotas de la Galaxia, la Periferia entera, de hecho, han empezado a hacer las cosas a su manera. Le aseguro que el Imperio y su capacidad para protegernos no me inspiran la menor confianza.

—¡Monsergas! Gobernadores reales, reyes... ¿qué más da? El Imperio siempre ha estado trufado de politiqueos y de personajes que intentan mover los hilos a su antojo. No es la primera vez que se rebela un gobernador, o que se depone un emperador, ya puestos. ¿Pero qué tiene eso que ver con el Imperio propiamente dicho? Olvídelo, Hardin. No es de su incumbencia. Ante todo, somos científicos. La Enciclopedia es nuestra principal preocupación. Ah, sí, ya casi no me acordaba. ¡Hardin!

—¿Sí?

—¡A ver si hace usted algo con ese periódico suyo! —La voz de Pirenne estaba teñida de enfado.

—¿El *Diario* de la ciudad de Terminus? No es mío, se trata de una publicación privada. ¿Qué pasa con él?

—Lleva semanas recomendando que el quincuagésimo aniversario del establecimiento de la Fundación sea motivo de vacaciones públicas y celebraciones inapropiadas.

—¿Y por qué no? El reloj de radio abrirá la Primera Bóveda dentro de tres meses. Me parece que la ocasión lo merece, ¿a usted no?

—No soy amigo de festejos ridículos, Hardin. La Primera Bóveda y su apertura sólo incumben a la junta de fideicomisarios. Se emitirá un comunicado oficial si el pueblo necesita saber algo importante. Es mi última palabra, encárguese de que al *Diario* le quede bien claro.

—Lo siento, Pirenne, pero los estatutos de la ciudad garantizan esa minucia que es la libertad de prensa.

—Es posible, pero la junta de fideicomisarios no. Como representante del emperador en Terminus, Hardin, mi autoridad en este sentido es absoluta.

Hardin adoptó la expresión de quien está contando hasta diez mentalmente. Con gesto serio, repuso:

—A propósito de su estatus como representante del emperador, tengo una última noticia para usted.

—¿Sobre Anacreonte? —Un enervado Pirenne apretó los labios.

—Así es. Está previsto que recibamos la visita de un emisario especial procedente de Anacreonte. Dentro de dos semanas.

—¿Un emisario? ¿Aquí? ¿De Anacreonte? —Pirenne digirió la información—. ¿Para qué?

Hardin se levantó y empujó la silla de nuevo contra la mesa.

—Le dejo que lo adivine.

Dicho lo cual, sin la menor ceremonia, se fue.

2

Anselm haut Rodric, donde «haut» significa de noble linaje, subprefecto de Pluema y enviado de excepción de su majestad de Anacreonte, más otra media docena de títulos, fue recibido por Salvor Hardin en el espaciopuerto con toda la pompa y el boato de una cumbre de estado.

Con una sonrisa tirante y una honda reverencia, el subprefecto había desenfundado su desintegrador para ofrecérselo a Hardin con la culata por delante. Hardin correspondió al gesto con otra arma que había tomado prestada específicamente para la ocasión. Tras estas muestras de amistad y buena voluntad, si Hardin reparó en el sutil abultamiento de la hombrera del haut Rodric, tuvo la prudencia de no decir nada.

El vehículo terrestre que los recibió a continuación —precedido, flanqueado y seguido por el enjambre de dignatarios de rigor— rodó lenta y ceremoniosamente hasta la plaza de la Enciclopedia, arropado por los vítores de una multitud tan enfervorizada como cabía esperar.

El subprefecto Anselm, quien recibía las ovaciones con la cortés indiferencia propia de los soldados y los nobles, le preguntó a Hardin:

—¿Y esta ciudad es todo su planeta?

Hardin levantó la voz para imponerse al clamor.

—Nuestro mundo es joven, eminencia. A lo largo de nuestra breve historia solo hemos disfrutado de la visita de un puñado de miembros de la más alta nobleza. De ahí nuestro entusiasmo.

Una cosa es segura: la «más alta nobleza» no sabía reconocer el sarcasmo cuando lo tenía delante.

—Fundado hace cincuenta años —observó el subprefecto, contemplativo—. ¡Hm-m-m! Tienen un montón de tierra por explotar aquí, alcalde. ¿No han considerado nunca la posibilidad de dividirla en haciendas?

—Todavía no es necesario. Estamos sumamente centralizados. Algo inevitable, debido a la Enciclopedia. Quizá algún día, cuando la población crezca...

—¡Qué mundo más raro! ¿No existe el campesinado?

Hardin reflexionó que no hacía falta ser ningún lince para darse cuenta de que lo que su eminencia estaba intentando con tanta torpeza era tantear el terreno. Como quien no quiere la cosa, respondió:

—No... ni nobleza.

El haut Rodric enarcó las cejas.

—¿Y su líder... la persona con la que debo reunirme?

—¿Se refiere al doctor Pirenne? ¡Sí! Es el presidente de la junta de fideicomisarios... y representante personal del emperador.

—¿«Doctor»? ¿Ése es su único título? ¿Un intelectual? ¿Y está por encima de la autoridad civil?

—Bueno, naturalmente —repuso con afabilidad Hardin—. Todos somos intelectuales, a nuestra manera. Después de todo, lo que ve no es tanto un planeta como una fundación científica... controlada directamente por el emperador.

El leve énfasis que imprimió a la última frase pareció desconcertar al subprefecto, que se quedó callado y pensativo durante el resto del lento trayecto hasta la plaza de la Enciclopedia.

El tedio que hubo de soportar Hardy durante el resto de la tarde y la consiguiente velada se saldó al menos con la satisfacción que le produjo comprobar que Pirenne y el haut Rodric —tras haberse saludado con sonoras proclamas de estima y aprecio mutuos— no se podían ver ni en pintura.

El haut Rodric escuchó con expresión ausente el sermón con que Pirenne había decidido amenizar la «visita de inspección» al edificio de la Enciclopedia. Con una sonrisa tan educada como falsa cincelada en los labios, sobrellevó como pudo la interminable retahíla del doctor mientras recorrían las innumerables salas de proyección y los inmensos almacenes repletos de películas de referencia.

No formuló su primera frase inteligible hasta después de llevar un buen rato adentrándose en sucesivos niveles de departamentos de redacción, de edición, de publicación y de filmación.

—Todo esto es muy interesante —dijo—, pero se me antoja una ocupación extraña para personas adultas. ¿Qué utilidad tiene?

Hardin se dio cuenta de que ésa era una observación para la que Pirenne no tenía respuesta, aunque su expresión hablaba por sí sola.

Aquella noche, la cena fue un reflejo invertido de lo ocurrido durante la tarde, pues el haut Rodric monopolizó la conversación describiendo —con asombrosa pasión y abundancia de detalles técnicos— sus proezas como líder de un batallón durante la reciente guerra entre Anacreonte y el recién proclamado reino vecino de Smyrno.

El subprefecto no dio por concluido su pormenorizado relato hasta después de que terminara la cena, cuando todos los cargos inferiores ya se habían retirado. La última descripción triunfal de naves espaciales mutiladas se produjo cuando, en compañía de Pirenne y Hardin, salió al balcón acariciado por la cálida brisa estival.

—Y ahora —concluyó con intensa jovialidad—, pasemos a asuntos más serios.

—Cómo no —murmuró Hardin mientras encendía un largo puro de tabaco vegano (le quedaban muy pocos, reflexionó) y se retrepaba en la silla hasta dejarla apoyada en las dos patas de atrás.

La difusa silueta lenticular de la Galaxia flotaba alta en el firmamento y se extendía lánguidamente de un horizonte a otro. Las escasas estrellas que rutilaban aquí, al filo del universo, palidecían en comparación.

—Se sobrentiende —empezó el subprefecto— que todas las discusiones oficiales... es decir, la firma de documentos y otros tecnicismos por el estilo... tendrán lugar ante... ¿cómo se refieren ustedes a su consejo?

—Junta de fideicomisarios —fue la fría respuesta de Pirenne.

—¡Qué nombre más pintoresco! En cualquier caso, eso será mañana. Pero haríamos bien en limar algunas de las asperezas ahora, de hombre a hombre. ¿No les parece?

—Lo que significa... —lo alentó Hardin.

—Sólo una cosa. Los cambios operados aquí, en la Periferia, han dejado a su planeta en una posición delicada. Sería deseable que consiguiéramos ponernos de acuerdo en lo tocante al estado de las cosas. A propósito, alcalde, ¿no tendrá usted otro de esos cigarros?

Hardin se lo quedó mirando fijamente antes de ofrecerle uno, a regañadientes.

Anselm haut Rodric emitió un gorjeo de placer tras aspirar el aroma.

—¡Tabaco vegano! ¿De dónde lo ha sacado?

—Llegaron en uno de los últimos envíos. Ya casi se han agotado. Sabe el espacio cuándo volveremos a recibir más... si es que los recibimos alguna vez.

Pirenne, que no fumaba (y detestaba el olor, de hecho), frunció el ceño.

—A ver si lo he entendido, eminencia. ¿La misión que lo ha traído hasta aquí es de simple esclarecimiento?

El haut Rodric asintió con la cabeza tras la humareda de sus deleitantes primeras caladas.

—En tal caso, pronto habrá terminado. La situación con respecto a la Fundación Número Uno de la Enciclopedia es la misma de siempre.

—¡Ah! ¿Y cómo ha sido siempre?

—Así: una institución científica subvencionada por el estado que forma parte del dominio personal de su augusta majestad, el emperador.

Sin dar muestras de sentirse impresionado, el subprefecto exhaló unos anillos de humo y replicó:

—Bonita teoría, doctor Pirenne. Supongo que tendrá cartas estampadas con el sello imperial... ¿pero cuál es la situación actual? ¿Cuál es su postura con respecto a Smyrno? Como bien sabe, su capital se encuentra a menos de cincuenta pársecs de aquí. ¿Y qué hay de Konom y Daribow?

—No tenemos nada que ver con ninguna prefectura —alegó Pirenne—. Como parte del dominio del emperador...

—Es que ya no son prefecturas —le recordó el haut Rodric—, sino reinos.

—Pues reinos. No tenemos nada que ver con ellos. Como institución científica...

—¡Que se vaya al cuerno la ciencia! —maldijo su interlocutor, con un vozarrón retumbante que dejó la atmósfera ionizada—. ¿Qué diablos tendrá que ver eso con el hecho de que Smyrno podría ocupar Terminus de un momento a otro?

—¿Y el emperador? ¿Se quedaría de brazos cruzados?

—Mire, doctor Pirenne —respondió el haut Rodric, ya más tranquilo—, ustedes respetan la propiedad del emperador, igual que Anacreonte, pero es posible que en Smyrno no sean tan considerados. Recuerde que acabamos de firmar un tratado... mañana presentaré una copia ante esa junta suya... según el cual se nos encomienda la responsabilidad de mantener el orden dentro de los límites de la antigua prefectura de Anacreonte en nombre del emperador. Así pues, está claro cuál es nuestro deber, ¿no le parece?

—Sin duda. Pero Terminus no forma parte de la prefectura de Anacreonte.

—Pero Smyrno...

—Ni de la prefectura de Smyrno. No forma parte de ninguna prefectura.

—¿Y Smyrno lo sabe?

—Me trae sin cuidado lo que sepa o deje de saber.

—A nosotros no. Acabamos de salir de una guerra con ellos y todavía retienen dos sistemas estelares que nos pertenecen. Terminus ocupa un puesto sumamente estratégico, entre ambas naciones.

—¿Cuál es su propuesta, eminencia? —terció Hardin, receloso.

El subprefecto, que parecía ansioso por dejar de andarse con rodeos y hablar sin tapujos, dijo enérgicamente:

—Creo que salta a la vista que, puesto que Terminus no puede defenderse sola, Anacreonte tendrá que hacerlo por ella. Comprendan que no deseamos interferir con la administración interna...

—Ajá —refunfuñó secamente Hardin.

—... pero creemos que lo mejor para todas las partes implicadas sería que Anacreonte estableciera una base militar en este planeta.

—¿Eso es lo único que quieren, una base militar en una porción de nuestro vasto territorio deshabitado? ¿Nada más?

—Bueno, evidentemente, habría que abordar la cuestión de qué apoyo recibirían las tropas protectoras.

Las cuatro patas de la silla de Hardin golpearon el suelo al tiempo que sus codos se apoyaban en sus rodillas.

—Por fin llegamos al quid de la cuestión. Hablemos claro. Terminus se transformaría en un protectorado y tendría que pagar un tributo.

—Nada de tributos. Impuestos. Nosotros les proporcionamos protección. Ustedes pagan por ella.

Pirenne descargó un manotazo sobre la silla con inesperada violencia.

—Permítame decir algo, Hardin. Eminencia, me importan medio crédito oxidado Anacreonte, Smyrno, sus politiqueos de salón y sus guerras de poca monta. Nuestra institución, insisto, está subvencionada por el estado y exenta de impuestos.

—¿Subvencionada por el estado? Le recuerdo que nosotros somos el estado, doctor Pirenne, y no sabemos nada de ninguna subvención.

Pirenne se puso de pie con gesto ofendido.

—Eminencia, soy el representante directo de...

—... su augusta majestad, el emperador —canturreó con sarcasmo Anselm haut Rodric—. Y yo el representante directo del rey de Anacreonte. Anacreonte está mucho más cerca, doctor Pirenne.

—Hablemos de negocios —se apresuró a sugerir Hardin—. ¿Cómo pretende cobrar esos supuestos impuestos, eminencia? ¿Los aceptaría en especie: trigo, patatas, hortalizas, cabezas de ganado?

El subprefecto se lo quedó mirando fijamente.

—¿Qué diablos? ¿Para qué necesitamos todo eso? Tenemos excedentes de sobra. Cobraríamos en oro, naturalmente. El cromo o el vanadio serían aún mejores, ya puestos, si los poseyeran en grandes cantidades.

—¡Grandes cantidades! —se carcajeó Hardin—. Pero si no tenemos ni siquiera hierro. ¡Oro! Mire, eche un vistazo a nuestra moneda de cambio. —Lanzó una moneda al emisario.

El haut Rodric la hizo botar y la observó con atención.

—¿Qué es esto? ¿Acero?

—Ni más ni menos.

—No lo entiendo.

—Terminus es un planeta en el que prácticamente no hay metales. Los importamos todos. Por consiguiente, no tenemos oro ni nada con lo que pagar, a no ser que acepte unos cuantos miles de celemines de patatas.

—Bueno... pues bienes manufacturados, entonces.

—¿Sin metales? ¿De qué se cree que están hechas nuestras máquinas?

Pirenne aprovechó el silencio que siguió a esas palabras para volver a la carga.

—Toda esta discusión carece de sentido. Terminus no es un planeta, sino una fundación científica donde se está elaborando una ambiciosa enciclopedia. Por el espacio, hombre, ¿es que no siente ningún respeto por la ciencia?

—Las guerras no se ganan con enciclopedias. —El haut Rodric arrugó el entrecejo—. De modo que se trata de un mundo completamente improductivo... y prácticamente deshabitado, encima. Bueno, siempre pueden pagar con tierras.

—¿A qué se refiere? —preguntó Pirenne.

—Este mundo está poco menos que desierto y es muy probable que la tierra desocupada sea fértil. En Anacreonte hay muchos nobles a los que no les importaría ampliar sus haciendas.

—No será capaz de sugerir que...

—No hace falta que se alarme, doctor Pirenne. Hay de sobra para todos. Si las cosas se pusieran feas, podríamos arreglarlo para que no perdiera nada, con su colaboración. Siempre pueden conferirse títulos y concederse tierras. Creo que usted ya me entiende.

—¡Gracias! —replicó Pirenne, con una mueca.

—¿Podría abastecernos Anacreonte de plutonio para nuestra central nuclear? —preguntó cándidamente Hardin—. Sólo nos quedan reservas para unos pocos años.

Pirenne contuvo el aliento, tras lo cual reinó un silencio absoluto durante varios minutos. Al cabo, el haut Rodric habló con una voz muy distinta de la que había empleado hasta entonces.

—¿Producen energía atómica?

—Desde luego. ¿Qué tiene eso de raro? La energía atómica debe de rondar ya los cincuenta mil años de antigüedad. ¿Por qué no íbamos a producirla? Aunque conseguir el plutonio está complicado.

—Claro... claro. —El emisario hizo una pausa antes de añadir, incómodo—: En fin, caballeros, volveremos sobre este tema mañana. Si me disculpan...

Mientras veía cómo se retiraba, Pirenne masculló entre dientes:

—Memo insufrible, pazguato...

—Nada de eso —terció Hardin—. Es un simple producto de su entorno, incapaz de ver mucho más allá del «yo tengo una pistola y tú no».

Pirenne se encaró con él, exasperado.

—¿A qué espacios venía toda esa charla sobre bases militares y tributos? ¿Acaso se ha vuelto usted loco?

—No. Me limitaba a darle cuerda y dejarle hablar. Se habrá percatado de que consiguió que se le escaparan las verdaderas intenciones de Anacreonte; es decir, la división de Terminus en parcelas de terreno. Evidentemente, no pienso permitir que ocurra tal cosa.

—No piensa permitirlo. Que no piensa... ¿Y quién es usted para impedir nada? Además, ¿le importaría explicarme por qué tenía que desembuchar lo de nuestra central nuclear? Son ese tipo de cosas precisamente las que nos convertirán en un objetivo militar.

—Correcto —sonrió Hardin—. Un objetivo militar del que mantenerse alejados. ¿No salta a la vista por qué saqué el tema? Sirvió para confirmar mis sospechas.

44

—¿Y qué sospechas son ésas?

—Que el motor que impulsa la economía de Anacreonte ya no es la energía atómica. Si lo fuera, es indudable que nuestro amigo sabría que el empleo de plutonio en las centrales nucleares es cosa del pasado. Por consiguiente, cabe deducirse que el resto de la Periferia tampoco posee energía atómica. Smyrno no, desde luego, de lo contrario Anacreonte jamás se hubiera alzado con la victoria en la mayoría de las batallas de su reciente conflicto. Interesante, ¿no le parece?

—¡Bah! —Pirenne se fue hecho un basilisco.

Hardin sonrió plácidamente, apagó el puro y contempló la Galaxia que se extendía sobre su cabeza.

—Han vuelto al petróleo y el carbón, ¿verdad? —murmuró. El resto de sus pensamientos los guardó para sí.

3

Cuando Hardin negó que el *Diario* fuese propiedad suya, puede que estuviese siendo sincero, pero sólo técnicamente. Hardin, el primer alcalde electo de Terminus, había sido el impulsor de una iniciativa para convertir Terminus en una municipalidad autónoma, por lo que no resultaba extraño que, aun sin una sola acción del *Diario* a su nombre, más del sesenta por ciento de la publicación estuviera bajo su control por medios más retorcidos.

Había muchas formas de conseguir lo que uno se proponía.

Por consiguiente, cuando Hardin empezó a sugerirle a Pirenne que le permitiera asistir a las reuniones de la junta de fideicomisarios, no fue del todo fortuito que el *Diario* comenzara una campaña parecida. Después se celebró la primera manifestación de la historia de la Fundación, para exigir que la ciudad estuviera representada en el gobierno «nacional».

Y, al final, Pirenne no tuvo más remedio que capitular a regañadientes.

Hardin, sentado al pie de la mesa, reflexionó distraídamente sobre el motivo de que los físicos fueran tan malos administradores. Quizá se debiera al simple hecho de que estaban demasiado acostumbrados a tratar con hechos inflexibles y demasiado poco a vérselas con la gente, más maleable.

Fuera como fuese, allí estaban Tomaz Sutt y Jord Fara, a su izquierda; Lundin Crast y Yate Fulham, a su derecha; con Pirenne en persona presidiendo. Los conocía a todos, como es lógico, aunque parecía que se hubieran puesto una pizca de pomposidad extra para la ocasión. .

Hardin estuvo a punto de quedarse dormido durante los ceremoniosos prolegómenos, pero se espabiló cuando Pirenne bebió un sorbo de agua del vaso que tenía delante a modo de preparativo antes de empezar:

—Me complace enormemente informar a la junta de que, desde nuestra última reunión, he recibido la noticia de que lord Dorwin, canciller del Imperio, llegará a Terminus dentro de dos semanas. Es de esperar que las asperezas de nuestra relación con Anacreonte se limen a nuestra entera satisfacción en cuanto el emperador esté al corriente de la situación.

Sonrió y se dirigió a Hardin, sentado al otro extremo de la mesa.

—El *Diario* ha recibido ya la información pertinente.

Hardin soltó una risita entre dientes. Saltaba a la vista que su admisión en el santuario obedecía, entre otros motivos, al deseo de Pirenne de restregarle este anuncio por las narices.

—Vaguedades al margen —dijo plácidamente—, ¿qué espera que haga lord Dorwin?

El que respondió fue Tomaz Sutt, quien tenía la mala costumbre de dirigirse a los demás en tercera persona cuando lo poseían los aires de grandeza.

—Es evidente —observó— que, como cínico, el alcalde Hardin no tiene precio. Cuesta creer que no sepa ver que es sumamente improbable que el emperador permita que se infrinjan sus derechos personales.

—¿Por qué? ¿Qué haría si se infringieran?

Se produjo un irritado revuelto. Pirenne dijo:

—No es su turno. —Y, como si se le acabara de ocurrir, añadió—: Además, sus declaraciones rozan la traición.

—¿Debo darme por contestado?

—¡Sí! Si no tiene nada más que decir...

—No saque conclusiones precipitadas. Me gustaría formular una pregunta. Aparte de esta maniobra diplomática... que tanto podría significar algo como todo lo contrario... ¿se ha tomado alguna medida concreta para responder a la amenaza de Anacreonte?

—Así que usted ve una amenaza, ¿no es cierto? —terció Yate Fulham, atusándose el rebelde bigote colorado.

—¿Usted no?

—Apenas —fue la indulgente respuesta—. El emperador...

—¡Por el espacio! —se exasperó Hardin—. ¿Pero esto qué es? Cada dos por tres alguien menciona al «emperador» o al «Imperio» como si fueran palabras mágicas. El emperador está a cincuenta mil pársecs de distancia, y me extrañaría que le importáramos un bledo. Y aunque así fuera, ¿qué puede hacer? Lo que quedaba de la armada imperial en esta zona ahora se encuentra en manos de los Cuatro Reinos, y Anacreonte tiene su parte. Escuchen, debemos pelear con cañones, no con palabras.

»Métanselo en la cabeza. En estos momentos disponemos de dos meses de gracia, principalmente porque hemos hecho pensar a Anacreonte que tenemos armas nucleares. Pues bien, todos sabemos que es una mentirijilla. Nuestra energía atómica se destina a fines comerciales, y en cantidades ridículas. No tardarán en darse cuenta, y si piensan que les hará gracia descubrir que hemos estado engañándoles, se equivocan.

—Estimado...

—Un momento, no he terminado. —Hardin estaba entrando en calor. Le gustaba esto—. Está muy bien implicar a los cancilleres en esto, pero mucho mejor estaría implicar un puñado de cañones de asedio de gran calibre cargados de bonitas bombas atómicas. Hemos desperdiciado dos meses, caballeros, y tal vez no tengamos otros dos meses que perder. ¿Qué sugieren que hagamos?

—Si lo que propone es militarizar la Fundación —gruñó Lundin Crast, con la nariz arrugada—, no quiero oír ni una palabra más. Eso señalaría nuestra entrada en el ámbito de la política. Somos una fundación científica, señor alcalde, nada más.

—Además —añadió Sutt—, no se da cuenta de que la elaboración de un arsenal requeriría sustraer valiosos elementos humanos de la Enciclopedia. Algo impensable, se ponga como se ponga.

—Muy cierto —concurrió Pirenne—. La Enciclopedia ante todo... y siempre.

Hardin gimió para sus adentros. La junta parecía estar aquejada de un caso de enciclopeditis mental aguda.

Con voz glacial, replicó:

—¿No se les ha ocurrido nunca a los miembros de esta junta la descabellada posibilidad de que Terminus tuviera otros intereses aparte de la Enciclopedia?

—No concibo, Hardin —respondió Pirenne—, que la Fundación pueda tener ningún interés aparte de la Enciclopedia.

—He dicho Terminus, no la Fundación. Me temo que no entienden la situación. Somos algo más de un millón de habitantes, de los cuales alrededor de ciento cincuenta mil trabajan directamente en la Enciclopedia. Para el resto, éste es nuestro hogar. Nacimos aquí. Vivimos aquí. Comparada con nuestras granjas, nuestras casas y nuestras fábricas, la Enciclopedia no significa nada para nosotros. Queremos proteger...

El griterío enterró el resto de su frase.

—La Enciclopedia es lo primero —sentenció con vehemencia Crast—. Tenemos una misión que cumplir.

—¡Qué misión ni qué niño muerto! —exclamó Hardin—. Eso a lo mejor era cierto hace cincuenta años, pero ésta es una generación nueva.

—Eso no tiene nada que ver —replicó Pirenne—. Somos científicos.

—¿Ah, sí? —Hardin no dejó escapar esta oportunidad—. Bonita alucinación, ¿no es cierto? La cuadrilla que está aquí sentada ejemplifica a la perfección los problemas que padece la Galaxia desde hace miles años. ¿Cómo puede llamarse ciencia a pasarse siglos encerrados aquí, clasificando la producción científica de los últimos mil años? ¿No se les ha ocurrido nunca mirar hacia delante, ampliar esa obra y mejorarla? ¡No! Se conforman con permanecer estancados. A toda la Galaxia le ocurre lo mismo, sabe el espacio desde cuándo se prolonga esta situación. Por eso se está rebelando la Periferia, por eso están rompiéndose los diálogos, por eso se eternizan las rencillas, por eso hay sistemas enteros que están quedándose sin energía atómica y se ven obligados a retroceder a las primitivas técnicas de combustión química.

»En mi opinión —concluyó, levantando la voz—, la Galaxia se está yendo al garete.

Hizo una pausa y se dejó caer en la silla para recuperar el aliento, sin prestar atención a los dos o tres que intentaban replicarle al unísono.

Fue Crast el que se hizo con la palabra.

—No sé qué pretende conseguir con sus histéricas declaraciones, señor alcalde. Lo que está claro es que no aporta nada constructivo a la conversación. Señor presidente, propongo que las palabras de este orador no consten en acta, y que se reanude el debate desde el punto donde fue interrumpido.

Jord Fara se rebulló por vez primera desde que diera comienzo la reunión. Hasta este momento Fara no había intervenido en la discusión, ni siquiera cuando ésta era más acalorada, pero ahora dejó oír su retumbante voz de barítono, tan imponente como los ciento cuarenta kilos de su corpachón.

—¿No se nos olvida una cosa, caballeros?

—¿Cuál? —inquirió Pirenne, irritado.

—Que dentro de un mes celebraremos nuestro quincuagésimo aniversario. —Fara sabía imprimir la mayor profundidad a los enunciados más triviales.

—¿Y qué?

—Que en esa fecha —prosiguió plácidamente Fara— se abrirá la Bóveda de Hari Seldon. ¿No se han preguntado nunca qué contiene esa cámara?

—No lo sé. Bagatelas. El discurso de felicitación de rigor, tal vez. No creo que haya nada importante en la Bóveda... por mucho que el *Diario* —y fulminó con la mirada a Hardin, que respondió con una sonrisa— se empeñara en sostener lo contrario. Tuve que poner fin a eso.

—Ah —continuó Fara—, pero puede que estuviera usted equivocado. ¿No le parece —hizo una pausa y se llevó un dedo a la naricita redonda— que la Bóveda va a abrirse en un momento muy oportuno?

—Querrá decir inoportuno, en todo caso —masculló Fulham—. Tenemos preocupaciones más importantes.

—¿Más importantes que un mensaje de Hari Seldon? Lo dudo. —Bajo la atenta mirada de Hardin, Fara estaba empezando a pontificar más que nunca. ¿Adónde pretendía llegar?—. De hecho —siguió hablando entusiásticamente Fara—, todos ustedes parecen olvidar que Seldon fue el psicólogo más importante de su época, además del institutor de nuestra Fundación. Es razonable asumir que empleó sus conocimientos científicos para determinar el posible devenir de la historia en el futuro inmediato. Si lo hizo, como cabe suponer, repito, sin duda debió de encontrar la manera de advertirnos del peligro y, tal vez, sugerir una solución. Como saben, la Enciclopedia era la niña de sus ojos.

La duda y la perplejidad enmudecieron a los reunidos, hasta que Pirenne rompió el silencio.

—Bueno, no sé, la verdad. La psicología es una ciencia encomiable, pero... en estos momentos no hay ningún psicólogo entre nosotros, si no me equivoco. Me parece que pisamos terreno resbaladizo.

Fara se volvió hacia Hardin.

—¿No estudió usted psicología con Alurin?

—Sí —respondió Hardin, medio embelesado—, aunque no llegué a terminar los estudios. Me aburrí de la teoría. Quería ser ingeniero psicológico, pero carecíamos de las instalaciones adecuadas, así que opté por la siguiente alternativa... me metí en política. Es prácticamente lo mismo.

—Bueno, ¿y qué opina de la Bóveda?

—No lo sé —fue la precavida respuesta de Hardin.

No volvió a abrir la boca durante el resto de la velada, ni siquiera cuando la conversación volvió a centrarse en el canciller del Imperio.

Lo cierto es que ni siquiera estaba prestando atención. Se le había ocurrido una idea y las piezas estaban empezando a encajar poco a poco. Había uno o dos indicios que comenzaban a tener sentido.

Y la psicología era la clave. De eso no le cabía la menor duda.

Intentaba recordar por todos los medios la teoría psicológica que había aprendido una vez, y ésta enseguida le puso sobre la pista adecuada.

La capacidad de discernir las emociones y las reacciones humanas permitiría a un psicólogo tan excepcional como Seldon predecir a grandes rasgos el devenir histórico del futuro.

Y eso quería decir... ¡hm-m-m!

4

Lord Dorwin consumía rapé. También tenía el pelo largo, intrincada y a todas luces artificialmente rizado, a lo que había que añadir unas esponjosas patillas rubias que le gustaba atusarse con esmero. Por si fuera poco, hacía gala de una escrupulosidad exagerada al hablar y se comía todas las erres.

En estos preciosos instantes, Hardin no tenía tiempo de pararse a pensar en más motivos que explicaran la fulminante aversión que le producía el ilustre canciller. Ah, sí, los relamidos ademanes con los que subrayaba sus palabras y la estudiada condescendencia con la que acompañaba aun la más simple de las aserciones.

En cualquier caso, ahora el problema era localizarlo. Hacía media hora que había desaparecido en compañía de Pirenne; se había esfumado como si no existiera, el condenado.

Hardin estaba seguro de que su propia ausencia durante los debates preliminares complacería a Pirenne.

Pero éste había sido visto en esta ala y en esta planta. Solo era cuestión de probar todas las puertas.

—¡Ah! —exclamó en medio del pasillo, y se metió en una habitación en penumbra. El perfil del ensortijado peinado de lord Dorwin se recortaba inconfundible contra la pantalla iluminada.

Lord Dorwin levantó la cabeza.

—Ah, Hagdin. Estagá buscándonos, segugo. —Ofreció su cajita de rapé (de pobre acabado y sobrecargada de adornos) a Hardin, que rehusó con gentileza mientras el noble se servía una pizca sin dejar de sonreír cortésmente.

Pirenne frunció el ceño y Hardin le sostuvo la mirada con estudiada indiferencia.

El único sonido que rompió el breve silencio fue el chasquido de la tapa de la caja de rapé de lord Dorwin, que la guardó y dijo:

—Un loggo impguesionante, esta Enciclopedia suya, Hagdin. Una vegdadega pgoeza digna de figugar entgue las hazañas más majestuosas de todos los tiempos.

—Opinión compartida por muchos de nosotros, milord. Sin embargo, se trata de un logro aún por lograr.

—Pog lo poco que he visto de la eficiencia de su Fundación, no albeggo la menog duda en ese sentido. —Asintió con la cabeza en dirección a Pirenne, que respondió con una reverencia, complacido.

Menudo hatajo de aduladores, pensó Hardin.

—No lamentaba nuestra falta de eficiencia, milord, sino el indudable exceso de ésta por parte de los anacreontes... si bien ellos la vuelcan en fines más destructivos.

—Ah, sí, Anacgueonte. —Lord Dorwin ensayó un ademán negligente—. Pguecisamente vengo de allí. Qué planeta más bágbago. No me explico cómo puede vivig nadie en la Peguifeguia. La ausencia de los guequisitos más fundamentales de un caballego educado, la caguencia de los gudimentos indispensables paga el confogt y la comodidad... el absoluto desuso en que...

—Los anacreontes —lo interrumpió secamente Hardin—, por desgracia, poseen todos los requisitos fundamentales para la guerra y los rudimentos indispensables para la destrucción.

—Ciegto, ciegto. —Lord Dorwin parecía irritado, quizá por haber podido terminar su discurso—. Pego no iguemos a hablag de negocios ahoga, ¿vegdad? Pog favog. Estoy absogto en otgos asuntos. Doctog Piguenne, ¿no quiegue enseñagme el segundo volumen? Se lo güego.

Las luces se apagaron con un chasquido y, durante la siguiente media hora, Hardin podría haber estado perfectamente en Anacreonte, a juzgar por el caso que le hicieron. El libro plasmado en la pantalla no tenía ningún sentido para él, ni siquiera se preocupó de intentar comprenderlo, pero lord Dorwin dio vigorosas muestras de entusiasmo en varias ocasiones. Ocasiones en las que, como pudo comprobar Hardin, el canciller pronunciaba todas las erres.

Cuando volvieron a encenderse las luces, lord Dorwin exhaló:

—Magavilloso. Guealmente magavilloso. ¿No le integesagá por casualidad la agqueología, Hagdin?

—¿Eh? —Hardin salió con esfuerzo de su ensimismamiento—. No, milord, faltaría a la verdad si dijera lo contrario. Soy psicólogo de vocación y político de profesión.

—¡Ah! Integuesantes estudios, sin duda. Pog si no lo sabía —el noble se sirvió un generoso pellizco de rapé—, a mí me apasiona la agqueología.

—¿De veras?

—Su señoría —terció Pirenne— está sumamente familiarizado con ese campo.

—Bueno, sin exagegag, sin exagegag —repuso complacido su señoría—. Aunque lo ciegto es que se tgata de una ciencia con la que tengo mucha pgáctica. Y cuya teogía conozco al dedillo, la vegdad sea dicha. He leído a Jawdun, Obijasi, Kwomwill... en fin, a todos, ya saben.

—Me suenan, evidentemente —reconoció Hardin—, aunque no los he leído.

—Debeguía haceglo algún día, estimado colega. La guecompensa lo meguece. Lo ciegto es que vale la pena viajag hasta aquí, a la Peguifeguia, tan sólo por veg esta copia de Lameth. ¿Se puede cguee que no tengo ni un solo ejemplag en mi biblioteca? Pog ciegto, doctog Piguenne, espego que no haya olvidado que pgometió entguegagme una guepgoducción antes de que me vaya.

—Será un placer.

—Les digué que Lameth —prosiguió altisonante el canciller— ha añadido una infogmación de lo más cuguiosa a lo que yo ya sabía sobgue la «Pguegunta Oguiginal».

—¿Qué pregunta? —se interesó Hardin.

—La «Pguegunta Oguiginal». Ya sabe, dónde se oguiginó la especie humana. Segugo que sabe usted que se cguee que la humanidad, al pguincipio, ocupaba tan sólo un sistema planetaguio.

—Sí, estoy al corriente.

—Natugalmente, nadie sabe exactamente de qué sistema se tgata, es un misteguio envuelto en las bgumas de la histoguia. Aunque existen teoguías. Algunas de ellas apuntan a Siguio. Otgas apuestan por Alfa Centauguí, otgas por Sol, otgas por 61 Cygni... ubicaciones todas ellas que están dentgo del sectog de Siguio, como puede veg.

—¿Y qué dice Lameth?

—Bueno, su enfoque es totalmente oguiginal. Lo que sugigue es que los guestos agqueológicos del tegceg planeta del sistema artúguico demuestgan que el seg humano existía allí antes de que hubiega cualquieg indicio de viaje espacial.

—¿Y eso lo convertiría en la cuna de la humanidad?

—Tal vez. Tendguía que leeglo con atención y poneg las pguebas pog escguito antes de podeg estag segugo. Aún está pog validag la fiabilidad de sus obsegvaciones.

Hardin guardó silencio un momento antes de preguntar:

—¿Cuándo escribió Lameth ese libro?

—Ah... Hace ochocientos años, me paguece. Basándose en ggan medida, pog supuesto, en las investigaciones pguevias de Gleen.

—Entonces, ¿por qué tendría que fiarse de su palabra? ¿Por qué no viaja a Arcturus y estudia esos restos personalmente?

Lord Dorwin enarcó las cejas y se apresuró a aspirar una pizca de rapé.

—Cagamba, estimado, ¿y paga qué?

—Para obtener información de primera mano, claro está.

—¿Pego qué necesidad hay? Además, se me antoja un método extgaogdinaguiamente incómodo y de lo más impgoductivo. Migue, tengo aquí las obgas de todos los ggandes maestgos, los agqueólogos más guenombgados del pasado. Los compago, sopeso las discguepancias, analizo las contgadicciones, decido quién es más pgobable que tenga gazón... y extgaigo una conclusión. Ése es el método científico. Al menos —añadió, condescendiente— tal y como yo lo entiendo. Seguía insufguiblemente bugdo ir a Agctugus, o a Sol, pog ejemplo, y andag pog ahí dando palos de ciego cuando los antiguos maestgos ya han cubiegto el mismo tegueno mucho más eficazmente de lo que yo podguía espegag conseguig jamás.

—Ya veo —murmuró educadamente Hardin.

Método científico, ¡y una porra! No era de extrañar que la Galaxia estuviera yéndose al garete.

—Milord —dijo Pirenne—, creo que va siendo hora de regresar.

—Ah, sí. Tiene usted gazón.

Cuando se disponían a salir de la habitación, Hardin dijo de repente:

—Milord, ¿puedo hacerle una pregunta?

Lord Dorwin esbozó una sonrisa insulsa y enfatizó su respuesta aleteando delicadamente con una mano.

—Pog supuesto, estimado amigo. Estoy a su segvicio. Si mis modestos conocimientos pueden segvigle de algo...

—No se trata de arqueología precisamente, milord.

—¿No?

—No, sino de lo siguiente: el año pasado llegó a Terminus la noticia de la explosión de una central energética en el Planeta V de Gamma Andrómeda. Recibimos una nota escueta que no entraba en detalles. Me pregunto si sabría usted decirme qué ocurrió exactamente.

Pirenne ensayó una mueca.

—Y yo me pregunto por qué tiene que molestar a su señoría indagando en sucesos que no vienen al caso.

—No es molestia, doctog Piguenne —intercedió el canciller—. En absoluto. De todas fogmas, no hay mucho que decig al guespecto. La centgal eneggética explotó, en efecto, y fue una vegdadega catástgofe, cguéanme. Me paguece guecogdag que muguiegon vaguios millones de pegsonas, y al menos la mitad del planeta quedó gueducido a escombgos. El gobiegno está considegando seguiamente la posibilidad de imponeg estguictas guestguicciones al uso indiscguiminado de la eneggía atómica... aunque esto no es de dominio público, ya saben.

—Me hago cargo —dijo Hardin—. ¿Pero qué sucedió con la planta?

—Bueno, vegá —respondió con indiferencia lord Dorwin—, ¿quién sabe? Hacía años que estaba estgopeada y se cguee que las piezas de guecambio y las guepagaciones dejaban mucho que deseag. Hoy en día es muy difícil encontgag pegsonal cualificado para compguendeg los detalles más técnicos de nuestgos sistemas eneggéticos. —Aspiró una pizca de rapé con expresión compungida.

—¿Se da usted cuenta —continuó Hardin— de que todos los reinos independientes de la Periferia se han quedado sin energía atómica?

—¿Es ciegto eso? No me sogpguende en absoluto. Planetas bágbagos... Pego estimado amigo, ay, no los llame independientes. No lo son. Los tgatados que hemos figmado con ellos así lo atestiguan. Gueconocen la sobeganía del Impeguio. Guequisito indispensable, natugalmente, paga la figma de dichos tgatados.

—Es posible, pero aun así gozan de una libertad de acción considerable.

—Sí, supongo que sí. Considegable. Pego iguelevante. Al Impeguio le conviene que la Pegifeguia dependa de sus pgopios guecugsos... como ocugue ahoga, más o menos. No nos sigven de nada, la vegdad. Bágbagos sin guemedio. Y casi sin civilizag.

—Estaban civilizados en el pasado. Anacreonte era una de las provincias exteriores más ricas. Tengo entendido que hacía sombra incluso a Vega.

—Ah, pego Hagdin, de eso hace siglos. No pueden extgaegse conclusiones de ahí. Las cosas egan distintas en la antigüedad. Las pegsonas cambian, no lo dude. Ay, Hagdin, es usted un muchacho obstinado. Le había dicho que hoy no queguía hablag de negocios. El doctog Piguenne me pguevino sobgue usted. Me advigtió que intentaguía tigagme de la lengua, pero este pego es demasiado viejo para eso. Dejémoslo para otga ocasión.

Y así lo hicieron.

5

Era la segunda reunión de la junta a la que asistía Hardin, sin contar las conversaciones informales que habían mantenido los miembros de la junta con lord Dorwin, quien ya había dado por concluida su visita a Terminus. El alcalde, sin embargo, tenía la fundada sospecha de que se había celebrado al menos una más, cuando no dos o tres, aunque por el motivo que fuese nadie le había extendido ninguna invitación.

No le extrañaría nada que la única razón de que se le hubiera notificado ésta fuera el ultimátum.

Pues de eso se trataba, en definitiva, por mucho que una lectura superficial del documento visigrafiado indujese a pensar que no era más que un cordial intercambio de formalidades entre dos potentados.

Hardin lo sostuvo con cuidado. Empezaba con el rimbombante saludo de «su poderosa majestad, el rey de Anacreonte, a su amigo y hermano, el doctor Lewis Pirenne, presidente de la junta de fideicomisarios de la Fundación Número Uno de la Enciclopedia», y terminaba de forma aún más espectacular con un gigantesco sello multicolor cuajado de símbolos.

Pero no dejaba de ser un ultimátum.

—Al final resulta que no disponíamos de tanto tiempo —dijo Hardin—, sólo tres meses. Pero por poco que fuese, hemos dejado que se desperdiciara. Esta carta nos concede una semana. ¿Qué hacemos ahora?

Pirenne frunció el ceño, preocupado.

—Debe de haber alguna salida. En vista de lo que nos aseguró lord Dorwin con respecto a la actitud del emperador y el Imperio, es de todo punto inconcebible que pretendan llevar la situación hasta sus últimas consecuencias.

—Ya veo. —Hardin adoptó una expresión más animada—. ¿Ha informado al rey de Anacreonte de esa supuesta actitud?

—Así es, tras plantear la propuesta ante la junta para su votación y recibir el visto bueno por unanimidad.

—¿Y cuándo dice que se celebró esa votación?

—No sabía que tuviera que darle explicaciones de nada, señor alcalde —se indignó Pirenne.

—De acuerdo. Tampoco me va la vida en ello. Opino, sin embargo, que el detonante directo de esta notita tan simpática no es otro que su diplomático informe de la valiosa contribución de lord Dorwin a la causa. —Una sonrisita ácida le curvó las comisuras de los labios—. Podríamos haber dispuesto de más tiempo, de lo contrario... aunque dudo que Terminus se hubiera beneficiado de ese plazo adicional, habida cuenta de la actitud de la junta.

—¿Y en qué se basa para llegar a tan notable conclusión, señor alcalde? —intervino Yate Fulham.

—Nada más sencillo. Basta con aplicar esa herramienta tan infravalorada que es el sentido común. Verán, existe una rama de las humanidades conocida como lógica simbólica, la cual sirve para desbrozar y allanar los intrincados vericuetos del idioma.

—¿Y a qué viene eso ahora? —insistió Fulham.

—A que la he aplicado, entre otras cosas, a este documento de aquí. Personalmente no me hacía falta porque su significado era evidente, pero creo que podré explicárselo mejor a cinco físicos con símbolos en vez de con palabras.

Hardin sacó y repartió un puñado de hojas del montón que llevaba debajo del brazo.

—Esto no es obra mía exclusivamente, por cierto —dijo—. Como pueden ver, los análisis están firmados por Muller Holk, de la división de Lógica.

Pirenne se inclinó sobre la mesa para ver mejor mientras Hardin continuaba:

—A nadie le sorprenderá saber que el problema que planteaba el men-

54

saje de Anacreonte fue fácil de desentrañar, dado que quienes lo redactaron no eran expertos en retórica sino personas de acción. Se reduce básicamente a una declaración tácita representada por estos símbolos que ven aquí, cuya traducción aproximada en palabras sería: «Tienen una semana para hacer lo que les decimos o les daremos una paliza y nos saldremos con la nuestra de todas formas».

El silencio se impuso en la habitación mientras los cinco miembros de la junta paseaban la mirada por la cadena de símbolos. Al cabo, Pirenne se sentó y carraspeó con expresión preocupada.

—No hay ningúna fallo, ¿verdad, doctor Pirenne? —dijo Hardin.

—No parece que lo haya.

—De acuerdo. —Hardin dejó otro montón de hojas encima de la mesa—. Lo que tienen ahora ante ustedes es una copia del tratado vigente entre el Imperio y Anacreonte. Un tratado, como verán, que lleva la firma de lord Dorwin en calidad de representante del emperador, tras su visita de la semana pasada. Al final encontrarán un examen simbólico.

El tratado, que ocupaba cinco páginas de letra pequeña, terminaba con un análisis escrito a mano en menos de media cara.

—Como ven, caballeros, el examen descarta directamente alrededor del noventa por ciento del tratado, por superfluo, y el interesante contenido restante se podría describir del siguiente modo:

»Obligaciones de Anacreonte con el Imperio: ninguna.

»Poderes del Imperio sobre Anacreonte: ninguno.

El intranquilo quinteto escuchó este razonamiento sin poder disimular su nerviosismo. Releyeron con atención el tratado, y cuando acabaron, Pirenne musitó con preocupación:

—Se diría que está en lo cierto.

—¿Reconoce entonces que el tratado no es sino una declaración de independencia total por parte de Anacreonte y un reconocimiento de ese estatus por parte del Imperio?

—Eso parece, sí.

—¿Y cree que Anacreonte no se da cuenta de la situación y no arde en deseos de reforzar su posición de independencia, por lo que sería lógico que mirara con recelo cualquier viso de amenaza por parte del Imperio? Sobre todo cuando es evidente que éste no puede cumplir sus amenazas de ninguna manera, o de lo contrario jamás hubiera permitido que Anacreonte se emancipara.

—Pero entonces —interpuso Sutt—, ¿cómo explica el alcalde Hardin que lord Dorwin garantizara el respaldo del Imperio? Sus explicaciones parecían... —Se encogió de hombros—. Bueno, parecían convincentes.

Hardin se retrepó en la silla.

—¿Sabe?, eso es lo más curioso de todo. Reconozco que tomé a su señoría por un alcornoque redomado la primera vez que lo vi, pero resulta que se trata de un diplomático consumado y astuto. Me tomé la libertad de grabar todas sus declaraciones.

Se produjo un revuelo. Pirenne se quedó boquiabierto, horrorizado.

—¿Qué ocurre? —preguntó Hardin—. Sé que fue una tremenda falta de hospitalidad, algo en lo que no incurriría nadie que se considerara un caballero, y que las cosas podrían haberse puesto muy feas si su señoría se hubiera percatado. Pero no lo hizo, las escuchas obran en mi poder, y eso es todo. Envié una copia de la grabación a Holk para que también la analizara.

—¿Y dónde está el análisis? —quiso saber Lundin Crast.

—Eso —respondió Hardin— es lo curioso. El análisis fue el más complicado de los tres, con diferencia. Cuando Holk, tras dos jornadas de trabajo intensivo, consiguió excluir las declaraciones sin sentido, las vaguedades, los epítetos gratuitos... todo lo superfluo, en definitiva... descubrió que no quedaba nada. Lo había eliminado todo.

»Lord Dorwin, caballeros, en cinco días de diálogo, no dijo ni una triste palabra digna de tenerse en consideración, y lo hizo de modo que nadie se diera ni cuenta. Ahí tienen las garantías de su bonito Imperio.

Hardin no hubiera podido provocar más confusión que la generada por sus últimas palabras ni soltando una bomba fétida en el centro de la mesa. Cuando por fin cesaron los murmullos, concluyó con impaciencia:

—Así que cuando esgrimieron sus amenazas... pues no eran otra cosa... concernientes a una acción del Imperio sobre Anacreonte, lo único que consiguieron fue irritar a un monarca que no tiene un pelo de tonto. Como cabía esperar, su ego le exigiría emprender medidas de inmediato, y este ultimátum es el resultado. Lo que nos lleva otra vez al principio de mi intervención. Nos queda una semana, ¿y ahora qué hacemos?

—Parece —dijo Sutt— que no nos queda más remedio que permitir que Anacreonte establezca sus bases militares en Terminus.

—En eso le doy la razón —repuso Hardin—, ¿pero qué medidas vamos a tomar para expulsarlos en cuanto se presente la ocasión?

El bigote de Yate Fulham sufrió un estremecimiento.

—Se diría que tiene usted claro que habrá que recurrir a la violencia.

—La violencia —fue la contrarréplica— es el último recurso del incompetente. Aunque lo cierto es que no tengo la menor intención de tenderles la alfombra roja y desempolvar mis mejores muebles para recibirlos.

—Sigue sin gustarme la forma en que lo expone —insistió Fulham—. Es una actitud peligrosa, tanto más por cuanto venimos notando de un tiempo a esta parte que un porcentaje considerable de la población parece acatar todas sus sugerencias a pies juntillas. Permítame que le diga, señor alcalde, que en la junta no estamos ciegos y seguimos muy de cerca sus actividades.

Una sensación de aquiescencia general impregnó el subsiguiente silencio. Hardin se encogió de hombros.

—Si caldeara los ánimos hasta provocar un estallido de violencia en la ciudad —continuó Fulham—, sólo conseguiría provocar un suicidio multitudinario, algo que no toleraremos de ninguna manera. Nuestra política se sustenta en un principio fundamental, y ése es la Enciclopedia. Lo que decidamos hacer o dejar de hacer será la medida necesaria para garantizar su seguridad.

—En tal caso —dijo Hardin—, habrán llegado a la conclusión de que debemos perpetuar nuestra intensiva campaña de brazos cruzados.

—Usted mismo ha demostrado que el Imperio no puede ayudarnos —replicó con acritud Pirenne—, aunque sigo sin entender el cómo y el porqué de que así sea. Si es preciso llegar a un acuerdo...

Hardin experimentó la horrible sensación de estar corriendo tan deprisa como podía sin moverse del sitio.

—No hay acuerdo al que llegar. ¿No se da cuenta de que toda esta monserga sobre bases militares no es más que burda palabrería? El haut Rodric nos reveló lo que ambiciona Anacreonte, anexionarnos e imponernos su sistema feudal de latifundios y su economía de aristócratas y campesinado. Es posible que el endeble farol de nuestra energía nuclear les obligue a actuar con cautela, pero actuarán de todas formas.

Se había puesto de pie, indignado, y los demás se levantaron con él. Menos Jord Fara, que aprovechó ese momento para decir:

—Por favor, siéntense. Creo que ya hemos ido demasiado lejos. Venga, señor alcalde, no hay motivo para encolerizarse de esa manera. Ninguno de nosotros ha cometido traición.

—¡Tendrá que convencerme de eso!

Fara esbozó una sonrisa.

—Ya sabe que no lo dice en serio. Permítame hablar.

Tenía los ojillos astutos entrecerrados, y el sudor perlaba la vasta superficie de su mentón.

—De nada serviría ocultar el hecho de que la junta ha llegado a la conclusión de que la verdadera solución al problema de Anacreonte nos será revelada dentro de seis días, cuando se abra la Bóveda.

—¿Ésa es su aportación a este asunto?

—En efecto.

—¿Pretende que no hagamos nada, que nos limitemos a esperar tranquilamente y confiar en que surja algún *deus ex machina* de la Bóveda?

—Fraseología melodramática al margen, sí, ésa es la idea.

—¡Qué forma tan sutil de escurrir el bulto! De verdad, doctor Fara, un intelecto inferior sería incapaz de producir semejante golpe de genio.

—Su afición por los epigramas es tan cómica como improcedente, Hardin —replicó Fara con una sonrisa indulgente—. Si no me equivoco, recordará usted los razonamientos sobre la Bóveda que expuse hace tres semanas.

—Sí, los recuerdo. Reconozco que era poco menos que una sandez desde el punto de vista de la lógica deductiva. Dijo... corríjame si me equivoco... que Hari Seldon era el psicólogo más importante de todo el sistema; que, por consiguiente, habría sabido prever el aprieto en que nos encontramos ahora; y que, por si fuera poco, diseñó la Bóveda como un método para mostrarnos la salida.

—Ha capturado la idea en esencia.

—¿Le sorprendería escuchar que no he dejado de darle vueltas a la cuestión en las últimas semanas?

—Me halaga. ¿Con qué resultado?

—Con el resultado de que la simple deducción es insuficiente. Insisto, lo que necesitamos es un ápice de sentido común.

—¿Por ejemplo?

—Por ejemplo, si anticipó nuestro conflicto con Anacreonte, ¿por qué no nos emplazó en cualquier otro planeta, más cerca de los centros galácticos? No es ningún secreto que Seldon manipuló a los comisionados de Trantor para que ordenaran que la Fundación se estableciera en Terminus. ¿Pero qué lo impulsó a hacer algo así? ¿Por qué situarnos aquí si podía pronosticar el corte de las comunicaciones, el aislamiento del resto de la Galaxia, la amenaza de nuestros vecinos y la indefensión de Terminus por culpa de su escasez de metales? ¡Sobre todo eso! O, si lo tenía todo previsto, ¿por qué no avisar con tiempo a los primeros colonos para que pudieran estar preparados en vez de esperar a que la situación fuera tan insostenible como en estos momentos?

»Y no olviden una cosa. Si él pudo prever el problema entonces, nosotros podemos verlo igual de bien ahora. Por tanto, si él fue capaz de prever la solución entonces, nosotros deberíamos ser capaces de verla ahora. Después de todo, Seldon no era ningún mago. No hay ningún truco secreto para escapar de un dilema que él pueda ver y nosotros no.

—Hardin —le recordó Fara—, es que es imposible.

—Pero si no lo han intentado. Ni siquiera una sola vez. ¡Primero se negaron a admitir que existiera alguna amenaza! ¡Después depositaron una confianza ciega en el emperador! Ahora esperan que los salve Hari Seldon. En todo momento han apelado invariablemente a la autoridad o al pasado, jamás a sus propios recursos.

Abrió y cerró los puños espasmódicamente.

—Todo se reduce a una actitud equivocada, un reflejo condicionado que bloquea la independencia de sus mentes siempre que se plantea la posibilidad de oponerse a la autoridad. Jamás se les ocurriría dudar que el emperador sea más poderoso que ustedes, o Hari Seldon más sabio. Y eso es un error, ¿no lo ven?

Por el motivo que fuera, nadie se molestó en contestar.

—No son los únicos —continuó Hardin—. Se trata de la Galaxia entera. Pirenne oyó lo que piensa lord Dorwin de la investigación científica. Su señoría opina que para ser un buen arqueólogo sólo hay que leer todos los libros que se han escrito sobre la materia... escritos por personas que llevan siglos enterradas. Su método para resolver enigmas arqueológicos pasa por contrastar autoridades enfrentadas. Y Pirenne se quedó escuchando sus palabras sin oponer ninguna objeción. ¿No se dan cuenta de algo anda mal en todo eso?

De nuevo una nota implorante en su voz. De nuevo, no hubo respuesta.

Prosiguió:

—Ustedes y la mitad de Terminus tampoco son mucho mejores. Aquí nos tienen, sentados, ensalzando la extraordinaria importancia de la Enciclopedia. Damos por supuesto que la finalidad suma de la ciencia es la clasificación de acontecimientos pasados. Es importante, cierto, ¿pero no queda acaso nada nuevo por desarrollar? Estamos retrocediendo, sucumbiendo al olvido, ¿no lo ven? Aquí, en la Periferia, han perdido la energía atómica. En Gamma Andrómeda, una central energética ha saltado por los aires por culpa de unas labores de reparación deplorables, y el canciller del Imperio lamenta la escasez de técnicos nucleares. ¿Y la solución? ¿Formar nuevos profesionales? ¡Jamás! En vez de eso, pretenden restringir la energía atómica.

Y por tercera vez:

—¿No se dan cuenta! El fenómeno está extendido por toda la Galaxia. Lo único que nos deparará este culto al pasado es deterioro y estancamiento.

Paseó la mirada por los rostros de todos los presentes, que se limitaron a contemplarlo sin pestañear.

Fara fue el primero en recuperarse.

—Bueno, la filosofía mística no va a sernos de ninguna ayuda. Vayamos al grano. ¿Niega usted que Hari Seldon pudiera haber predicho las tendencias históricas del futuro mediante técnicas psicológicas?

—¡No, claro que no! —exclamó Hardin—. Pero no podemos depender de él para encontrar una solución. Él podría señalar el problema, a lo sumo, pero si existe una salida, deberemos encontrarla por nuestros propios medios. Hari Seldon no puede hacer nuestro trabajo.

—¿A qué se refiere con «señalar el problema»? —habló de improviso Fulham—. Ya sabemos cuál es el problema.

Hardin giró sobre los talones para encararse con él.

—¿Eso cree? ¿Le parece probable que Anacreonte fuera la principal preocupación de Hari Seldon? ¡Disiento! Les aseguro, caballeros, que ninguno de ustedes tiene aún la menor idea de lo que está pasando realmente.

—¿Y usted sí? —preguntó con hostilidad Pirenne.

—¡En efecto! —Hardin se levantó de un salto y apartó la silla de un empujón. Un brillo helado le iluminaba la mirada—. Si algo está claro es que algo huele a podrido en todo este asunto, algo más importante que cualquier cosa que hayamos dicho hasta ahora. Háganse esta pregunta: ¿a qué se debe que entre los pobladores originales de la Fundación no se incluyera ni un solo psicólogo de primera, aparte de Bor Alurin? Quien además tuvo mucho cuidado de abstenerse de enseñar algo más que los rudimentos de la disciplina a sus pupilos.

Tras unos instantes de silencio, Fara dijo:

—Vale. ¿A qué?

—A que es posible que un psicólogo descubriera de qué va todo esto... y demasiado pronto para el gusto de Hari Seldon. Así las cosas, llevamos todo este tiempo dando palos de ciego, descubriendo apenas atisbos de la verdad. Precisamente lo que Hari Seldon quería. —Se rio con voz ronca—. ¡Caballeros, que tengan un buen día!

Dicho lo cual, salió de la habitación con cajas destempladas.

6

El alcalde Hardin seguía rumiando la punta del puro, sin importarle que éste se hubiera apagado. Había pasado la noche en vela, y tenía la firme sospecha de que tampoco conseguiría pegar ojo la siguiente. La falta de sueño se reflejaba en sus ojos.

—¿Y eso lo cubre? —preguntó con voz fatigada.

—Me parece que sí. —Yohan Lee se llevó una mano a la barbilla—. ¿Cómo suena?

—No está mal. Habrá que actuar con impudicia, compréndalo. Es decir, no puede haber ninguna vacilación, no debemos concederles tiempo para que se den cuenta de lo que está pasando. Cuando estemos en posición de impartir órdenes, hágalo como si hubiera nacido para ello y la fuerza de la costumbre se encargará de que obedezcan. Ésa es la esencia de un golpe de estado.

—Si la junta se sigue mostrando indecisa siquiera...

—¿La junta? Olvídese de ellos. A partir de mañana, su capacidad de intervención en los asuntos de Terminus no valdrá ni medio crédito oxidado.

Lee asintió con la cabeza, despacio.

—Sin embargo, me extraña que no hayan intentado detenernos todavía. Usted mismo ha dicho que su ignorancia no era absoluta.

—Fara tantea los bordes del problema. A veces me pone nervioso. Y Pirenne recela de mí desde que me eligieron. Pero nunca han tenido la menor oportunidad de comprender realmente qué ocurre. Su fe en la autoridad es absoluta. Están convencidos de que el emperador, por el mero hecho de ostentar ese título, es omnipotente. Y están seguros de que la junta de fideicomisarios, por el simple hecho de actuar en representación del emperador, jamás podría encontrarse en una posición que le impidiera dar órdenes. Esa incapacidad para reconocer la posibilidad de una revuelta es nuestra mejor aliada.

Se levantó pesadamente de la silla y se dirigió al refrigerador de agua.

—No son malas personas, Lee, cuando se ciñen a su Enciclopedia... y nosotros nos encargaremos de que se ciñan a ella en el futuro. Cuando de dirigir Terminus se trata, no obstante, su incompetencia no tiene límite. Ahora váyase y ponga las cosas en marcha. Quiero estar solo.

Se sentó en una esquina de la mesa, con la mirada fija en el vaso de agua.

¡Por el espacio! ¡Ojalá estuviera tan seguro como aparentaba! Los anacreontes aterrizarían dentro de dos días, y lo único que él tenía para seguir adelante era un puñado de presentimientos y sospechas sobre lo que

Hari Seldon llevaba insinuando desde hacía cincuenta años. Ni siquiera era psicólogo de verdad, con todas las letras, tan sólo un aficionado con algo de educación empeñado en ser más listo que la mente más brillante de su época.

Si Fara tenía razón, si Anacreonte era el único problema previsto por Hari Seldon, si la Enciclopedia era lo único que le interesaba preservar... ¿qué precio pagarían entonces por su golpe de estado?

Se encogió de hombros y se bebió el agua.

7

El mobiliario de la Bóveda constaba de muchas más de seis sillas, como si se esperara una concurrencia mucho más nutrida. Hardin reparó en ese detalle, contemplativo, y se sentó con expresión fatigada en un rincón, lo más lejos posible de los otros cinco.

Los miembros de la junta no parecían tener nada que objetar a esa distribución. Conversaban entre ellos en susurros que se redujeron a sibilantes monosílabos antes de extinguirse por completo. De todos ellos, tan sólo Jord Fara parecía razonablemente sereno. Había sacado un reloj de bolsillo y lo observaba con gesto sombrío.

Hardin también consultó su reloj, de soslayo, antes de dirigir la mirada al cubículo de cristal, vacío por completo, que dominaba la mitad de la estancia. Era el único rasgo llamativo de la habitación, pues aparte de eso nada indicaba que, en alguna parte, una mota de radio a punto de agotarse señalaría el momento exacto en que caería un contrapeso, se establecería una conexión y...

Las luces se atenuaron.

No se apagaron, sino que adquirieron una tonalidad mortecina tan de repente que a Hardin le dio un vuelco el corazón. Había vuelto la mirada hacia el techo, alarmado, y cuando la bajó de nuevo el cubículo ya no estaba vacío.

Lo ocupaba una figura; una figura sentada en una silla de ruedas.

El recién llegado no habló de inmediato, sino que cerró el libro que sostenía en el regazo y lo acarició ociosamente. Al cabo, sonrió, y su rostro pareció llenarse de vida.

—Soy Hari Seldon —anunció, con voz suave y añeja.

Hardin estuvo a punto de incorporarse para responder al saludo, pero se reprimió a tiempo.

La voz prosiguió en tono cordial:

—Como verán, me encuentro confinado en esta silla y no puedo levantarme para darles la bienvenida. Sus abuelos partieron hacia Terminus hace unos meses, en mi época, y desde entonces me aqueja una inoportuna parálisis. Sepan que no puedo verlos, lo que me impide saludarlos como es debido. Ni siquiera sé cuántos son, por lo que esta reunión deberá transcurrir por cauces informales. Si alguno de ustedes está de pie, le ruego que se siente; y si desean fumar, sepan que no tengo nada en contra. —Emitió una risita—. ¿Por qué debería? Ni siquiera estoy aquí de verdad.

Hari Seldon dejó el libro a un lado, como si lo depositara encima de una mesa invisible, y cuando lo soltó, se desvaneció.

—Hace ya cincuenta años que se estableció esta Fundación, cincuenta años durante los cuales sus miembros han trabajado en pos de un objetivo desconocido. Su ignorancia era imprescindible, pero ahora esa necesidad ha dejado de ser tal.

»La Fundación de la Enciclopedia es una farsa y lo ha sido siempre.

Hardin oyó un tumulto a su espalda, y una o dos increpaciones ahogadas, pero no se giró.

Hari Seldon, como cabía esperar, se mantuvo impertérrito. Continuó:

—Es una farsa en el sentido de que ni a mis colegas ni a mí nos importa lo más mínimo que llegue a publicarse un solo volumen de la Enciclopedia. Ya ha cumplido su función, pues gracias a ella hemos conseguido una cédula imperial, hemos reunido a las cien mil personas necesarias para nuestro plan, y hemos conseguido mantenerlas ocupadas mientras los acontecimientos iban cobrando forma, hasta ser demasiado tarde para que nadie se eche atrás.

»En el transcurso de los cincuenta años que llevan trabajando en este proyecto fraudulento... de nada sirve andarse con eufemismos... se ha cortado su retirada, y ahora no les queda más remedio que proseguir con el proyecto infinitamente más importante que era, y sigue siendo, nuestro auténtico plan.

»A tal fin los emplazamos en un planeta y en una época que permitieran que en cincuenta años llegasen a un punto donde la libertad de acción ya no fuera posible. A partir de ahora, y durante siglos, el camino que deberán recorrer está fijado de antemano. Se enfrentarán a una serie de crisis, de las cuales ahora afrontan la primera, y en todos los casos su libertad de acción se verá igualmente circunscrita para que tomen siempre una y solamente una salida.

»Dicha salida es el objetivo de nuestra psicología... y tiene su razón de ser.

»La civilización galáctica lleva siglos estancándose y degenerando, aunque sólo unos pocos hayan sabido verlo. Pero ahora, por fin, la Periferia está independizándose y la unidad política del Imperio se tambalea. En algún momento de los últimos cincuenta años se encuentra el momento donde los historiadores del futuro trazarán una línea arbitraria y dirán: «Aquí empezó la caída del Imperio Galáctico».

»Y tendrán razón, aunque aún habrán de transcurrir varios siglos antes de que esa Caída sea reconocida como tal.

»Después de la Caída llegará la inevitable barbarie, un periodo que, según revela la psicohistoria, debería prolongarse treinta mil años en circunstancias normales. No podemos impedir la Caída. Tampoco es ése nuestro deseo, pues la cultura del Imperio ha perdido el vigor y la valía que poseyó en sus comienzos. Pero podemos acortar el subsiguiente periodo de primitivismo... podemos reducirlo a un solo milenio.

»Los pormenores de esa reducción no podemos desvelárselos, como tampoco podíamos desvelarles la verdad acerca de la Fundación hace cincuenta años. Si averiguaran dichos pormenores, nuestro plan podría fracasar; como habría ocurrido si hubieran descubierto antes la farsa de la Enciclopedia, pues ese conocimiento expandiría su libertad de acción y el número de variables adicionales introducidas se volvería imposible de controlar para nuestra psicología.

»Pero no averiguarán nada, puesto que en Terminus no hay psicólogos ni los hubo nunca, a excepción de Alurin... que era uno de los nuestros.

»Sólo puedo decirles una cosa: Terminus y su Fundación compañera emplazada en el otro extremo de la Galaxia son las semillas del renacimiento y de los futuros fundadores del Segundo Imperio Galáctico, y es la crisis actual lo que empujará a Terminus hacia ese clímax.

»Esta crisis, dicho sea de paso, es mucho más directa y sencilla que las numerosas que los aguardan. Reducida a sus elementos básicos, se podría resumir así: su planeta ha quedado inesperadamente aislado de los centros aún civilizados de la Galaxia y se ve amenazado por sus vecinos más fuertes. Se trata de un pequeño mundo de científicos rodeado de vastos frentes de barbarie en rápida expansión. Constituye un islote de energía nuclear en un océano cada vez mayor de energía más primitiva, pero a pesar de eso está indefenso por culpa de la escasez de metales.

»Así pues, como ven, acuciados por la necesidad, es perentorio que emprendan alguna acción. La naturaleza de dicha acción... o lo que es lo mismo, la solución a su dilema... es evidente.

La imagen de Hari Seldon extendió un brazo y el libro volvió a materializarse en su mano. Lo abrió y continuó:

—Por tortuoso que sea el rumbo que tome su historia futura, inculquen siempre a sus descendientes la idea de que el camino estaba fijado de antemano, y que al final de éste se yergue un nuevo Imperio, aún más glorioso si cabe.

A continuación posó la mirada en el libro, su imagen se evaporó con un parpadeo, y las luces volvieron a brillar con más intensidad.

Cuando Hardin levantó la cabeza vio que Pirenne estaba observándolo con labios temblorosos, empañados los ojos por la tragedia.

El presidente habló con voz firme pero carente de inflexión.

—Tenía usted razón, por lo visto. Si le apetece reunirse con nosotros más tarde, a las seis, la junta consultará con usted cuál debería ser nuestro próximo movimiento.

Le estrecharon la mano, todos y cada uno de ellos, y se marcharon; Hardin sonrió para sus adentros. Habían reaccionado con la sensatez que cabía esperar, pues como científicos sabían reconocer que se habían equivocado. Pero ya era demasiado tarde para ellos.

Consultó su reloj. A estas alturas, todo debía de haber terminado. Los hombres de Lee habrían asumido el mando y la junta ya no estaría en condiciones de dar más órdenes.

Las primeras naves anacreontes aterrizarían mañana, pero también eso estaba previsto. Dentro de seis meses, tampoco ellos podrían darle órdenes a nadie.

Lo cierto era que la solución a esta primera crisis era evidente, tal y como acababa de expresar Hari Seldon y como Salvor Hardin había intuido desde que Anselm haut Rodric revelara por primera vez ante él la carencia de energía atómica de Anacreonte.

Más evidente, imposible.

Tercera parte

Los alcaldes

1

LOS CUATRO REINOS: Término que denomina a aquellas porciones de la provincia de Anacreonte que se escindieron del Primer Imperio al comienzo de la Era Fundacional para constituirse en efímeros reinos independientes, el mayor y más poderoso de los cuales sería el propio Anacreonte, con un área de [...]

[...] Sin duda el aspecto más interesante de la historia de los Cuatro Reinos está relacionado con la extraña sociedad temporal que se vieron obligados a establecer durante el mandato de Salvor Hardin [...]

ENCICLOPEDIA GALÁCTICA

¡Una delegación!

Que Salvor Hardin lo hubiera visto venir no lo volvía más agradable. Al contrario, la espera se le antojaba especialmente irritante.

Yohan Lee, por su parte, abogaba por tomar medidas drásticas.

—No entiendo, Hardin —dijo—, que debamos perder más tiempo. No podrán hacer nada hasta las próximas elecciones... legalmente, al menos... y eso nos otorga un plazo de un año. Líbrate de ellos.

Hardin frunció los labios.

—Lee, no aprenderás nunca. Cuarenta años hace que nos conocemos y sigues sin aprender el noble arte de atacar por la espalda.

—No es mi forma de pelear —refunfuñó Lee.

—Sí, ya lo sé. Supongo que por eso eres mi persona de confianza. —Hardin hizo una pausa y cogió un puro—. Hemos llegado muy lejos, Lee, desde que planeamos el derrocamiento de los enciclopedistas. Me hago mayor. Sesenta y dos años ya. ¿No te preguntas nunca adónde se han ido esos treinta años?

—Pues yo no me siento mayor —resopló Lee—, y tengo sesenta y seis.

—Sí, pero yo no tengo tu estómago. —Hardin chupó perezosamente el cigarro. Hacía mucho que había dejado de suspirar por el suave tabaco vegano de su juventud. Los días en que el planeta, Terminus, comerciaba hasta con el último rincón del Imperio Galáctico pertenecían al limbo donde iban a parar todos los tiempos mejores. El mismo limbo al que se dirigía el Imperio Galáctico. Se preguntó quién sería el nuevo emperador, si es que lo había... si es que aún existía el Imperio. ¡Por el espacio! Ya hacía tres décadas, desde la interrupción de las comunicaciones aquí, al filo de

66

la Galaxia, que el universo entero de Terminus se reducía a sí mismo y los Cuatro Reinos circundantes.

¡Qué bajo habían caído los poderosos! ¡«Reinos»! Antaño eran prefecturas, todas ellas parte de la misma provincia, la cual a su vez formaba parte de un sector, el cual a su vez formaba parte de un cuadrante, que a su vez era parte del inabarcable Imperio Galáctico. Y ahora que el Imperio había perdido el control sobre los confines más lejanos de la Galaxia, estos fragmentados racimos de planetas se convertían en reinos gobernados por monarcas y nobles de opereta, plagados de rencillas sin sentido, inmersos en una vida que pugnaba por prolongarse entre los escombros.

Antes de que interviniera la Fundación, la civilización se tambaleaba, la energía nuclear había caído en el olvido, y la ciencia se rendía ante la mitología. La misma Fundación que Hari Seldon había establecido con ese preciso propósito aquí, en Terminus.

La voz de Lee, de pie ante la ventana, sacó de sus cavilaciones a Hardin.

—Han llegado —dijo— en un vehículo terrestre último modelo, los jóvenes cachorros. —Dio unos pasos en dirección a la puerta, dubitativo, y miró a Hardin, que sonrió y le indicó que regresara.

—He dado instrucciones para que los suban aquí.

—¡Aquí! ¿Para qué? Les concedes demasiada importancia.

—¿Qué sentido tiene pasar por todo el protocolo de una audiencia con el alcalde? He perdido el gusto por las ceremonias con la edad. Además, tratar a los jóvenes de forma obsequiosa tiene sus ventajas, sobre todo si no conlleva ningún compromiso. —Guiñó un ojo—. Siéntate, Lee, y dame tu apoyo moral. Lo necesitaré con el joven Sermak.

—Ese tipo, Sermak —observó Lee—, es peligroso. Tiene sus seguidores, Hardin, no lo subestimes.

—¿Cuándo he subestimado yo a nadie?

—Bueno, pues arréstalo. Ya tendrás tiempo de acusarlo de algo después.

Hardin prefirió hacer oídos sordos ante este consejo.

—Ya están aquí, Lee. —En respuesta a una señal, pisó el pedal que había debajo de la mesa y la puerta se deslizó a un lado.

Los cuatro integrantes de la delegación entraron en fila. Cuando Hardin les indicó que ocuparan los sillones que formaban un semicírculo frente a su escritorio, hicieron una reverencia y esperaron a que el alcalde iniciara la conversación.

Hardin abrió la tapa de plata con exóticos grabados de la caja de puros que había pertenecido en su día a Jord Fara, miembro de la antigua junta de fideicomisarios, en la ya olvidada época de los enciclopedistas. Se trataba de una verdadera reliquia imperial procedente de Santanni, aunque los cigarros que contenía ahora eran autóctonos. Uno por uno, con gesto solemne, los cuatro integrantes de la delegación aceptaron sendos puros y los encendieron ceremoniosamente.

Sef Sermak, el segundo por la derecha, era el más joven del grupo, y el de aspecto más llamativo con su hirsuto bigote rubio recortado con esmero, y sus ojos de color indeterminado. Hardin descartó a los otros tres casi de entrada; llevaban su condición de soldados rasos escrita en la cara. Se concentró en Sermak, por tanto, quien había puesto patas arriba en más de una ocasión el aletargado organismo del consejo de la ciudad durante su primera legislatura en él. Dirigiéndose a él, dijo:

—Ardía en deseos de hablar con usted, consejero, desde el extraordinario discurso que dio el mes pasado. Su asalto a la política exterior de este gobierno fue muy elocuente.

—Me honra con su interés —replicó Sermak, con la mirada encendida—. Elocuente o no, lo cierto es que el asalto estaba justificado.

—Es posible. Respeto su opinión, naturalmente. No obstante, es usted muy joven.

—Un defecto en el que incurre la mayoría de la gente en algún momento de su vida —fue la seca respuesta—. Cuando se convirtió en alcalde de la ciudad tenía usted dos años menos que yo ahora.

Hardin sonrió para sus adentros. El potrillo tenía genio. Dijo:

—Supongo que el motivo de su visita es esa misma política exterior que tantos disgustos le da en la cámara del consejo. ¿Representa usted a sus tres colegas o tendré que escucharlos por separado?

Los cuatro jóvenes intercambiaron miraditas de reojo y batieron ligeramente los párpados.

—Hablo en nombre del pueblo de Terminus —sentenció Sermak, sucinto—, un pueblo que no goza de representación real en ese organismo anquilosado que llaman consejo.

—Entiendo. Pues muy bien, adelante.

—Se reduce a lo siguiente, señor alcalde: no estamos satisfechos...

—Cuando dice que no «están», ¿se refiere al pueblo o a usted?

Sermak, presintiendo una trampa, se lo quedó mirando con hostilidad y respondió fríamente:

—Creo que mis opiniones reflejan el sentir de la mayoría de los votantes de Terminus. ¿Le parece bien así?

—Bueno, convendría respaldar con pruebas materiales ese tipo de aseveraciones, pero siga de todos modos. No están satisfechos.

—Así es, no estamos satisfechos con una política que lleva treinta años debilitando las defensas de Terminus frente al inevitable ataque del exterior.

—Ya veo. ¿Y por consiguiente? Continúe, continúe.

—Gracias por su comprensión. Y por consiguiente, nos proponemos formar un nuevo partido político que luchará por las necesidades más inmediatas de Terminus en vez de por un futurible «destino manifiesto» del Imperio. Vamos a sacarlos del ayuntamiento de la ciudad, a usted y a su cohorte de aduladores, y pronto.

—¿A menos? Siempre hay un «a menos», ya sabe.

—Una pequeñez, en este caso: a menos que dimita inmediatamente. No le pido que cambie su política: jamás confiaría en que usted llegase a ese extremo. Sus promesas no tienen ningún valor. Sólo aceptaremos una dimisión irrevocable.

—Entiendo. —Hardin cruzó las piernas e inclinó la silla sobre las dos patas traseras—. Ése es su ultimátum. Le agradezco la advertencia. Pero, si no le parece mal, preferiría ignorarla.

—No se crea que era un aviso, señor alcalde. Era una declaración de principios y de guerra. El nuevo partido se ha formado ya y comenzará sus actividades oficiales mañana. No esperamos ni deseamos un compromiso, y francamente, si nos hemos sentido en la obligación de ofrecerle la salida más fácil es tan sólo en reconocimiento de sus servicios prestados a la ciudad. No esperaba que la aceptara, pero así al menos tengo la conciencia tranquila. Las próximas elecciones serán un recordatorio más contundente de lo necesario de su dimisión.

Se puso de pie e indicó a los demás que hicieran lo mismo.

Hardin levantó una mano.

—Alto. Siéntese.

Sef Sermak volvió a acomodarse en su sillón, quizá con demasiada presteza, y Hardin sonrió interiormente tras un semblante impertérrito. A pesar de sus palabras, el muchacho aguardaba una oferta... la que fuera.

—¿Exactamente cómo le gustaría que cambiásemos nuestra política exterior? —preguntó Hardin—. ¿Quiere que ataquemos a los Cuatro Reinos ahora, sin esperar más, y a todos a la vez?

—No sugiero nada por el estilo, señor alcalde. Lo único que pedimos es que se deje de contemporizar inmediatamente. Desde el comienzo de su mandato ha mantenido una política de respaldo científico a los reinos. Les ha entregado el secreto de la energía nuclear. Ha ayudado a reconstruir centrales energéticas en todo su territorio. Ha fundado clínicas, laboratorios químicos y fábricas.

—¿Y bien? ¿Qué tiene que objetar?

—Que sólo lo ha hecho para evitar que nos atacaran. Mediante esos sobornos, ha estado haciéndose el tonto en un caso de chantaje descomunal con el que ha permitido que expriman a Terminus, con el resultado de que ahora nos encontramos a merced de esos bárbaros.

—¿En qué sentido?

—Gracias a que les ha facilitado energía, les ha dado armas y ha surtido sus armadas de naves, son infinitamente más poderosos que hace tres décadas. Sus exigencias no dejan de aumentar, y con su nuevo arsenal, tarde o temprano satisfarán todas sus demandas de golpe anexionándose Terminus por la fuerza. ¿No es así como suelen terminar los chantajes?

—¿Y su solución?

—Detenga los sobornos de inmediato, mientras pueda. Concentre sus esfuerzos en la fortificación de Terminus... y sea el primero en atacar.

Hardin observó el bigote rubio del muchacho con morbosa fascinación. Sermak debía de sentirse muy seguro de sí mismo, de lo contrario no hablaría tanto. No cabía duda que sus palabras eran el reflejo de un segmento nada desdeñable de la población.

Cuando habló de nuevo, su voz no dejó traslucir el preocupado rumbo de sus pensamientos, sino que sonó indiferente.

—¿Ha terminado?

—Por el momento.

—Bien, en tal caso, ¿ve esa frase enmarcada que adorna la pared a mi espalda? Tenga la bondad de leerla.

Los labios de Sermak sufrieron un estremecimiento.

—Pone: «La violencia es el último recurso del incompetente». Ésa es la filosofía de un anciano, señor alcalde.

—La puse en práctica cuando era joven, señor consejero... con éxito. Usted estaba ocupado naciendo cuando ocurrió, pero puede que haya leído algo al respecto en la escuela.

Observó a Sermak con atención antes de continuar, midiendo sus palabras:

—Cuando Hari Seldon estableció la Fundación aquí, lo hizo con la supuesta intención de producir una gran enciclopedia, y durante cincuenta años perseguimos esa quimera, antes de descubrir qué se proponía realmente. Para entonces, ya era casi demasiado tarde. Cuando se interrumpieron las comunicaciones con la región central del antiguo Imperio, nos encontramos con que éramos un mundo de científicos concentrados en una sola ciudad, sin industria y rodeados de reinos recién creados, hostiles y en gran medida primitivos. Éramos un diminuto islote de energía nuclear en medio de un océano de barbarie, y una presa de valor incalculable.

»Anacreonte, que ya entonces era el más poderoso de los Cuatro Reinos, exigió y estableció una base militar en Terminus, y los regentes de la ciudad por aquel entonces, los enciclopedistas, sabían perfectamente que aquello no era sino el primer paso hacia la conquista de todo el planeta. Así estaban las cosas cuando... esto... asumí el mando del gobierno. ¿Qué hubiera hecho usted?

Sermak se encogió de hombros.

—Es una pregunta que carece de interés práctico. Yo sé lo que usted hizo, naturalmente.

—De todas formas, insisto. Me parece que no ve adónde quiero ir a parar. La idea de amasar todas las fuerzas que pudiéramos y oponer resistencia resultaba muy tentadora. Se trata de la salida más fácil, la más considerada con el amor propio... pero, en la inmensa mayoría de los casos, también la más estúpida. Eso es lo que hubiera hecho usted con su idea de «atacar primero». Lo que hice yo, en cambio, fue visitar los otros tres reinos, uno por uno; explicarle a cada uno de ellos que permitir que el secreto de la energía nuclear cayera en manos de Anacreonte era la forma más rápida de rebanarse el pescuezo; y sugerir amablemente que tomasen la decisión más evidente. Eso fue todo. Un mes después de que las fuerzas de Anacreonte se posaran en Terminus, su monarca recibió un ultimátum conjunto de sus tres vecinos. En cuestión de siete días, el último anacreonte había salido de Terminus.

»Y ahora dígame, ¿qué necesidad había de recurrir a la violencia?

El joven consejero contempló pensativamente la colilla de su puro y la tiró al hueco del incinerador.

—No entiendo la analogía. Aunque la insulina devuelva la normalidad a un diabético sin necesidad de recurrir al bisturí, la apendicitis sigue teniendo que operarse. Es inevitable. Cuando todo lo demás falla, ¿qué nos queda salvo, por usar sus mismas palabras, el último recurso? Es culpa suya que nos veamos en esta tesitura.

—¿Mía? Ah, sí, de nuevo mi política de contemporización. Me parece que sigue sin comprender la esencia de nuestra situación. La marcha de los anacreontes no puso fin a nuestros problemas. Acababan de empezar. Los Cuatro Reinos eran para nosotros una amenaza más temible que nunca, pues todos ellos ambicionaban la energía atómica, y lo único que hacía que cada uno de ellos se abstuviese de abalanzarse sobre nuestra yugular era el temor a los otros tres. Estamos haciendo equilibrios en la punta de una espada muy afilada, y el menor tropiezo en cualquier dirección... Si, por ejemplo, el arsenal de cualquiera de los reinos se volviese muy superior al de los demás, o si dos de ellos decidieran formar una coalición... ¿Lo entiende?

—Desde luego. Ése era el momento de comenzar nuestros preparativos de guerra.

—Al contrario. Ése era el momento de comenzar nuestros preparativos para evitar cualquier tipo de conflicto. Volví a los unos contra los otros. Les ayudé por turnos. Les ofrecí ciencia, comercio, educación, avances científicos. Convertí Terminus en un planeta floreciente, mucho más valioso para ellos que cualquier trofeo militar. Hace treinta años que da resultado.

—Sí, pero se vio obligado a envolver esos regalos científicos en el servilismo más humillante. Ha transformado la tecnología en una parodia de sí misma, infundiéndole un aire de religiosidad y superchería. Ha erigido una jerarquía de sacerdotes y complicados rituales absurdos.

Hardin frunció el ceño.

—¿Y eso qué más da? No entiendo qué tiene ver con nuestra discusión. Empezó así al principio porque los bárbaros consideraban que nuestra ciencia era una especie de hechicería arcana, y resultaba más fácil conseguir que la aceptaran partiendo de esa base. El sacerdocio se creó a sí mismo, y fomentándolo nos limitamos a seguir la estrategia menos controvertida. Es un detalle sin importancia.

—No lo es cuando esos sacerdotes dirigen las centrales energéticas.

—Cierto, pero no olvide que los hemos formado nosotros. El conocimiento que poseen de sus herramientas es puramente empírico, y su fe en la farsa que los rodea es inquebrantable.

—Y si alguno de ellos descubre el engaño y tiene la genial idea de descartar el empirismo, ¿qué le impediría aprender técnicas reales y vendérselas al mejor postor? ¿Qué valor tendríamos para los reinos entonces?

—Las probabilidades de que ocurra algo así son mínimas, Sermak. Se está dejando llevar por la superficialidad. Las personas más destacadas de los planetas de los reinos son enviadas a la Fundación todos los años para educarse en el sacerdocio. De ellas, las mejores se quedan aquí en calidad de estudiantes de investigación. Tiene usted en muy romántica y equivocada estima a la ciencia si cree que los seleccionados, prácticamente ignorantes de los rudimentos más elementales de la ciencia, o peor aún, con la distorsionada educación que reciben los sacerdotes, serían capaces de desentrañar los misterios de la energía nuclear, la electrónica o la teoría del hipersalto. No se alcanzan esos niveles sin una vida de dedicación y un intelecto privilegiado.

Yohan Lee se había puesto en pie durante el discurso anterior y había salido de la habitación. Regresó ahora, y cuando Hardin dejó de hablar, se acercó al oído de su superior. Tras un intercambio de susurros, un cilindro revestido de plomo cambió de manos. A continuación, con una furtiva mirada de hostilidad dirigida a la delegación, Lee retomó su asiento.

Hardin dio la vuelta al cilindro que tenía en las manos sin dejar de observar a la delegación con los párpados entornados. Lo abrió con un brusco giro de muñeca, y Sermak fue el único que supo dominarse para no echar un rápido vistazo a la hoja enrollada que cayó de su interior.

—En pocas palabras, caballeros —dijo el alcalde—, el gobierno opina que sabe lo que se hace.

Leyó mientras hablaba. Vio las líneas de intrincados códigos sin sentido que cubrían la página y las tres palabras escritas a lápiz en una esquina que contenían el verdadero mensaje. Les echó un vistazo antes de tirar la hoja al hueco del incinerador con indiferencia.

—Me temo que eso pone fin a la entrevista. Ha sido un placer hablar con ustedes. Gracias por venir. —Hardin les dio la mano a todos, y el cuarteto desfiló fuera de la habitación.

Hardin ya casi había olvidado cómo se reía uno, pero cuando Sermak y sus tres silenciosos compañeros estuvieron fuera del alcance del oído, se permitió una risita seca y miró a Lee con expresión divertida.

—¿Qué te ha parecido ese duelo de faroles, Lee?

El aludido resopló, huraño.

—Me parece que él no iba de farol. Trátalo con guantes de seda y seguro que gana las próximas elecciones, como ha dicho.

—Cierto, cabría la posibilidad... si no ocurriera algo antes.

—Asegúrate de que esta vez no ocurra cuando no debe, Hardin. Te digo que ese tal Sermak tiene sus seguidores. ¿Y si decide no esperar a las próximas elecciones? Hubo un tiempo en el que tú y yo no reparábamos en medios para conseguir lo que queríamos, a pesar de tu eslogan sobre la violencia.

Hardin enarcó una ceja.

—Hoy te veo muy pesimista, Lee. Y especialmente agresivo, de lo contrario no hablarías de violencia. Recuerda que nuestra pequeña estratagema se saldó sin la pérdida de ninguna vida. Fue una medida necesaria aplicada en el momento adecuado, rápida e indolora, y prácticamente no requirió el menor esfuerzo. Sermak, en cambio, se enfrenta a un dilema distinto. Tú y yo, Lee, no somos como los enciclopedistas. Estamos preparados. Di a tus hombres que sean sutiles con esos muchachos, viejo amigo. Que no se den cuenta de que los vigilan... pero que mantengan los ojos abiertos, ¿entendido?

Lee soltó una carcajada desprovista de humor.

—¿Qué sería de mí si esperara siempre a recibir tus órdenes, Hardin? Hace un mes que empezamos a seguir a Sermak y sus hombres.

El alcalde se rio por lo bajo.

—Siempre un paso por delante, ¿verdad? De acuerdo. Por cierto —añadió, bajando la voz—, el embajador Verisof vuelve a Terminus. Temporalmente, espero.

Se produjo un breve silencio antes de que Lee, horrorizado, le preguntara:

—¿Ése era el mensaje? ¿Ya han empezado a desmoronarse las cosas?

—No lo sé. Lo averiguaré cuando escuche lo que Verisof tenga que decir. Sin embargo, es posible. Después de todo, tiene que ocurrir antes de las elecciones. ¿A qué viene esa cara tan larga?

—A que no sé cómo va a terminar esto. Estás demasiado implicado, Hardin, y quien juega con fuego termina quemándose.

—Tú también, Bruto —murmuró Hardin. Levantando la voz, añadió—: ¿Significa eso que quieres unirte al nuevo partido de Sermak?

Lee no pudo reprimir una sonrisa.

—Vale. Tú ganas. ¿Por qué no vamos a almorzar ya?

2

Son muchos los epigramas atribuidos a Hardin, consumado epigramista, la mayoría de ellos probablemente apócrifos. Fuera como fuese, cuentan que en cierta ocasión enunció: «Lo obvio compensa, sobre todo si uno tiene fama de sutil».

Poly Verisof había tenido ocasión de poner ese consejo en práctica más de una vez, pues se cumplían ya catorce años de su inmersión en el doble papel que representaba en Anacreonte, un doble papel que a menudo guardaba demasiados paralelismos para su gusto con la acción de bailar descalzo encima de una plancha de metal al rojo vivo.

Para el pueblo de Anacreonte era un sumo sacerdote que encarnaba a aquella Fundación que, para esos «bárbaros», constituía el colmo del misterio y el eje de esta religión que habían creado —con ayuda de Hardin— a lo largo de las tres últimas décadas. Como tal, recibía unos honores que empezaban a pesar como una losa sobre él, pues detestaba con toda su alma los rituales que giraban en torno a su figura.

Pero para el rey de Anacreonte —tanto para el antiguo como para su joven nieto, quien ocupaba ahora el trono— era simplemente el embajador de una potencia temida y admirada al mismo tiempo.

Se trataba, en general, de una tarea ingrata, y su primera visita a la Fundación en tres años, aun a pesar del perturbador incidente que la había desencadenado, era para él lo más parecido a unas vacaciones.

Puesto que no era la primera vez que viajaba de riguroso incógnito, volvió a poner en práctica el epigrama de Hardin sobre las virtudes de lo obvio.

Vestido con ropa de paisano, lo que ya de por sí constituía otro respiro, embarcó en un crucero con rumbo a la Fundación, en segunda clase. Una vez en Terminus, se abrió paso zigzagueando entre la multitud del espaciopuerto y llamó al ayuntamiento desde un visífono público.

—Me llamo Jan Smite —dijo—. Tengo una cita con el alcalde esta tarde.

La muchacha de voz átona pero eficiente al otro lado de la línea estableció otra conexión e intercambió unas rápidas palabras con alguien antes de responder seca y mecánicamente a Verisof:

—El alcalde Hardin lo recibirá dentro de media hora, caballero. —Dicho lo cual, se oscureció la pantalla.

A continuación, el embajador en Anacreonte compró la última edición del *Diario* de la ciudad de Terminus, dio un paseo hasta el parque del ayuntamiento y, tras sentarse en el primer banco que se cruzó en su camino, leyó la página del editorial, la sección de deportes y las tiras cómicas mientras esperaba. Al cabo de media hora, con el periódico doblado debajo del brazo, entró en el ayuntamiento y se presentó en la antesala.

Durante todo este tiempo su identidad se mantuvo completamente a salvo, pues al mostrarse con tanta desfachatez, nadie se dignó dirigirle la mirada dos veces.

Hardin levantó la cabeza y sonrió.

—¡Coja un puro! ¿Qué tal el viaje?

Verisof se sirvió un cigarro.

—Interesante. En el compartimento de al lado había un sacerdote que venía a asistir a un cursillo especial sobre la elaboración de sintéticos radiactivos... para el tratamiento del cáncer, ya sabe...

—Pero no se referiría a ellos como sintéticos radiactivos, ¿verdad?

—¡De ninguna manera! Para él eran alimentos sagrados.

El alcalde esbozó otra sonrisa.

—Continúe.

—Me indujo hábilmente a participar en un debate teológico e hizo todo lo posible para desviarme de la sórdida senda del materialismo.

—¿Y no reconoció a su sumo sacerdote?

—¿Sin mi hábito carmesí? Además, era smyrnio. Reconozco que ha sido una experiencia interesante. Es asombroso, Hardin, cómo ha cuaja-

74

do la religión de la ciencia. He escrito un ensayo sobre el tema... aunque sólo por diversión, naturalmente. Estaría fuera de lugar publicarlo. Si se analiza el problema desde una perspectiva psicológica, se diría que cuando el antiguo Imperio empezó a desmoronarse, podría considerarse que la ciencia como tal había defraudado a los mundos exteriores. Para que volvieran a aceptarla tendría que presentarse con otra cara, y eso es precisamente lo que ha hecho. Funciona de maravilla con la ayuda de la lógica simbólica.

—¡Qué interesante! —El alcalde entrelazó las manos en la nuca y dijo de repente—: Hábleme de la situación en Anacreonte.

El embajador frunció el ceño y se sacó el puro de la boca. Lo contempló con desagrado antes de soltarlo.

—Bueno, pinta muy mal.

—De lo contrario no estaría usted aquí.

—Cierto. Las cosas están así: el hombre clave en Anacreonte es el príncipe regente, Wienis, el tío del rey Lepold.

—Lo sé. Pero Lepold alcanzará la mayoría de edad el año que viene, ¿me equivoco? Creo que cumple los dieciséis en febrero.

—Sí. —Tras una pausa, Verisof añadió con una mueca—: Si llega con vida a esa fecha. El padre del monarca falleció en turbias circunstancias. Una bala de aguja le atravesó el pecho durante una batida de caza. Dijeron que fue un accidente.

—Hmf. Me parece recordar a Wienis de la última vez que estuve en Anacreonte, cuando los expulsamos de Terminus. Fue antes de que usted naciera. Veamos: si no me falla la memoria, era un jovencito moreno, con el pelo negro y un poco bizco del ojo derecho. Tenía la nariz cómicamente ganchuda.

—El mismo. La nariz ganchuda y el estrabismo siguen estando presentes, pero sus cabellos ahora son grises. Se las da de astuto, lo que acentúa su simpleza.

—Suele ocurrir.

—Se cree que lo mejor para cascar un huevo es soltar una bomba atómica encima de él. Mire los impuestos sobre las propiedades del templo que intentó imponer justo después de la muerte del antiguo rey, hace dos años. ¿Se acuerda?

Hardin asintió con la cabeza, pensativo, y sonrió.

—Los sacerdotes pusieron el grito en el cielo.

—El grito que dieron se pudo oír hasta en Lucreza. Desde entonces ha mostrado más cautela en su trato con los sacerdotes, pero sigue apañándoselas para hacer las cosas por la vía más difícil. En cierto modo, su exceso de confianza es perjudicial para nosotros.

—Probablemente sea un mecanismo para compensar su complejo de inferioridad. Los benjamines de la realeza suelen salir así, ya sabe.

—Pero el resultado es el mismo. Echa espumarajos por la boca hablando de atacar la Fundación. No se molesta en disimular. Y desde un punto de vista armamentístico, está en condiciones de hacerlo. El antiguo monarca organizó una armada formidable, y Wienis no se ha pasado los dos últimos años durmiendo. De hecho, la intención original tras los impuestos sobre las propiedades del templo era aumentar su arsenal, y cuando la propuesta fracasó, duplicó el impuesto sobre la renta.

—¿Suscitó alguna protesta esa medida?

—Nada importante. La obediencia a la autoridad designada fue el tema de todos los sermones del reino durante semanas. Aunque eso no hizo que Wienis mostrara la menor gratitud.

—De acuerdo. Me hago una idea. ¿Y qué ha pasado ahora?

—Hace dos semanas, un carguero anacreonte se cruzó con los restos de un acorazado de la antigua armada imperial. Debía de llevar al menos tres siglos a la deriva en el espacio.

Un destello de interés iluminó la mirada de Hardin, que enderezó la espalda en su silla.

—Sí, había oído algo. La junta de navegación me ha pedido que solicite permiso para investigar la nave. Tengo entendido que se encuentra en buen estado.

—Demasiado bueno —fue la seca respuesta de Verisof—. Cuando Wienis recibió su sugerencia de enviar la nave a la Fundación, hace una semana, pensé que iba a darle un ataque.

—Todavía no ha contestado.

—Ni lo hará... salvo con las armas, o eso se cree. Verá, el día que salí de Anacreonte vino a verme y solicitó que la Fundación dejara este acorazado en condiciones de entrar en combate y se lo devolviera a la armada anacreonte. Tuvo el atrevimiento de decir que la nota de la semana anterior sugería que la Fundación planeaba atacar Anacreonte. Dijo que negarse a reparar el acorazado confirmaría sus sospechas, e indicó que se vería en la obligación de adoptar medidas para defender Anacreonte. Ésas fueron sus palabras. ¡Que «se vería en la obligación»! Por eso estoy aquí.

Hardin soltó una risita.

Verisof sonrió y continuó:

—Espera un no por respuesta, naturalmente, lo que a sus ojos le proporcionaría la excusa perfecta para lanzar un asalto inmediato.

—Me doy cuenta, Verisof. Bueno, tenemos al menos seis meses de plazo, así que arregle la nave y ofrézcasela con mis mejores deseos. Póngale el nombre de Wienis en señal de la estima y el afecto que nos profesamos mutuamente.

Se volvió a reír, y de nuevo Verisof respondió con la sombra de una sonrisa.

—Supongo que es lo más lógico, Hardin... pero estoy preocupado.

—¿Por qué?

—¡Porque es una nave! Por aquel entonces sabían construir esos trastos. Su capacidad cúbica es vez y media de la de toda la armada anacreonte junta. Está dotada de cañones atómicos capaces de hacer saltar por los aires todo un planeta, y su escudo podría absorber un rayo-Q sin acumular la menor radiación. Se encuentra en demasiado buen estado, Hardin...

—Detalles, Verisof, detalles. Ambos sabemos que, con el arsenal que tienen ahora, podrían arrasar Terminus mucho antes de que nos diera tiempo a reparar el acorazado y emplearlo en nuestra defensa. Entonces, ¿qué más da que se queden también con la nave? En realidad no va a estallar ninguna guerra, y usted lo sabe.

—Supongo que tiene razón. Sí. —El embajador levantó la cabeza—. Pero Hardin...

—¿Sí? ¿Por qué se para? Adelante.

—Mire. Éste no es mi terreno, pero he estado leyendo el periódico. —Dejó el *Diario* encima de la mesa e indicó la primera plana—. ¿Qué significa esto?

Hardin leyó de reojo:

—«Un grupo de consejeros fundará un nuevo partido político».

—Eso es lo que pone. —Verisof se rebulló, incómodo—. Sé que usted sigue los asuntos internos más de cerca que yo, pero le están atacando con todo salvo la violencia física. ¿Son fuertes?

—Condenadamente fuertes. Lo más probable es que controlen el consejo tras las próximas elecciones.

—¿No antes? —Verisof miró de soslayo al alcalde—. Las elecciones no son la única manera de obtener el control.

—¿Me toma por Wienis?

—No. Pero reparar la nave llevará meses, y una vez transcurrido ese tiempo es seguro que se producirá un ataque. Tomarán nuestra complacencia por un signo de debilidad y la adición del acorazado imperial no hará sino duplicar la fuerza de la armada de Wienis. Atacarán, tan cierto como que soy sumo sacerdote. ¿Por qué correr ningún riesgo? Tiene dos opciones: revelar el plan de campaña al consejo, o precipitar la crisis con Anacreonte ahora.

Hardin frunció el ceño.

—¿Precipitar la crisis? ¿Provocarla antes de tiempo? Eso es lo último que debería hacer. Piense en Hari Seldon y en el plan.

Verisof titubeó antes de preguntar:

—¿Está seguro de que existe algún plan?

—No entiendo cómo podría dudarlo —fue la áspera respuesta—. Estaba presente cuando se abrió la Bóveda del Tiempo, y la grabación de Seldon nos lo reveló.

—No me refería a eso, Hardin. Es sólo que no logro entender cómo podría cartografiarse la historia de la humanidad con mil años de antelación. Tal vez Seldon se sobrestimó. —Encogiéndose ligeramente ante la sonrisa sarcástica de Hardin, añadió—: Bueno, no soy psicólogo.

—Precisamente. Ninguno de nosotros lo es. Pero recibí algo de formación básica cuando era joven, suficiente para saber de qué es capaz la psicología, aunque no pueda explotar ese potencial personalmente. No cabe duda que Seldon hizo exactamente lo que afirma haber hecho. La Fundación, como asegura, se estableció como un refugio científico, el medio por el que la ciencia y la cultura del Imperio moribundo habrían de preservarse a través de los siglos de barbarie que han comenzado ya, para renacer al final en un segundo Imperio.

Verisof asintió con la cabeza, si bien algo dubitativo.

—Todo el mundo sabe que así es como deberían ser las cosas. ¿Pero podemos permitirnos el lujo de correr algún riesgo? ¿Podemos poner en peligro el presente a cambio de un futuro incierto?

—Es nuestra obligación... porque el futuro no es incierto. Seldon lo ha calculado y cartografiado. Las sucesivas crisis de nuestra historia están calculadas de antemano, y dependen hasta cierto punto de la satisfactoria conclusión de sus antecesoras. Esta sólo es la segunda crisis, y sabe el espacio qué efecto sobre el resultado final podría tener siquiera la menor desviación.

—Eso son especulaciones gratuitas.

—¡No! Hari Seldon dijo en la Bóveda del Tiempo que con cada crisis nuestra libertad de acción se circunscribiría hasta tal punto que sólo habría una salida posible.

—¿Para conducirnos por el camino más recto?

—Para impedir que nos desviáramos, sí. Pero, por eso mismo, mientras haya más de una posible salida, no se habrá producido la crisis. Debemos dejar que los acontecimientos se desarrollen todo lo posible, y por el espacio que eso es lo que pretendo hacer.

Verisof no respondió. Se mordisqueó el labio inferior en silencio, contemplativo. Sólo hacía un año desde que Hardin le planteara el problema por primera vez... el verdadero problema; el problema de contrarrestar los hostiles preparativos de Anacreonte. Y únicamente porque él, Verisof, se había negado a seguir congraciándose.

Como si pudiera leer los pensamientos de su embajador, Hardin se lamentó:

—Preferiría no haberle contado nada de todo esto.

—¿Por qué lo dice? —exclamó Verisof, sorprendido.

—Porque ahora hay seis personas... usted y yo, los otros tres embajadores y Yohan Lee... con fundadas sospechas sobre lo que se avecina; y mucho me temo que Seldon no quería que nadie lo supiera.

—¿Por qué?

—Porque incluso la avanzada psicología de Seldon tenía sus límites. No podía controlar demasiadas variables independientes. No podía trabajar con personas individuales durante prolongados periodos de tiempo, igual que no se puede aplicar la teoría cinética de los gases a moléculas individuales. Trabajaba con grandes masas de gente, con la población de planetas enteros, y sólo con sujetos «ciegos» sin el menor conocimiento previo de las consecuencias de sus actos.

—No me ha quedado muy claro.

—No puedo evitarlo. Mis conocimientos de psicología no bastan para explicarlo de forma científica. Pero sepa lo siguiente: en Terminus no hay psicólogos profesionales ni textos matemáticos sobre la ciencia. Es evidente que no quería que ninguno de los habitantes de Terminus pudiera predecir el futuro. Seldon deseaba que actuáramos a ciegas, y por tanto correctamente, según la ley de la psicología de masas. Como le dije una vez, no sabía dónde nos estábamos metiendo cuando expulsé a los anacreontes. Mi idea era conservar el equilibrio de poder, nada más. Únicamente después me pareció ver una pauta en los acontecimientos; pero he hecho todo lo posible por no reaccionar ante ese conocimiento. La interferencia motivada por la anticipación habría provocado que el plan descarrilara.

Verisof asintió con la cabeza, meditabundo.

—He oído argumentos poco menos complicados en los templos de Anacreonte. ¿Cómo espera distinguir el momento correcto para actuar?

—Ya lo he hecho. Según sus propias palabras, cuando reparemos el acorazado, nada impedirá que Wienis nos ataque. Ya no habrá ninguna alternativa al respecto.

—Así es.

—De acuerdo. Ahí tiene su agente externo. Mientras tanto, reconoce también que las próximas elecciones se saldarán con el nombramiento de un nuevo consejo, más hostil, que querrá emprender acciones contra Anacreonte. No hay alternativa en ese sentido.

—Correcto.

—Y una vez agotadas todas las alternativas, se producirá la crisis. Aun así... estoy preocupado.

Verisof aguardó mientras Hardin meditaba sus palabras. Despacio, casi a regañadientes, el alcalde continuó:

—Tengo la sospecha... apenas una teoría... de que las presiones externas e internas estaban programadas para desencadenarse simultáneamente. Así las cosas, resulta que habrá unos meses de diferencia. Lo más probable es que Wienis ataque antes de la primavera, mientras que todavía falta un año para que se celebren los comicios.

—No me parece tan importante.

—No lo sé. Quizá se deba simplemente a inevitables errores de cálculo, o tal vez al hecho de que yo sabía demasiado. He intentado que mis acciones no se vieran influidas por lo que sabía, ¿pero cómo podría estar seguro? ¿Y qué efecto surtirá la discrepancia? En cualquier caso —levantó la cabeza—, he tomado una decisión.

—¿De qué se trata?

—Cuando la crisis se ponga en marcha, viajaré a Anacreonte. Quiero estar sobre el terreno... Bueno, ya está bien, Verisof. Se hace tarde. Salgamos a disfrutar de la noche. Me apetece relajarme un poco.

—Pues hágalo aquí —replicó el embajador—. No quiero que me reconozcan, o a saber qué diría este nuevo partido que pretenden formar sus apreciados consejeros. Pida que traigan el brandy.

Así lo hizo Hardin, pero no encargó demasiado.

3

En la antigüedad, cuando el Imperio Galáctico abarcaba toda la Galaxia y Anacreonte era la prefectura más boyante de la Periferia, más de un emperador había visitado el palacio virreinal en persona. Y ninguno se había ido sin medir al menos una vez su habilidad con el aerodeslizador y el fusil de agujas contra el formidable plumífero volador que llamaban ave nyak.

La fama de Anacreonte se había marchitado hasta desaparecer con el paso del tiempo. El palacio virreinal era un montón de escombros barrido por el viento, a excepción del ala que habían restaurado los trabajadores de la Fundación. Y ningún emperador había vuelto a pisar Anacreonte en los últimos doscientos años.

Pero la caza del nyak seguía siendo el deporte predilecto de la realeza, igual que la buena puntería con el fusil de agujas seguía siendo el requisito fundamental de los monarcas de Anacreonte.

Lepold I, rey de Anacreonte y —un aditivo tan inevitable como falaz— señor de los dominios exteriores, había demostrado su pericia en numerosas ocasiones, pese a no contar aún dieciséis años de edad. Abatió su primer nyak con trece años recién cumplidos; el décimo, una semana después de ascender al trono; y ahora se disponía a cazar el cuadragésimo sexto.

—Cincuenta antes de alcanzar la mayoría de edad —anunció, exultante—. ¿Quién acepta la apuesta?

Pero los cortesanos no apuestan contra la habilidad de su rey. La posibilidad de ganar es demasiado peligrosa. De modo que nadie lo hacía, y el monarca fue a cambiarse de ropa con el ánimo por las nubes.

—¡Lepold!

El rey se detuvo en seco al oír la única voz que era capaz de conseguir algo así. De mala gana, se dio la vuelta.

Wienis, de pie en el umbral de sus aposentos, observaba ceñudo a su joven sobrino.

—Que se vayan —ordenó con un aspaviento de impaciencia—. Líbrate de ellos.

El rey asintió sucinto con la cabeza, y los dos chambelanes hicieron una reverencia y bajaron las escaleras. Lepold entró en la habitación de su tío.

Wienis contempló malhumoradamente el atuendo de caza del rey.

—Pronto tendrás asuntos más importantes que atender que la caza del nyak.

Giró sobre los talones y se dirigió a su escritorio con paso firme. Desde que la edad le desaconsejara las corrientes de aire, los peligrosos picados para colocarse a un golpe de ala del nyak, los vertiginosos giros y remontadas que ensayaba el aerodeslizador con un movimiento del pie, había dejado de verle la gracia al deporte.

Lepold supo reconocer el agrio talante de su tío y fue no sin cierta malicia que empezó a relatar apasionadamente:

—Tendrías que habernos acompañado hoy, tío. En los montes de Samia levantamos un auténtico monstruo. Y fiero donde los haya. Lo perseguimos durante dos horas sobre doscientos kilómetros cuadrados de terreno, por lo menos. Entonces apunté con el morro al sol —empezó a representar gráficamente sus palabras, como si volviera a estar montado en el aerodeslizador—, hice un tirabuzón y me abalancé en picado. Al remontar el vuelo le pegué a bocajarro justo debajo del ala izquierda. Se volvió loco y viró de través. Acepté el reto y giré yo también a babor, esperando a que bajara. Como era lógico, inició el descenso. Se situó a un golpe de ala antes de que me diera tiempo a cambiar el rumbo, y entonces...

—¡Lepold!

—¡Y entonces lo cacé!

—Seguro que sí. Y ahora, ¿te importaría escucharme?

El rey se encogió de hombros y gravitó hacia la mesa del fondo, donde mordisqueó una nuez de Lera con gesto más enfurruñado que regio. No osó mirar a su tío a los ojos.

—Hoy he ido a ver la nave —dijo Wienis a modo de preámbulo.

—¿Qué nave?

—Sólo hay una. La nave. La que está reparando la Fundación para la armada. El antiguo acorazado imperial. ¿Me he explicado lo suficiente?

—¿Ésa? Mira, ya te dije que la Fundación la arreglaría si se lo pedíamos. Esa historia tuya sobre sus intenciones de atacarnos es una pamplina, ¿lo ves? Si quisieran hacerlo, ¿repararían la nave? No tiene sentido.

—Lepold, eres un majadero.

El rey, que acababa de tirar la cáscara de la nuez de Lera y estaba acercándose otra a los labios, se sonrojó.

—Bueno, veamos —dijo con un mohín que pretendía ser de rabia y se quedó en mera petulancia—, me parece que no deberías llamarme esas cosas. Olvidas cuál es tu lugar. Dentro de dos meses seré mayor de edad, ya lo sabes.

—Sí, y estás en escasas condiciones de asumir las responsabilidades de la corona. Si la mitad del tiempo que pasas cazando nyaks la dedicaras a asuntos de estado, renunciaría a la regencia inmediatamente con la conciencia tranquila.

—Me da igual. Eso no tiene nada que ver. El caso es que aunque seas el regente y mi tío, yo sigo siendo el rey y tú sigues siendo mi súbdito. No deberías llamarme majadero y no deberías sentarte en mi presencia. No me has pedido permiso. Creo que deberías tener más cuidado, o podría hacer algo al respecto... muy pronto.

—¿Debería referirme a vos como «majestad»? —La mirada de Wienis era glacial.

—Sí.

—Pues bien: ¡majestad, sois un majadero!

Sus ojos oscuros relampaguearon bajo las cejas entrecanas, y el joven rey se sentó muy despacio. Por un momento, el rostro del regente dejó traslucir la torva satisfacción que sentía, pero no tardó en desvanecerse. Una sonrisa le separó los labios carnosos, y apoyó una mano en el hombro del rey.

—No tiene importancia, Lepold. No debería haberte levantado la voz. A veces es difícil comportarse con el debido decoro cuando la presión de las circunstancias es tan... ¿Lo entiendes? —Pese al tono conciliador de sus palabras, la dureza aún no había abandonado sus ojos.

—Sí —titubeó Lepold—. Los asuntos de estado son endiabladamente complejos, ¿sabes? —Se preguntó, no sin cierta aprensión, si no le esperaría un soporífero asalto de detalles absurdos sobre el último año de relaciones comerciales con Smyrno y sobre la interminable y tortuosa disputa que enfrentaba a los planetas escasamente poblados del Pasillo Rojo.

—Muchacho —volvió a hablar Wienis—, quería hablarte antes de esto, y quizá tendría que haberlo hecho, pero sé que eres joven e impetuoso, y los áridos pormenores de la política te aburren.

Lepold asintió con la cabeza.

—Bueno, no tiene importancia...

Su tío lo interrumpió con firmeza y continuó:

—Sin embargo, dentro de dos meses serás mayor de edad. Es más, en los difíciles tiempos que se avecinan, deberás implicarte de lleno y actuar. A partir de ahora serás rey, Lepold.

De nuevo Lepold asintió con la cabeza, aunque su expresión se mantuvo impasible.

—Habrá guerra, Lepold.

—¡Guerra! Pero la tregua con Smyrno...

—No con Smyrno. Con la Fundación.

—Pero tío, han accedido a reparar la nave. Tú mismo has dicho...

Dejó la frase inacabada al reparar en el rictus que deformaba los labios de su tío.

—Lepold —la voz del anciano había perdido un ápice de su cordialidad—, tenemos que hablar de hombre a hombre. Habrá guerra con la Fundación, tanto si se arregla la nave como si no; y pronto, de hecho, puesto que las labores de reparación ya han comenzado. La Fundación es una fuente de energía y poder. Toda la grandeza de Anacreonte, todas sus naves, sus ciudades, sus gentes y su comercio dependen de los restos y las migajas de energía que la Fundación nos ha cedido siempre a regañadientes. Recuerdo una época, que viví personalmente, en la que las ciudades de Anacreonte se calentaban con la combustión del carbón y el petróleo. Pero eso no tiene importancia, no sabes de qué te hablo.

—Se diría —sugirió tímidamente el rey— que deberíamos mostrarnos agradecidos...

—¿Agradecidos? —bramó Wienis—. ¿Agradecidos porque nos racionen sus meros despojos mientras ellos se reservan el espacio sabe qué cantidades? ¿Y con qué intención? Para gobernar la Galaxia algún día, ni más ni menos.

Descargó un manotazo en la rodilla de su sobrino y entornó los párpados.

—Lepold, eres el rey de Anacreonte. Tus hijos y los hijos de tus hijos podrían ser reyes del universo... si tú tuvieras el poder que nos niega la Fundación.

—Quizá haya algo de verdad en eso. —La mirada de Lepold se iluminó al tiempo que su espalda se enderezaba—. Después de todo, ¿con qué derecho pretenden quedarse con todo? No es justo, ¿sabes? Anacreonte también se merece algo.

—¿Lo ves?, empiezas a entenderlo. Y ahora, muchacho, ¿qué ocurriría si Smyrno decidiera atacar a la Fundación por su cuenta y se adueñara de todo ese poder? ¿Cuánto tiempo crees que tardaríamos en convertirnos en sus vasallos? ¿Hasta cuándo ostentarías el trono?

—Por el espacio, sí —se exaltó Lepold—. Tienes toda la razón, ¿sabes? Debemos atacar primero. Sería en defensa propia.

La sonrisa de Wienis se ensanchó ligeramente.

—Además, una vez, al comienzo del reinado de tu abuelo, Anacreonte estableció una base militar en el planeta de la Fundación, Terminus... una base de vital importancia para la defensa nacional. Tuvimos que abandonarla por culpa de las maquinaciones del líder de aquella Fundación, un canalla taimado, un estudioso sin una sola gota de sangre noble en las venas. ¿Lo entiendes, Lepold? Este plebeyo humilló a tu abuelo. ¡Lo recuerdo perfectamente! Era poco mayor que yo cuando llegó a Anacreonte con su sonrisa diabólica y su cerebro endemoniado... y respaldado por la fuerza de los otros tres reinos, que habían formado una alianza mezquina para oponerse a la grandeza de Anacreonte.

Las mejillas de Lepold se encendieron y llamearon sus ojos.

—Por Seldon, si me hubiera visto en la misma situación que mi abuelo, habría luchado a pesar de todo.

—No, Lepold. Decidimos esperar... para reparar la afrenta cuando la ocasión fuera más propicia. Antes de que su precipitada muerte, tu padre esperaba ser él quien... Pero bueno, bueno. —Wienis dio la espalda a sus recuerdos. A continuación, con emoción contenida—: Era mi hermano. Y sin embargo, si su hijo...

—Sí, tío, no le fallaré. Está decidido. Es justo que Anacreonte aniquile ese nido de alborotadores, y de inmediato.

—No, de inmediato no. Primero debemos esperar hasta que terminen las reparaciones del acorazado. El hecho mismo de que hayan accedido a realizar los arreglos demuestra que nos temen. Son tan ingenuos que pretenden apaciguarnos así, pero eso no nos apartará de nuestro camino, ¿verdad?

Lepold cerró un puño y lo estrelló en la palma de la otra mano.

—No mientras yo sea el rey de Anacreonte.

Un rictus cáustico aleteó en los labios de Wienis.

—Además, debemos esperar a que llegue Salvor Hardin.

—¡Salvor Hardin! —El rey puso los ojos como platos de repente, y el efébico contorno de su rostro lampiño perdió el atisbo de crueldad que lo crispaba.

—Sí, Lepold, el mismísimo líder de la Fundación vendrá a Anacreonte por tu cumpleaños... probablemente para amansarnos con mentiras edulcoradas. Pero no le servirá de nada.

—¡Salvor Hardin! —Un murmullo apenas audible.

Wienis frunció el ceño.

—¿Acaso te asusta su nombre? Se trata del mismo Salvor Hardin que nos restregó las narices por el polvo en su anterior visita. ¿No se te habrá olvidado ese insulto a la casa real? Y proveniente de un plebeyo. Escoria de la más baja estofa.

—No. Supongo que no. No se me ha olvidado. ¡No lo olvidaré! Nos vengaremos, pero... pero... sí que tengo miedo... un poquito.

El regente se puso de pie.

—¿Miedo? ¿De qué? ¿De qué, pequeño...? —Se le atragantaron las palabras.

—Sería... esto... algo blasfemo, ¿sabes?, atacar la Fundación, quiero decir... —Silencio.

—Continúa.

—Quiero decir —prosiguió Lepold, aturullado—, si es cierto que existe un espíritu galáctico, seguramente no... esto... no le hará gracia, ¿no crees?

—No, no lo creo —fue la seca respuesta. Wienis se sentó de nuevo y dejó que una sonrisita le torciera los labios—. ¿No crees que te estás calentado demasiado la cabeza con todas esas historias sobre el espíritu galáctico? Eso es lo que pasa por dejar que vayas a tu aire. Supongo que habrás estado escuchando a Verisof.

—Me ha explicado muchas cosas...

—¿Sobre el espíritu galáctico?

—Sí.

—Cachorro sin destetar, pero si él cree en esas zarandajas mucho menos que yo, y yo no creo en ellas en absoluto. ¿Cuántas veces tendré que decirte que son simples bobadas?

—Bueno, ya lo sé. Pero según Verisof...

—Al cuerno con Verisof. Son bobadas y punto.

Tras un instante de rebelde silencio, Lepold repuso:

—Todo el mundo cree en ellas. Me refiero a la historia del profeta Hari Seldon y sus designios para que la Fundación siguiera sus instrucciones y restaurara el paraíso galáctico algún día. Dicen que todo aquél que ose desobedecer sus mandamientos estará condenado por toda la eternidad. La gente lo cree. He presidido muchos festivales y sé que es verdad.

—Sí, la gente lo cree, pero nosotros no. Y da gracias porque así sea, pues según estas paparruchas eres rey por derecho divino... y un semidiós a tu vez. Muy práctico. Elimina todas las posibilidades de que estalle una revuelta y te garantiza obediencia absoluta. Por ese motivo, Lepold, debes tomar la iniciativa y declarar la guerra a la Fundación. Yo soy un mero regente, y totalmente humano. Tú eres el rey, una semidivinidad... para el pueblo.

—Aunque en realidad no lo sea —reflexionó el monarca.

—No, en realidad no —fue la sarcástica respuesta—, pero todos lo creen menos los habitantes de la Fundación. ¿Lo entiendes? Todos menos los habitantes de la Fundación. Con ellos barridos del mapa, no quedará nadie que dude de tu divinidad. Piénsalo.

—¿Y después de eso podremos operar las cajas de poder de los templos y las naves que vuelan sin tripulantes y los alimentos sagrados que curan el cáncer y todo lo demás? Verisof asegura que sólo quienes gocen del beneplácito del espíritu galáctico...

—¡Otra vez Verisof! Verisof, después de Salvor Hardin, es tu peor enemigo. Quédate a mi lado, Lepold, y no te preocupes por ellos. Juntos recrearemos un imperio: no sólo el reino de Anacreonte, sino uno que comprenda todos los miles de millones de soles de la Galaxia. ¿No es eso mejor que un hipotético «paraíso galáctico»?

—S-sí.

—¿Puede prometer Verisof algo más?

—No.

—Pues no se hable más. —La voz de Wienis adquirió un timbre apremiante—. Creo que podemos dar por zanjado este asunto. —No esperó a recibir respuesta antes de añadir—: Puedes retirarte. Yo bajaré enseguida. Una cosa más, Lepold.

El joven rey se dio la vuelta en el umbral.

La sonrisa que dibujaban los labios de Wienis no se reflejaba en sus ojos.

—Ten cuidado cuando salgas a cazar nyaks, muchacho. Desde el lamentable accidente de tu padre, a veces me asaltan presentimientos extraños sobre ti. En medio de la confusión, con los fusiles de agujas llenando el aire de dardos, nunca se sabe. Espero que tengas cuidado. Seguirás mis recomendaciones sobre la Fundación, ¿a que sí?

Lepold abrió los ojos de par en par y rehuyó la mirada de su tío.

—Sí... desde luego.

—¡Así se habla! —Wienis, inexpresivo, se quedó contemplando la retirada de su sobrino y regresó al escritorio.

Los pensamientos de Lepold eran sombríos y no estaban exentos de temor. Quizá fuera mejor derrotar a la Fundación y conseguir el poder del que hablaba Wienis. Pero después, cuando terminara la guerra y él estuviera a salvo en el trono... Lo asaltó la consciencia de que Wienis y sus dos vástagos arrogantes eran, en esos instantes, los siguientes en la línea de sucesión.

Pero él era el rey. Y los reyes podían ordenar que se fusilara a la gente. Tíos y primos incluidos.

4

Aparte de Sermak, Lewis Bort era la persona más implicada en el reclutamiento de aquellos elementos disidentes que ya se daban cita en el vociferante Partido de la Acción. Sin embargo, no formaba parte de la delegación que había visitado a Salvor Hardin hacía casi seis meses. Esto no obedecía a ninguna falta de reconocimiento a su labor, al contrario. Su ausencia se había debido a la misma razón de peso por la que en aquellos instantes se encontraba en el mundo capital de Anacreonte.

Lo visitó en calidad de ciudadano particular. No se reunió con ningún cargo oficial ni hizo nada importante. Se limitó a observar los rincones más recónditos del bullicioso planeta y a meter la naricita achatada en todos los recovecos.

Volvió a casa a finales de una breve jornada invernal que había empezado con nubes y estaba concluyendo con nieve, y en cuestión de una hora se hallaba sentado a la mesa octogonal del hogar de Sermak.

Sus primeras palabras no estaban calculadas para alegrar el ambiente de una reunión considerablemente enturbiada ya por el tormentoso crepúsculo.

—Me temo —empezó— que nuestra posición es lo que en términos melodramáticos podría calificarse de «causa perdida».

—¿Eso cree? —replicó Sermak, ceñudo.

—No se trata de que lo crea yo, Sermak. Es que no cabe otra opinión.

—Los arsenales... —terció oficiosamente el doctor Walto, pero Bort no le dejó continuar.

—Olvídelo. Es agua pasada. —Recorrió el círculo con la mirada—. Me refiero a la gente. Reconozco que fui yo quien sugirió alentar una rebelión en palacio para sentar en el trono a alguien más afín a la Fundación. La idea era buena. Todavía lo es. El único problema es que sería imposible de llevar a la práctica. El ilustre Salvor Hardin se ha encargado de eso.

—Si tuviera la bondad de proporcionarnos más detalles, Bort...

—¡Detalles! No hay ninguno, así de fácil. Se trata de la condenada situación de Anacreonte, de la religión establecida por la Fundación. ¡Funciona!

—Caramba.

—Hay que verlo en acción para creerlo. Lo único que sabemos aquí es que hay una institución consagrada a la formación de sacerdotes, y que de vez en cuando se organiza una función especial en alguna esquina remota de la ciudad para disfrute de los peregrinos... y ya está. En general, todo ese asunto no nos afecta. Pero en Anacreonte...

Lem Tarki se atusó la puntiaguda perilla con un dedo y carraspeó.

—¿De qué tipo de religión se trata? Hardin siempre ha dicho que no era

86

más que una sarta de monsergas con las que lograr que aceptaran nuestra ciencia sin hacer preguntas. Sermak, si recuerda lo que nos contó aquel día...

—No conviene creerse a pies juntillas las explicaciones de Hardin —lo atajó Sermak—. ¿Pero de qué tipo de religión se trata, Bort?

El aludido reflexionó.

—Éticamente hablando, está bien. No se diferencia en casi nada de las distintas filosofías del antiguo Imperio. Estándares morales elevados y todo eso. Ninguna queja en ese sentido. La religión es una de las grandes influencias civilizadoras de la historia y como tal cumple...

—Eso ya lo sabemos —se impacientó Sermak—. Vaya al grano.

—De acuerdo. —Bort se esforzó por disimular su desconcierto—. La religión... alentada y fomentada por la Fundación, les recuerdo... se basa en unas directrices estrictamente autoritarias. El sacerdocio ostenta el monopolio de las herramientas científicas que hemos donado a Anacreonte, pero su dominio de éstas sólo es empírico. Creen en esta religión a pies juntillas, y también en el... esto... valor espiritual del poder que controlan. Por ejemplo, hace dos meses un chiflado saboteó la central energética del templo de Thessalekia, uno de los más importantes. Cinco manzanas saltaron por los aires, naturalmente. Todo el mundo consideró que se trataba de una venganza divina, incluidos los sacerdotes.

—Lo recuerdo. Los periódicos publicaron una embarullada versión de la historia en su día. No entiendo adónde pretende llegar.

—Bueno, escuche —dijo Bort, sucinto—. El sacerdocio constituye una jerarquía en cuya cúspide se encuentra el rey, quien es tratado como una especie de semidiós. Es monarca absoluto por derecho divino, algo que no ponen en duda los sacerdotes ni nadie. Es imposible derrocar una figura así. ¿Ve ahora adónde pretendo llegar?

—Un momento —intervino Walto llegado este punto—. ¿A qué se refiere con que todo esto es obra de Hardin? ¿Qué papel representa él?

Bort lanzó una mirada cargada amargura a su interrogador.

—La Fundación ha reforzado esta ilusión con asiduidad. La farsa goza de todo el respaldo de nuestra ciencia. No hay un solo festival que no presida el rey envuelto en un aura radiactiva que emana de su cuerpo y flota sobre su cabeza como una corona. Quienes lo tocan sufren graves quemaduras. En los momentos cruciales puede surcar el aire de un sitio a otro, supuestamente inspirado por un espíritu divino. Es capaz de inundar el templo de una luz interior perlada con un simple gesto. Son innumerables los trucos de este estilo que utiliza en su provecho, pero incluso los sacerdotes que los realizan personalmente creen en ellos.

—Espantoso —musitó Sermak, mordiéndose el labio.

—Me dan ganas de llorar como la fuente del parque del ayuntamiento —se lamentó apasionadamente Bort— cuando pienso en la oportunidad de oro que desaprovechamos. Imagínense la situación hace treinta años, cuando Hardin impidió que la Fundación cayera en manos de Anacreonte.

Por aquel entonces, el pueblo de Anacreonte no sospechaba siquiera que el Imperio estuviera tambaleándose. Llevaban ocupándose de sus asuntos más o menos desde la revuelta zeoniana, pero no supieron entender que el Imperio zozobraba, ni siquiera cuando se interrumpieron las comunicaciones y el pirata del abuelo de Lepold se proclamó rey.

»Si el emperador hubiera tenido agallas para intentarlo, podría haber recuperado el control con un par de acorazados y con la ayuda de la subsiguiente revuelta interna que sin lugar a dudas habría estallado. Y nosotros... nosotros podríamos haber hecho lo mismo, pero no, Hardin fundó el culto a la monarquía. Personalmente, no lo entiendo. ¿Por qué? ¿Por qué? ¿Por qué?

—¿A qué se dedica Verisof? —inquirió de improviso Jaim Orsy—. En su día fue un accionista consumado. ¿Qué hace allí? ¿También él está ciego?

—No lo sé —respondió secamente Bort—. Para ellos es el sumo sacerdote. Que yo sepa, no hace nada salvo ejercer de consejero sobre detalles técnicos ante el sacerdocio. Se ha convertido en un condenado testaferro.

Los reunidos enmudecieron y todas las miradas se posaron en Sermak. El joven líder del partido dejó de morderse nerviosamente una uña para mascullar:

—Tiene mala pinta. Algo huele a podrido.

Miró a su alrededor y añadió con más énfasis:

—¿Es posible que Hardin sea tan necio?

—Eso parece. —Bort se encogió de hombros.

—De ninguna manera. Aquí hay gato encerrado. Haría falta ser rematadamente estúpido para colocarse la soga al cuello de esa manera sin prever alguna salida. Me niego a creer que Hardin sea tan tonto. Por una parte, fundó una religión que imposibilita la aparición de disensiones internas. Por otra, proporciona a Anacreonte todo tipo de armas de guerra. No tiene sentido.

—La situación es complicada, lo reconozco —dijo Bort—, pero los hechos hablan por sí solos. ¿Qué deberíamos pensar?

—Es un traidor redomado —declaró Walto con voz temblorosa—. Está a su servicio.

Sermak sacudió la cabeza con impaciencia.

—Tampoco creo que se trate de eso. Es una locura sin sentido... Dígame, Bort, ¿ha averiguado algo acerca del acorazado que la Fundación debía reparar para la armada de Anacreonte?

—¿Acorazado?

—Un viejo acorazado imperial...

—No, no sabía nada. Aunque eso no significa gran cosa. Los astilleros de la armada son auténticos santuarios inviolables para el común de la plebe. La flota está envuelta en el mayor de los misterios.

—Pues bien, circulan rumores. Algunos miembros del partido han llevado el asunto ante el consejo. Hardin no ha negado nada, ¿sabe? Sus portavoces denunciaron el afán de protagonismo de los chismosos y no volvió a hablarse del tema. Quizá sea importante.

—Sigue la misma tónica que todo lo demás —dijo Bort—. Si fuera cierto, sería una completa locura. Pero no peor que el resto.

—Quizá Hardin tenga un arma secreta escondida —terció Orsy—. Eso podría...

—¿Qué va a tener —lo atajó Sermak, sarcástico—, una careta horrorosa que se pondrá en el momento psicológico adecuado para asustar a Wienis y que al viejo le dé un síncope? Si la Fundación depende de un arma secreta, lo mejor será que se desintegre de una vez y se ahorre el suspense.

Orsy se apresuró a cambiar de tema.

—Bueno, la cuestión se reduce a lo siguiente: ¿Cuánto tiempo nos queda? ¿Eh, Bort?

—De acuerdo. Ésa es la cuestión. Pero a mí no me miren, no tengo ni idea. La prensa de Anacreonte no mienta nunca la Fundación. En estos momentos sólo se habla de las inminentes celebraciones. Como saben, Lepold alcanzará la mayoría de edad la semana que viene.

—En tal caso disponemos de meses. —Walto esbozó la primera sonrisa de la velada—. Eso nos da tiempo...

—Eso nos da tiempo, y un cuerno —se exasperó Bort—. Ya les he dicho que el rey es una deidad. ¿Creen que necesita lanzar una campaña propagandística para enardecer el ánimo de sus súbditos? ¿Que tiene que acusarnos de agresión y soltar las riendas del sentimentalismo barato? Cuando llegue la hora de atacar, Lepold dará la orden y el pueblo luchará. Así de fácil. Ese es el meollo de la cuestión. Uno no cuestiona a su dios. Nada le impide emitir esa orden mañana mismo, y si la idea se les atraganta, beban un poco de agua para empujarla.

Todo el mundo intentó hablar a la vez. Sermak estaba aporreando la mesa, pidiendo silencio, cuando se abrió la puerta principal y Levi Norast irrumpió en el edificio. Subió las escaleras corriendo, sin quitarse el abrigo, dejando un rastro de nieve.

—¡Miren eso! —exclamó al tiempo que tiraba un periódico salpimentado de copos helados encima de la mesa—. Los visiproyectores tampoco hablan de otra cosa.

Cinco cabezas se inclinaron sobre el noticiario, que se había abierto solo.

—Por el espacio —exhaló Sermak—, se va a Anacreonte. ¡Se va a Anacreonte!

—¡Es un traidor! —chilló Tarki, soliviantado—. Que me aspen si Walto no tiene razón. Nos ha vendido y ahora pretende cobrar la recompensa.

Sermak se había puesto de pie.

—Ya no tenemos elección. Mañana propondré ante el consejo una moción para destituir a Hardin. Y si eso falla...

Aunque ya había dejado de nevar, el estilizado vehículo terrestre avanzaba con dificultad debido al grueso manto blanco que aún recubría las avenidas desiertas. La turbia luz gris del incipiente amanecer era fría no sólo en el sentido poético de la palabra, sino también literalmente, y aun en el turbulento estado actual de la política de la Fundación, nadie, ni accionista ni pro Hardin, tenía la presencia de ánimo necesaria para echarse a la calle tan temprano.

Yohan Lee expresó el malestar que le producía esta circunstancia refunfuñando entre dientes:

—Quedarás mal, Hardin. Dirán que te fuiste a hurtadillas.

—Que digan lo que les apetezca. Tengo que ir a Anacreonte y quiero hacerlo sin complicaciones. Déjalo ya, Lee.

Hardin se retrepó en el asiento mullido y sufrió un tiritón. Aunque la calefacción mantenía el frío a raya en el interior del vehículo, ver el mundo cubierto de nieve le producía escalofríos incluso a través del cristal.

Contemplativo, dijo:

—Algún día, cuando tengamos tiempo, deberíamos suavizar las condiciones climáticas de Terminus. No es imposible.

—Por mi parte —replicó Lee—, preferiría cambiar otras cosas primero. Por ejemplo, ¿qué tal las condiciones climáticas de Sermak? Una bonita celda cuya temperatura rondara los veinticinco grados centígrados todos los días del año sería perfecta.

—Entonces sí que necesitaría guardaespaldas, y no sólo esos dos. —Hardin señaló con el dedo a los dos matones de Lee que viajaban sentados delante, con el conductor, escudriñando concentradamente las calles vacías, con las manos apoyadas en sus pistolas atómicas—. Salta a la vista que quieres avivar las llamas de una guerra civil.

—¿Yo? Esa lumbre tiene madera de sobra y no hace falta que la atice nadie, te lo aseguro. —Empezó a enumerar con los dedos rechonchos—. Uno: ayer Sermak puso el grito en el cielo ante el consejo de la ciudad y exigió tu destitución.

—Tenía perfecto derecho a hacerlo —fue la apacible respuesta de Hardin—. Además, perdió la moción por 206 a 184.

—Es verdad. Una mayoría de veintidós cuando contábamos por lo menos con sesenta. Tú también, no lo niegues.

—Estuvo cerca —reconoció Hardin.

—Ya. Y dos: después de la votación, los cincuenta y nueve miembros del Partido Accionista se encabritaron y abandonaron la cámara del consejo en estampida.

Hardin optó por no decir nada, y Lee concluyó:

—Y tres: antes de irse, Sermak se desgañitó llamándote traidor, dijo que el motivo de tu visita a Anacreonte era cobrar tus treinta monedas de plata, que la mayoría de la cámara era cómplice de tu delito por negarse a votar en favor de la destitución, y que su partido no se llamaba «accionista» en vano. ¿Qué opinas de eso?

—Opino que tendremos problemas.

—Y ahora te largas antes de que amanezca, como un delincuente. Deberías plantarles cara, Hardin. ¡Declara la ley marcial si hace falta, por el espacio!

—La violencia es el último refugio...

—... del incompetente. ¡Bobadas!

—Bueno. Ya veremos. Ahora escúchame bien, Lee. Hace treinta años se abrió la Bóveda del Tiempo, y en el quincuagésimo aniversario del nacimiento de la Fundación, apareció una grabación de Hari Seldon para darnos la primera pista de lo que en realidad estaba ocurriendo.

—Lo recuerdo. —Lee asintió con una sonrisita—. Fue el día que ocupamos el gobierno.

—Exacto. Estábamos inmersos en nuestra primera crisis importante. Ésta es la segunda... y dentro de tres semanas se celebrará el octogésimo aniversario del nacimiento de la Fundación. ¿Crees que eso podría significar algo?

—¿Insinúas que va a volver?

—No he terminado. Seldon nunca dijo nada de regresar, cierto, pero eso encaja con el resto de su plan. Siempre ha hecho todo lo posible para mantenernos en la ignorancia. Habría que desguazar la Bóveda para averiguar si la cerradura de radio está programada para abrirse otra vez, y lo más probable es que se autodestruyera si lo intentáramos. He estado presente en todos los aniversarios desde aquella primera aparición, por si acaso. Nunca ha hecho acto de presencia, pero ésta es la primera crisis a la que nos enfrentamos desde entonces.

—Entonces aparecerá.

—Quizá. No lo sé. Sin embargo, ése es el quid de la cuestión. En la sesión del consejo de hoy, justo después de revelar que me he ido a Anacreonte, anunciarás oficialmente que el próximo 14 de marzo aparecerá otra grabación de Hari Seldon con un mensaje de vital importancia relacionado con la crisis recién concluida con éxito. Es muy importante, Lee. No digas ni una palabra más por muchas preguntas que te hagan.

Lee se lo quedó mirando fijamente.

—¿Se lo creerán?

—Eso da igual. Los desconcertará, que es lo que quiero. Mientras intentan decidir si es cierto y qué espero conseguir con ello si no lo es... decidirán posponer cualquier acción hasta después del 14 de marzo. Habré vuelto mucho antes de esa fecha.

—Pero «concluida con éxito»... —musitó Lee, preocupado—. Eso es mentira.

—Una mentira sumamente desconcertante. Ya hemos llegado al aeropuerto.

La mole de la nave espacial aguardaba sombría en la penumbra. Hardin caminó hacia ella por la nieve con paso decidido y se giró con la mano extendida al llegar a la escotilla abierta.

—Adiós, Lee. Siento dejarte en una situación tan comprometida, pero no confío en nadie más. Por favor, ocúpate de apagar el fuego.

—No te preocupes. Las llamas tampoco son tan altas. Da por cumplidas tus órdenes.

Yohan Lee retrocedió mientras se cerraba la escotilla.

6

Salvor Hardin no viajó directamente a Anacreonte, el planeta que prestaba su nombre al reino. Llegó el día antes de la coronación, tras una serie de visitas relámpago que lo llevó a ocho de los principales sistemas estelares del reino, deteniéndose sólo el tiempo necesario para conferenciar con los representantes locales de la Fundación.

El viaje lo dejó con una opresiva comprensión de la vastedad del reino. Era una astilla diminuta, una mota insignificante comparada con los inconcebibles confines del Imperio Galáctico del que antaño se enorgulleciera de formar parte; pero para alguien cuyas pautas de pensamiento se habían forjado alrededor de un solo planeta, y escasamente poblado, la superficie y la población de Anacreonte eran abrumadoras.

Ciñéndose estrechamente a los límites de la antigua prefectura de Anacreonte, abarcaba veinticinco sistemas estelares, seis de los cuales incluían más de un mundo habitado. La población de diecinueve mil millones, pese a ser muy inferior a la alcanzada en el mayor momento de gloria del Imperio, aumentaba rápidamente con el creciente desarrollo científico que fomentaba la Fundación.

Hasta ahora, la magnitud de esa tarea nunca había impresionado a Hardin. Durante treinta largos años, únicamente el mundo capital había tenido energía. Las provincias exteriores seguían conteniendo inmensas regiones donde la energía atómica todavía no se había vuelto a introducir. Incluso los escasos resultados obtenidos hubieran sido inalcanzables sin las reliquias aún operativas dejadas por la desaparición del Imperio como madera de deriva en la playa al retirarse la marea.

Cuando Hardin llegó al mundo capital, se encontró con un parón en la actividad que afectaba a todos los negocios. En las provincias exteriores había habido y seguía habiendo celebraciones; pero aquí, en Anacreonte, no había absolutamente nadie que no estuviera involucrado en el bullicio de los festejos religiosos que anticipaban la mayoría de edad de su rey dios, Lepold.

Hardin había logrado reunirse durante apenas media hora con un Verisof ojeroso y agotado antes de que su embajador tuviera que irse corriendo para supervisar la enésima fiesta en un templo. Ese tiempo, sin embargo, había resultado ser muy provechoso, y Hardin se dispuso satisfecho a asistir al espectáculo de fuegos artificiales de esa noche.

Actuaba en todo momento como observador, pues no tenía estómago para las labores religiosas que sin duda habría tenido que realizar si se hiciera pública su identidad. Por eso, cuando el salón de baile del palacio se inundó con una horda rutilante compuesta por lo más granado de la nobleza del reino, se encontró abrazado a la pared, inadvertido o ignorado por completo.

Desde una distancia segura y como uno más de una larga fila de visitantes había presentado sus respetos a Lepold, que se erguía en solitario envuelto en un halo de impresionante esplendor, además de su fulminante aura radiactiva. En menos de una hora, el rey se sentaría en el descomunal trono de aleación de rodio e iridio tachonado de joyas con engarces de oro, y a continuación, ambos se elevarían majestuosamente y volarían con parsimonia a ras de suelo hasta detenerse flotando frente al gran ventanal desde el cual los innumerables plebeyos reunidos podrían ver a su monarca y ovacionarlo hasta quedarse roncos. El trono no sería tan descomunal, naturalmente, si no estuviera equipado con un motor atómico.

Eran más de las once. Hardin, nervioso, se puso de puntillas para ver mejor. Reprimió el impulso de subirse a una silla. Se tranquilizó cuando vio a Wienis abriéndose paso entre la multitud en dirección a él.

El avance de Wienis era pausado. Casi a cada paso debía cruzar palabras de cortesía con algún noble venerable cuyo abuelo había recibido un ducado en recompensa por ayudar al abuelo de Lepold a saquear el reino.

Por fin logró zafarse del último lord uniformado y llegó junto a Hardin. Su sonrisa se convirtió en una mueca torcida y sus ojos negros rutilaron con un destello de satisfacción bajo las cejas entrecanas.

—Estimado Hardin —dijo en voz baja—, no me extraña que te aburras, si te niegas a anunciar tu identidad.

—No me aburro, alteza. Todo esto es sumamente interesante. En Terminus no tenemos ningún espectáculo comparable, ¿sabe?

—Sin duda. ¿Te importa que vayamos a mis aposentos privados, donde podremos hablar largo y tendido, y considerablemente más en privado?

—Encantado.

Subieron la escalera cogidos del brazo, y más de una duquesa viuda levantó los impertinentes extrañada por la identidad de este desconocido de atuendo insignificante e insulsa apariencia al que el príncipe regente concedía tan insigne honor.

Ya en los aposentos de Wienis, Hardin se acomodó a sus anchas y aceptó con un murmullo de gratitud la copa de licor que el regente le había servido personalmente.

—Vino de Locris, Hardin —dijo Wienis—, de las bodegas reales. Excelente: tiene dos siglos de antigüedad. Se embotelló diez años antes de la rebelión zeoniana.

—Una bebida digna de un rey —convino educadamente Hardin—. Por Lepold I, rey de Anacreonte.

Bebieron, y tras un instante de pausa, Wienis añadió:

—Y emperador de la Periferia, dentro de poco, y después, ¿quién sabe? Puede que la Galaxia vuelva a unificarse algún día.

—Sin duda. ¿Gracias a Anacreonte?

—¿Por qué no? Con la ayuda de la Fundación, nuestra superioridad científica sobre el resto de la Periferia sería indisputable.

Hardin soltó la copa vacía y dijo:

—Bueno, sí, sólo que, naturalmente, la Fundación está obligada a ayudar a cualquier nación que solicite apoyo científico. Debido al idealismo extremo de nuestro gobierno y a la generosidad moral de nuestro fundador, Hari Seldon, no podemos tener favoritismos. Es inevitable, alteza.

La sonrisa de Wienis se ensanchó.

—El espíritu galáctico, como reza la voz popular, ayuda a quienes se ayudan a sí mismos. Tengo entendido que, si de ella dependiera, la Fundación no cooperaría jamás.

—Yo no diría tanto. Después de todo, hemos reparado el acorazado imperial para ustedes, aunque mi junta de navegación pretendía quedárselo con fines científicos.

—¡«Fines científicos»! —repitió con sarcasmo el regente—. ¡Claro que sí! Nunca lo habríais reparado si yo no os hubiese amenazado con declarar la guerra.

Hardin descartó la idea con un ademán.

—No sé yo...

—Pero yo sí. Y la amenaza era real.

—¿Sigue siéndolo?

—Ya es demasiado tarde para hablar de amenazas. —Wienis había lanzado una miradita fugaz al reloj que había encima de la mesa—. Mira, Hardin, no es la primera vez que vienes a Anacreonte. Por aquel entonces eras joven; ambos lo éramos. Aun así, nuestros puntos de vista ya eran completamente distintos. Eres lo que se llama una persona de paz, ¿cierto?

—Supongo que sí. Al menos, considero que la violencia es la vía menos económica de obtener un resultado. Siempre habrá alternativas mejores, aunque a veces sean un poco menos directas.

—Sí. He oído hablar de tu célebre frase: «La violencia es el último refugio del incompetente». Sin embargo —el regente se rascó delicadamente una oreja, fingiéndose abstraído—, yo no me tildaría de incompetente, precisamente.

Hardin asintió educadamente con la cabeza, en silencio.

—A pesar de todo —prosiguió Wienis—, siempre he creído en la acción directa. Creo en trazar el camino más recto hasta mi objetivo y seguirlo sin desviarme. He conseguido muchas cosas de esa manera, y espero conseguir todavía más.

—Lo sé —terció Hardin—. Sospecho que estás trazando uno de esos caminos para ti y para tus hijos, un camino que lleva directamente al trono, teniendo en cuenta la lamentable muerte del padre del rey... tu hermano mayor... y el precario estado de salud del monarca. Porque su estado de salud es precario, ¿me equivoco?

Wienis frunció el ceño ante esta observación, y su voz se endureció.

—Te aconsejo, Hardin, que evites determinados temas de conversación. Quizá creas que ser alcalde de Terminus te capacita para formular... ah... comentarios poco juiciosos, pero en tal caso, harías bien en quitarte esa idea de la cabeza. Las palabras no me dan miedo. Siempre he creído en la filosofía de que los problemas se resuelven abordándolos de frente, y aún he de encontrarme con uno que me obligue a volverle la espalda.

—No lo pongo en duda. ¿Hay algún problema en particular al que te resistas a volverle la espalda en estos momentos?

—El problema, Hardin, de convencer a la Fundación para que coopere. Verás, tu política de paz te ha llevado a cometer varios errores de bulto, tan sólo porque subestimas el aplomo de tu adversario. No todo el mundo comparte tus reparos a la hora de emprender acciones directas.

—¿Por ejemplo?

—Por ejemplo, has venido a Anacreonte en solitario, y en solitario has acudido a mis aposentos.

Hardin miró a su alrededor.

—¿Y eso qué tiene de malo?

—Nada —dijo el regente—, salvo porque fuera de esta habitación hay cinco guardias armados y listos para disparar. Creo que no puedes salir, Hardin.

El alcalde enarcó las cejas.

—No pensaba hacerlo inmediatamente. ¿Tanto miedo te doy?

—No me das ningún miedo, pero espero que esto sirva para hacerte ver mi determinación. Se podría decir que no es más que un simple gesto.

—Llámalo como te apetezca —replicó con indiferencia Hardin—. Cualquiera que sea el nombre que le pongas a este incidente, no dejaré que me incomode.

—Estoy seguro de que esa actitud cambiará con el tiempo. También has cometido otro error, Hardin, más grave. Se diría que el planeta Terminus está prácticamente indefenso.

—Desde luego. ¿Qué podríamos temer? No amenazamos los intereses de nadie y servimos a todos por igual.

—Mientras os obstinabais en permanecer indefensos —continuó Wienis—, tuvisteis la amabilidad de ayudarnos a armarnos, y desempeñasteis un papel fundamental en el desarrollo de nuestra armada, una armada imponente. Una armada, de hecho, prácticamente invencible desde vuestro donativo del acorazado imperial.

—Alteza, pierdes el tiempo. —Hardin hizo ademán de levantarse del asiento—. Si quieres declararnos la guerra y me estás informando de ello, permíteme hablar con mi gobierno inmediatamente.

—Siéntate, Hardin. Ni yo estoy declarándoos la guerra, ni tú vas a hablar con tu gobierno. Cuando estalle el conflicto... no cuando se declare, Hardin, sino cuando estalle... la Fundación será debidamente notifica-da por las bombas atómicas de la armada anacreonte, liderada por mi propio hijo a bordo del buque insignia, *Wienis*, antiguo acorazado de la armada imperial.

Hardin frunció el ceño.

—¿Cuándo ocurrirá todo eso?

—Si realmente quieres saberlo, las naves de la flota salieron de Ana-creonte hace exactamente cincuenta minutos, a las once, y efectuarán el primer disparo en cuanto avisten Terminus, lo que debería ocurrir maña-na a mediodía. Considérate prisionero de guerra.

—Eso es ni más ni menos lo que me considero, alteza —replicó Hardin, con el entrecejo aún arrugado—, pero estoy decepcionado.

Wienis soltó una risita desdeñosa.

—¿Eso es todo?

—Sí. Creía que la coronación... a medianoche, como sabes... sería el momento más lógico para poner en marcha la flota. Es evidente que que-rías empezar la guerra mientras todavía fueras regente. De la otra manera habría sido más dramático.

El regente se lo quedó mirando fijamente.

—¿De qué espacios estás hablando?

—¿No lo entiendes? —respondió suavemente Hardin—. Mi contragolpe estaba planeado para las doce de la noche.

Wienis lo observó desde su silla, incrédulo.

—No me engañas. No hay ningún contragolpe. Si cuentas con el res-paldo de los demás reinos, olvídalo. Sus armadas, combinadas, no son rival para la nuestra.

—Eso ya lo sé. No pretendo efectuar ningún disparo. Es sólo que hace una semana se anunció que hoy a medianoche se declararía el interdicto en el planeta Anacreonte.

—¿Interdicto?

—Así es. Por si no lo entiendes, te diré que todos los sacerdotes de Ana-creonte van a declararse en huelga a menos que yo anule la orden, algo que me resultará imposible si estoy incomunicado, aunque tampoco lo haría si no lo estuviera. —Se inclinó hacia delante y, con repentino brío, añadió—: ¿Comprendes, alteza, que atacar a la Fundación es poco menos que un sacrilegio de primera magnitud?

Wienis pugnó visiblemente por conservar la calma.

—No me vengas con ésas, Hardin. Ahórratelo para el populacho.

—Estimado Wienis, ¿para quién si no te crees que iba a ahorrármelo? Según mis cálculos, hace media hora que todos los templos de Anacreonte son el centro de una multitud de fieles que escuchan cómo sus sacerdotes los aleccionan sobre ese mismo tema. No queda ni un solo hombre o mujer en Anacreonte que no sepa que su gobierno ha lanzado un feroz asalto sin provocación sobre el centro de su religión. Ya sólo faltan cuatro minutos para la medianoche. Será mejor que bajes al salón de baile para disfrutar del espectáculo. Yo estaré a salvo aquí, con cinco guardias vigilando la puerta. —Hardin se repantigó en la silla, se sirvió otra copa de vino de Locris y contempló el techo con absoluta indiferencia.

Wienis masculló una maldición entre dientes y salió corriendo de la estancia.

Los nobles reunidos en el salón de baile habían enmudecido mientras se despejaba una amplia franja para el trono. Lepold estaba sentado en él ahora, con las manos firmemente engarfiadas en sus brazos, la cabeza alta y la expresión congelada. Los enormes candelabros se habían atenuado y, a la difusa luz multicolor que proyectaban las diminutas lámparas atómicas que pespuntaban el techo abovedado, el aura real resplandecía majestuosa, elevándose sobre la cabeza del monarca para formar una corona llameante.

Wienis se detuvo en la escalera. Nadie reparó en él; todas las miradas estaban puestas en el trono. Apretó los puños y se quedó donde estaba; el farol de Hardin no le obligaría a precipitarse.

El trono se estremeció. Sin hacer ruido, se elevó por los aires y empezó a volar. Descendió lentamente por los escalones del estrado y, a veinte centímetros del suelo, avanzó en horizontal hacia el enorme ventanal abierto.

Cuando resonó la grave campanada que anunciaba la medianoche, el trono se detuvo ante la ventana... y el aura del rey se apagó.

Durante una dramática fracción de segundo, el monarca no se movió, demudado su rostro por la sorpresa, simplemente humano sin su halo; a continuación, el trono se tambaleó y recorrió el palmo que lo separaba del suelo hasta estrellarse con estrépito, al tiempo que se apagaban todas las luces del palacio.

En medio del atronador griterío y la confusión, Wienis bramó:

—¡Coged las bengalas! ¡Coged las bengalas!

Se abrió paso hasta la puerta repartiendo codazos a diestro y siniestro entre la multitud. Los guardias del palacio habían irrumpido en tropel, procedentes de la oscuridad del exterior.

Las bengalas regresaron al salón de baile de alguna manera; bengalas que iban a usarse en la gigantesca procesión con antorchas que habría de recorrer las calles de la ciudad al término de la coronación.

Cargados de antorchas azules, verdes y rojas, los guardias inundaron la estancia, donde la extraña iluminación revelaba rostros atemorizados y desconcertados.

—¡No ha pasado nada! —gritó Wienis—. Quedaos donde estáis. La luz volverá enseguida.

Se giró hacia el capitán de la guardia, quien se puso firme con gesto rígido.

—¿Qué sucede?

—Alteza —se apresuró a responder el capitán—, los habitantes de la ciudad han rodeado el palacio.

—¿Qué quieren? —gruñó Wienis.

—Los dirige un sacerdote. Ha sido identificado como el sumo sacerdote Poly Verisof. Exige la inmediata liberación del alcalde Salvor Hardin y el cese de las hostilidades contra la Fundación. —Aunque el capitán expuso su informe en tono oficial y monocorde, en sus ojos se reflejaba la preocupación.

—¡Si cualquiera de esos alborotadores intenta cruzar las puertas del palacio —se desgañitó Wienis—, fulminadlo! Nada más, por ahora. ¡Que griten si quieren! Ya ajustaremos cuentas mañana.

Se habían terminado de distribuir las antorchas y el salón de baile volvía a ser una explosión de color. Wienis corrió hasta el trono, que aguardaba aún junto al ventanal, y puso en pie a un Lepold lívido y despavorido.

—Acompáñame. —Echó un vistazo por la ventana. La ciudad estaba sumida en la más completa oscuridad. Hasta sus oídos llegaban los gritos roncos de la muchedumbre desconcertada. Tan sólo a la derecha, donde se levantaba el templo de Argólida, había iluminación. Maldijo con rabia y se llevó al rey a rastras.

Wienis irrumpió en sus aposentos como una exhalación, con los cinco guardias pisándole los talones. Lepold lo seguía con la mirada desorbitada, mudo de pavor.

—Hardin —gruñó Wienis—, estás jugando con fuerzas que te superan.

El alcalde hizo oídos sordos a sus palabras. Permaneció sentado en silencio a la luz nacarada de la linterna atómica de bolsillo, con una sonrisita sarcástica en los labios.

—Buenos días, majestad —le dijo a Lepold—. Felicidades por la coronación.

—¡Hardin! —exclamó Wienis de nuevo—. Ordena a los sacerdotes que vuelvan a sus puestos.

Hardin le dirigió una mirada glacial.

—Ordénaselo tú, Wienis, a ver quién está jugando con fuerzas que lo superan. En estos momentos no hay ni un solo engranaje girando en Anacreonte. No hay ni una sola luz encendida, salvo en los templos. No corre ni una sola gota de agua, salvo en los templos. En la mitad del planeta donde ahora es invierno no hay ni rastro de calefacción, salvo en los templos. Los hospitales han dejado de ingresar nuevos pacientes. Las centrales energéticas han cerrado sus puertas. Todas las naves están varadas en tierra. Si no te gusta, Wienis, ordena tú a los sacerdotes que vuelvan a sus puestos. A mí no me apetece.

—Por el espacio, Hardin, cuenta con ello. Si quieres convertir esto en un tira y afloja, por mí encantado. Ya veremos si tus sacerdotes consiguen hacer frente a mis soldados. Esta noche, todos los templos del planeta pasarán a estar supervisados por el ejército.

—Perfecto, pero, ¿cómo piensas dar las órdenes? Todas las líneas de comunicación del planeta están cortadas. Descubrirás que las radios no funcionan, ni los televisores, ni los equipos de ultraondas. De hecho, el único instrumento de comunicación que funcionará... aparte de los de los templos, naturalmente... es el televisor que hay aquí mismo, en esta habitación, y lo he programado para que sólo reciba.

Sin esperar a que Wienis terminara de recuperar el aliento, Hardin continuó:

—Si quieres, puedes ordenar a tu ejército que entre en el templo de Argólida, justo enfrente del palacio, y que utilice los equipos de ultraondas que encontrarán dentro para contactar con otras zonas del planeta. Aunque si lo haces, me temo que la multitud hará pedazos al contingente militar, ¿y quién protegerá entonces el palacio, Wienis? ¿Y vuestras vidas?

—Resistiremos, demonio —masculló Wienis con voz pastosa—. Aguantaremos hasta que pase este día. Pese a los aullidos de la plebe y la escasez de energía, resistiremos. Y cuando se extienda la noticia de que la Fundación ha sido conquistada, el populacho descubrirá que su religión no era más que un castillo en el aire, abandonarán a tus sacerdotes y se volverán contra ellos. Tienes hasta mañana al mediodía, Hardin, porque puedes dejar a Anacreonte sin energía, pero no puedes detener a mi flota —se jactó, exultante—. Mis naves están en camino, Hardin, con el temible acorazado que tú mismo ordenaste reparar a la cabeza.

—Sí —replicó despreocupadamente el alcalde—, el acorazado que yo mismo ordené reparar... pero a mi manera. Dime, Wienis, ¿sabes qué es un relé de ultraondas? No, ya veo que no. Bueno, pues dentro de un par de minutos averiguarás para qué sirven.

El televisor se encendió mientras hablaba, y se corrigió:

—No, dentro de un par de segundos. Siéntate, Wienis, y atiende.

7

Theo Aporat era uno de los sacerdotes de más alto rango de Anacreonte. Desde el punto de vista de la antigüedad, se justificaba que le hubieran asignado el liderazgo espiritual a bordo del buque insignia *Wienis*.

Pero el rango y la antigüedad no eran los únicos motivos. Conocía la nave. Había trabajado directamente a las órdenes de los hombres santos de la Fundación mientras duraron las labores de reparación. Bajo su supervisión, había revisado los motores. Había reacondicionado los visores, restaurado los sistemas de comunicación, parcheado el casco perforado y reforzado los soportes. Le habían permitido incluso ayudar mientras los sabios de la Fundación instalaban un instrumento tan sagrado que ninguna nave lo había transportado jamás, algo reservado exclusivamente para esta majestuosa embarcación colosal: el relé de ultraondas.

Así pues, no era de extrañar que la perversión de los gloriosos fines de la nave le revolviera el estómago. Siempre se había resistido a creer lo que Verisof le había contado, que la nave pensaba utilizarse para perpetrar un crimen inimaginable, que sus cañones debían apuntar a la gran Fundación. La misma Fundación donde se había formado cuando era joven, el origen de todo lo que era sagrado.

Sin embargo ahora, después de hablar con el almirante, ya no albergaba la menor duda.

¿Cómo podía consentir semejante abominación el monarca, bendecido con el don de la divinidad? ¿No se trataría quizá de una maniobra del condenado regente Wienis, sin el consentimiento del rey? El almirante que hacía apenas cinco minutos había hablado con él era vástago de este mismo Wienis.

—Ocúpese de sus almas y sus bendiciones, sacerdote —le había dicho—, que yo me ocuparé de la nave.

Aporat esbozó una sonrisa torcida. Se ocuparía de sus almas y de sus bendiciones... y de sus maldiciones también. El príncipe Lefkin no tardaría en arrepentirse de sus palabras.

Entró en la sala de comunicaciones precedido de su acólito, sin que los dos oficiales al mando hicieran el menor ademán de interferir. El sacerdote adjunto principal gozaba de absoluta libertad para entrar y salir de cualquier zona de la nave.

—Cerrad la puerta —ordenó Aporat, y consultó el cronómetro. Faltaban cinco minutos para que dieran las doce. Lo había calculado bien.

Con gestos veloces y ensayados accionó las palanquitas que abrían todos los canales, de modo que su voz y su imagen pudieran llegar hasta el último rincón de la nave de tres kilómetros de longitud.

—¡Soldados del buque insignia real *Wienis*, atención! ¡Os habla el sacerdote adjunto! —Sabía que el sonido de su voz reverberaba desde el cañón atómico de popa hasta los paneles de navegación de proa—. ¡Vuestra nave se dispone a cometer un sacrilegio! Sin sospechar nada, os habéis embarcado en una misión que condenará todas vuestras almas a la eternidad glacial del espacio. ¡Escuchad! Vuestro comandante se propone llevar esta nave hasta la Fundación, y una vez allí, bombardear esa fuente de bendición hasta someterla a su impía voluntad. En vista de sus intenciones yo, en nombre del espíritu galáctico, lo relevo de sus funciones, pues no puede haber autoridad sin el beneplácito del espíritu galáctico. Ni siquiera el rey divino podría ostentar su cargo sin el consentimiento del espíritu.

Su voz adoptó un timbre más grave mientras los acólitos escuchaban con veneración y los dos soldados con creciente temor.

—Puesto que esta nave alberga tan diabólicas intenciones, la bendición del espíritu también le será retirada.

Levantó los brazos con gesto solemne, y ante un millar de televisores repartidos por toda la nave, los soldados se acobardaron mientras la majestuosa imagen de su sacerdote adjunto declaraba:

—En nombre del espíritu galáctico y de su profeta, Hari Seldon, y de sus intérpretes, los hombres santos de la Fundación, maldigo esta nave. Que los televisores de a bordo, que son sus ojos, se queden ciegos. Que las grúas que son sus brazos se queden paralizadas. Que los cañones atómicos que son sus puños pierdan todo su vigor. Que los motores que son su corazón dejen de latir. Que los sistemas de comunicación que son su voz enmudezcan. Que los ventiladores que son su aliento se apaguen. Que las luces que son su alma palidezcan hasta desaparecer. En nombre del espíritu galáctico, así maldigo esta nave.

Cuando pronunció la última palabra, al caer la medianoche, una mano, a años luz de distancia en el templo de Argólida, abrió un relé de ultraondas, que a la velocidad instantánea de la ultraonda, abrió otro a bordo del buque insignia *Wienis*.

Y la nave pereció.

Pues la característica principal de la religión de la ciencia es que funciona, y que aquellas maldiciones como la pronunciada por Aporat son en verdad fulminantes.

Aporat vio cómo la oscuridad se abatía sobre la nave y oyó el cese repentino del suave murmullo lejano de los motores hiperatómicos. Exultante, sacó del bolsillo de su largo hábito una linterna atómica automotriz que inundó la estancia de luz nacarada.

Contempló a los dos soldados que, aun valientes como sin duda eran, se arrastraban de rodillas presos de un terror exacerbado.

—Salve nuestras almas, eminencia. Somos gentes humildes, ignorantes de los crímenes de nuestros líderes —sollozó uno de ellos.

—Seguidme —ordenó tajantemente Aporat—. Vuestras almas no se han perdido todavía.

La nave era un caos de tinieblas en el que el temor era tan viscoso y palpable que cabría calificarse de pestilente miasma. Los soldados se agolpaban al paso de Aporat y su luz, pugnando por rozar el dobladillo de su hábito, implorando siquiera un ápice de compasión.

La respuesta del sacerdote siempre era la misma:

—¡Seguidme!

Encontró al príncipe Lefkin deambulando a tientas por la sala de oficiales, maldiciendo la oscuridad. La mirada que fijó el almirante en el sacerdote adjunto rezumaba odio.

—¡Ahí estás! —Lefkin había heredado los ojos azules de su madre, pero el puente ganchudo de la nariz y el estrabismo de su mirada lo señalaban como hijo de Wienis—. ¿Qué explicación tiene esta traición? Devuelve la energía a la nave. Aquí mando yo.

—Ya no —fue la sombría respuesta de Aporat.

Lefkin miró a su alrededor, iracundo.

—Apresad a ese hombre. Arrestadlo, o por el espacio que hasta el último hombre al alcance de mi voz saldrá volando desnudo por la escotilla. —Tras un instante de silencio, chilló—: ¡Es una orden de vuestro almirante! ¡Arrestadlo!

A continuación, rindiéndose a la desesperación:

—¿Vais a permitir que os embauque este charlatán, este arlequín? ¿Os encogéis ante una religión compuesta de nubes y rayos de luna? Este hombre es un impostor y el espíritu galáctico del que habla es un fraude diseñado para...

—¡Prended al blasfemo! —lo interrumpió Aporat, furioso—. Sus palabras ponen en peligro vuestras almas.

Acto seguido, el noble almirante se desplomó inmovilizado por las manos de una veintena de soldados.

—Ponedlo en pie y seguidme.

Aporat se dio la vuelta, y con Lefkin arrastrado a su espalda, recorrió los pasillos atestados de soldados hasta la sala de comunicaciones. Una vez allí sentó al ex comandante frente al único televisor que funcionaba.

—Ordena al resto de la flota que interrumpa la travesía y se disponga a volver a Anacreonte.

Así lo hizo un Lefkin vapuleado, cubierto de sangre, magullado y aturdido.

—Y ahora —prosiguió Aporat, inexorable—, contactaremos con Anacreonte mediante el haz de ultraondas. Habla cuando yo te lo ordene.

Ante el gesto de negativa de Lefkin, del gentío que infestaba la sala y el pasillo se elevó un gruñido amenazador.

—¡Habla! —insistió Aporat—. Empieza: la armada de Anacreonte...

Lefkin repitió sus palabras.

8

Reinaba un silencio absoluto en los aposentos de Wienis cuando la imagen del príncipe Lefkin apareció en el televisor. El regente se sobresaltó al ver el rostro desfigurado y el uniforme reducido a jirones de su hijo, y se derrumbó en una silla con los rasgos deformados por el asombro y la aprensión.

Hardin escuchó sin inmutarse, con las manos firmemente enlazadas en el regazo, mientras el recién coronado rey Lepold se acurrucaba en el rincón más sombrío, mordisqueando espasmódicamente una de sus mangas con brocados de oro. Incluso los soldados habían renunciado al hieratismo que es prerrogativa del ejército, y alineados contra la puerta, fusiles atómicos en ristre, lanzaban miradas furtivas a la imagen del televisor.

Lefkin habló a regañadientes, con voz cansada, haciendo pausas a intervalos como si alguien estuviera azuzándolo... y no de buenas maneras.

—La armada de Anacreonte... consciente de la naturaleza de su misión... y negándose a formar parte... de un sacrilegio abominable... regresa a Anacreonte... con el siguiente ultimátum dirigido... a todos aquellos pecadores blasfemos... que osen emplear la fuerza profana... contra la Fundación... fuente de todo lo que es dichoso... y contra el espíritu galáctico. Que cesen de inmediato todas las hostilidades contra... la fe verdadera... y que se nos garantice a los integrantes de la armada... representados por nuestro... sacerdote adjunto, Theo Aporat... que dichas hostilidades no volverán a reanudarse... en el futuro, y que... —Se produjo una pausa más prolongada, tras la cual el príncipe añadió—: Y que el antiguo regente, Wienis... sea encarcelado... y juzgado por un tribunal eclesiástico... por sus crímenes. De lo contrario la armada real... a su llegada a Anacreonte... reducirá el palacio a cenizas... y tomará todas aquellas medidas... necesarias... para aniquilar al resto de pecadores... y al nido de destructores... de las almas de los hombres que prevalecen ahora.

El discurso terminó con un hipido y la pantalla se oscureció.

Los dedos de Hardin se deslizaron rápidamente por la linterna atómica, cuya luz se mitigó hasta que en la penumbra, el antiguo regente, el rey y los soldados se redujeron a sombras desdibujadas. Por primera vez pudo apreciarse el aura que envolvía a Hardin.

No era el resplandor propio de los monarcas, sino algo menos espectacular, menos impresionante, y sin embargo más eficaz a su manera, y más práctico.

La voz de Hardin sonó delicadamente irónica cuando se dirigió al mismo Wienis que una hora antes lo había declarado prisionero de guerra y anunciado que Terminus estaba al borde de la destrucción, y que ahora era una silueta encogida, rota y callada.

—Hay una antigua fábula —empezó—, quizá tan antigua como la humanidad, pues los archivos más antiguos que la contienen son meras copias de otros archivos aún más antiguos, que podría interesaros. Dice así:

»Un caballo que tenía un lobo por poderoso y temible enemigo vivía temiendo constantemente por su vida. Empujado al filo de la desesperación, se le ocurrió buscar un fuerte aliado. Con esa intención abordó a un hombre y le ofreció una alianza, señalando que el lobo también era enemigo del hombre. El hombre aceptó el trato sin pensárselo dos veces y se ofreció a matar al lobo inmediatamente, si su nuevo aliado estaba dispuesto a colaborar poniendo su velocidad superior a disposición del hombre. El caballo accedió y permitió que el hombre le colocara unas riendas y lo ensillara. El hombre montó, dio caza al lobo y lo mató.

»El caballo, aliviado y feliz, dio gracias al hombre y dijo: «Ahora que nuestro enemigo está muerto, quítame las riendas y la silla y devuélveme la libertad».

»Ante lo que el hombre se carcajeó y respondió: «Y un cuerno voy a hacer eso. ¡Arre, zopenco!», e hincó las espuelas con saña.

Persistía el silencio. La sombra que era Wienis no se movió.

—Espero que sepáis entender la analogía —continuó plácidamente Hardin—. En su afán por cimentar para siempre el dominio absoluto sobre sus gentes, los reyes de los Cuatro Reinos aceptaron la religión de la ciencia que los convertía en seres divinos; y esa misma religión de la ciencia era sus riendas y su silla, pues dejaba la savia vital de la energía atómica en manos de los sacerdotes... quienes aceptaban órdenes de nosotros, cabe observar, y no de vosotros. Matasteis al lobo, pero no pudisteis libraros del...

Wienis se puso en pie de un salto. En la sombra, sus ojos eran dos pozos desbordados de locura. Con voz pastosa, incoherente, gruñó:

—Me las pagarás a pesar de todo. No escaparás. Te pudrirás. Que nos hagan saltar por los aires. Que lo arrasen todo. ¡Te pudrirás! ¡Me las pagarás!

»¡Soldados! —bramó, histérico—. ¡Abatid a este demonio! ¡Disparad! ¡Disparad!

Hardin se giró en la silla para mirar a los soldados y sonrió. Uno de ellos llegó a apuntar su fusil atómico contra él antes de bajarlo de nuevo. Los demás ni siquiera pestañearon. Salvor Hardin, alcalde de Terminus, rodeado por la delicada aura, sonriendo confiadamente, y ante quien todo el poder de Anacreonte se había reducido a añicos, era demasiado para ellos, pese a las órdenes del maniaco que se desgañitaba a su espalda.

Wienis profirió una maldición y se acercó tambaleándose al soldado más próximo. Arrebató ferozmente el fusil atómico de manos del hombre, lo apuntó contra Hardin, que no se movió, empujó la palanca y mantuvo el contacto.

El pálido rayo continuo golpeó el campo de fuerza que rodeaba al alcalde de Terminus y fue absorbido hasta neutralizarse, inofensivo. Wienis apretó con más fuerza y soltó una carcajada desgarradora.

Hardin seguía sonriendo mientras el aura del campo de fuerza se iluminaba suavemente al absorber la energía del rayo atómico. En su rincón, Lepold se tapó los ojos y dejó escapar un gemido.

Con un aullido de desesperación, Wienis desvió el arma y disparó otra vez. Cayó al suelo sin vida, con la cabeza desintegrada.

Hardin hizo una mueca y musitó:

—Un hombre de acción hasta el final. ¡El último refugio!

9

La Bóveda del Tiempo estaba llena a rebosar. La afluencia de gente era excesiva para los asientos previstos, por lo que los asistentes se agolpaban al fondo de la sala, en filas de a tres.

Salvor Hardin comparó este aforo con la selección de hombres que habían estado presentes durante la primera aparición de Hari Seldon, hacía treinta años. Entonces sólo eran seis; los cinco veteranos enciclopedistas, ya fallecidos, y él, el joven alcalde simbólico. Había sido aquel día cuando él, con la asistencia de Yohan Lee, había eliminado el estigma de lo «simbólico» de su cargo.

Las circunstancias eran distintas ahora, en todos los aspectos. El consejo de la ciudad en pleno aguardaba la aparición de Seldon. Él mismo seguía siendo alcalde, pero ahora era increíblemente poderoso, y desde la aplastante derrota de Anacreonte, increíblemente popular. Cuando volvió de Anacreonte con la noticia de la muerte de Wienis, y el nuevo tratado firmado por un Lepold tembloroso, fue recibido con un clamoroso y unánime voto de confianza. Tras la rápida sucesión de tratados similares firmados por cada uno de los otros tres reinos, tratados que conferían a la Fundación poderes con los que evitar para siempre cualquier intento de ataque similar al de Anacreonte, las calles de Terminus se habían llenado de procesiones iluminadas con antorchas. Jamás tantas voces juntas habían coreado el mismo nombre, ni siquiera el de Hari Seldon.

Los labios de Hardin se estremecieron. También había disfrutado de una popularidad parecida al término de la primera crisis.

En la otra punta de la estancia, Sef Sermak y Lewis Bort estaban enfrascados en animada conversación; no parecía que lo ocurrido recientemente les hubiera afectado en absoluto. Se habían sumado al voto de confianza; habían dado discursos en los que reconocían públicamente que se habían equivocado, se habían disculpado humildemente por el uso de determinadas frases en debates anteriores, se habían excusado delicadamente declarando que se limitaban a seguir los dictados de su juicio y su conciencia... y se habían apresurado a lanzar una nueva campaña accionista.

Yohan Lee tocó la manga de Hardin e indicó su reloj con gesto elocuente. Hardin levantó la cabeza.

—Hola, Lee. ¿Todavía estás amargado? ¿Qué pasa ahora?

—Faltan cinco minutos para que aparezca, ¿verdad?

—Eso espero. La última vez se presentó a mediodía.

—¿Y si no viene?

—¿Piensas machacarme con tus preocupaciones toda la vida? Si no viene, no viene.

Lee frunció el ceño y sacudió la cabeza, despacio.

—Como esto salga mal, nos meteremos en otro lío. Si Seldon no refrenda nuestros actos, Sermak será libre para empezar de cero otra vez. Exige la anexión inmediata de los Cuatro Reinos y la expansión de la Fundación... por la fuerza, si es necesario. Ya ha comenzado su campaña.

—Lo sé. Le gusta jugar con fuego y será capaz de encender uno él mismo si nadie lo hace antes por él. Igual que tú, Lee, tienes que encontrar siempre nuevos motivos de preocupación aunque te vaya la vida en el intento.

Lee hubiera respondido algo, pero en ese preciso momento se quedó sin aliento cuando las luces amarillearon y se amortiguaron. Levantó un brazo para señalar el cubículo de cristal que dominaba la mitad de la estancia y se desplomó en una silla con un hondo suspiro.

Hardin enderezó la espalda al reparar en la figura que ahora ocupaba el cubículo, una figura sentada en una silla de ruedas. De todos los presentes, sólo él recordaba el día, hacía décadas, en que aquella figura había aparecido por primera vez. Por aquel entonces él era joven, y la figura, anciana. Desde entonces, la figura no había envejecido ni un solo día, mientras que él se había convertido en un anciano a su vez.

La figura, con la mirada fija al frente, acariciaba el libro que reposaba en su regazo.

—Soy Hari Seldon —anunció con voz suave y anciana.

Un silencio expectante se extendió por toda la estancia, y Hari Seldon continuó plácidamente:

—Es la segunda vez que me presento ante ustedes. Como es lógico, no sé si alguno de ustedes estuvo aquí en aquella ocasión. Lo cierto es que no tengo forma de saber mediante los sentidos si hay alguien presente, pero eso no importa. Si la segunda crisis se ha resuelto satisfactoriamente, tendrá que haber alguien, no podría ser de otra manera. Si no ha venido nadie, eso significa que la crisis ha resultado ser demasiado para ustedes.

Una sonrisa contagiosa se dibujó en sus labios.

—Lo dudo, no obstante, pues mis cifras indican una probabilidad del noventa y ocho coma cuatro por ciento de que no se produzca ninguna desviación del plan durante los primeros ochenta años.

»Según nuestros cálculos, han obtenido ustedes el control de los reinos bárbaros inmediatamente adyacentes a la Fundación. Si durante la primera crisis los repelieron empleando el equilibrio de poder, para superar la segunda se han impuesto enfrentando el poder espiritual al temporal.

»Sin embargo, es justo que les advierta de los peligros del exceso de confianza. No es mi intención adelantarme a los hechos en estas grabaciones, pero no creo desvelar nada nuevo si les digo que lo que han conseguido ahora es tan sólo un nuevo equilibrio... si bien uno en el que su posición sale ligeramente favorecida. El poder espiritual, suficiente para repeler los ataques del temporal, no basta para atacar a su vez. Debido al invariable crecimiento de la fuerza compensatoria conocida como regionalismo, o nacionalismo, el poder espiritual no puede prevalecer. Estoy seguro de que esto que les digo no es ninguna sorpresa.

»Habrán de perdonarme, por cierto, por dirigirme a ustedes de esta forma tan vaga. Los términos que empleo son meras aproximaciones, en el mejor de los casos, pero ninguno de ustedes está preparado para comprender la verdadera simbología de la psicohistoria, de modo que me veo obligado a improvisar.

»En este caso, la Fundación se encuentra sólo al comienzo del camino que conduce al nuevo Imperio. Los reinos vecinos, en términos de población y recursos, siguen siendo abrumadoramente poderosos comparados con ustedes. Fuera de ellos se extiende la inmensa espesura de barbarie que rodea toda la Galaxia. Dentro de esos límites perdura aún lo que queda del Imperio Galáctico... y, aun debilitado y deteriorado como está, sigue siendo incomparablemente poderoso.

Llegado este punto, Hari Seldon cogió el libro y lo abrió. Su expresión se tornó solemne.

—No olviden nunca que hubo otra Fundación establecida hace ochenta años; una Fundación sita en el otro extremo de la Galaxia, en el Extremo de las Estrellas. Es algo que siempre habrá de tenerse presente. Caballeros, novecientos veinte años del plan se extienden frente a ustedes. ¡El problema es suyo!

Bajó la mirada hacia el libro y desapareció con un parpadeo mientras el resplandor de las luces se intensificaba hasta recuperar la normalidad. En medio del tumulto de voces que había estallado, Lee murmuró al oído de Hardin:

—No ha dicho cuándo iba a volver.

—Lo sé —replicó Hardin—, pero espero que no lo haga antes de que tú y yo estemos cómodamente muertos.

Cuarta parte

Los comerciantes

1

*COMERCIANTES: [...] adelantándose constantemente a la hegemonía políti-
ca de la Fundación se encontraban los comerciantes, quienes tendían sus
tenues puentes sobre las inmensas distancias de la Periferia. Podían pasar meses o incluso años entre un aterrizaje y otro en Terminus; sus naves a menudo no eran más que una colección de parches improvisados y
reparaciones caseras; su honestidad no era de las más encomiables; su
aplomo [...]*

*A pesar de todo forjaron un imperio más firme que el despotismo pseu-
dorreligioso de los Cuatro Reinos [...]*

*Son innumerables las historias que hablan de estas gigantescas figuras
solitarias que, medio en serio, medio en broma, habían adoptado como lema
uno de los epigramas de Salvor Hardin: «Nunca permitas que los escrúpulos
te impidan hacer lo correcto». Ahora es difícil distinguir las anécdotas reales
de las apócrifas. Lo más probable es que todas hayan sufrido algún tipo de
exageración [...]*

ENCICLOPEDIA GALÁCTICA

Limmar Ponyets estaba cubierto de espuma de pies a cabeza cuando la
llamada llegó a su receptor, lo que demuestra que la antigua perogrullada
sobre los telemensajes y la ducha sigue siendo válida incluso en los lóbre-
gos e inhóspitos confines de la Periferia galáctica.

Por suerte para él, la pequeñez de aquellas zonas de una nave comercial que no se dedican a almacenar mercancías diversas es extraordinaria.
Tanto que la ducha, agua caliente incluida, está instalada en un cubículo
de medio metro por uno, a tres metros de los paneles de control. El casca-
beleo del receptor llegaba con nitidez a los oídos de Ponyets.

Salió chorreando y mascullando una maldición para ajustar la señal, y
tres horas más tarde, después de que una segunda nave mercante se
hubiera colocado al costado, un joven risueño cruzó el túnel presurizado
tendido entre los dos cargueros espaciales.

Ponyets empujó la mejor de sus sillas en dirección al recién llegado y se
instaló en un sillón de piloto giratorio.

—¿Qué hacías, Gorm? —preguntó con gesto fúnebre—. ¿No llevarás
siguiéndome desde que salimos de la Fundación?

Les Gorm sacó un cigarrillo y sacudió categóricamente la cabeza.

110

—¿Yo? No te hagas ilusiones. Sólo soy el pobre diablo que tuvo la mala suerte de aterrizar en Glyptal IV un día después de que pasara el correo, así que me encargaron que te diera esto.

Una diminuta esfera resplandeciente cambió de manos, y Gorm añadió:

—Es confidencial. Supersecreto. No se puede confiar al subéter ni nada. O eso deduzco, al menos. En cualquier caso, se trata de una cápsula personal que sólo se abrirá para ti.

Ponyets contempló la cápsula con aversión.

—Ya lo veo. Sería la primera vez que una de éstas contiene buenas noticias.

La esfera se abrió en su mano y dejó que se desenrollara una película rígida y transparente, muy fina. Leyó el mensaje por encima, pues cuando terminó de salir la cinta, la punta se veía ya arrugada y parduzca. En cuestión de noventa segundos se había ennegrecido por completo y disuelto molécula a molécula.

—¡Por la Galaxia! —refunfuñó con voz ronca Ponyets.

—¿Puedo echar una mano? —preguntó diplomáticamente Les Gorm—. ¿O es demasiado secreto?

—Puesto que perteneces al gremio, te lo puedo decir. Reclaman mi presencia en Askone.

—¿En ese sitio? ¿Y eso?

—Han encarcelado a un comerciante. Pero no se lo cuentes a nadie.

El semblante de Gorm se ensombreció de rabia.

—¡Encarcelado! Eso atenta contra la convención.

—Interferir con la política local también.

—¡Ah! ¿Así que se le acusa de eso? —Gorm se quedó pensativo—. ¿Quién es el comerciante? ¿Lo conozco?

—No —respondió secamente Ponyets; Gorm encajó la indirecta y se abstuvo de hacer más preguntas.

Ponyets se levantó y se asomó a la visiplaca, ceñudo. Con la mirada fija en la nebulosa lenticular que era el cuerpo de la Galaxia, masculló una serie de pintorescas imprecaciones antes de exclamar:

—¡Condenado enredo! No cumplo con el cupo ni a tiros.

En la cabeza de Gorm se encendió una bombilla.

—Oye, amigo, pero si Askone es un área restringida.

—Correcto. Allí dentro es imposible vender ni un abrecartas. Ni siquiera hay mercado para los aparatos atómicos. Con mi cupo por los suelos, es el último destino que elegiría.

—¿No te puedes escaquear?

Ponyets sacudió la cabeza, distraído.

—Conozco al tipo implicado. No puedo darle la espalda a un amigo. ¿Qué se le va a hacer? Estoy en manos del espíritu galáctico y camino gustoso en la dirección que me indica.

—¿Eh? —dijo Gorm, confundido.

Ponyets lo miró y soltó una risita.

—Se me olvidaba. No has leído el *Libro del espíritu*, ¿verdad?

—Ni siquiera me suena ese título —fue la seca respuesta de Gorm.

—Bueno, te sonaría si tuvieras algo de formación religiosa.

—¿Formación religiosa? ¿Como la de los sacerdotes? —La perplejidad se cinceló en los rasgos de Gorm.

—Eso me temo. Es mi más oscuro secreto y pesar. Sin embargo, los reverendos padres no pudieron conmigo. Me expulsaron por motivos que bastaron para procurarme una educación laica en la Fundación. Bueno, mira, será mejor que me prepare. ¿Qué tal llevas el cupo este año?

Gorm aplastó la colilla del cigarrillo y se ajustó la gorra.

—Mi último cargamento ya está en marcha. Lo conseguiré.

—Qué suerte —dijo con voz fúnebre Ponyets. Se quedó sentado, contemplativo, durante varios minutos después de la marcha de Les Gorm.

De modo que Eskel Gorov estaba en Askone... ¡y entre rejas, además!

Eso era malo. Mucho peor de lo que podría parecer a primera vista, de hecho. Una cosa era contarle una versión descafeinada del asunto a un joven curioso para disuadirlo de hacer más preguntas, y otra muy distinta afrontar a la verdad.

Pues Limmar Ponyets era una de las pocas personas que sabía que Eskel Gorov no era el maestro comerciante que afirmaba ser, sino algo completamente distinto: un agente de la Fundación.

2

Ya habían pasado dos semanas. Dos semanas desperdiciadas.

Una semana para llegar a Askone, en cuya frontera convergió sobre él un enjambre de suspicaces y veloces naves de guerra. Cualquiera que fuese su sistema de detección, funcionaba... y a las mil maravillas.

Le mostraron el camino despacio, sin emitir ninguna señal, manteniendo fríamente la distancia y conduciéndolo sin miramientos hacia el sol central de Askone.

Ponyets podría haberse encargado de ellas en un abrir y cerrar de ojos. Esas naves eran reliquias del Imperio Galáctico, ya muerto y enterrado, pero se trataba de cruceros de recreo, no de acorazados; y sin armas atómicas, quedaban reducidas a simples elipsoides tan pintorescas como inofensivas. Pero Eskel Gorov obraba en su poder y era un rehén que no podían permitirse el lujo de perder. Los askonianos debían de saberlo.

Después, otra semana; una semana más para abrirse paso lentamente a través de la miríada de funcionarios de segunda que mediaban entre el gran maestro y el mundo exterior. Había que apaciguar y agasajar hasta al último subsecretario, por insignificante que fuera. Hasta el último de ellos exigía unas concienzudas y nauseabundas dotes de persuasión antes de estampar la churrigueresca firma que allanaba el camino hasta el siguiente funcionario en el escalafón.

112

Por primera vez, Ponyets descubrió que sus documentos de identificación no servían de nada.

Ahora, por fin, el gran maestro estaba al otro lado de una puerta dorada flanqueada por dos guardias... y habían pasado dos semanas.

Gorov seguía estando encerrado y la mercancía de Ponyets se pudría sin sentido en las bodegas de su nave.

El gran maestro era un tipo bajito, calvo y con la cara muy arrugada cuyo cuerpo parecía ser incapaz de moverse por el peso del enorme y lustroso collar que le ceñía el cuello.

Sus dedos se movieron a los costados, y la columna de hombres armados retrocedió para formar un pasillo por el que Ponyets avanzó con paso firme hasta el pie del trono.

—No digas nada —ordenó el gran maestro, y Ponyets se apresuró a apretar los labios que había empezado a entreabrir—. Así está mejor. —El regente askoniano se relajó visiblemente—. No soporto la palabrería sin sentido. No puedes amenazarme y soy inmune a las zalamerías. Tampoco las protestas agraviadas tienen cabida. He perdido la cuenta de las veces que hemos advertido a los nómadas como tú de que vuestros endiablados cachivaches no son bien recibidos en Askone.

—Señor —musitó Ponyets—, no pretendo justificar al comerciante en cuestión. No tenemos por costumbre meternos donde no nos llaman. Pero la Galaxia es grande, y no sería la primera vez que se traspasa una demarcación involuntariamente. Ha sido un error deplorable.

—Deplorable, sin duda —replicó con voz chillona el gran maestro—. ¿Pero un error? Sus colegas de Glyptal IV no han dejado de bombardearme con peticiones de negociación desde dos horas después de que apresáramos al miserable sacrílego. Me habían advertido de tu llegada mil veces. Presiento que se trata de un intento de rescate bien organizado. El nivel de premeditación me parece excesivo para que pueda hablarse de errores, deplorables o no.

Los ojos negros del askoniano destilaban resentimiento. Sin esperar respuesta, continuó:

—Además, a los comerciantes os gusta revolotear de planeta en planeta como mariposas desquiciadas, ¿pero estáis tan ciegos como para aterrizar en el planeta más grande de Askone, en el centro del sistema, y considerarlo una confusión fronteriza involuntaria? Por favor, no me lo creo.

Ponyets hizo una mueca para sus adentros y respondió, infatigable:

—Si el intento de comercio fue intencionado, venerable, se trata de una acción irreflexiva que contraviene las normas más estrictas de nuestro gremio.

—Irreflexiva, sí —lo atajó el askoniano—. Tanto que tu camarada podría pagarlo con la vida.

Ponyets sintió cómo se le formaba un nudo en el estómago. En las palabras del gran maestro no se apreciaba ni rastro de indecisión.

—La muerte, venerable, es un fenómeno tan absoluto e irrevocable que sin duda tendría que haber alguna alternativa.

La velada respuesta se produjo tras unos instantes de silencio.

—Tengo entendido que la Fundación es rica.

—¿Rica? En efecto, pero es nuestra riqueza lo que os negáis a aceptar. Nuestros instrumentos atómicos valen...

—Vuestros instrumentos no tienen el menor valor porque carecen de la bendición ancestral. Vuestras mercancías son blasfemas y están malditas al hallarse bajo el edicto ancestral. —Entonó las frases como si estuviera recitando una fórmula.

El gran maestro entornó los párpados y añadió con malicia:

—¿No tenéis nada de valor?

El significado de aquella pregunta era un misterio para el comerciante.

—No lo entiendo. ¿Qué queréis?

El askoniano extendió las manos.

—Me pides que intercambiemos posiciones y que sea yo el que te explique a ti qué es lo que quiero. Nada de eso. Tu colega debe recibir el castigo que estipula el código askoniano para el sacrilegio. Muerte por gas. Somos un pueblo justo. El campesino más humilde, en el mismo caso, no sufriría más. Yo mismo no sufriría menos.

—Venerable —tartamudeó sin poder evitarlo Ponyets—, ¿se me permitiría hablar con el prisionero?

—La ley askoniana —fue la implacable respuesta del gran maestro— no contempla el diálogo con los condenados.

Ponyets contuvo la respiración mentalmente.

—Venerable, os pido que os apiadéis del alma de un pobre hombre cuyo cuerpo está prisionero. Desde que su vida está en peligro, no ha gozado de consuelo espiritual, y ahora se enfrenta a la posibilidad de viajar sin preparación al seno del espíritu que lo gobierna todo.

—¿Eres administrador de almas?

Ponyets inclinó humildemente la cabeza.

—He recibido esa formación. En la desierta enormidad del espacio, los nómadas necesitan personas como yo que cuiden de la faceta espiritual de una vida tan entregada al comercio y los bienes materiales.

El regente askoniano se chupó el labio inferior, pensativo.

—Todo el mundo debería preparar su alma antes de reunirse con los espíritus ancestrales. Sin embargo, jamás hubiera pensado que los comerciantes también pudiesen tener fe.

3

Eskel Gorov se revolvió en el diván y abrió un ojo cuando Limmar Ponyets cruzó la puerta blindada, que se cerró de golpe a su espalda.

—¡Ponyets! —farfulló Gorov mientras se ponía de pie—. ¿Te han enviado a ti?

—Pura casualidad —dijo Ponyets, con sarcasmo—, o mi demonio personal en acción. Punto uno, te metes en líos con Askone. Punto dos, mi ruta de negocios, de la que la junta de comercio tenía constancia, me sitúa a menos de cincuenta pársecs del sistema justo cuando se produce el punto uno. Punto tres, hemos trabajado juntos antes y la junta lo sabe. ¿No te parece que es una conjunción de factores tan asombrosa como oportuna? El problema se resuelve prácticamente solo.

—Cuidado —lo previno secamente Gorov—. Nos estarán escuchando. ¿Llevas encima un distorsionador de campo?

Se tranquilizó cuando su visitante señaló el brazalete con adornos que le ceñía la muñeca.

Al mirar a su alrededor, Ponyets comprobó que la celda, además de ser austera pero espaciosa, estaba bien iluminada y libre de malos olores.

—No está mal —observó—. Te tienen en palmitas.

Gorov hizo como si no lo hubiera oído.

—Dime, ¿cómo has conseguido que te dejen bajar aquí? Llevo casi dos semanas en riguroso aislamiento.

—Desde mi llegada, ¿eh? Bueno, por lo visto, el pajarraco que manda aquí también tiene sus defectos. Siente debilidad por los sermones, así que me la jugué y dio resultado. Estoy aquí en calidad de consejero espiritual. Los santurrones como él tienen algo en común. Te rebanarán el pescuezo sin pestañear si las circunstancias lo requieren, pero vacilarán antes de poner en peligro la salud de un alma inmaterial, por problemática que sea. Psicología empírica, ni más ni menos. Un comerciante debe saber de todo un poco.

Gorov esbozó una sonrisa sarcástica.

—Aparte de que estudiaste en un colegio religioso. Me caes bien, Ponyets. Me alegra que te hayan mandado a ti. Pero mi alma no es lo único que le interesa al gran maestro. ¿No ha mencionado ningún rescate?

El comerciante entrecerró los ojos.

—Lo sugirió... apenas. También amenazó con gasearte. Decidí ir sobre seguro y evité enzarzarme en esa discusión, presentía que podía tratarse de una trampa. De modo que es un caso de extorsión, ¿no? ¿Y qué es lo que quiere?

—Oro.

—¡Oro! —Ponyets frunció el ceño—. ¿El metal propiamente dicho? ¿Para qué?

—Es su moneda de cambio.

—¿En serio? ¿Y de dónde quieren que saque yo el oro?

—De donde puedas. Escucha con atención, esto es importante. Mientras el olor del oro llegue hasta la nariz del gran maestro, estaré a salvo. Prométeselo, todo lo que pida. Luego vuelve a la Fundación, si hace falta, para conseguirlo. Cuando me liberen, nos escoltarán fuera del sistema y nos separaremos.

Ponyets se lo quedó mirando fijamente, con desaprobación.

—Después regresarás y lo intentarás otra vez.

—Vender instrumentos atómicos en Askone es mi misión.

—Te detendrán antes de que hayas recorrido un solo pársec. Supongo que eso ya lo sabes.

—Pues no —replicó Gorov—, y aunque lo supiera, no cambiaría nada.

—A la segunda te matarán.

Gorov se encogió de hombros.

—Si debo negociar de nuevo con el gran maestro —dijo Ponyets en voz baja—, quiero que me lo cuentes todo. Hasta ahora he estado dando palos de ciego. Al venerable casi le da un ataque con mis comentarios, y eso que intenté ser comedido.

—Es muy sencillo —empezó Gorov—. La única manera de aumentar la seguridad de la Fundación aquí en la Periferia consiste en formar un imperio comercial controlado por la religión. Todavía somos demasiado débiles como para asumir el control político por la fuerza. Bastante trabajo nos cuesta ya mantener los Cuatro Reinos.

Ponyets asintió con la cabeza.

—Lo comprendo. Y un sistema que no acepte instrumentos atómicos jamás podrá someterse a nuestro control religioso...

—Lo que lo convierte en un posible foco de independencia y hostilidad. En efecto.

—Bien —dijo Ponyets—, eso en teoría. ¿Pero qué es exactamente lo que impide las ventas? ¿La religión? Así pareció darlo a entender el gran maestro.

—Se trata de una forma de culto ancestral. Sus tradiciones hablan de un pasado nefasto del que fueron rescatados por los sencillos y virtuosos héroes de generaciones anteriores. En realidad se reduce a una simple distorsión del periodo anárquico de hace un siglo, cuando las tropas imperiales fueron expulsadas y se creó un gobierno independiente. Los avances científicos en general y la energía atómica en particular se identifican desde entonces con el antiguo régimen imperial que tanto horror les suscita.

—¿Es eso cierto? Pero si sus naves me detectaron tranquilamente a dos pársecs de distancia. A mí eso me huele a tecnología nuclear.

Gorov se encogió de hombros.

—Esas naves son reliquias del Imperio, sin duda, probablemente dotadas de motores atómicos. Lo que tienen, lo conservan. La cuestión es que se resisten a innovar y su economía interna es categóricamente antiatómica. Eso es lo que debemos cambiar.

—¿Cómo te proponías lograrlo?

—Practicando una mella en su resistencia. En otras palabras, si consiguiera vender una navaja de hoja de campo de fuerza a algún noble, le interesaría propugnar leyes que le permitieran usarla. Sé que dicho así suena un poco ingenuo, pero la idea se sostiene desde el punto de vista de la psicología. Realizar ventas estratégicas en puntos igualmente estratégicos equivaldría a formar una facción pro atómica en la corte.

—¿Y esa misión te la encomendaron a ti, mientras que a mí sólo me piden que pague tu rescate y me vaya para que tú puedas seguir intentándolo? ¿No te parece que debería ser al revés?

—¿En qué sentido? —preguntó Gorov, con suspicacia.

—Mira —se exasperó de improviso Ponyets—, tú eres diplomático, no comerciante, por mucho que te hagas llamar así. Este caso es para alguien cuyo negocio sean las ventas... y aquí me tienes a mí, con una bodega repleta de mercancías que empiezan a oler a rancio y un cupo que, si nada lo remedia, no se cumplirá jamás.

—¿Insinúas que estarías dispuesto a jugarte la vida por algo que no sea tu negocio? —replicó con una sonrisita Gorov.

—¿Te refieres a que se trata de una cuestión de patriotismo y los comerciantes brillamos por nuestra falta del mismo?

—Ni más ni menos. Como ocurre con todos los pioneros.

—Vale. Lo reconozco. No voy por ahí recorriendo el espacio de un lado a otro con la intención de salvar la Fundación ni nada por el estilo. Pero ganar dinero sí es uno de mis objetivos, y ésta es mi oportunidad. Si la Fundación sale beneficiada al mismo tiempo, mejor que mejor. Además, me he jugado la vida en apuestas más arriesgadas.

Ponyets se puso de pie y Gorov lo imitó.

—¿Qué te propones?

El comerciante sonrió.

—Gorov, no tengo ni idea... todavía. Pero si el fondo de la cuestión es realizar una venta, soy la persona adecuada. No me gusta alardear, pero una cosa es cierta: nunca he terminado por debajo del cupo.

La puerta de la celda se abrió casi instantáneamente cuando llamó con los nudillos, y dos guardias lo flanquearon.

4

—¡Un espectáculo! —exclamó con expresión torva el gran maestro. Se arrebujó en sus pieles, y una mano huesuda asió la porra de hierro que le servía de báculo.

—Y oro, venerable.

—Y oro —repitió distraídamente el gran maestro.

Ponyets dejó la caja encima de la mesa y la abrió con toda la confianza que era capaz de fingir. Se sentía solo frente a una hostilidad omnipresente; la misma sensación que lo había acompañado durante su primer año en el espacio. Un semicírculo de consejeros barbudos lo taladraba con la mirada. Entre ellos se contaba Pherl, el enjuto favorito del gran maestro, sentado junto a éste con envarada belicosidad. Ponyets lo había clasificado inmediatamente de potencial enemigo la primera vez que se encontró con él y, por consiguiente, era también una víctima en potencia.

Un pequeño ejército aguardaba el resultado de la reunión fuera de la sala. A todos los efectos, Ponyets estaba aislado de su nave; la única arma a su disposición era el intento de soborno; y Gorov seguía siendo un rehén.

Realizó los últimos ajustes en la aparatosa monstruosidad que le había costado una semana de ardides, y volvió a rezar para que el cuarzo revestido de plomo resistiera la tensión.

—¿Qué es eso? —quiso saber el gran maestro.

—Esto —explicó Ponyets, retrocediendo un paso— es un artilugio de mi invención.

—Eso salta a la vista, pero no es la información que pedía. ¿Se trata de una de esas abominaciones de la magia negra de tu mundo?

—Su naturaleza es atómica —reconoció con expresión grave Ponyets—, pero no hace falta que ninguno de ustedes lo toque ni interactúe con él de ninguna manera. Es sólo para mi uso, y si contiene alguna abominación, su inmundicia recaerá exclusivamente sobre mí.

El gran maestro, que había levantado el bastón de hierro contra la máquina en un gesto amenazador, empezó a silabear rápidamente, murmurando una invocación purificadora. El cadavérico consejero situado a su diestra se inclinó hacia él, arrimando el lacio bigote rojo al oído del gran maestro. El vetusto askoniano se zafó de él con un ademán petulante.

—¿Y cuál es la conexión entre tu diabólico instrumento y el oro que podría salvar la vida de tu compatriota?

—Con esta máquina —empezó Ponyets mientras apoyaba delicadamente una mano en la cámara central y acariciaba sus recios costados redondeados—, puedo convertir el hierro que descartéis en oro de la mejor calidad. Se trata del único instrumento conocido por la humanidad capaz de transformar el hierro en reluciente y pesado oro amarillo... Me refiero, venerable, al mismo hierro que compone el trono en el que estáis sentado y las paredes de este edificio.

Ponyets tuvo el presentimiento de que la había pifiado. Por lo general, cuando perseguía una venta, su discurso era fluido, ágil y plausible; pero ahora sus palabras traqueteaban como una carreta espacial oxidada. Sin embargo, al gran maestro le interesaba más el fondo que la forma.

—¿Y qué? ¿Transmutación? Son muchos los estafadores que afirmaban conocer el secreto. Su flagrante sacrilegio les salió caro.

—¿Tuvieron éxito?

—No. —Una sonrisita glacial se dibujó en los labios del gran maestro—. El crimen de fabricar oro conlleva su propio indulto. Es la suma del intento más el fracaso lo que resulta fatal. Ten, a ver qué puedes hacer con mi báculo. —Aporreó el suelo con él.

—Venerable, con vuestro permiso. Mi instrumento es un modelo pequeño, preparado por mí mismo, y vuestro cayado es demasiado largo.

La brillante mirada del gran maestro se paseó por su alrededor hasta encontrar lo que buscaba.

—Randel, las hebillas. Venga, hombre, recibirás el doble si hace falta.

Las hebillas recorrieron la hilera de consejeros pasando de mano en mano. El gran maestro las sopesó, pensativo.

—Toma —dijo, y las tiró al suelo.

Ponyets las recogió. Hubo de tirar con fuerza para abrir el cilindro, y parpadeó y guiñó los ojos a causa del esfuerzo mientras colocaba cuidadosamente las hebillas en la bandeja del ánodo. Más tarde sería más fácil, pero la primera vez no podía haber ningún fallo.

El transmutador de confección casera se pasó los diez minutos siguientes emitiendo una serie de estrepitosos chasquidos, mientras un tenue olor a ozono se propagaba por toda la estancia. Los askonianos retrocedieron, musitando, y Pherl se apresuró a volver a susurrar algo al oído del regente. El gran maestro, impertérrito, se mantuvo en su sitio.

Y las hebillas se convirtieron en oro.

Ponyets se las enseñó al gran maestro y murmuró:

—Venerable. —Pero el anciano titubeó antes de rechazarlas con un ademán. Su mirada se demoró sobre el transmutador—. Caballeros —anunció sin perder tiempo Ponyets—, esto es oro. Oro de ley. Si desean comprobarlo, lo pueden someter a todos los exámenes físicos y químicos que se conocen. No se distingue en nada del oro formado por medios naturales. Cualquier tipo de hierro es susceptible de recibir el mismo tratamiento. El óxido no interferirá con el proceso, ni tampoco una cantidad moderada de metales de aleación...

Pero la elocuencia de Ponyets sólo tenía por finalidad rellenar el silencio. Las hebillas de oro que reposaban aún en su palma extendida hablaban por sí solas.

Por fin el gran maestro extendió lentamente una mano, y el escuálido Pherl se sintió obligado a terciar:

—Venerable, el oro procede de una fuente corrupta.

A lo que Ponyets repuso:

—También del barro puede surgir una rosa, venerable. Cuando comerciáis con vuestros vecinos adquirís materiales de la más diversa índole sin preguntar de dónde provienen, si de una máquina ortodoxa bendecida por vuestros benévolos antepasados o de alguna atrocidad espacial. Fijaos en que no os ofrezco el artilugio, sino el oro.

—Venerable —insistió Pherl—, no sois responsable de los pecados de unos extranjeros que actúan sin vuestro beneplácito ni vuestro conocimiento. Pero aceptar este presunto oro pecaminosamente derivado del hierro en vuestra presencia y con vuestro consentimiento es una afrenta para las almas vivas de nuestros sacrosantos ancestros.

—El oro es oro, no obstante —caviló el gran maestro—, y se nos ofrece a cambio de la impía persona de un delincuente convicto. Pherl, eres demasiado crítico. —A pesar de sus palabras, retiró la mano.

—Sois la sabiduría encarnada, venerable —dijo Ponyets—. Pensadlo bien: entregar a un hereje no supone ninguna pérdida para vuestros antepasados, mientras que con el oro que obtendréis a cambio podréis enaltecer los altares de sus santos espíritus. Sin duda, si el oro en sí fuera diabólico, en caso de que fuese posible tal cosa, el mal perecería necesariamente en cuanto se diera un uso tan caritativo al metal.

—Por los huesos de mi abuelo —exhaló con asombrosa vehemencia el gran maestro. Una risa estridente le separó los labios—. Pherl, ¿qué te parece este joven? Su teoría es válida. Tan válida como las palabras de mis ancestros.

—Eso parece —replicó con gesto fúnebre Pherl—. Siempre y cuando dicha validez no resulte ser un instrumento del espíritu maligno.

—Os propongo una oferta aún mejor —dijo Ponyets de repente—. Quedaos en prenda con el oro. Colocadlo en los altares de vuestros antepasados a modo de ofrenda y retenedme durante treinta días. Si una vez transcurrido ese tiempo no hay muestras de disconformidad... si no ocurre ninguna desgracia... eso demostrará que la ofrenda ha sido aceptada. ¿Qué más se puede pedir?

Cuando el gran maestro se puso en pie para exhortar a los reunidos a expresar su disensión, todos los miembros del consejo se mostraron conformes con la idea. Incluso Pherl asintió secamente con la cabeza mientras rumiaba las lacias guías de su bigote.

Ponyets sonrió. Haber recibido una educación religiosa tenía sus ventajas.

5

Hubo de transcurrir otra semana antes de que consiguiera citarse con Pherl. La tensión era palpable, pero Ponyets se había acostumbrado ya a la sensación de impotencia. Había salido de los límites de la ciudad con escolta. La misma escolta que lo vigilaba en la casa de campo que Pherl tenía en las afueras. No había nada que hacer salvo resignarse y no mirar siquiera por encima del hombro.

Pherl era más alto y más joven lejos del círculo de ancianos. Sin el atuendo oficial, ni siquiera parecía uno de ellos.

—Eres un tipo muy curioso —dijo de improviso. Sus ojos, muy juntos, parecieron emitir un destello—. Llevas toda la semana, sobre todo las dos últimas horas, insinuando que necesito oro. Te esfuerzas en vano, ¿pues quién no lo necesita? ¿Por qué no das el siguiente paso?

—No se trata tan sólo de oro —replicó discretamente Ponyets—. No me refiero al metal en sí, ni tampoco a un simple par de monedas. Hablo de lo que hay más allá del oro.

—Bueno, ¿y qué puede haber más allá del oro? —lo azuzó Pherl, con una sonrisa agria en los labios—. Espero que no se trate de los prolegómenos de otra de tus torpes demostraciones.

—¿Torpes? —Ponyets frunció ligeramente el ceño.

—Sí, sin lugar a dudas. —Pherl apoyó la barbilla con delicadeza en los puños cerrados—. No te estoy criticando. Estoy seguro de que la torpeza era fingida. Si hubiera estado seguro de tus intenciones, podría haber prevenido al venerable. En tu lugar, yo hubiera producido el oro a bordo de mi nave, y a solas. Podrías haberte ahorrado el espectáculo que nos regalaste y el consiguiente antagonismo suscitado.

—Cierto —admitió Ponyets—, pero como era yo el que estaba en mi lugar, acepté ese antagonismo como el precio a pagar por concitar vuestro interés.

—¿En serio? ¿Así de fácil? —Pherl no se esforzó por disimular el desdén que rezumaban sus palabras—. Y me imagino que propusiste el periodo de purificación de treinta días para ganar tiempo con el que convertir el espectáculo en algo un poco más sustancial. ¿Pero y si el oro resulta ser impuro?

Ponyets se tomó la libertad de responder con una nota de sarcasmo a su vez:

—¿Cuando el dictamen de esa impureza depende de quienes más interés tienen en hallarla pura?

Pherl alzó la mirada y contempló al comerciante con los párpados entornados. Parecía sorprendido y complacido a la vez.

—Una respuesta sensata. Y ahora dime, ¿para qué querías verme?

—Con mucho gusto. Durante mi breve estancia aquí, he observado unas cuantas peculiaridades que deberían preocuparte tanto como me interesan a mí. Por ejemplo, eres joven... muy joven para pertenecer al consejo, e incluso provienes de una familia joven.

—¿Pretendes criticar a mi familia?

—De ninguna manera. Tus antepasados son nobles y santos, todo el mundo lo sabe. Pero hay quienes aseguran que no perteneces a ninguna de las Cinco Tribus.

Pherl se retrepó y, sin molestarse en disimular el veneno que destilaban sus palabras, respondió:

—Con el debido respeto a quienes concierna, las Cinco Tribus tienen las ingles tan marchitas como aguada la sangre. Quedan menos de cincuenta miembros de las tribus con vida.

—Sin embargo, hay quienes defienden que la nación no recibiría con agrado a ningún gran maestro que no pertenezca a ellas. Además, es inevitable que un favorito del gran maestro tan joven e inexperto se gane enemigos poderosos entre los nobles del estado... o eso dicen. El venerable se hace mayor y su protección no lo sobrevivirá cuando sea uno de tus enemigos el que interprete las palabras del espíritu.

Pherl arrugó el entrecejo.

—Para ser extranjero, tienes las orejas muy largas. Están pidiendo a gritos que alguien las recorte.

—Eso puede que se decida más tarde.

—Deja que me anticipe. —Pherl se rebulló incómodo en el asiento—. Vas a ofrecerme riqueza y poder en términos de esas diabólicas maquinitas que transportas en tu nave. ¿Acierto?

—Pongamos que sí. ¿Qué tendrías que objetar? ¿Tu concepto del bien y del mal?

Pherl sacudió la cabeza.

—En absoluto. Mira, extranjero, la opinión que tienes de nosotros es la que es debido a tu herético agnosticismo, pero no soy ningún esclavo sumiso de nuestra mitología, en contra de lo que pudiera parecer. Soy una persona educada, ante todo, y espero que racional. El grueso de nuestras costumbres religiosas, en un sentido ritualista más que ético, es para las masas.

—¿Nada que objetar, entonces? —presionó delicadamente Ponyets.

—Sólo eso. Las masas. Yo podría estar dispuesto a negociar contigo, pero tus maquinitas no sirven de nada si no se utilizan. ¿En qué me beneficiaría emplear... qué es lo que vendes... bueno, una navaja, por ejemplo, únicamente en el más riguroso y atemorizado de los secretos? Aunque tuviera la barbilla más tersa y apurada, ¿qué ganaría con eso? ¿Y cómo me libraría de la cámara de gas o del linchamiento público si alguna vez me descubrieran afeitándome con ella?

Ponyets se encogió de hombros.

—Tienes razón. Se me ocurre que la solución sería educar al pueblo en el uso de los instrumentos atómicos para su conveniencia y tu considerable provecho. Requeriría un esfuerzo titánico, no lo niego, pero la recompensa sería aún mayor. En cualquier caso, ése es tu problema, por ahora, no el mío, pues lo que ofrezco no son navajas, cuchillos ni trituradoras de basura.

—¿Entonces qué ofreces?

—Oro. Directamente. Podrías quedarte con la máquina que utilicé la semana pasada.

Pherl se envaró al tiempo que arqueaba espasmódicamente las cejas.

—¿El transmutador?

—Ni más ni menos. Tus reservas de oro equivaldrán a tus reservas de hierro. Intuyo que eso basta para satisfacer cualquier necesidad. Bastaría incluso para que uno se asegurara el puesto de gran maestro sin importarle su juventud ni sus enemigos. Y es seguro.

—¿En qué sentido?

—En el sentido de que la esencia de su empleo se basa en la discreción, la misma discreción que, según tus propias palabras, sería la única forma de utilizar instrumentos atómicos sin peligro. Podrías enterrar el transmutador en la mazmorra más recóndita del fortín más inexpugnable de tu hacienda más inaccesible, y seguiría proporcionándote riquezas inmediatas. Lo que compras es el oro, no la máquina, y ese oro sin marcas de fabricación es indistinguible del mineral que puede encontrarse en la naturaleza.

—¿Y quién operaría la máquina?

—Tú mismo. Cinco minutos de aprendizaje será cuanto necesites. Puedo preparar la clase cuando tú me digas.

—¿Y a cambio?

—Bueno... —Ponyets adoptó un tono más cauto—. Pido un precio elevado: así me gano la vida. Digamos, teniendo en cuenta que el valor de la máquina es incalculable, el equivalente a treinta centímetros cúbicos de oro en hierro forjado.

Pherl soltó una carcajada que consiguió que Ponyets se ruborizara.

—Te recuerdo —añadió con gesto ofendido— que puedes recuperar su valor en dos horas.

—Cierto, y dentro de una hora tú podrías desaparecer, y mi máquina se quedaría inservible en un abrir y cerrar de ojos. Necesito un aval.

—Tienes mi palabra.

—Me parece muy bien —fue la mordaz respuesta de Pherl, que hizo una reverencia—, pero tu presencia me daría aún más garantías. Tienes mi palabra de que te pagaré una semana después de que me entregues el artefacto en perfecto estado.

—Imposible.

—¿Imposible? ¿Cuando por el mero hecho de ofrecerte a venderme algo ya has incurrido en un delito que se castiga con la pena de muerte? La única alternativa es mi promesa de que entrarás en la cámara de gas mañana mismo como te opongas.

Aunque los rasgos de Ponyets no se alteraron, un destello le iluminó la mirada cuando replicó:

—Es una ventaja injusta. ¿Pondrás tu promesa por escrito, por lo menos?

—¿Y arriesgarme así a que me ejecuten también a mí? ¡No, señor! —La sonrisa de satisfacción de Pherl se ensanchó—. ¡De eso nada! Sólo uno de los dos es un necio.

—En tal caso —dijo con un hilo de voz el comerciante—, de acuerdo.

6

Gorov fue liberado al trigésimo día, sustituido por más de doscientos kilos del oro más amarillo. Con él se liberó también la abominación que era su nave, intacta y en cuarentena desde su detención.

A continuación, como sucediera ya en el viaje de entrada en el sistema askoniano, el cilindro de pequeños cohetes estilizados los acompañó en el camino de salida.

Ponyets contempló la mota de polvo tenuemente iluminada por el sol que era la nave de Gorov mientras la voz de éste llegaba hasta él nítida y atiplada por el campo de distorsión que comprimía el haz etéreo.

—Pero esto no es lo que queríamos, Ponyets —estaba diciendo—. Un transmutador no será suficiente. Además, ¿de dónde lo has sacado?

—De ninguna parte —respondió pacientemente Ponyets—. Lo improvisé a partir de una cámara de irradiación de alimentos. En realidad no sirve para nada. El consumo de energía es prohibitivo a gran escala, de lo contrario la Fundación emplearía la transmutación en vez de peinar toda la Galaxia en busca de metales pesados. Es uno de los trucos habituales en el repertorio de cualquier comerciante, aunque nunca había visto uno que convirtiera el hierro en oro. La cuestión es que impresiona, y funciona... al menos temporalmente.

—Vale, pero ese truco no servirá de nada.

—Te ha sacado de un buen aprieto.

—Nada más lejos de la verdad, puesto que tendré que regresar en cuanto nos libremos de nuestra solícita escolta.

—¿Por qué?

—Tú mismo se lo explicaste a ese político tuyo. —La voz de Gorov delataba su exasperación—. Toda tu estrategia de ventas radicaba en el hecho de que el transmutador era el medio y no el fin, algo sin valor intrínseco. Decirle a Pherl que estaba comprando el oro en vez de la máquina fue un ejercicio de psicología genial, puesto que dio resultado, pero...

—¿Pero? —lo instó a seguir Ponyets, petulante.

La estridencia de la voz de Gorov se intensificó en el receptor:

—Pero nos interesa venderles una máquina que posea algún valor por sí sola, algo que no les importe utilizar en público, algo que les anime a inclinarse a favor de la tecnología atómica cuando comprueben que pueden sacarle partido.

—Todo eso lo entiendo —repuso cordialmente Ponyets—. Ya me lo habías explicado una vez. Pero fíjate en las consecuencias de mi venta, ¿quieres? Mientras funcione ese transmutador, Pherl seguirá acumulando oro, y sus reservas durarán lo suficiente para comprar las próximas elecciones. El actual gran maestro no durará mucho más.

—¿Cuentas con su gratitud? —preguntó Gorov en tono glacial.

—No... con su inteligencia y con su egoísmo. El transmutador le consigue las elecciones; otros mecanismos...

—¡No! ¡No! Partes de una premisa equivocada. No atribuirá su éxito al transmutador, sino al oro de toda la vida. Eso es lo que intento explicarte.

Ponyets sonrió y adoptó una postura más cómoda. De acuerdo. Ya había provocado bastante al pobre muchacho. Gorov empezaba a desesperarse.

—No tan deprisa, Gorov —dijo el comerciante—. No he terminado. Ya hay otros artilugios en juego.

Tras un momento de silencio, Gorov preguntó, titubeante:

—¿Qué artilugios?

El gesto automático de Ponyets pasó inadvertido para su interlocutor.

—¿Ves esa escolta?

—Sí —fue la sucinta respuesta de Gorov—. Háblame de los artilugios.

—Lo haré... si me escuchas. Nos acompaña la armada personal de Pherl, un honor especial que le hace el gran maestro. Consiguió persuadirlo.

—¿Y?

—¿Y adónde crees que nos lleva? A sus yacimientos mineros en las afueras de Askone, ni más ni menos. ¡Atiende! —De pronto, el discurso de Ponyets se volvió más apasionado—. Te dije que me dedicaba a esto para ganar dinero, no para salvar mundos. De acuerdo. Vendí el transmutador a cambio de nada. Nada aparte del riesgo de la cámara de gas, y eso no cuenta a la hora de cumplir el cupo.

—Vuelve a los yacimientos, Ponyets. ¿Qué pintamos nosotros ahí?

—Vamos a cobrar nuestra recompensa. Haremos acopio de estaño, Gorov. Estaño para rellenar hasta el último centímetro cúbico de esta vieja bañera, y lo que sobre irá a parar a la tuya. Descenderé con Pherl para recogerlo, amigo, y tú me cubrirás desde arriba con todas las armas que tengas... por si acaso Pherl no es tan fiel a su palabra como asegura. Ese estaño será mi paga.

—¿Por el transmutador?

—Por todo el cargamento de instrumentos atómicos. El doble de su precio real, más una bonificación. —Encogió los hombros en un ademán casi compungido—. Reconozco que lo he timado, pero de alguna manera tenía que cumplir el cupo, ¿no?

Gorov, evidentemente perdido, musitó:

—¿Te importaría explicarte?

—¿Qué hay que explicar? Pero si está clarísimo, Gorov. Mira, el muy zorro creía que me había atrapado y dejado sin escapatoria porque su palabra valía más que la mía para el gran maestro. Se quedó con el transmutador, lo que constituye un delito castigado con la pena de muerte en Askone. Pero en cualquier momento podía decir que me había engañado movido por el más puro de los patriotismos y denunciarme por vender productos prohibidos.

—Eso era evidente.

—Cierto, pero no se trataba tan sólo de su palabra contra la mía. Verás, Pherl jamás había oído hablar de las grabadoras de microfilms, ni siquiera conocía la existencia de ese concepto.

Gorov se carcajeó de repente.

—Ahí está —dijo Ponyets—. Él llevaba las de ganar y yo había recibido la reprimenda que me merecía. Pero cuando monté el transmutador para él, con cara de perro apaleado, incorporé la grabadora al artefacto y la saqué durante la revisión al día siguiente. Ahora dispongo de una película perfectamente nítida de su sancta sanctórum, su altar más sagrado, con él mismo, pobre Pherl, accionando el transmutador con todos los ergios que tenía y contemplando embobado su primera pepita de oro como si de un huevo recién puesto se tratara.

—¿Le enseñaste el resultado?

—Dos días después. El pobre diablo no había visto imágenes tridimensionales a color y con sonido en su vida. Asegura que no es supersticioso, pero que me aspen si alguna vez he visto un adulto más asustado que él en aquellos instantes. Cuando le conté que había plantado una grabadora en la plaza de la ciudad, lista para accionarse a mediodía ante un millón de fanáticos askonianos que a continuación correrían a descuartizarlo, se arrodilló gimoteando a mis pies en un abrir y cerrar de ojos. No puso la menor pega al trato que le ofrecí.

—¿Era cierto? —preguntó Gorov, aguantándose la risa—. Me refiero a la grabadora plantada en la plaza de la ciudad.

—No, pero eso da igual. Llegamos a un acuerdo. Compró todos nuestros artilugios a cambio de tanto estaño como consiguiéramos transportar. En aquel momento, me creía capaz de todo. El acuerdo está por escrito y recibirás una copia antes de que baje con él, como precaución añadida.

—Pero has herido su orgullo —dijo Gorov—. ¿Utilizará los artefactos?

—¿Por qué no? Es la única forma de recuperar lo que ha perdido, y si logra ganar un dinero extra, reparará su orgullo. Además, será el próximo gran maestro... y la persona más adecuada que podríamos tener de nuestra parte.

—Sí —convino Gorov—, ha sido una buena venta. Sin embargo, no cabe duda que tu técnica es poco ortodoxa. Ahora entiendo que te expulsaran del seminario. ¿Es que no tienes escrúpulos?

—¿Qué más da? —respondió con indiferencia Ponyets—. Ya sabes lo que opinaba Salvor Hardin sobre la moral.

Quinta parte

Los príncipes mercaderes

1

COMERCIANTES: [...] El dominio económico de la Fundación aumentó con inexorabilidad psicohistórica. Los comerciantes se enriquecieron, y con la riqueza llegó el poder [...]
    A veces se olvida que Hober Mallow empezó siendo un comerciante más. Lo que no se olvida jamás es que terminó siendo el primero de los príncipes mercaderes [...]

ENCICLOPEDIA GALÁCTICA

Jorane Sutt juntó las puntas de unas uñas esmeradamente cuidadas y dijo:

—Es un enigma. De hecho... y esto lo digo en estricta confianza... podría tratarse de otra de las crisis de Hari Seldon.

Su interlocutor, sentado frente a él, palpó uno de los bolsillos de su chaleco smyrniano en busca de un cigarrillo.

—No sé yo, Sutt. Es habitual que los políticos empiecen todas las campañas por la alcaldía al grito de «crisis de Seldon».

Sutt esbozó una fina sonrisa.

—No estoy haciendo campaña, Mallow. Nos enfrentamos a armas atómicas, y no sabemos de dónde han salido.

Hober Mallow de Smyrno, maestro comerciante, siguió fumando tranquilamente, casi con indiferencia.

—Continúa. Si tienes algo más que decir, dilo. —Mallow no cometía nunca el error de mostrarse demasiado diplomático con alguien de la Fundación. Por muy extranjero que fuese, no era menos persona por ello.

Sutt indicó el mapa estelar tridimensional que había encima de la mesa. Una luz roja resaltó un racimo de una media docena de sistemas cuando ajustó los controles.

—Ésa —dijo en voz baja— es la República Korelliana.

El comerciante asintió con la cabeza.

—He estado allí. Una ratonera infecta. Supongo que se puede calificar de república, aunque siempre salga elegido comodoro alguien de la familia Argo. Y al que no le guste... le pasará algo. —Torció los labios y repitió—: He estado allí.

—Pero has regresado, lo que no puede decir todo el mundo. Tres naves comerciales, inviolables según todos los tratados, han desaparecido en territorio de la República a lo largo del último año. Y estamos hablando de naves equipadas con todos los explosivos nucleares y campos de fuerza que cabría esperar.

—¿Qué fue lo último que se supo de ellas?

—Informes de rutina. Nada más.

—¿Qué ha dicho Korell?

Un destello sarcástico relampagueó en los ojos de Sutt.

—No hubo manera de preguntar nada. La principal baza de la Fundación en toda la Periferia es la reputación de poder que se le atribuye. ¿Crees que podemos perder tres naves y preguntar por ellas?

—Bueno, en tal caso, supongo que ahora me explicarás qué quieres de mí.

Perder el tiempo irritándose era un lujo que Jorane Sutt no se podía permitir. Como secretario de la alcaldía estaba acostumbrado a vérselas con consejeros de la oposición, oportunistas en busca de empleo, reformistas y chiflados de diversa índole que aseguraban haber resuelto en su totalidad el curso de la historia futura cuyas bases sentara Hari Seldon en su día. Su historial explicaba que no se alterara fácilmente.

—Enseguida —fue la metódica respuesta—. Verás, tres naves no se pueden perder en el mismo sector por accidente, y la energía atómica solo puede combatirse con más energía atómica. De este modo surge automáticamente la pregunta: si Korell posee armas nucleares, ¿de dónde las saca?

—¿Y la respuesta?

—Hay dos alternativas. O bien los korellianos las han construido por sus propios medios...

—¡Harto improbable!

—Sin duda. Pero la otra posibilidad apuntaría a un caso de traición.

—¿Eso crees? —preguntó con voz glacial Mallow.

—No sería tan descabellado —continuó plácidamente el secretario—. Desde que los Cuatro Reinos aceptaron el tratado de la Fundación, hemos tenido que hacer frente a un considerable grupo de poblaciones disidentes en todas las naciones. Cada antiguo reino cuenta con sus propios aspirantes y antiguos nobles, cuyo afecto por la Fundación muy bien pudiera ser fingido. Quizá algunos de ellos hayan decidido pasar a la acción.

El rubor se propagó por las mejillas de Mallow.

—Ya veo. Puesto que soy smyrniano, ¿hay algo que me quieras decir a mí personalmente?

—Lo sé, eres smyrniano: nacido en Smyrno, uno de los Cuatro Reinos originales. Si perteneces a la Fundación es únicamente por haberte educado allí. Tu linaje es extranjero. Sin duda tu abuelo era barón en tiempos de las guerras con Anacreonte y Loris, y sin duda tu familia perdió sus tierras durante la redistribución de Sef Sermak.

—No, por el negro vacío, nada de eso. Mi abuelo era un humilde hijo del espacio que falleció acarreando carbón por una miseria antes de la

Fundación. No le debo nada al antiguo régimen. Pero sí es cierto que nací en Smyrno, y por la Galaxia que no me avergüenzo de mi patria ni de mis compatriotas. No pienso lamer las botas de la Fundación atemorizado por tus veladas amenazas de traición. Y ahora, dame alguna orden o expón tus acusaciones, lo que prefieras.

—Estimado maestro comerciante, me importa un electrón que tu abuelo fuera rey de Smyrno o el mayor pordiosero del planeta. Si he recitado esa cantinela sobre tu cuna y tu linaje es tan sólo para demostrarte que no me interesan. Es evidente que no has sabido entenderlo. Retrocedamos un poco. Eres smyrniano. Conoces a los extranjeros. También eres comerciante, uno de los mejores. Has estado en Korell y tienes experiencia con los korellianos. Ahí es adonde quiero que vayas.

Mallow respiró hondo.

—¿En calidad de espía?

—Nada de eso. Como comerciante... pero con los ojos bien abiertos. Si consigues descubrir de dónde sale la energía... Permite que te recuerde, puesto que eres smyrniano, que dos de los cargueros perdidos estaban tripulados por compatriotas tuyos.

—¿Cuándo empiezo?

—¿Cuándo estará lista tu nave?

—Dentro de seis días.

—Empezarás entonces. En el almirantazgo te proporcionarán todos los detalles.

—De acuerdo. —El comerciante se puso de pie y, tras un brusco apretón de manos, salió de la estancia a grandes zancadas.

Sutt esperó, extendiendo los dedos con cuidado y frotándoselos para aliviar la tensión, antes de encogerse de hombros y entrar en el despacho del alcalde.

Éste apagó la visiplaca y se reclinó en la silla.

—¿Qué opinas, Sutt?

—Sería un actor de primera —respondió el secretario, mirando fijamente al frente, contemplativo.

2

Aquel mismo día, por la noche, en el piso de soltero que poseía Jorane Sutt en la vigésimo primera planta del Edificio Hardin, Publis Manlio paladeaba pausadamente una copa de vino.

La cimbreña y añeja figura de Publis Manlio encarnaba dos de los principales cargos públicos de la Fundación. Era secretario de Asuntos Exteriores en el gabinete de la alcaldía, y para el resto de sistemas solares, a excepción hecha de la misma Fundación, era además primado de la Iglesia, proveedor del Alimento Sagrado, maestro de los Templos, y así sucesivamente en una cadena de sílabas tan rimbombantes como confusas.

Estaba diciendo:

—Pero accedió a permitir que enviara a ese comerciante. Algo es algo.

—Ese algo es muy poca cosa —replicó Sutt—. No nos reporta ningún beneficio inmediato. Todo este asunto es una burda estratagema de resultado impredecible. Lo único que estamos haciendo es soltar sedal con la esperanza de que al otro extremo haya un anzuelo.

—Cierto. Y este Mallow es una persona capaz. ¿Qué haremos si no se deja engañar fácilmente?

—Debemos correr ese riesgo. En caso de traición, los implicados siempre son las personas más capaces. Si no, necesitaremos a alguien capaz para averiguar la verdad. Y Mallow estará protegido. Tiene usted la copa vacía.

—No, gracias. Ya he bebido bastante.

Sutt llenó su vaso y soportó pacientemente el incómodo silencio fruto de las cavilaciones de su interlocutor.

Cualquiera que fuese el motivo del ensimismamiento del primado, terminó de golpe cuando éste espetó explosivamente:

—Sutt, ¿en qué está pensando?

—Se lo diré, Manlio. —Sus finos labios se entreabrieron—. Nos hallamos en plena crisis de Seldon.

Manlio se lo quedó mirando fijamente antes de preguntar:

—¿Cómo lo sabe? ¿Acaso ha vuelto a aparecer Seldon en la Bóveda del Tiempo?

—Eso, mi estimado amigo, no es necesario. Mire, razónelo. Desde que el Imperio Galáctico abandonó la Periferia y nos abandonó a nuestra suerte, jamás nos hemos enfrentado a un adversario que poseyera energía atómica. Ahora, por primera vez, nos encontramos con uno. Eso, por sí solo, ya sería significativo. Pero no se trata de un hecho aislado. Por primera vez en más de setenta años debemos hacer frente a una grave crisis política dentro de nuestras fronteras. Creo que la sincronización de ambos trances, interior y exterior, basta para despejar cualquier duda.

Manlio entornó los párpados.

—Si eso es todo, no me parece suficiente. Hasta la fecha se han producido dos crisis de Seldon, y en ambas ocasiones la Fundación corrió peligro de desaparecer. La tercera crisis no podría estar exenta de ese peligro.

Sin mostrar la menor impaciencia, Sutt respondió:

—El peligro es inminente. Hasta un ciego podría ver una crisis si la tuviera delante. La verdadera función del estado es detectarla en su fase embrionaria. Mire, Manlio, vivimos una historia planificada. Sabemos que Hari Seldon desentrañó las probabilidades históricas del futuro. Sabemos que tarde o temprano deberemos reconstruir el Imperio Galáctico. Sabemos que esa labor durará alrededor de mil años. Y sabemos que en ese intervalo nos enfrentaremos a varias crisis concretas.

»Ahora bien, la primera crisis se produjo cincuenta años después de la creación de la Fundación, y la segunda, treinta años después de eso. Desde entonces han transcurrido casi setenta y cinco años. Es la hora, Manlio, ha llegado el momento.

Manlio se acarició la nariz, dubitativo.

—¿Y ha hecho usted planes para afrontar esta crisis?

Sutt asintió con la cabeza.

—¿Y a mí —continuó Manlio— me corresponde representar algún papel?

De nuevo asintió Sutt.

—Antes de hacer frente a la amenaza de la energía atómica proveniente del extranjero tendremos que poner en orden la casa. Estos comerciantes...

—¡Ah! —El primado enderezó la espalda al tiempo que se endurecía su mirada.

—Correcto. Estos comerciantes. Son útiles, pero también son demasiado poderosos... e incontrolables. Son extranjeros, se han educado al margen de la religión. Por una parte, les proporcionamos conocimientos, y por otra, renunciamos a nuestro control sobre ellos.

—¿Y si pudiéramos demostrar que ha habido traición?

—Si pudiéramos demostrar tal cosa, la acción directa sería la solución más sencilla y eficaz. Pero no se da esa circunstancia. Aunque la insubordinación no anidara en su seno, seguirían constituyendo un elemento desestabilizador dentro de nuestra sociedad al no estar ligados a nosotros por el patriotismo o por una estirpe en común, ni siquiera por el fervor religioso. Bajo su liderazgo secular, las provincias exteriores que, desde tiempos de Hardin, nos consideran el planeta sagrado por excelencia, podrían hacerse añicos.

—Me doy cuenta de todo eso, pero la cura...

—La cura debe llegar deprisa, antes de que la crisis de Seldon se recrudezca. La combinación de armas atómicas en el exterior y descontento en el interior podría ser explosiva. —Sutt dejó la copa vacía con la que estaba jugando—. Es evidente que se trata de un trabajo hecho a su medida.

—¿A mi medida?

—Yo no puedo encargarme. Los cargos que se cubren por nombramiento, como el mío, carecen de autoridad legislativa.

—El alcalde...

—Imposible. Su carácter es por completo reactivo. Lo único que hace voluntariamente es eludir responsabilidades. Sin embargo, si su relección se viera amenazada por el surgimiento de un partido independiente, es posible que se dejara aconsejar.

—Pero, Sutt, no tengo talento para la política práctica.

—Eso déjemelo a mí. Quién sabe, Manlio, la primacía y la alcaldía no han vuelto a confluir en una sola persona desde los tiempos de Salvor Hardin. Pero ahora podría ser el momento propicio... siempre y cuando haga bien su trabajo.

132

En la otra punta de la ciudad, en un entorno más acogedor, Hober Mallow acudía a su segunda cita. Tras escuchar largo y tendido, dijo con voz precavida:

—Sí, he oído hablar de tus campañas para que los comerciantes obtengan una representación directa en el consejo. ¿Pero por qué yo, Twer?

Jaim Twer, siempre dispuesto a recodarle a todo el que se lo preguntara, y al que no también, que pertenecía a la primera promoción de extranjeros que había recibido una educación laica en la Fundación, esbozó una sonrisa radiante.

—Sé lo que me hago —dijo—. ¿Recuerdas cuando nos vimos por primera vez, el año pasado?

—Fue en la feria de comercio.

—Exacto. Tú presidías la reunión. Cogiste a aquellos cabestros que estaban plantados en sus asientos, te los metiste en el bolsillo e hiciste que comieran de la palma de tu mano. También tienes razón acerca de las masas de la Fundación. Posees glamour... o, cuando menos, una sólida fama de aventurero, lo que vendría a ser lo mismo.

—Ya —replicó secamente Mallow—. ¿Pero por qué ahora?

—Porque ésta es nuestra oportunidad. ¿Sabías que el secretario de Educación ha presentado su dimisión? Aún no ha salido a la luz, pero lo hará.

—¿Y tú cómo lo sabes?

—Pues... eso da igual. —Twer torció el gesto y abanicó el aire con una mano—. Así están las cosas. El Partido Accionista se tambalea, y podríamos darle el golpe de gracia ahora mismo si planteáramos directamente la cuestión de la igualdad de derechos para los comerciantes; o, mejor dicho, de la democracia, a favor y en contra...

Mallow se repantigó en la silla y clavó la mirada en sus gruesos dedos.

—Ajá. Lo siento, Twer. Parto en viaje de negocios la semana que viene. Tendrás que buscar a otro.

Twer lo observó fijamente.

—¿Negocios? ¿Qué clase de negocios?

—Se trata de algo supermegasecreto. Prioridad triple A. Todo eso, ya sabes. He estado hablando con el secretario de la alcaldía.

—¿Con esa serpiente de Sutt? —Jaim Twer no pudo disimular su turbación—. Es un ardid. Ese hijo de un vagabundo estelar quiere librarse de ti. Mallow...

—Tranquilo. —Mallow apoyó una mano en el puño apretado de Twer—. No te subas por las paredes. Si es un ardid, volveré algún día para ajustar cuentas con él. Si no, tu serpiente, Sutt, estará poniéndose en nuestras manos. Escucha, se avecina una crisis de Seldon.

Mallow se quedó esperando una reacción que no llegó a producirse. Twer se limitó a observarlo fijamente, desconcertado.

—¿Qué es una crisis de Seldon?

—¡Por la Galaxia! —El anticlímax hizo que Mallow estallara de rabia—. ¿Qué diablos siderales te enseñaron en la escuela? Esa pregunta es de memos.

Su veterano interlocutor frunció el ceño.

—Si me explicaras...

Se produjo un prolongado silencio antes de que Mallow bajara las cejas que había arqueado y empezara con parsimonia:

—Te lo explicaré. Cuando el Imperio Galáctico empezó a desmoronarse, y cuando los confines de la Galaxia revirtieron a la barbarie y se escindieron, Hari Seldon y su banda de psicólogos crearon una colonia, la Fundación, aquí mismo, en el centro de todo el meollo, para que pudiéramos incubar las artes, las ciencias y la tecnología, y formar así el núcleo del Segundo Imperio.

—Ah, sí, ya recuerdo...

—No he terminado —lo atajó sin piedad el comerciante—. El devenir de la Fundación se planteó obedeciendo los dictados de la ciencia de la psicohistoria, por aquel entonces en pleno apogeo, y se estipularon las condiciones necesarias para desencadenar una serie de crisis que habrían de impulsarnos en nuestro camino hacia el Imperio futuro. Cada una de estas crisis, denominadas «de Seldon», señala una época en nuestra historia. Ahora nos acercamos a otra: la tercera.

—Por supuesto. —Twer se encogió de hombros—. No sé cómo lo había olvidado. Claro que hace mucho que terminé los estudios... mucho más que tú.

—Me lo figuro. Olvídalo. Lo importante es que van a enviarme al centro del desarrollo de la crisis. Qué habré conseguido cuando regrese es un misterio, y todos los años hay elecciones al consejo.

Twer levantó la cabeza.

—¿Tienes alguna pista?

—Ninguna.

—¿Algún plan en concreto?

—Ni por asomo.

—Entonces...

—Entonces, nada. Hardin dijo una vez: «Para tener éxito no basta con planificar. También hay que saber improvisar». Improvisaré.

Twer meneó la cabeza, dubitativo, y ambos se levantaron y quedaron frente a frente.

De improviso, pero con aplomo, Mallow dijo:

—Te propongo una cosa, ¿por qué no vienes conmigo? No pongas esa cara, hombre. Fuiste comerciante antes de decidir que la política era más emocionante. O eso tengo entendido.

—¿Adónde te diriges? Dime eso al menos.

—A la Fisura Whassalliana. No puedo entrar en detalles antes de salir al espacio. ¿Qué me dices?

134

—Supongamos que Sutt decide que me quiere donde pueda verme.

—Poco probable. Si tiene tantas ganas de librarse de mí, ¿por qué no de ti también? Además, ningún comerciante aceptaría salir al espacio si no le dejaran elegir personalmente a su tripulación. Escogeré a quien me plazca.

Un extraño destello relampagueó en los ojos del veterano Twer.

—De acuerdo. Iré contigo. —Alargó un brazo—. Será mi primer viaje en tres años.

Mallow estrechó la mano extendida.

—¡Estupendo! Me alegro un montón. Y ahora, tengo que recoger a los muchachos. Sabes dónde está atracada la *Estrella Lejana*, ¿verdad? Preséntate allí mañana. Hasta entonces.

4

Korell ejemplifica ese fenómeno histórico tan recurrente que es la república cuyo gobernante posee todos los atributos propios de un monarca absoluto menos el nombre. Como tal, hacía gala del habitual despotismo que ni siquiera eran capaces de refrenar las dos influencias moderadoras propias de las monarquías legítimas: el «honor» de la realeza y la etiqueta de la corte.

En términos materiales, su prosperidad era exigua. Los días del Imperio Galáctico quedaban ya lejos, atestiguados tan sólo por monumentos mudos y estructuras derruidas. Los días de la Fundación estaban aún por llegar, obstaculizados principalmente por la feroz determinación del regente de Korell, el comodoro Asper Argo, quien había decretado una estricta regulación de los comerciantes y control aún más riguroso sobre los misioneros.

Como la tripulación de la *Estrella Lejana* pronto tuvo ocasión de constatar, el espaciopuerto propiamente dicho era un lugar decrépito e inhóspito. En los destartalados hangares reinaba un ambiente igualmente destartalado en el que Jaim Twer intentaba calmar los nervios concentrándose en un solitario.

—Hay mercancías interesantes aquí —dijo Hober Mallow, pensativo, mientras miraba por la escotilla.

Hasta ahora, poco más se podía decir de Korell. El viaje había transcurrido sin contratiempos. El escuadrón de naves korellianas que había salido al paso de la *Estrella Lejana* se componía de diminutas reliquias vapuleadas y enormes bañeras renqueantes cuyos días de gloria eran apenas un recuerdo. Habían guardado las distancias con timidez, y continuaban guardándolas, desde hacía ya una semana, sin responder a las peticiones de Mallow de reunirse con el gobierno local.

—Hay mercancías interesantes —repitió Mallow—. Se podría decir que es territorio virgen.

Jaim Twer levantó la cabeza, impaciente, y tiró las cartas a un lado.

—¿Qué diablos te propones, Mallow? La tripulación está nerviosa, los oficiales están preocupados, y yo pienso...

—¿Piensas? ¿En qué?

—En la situación. Y en ti. ¿Qué estamos haciendo aquí?

—Esperar.

El veterano comerciante resopló, se ruborizó y gruñó:

—Actúas a ciegas, Mallow. Hay guardias alrededor de las pistas y naves sobre nuestras cabezas. ¿Quién te asegura que no están preparándose para hacernos saltar por los aires?

—Han tenido una semana.

—A lo mejor están aguardando refuerzos. —Un destello implacable centelló en los ojos de Twer.

Mallow se sentó de improviso.

—Sí, ya lo había pensado. Pero verás, eso plantea un dilema. Para empezar, hemos llegado hasta aquí sin encontrar oposición. Puede que eso no quiera decir nada, sin embargo, dado que entre más de trescientas naves, sólo tres fueron abatidas el año pasado. Lo reducido del porcentaje podría deberse a que disponen de muy pocas naves equipadas con arsenal atómico, y quizá no se atrevan a correr riesgos innecesarios a menos que aumente su proporción.

»Por otra parte, podría significar también que no disponen de energía atómica en absoluto. O que disponen de ella pero es algo que desean mantener en secreto, por miedo a que averigüemos algo. Después de todo, una cosa es asaltar cargueros prácticamente desarmados con escasa capacidad de maniobra, y otra muy distinta tontear con una delegación acreditada de la Fundación cuando su mera presencia podría indicar que ésta sospecha algo.

»Sumemos esto a...

—Un momento, Mallow, un momento. —Twer levantó las manos—. Empieza a dolerme la cabeza con tanta palabrería. ¿Adónde quieres ir a parar? Prescinde de los detalles.

—Los detalles son necesarios para que lo entiendas, Twer. Todos estamos a la espera. Ellos no saben qué hago aquí y yo no sé qué ocultan. Pero la ventaja está de su parte, porque yo soy uno solo y ellos son un planeta entero... posiblemente equipado con energía atómica. No puedo permitirme el lujo de dar muestras de flaqueza. Claro que es peligroso. Claro que podríamos estar metiéndonos en una trampa. Pero eso lo sabíamos desde el principio. ¿Qué alternativa tenemos?

—No lo... ¿Quién llama ahora?

Mallow levantó la cabeza pacientemente y activó el receptor. La visiplaca se iluminó para revelar las abruptas facciones del sargento de la guardia.

—Hable, sargento.

—Con permiso, señor. Los hombres han dejado entrar a un misionero de la Fundación.

—¿Un qué? —Mallow palideció.

—Un misionero, señor. Necesita atención médica, señor...

—No será el único que la necesite, sargento. Menuda chapuza. Que los hombres ocupen sus puestos de combate.

La sala de la tripulación estaba prácticamente desierta. Cinco minutos después de que se impartiera la orden, hasta los hombres de permiso se encontraban a los mandos de sus cañones. La rapidez era la principal virtud en las anárquicas regiones del espacio interestelar de la Periferia, y los tripulantes de un maestro comerciante eran los más veloces de todos.

Mallow entró despacio en la estancia y observó al misionero de arriba abajo. Su mirada se deslizó hacia el teniente Tinter, que se hizo a un lado, nervioso, y hacia el sargento de la guardia Demen, cuyo rostro impertérrito y estólida figura flanqueaban a su compañero.

El maestro comerciante se giró hacia Twer y se quedó pensativo un momento.

—Bueno, Twer, que todos los oficiales se reúnan aquí discretamente, menos los coordinadores y el trayector. Que la tripulación permanezca en sus puestos hasta nueva orden.

En el subsiguiente hiato de cinco minutos, Mallow se dedicó a abrir a patadas las puertas de los lavabos, a mirar detrás de la barra del bar y a correr las cortinas de las gruesas ventanas. Durante treinta segundos se ausentó por completo de la sala, y cuando regresó lo hizo tarareando distraídamente.

Empezó a llegar un desfile de hombres. Twer entró el último y cerró la puerta en silencio.

—Para empezar —dijo Mallow en voz baja—, ¿quién ha dejado pasar a este desconocido sin consultármelo?

El sargento de la guardia dio un paso al frente. Todas las miradas confluyeron en él.

—Lo siento, señor. No fue nadie en concreto, sino más bien de mutuo acuerdo. Era uno de nosotros, se podría decir, y esos extranjeros iban...

Mallow lo interrumpió sin miramientos.

—Comprendo sus sentimientos, sargento, créame. Estos hombres, ¿estaban a su mando?

—Sí, señor.

—Cuando termine esta reunión, deberán pasar una semana confinados en habitaciones separadas. Durante ese tiempo usted será relevado de todas las labores de supervisión. ¿Entendido?

Aunque la expresión del sargento no se alteró, sus hombros parecieron hundirse ligeramente.

—Sí, señor —respondió alto y claro.

—Puede usted retirarse. Regrese a su torreta.

La puerta se cerró al paso del sargento y todos comenzaron a hablar a la vez.

—¿A qué viene ese castigo, Mallow? —intercedió Twer—. Sabes perfectamente que los korellianos asesinan a los misioneros capturados.

—Desobedecer una orden siempre es motivo de castigo, con independencia de los motivos que haya detrás del desacato. Nadie debía entrar ni salir de la nave sin permiso.

—Siete días de inactividad —murmuró con rebeldía el teniente Tinter—. Nadie puede imponer disciplina de esa manera.

—Yo sí —fue la glacial respuesta de Mallow—. La disciplina en circunstancias normales no tiene mérito. No sirve de nada si no es capaz de mantenerse cuando hay vidas en juego. ¿Dónde está el misionero? Traedlo ante mí.

El comerciante se sentó mientras la figura embozada de escarlata era conducida con delicadeza a su presencia.

—¿Cómo se llama, venerable?

—¿Eh? —El cuerpo del desconocido giró en redondo hacia Mallow como si estuviera hecho de una sola pieza. Tenía la mirada extraviada y un moratón en la sien. Que Mallow supiera, era la primera vez que hablaba o se movía desde su llegada.

—Su nombre, venerable.

Una actividad febril se apoderó inesperadamente del misionero, que extendió los brazos como si se propusiera abarcarlos a todos.

—Hijo... hijos míos. Que el abrazo protector del espíritu galáctico os rodee siempre.

Con expresión preocupada, Twer se adelantó y declaró con voz ronca:

—Ese hombre está enfermo. Que alguien se lo lleve a su cama. Ordena que lo acuesten, Mallow, y que le presten atención médica. Está malherido.

El fuerte brazo de Mallow lo apartó de un empujón.

—No te entrometas, Twer, o haré que te saquen de la habitación. ¿Cómo se llama, venerable?

El misionero entrelazó las manos de repente, en actitud implorante.

—Como personas de fe que sois, salvadme de los herejes —farfulló—. Salvadme de esos bárbaros siniestros que me persiguen y pretenden afligir al espíritu galáctico con sus crímenes. Me llamo Jord Parma y vengo de los mundos anacreontes. Me eduqué en la Fundación; en la mismísima Fundación, hijos míos. Soy un sacerdote del espíritu, versado en todos los misterios, que llegó aquí atendiendo a la llamada de una voz interior. —Jadeando, concluyó—: He sufrido a manos de los herejes. Como hijos del espíritu que sois, en su nombre os pido que me protejáis de ellos.

Una voz metálica resonó de pronto cuando la alarma de emergencia anunció:

—¡Enemigo a la vista! ¡Solicitamos instrucciones!

Todas las miradas convergieron automáticamente sobre el altavoz.

Mallow profirió una maldición. Abrió el canal de comunicación, chilló:

—¡Manténgase alerta! ¡Eso es todo! —y lo apagó.

Se acercó a las pesadas cortinas, las apartó y se asomó al exterior con gesto sombrío.

El enemigo consistía en una marabunta compuesta por miles de korellianos. La marea de individuos se extendía de un extremo a otro del costado de la nave. El frío resplandor de las bengalas de magnesio iluminaba a los rezagados.

—¡Tinter! —exclamó el comerciante, sin girarse, con la piel de la nuca encendida—. Active los altavoces externos y averigüe qué quieren. Pregunte si los acompaña algún representante de la ley. No prometa nada ni amenace a nadie, o lo mato.

Tinter giró sobre los talones y se fue.

Una mano cayó con fuerza sobre el hombro de Mallow, que la apartó de un golpe. Un Twer encolerizado siseó al oído del comerciante:

—Mallow, estás obligado a proteger a este hombre. Así lo dictan la decencia y el honor. Es de la Fundación, después de todo, y además... es sacerdote. Esos salvajes de ahí fuera... ¿Me oyes?

—Te oigo, Twer —fue la mordaz respuesta de Mallow—. Tengo más asuntos que atender aparte de vigilar misioneros. Haré lo que me plazca, si no te importa, y por Seldon y toda la Galaxia que te aplastaré esa tráquea apestosa como intentes detenerme. No te pongas en mi camino, Twer, o será lo último que hagas.

Dio media vuelta y empezó a caminar a largas zancadas.

—¡Usted! ¡Venerable Parma! ¿Sabía que está estipulado que ningún misionero de la Fundación puede entrar en territorio korelliano?

El misionero temblaba de pies a cabeza.

—No puedo evitar ir adonde me conduce el espíritu, hijo mío. Si los herejes rechazan la luz, ¿no es señal eso de cuánto la necesitan?

—Eso ahora no viene al caso, venerable. Su presencia aquí atenta contra las leyes de Korell y de la Fundación. Protegerlo no está en mi mano.

El misionero había vuelto a levantar los brazos. De su perplejidad inicial no quedaba ni rastro. El sistema de comunicación externo de la nave se activó con estrépito, acompañado del tenue ulular ininteligible de la turba enfurecida.

—¿Oís eso? —preguntó el misionero, con la mirada enloquecida—. ¿Por qué me habláis de leyes inventadas por el hombre? Hay otras que están por encima de ellas. ¿No dijo acaso el espíritu galáctico: No permanecerás impasible ante el sufrimiento de tus semejantes? ¿No dijo acaso: Tratarás a los humildes y a los desvalidos como quieras que te traten a ti?

»¿Es que no tenéis armas? ¿No tenéis una nave? ¿Acaso no os respalda la Fundación? ¿No os acompaña y envuelve el espíritu que gobierna el universo? —Hizo una pausa para recuperar el aliento.

La voz que atronaba fuera de la *Estrella Lejana* cesó y el teniente Tinter regresó con expresión preocupada.

—¡Habla! —ordenó secamente Mallow.

—Señor, exigen que les entreguemos a Jord Parma.

—¿De lo contrario?

—Las amenazas son variopintas, señor. Es complicado quedarse con una sola. Son muchos... y parece que están muy enfadados. Alguien afirma dirigir el distrito y tener autoridad policial, pero es evidente que no actúa por iniciativa propia.

—Con iniciativa o sin ella —Mallow se encogió de hombros—, es un representante de la ley. Diles que si ese gobernador, o policía, o lo que sea, se acerca solo a la nave, podrá llevarse al venerable Jord Parma.

Una pistola se materializó en su mano mientras añadía:

—No sé qué es la insubordinación. Nunca la he vivido. Pero si a alguno de vosotros se le ocurre hacerme una demostración práctica, estaré encantado de enseñarle el antídoto.

El cañón se movió lentamente hasta apuntar a Twer. Con esfuerzo, el veterano comerciante adoptó una expresión menos crispada, abrió las manos y las bajó mientras respiraba entrecortadamente por la nariz.

Tinter se fue, y una figura menuda se separó de la multitud cinco minutos más tarde. Su paso era lento y titubeante, visiblemente atenazado por el temor y la desconfianza. En dos ocasiones se dio la vuelta, y en ambas lo impelieron a continuar las amenazas de la embravecida marea humana.

—Bueno. —Mallow hizo un gesto con el desintegrador, que seguía sin regresar a su funda—. Grun y Upshur, sacadlo de aquí.

El misionero profirió un alarido. Levantó los brazos y extendió los dedos rígidos como lanzas mientras las voluminosas mangas caían para revelar unos brazos enclenques donde se translucían todas las venas. Se produjo un diminuto destello fugaz que duró apenas un suspiro. Mallow pestañeó y repitió su ademán, desdeñoso.

La voz del misionero brotó de sus labios mientras se debatía en la doble presa:

—Maldito sea el traidor que abandona a su semejante para enfrentarse solo al mal y a la muerte. Que ensordezcan los oídos insensibles a las súplicas del indefenso. Que se apaguen los ojos ciegos a la inocencia. Que sufra eternamente el alma aliada de la oscuridad...

Twer se aplastó las orejas con las manos.

Mallow hizo girar el desintegrador y lo enfundó.

—Que todo el mundo retome sus posiciones —dijo con voz sosegada—. Cuando la multitud se haya dispersado, quiero seis horas de vigilancia exhaustiva. Después de eso, se doblará la guarnición en los puestos de guardia durante cuarenta y ocho horas. En ese momento daré más instrucciones. Twer, acompáñame.

Una vez a solas en los aposentos privados de Mallow, éste indicó una silla y Twer se sentó. Su fornida figura parecía encogida.

Mallow lo contempló fijamente, con sarcasmo.

—Twer —dijo—, me decepcionas. Parece que los tres años que llevas en la política han acabado con tus costumbres de comerciante. Recuerda, aunque en la Fundación sea demócrata, a bordo de mi nave debo recurrir a la tiranía para que las cosas funcionen. Nunca antes había tenido que amenazar a mis hombres con una pistola, ni habría tenido que hacerlo ahora si no te hubieses extralimitado.

»Twer, aunque tu cargo no sea oficial, estás aquí por invitación mía, por lo que te dispensaré todas las cortesías debidas... en privado. A partir de ahora, sin embargo, delante de la tripulación, me llamarás «señor» y no «Mallow». Y cuando te dé una orden, te apresurarás a cumplirla como si fueras un recluta de tercera por si las moscas, o te verás entre rejas en el nivel inferior en menos que canta un gallo. ¿Entendido?

El líder político tragó saliva con dificultad y, a regañadientes, respondió:

—Perdona.

—Estás perdonado. ¿Amigos?

Los dedos inermes de Twer desaparecieron engullidos por la manaza de Mallow.

—Mis intenciones eran nobles —dijo Twer—. No es fácil enviar a alguien a su linchamiento. Ese gobernador o como se llame es un mequetrefe incapaz de salvarlo. Lo asesinarán.

—Yo no puedo hacer nada. Sinceramente, todo este asunto me olía mal desde el principio. ¿No te fijaste?

—¿En qué?

—El espaciopuerto donde nos encontramos está en medio de una sección remota donde nunca pasa nada, y de repente aparece un misionero fugitivo. ¿De quién huye? Y viene a parar aquí. ¿Casualidad? Se reúne una muchedumbre enfervorizada. ¿Procedente de dónde? La población más cercana debe de estar a unos ciento cincuenta kilómetros de aquí. Pero la turba no tardó ni media hora en manifestarse. ¿Cómo?

—¿Cómo? —repitió Twer.

—Bueno, ¿y si alguien hubiera transportado al misionero hasta aquí para liberarlo a modo de cebo? Nuestro amigo el venerable Parma parecía considerablemente confuso. En ningún momento me dio la impresión de estar actuando en pleno uso de sus facultades.

—Las torturas... —murmuró con acritud Twer.

—Es una posibilidad. Otra sería que se tratara de un plan para apelar a nuestra caballerosidad y galantería, y obligarnos así a cometer la estupidez de salir en su defensa. Su presencia aquí atenta contra las leyes de Korell y de la Fundación. Si le doy cobijo, Korell podría tomárselo como una declaración de guerra, y por ley la Fundación no tendría ningún derecho a interceder por nosotros.

—Eso es... descabellado.

El altavoz acalló la respuesta de Mallow.

—Señor, hemos recibido un comunicado oficial.

—¡A qué esperan para entregármelo!

El resplandeciente cilindro apareció en su ranura con un chasquido. Mallow lo abrió y extrajo la hoja impregnada de plata que contenía. Mientras acariciaba el papel entre el índice y el pulgar, pensativo, dijo:

—Teletransportado directamente desde la capital. Procedente del despacho del comodoro.

Echó un vistazo al mensaje y soltó una carcajada.

—Conque mi idea era descabellada, ¿verdad?

Lanzó el comunicado a Twer y añadió:

—Media hora después de entregar al misionero recibimos por fin una cortés invitación a personarnos ante el augusto comodoro... tras siete días de espera. Yo diría que hemos superado la prueba.

5

El comodoro Asper era, según él mismo afirmaba, un hombre del pueblo. Lo que quedaba de su cabellera gris caía sobre sus hombros, su camisa pedía a gritos que alguien le diera un buen planchado, y hablaba sorbiendo por la nariz.

—Comerciante Mallow —dijo—, no verá en mí ostentación ni falsas apariencias, únicamente al primer ciudadano del estado. Eso es lo que significa ser comodoro, y ése es el único título que ostento.

Parecía inusitadamente complacido con la situación.

—A decir verdad, considero que ese hecho es uno de los lazos más fuertes que existen entre Korell y su nación. Tengo entendido que su pueblo goza de las mismas bendiciones republicanas que nosotros.

—Precisamente, comodoro —replicó solemne Mallow, tomando nota mental de la comparación—, ese argumento refuerza la perpetuación de la paz y la amistad entre nuestros respectivos gobiernos.

—¡Ah, la paz! —La rala barba entrecana del comodoro se plegó al rictus enternecido que adoptaron sus rasgos—. No creo que haya nadie en toda la Periferia con el corazón más predispuesto para la paz que yo. Puedo afirmar sin temor a faltar a la verdad que, desde que sucedí a mi ilustre progenitor al frente del estado, la paz ha reinado de forma ininterrumpida. Quizá esté mal que yo lo diga —carraspeó delicadamente—, pero tengo entendido que mi pueblo, o mis conciudadanos más bien, me llaman Asper el Bienamado.

La mirada de Mallow se paseó por el esmerado jardín. Cabía la posibilidad de que los fornidos guardaespaldas y las armas de extraño diseño pero indudable eficacia que portaban apostados en las esquinas estuvieran allí para evitar que el comodoro se autolesionara. Sería comprensible. Pero los altos muros revestidos de acero que ceñían el lugar era evidente que se habían reforzado hacía poco, circunstancia harto curiosa si Asper era tan «bienamado» como afirmaba.

—En tal caso, es una suerte que pueda hablar con usted, comodoro. Los déspotas y los monarcas de los planetas vecinos, privados de un sentido de la administración tan noble como el suyo, a menudo carecen de las características que hacen que el pueblo quiera a sus gobernantes.

—¿Por ejemplo? —Había un poso de cautela en la voz del comodoro.

—Por ejemplo, su preocupación por los intereses de su pueblo. Usted, en cambio, sabría entenderlo.

El comodoro mantenía la mirada fija en el sendero de grava mientras caminaban plácidamente. Sus manos se acariciaban mutuamente a su espalda.

—Hasta la fecha —prosiguió Mallow—, las relaciones mercantiles entre nuestras naciones se han resentido por culpa de las restricciones que su gobierno impone a nuestros comerciantes. Seguro que no se le escapa el hecho de que el comercio ilimitado...

—Libre comercio —musitó el comodoro.

—De acuerdo, el libre comercio. Es fácil darse cuenta de que ambos saldríamos beneficiados. Usted tiene cosas que nos interesan, y nosotros tenemos cosas que le interesan a usted. Tan sólo el intercambio nos separa de un aumento en nuestras respectivas fortunas. No descubro nada nuevo para un regente tan sabio como usted, amigo del pueblo... parte del pueblo, podría decirse. De modo que no ofenderé su inteligencia con explicaciones.

—¡Cierto! Me doy cuenta. ¿Pero qué quiere? —La voz del comodoro adquirió un timbre quejumbroso—. Su pueblo ha sido siempre muy poco razonable. Estoy a favor de todo el comercio que pueda soportar nuestra economía, pero no con sus condiciones. Aquí no mando yo solo. —Levantó la voz—. Me limito a exponer la opinión pública. Mi pueblo se niega a comerciar con productos teñidos de carmesí y dorado.

Mallow enderezó la espalda.

—¿Temen que se imponga la religión por la fuerza?

—Así ha sido siempre, en la práctica. Seguro que recuerda lo que pasó en Askone hace veinte años. Primero ustedes les vendieron unos cuantos productos y después exigieron el pleno acceso de todos los misioneros a fin de que éstos garantizaran el funcionamiento correcto de los artículos adquiridos; se erigieron templos de la salud. Lo siguiente fue la institución de colegios religiosos, derechos especiales para todos los representantes de la fe, ¿y cuál fue el resultado? Ahora Askone forma parte integral del sistema de la Fundación y el gran maestro ni siquiera puede escoger su ropa interior sin pedir permiso antes. ¡Ah, no! ¡De ninguna manera! La dignidad de un pueblo independiente jamás podría tolerar algo así.

—Pero yo no sugiero nada de eso —acotó Mallow.

—¿No?

—No. Soy maestro comerciante. El dinero es mi religión. El misticismo y las supercherías de los misioneros me sacan de quicio, y me alegra que no dé el brazo a torcer. Me caen bien las personas como usted.

El comodoro soltó una carcajada estridente y entrecortada.

—¡Así se habla! La Fundación debería haber enviado antes a alguien de su talla.

Apoyó una mano en el abultado hombro del comerciante.

—Pero amigo, sólo me ha contado la mitad. Me ha dicho cuál no es el truco. Dígame ahora en qué consiste la pega.

—La única pega, comodoro, es que va a acumular tal cantidad de riquezas que no sabrá ni qué hacer con ellas.

—¿Usted cree? —El comodoro sorbió por la nariz—. ¿Y para qué querría yo tantas riquezas? No hay tesoro más grande que el cariño de un pueblo, y eso ya lo tengo.

—Pero podría tener las dos cosas, pues posible sostener oro en una mano y cariño en la otra.

—Si eso fuera posible, mi joven amigo, sería un fenómeno de lo más interesante. ¿Usted cómo lo haría?

—En fin, se me ocurren varias maneras. Lo difícil es elegir sólo una. Veamos. Bueno, artículos de lujo, por ejemplo. Este objeto de aquí...

Mallow metió la mano en un bolsillo interior y extrajo una cadena plana de relucientes eslabones metálicos.

—Esto, por ejemplo.

—¿Qué es?

—Tendría que demostrárselo. ¿Me puede conseguir una chica? Cualquier mujer joven me sirve. Y un espejo, de cuerpo entero.

—Hm-m-m. Vayamos adentro.

El comodoro llamaba casa a su morada. La plebe sin duda debía de llamarlo palacio. Para la penetrante mirada de Mallow, guardaba un inusitado parecido con una fortaleza. Se levantaba sobre un promontorio que dominaba la capital. Sus muros eran gruesos y estaban reforzados. Todos los accesos estaban vigilados, y su arquitectura obedecía a una distribución defensiva. Justo la clase de refugio, pensó con acritud Mallow, que cabría esperar de Asper el Bienamado.

La muchacha que tenían enfrente saludó con una honda reverencia al comodoro, que dijo:

—Ésta es una de las doncellas de la comodora. ¿Servirá?

—A las mil maravillas.

El comodoro observó atentamente mientras Mallow ceñía la cadena alrededor del talle de la joven y daba un paso atrás.

—Bueno. —Asper sorbió por la nariz—. ¿Eso es todo?

—¿Le importaría cerrar la cortina, comodoro? Señorita, al lado del broche hay un resorte diminuto. ¿Tendría la bondad de empujarlo hacia delante? No tema, no le hará daño.

La muchacha siguió sus instrucciones, respiró hondo, se miró las manos y jadeó:

—¡Oh!

De su cintura emanaba un pálido manto luminiscente de colores fluctuantes que se rizaba sobre su cabeza para formar una rutilante corona de fuego líquido. Era como si alguien hubiera arrancado la aurora boreal del firmamento y le hubiera dado forma de capa.

144

La joven se acercó al espejo y admiró su reflejo, fascinada.

—Coja esto. —Mallow le entregó un collar de cuentas grises—. Póngaselo al cuello.

Así lo hizo la chica, y al penetrar en el campo luminiscente, cada una de las cuentas se transformó en una llama saltarina que emitía destellos carmesíes y dorados.

—¿Qué le parece? —preguntó Mallow.

La muchacha no respondió, pero la adoración que desbordaba sus ojos hablaba por sí sola. El comodoro hizo un gesto y, a regañadientes, la muchacha oprimió el resorte y el esplendoroso espectáculo se apagó. La doncella se marchó llevándose sólo sus recuerdos con ella.

—Es suyo, comodoro —dijo Mallow—, para su señora. Considérelo un humilde obsequio de la Fundación.

—Hm-m-m. —El comodoro sopesó el cinturón y el collar en la palma de la mano, como si pretendiera estimar su valor—. ¿Cómo funciona?

Mallow se encogió de hombros.

—Ésa es una pregunta para nuestros técnicos expertos. Pero para usted funcionará sin, y remarco lo de «sin», ayuda sacerdotal.

—Bueno, a fin de cuentas, no es más que una fruslería femenina. ¿Qué se puede conseguir con eso? ¿De dónde saldría el dinero?

—¿Celebra usted bailes, recepciones, banquetes... esa clase de cosas?

—Sí, claro.

—¿Se da cuenta de lo que estaría dispuesta a pagar una mujer por una joya de esas características? Por lo menos diez mil créditos.

—¡Ah! —acertó a exclamar el comodoro, sin habla.

—Y puesto que la batería de este objeto en particular no durará más de seis meses, habrá que remplazarla con frecuencia. De éstas podemos venderle tantas como desee por el equivalente a mil créditos en hierro forjado. Eso supone un beneficio del novecientos por ciento para usted.

El comodoro se atusó la barba, aparentemente absorto en portentosas cábalas mentales.

—Por la Galaxia, las mujeres se pelearían por ellas. Administraré el suministro con cuentagotas y lo venderé al mejor postor. Aunque lo ideal sería que nadie supiera que soy yo personalmente...

—Podemos entrar en detalles sobre el funcionamiento de las empresas fantasma, si quiere —terció Mallow—. Más adelante podríamos seguir probando suerte con toda nuestra línea de artículos para el hogar. Tenemos cocinas plegables que no necesitan más de dos minutos para imprimir la consistencia deseada aun a las carnes más duras. Tenemos cuchillos cuyo filo no se embota jamás. Tenemos el equivalente a un servicio de lavandería completo que cabe en cualquier armario y funciona de forma totalmente automática. Lo mismo con los lavavajillas. Y lo mismo también con enceradoras para el suelo, abrillantadores para los muebles, aspiradoras para el polvo, instalaciones eléctricas... En definitiva, todo lo que se le ocurra. Imagínese cómo aumentaría su popularidad si pusiera todas esas cosas a disposición del gran público. Piense en las... esto... posesiones terrenales que podría acumular al frente de un monopolio gubernamental con derecho a percibir el novecientos por ciento de los beneficios derivados de las ventas. La gente valoraría sus artículos muy por encima del precio que pagara por ellos, y nadie tiene por qué saber cuánto le cuestan a usted. Además, recuerde que nada de todo esto requeriría supervisión eclesiástica. Todo el mundo sale ganando.

—Menos usted, por lo visto. ¿Qué espera obtener con esto?

—Únicamente lo estipulado por las leyes de la Fundación para todos los comerciantes. Mis hombres y yo cobraremos la mitad de los ingresos que reporten nuestros artículos. Usted compre todo cuanto tengo que vender, y los dos saldremos beneficiados. Muy beneficiados.

El comodoro parecía estar deleitándose con sus pensamientos.

—¿Cómo ha dicho que quería que le pagara? ¿Con hierro?

—Y también con carbón y bauxita. Tabaco, pimienta, magnesio, duramen... Nada de lo que no disponga en abundancia.

—Pues tiene buena pinta.

—Ya lo creo. Ah, y otra cosa que se me acaba de ocurrir, comodoro. Podría reacondicionar sus fábricas.

—¿Eh? ¿Cómo es eso?

—Bueno, sus fundiciones de acero, por ejemplo. Tengo unos aparatitos muy útiles con los que podría abaratar los costes de producción hasta el uno por ciento de su valor anterior. Eso le permitiría reducir los precios a la mitad sin dejar de compartir unos generosos dividendos con los fabricantes. Hágame caso, puedo hacerle una demostración práctica si lo desea. ¿No hay ninguna fundición de acero en la ciudad? Sería sólo un momento.

—Se podría arreglar, comerciante Mallow. Pero mañana, mañana. ¿Querrá cenar con nosotros esta noche?

—Mis hombres... —empezó Mallow.

—Que vengan todos —dijo el comodoro en un ataque de generosidad—. Celebraremos una amistosa reunión simbólica de nuestras naciones. Eso nos brindará la oportunidad de proseguir con nuestra agradable conversación. Con una condición. —Su expresión se tornó grave y circunspecta—. Nada de religión. No crea que puede aprovechar para interceder por los misioneros.

—Comodoro —fue la seca respuesta de Mallow—, la religión reduciría mis beneficios, tiene usted mi palabra.

—En tal caso, eso es todo por ahora. Lo escoltarán de regreso a su nave.

6

La comodora era mucho más joven que su marido. Sus facciones eran pálidas y glaciales, y llevaba el cabello negro alisado y rigurosamente recogido en la nuca.

Preguntó, desabrida:

—¿Has terminado ya, mi gentil y noble esposo? ¿Has terminado del todo? Espero que ahora se me permita entrar en el jardín si así me place.

—No hace falta que te pongas melodramática, Licia, cariño —dijo mansamente el comodoro—. El joven cenará con nosotros esta noche, de modo que podrás hablar con él cuanto desees e incluso divertirte escuchando mis intervenciones. Habrá que buscarles un hueco a sus hombres en el palacio. Quieran las estrellas que no vengan muchos.

—Seguro que se trata de un hatajo de glotones que engullirán la carne por kilos y trasegarán el vino por jarras. Cuando calcules los gastos te pasarás dos noches enteras lamentándote.

—No tiene por qué ser así. En contra de lo que quieras creer, la magnitud de la cena habrá de ser generosa.

—Ah, entiendo. —La comodora le dirigió una mirada de desdén—. Haces muy buenas migas con esos bárbaros. A lo mejor eso explica que no se me permitiera asistir a vuestra conversación. Quizá tu alma ruin esté conspirando contra mi padre.

—Nada de eso.

—Claro, tendré que creerte, ¿no? Si alguna desdichada se ha sacrificado alguna vez contrayendo un matrimonio anodino en aras de la política, ésa soy yo. En los callejones y los muladares de mi planeta natal podría haber encontrado mejor partido.

—Mira, mi señora, deja que te diga una cosa. No me opondría a que regresaras a tu planeta natal. Sólo que para conservar un recuerdo de esa parte de tu anatomía con la que estoy más familiarizado, antes ordenaría que te cortaran la lengua. Y también —ladeó la cabeza con gesto calculador—, como pincelada final con la que retocar tu hermosura, las orejas y la punta de la nariz.

—No te atreverías, perrito faldero. Mi padre reduciría a polvo sideral tu nación de juguete. De hecho, quizá lo haga de todas formas cuando le cuente que estás dispuesto a pactar con esos bárbaros.

—Hm-m-m. Bueno, sobran las amenazas. Eres libre de interrogar a nuestro invitado esta noche. Entretanto, señora, muérdete la lengua.

—¿Es una orden?

—Venga, coge esto y estate callada.

Le colocó la banda alrededor de la cintura y el collar alrededor del cuello. Oprimió la palanquita personalmente y dio un paso atrás.

La comodora contuvo la respiración y extendió las manos rígidamente. Acarició el collar con desconfianza y jadeó de nuevo.

El comodoro se frotó las manos, satisfecho, y dijo:

—Puedes lucirlo esta noche... y te conseguiré más. Y ahora, silencio.

La comodora no rechistó.

7

Jaim Twer se rebulló inquieto y arrastró los pies.

—¿A qué vienen esas muecas? —preguntó.

Hober Mallow salió de su ensimismamiento.

—¿Estaba haciendo muecas? No me había dado cuenta.

—Ayer debió de pasar algo... aparte del banquete, quiero decir. —Con inesperada convicción, añadió—: Mallow, tenemos problemas, ¿verdad?

—¿Problemas? No. Al contrario. De hecho, estoy seguro de que si embistiera contra una puerta con todas mis fuerzas ahora mismo me la encontraría entreabierta. Vamos a entrar en la fundición con demasiada facilidad.

—¿Sospechas que se trata de una trampa?

—Ay, por el amor de Seldon, no seas melodramático. —Mallow reprimió su impaciencia y añadió desenfadadamente—: Es sólo que lo libre del acceso sugiere que no habrá nada que ver.

—Energía atómica, ¿eh? —Twer se quedó pensativo—. Hazme caso, en Korell no hay nada que apunte a una economía basada en la energía atómica. Sería harto complicado enmascarar todos los indicios del efecto generalizado que tendría una tecnología tan fundamental como la atómica en todos los ámbitos.

—No si estuviera dando sus primeros pasos, Twer, y aplicándose a una economía bélica. Sólo se notaría en los astilleros y en las fundiciones.

—De modo que si no la encontramos...

—Es que no la tienen... o que la están ocultando. Échalo a cara o cruz o adivina.

Twer sacudió la cabeza.

—Ojalá te hubiera acompañado ayer.

—Ojalá —replicó estólido Mallow—. No tengo nada en contra del apoyo moral. Por desgracia, fue el comodoro quien sentó las bases de la reunión, no yo. Eso de ahí fuera parece el vehículo terrestre real que habrá de escoltarnos hasta la fundición. ¿Tienes los artilugios?

—Hasta el último de ellos.

8

Reinaba en la gigantesca fundición un olor a decrepitud que parecía inmune a las numerosas pero superficiales labores de restauración practicadas en sus instalaciones, desiertas e inmersas ahora en un silencio impropio de ellas para recibir la visita del comodoro y su séquito.

Mallow había propinado un empujón indolente a la plancha de acero para abatirla sobre sus dos soportes. Había sacado el instrumento que le tendió Twer y estaba asiendo la empuñadura de cuero dentro de su funda emplomada.

—El instrumento —dijo— es peligroso, pero también lo es una motosierra. Sólo hay que tener cuidado con los dedos.

Mientras hablaba, deslizó rápidamente la ranura del morro a lo largo de la plancha metálica, que silenciosa e inmediatamente se dividió en dos.

Los asistentes dieron un respingo al unísono, y Mallow se rio. Cogió una de las mitades y la apoyó en la rodilla.

—La longitud del corte puede ajustarse con precisión hasta una centésima de milímetro, y una plancha de cinco centímetros de grosor se partirá con la misma facilidad que ésta. Si se calcula con exactitud el grosor puede colocarse el acero sobre una mesa de madera y serrar el metal sin que el mueble sufra ni un rasguño.

Al término de cada una de sus frases, la sierra atómica entraba en acción y un nuevo pedazo de acero salía volando por los aires.

—Es como tallar el acero —dijo.

Dejó la sierra a un lado.

—O si no, tomemos la aplanadora. ¿Quieren reducir el grosor de una lámina, alisar una imperfección o eliminar una mancha de óxido? ¡Observen!

Una fina hoja de metal transparente se desprendió de la otra mitad de la plancha original, primero en áreas de quince centímetros, después de veinte, y por último de treinta.

—¿O taladros? El principio es el mismo.

Los espectadores se apiñaban ya a su alrededor. La demostración podría haberse tomado por un espectáculo de prestidigitación, la actuación de un artista callejero, un vodevil convertido en una campaña de ventas de altos vuelos. El comodoro Asper acarició las virutas de acero. Los máximos representantes del gobierno se ponían de puntillas para mirar por encima del hombro de sus compañeros e intercambiaban murmullos mientras Mallow practicaba una serie de orificios perfectos en dos centímetros y medio de recio metal al contacto de su taladro atómico.

—Una última demostración. Que alguien me traiga dos trozos de tubería.

Un honorable chambelán de esto o lo otro se apresuró a cumplir sus deseos en medio de la expectación y el embeleso generalizados, ensuciándose las manos como si de un simple obrero se tratara.

Mallow se irguió cuan alto era, igualó las puntas con una sola pasada de la sierra y juntó las tuberías por los extremos recién cortados.

¡Y los dos trozos de tubo se convirtieron en uno solo! Los cabos nuevos, aun a pesar de la falta de irregularidades atómicas, formaron una pieza única al tocarse.

Acto seguido Mallow miró a su público, tartamudeó una palabra y se interrumpió. El corazón empezó a martillear en su pecho, y un cosquilleo helado le atenazó la boca del estómago.

El guardaespaldas del comodoro, en medio de la confusión, se había abierto paso hasta la primera fila, y por primera vez Mallow se encontró lo bastante cerca como para distinguir los detalles de su fusil de extraño aspecto.

¡Eran armas atómicas! Sin lugar a dudas: un arma de proyectiles explosivos con un cañón como aquél era imposible. Pero eso no era lo más importante. En absoluto.

Las culatas de aquellas armas lucían grabadas una nave espacial y un sol en su deslustrado revestimiento dorado.

La misma nave espacial y el mismo sol que podían verse estampados en todos y cada uno de los grandes volúmenes de la enciclopedia original que la Fundación había empezado a elaborar y no había terminado todavía. La misma nave espacial y el mismo sol que adornaban el estandarte del Imperio Galáctico desde hacía milenios.

—¡Prueben csa tubería! —exclamó Mallow, sobreponiéndose a sus cavilaciones—. Es una sola pieza. Imperfecta, naturalmente; la unión no debería practicarse a mano.

No había necesidad de seguir andándose por las ramas. Se acabó. Mallow había logrado su objetivo. Ya tenía lo que buscaba. Sólo una cosa ocupaba ahora sus pensamientos. El orbe dorado con sus rayos estilizados y la oblicua figura ahusada que representaba un cohete espacial.

¡La astronave y el sol del Imperio!

¡El Imperio! ¡Cómo resonaban esas palabras! Había transcurrido un siglo y medio, pero en algún rincón de la Galaxia seguía existiendo el Imperio. Y comenzaba a salir de nuevo a la luz, insinuándose en la Periferia.

Mallow sonrió.

9

La *Estrella Lejana* llevaba dos días en el espacio cuando Hober Mallow, en sus aposentos privados con el teniente superior Drawt, le entregó un sobre, un rollo de microfilm y un esferoide plateado.

—Dentro de una hora, teniente, será usted capitán en funciones de la *Estrella Lejana* hasta mi regreso... o para siempre.

Drawt hizo ademán de ponerse de pie, pero Mallow lo atajó con un ademán imperioso.

—Silencio, y escuche. Este sobre contiene la localización exacta del planeta al que deberá dirigirse. Allí me esperará durante dos meses. Si antes de transcurrido ese tiempo la Fundación da con su paradero, el microfilm contiene mi informe del viaje.

»Si, por el contrario —añadió en tono sombrío—, no he reaparecido al cabo de dos meses y las naves de la Fundación no lo encuentran, diríjase al planeta Terminus y entregue la cápsula del tiempo a modo de informe. ¿Ha quedado claro?

—Sí, señor.

—En ningún momento deberá ampliar usted, ni ninguno de los hombres, ni una sola frase de mi informe oficial.

—¿Si nos preguntan, señor?

—No sabrán nada.

—Sí, señor.

Así concluyó la entrevista. Cincuenta minutos más tarde, un bote salvavidas se desprendía ágilmente del costado de la *Estrella Lejana*.

10

Onum Barr era viejo, demasiado como para tener miedo. Desde los últimos incidentes vivía solo al filo de la llanura con los libros que había conseguido rescatar de entre las ruinas. No poseía nada que temiera perder, especialmente los raídos restos de su vida, por lo que se encaró con el intruso sin amilanarse.

—La puerta estaba abierta —se disculpó el recién llegado.

Su acento era áspero y entrecortado, y Barr no pasó por alto la extraña pistola de acero azulado que colgaba sobre su cadera. En la penumbra de la pequeña habitación, Barr distinguió el fulgor del campo de fuerza que rodeaba al forastero.

—No hay motivo para cerrarla —dijo con voz fatigada—. ¿Quería algo de mí?

—Sí. —El forastero se quedó plantado en el centro de la estancia. Era alto y fornido—. Su casa es la única de los alrededores.

—Es un lugar desolado —convino Barr—, pero hay una ciudad hacia el este. Puedo indicarle el camino.

—Enseguida. ¿Le importa que me siente?

—Si las sillas aguantan su peso —respondió con expresión grave el anciano. También ellas eran viejas. Reliquias de tiempos mejores.

—Me llamo Hober Mallow —dijo el forastero—. Vengo de una provincia lejana.

Barr asintió con la cabeza y sonrió.

—Su lengua lo delató hace rato. Yo soy Onum Barr, de Siwenna... otrora patricio del Imperio.

—De modo que esto es Siwenna. Sólo disponía de unos mapas antiguos para orientarme.

—Tendrían que ser muy antiguos para que la posición de las estrellas hubiera cambiado.

Barr se quedó inmóvil en su asiento mientras la mirada de su interlocutor adoptaba un aire abstraído. Se fijó en que el campo de fuerza atómico que lo envolvía se había apagado, y reconoció con aspereza para sus adentros que su persona ya no impresionaba a los desconocidos... ni, para bien o para mal, a sus enemigos.

—Mi hogar es humilde y mis recursos, contados —dijo—. Puede compartir conmigo lo que poseo, siempre y cuando su estómago tolere el pan negro y el maíz seco.

Mallow negó con la cabeza.

—No, ya he comido, y no puedo entretenerme. Sólo necesito indicaciones para llegar al centro del gobierno.

—Eso es fácil, y aun pobre como soy, no me priva de nada. ¿Se refiere a la capital del planeta o a la del sector imperial?

El joven entornó los párpados.

—¿No son la misma cosa? ¿No estamos en Siwenna?

El anciano patricio asintió despacio con la cabeza.

—Siwenna, sí. Pero Siwenna ya no es la capital del sector normánnico. Al final resulta que su viejo mapa sí estaba equivocado. Aunque las estrellas permanezcan inalteradas durante siglos, las fronteras políticas son demasiado inestables.

—Es una pena. Un desastre, de hecho. ¿Queda muy lejos la nueva capital?

—Está en Orsha II. A veinte pársecs de distancia. Su mapa lo conducirá hasta allí. ¿Cuántos años tiene?

—Ciento cincuenta.

—¿Tantos? —El anciano suspiró—. Ha llovido mucho desde entonces. ¿Conoce la historia?

Mallow negó lentamente con un ademán.

—Tiene usted suerte —dijo Barr—. Las provincias lo han pasado mal, salvo durante el reinado de Stannell VI, que falleció hace cincuenta años. Desde entonces no ha habido nada más que rebeliones y ruina, ruina y rebeliones. —Barr se preguntó si no estaría volviéndose demasiado locuaz. Llevaba una vida solitaria, y las oportunidades de hablar con otra persona escaseaban.

—Ruina, ¿eh? —acotó Mallow de repente—. Lo dice como si la provincia estuviera sumida en la pobreza.

—Quizá no en términos absolutos. Los recursos físicos de veinticinco planetas de primera categoría no se agotan fácilmente. En comparación con la abundancia del siglo pasado, sin embargo, hemos caído en picado... y no parece que vayamos a remontar el vuelo, todavía no. ¿Por qué le interesa tanto todo esto, muchacho? ¡Está rebosante de vida y le brillan los ojos!

El comerciante estuvo a punto de ruborizarse mientras la mirada apagada del anciano parecía asomarse a su interior y sonreír ante lo que veía.

—Bueno, mire —dijo—. Soy un comerciante del borde de la Galaxia. He encontrado unos mapas antiguos y me propongo explorar nuevos mercados. Como es lógico, oír hablar de pobreza me preocupa. No se puede ganar dinero en un mundo que carece de él. ¿Qué hay de Siwenna, por ejemplo?

El anciano se inclinó hacia delante.

—No sabría decirle. Tal vez aún pueda salir adelante. Pero usted, ¿comerciante? Más bien parece un soldado. Su mano no se aleja de la pistola y tiene una cicatriz en el mentón.

Mallow levantó la cabeza de golpe.

—La ley es un bien escaso allí de donde vengo. Los duelos y las cicatrices son gajes del oficio para los comerciantes. Pero luchar sólo merece la pena si hay dinero al final, y si se puede obtener pacíficamente, tanto mejor. La cuestión es, ¿encontraré aquí dinero suficiente como para que merezca la pena luchar? Porque supongo que encontrar oposición no será difícil.

—Nada difícil —asintió Barr—. Podría unirse a lo que queda de Wiscard en las Estrellas Rojas. Aunque no sé si se dedica a la piratería más que a pelear. O podría ponerse al servicio de nuestro noble virrey actual... noble gracias al regicidio, el pillaje, la rapiña y la palabra de un niño emperador, noblemente asesinado ya. —Las enjutas mejillas del patricio se tiñeron de rojo. Cerró los ojos, y cuando volvió a abrirlos, brillaban como los de un ave.

—No parece que sea usted muy amigo del virrey, patricio Barr —dijo Mallow—. ¿Y si yo fuera espía suyo?

—¿Qué más daría eso? —replicó con amargura Barr—. ¿Qué podría quitarme? —Indicó el humilde interior de la deteriorada mansión con un brazo marchito.

—La vida.

—Se desprendería de mí con facilidad. Me acompaña desde hace al menos cinco años de más. Pero usted no trabaja al servicio del virrey. Si lo hiciera, el instinto de conservación seguramente me invitaría a cerrar el pico.

—¿Cómo lo sabe?

Barr soltó una carcajada.

—Parece usted suspicaz. Venga, me apuesto lo que sea a que cree que intento manipularlo para criticar al gobierno. No, no. La política ha dejado de interesarme.

—¿No le interesa la política? ¿Es posible tal cosa? Los términos que ha empleado para describir al virrey... ¿Cómo era? Regicidio, pillaje, todo eso. No parecía usted muy objetivo. Ni pizca. No daba la impresión de que la política hubiera dejado de interesarle.

El anciano se encogió de hombros.

—Los recuerdos escuecen cuando afloran sin avisar. Escuche, juzgue por sí mismo. Cuando Siwenna era la capital de la provincia, yo era patricio y miembro del senado. Mi familia era antigua y venerada. Uno de mis bisabuelos fue... No, eso no importa. Las glorias pasadas tienen poco sustento.

—Deduzco —dijo Mallow— que hubo una guerra civil, o una revolución.

Las facciones de Barr se ensombrecieron.

—Las guerras civiles son un mal endémico de estos tiempos degenerados, pero Siwenna había logrado mantenerse al margen. Al mando de Stannell VI, había recuperado prácticamente por completo la prosperidad de antaño. Pero los emperadores que lo sucedieron eran débiles, y los emperadores débiles van de la mano de virreyes fuertes, y nuestro último virrey... el propio Wiscard, cuyos remanentes se ceban aún con el comercio entre las Estrellas Rojas... aspiraba a la púrpura imperial. No era el primero al que le ocurría. Tampoco habría sido el primero si hubiera tenido éxito.

»Pero fracasó. Cuando el almirante del emperador se acercaba a la provincia al frente de una flota, la misma Siwenna se rebeló contra su rebelde virrey. —Se interrumpió, apesadumbrado.

Mallow se descubrió sentado en tensión al filo de la silla y se relajó lentamente.

—Por favor, señor, continúe.

—Gracias —dijo con voz fatigada Barr—. Es muy amable por seguirle la corriente a este anciano. Se rebelaron... o mejor dicho, nos rebelamos, pues yo era uno de los cabecillas. Wiscard abandonó Siwenna con nosotros pisándole los talones, y el planeta, y con él la provincia, se arrojó a los pies del almirante sin escatimar gestos de lealtad al emperador. Por qué lo hicimos, no estoy seguro. Puede que confiáramos en el símbolo, ya que no en la persona, del emperador, un chiquillo cruel y despiadado. Puede que lo hiciéramos impulsados por el temor a los rigores del asedio.

—¿Y luego? —lo animó delicadamente a seguir Mallow.

—Bueno —fue la torva respuesta—, aquello no le hizo gracia al almirante. Él quería la gloria de conquistar una provincia insubordinada y sus hombres querían el botín inherente a dicha conquista. De modo que mientras el pueblo seguía congregado en las ciudades más importantes para vitorear al emperador y a su almirante, éste ocupó todos los centros armados y ordenó disparar a la población con rayos atómicos.

—¿Con qué pretexto?

—Con el pretexto de que se habían rebelado contra su virrey, designado por el emperador. De modo que el almirante se convirtió en el nuevo virrey, gracias a un mes de masacres, saqueos y horror descarnado. Yo tenía seis hijos varones. Cinco perecieron... de diversas maneras. Tenía una hija. Espero que ella también pereciera, al final. Yo conseguí escapar porque era viejo. Llegué aquí con demasiados años a mis espaldas como para quitarle el sueño al virrey. —Agachó la cabeza tocada de canas—. Me lo arrebataron todo por ayudar a expulsar a un gobernador rebelde y privar de su gloria a un almirante.

Mallow se quedó sentado en silencio, expectante, antes de preguntar en voz baja:

—¿Qué pasó con el sexto varón?

—¿Eh? —Una sonrisa agria se dibujó en los labios de Barr—. Está a salvo, pues se ha unido al almirante en calidad de soldado raso bajo pseudónimo. Es artillero en la armada personal del virrey. No, no, ya veo la pregunta en sus ojos. No se ha vuelto un hijo desnaturalizado. Me visita siempre que tiene ocasión y me da lo que puede. Me mantiene con vida. Y algún día, nuestro noble y glorioso virrey morirá retorciéndose, y será mi hijo el artífice de la ejecución.

—¿Y le cuenta todo esto a un desconocido? Pone en peligro la vida de su hijo.

—Al contrario. Le ayudo introduciendo un nuevo factor en la ecuación. Si yo fuera amigo del virrey, en vez de su adversario, le recomendaría que sembrara de naves el espacio exterior, hasta el borde de la Galaxia.

—¿No hay naves allí?

—¿Ha visto usted alguna? ¿Le ha salido al paso algún guardia espacial? Puesto que las provincias limítrofes tienen bastante con sus propias intrigas e iniquidades, no hay naves suficientes para controlar los bárbaros soles exteriores. Jamás nos ha amenazado ningún peligro procedente de los nebulosos confines de la Galaxia... hasta que llegó usted.

—¿Yo? Yo no soy ninguna amenaza.

—Detrás de usted vendrán más.

Mallow meneó lentamente la cabeza.

—No sé si lo entiendo.

—Escuche. —Un timbre febril se apoderó de la voz del anciano—. Lo reconocí en cuanto entró aquí. Un campo de fuerza envuelve su cuerpo, o lo envolvía cuando llegó.

Tras un momento de silencio, Mallow replicó, dubitativo:

—Sí... así es.

—Bien. Aunque usted no lo sospechara, ahí cometió su primer error. Todavía sé algunas cosas. La ignorancia está de moda en estos tiempos que corren. Los acontecimientos se suceden a velocidad de vértigo y quien no puede hacer frente a la marea a golpe de pistola atómica se ve arrastrado por ella, como me ocurrió a mí. Pero he sido estudioso y sé que en toda la historia de la energía atómica no se ha inventado nunca el campo de fuerza portátil. Tenemos campos de fuerza que son gigantescos fortines capaces de proteger una ciudad, o incluso una nave, pero no a una persona sola.

—¿Ah? —Mallow frunció el labio inferior—. ¿Y qué deduce a partir de eso?

—Por todo el espacio circulan rumores que recorren caminos extraños y se distorsionan con cada pársec. Pero cuando yo era joven llegó una pequeña nave llena de forasteros que no conocían nuestras costumbres y no decían de dónde venían. Hablaban de magos al borde de la Galaxia, magos que brillaban en la oscuridad, volaban por los aires sin ayuda y eran inalcanzables por las armas.

»Nos reímos. Yo también. Lo había olvidado hasta hoy. Pero usted brilla en la oscuridad, y creo que mi pistola de rayos, si tuviera una, sería incapaz de hacerle daño. Dígame, ¿podría salir volando de su asiento si se lo propusiera ahora mismo?

—No entiendo nada —repuso plácidamente Mallow.

Barr sonrió.

—Me conformaré con esa respuesta. No tengo por costumbre interrogar a mis huéspedes. Pero si existen los magos, si usted es uno de ellos, quizá algún día lleguen en tromba. Puede que eso no tenga nada de malo. Tal vez necesitemos sangre nueva. —Silabeó en silencio antes de añadir, despacio—: Pero también funciona a la inversa. Nuestro virrey también tiene sueños, igual que Wiscard antes que él.

—¿También sueña con la corona del emperador?

Barr asintió con la cabeza.

—Mi hijo oye rumores. Algo inevitable dentro del círculo de confianza del virrey. Y me habla de ellos. Nuestro virrey no rechazaría la corona si se la ofrecieran, pero mantiene abierta una vía de escape. Se dice que, en caso de que la gloria imperial lo eluda, planea labrar un nuevo imperio en las lejanas tierras bárbaras. Se dice también, aunque no pondría la mano en el fuego por ello, que ya ha sacrificado a una de sus hijas como esposa del reyezuelo de algún rincón de la Periferia inexplorada.

—Si hubiera que creer todo cuanto se dice...

—Ya lo sé. Hay muchas más habladurías. Soy viejo y mis delirios no tienen ningún sentido. ¿Pero usted qué opina? —Los penetrantes y ancianos ojos se clavaron en Mallow.

El comerciante meditó sus palabras antes de contestar:

—No opino nada. Aunque me gustaría preguntarle algo. ¿Siwenna posee energía atómica? Aguarde, ya sé que está al corriente de su existencia. Me refiero a si cuenta con generadores intactos, o si resultaron destruidos estos en el reciente saqueo.

—¿Destruidos? De ninguna manera. La mitad del planeta sería borrada del mapa antes de permitir que le ocurriera algo a la central energética más insignificante. Son irremplazables y la fuerza de la flota depende de ellas. —Casi con orgullo, Barr añadió—: Nuestras centrales son las más grandes y las más importantes a este lado de Trantor.

—¿Qué tendría que hacer si quisiera ver esos generadores?

—Nada —fue la terminante respuesta de Barr—. No podría acercarse a ninguna base militar sin que lo abatieran de inmediato. Ni usted ni nadie. Los derechos civiles siguen brillando por su ausencia en Siwenna.

—¿Quiere decir que el ejército controla todas las estaciones?

—No. Hay plantas más pequeñas en algunas ciudades, las que suministran la energía necesaria para calentar e iluminar los hogares, impulsar los vehículos, etcétera. Aunque eso no remedia nada. Las controlan los técnicos.

—¿Quiénes son esos técnicos?

—Un grupo de especialistas que supervisa las centrales. El honor es hereditario, los jóvenes se introducen en la profesión en calidad de aprendices. Estricto sentido del deber, honor, todo eso. Sólo los técnicos tienen permiso para entrar en las estaciones.

—Entendido.

—Eso no significa —añadió Barr— que no se hayan dado casos de soborno entre los técnicos. En una época en la que hemos tenido nueve emperadores en cincuenta años y siete de ellos han muerto asesinados, cuando la máxima aspiración de todo capitán espacial es usurpar el mando de una nave real, y la de todo virrey hacer lo propio con el trono del Imperio, me imagino que hasta un técnico podría dejarse seducir por el dinero. Aunque haría falta mucho, y yo no tengo ninguno. ¿Y usted?

—¿Dinero? No. ¿Pero debe consistir siempre en dinero un soborno?

—¿En qué si no, cuando el dinero compra todo lo demás?

—Hay muchas cosas imposibles de comprar con dinero. Y ahora, si tuviera la bondad de indicarme el camino más corto a la ciudad donde se encuentre la central energética más próxima, le estaría sumamente agradecido.

—¡Espere! —Barr levantó las manos esqueléticas—. ¿A qué viene tanta prisa? Usted llega sin avisar y yo no hago preguntas. Pero en la ciudad, donde los habitantes aún son tildados de rebeldes, le saldrá al paso el primer soldado o centinela que oiga su acento y vea su atuendo.

Se levantó y sacó una cartilla de un oscuro rincón de un baúl viejo.

—Mi pasaporte, falsificado. Escapé con él.

Lo colocó encima de la palma extendida de Mallow y plegó los dedos sobre él.

—La descripción no es exacta, pero si lo enseña de pasada es probable que nadie se tome la molestia de examinarlo con detenimiento.

—Pero usted se quedará sin él.

El anciano exiliado encogió los hombros en un ademán cargado de cinismo.

—¿Qué más da? Y le advierto otra cosa: ¡vigile esa lengua! Su acento es tan atroz como peculiares sus expresiones idiomáticas, y de vez en cuando incurre en los arcaísmos más portentosos. Cuanto menos hable, menos sospechas levantará. Y ahora, le diré cómo llegar a la ciudad...

Mallow se fue cinco minutos más tarde.

Regresó una vez, tan sólo por un momento, al hogar del anciano patricio antes de proseguir nuevamente su camino. Cuando Onum Barr entró en su pequeño jardín a la mañana siguiente, encontró una caja a sus pies. En ella había provisiones, víveres concentrados como los que podrían hallarse a bordo de una nave espacial, de sabor y modo de preparación desconocidos.

Pero su sabor era rico, y duraron mucho tiempo.

11

El técnico era un tipo bajito y regordete tras cuyo flequillo se entreveía una tez lustrosa y sonrosada. Gruesas y pesadas sortijas le ceñían los dedos, llevaba la ropa perfumada y era la primera persona sin aspecto famélico que veía Mallow desde su llegada al planeta.

—Venga, hombre, deprisa. —Los labios del técnico se fruncieron en un rictus malhumorado—. Que tengo cosas importantes que hacer. No pareces de aquí... —Examinó el atuendo nada siwennés de Mallow con los párpados entornados por la desconfianza.

—Éste no es mi vecindario —replicó tranquilamente Mallow—, pero esa cuestión es irrelevante. Ayer tuve el honor de enviarte un humilde regalo...

El técnico levantó la nariz.

—Lo recibí. Un cachivache curioso. Quizá tenga ocasión de usarlo.

—Dispongo de objetos más interesantes. Algo más que simples «cachivaches».

—¿Oh-h? —La voz del técnico se demoró contemplativa en el monosílabo—. Me parece que ya veo los derroteros que va a tomar esta conversación, no sería la primera vez. Ahora me propondrás alguna bagatela. Un puñado de créditos, tal vez una capa, joyas de segunda categoría, lo que sea que tu alma ruin considere suficiente para corromper a un técnico. —Frunció el labio inferior en actitud beligerante—. Y ya sé lo que me pedirás a cambio. La misma brillante idea se les ha ocurrido a muchos antes que a ti. Quieres que te adoptemos en el clan. Quieres que te enseñemos los misterios de la energía atómica y el cuidado de las máquinas. Supones que porque los perros de Siwenna... pues seguramente finges ser extranjero por tu seguridad... estáis siendo castigados a diario por vuestra insurrección, podréis escapar a vuestro merecido destino arrogándoos los privilegios y la protección del gremio de los técnicos.

Mallow se disponía a responder cuando el técnico bramó de repente:

—¡Y ahora largo, antes de que denuncie tu nombre ante el protector de la ciudad! ¿Crees que sería capaz de traicionar la confianza depositada en mí? Los traidores siwenneses que me precedieron, quizá, pero ahora te las ves con personas con integridad. Por la Galaxia, no sé cómo no te estrangulo ahora mismo con las manos desnudas.

Mallow sonrió para sus adentros. Tanto el tono como el contenido de todo aquel discurso eran patentemente artificiales, de modo que la pretendida indignación del técnico quedaba reducida a una simple farsa poco inspirada.

Divertido, el comerciante echó una miradita de reojo a las rollizas manos designadas para quitarle la vida allí mismo de un momento a otro, y dijo:

—Sabio, te equivocas por partida triple. Para empezar, no soy un esbirro del virrey enviado para poner a prueba tu lealtad. En segundo lugar, mi regalo es algo que ni siquiera el mismísimo emperador posee ni poseerá jamás, pese a todo su esplendor. Y tercero, lo que pido a cambio es muy poco, nada, menos que un suspiro.

—¡Porque tú lo digas! —El técnico decidió recurrir a la socarronería—. A ver, ¿qué donación imperial es ésa que desean concederme tus poderes divinos? Algo que no tiene ni el emperador, ¿eh? —Concluyó sus mofas con un gritito atiplado.

Mallow se incorporó y empujó la silla a un lado.

—He esperado tres días para verte, sabio, pero la demostración sólo nos llevará tres segundos. Si tuvieras la bondad de desenfundar ese desintegrador cuya culata veo junto a tu mano...

—¿Eh?

—... y pegarme un tiro, te estaría muy agradecido.

—¿Cómo?

—Si muero, puedes contarle a la policía que intenté sobornarte para que traicionaras secretos del gremio. Recibirás los mayores elogios. Si sobrevivo, puedes quedarte con mi escudo.

El técnico se fijó por vez primera en la tenue luminosidad blanquecina que ceñía al visitante, como si éste se hubiera rebozado en polvo nacarado. Levantó la pistola, y con la mirada entornada por la curiosidad y el recelo, cerró el contacto.

Las moléculas de aire atrapadas en la violenta descarga de disrupción atómica se convirtieron en iones incandescentes mientras trazaban la fina y cegadora trayectoria que conectaba el arma con el corazón de Mallow, donde la estela se rompió en mil pedazos.

Sin que la expresión de paciencia de Mallow se alterara en ningún momento, las fuerzas atómicas que lo golpeaban rebotaron en el frágil resplandor delicuescente y se consumieron en pleno vuelo.

La pistola del técnico cayó al suelo con un golpazo que pasó inadvertido.

—¿El emperador tiene un campo de fuerza personal? —preguntó Mallow—. Éste puede ser tuyo.

—¿Eres técnico? —balbuceó el técnico.

—No.

—Entonces... ¿de dónde has sacado eso?

—¿Qué más da? —replicó con estudiada frialdad Mallow—. ¿Lo quieres? —Una cadena de finos eslabones cayó encima de la mesa—. Es tuyo.

El técnico agarró la cadena y la acarició con dedos temblorosos.

—¿Esto es todo?

—Eso es todo.

—¿De dónde sale la energía?

Mallow apoyó un dedo en el eslabón más grueso, una cuenta gris recubierta de plomo.

La sangre se agolpaba en las mejillas del técnico cuando éste levantó la cabeza.

—Escucha, soy técnico de grado superior. Me avalan veinte años de experiencia como supervisor y estudié con el insigne Bler en la Universidad de Trantor. Como tengas la endiablada desfachatez de decirme que un ridículo recipiente del tamaño de una... de una nuez, maldita sea, contiene un generador atómico en su interior, haré que te conduzcan ante el protector en menos de tres segundos.

—Pues explícalo tú mismo, si puedes. Te aseguro que eso es todo.

El rubor del técnico remitió paulatinamente mientras se abrochaba la cadena alrededor de la cintura y, siguiendo el ejemplo de Mallow, oprimió el botón. El resplandor lo envolvía como un brillo tenue. Levantó la pistola, titubeó y, muy despacio, reguló su intensidad a un mínimo prácticamente inofensivo.

A continuación, con movimientos convulsos, cerró el circuito y una llamarada atómica se estrelló contra su mano sin provocar ningún daño.

Giró sobre los talones.

—¿Y si te pego un tiro ahora mismo y me quedo con el escudo?

—¡Inténtalo! ¿Crees que te daría mi única muestra? —Dicho lo cual, también Mallow quedó envuelto en un aura luminosa.

El técnico soltó una risita nerviosa. La pistola repiqueteó encima de la mesa.

—¿Y qué es esa nadería tan insignificante que pides a cambio?

—Quiero ver vuestros generadores.

—Sabes que eso está prohibido. Nos desterrarían al espacio a los dos...

—No quiero tocarlos ni interactuar con ellos de ninguna manera. Sólo quiero verlos, de lejos.

—¿De lo contrario?

—De lo contrario, tú tienes tu escudo, pero yo tengo más cosas. Por ejemplo, un arma diseñada especialmente para penetrar ese escudo.

—Hm-m-m. —Los ojos del técnico se revolvieron incómodos en sus cuencas—. Acompáñame.

12

El hogar del técnico era un pequeño edificio de dos plantas sito en las afueras del enorme complejo con forma de cubo sin ventanas que dominaba el centro de la ciudad. Mallow pasó del uno al otro por un pasadizo subterráneo y se encontró inmerso en la silenciosa atmósfera teñida de ozono de la central energética.

Siguió a su guía sin decir nada durante quince minutos, fijándose en todos los detalles pero sin tocar nada. Al cabo, el técnico preguntó con voz estrangulada:

—¿Satisfecho? En este caso no podía fiarme de mis subalternos.

—¿Y cuándo sí? —replicó Mallow, sarcástico—. Ya he visto bastante.

De regreso al despacho, Mallow observó, pensativo:

—¿Y todos estos generadores están en tus manos?

—Hasta el último de ellos —contestó el técnico, con algo más que una pizca de complacencia.

—¿Y los mantienes en correcto estado de funcionamiento?

—Exacto.

—¿Y si se estropean?

El técnico sacudió la cabeza, indignado.

—No se estropean nunca. Jamás. Están diseñados para durar eternamente.

—Eternamente es mucho tiempo. Supongamos...

—Especular con teorías absurdas es poco científico.

—De acuerdo. Pero supongamos que un componente fundamental saltara por los aires. Supongamos que las máquinas no fueran inmunes a una explosión nuclear. Supongamos que se fundiera un contacto de vital importancia, o que uno de los tubos-D de cuarzo se hiciera añicos.

—Bueno, en tal caso —replicó airado el técnico—, el responsable sería ejecutado.

—Sí, eso ya lo sé —Mallow levantó la voz a su vez—, ¿pero qué hay del generador? ¿Podrías repararlo?

—¡Oye —bramó el técnico—, tus deseos se han cumplido! ¡Ya tienes lo que querías! ¡Y ahora largo! ¡Estamos en paz!

Mallow se despidió con una reverencia sardónica.

Dos días más tarde regresó a la base donde la *Estrella Lejana* esperaba para llevarlo de vuelta al planeta de Terminus.

Y dos días después de aquello el escudo del técnico se apagó para no volver a encenderse más, dejándolo estupefacto y maldiciendo hasta enronquecer.

13

Mallow volvía a disfrutar de un momento de tranquilidad por primera vez en casi seis meses. Estaba tomando el sol en su nueva casa, tumbado de espaldas y completamente desnudo, con los fuertes brazos bronceados estirados por encima de la cabeza, tensando y relajando los músculos de forma intermitente.

El hombre que tenía al lado le colocó un puro entre los dientes y lo encendió. Mientras mordía la punta del suyo, dijo:

—Debes de estar agotado. Seguro que te hace falta un buen descanso.

—Seguro que sí, Jael, pero preferiría tomármelo sentado en uno de los sillones del consejo. Porque uno de esos asientos será mío, y tú vas a ayudarme a conseguirlo.

Ankor Jael enarcó las cejas.

—¿Cómo me he metido yo en esto?

—Era inevitable. Para empezar, eres perro viejo en cuestiones políticas. Y aparte de eso, perdiste tu asiento en el gabinete por culpa de Jorane Sutt, el mismo que preferiría quedarse tuerto antes de verme en el consejo. No tienes mucha fe en mis posibilidades, ¿verdad?

—Mucha no, la verdad —reconoció el ex ministro de Educación—. Eres smyrniano.

—Eso no supone ningún impedimento a efectos legales. Estudié en un entorno laico.

—Venga ya, los prejuicios no entienden de leyes. ¿Qué hay de tu hombre... ese tal Jaim Twer? ¿Él qué opina?

—Hace un año habló de respaldar mi candidatura al consejo —respondió Mallow, restándole importancia al asunto—, pero he crecido más que él. De todas formas, no tenía la menor posibilidad. Le faltaba sustancia. Es enérgico y no se muerde la lengua, pero esas cualidades terminan por resultar tan irritantes como anecdóticas. Mi intención es protagonizar un golpe con todas las de la ley. Por eso te necesito.

—Jorane Sutt es el político más astuto del planeta y se opondrá a ti. No sé si sería capaz de derrotarlo en un duelo de ingenio, y tampoco creo que se abstenga de jugar sucio.

—Tengo dinero.

—Eso ayuda, pero hará falta mucho para acallar los prejuicios, sucio smyrniano.

—Tengo mucho.

—En fin, veré qué puedo hacer. Pero ni se te ocurra abrir la bocaza y proclamar a los cuatro vientos que estoy echándote una mano. ¿Quién anda ahí?

Mallow compuso un rictus de contrariedad y dijo:

—Jorane Sutt en persona, me parece. Llega pronto, aunque puedo entenderlo. Llevo un mes dándole esquinazo. Mira, Jael, ve a la habitación de al lado y pon el volumen del altavoz al mínimo. Quiero que escuches nuestra conversación.

Ayudó al miembro del consejo a salir de la estancia empujándolo con un pie descalzo antes de incorporarse y ponerse una bata de seda. La intensidad de la luz solar sintética se redujo hasta niveles normales.

El secretario del alcalde entró con porte envarado mientras el solemne mayordomo salía de puntillas y cerraba la puerta detrás de él.

Mallow terminó de abrocharse el cinturón.

—Elije una silla, Sutt.

Una sonrisa efímera aleteó en los labios del aludido, que escogió un asiento cómodo pero no se relajó en él.

—Si tienes la bondad de exponer tus condiciones —dijo desde el borde de la silla—, podremos ir al grano.

—¿Qué condiciones?

—¿Deberé sonsacarte? De acuerdo, por ejemplo, ¿a qué te dedicaste en Korell? Tu informe era incompleto.

—Te pareció satisfactorio cuando lo presenté, hace ya meses.

—Sí —Sutt se acarició la frente con un dedo, contemplativo—, pero desde entonces has estado muy ocupado. Sabemos muchas cosas, Mallow. Sabemos exactamente cuántas fábricas estás inaugurando, la prisa que te estás dando en hacerlo y cuánto te está costando. Por no hablar de este palacio —dirigió una mirada fría y despreciativa a su entorno—, por el que pagaste mucho más de lo que yo gano en un año, y del camino que intentas abrirte... un camino tan poco discreto como costoso... en los estratos superiores de la sociedad de la Fundación.

—¿Y qué? Aparte de poner de manifiesto la competencia de tus espías, ¿qué demuestra eso?

—Demuestra que dispones de un capital del que carecías hace un año.

Y eso, a su vez, puede significar muchas cosas... Por ejemplo, que en Korell cerraste un acuerdo del que nadie sabe nada. ¿De dónde estás sacando el dinero?

—Estimado Sutt, no esperarás que te lo diga.

—No.

—Me lo imaginaba. Por eso voy a decírtelo. Mis fondos provienen de las arcas del comodoro de Korell.

Sutt parpadeó.

Mallow sonrió y añadió:

—Mal que te pese, el dinero es legítimo. Soy maestro comerciante y he vendido una serie de bagatelas a cambio de hierro forjado y cromita. El cincuenta por ciento de los beneficios me pertenecen según el tradicional convenio con la Fundación. La otra mitad va a parar al gobierno al cabo del año, cuando todos los ciudadanos de pro pagan sus impuestos.

—Tu informe no mencionaba ningún acuerdo comercial.

—Tampoco mencionaba lo que desayuné aquel día, ni el nombre de mi actual pareja sentimental, ni otros detalles irrelevantes. —La sonrisa de Mallow empezó a convertirse en una mueca cruel—. Mi cometido... por citar tus propias palabras... era mantener los ojos abiertos. No los cerré en ningún momento. Querías que averiguara qué había ocurrido con los cargueros de la Fundación capturados. No vi ninguno ni oí nada relacionado con ellos. Querías que descubriera si Korell poseía energía atómica. Mi informe menciona las pistolas de rayos empleadas por los guardaespaldas del comodoro. No encontré más indicios. Que yo sepa, las armas que encontré podrían ser reliquias del antiguo Imperio, inservibles y meramente decorativas.

»Una vez cumplidas mis órdenes era, y sigo siendo, un agente libre. De acuerdo con las leyes de la Fundación, un maestro comerciante tiene derecho a abrir tantos mercados nuevos como se crucen en su camino, y recaudar la mitad de los beneficios correspondientes. ¿Cuáles son tus objeciones? No veo ninguna.

Sutt miró a la pared de soslayo y habló conteniendo la rabia a duras penas.

—Todos los comerciantes tienen por costumbre fomentar la religión en el desempeño de su oficio.

—Me adhiero a la ley, no a la tradición.

—En ocasiones la tradición puede estar por encima de la ley.

—En tal caso, acude a los tribunales.

Sutt mostró unos ojos sombríos que parecían hundirse en sus cuencas.

—Eres smyrniano, después de todo. Se ve que la naturalización y la educación no pueden borrar la lacra de tu sangre. Aun así, escucha e intenta entender mis palabras.

»Esto va más allá del dinero o de los mercados. La ciencia del gran Hari Seldon demuestra que el futuro Imperio de la Galaxia depende de nosotros, y no podemos desviarnos de la senda que conduce a ese Imperio.

Nuestra religión es el instrumento más eficaz del que disponemos para lograr ese objetivo. Gracias a ella hemos obtenido el control de los Cuatro Reinos, aunque preferirían vernos aplastados. Es el medio más potente que se conoce para controlar personas y mundos.

»El motivo principal para el desarrollo del comercio y de los comerciantes era introducir y propagar esta religión más deprisa, y asegurar que la implantación de nuevas tecnologías y sistemas económicos estuviera sometida a nuestro más férreo y riguroso control.

Hizo una pausa para tomar aliento, y Mallow replicó con serenidad:

—Conozco la teoría. La entiendo perfectamente.

—¿Seguro? No me lo esperaba. En ese caso te darás cuenta de que tu afán de comerciar por comerciar, la producción en masa de fruslerías inservibles cuyo impacto sobre la economía de un planeta sólo puede ser superficial, la subversión de la política interestelar en aras de los beneficios, y la escisión entre la energía atómica y el control de nuestra religión sólo pueden terminar con el declive y la destrucción de una política que lleva un siglo funcionando con éxito.

—Sería hora —fue la indiferente respuesta de Mallow—, pues se trata de una política caduca, peligrosa y absurda. Aunque tu religión haya salido airosa en los Cuatro Reinos, prácticamente ningún otro planeta de la Periferia la acepta. Bien sabe la Galaxia que cuando tomamos el control de los reinos había exiliados de sobra dispuestos a predicar la historia de cómo Salvor Hardin empleó el sacerdocio y la superstición popular para terminar con la independencia y el poder de los monarcas seculares. Y por si eso no fuera bastante, el caso de Askone lo dejó muy claro hace dos décadas. En estos momentos no hay un solo regente en toda la Periferia que no prefiriera rebanarse el pescuezo él mismo antes de permitir la entrada de un sacerdote de la Fundación en su territorio.

»Lo que sugiero es no obligar a Korell ni a ningún otro planeta a aceptar algo que sé que no les interesa. No, Sutt. Si la energía atómica los vuelve peligrosos, una relación comercial amistosa y sincera será mil veces preferible a un vasallaje volátil basado en la aborrecible supremacía de una fuerza espiritual extranjera que, al menor indicio de debilidad, podría desmoronarse como un castillo de naipes sin dejar atrás más que las ruinas imperecederas del miedo y el odio.

—Qué bien te expresas —replicó sarcástico Sutt—. Pero retomemos el hilo de la conversación: ¿cuáles son tus condiciones? ¿Qué quieres para cambiar tus ideas por las mías?

—¿Crees que mis convicciones están a la venta?

—¿Por qué no? —fue la fría respuesta—. ¿No es así como te ganas la vida, comprando y vendiendo cosas?

—Sólo si hay beneficios de por medio —dijo Mallow, sin mostrarse ofendido—. ¿Puedes ofrecerme más de lo que estoy obteniendo ahora?

—Podrías llevarte las tres cuartas partes de las ganancias en vez de la mitad.

Mallow soltó una carcajada.

—Bonita oferta. La totalidad de las ventas según tus condiciones no llegarían ni a una décima parte de las mías. Esfuérzate más.

—Podrías obtener un puesto en el consejo.

—Eso lo conseguiré de todas maneras, sin tu ayuda y por mucho que te opongas.

Sutt apretó los puños de repente.

—También podrías ahorrarte tres meses de cárcel. O veinte años, si me salgo con la mía. Piensa en lo que tienes que ganar.

—Nada, a no ser que puedas cumplir tus amenazas.

—Te procesarían por asesinato.

—¿El de quién? —preguntó con desdén Mallow.

Sutt respondió con voz ronca, pero sin subir el tono:

—El de un sacerdote anacreonte al servicio de la Fundación.

—No me digas. ¿Dónde están tus pruebas?

El secretario del alcalde se inclinó hacia delante.

—Mallow, no se trata de ningún farol. Ya se han dado los pasos preliminares. Sólo tendría que firmar un último documento para que diera comienzo el caso de la Fundación contra Hober Mallow, maestro comerciante. Abandonaste a un súbdito de la Fundación para que fuera torturado y asesinado a manos de una multitud extranjera, Mallow, y dispones de cinco segundos para evitar el castigo que te mereces. Por mi parte, preferiría que no dieras el brazo a torcer. Un enemigo destruido siempre es mejor que un aliado converso por razones dudosas.

—Deseo concedido —anunció solemnemente Mallow.

—¡Estupendo! —El secretario sonrió con ferocidad—. Era el alcalde quien deseaba llegar a un acuerdo, no yo. Eres testigo de que no he puesto demasiado empeño.

La puerta se abrió ante él, y se marchó.

Mallow levantó la cabeza cuando Ankor Jael volvió a entrar en la habitación.

—¿Lo has oído?

El político se dejó caer en el suelo.

—No había visto nunca tan enfadada a esa serpiente.

—Te creo. ¿Qué te parece?

—Bueno, te lo diré: aunque la política exterior de dominación por medios religiosos sea su obsesión, creo que los fines que persigue son muy poco espirituales. No hace falta que te recuerde que me echaron del gabinete por exponer esta misma opinión.

—Cierto. Y según tú, ¿cuáles son esos fines tan poco espirituales que persigue?

La expresión de Jael se tornó grave.

—Bueno, como no es tonto, debe de ver la precariedad de nuestra política religiosa, la cual apenas nos ha procurado algún logro en setenta años. Es evidente que se vale de ella en interés propio.

»Ahora bien, todos los dogmas, basados principalmente en la fe y la sensiblería, son armas de doble filo, puesto que es prácticamente imposible garantizar que no vayan a volverse contra quienes las esgrimen. Hace cien años que fomentamos una mezcla de ritualidad y mitología cada vez más venerable, tradicional... e inamovible. En cierto modo, ya ha escapado a nuestro control.

—¿En qué sentido? —quiso saber Mallow—. Adelante, me interesa tu opinión.

—Bueno, imaginemos que alguien, una persona ambiciosa, empleara la fuerza de la religión en contra nuestra en vez de a nuestro favor.

—Te refieres a Sutt...

—Precisamente. A él me refiero. Escucha, si consiguiera movilizar a las distintas jerarquías de los planetas súbditos contra la Fundación en nombre de la ortodoxia, ¿qué posibilidades tendríamos? Al erigirse en abanderado de los estándares de los píos, podría declarar la guerra a la herejía representada por personas como tú, por ejemplo, y coronarse rey a la larga. Después de todo, fue Hardin quien dijo: «El desintegrador atómico es un arma temible, pero puede apuntar en dos direcciones».

Mallow se dio una palmada en el muslo desnudo.

—De acuerdo, Jael, consígueme un puesto en el consejo y me enfrentaré a él.

Jael aguardó antes de decir, pensativo:

—Tal vez no sea tan buena idea. ¿Qué era todo eso de un sacerdote al que habían linchado? No será verdad.

—Me temo que sí —respondió despreocupadamente Mallow.

Jael soltó un silbido.

—¿Tiene pruebas concluyentes?

—Debería. —Mallow titubeó antes de añadir—: Jaim Twer estaba a su servicio desde el principio, aunque ninguno de los dos sabía que yo lo sabía. Y Jaim Twer fue testigo ocular.

Jael sacudió la cabeza.

—Oh-oh. Eso tiene mala pinta.

—¿Mala pinta? ¿A qué te refieres? La presencia en el planeta del sacerdote era ilegal según las propias leyes de la Fundación. Está claro que el gobierno korelliano lo usó como cebo, involuntario o no. El sentido común sólo me dejaba una salida... y ésta se atuvo rigurosamente a los límites de la legalidad. Si me lleva a juicio, sólo conseguirá hacer el ridículo más espantoso.

Jael volvió a negar con la cabeza.

—No, Mallow, has pasado por alto un detalle. Te advertí que jugaba sucio. No pretende meterte en la cárcel, sabe que no tiene ninguna posibilidad. Su intención es arruinar tu reputación a los ojos del pueblo. Ya has oído lo que dijo. A veces, la costumbre está por encima de la ley. Aunque salieras incólume del juicio, si la gente creyera que habías arrojado un sacerdote a los perros, tu popularidad sería cosa del pasado.

»Reconocerán que obraste dentro de la legalidad, incluso con sensatez. Pero eso no les impedirá opinar que te comportaste como un cobarde rastrero, un monstruo insensible y cruel. Y jamás tendrías la menor posibilidad de resultar elegido para ingresar en el consejo. Hasta es posible que perdieras el estatus de maestro comerciante si se revocara tu ciudadanía por votación popular. No naciste aquí, ¿recuerdas? ¿Qué más crees que podría desear Sutt?

Mallow frunció el ceño, obstinado.

—Caray.

—Muchacho —concluyó Jael—, estoy de tu lado, pero no puedo ayudarte. Tú mismo te has colocado entre la espada y la pared.

14

La cámara del consejo estaba literalmente llena cuando empezó la cuarta jornada de la vista contra Hober Mallow, maestro comerciante. El único consejero ausente maldecía débilmente el cráneo fracturado que le obligaba a guardar cama. Las galerías estaban atestadas hasta los pasillos y el techo con aquellos pocos asistentes cuya influencia, riqueza o pura y endiablada perseverancia había conseguido franquearles el acceso. En el exterior, la plaza rebosaba de curiosos que se arracimaban alrededor de los monitores tridimensionales instalados al aire libre.

Ankor Jael entró en la cámara con la poco menos que fútil ayuda y el tesón del departamento de policía, y se abrió paso entre la ligeramente menor confusión del interior hasta el asiento de Hober Mallow.

Éste se volvió hacia él con gesto de alivio.

—Por Seldon, te gusta hacerte de rogar. ¿Lo tienes?

—Sí, toma —dijo Jael—. Está todo lo que me pediste.

—Bien. ¿Qué aire se respira en la calle?

—Es de locos. —Jael se rebulló, inquieto—. No deberías haber accedido a que la vista se celebrara en público. Podrías haber recurrido.

—No quise hacerlo.

—Hablan de linchamiento. Y en los planetas exteriores, la gente de Publis Manlio...

—Sobre eso quería hablarte, Jael. Está azuzando a la jerarquía en mi contra, ¿verdad?

—¿Azuzarla? Ha organizado la encerrona más rebuscada que puedas imaginar. Como secretario de Asuntos Exteriores se encarga de la fiscalía en casos de jurisdicción interestelar. Como sumo sacerdote y primado de la Iglesia, alienta a las hordas de fanáticos...

—Vale, olvídalo. ¿Recuerdas la cita de Hardin que me restregaste por la cara hace un mes? Les enseñaremos que un desintegrador atómico puede apuntar en ambas direcciones.

El alcalde estaba ocupando su asiento en esos momentos, y los miembros del consejo se levantaron de los suyos en señal de respeto.

—Hoy es mi turno —susurró Mallow—. Observa y disfruta de la función.

Quince minutos después de la lectura del orden del día, Hober Mallow caminó rodeado de murmuraciones hostiles hasta el único sitio libre que había ante el estrado del alcalde. Un rayo de luz se centró en él. En los monitores públicos de la ciudad, así como en las miríadas de aparatos particulares que había en casi todos los hogares de los planetas de la Fundación, apareció la gigantesca figura solitaria de un hombre de mirada impasible.

Mallow empezó a hablar con voz serena y pausada:

—A fin de ahorrar tiempo, me declaro culpable de todos los cargos que me atribuye la acusación. La historia del sacerdote y la turba enfervorizada que acaban de escuchar es fiel a la verdad hasta el último detalle.

Los ocupantes de la cámara se revolvieron y los presentes en la galería profirieron un bramido triunfal. Mallow esperó pacientemente a que se restaurara el silencio.

—Sin embargo, la situación expuesta dista de ser completa. Solicito el privilegio de aportar la información que falta a mi manera. Puede que mi versión parezca irrelevante al principio. Ruego que sean indulgentes conmigo.

Mallow continuó sin consultar los apuntes que tenía delante.

—Comenzaré allí donde lo hizo la acusación, por el día en que me reuní con Jorane Sutt y Jaim Twer. Ya saben lo que aconteció en el transcurso de nuestra conversación, pues el contenido de ésta se ha descrito minuciosamente y no tengo nada que añadir... salvo los pensamientos que poblaban mi mente aquel día.

»Eran pensamientos teñidos de suspicacia, pues los sucesos de aquella jornada invitaban a la desconfianza. Recapitulemos. Dos personas con las que apenas había tenido contacto hasta entonces me proponen algo tan antinatural como descabellado. Una de ellas, el secretario del alcalde, me pide que represente el papel de espía del gobierno en un asunto sumamente confidencial cuya naturaleza e importancia ya les ha sido explicado. La otra, el autoproclamado líder de un partido político, me invita a presentar mi candidatura al consejo.

»Como es lógico, me pregunté qué razones ocultas podría haber detrás de aquello. En el caso de Sutt, la respuesta parecía evidente. No se fiaba de mí. Tal vez creyera que estaba vendiendo energía atómica al enemigo y planeando una rebelión. Quizá su intención fuera acelerar el hipotético proceso. Para ello necesitaría que uno de sus agentes me acompañara en mi quimérica misión en calidad de informador. Esta posibilidad, no obstante, no se me ocurrió hasta mucho después, cuando apareció en escena Jaim Twer.

»De nuevo les ruego que recapaciten: Twer se presenta como antiguo comerciante metido a político, pero desconozco los detalles de su carrera profesional, aunque me precio de conocer bien este mundo. Es más, a

168

pesar de que Twer se jactaba de haber recibido una educación laica, jamás había oído hablar de las crisis de Seldon.

Hober Mallow esperó a que el público asimilara la importancia de sus palabras y se vio recompensado con el primer silencio de la jornada mientras la galería en su totalidad aguantaba la respiración. Eso en cuanto a los habitantes de Terminus. Los habitantes de los planetas exteriores sólo podrían escuchar aquellas versiones censuradas que cumplieran los requisitos de su religión. No oirían nada relacionado con las crisis de Seldon. Pero habría más pistas imposibles de pasar por alto.

Mallow reanudó su discurso:

—Sinceramente, ¿quién se cree que alguien educado en un entorno secular pueda desconocer la naturaleza de una crisis de Seldon? En la Fundación sólo hay un tipo de educación que excluya cualquier posible mención a la historia planificada de Seldon y asigne a su figura atributos poco menos que legendarios.

»En aquel preciso instante supe que Jaim Twer jamás había sido comerciante. Supe que pertenecía a las órdenes sagradas, quizá fuera incluso sacerdote de pleno derecho, y no me cupo la menor duda de que estuvo al servicio de Jorane Sutt durante los tres años que fingió dirigir un partido político compuesto por comerciantes.

»Elegí ese momento para dar un tiro a ciegas. No sabía qué era lo que me deparaba Sutt, pero como parecía estar dispuesto a darme tanta cuerda como necesitara, le proporcioné un par de señuelos de mi cosecha. Sospechaba que Twer debía viajar conmigo en calidad de informador secreto al servicio de Jorane Sutt. Pues bien, si no conseguía embarcar, cabía suponer que me estarían esperando más trampas... trampas que quizá yo no pudiera detectar a tiempo. Lo más seguro sería mantener cerca a mi enemigo, así que le pedí a Twer que me acompañara. Y aceptó.

»Eso, caballeros del consejo, demuestra dos cosas. Una, que Twer no es ningún amigo que esté testificando contra mí a regañadientes obedeciendo a los dictados de la conciencia, como querría hacerles creer la fiscalía, sino un espía que desempeña un trabajo remunerado. En segundo lugar, explica algo que hice cuando apareció el sacerdote que se me acusa de haber asesinado... una acción que nadie ha mencionado aún, pues nadie está al corriente de ella.

Un murmullo preocupado se propagó por las filas del consejo. Mallow carraspeó melodramáticamente antes de proseguir.

—No es fácil describir lo que sentí cuando supe que había un misionero refugiado a bordo de nuestra nave. Me cuesta incluso recordarlo. Se reducía básicamente a una incertidumbre desesperada. Lo primero que pensé fue que se trataba de una maniobra imprevista de Sutt, algo con lo que no había contado. Estaba desorientado por completo.

»Sólo podía hacer una cosa. Me libré de Twer durante cinco minutos enviándolo a por mis oficiales. En su ausencia, programé una video-grabadora a fin de poder analizar con posterioridad todo lo que ocurriera. Mi sincera aunque dudosa esperanza era que lo que entonces me resultaba incomprensible tuviera algún sentido en retrospectiva.

»He repasado aquella grabación cincuenta veces desde entonces. Me acompaña en estos momentos, y me propongo revisarla por quincuagésimo primera vez en su presencia ahora mismo.

La maza del alcalde repicó monótonamente para imponer orden cuando el caos se desató en la cámara y la galería se deshizo en un clamor indignado. En cinco millones de hogares en Terminus, los telespectadores se arrimaron con expectación a sus aparatos, y en el banquillo de la acusación, Jorane Sutt sacudió fríamente la cabeza en dirección al nervioso sumo sacerdote mientras sus ojos taladraban llameantes el rostro de Mallow.

Se despejó el centro de la cámara y se atenuaron las luces. Ankor Jael, desde su puesto a la izquierda, realizó los ajustes necesarios y, antecedida de un chasquido preliminar, una escena cobró vida: en color, en tres dimensiones, provista de todos los atributos de la vida salvo la vida misma.

Allí estaba el misionero, andrajoso y desorientado, de pie entre el teniente y el sargento. La imagen de Mallow aguardó en silencio mientras una fila de hombres hacía su aparición, con Twer cerrando la comitiva.

La conversación subsiguiente se reprodujo palabra por palabra. El sargento recibió su sanción disciplinaria y se interrogó al misionero. Apareció la turba, cuyo clamor era audible, y el venerable Jord Parma efectuó su desesperada apelación. Mallow desenfundó su pistola, y el misionero, mientras era sacado a rastras de la habitación, prorrumpió en maldiciones y aspavientos desesperados mientras un fogonazo diminuto destellaba una sola vez antes de volver a apagarse.

Así concluyó la escena, con los oficiales paralizados por el horror de la situación, mientras Twer se tapaba los oídos con manos temblorosas y un Mallow impasible guardaba su arma.

Se encendieron de nuevo las luces; el espacio vacío en el centro de la cámara ya no estaba aparentemente lleno. Mallow, el Mallow real del presente, retomó el hilo de su narración:

—El incidente, según han tenido oportunidad de ver, se desarrolló tal y como lo ha expuesto la fiscalía... en apariencia. Lo explicaré enseguida. Las emociones desplegadas por Jaim Twer en todo momento denotan claramente una educación religiosa, por cierto.

»Aquel mismo día expuse ante Twer algunas de las incongruencias que me había parecido detectar a lo largo de todo el episodio. Le pregunté de dónde podía haber salido un misionero en medio del páramo casi desolado donde nos encontrábamos en aquellos momentos. Me interesé también por la procedencia de aquella nutrida masa de gente, puesto que la población de gran tamaño más cercana se encontraba a más de cien kilómetros de distancia. La acusación ha omitido mencionar estas irregularidades.

»Más cosas. Por ejemplo, lo curioso de la flagrante falta de sutileza de Jord Parma. Un misionero que recorre Korell jugándose la vida al desafiar las leyes korellianas y de la Fundación y se pasea por ahí luciendo un llamativo manto sacerdotal nuevecito. Sospechoso. En su momento sugerí que el misionero podía ser un cómplice involuntario del comodoro, quien lo estaría utilizando en un intento por obligarnos a incurrir en la ilegalidad y justificar así, con la ley en la mano, que destruyera nuestra nave y pusiera fin a nuestras vidas.

»La acusación ha anticipado esta justificación de mis actos. Se espera de mí que explique que estaba en juego la seguridad de mi nave, mi tripulación y mi misión, algo que no podía sacrificar por una persona, máxime cuando dicha persona iba a ser ajusticiada de todas maneras, con nuestra ayuda o sin ella. Murmuran sobre el «honor» de la Fundación y la necesidad de defender nuestra «dignidad» a fin de perpetuar nuestra influencia.

»Por alguna extraña razón, sin embargo, la acusación omite profundizar en la figura individual de Jord Parma. No ha presentado la menor información sobre él, ni su lugar de nacimiento, ni su educación, ni la menor mención a su historial. La explicación a este misterio despejaría asimismo las incongruencias que he señalado en la grabación que acaban de ver. Las dos cosas están relacionadas.

»La acusación no ha entrado en detalles sobre Jord Parma porque no puede. La escena que han presenciado parece una farsa porque el propio Jord Parma era un farsante. Jord Parma no existe. Este juicio es una patraña descomunal organizada en torno a un caso inexistente.

De nuevo hubo de esperar hasta que cesó el alboroto suscitado por sus palabras.

—Les mostraré a continuación —dijo pausadamente— la ampliación de uno de los fotogramas de la grabación. Hablará por sí solo. Las luces, Jael.

La cámara se sumió en la penumbra y el aire volvió a poblarse de figuras paralizadas, como espectrales estatuas de cera. Los oficiales de la *Estrella Lejana* adoptaron sus rígidas e imposibles actitudes. Mallow empuñó su pistola con dedos crispados. A su izquierda, el venerable Jord Parma, capturado en pleno alarido con las manos sarmentosas extendidas hacia el cielo y las mangas holgadas deslizándose por sus antebrazos.

En la mano del misionero se apreciaba un destello sutil que apenas se había dejado entrever durante el anterior pase de la grabación. Ahora era un resplandor permanente.

—No pierdan de vista la luz que hay en su mano —habló Mallow desde las sombras—. Jael, amplía la imagen.

El cuadro aumentó rápidamente de tamaño. Los márgenes desaparecieron mientras el misionero adquiría proporciones gigantescas en el centro del encuadre hasta apreciarse tan sólo una cabeza y un brazo, primero, y después una mano que lo ocupó todo y se mantuvo fija en el sitio, inmensa y tirante.

La luz se concentraba en un conjunto borrosos de caracteres brillantes: PSK.

—Eso, caballeros —atronó la voz de Mallow—, es un tatuaje. En condiciones de iluminación normales resulta invisible, pero resalta nítidamente bajo la luz ultravioleta con la que saturé la habitación al realizar esta grabación. Reconozco que como método secreto de identificación es un tanto burdo, pero funciona en Korell, donde la luz ultravioleta no es que crezca precisamente en los árboles. Aun a bordo de nuestra nave, el hallazgo fue accidental.

»Quizá algunos de ustedes hayan adivinado ya a qué corresponden esas siglas. Jord Parma dominaba el argot eclesiástico e hizo su trabajo a la perfección. Dónde lo aprendió, y cómo, es un misterio, pero PSK significa «Policía Secreta de Korell».

Mallow hubo de levantar aún más la voz para imponerse al tumulto.

—Dispongo de pruebas añadidas en forma de documentos extraídos de Korell que puedo presentar ante el consejo si es preciso.

»¿Dónde está ahora el caso de la acusación? Ya han formulado y reiterado la monstruosa sugerencia de que tendría que haber desafiado a la ley por el bien del misionero, sacrificando así mi misión, mi nave y mi integridad física para salvaguardar el «honor» de la Fundación.

»¿Pero hacerlo por un impostor?

»¿Debería haberlo arriesgado todo por un agente secreto korelliano disfrazado de sacerdote que seguramente debía su fluidez lingüística a algún exiliado anacreonte? Jorane Sutt y Publis Manlio me tendieron una trampa estúpida y vil...

Su voz enronquecida quedó ahogada por el clamor informe de la muchedumbre indignada, que lo transportó a hombros hasta el estrado del alcalde. Por las ventanas vio un torrente de fanáticos que confluían con los miles de asistentes ya congregados en la plaza.

Mallow miró a su alrededor buscando a Ankor Jael, pero distinguir un rostro en concreto era tarea imposible en medio de la algarabía desatada. Reparó gradualmente en un grito que se repetía rítmicamente con creciente intensidad desde sus modestos comienzos, un aria vibrante y ensordecedora:

—¡Viva Mallow!... ¡Viva Mallow!... ¡Viva Mallow!...

15

Un Ankor Jael demacrado pestañeó delante de Mallow. Los dos últimos días habían sido demenciales e insomnes.

—Mallow, has organizado un espectáculo sensacional, así que no lo estropees ahora intentando abarcar demasiado. No puedes hablar en serio cuando dices que quieres presentar tu candidatura a la alcaldía. El entusiasmo de las masas es poderoso, pero también volátil.

—¡Precisamente! —replicó Mallow, sombrío—. Por eso debemos atesorarlo, y la mejor manera de conseguirlo es continuar con el espectáculo.

—¿Qué te propones ahora?

—Ordenarás el arresto de Publis Manlio y Jorane Sutt...

—¡Cómo!

—Lo que oyes. ¡Que los detenga el alcalde! Me traen sin cuidado las amenazas que debas emplear. El pueblo está de mi lado... al menos por ahora, en cualquier caso. No se atreverá a contrariarlo.

—¿Pero acusados de qué?

—Los cargos son evidentes. Han intentado incitar a los sacerdotes de los planetas exteriores para que eligieran bando en la guerra de facciones de la Fundación. Por Seldon, eso es ilegal. Acúsalos de atentar contra la seguridad del estado. Que terminen entre rejas o no me trae sin cuidado, igual que a ellos en mi caso. Lo importante es que estén fuera de la circulación hasta que yo sea alcalde.

—Todavía falta medio año para las elecciones.

—No es tanto tiempo. —Mallow se puso de pie y apretó con fuerza el brazo de Jael—. Escucha, tomaría el gobierno por la fuerza si fuese necesario... igual que Salvor Hardin hace cien años. La crisis de Seldon aún está por llegar, y cuando lo haga necesito ser alcalde y sumo sacerdote. ¡Las dos cosas!

Jael frunció el ceño y musitó:

—¿Cuál será el detonante? ¿Korell, después de todo?

Mallow asintió con la cabeza.

—Por supuesto. Tarde o temprano declararán la guerra, aunque apuesto a que tardarán todavía un par de años.

—¿Con naves atómicas?

—¿Tú qué crees? Los tres cargueros que perdimos en su sector espacial no fueron abatidos con pistolas de aire comprimido. Jael, están recibiendo naves del mismísimo Imperio. No te quedes boquiabierto como un pasmarote. ¡Me refiero al Imperio! Todavía existe. Puede que no aquí, en la Periferia, pero en el centro de la Galaxia está más vivo que nunca. Un paso en falso podría costarnos la vida. Por eso es preciso que sea alcalde y sumo sacerdote. Soy el único que sabe cómo combatir la crisis.

Jael tragó saliva con dificultad.

—¿Cómo? ¿Qué te propones hacer?

—Nada.

—¡Caray! —Una sonrisa titubeante aleteó en los labios de Jael—. ¡No te esfuerces tanto!

Pero la incisiva respuesta de Mallow ratificó sus intenciones:

—Cuando mande en la Fundación, no pienso mover ni un dedo. La solución a esta crisis radica en no hacer absolutamente nada.

16

Asper Argo, el Bienamado, comodoro de la República de Korell, reaccionó a la entrada de su esposa abatiendo las cejas escasas. Para ella, al menos, su autoproclamado epíteto no significaba nada. Hasta él lo sabía.

En un tono tan sedoso como su cabello e igual de frío que su mirada, la comodora dijo:

—Mi señor, tengo entendido que por fin se ha tomado una decisión sobre el destino de los arribistas de la Fundación.

—¿Es cierto eso? —repuso con acritud el comodoro—. ¿Y qué más ha llegado hasta tus versátiles oídos?

—Muchas cosas, mi noble marido. Has vuelto a reunirte con tus consejeros. Valientes consejeros —matizó con desdén—. Un hatajo de mentecatos seniles aferrados a sus vanas riquezas, indiferentes a la contrariedad de mi padre.

—¿Y quién, querida —fue la tersa respuesta—, es esa preclara fuente de información que tantas noticias comparte contigo?

La comodora soltó una risita.

—Si te lo dijera, pronto sería más pasto de los gusanos que fuente de información.

—Bueno, haz lo que te plazca, como siempre. —El comodoro encogió los hombros y se giró—. En cuanto a la contrariedad de tu padre, mucho me temo que es el motivo de su obstinada negativa a proporcionarnos más naves.

—¡Más naves! —exclamó la comodora, furiosa—. ¿No tienes ya cinco? No lo niegues. Sé que tienes cinco, y la promesa de una sexta.

—Promesa que data del año pasado.

—Pero una... una sola... bastaría para convertir la Fundación en una montaña de pestilentes escombros. ¡Una sola! Una sola para barrer sus enclenques naves del espacio.

—Ni con una docena de ellas podría atacar su planeta.

—¿Pero cuánto tiempo podría resistir su planeta con su comercio arruinado, destruidas sus bodegas de juguetes y escoria?

—Esos juguetes y esa escoria significan dinero —suspiró el comodoro—. Mucho dinero.

—Pero si te adueñaras de la Fundación, ¿no serías dueño también de todo lo que ella contiene? Y si gozaras del respeto y la gratitud de mi padre, ¿no tendrías más de lo que la Fundación podría proporcionarte jamás? Han pasado tres años... más... desde que aquel bárbaro representara su espectáculo de prestidigitación. Más que suficiente.

—¡Querida! —El comodoro se volvió hacia ella—. Me hago mayor. Estoy cansado. Me faltan las fuerzas para soportar tus peroratas. Dices que sabes qué decisión he tomado. Pues bien, tomada está. Se acabó, habrá guerra entre Korell y la Fundación.

—¡Bien! —La comodora enderezó la espalda a la vez que sus ojos relampagueaban—. Por fin una decisión sabia, aunque hayas tardado toda la vida en llegar hasta ella. Ahora, cuando seas amo y señor de este páramo miserable, quizá adquieras algo de peso e influencia dentro del Imperio. Para empezar, podríamos abandonar este mundo primitivo y mudarnos a la corte del virrey. Es lo primero que tendríamos que hacer.

174

Se alejó con una sonrisa en los labios y una mano en la cadera. La luz arrancaba reflejos de sus cabellos.

El comodoro aguardó antes de mascullar con odio y malevolencia para la puerta cerrada:

—Cuando sea amo y señor de esto que tú llamas páramo miserable, quizá posea el peso y la influencia necesarios para prescindir de la arrogancia de tu padre y de la lengua de su hija. Por completo.

17

El lugarteniente de la *Nébula Oscura* contempló horrorizado la visiplaca.

—¡Galaxias galopantes! —intentó exclamar, aunque su voz se quedó en un mero susurro—. ¿Qué es eso?

Era una nave, pero una ballena comparada con el alevín de la *Nébula Oscura*, y en uno de sus costados lucía el cohete y el sol del Imperio. Todas las alarmas de a bordo empezaron a aullar histéricamente.

Se impartieron las órdenes oportunas y la *Nébula Oscura* se dispuso a huir si podía y a luchar si debía mientras abajo, en la sala de ultraondas, se emitía un mensaje que surcó el hiperespacio con rumbo a la Fundación.

Su contenido era repetitivo: en parte solicitud de auxilio, pero su intención principal era advertir del peligro.

18

Hober Mallow arrastró los pies fatigadamente mientras hojeaba los informes. Sus dos años al frente de la alcaldía lo habían vuelto un poco más manso, más blando, más paciente... pero no habían logrado inculcarle el gusto por los comunicados gubernamentales y el exasperante lenguaje burocrático en que estaban escritos.

—¿Cuántas naves han capturado? —preguntó Jael.

—Cuatro atrapadas en tierra. Sin noticias de dos. Todas las demás se encuentran sanas y salvas —refunfuñó Mallow—. Tendríamos que haber obtenido mejores resultados, pero esto es un simple rasguño.

Ante el silencio de su interlocutor, Mallow levantó la cabeza y preguntó:

—¿Te preocupa algo?

—Ojalá llegará Sutt de una vez —respondió Jael, como restándole importancia.

—Ah, sí, y ahora escucharemos otro sermón sobre el frente interno.

—No se trata de eso —espetó Jael—, pero eres testarudo, Mallow. Es posible que hayas calculado la situación en el extranjero hasta el último detalle, pero nunca te has preocupado por lo que ocurre aquí, en nuestro planeta natal.

—Bueno, ése es tu trabajo, ¿no es cierto? ¿Para qué si no te nombré ministro de Educación y Propaganda?

—Para matarme de preocupación antes de tiempo, evidentemente, a juzgar por todo lo que colaboras conmigo. Llevo un año machacándote con el creciente peligro de Sutt y sus religionistas. ¿De qué servirán tus planes si Sutt logra que se celebren elecciones anticipadas y te expulsa?

—De nada, lo reconozco.

—El discurso que soltaste anoche le puso las elecciones en bandeja a Sutt. ¿Hacía falta que fueras tan franco?

—¿No mereció la pena con tal de robarle el protagonismo a Sutt?

—No —respondió acaloradamente Jael—, no de esa forma. Aseguras haberlo previsto todo pero sigues sin explicar por qué llevas tres años comerciando en beneficio exclusivo de Korell. Tu único plan de batalla consiste en retirarte sin luchar. Has abandonado el comercio con todos los sectores espaciales próximos a Korell. Proclamas a los cuatro vientos que se ha alcanzado una tregua. Prometes que no habrá ninguna ofensiva, ni siquiera en el futuro. Por la Galaxia, Mallow, ¿qué esperas que haga con todo este embrollo?

—¿Le falta glamour?

—Le falta emoción para seducir al pueblo.

—Es lo mismo.

—Mallow, despierta. Tienes dos alternativas. O presentas una política exterior dinámica ante el pueblo, sean cuales sean tus verdaderas intenciones, o intentas llegar a un acuerdo con Sutt.

—De acuerdo —dijo Mallow—, ya que he fracasado en lo primero, intentemos lo segundo. Sutt acaba de llegar.

Sutt y Mallow no habían vuelto a coincidir en la misma habitación desde el día del juicio, hacía dos años. Ninguno de los dos detectó ningún cambio tangible en el otro, aunque envolvía a cada uno de ellos un aura sutil que ponía de manifiesto el cambio efectuado en sus respectivos papeles de gobernante y aspirante.

Sutt se sentó sin molestarse en darle la mano a nadie.

Mallow le ofreció un puro y preguntó:

—¿Te importa que se quede Jael? Está deseoso de llegar a un acuerdo. Puede hacer de mediador si se encrespan los ánimos.

Sutt se encogió de hombros.

—Llegar a un acuerdo te vendría bien. En cierta ocasión te pedí que expusieras tus condiciones. Supongo que las tornas han cambiado.

—Supones bien.

—En tal caso, mis condiciones son las siguientes. Debes abandonar tu degenerada estrategia de viles sobornos y mercadeos insignificantes, y retomar la fructífera política exterior de nuestros padres.

—¿Te refieres a la actividad misionera como método de conquista?

—Correcto.

—¿Y ése es el único acuerdo posible?

—El único.

—Hm-m-m. —Mallow encendió el puro muy despacio e inhaló hasta que la punta refulgió al rojo vivo—. En tiempos de Hardin, cuando el concepto de conquista misionera era algo novedoso y radical, las personas como tú se oponían a él. Ahora que se ha santificado tras innumerables pruebas y ensayos, a Jorane Sutt le parece bien. Pero dime una cosa, ¿cómo nos sacarías tú del aprieto en el que nos hemos metido?

—En el que tú te has metido. Yo no he tenido nada que ver.

—Puedes dar la pregunta por convenientemente reformulada.

—Se impone lanzar una ofensiva contundente. La tregua con la que pareces conformarte es contraproducente. Equivaldría a confesar nuestra debilidad a todos los planetas de la Periferia, ante los que aparentar fortaleza es crucial, puesto que no hay ni un solo buitre entre ellos que no estuviera dispuesto a sumarse a la refriega con tal de conseguir una porción de carroña. Eso deberías saberlo. Después de todo eres de Smyrno, ¿verdad?

Mallow hizo oídos sordos al veneno que destilaba el último comentario.

—Y si derrotamos a Korell, ¿qué hay del Imperio? Ése es el verdadero enemigo.

Una fina sonrisa atirantó las comisuras de los labios de Sutt.

—No, no, los informes de tu visita a Siwenna son exhaustivos. Al virrey del sector normánnico le interesa sembrar la discordia en la Periferia en su propio provecho, pero es una cuestión secundaria. No va a arriesgarlo todo por una expedición al borde de la Galaxia cuando tiene cincuenta vecinos hostiles y un emperador contra el que rebelarse. Parafraseando tus palabras.

—Claro que estaría dispuesto a correr ese riesgo, Sutt, si nos considerara lo bastante fuertes como para constituir una amenaza. Y eso es lo que nos considerará si destruimos Korell lanzando un ataque frontal. Haríamos bien en contemplar estrategias más sutiles.

—Como por ejemplo...

Mallow se reclinó en la silla.

—Sutt, te voy a dar una oportunidad. No te necesito, pero podrías serme útil. De modo que te explicaré de qué va todo esto, y después podrás unirte a mí y recibir un puesto en un gabinete de coalición, o hacerte el mártir y pudrirte en la cárcel.

—Eso último ya lo intentaste una vez.

—Sin demasiado empeño, Sutt. Acaba de presentarse la oportunidad adecuada. Escucha.

Mallow entornó los párpados y comenzó:

—Cuando aterricé en Korell, soborné al comodoro con las bagatelas y los cachivaches que todo comerciante suele acumular. Al principio, lo único que pretendía era acceder a una fundición de acero. No tenía ningún plan aparte de ése, pero lo conseguí. Encontré lo que buscaba. Aunque sólo después de mi visita al Imperio me di cuenta exactamente del arma en que podía transformar aquella transacción.

»Nos enfrentamos a una crisis de Seldon, Sutt, y las crisis de este tipo no las resuelven los individuos, sino las fuerzas históricas. Hari Seldon no tuvo en cuenta heroicidades espectaculares cuando planeó el curso de nuestra historia futura, sino la influencia más amplia de la economía y la sociología. Por eso las soluciones a las distintas crisis deben provenir de aquellas fuerzas que estén a nuestra disposición en el momento adecuado.

»En este caso... el comercio.

Sutt enarcó las cejas, escéptico, y aprovechó la pausa para acotar:

—Espero no pecar de estulticia si admito que tus vagas declaraciones me parecen poco esclarecedoras.

—Eso está a punto de cambiar —dijo Mallow—. Piensa que, hasta la fecha, el poder del comercio siempre ha sido subestimado. Se creía que necesitábamos el control del clero para convertirlo en un arma eficaz. Eso es falso, y ésta es mi contribución al dilema de la Galaxia. ¡Un comercio sin sacerdotes! El comercio por sí solo es suficientemente poderoso. Reduzcamos el problema a su mínima expresión. Korell está en guerra con nosotros. Por consiguiente, nuestras relaciones comerciales con ellos se han interrumpido. Pero... e insisto, estoy refiriéndome al problema en términos básicos... llevan los tres últimos años sustentando su economía cada vez más en las técnicas atómicas que les hemos proporcionado y que sólo nosotros podemos seguir proporcionándoles. Pues bien, ¿qué crees que sucederá cuando los diminutos generadores atómicos empiecen a estropearse y un cachivache tras otro se apague?

»Los pequeños electrodomésticos serán los primeros. Tras seis meses de esta tregua que tan abominable te parece, el cuchillo atómico de un ama de casa dejará de funcionar. Sus fogones empezarán a dar problemas. Su lavadora no dejará la ropa tan limpia como antes. El controlador de temperatura y humedad de su hogar expirará un caluroso día de verano. ¿Y entonces?

Guardó silencio esperando una respuesta, y Sutt dijo plácidamente:

—Nada. La gente soporta muchas contrariedades en tiempos de guerra.

—Muy cierto. Así es. Estamos dispuestos a enviar a nuestros hijos en masa a sufrir una muerte espantosa a bordo de desvencijadas naves espaciales. Estamos dispuestos a resistir los bombardeos del enemigo, aunque para ello debamos alimentarnos de pan mohoso y beber agua estancada en cavernas a mil metros bajo tierra. Pero cuesta resignarse a sufrir pequeños contratiempos sin el aliciente patriótico de una amenaza inminente, y durante las treguas no hay bombardeos, ni escaramuzas, ni víctimas.

»Lo que sí habrá es cuchillos que no cortan, fogones que no cocinan, casas heladas en invierno. La gente, irritada, empezará a refunfuñar.

—¿En eso basas todas tus esperanzas? —preguntó pausadamente Sutt, pensativo—. ¿Qué esperas? ¿Que se subleven las amas de casa? ¿Que se rebele el campesinado? ¿Que los carniceros y los vendedores de hortalizas salgan a la calle esgrimiendo machetes de cocina y cuchillos para el pan al grito de: «¡Devolvednos nuestras lavadoras atómicas automáticas!»?

—No, señor —se impacientó Mallow—, nada de eso. Lo que espero es un ambiente generalizado de insatisfacción y descontento que sabrán aprovechar figuras más importantes en el futuro.

—¿Y qué figuras más importantes son ésas?

—Los proveedores, los empresarios, los industriales de Korell. Tras dos años de tregua, las máquinas empezarán a fallar una por una. Esas industrias que hemos reacondicionado de arriba abajo con nuestros nuevos instrumentos atómicos se verán de repente en la ruina. Los grandes fabricantes se encontrarán en masa y de un plumazo con que no poseen más que un montón de cachivaches inservibles.

—Las fábricas funcionaban perfectamente antes de que aparecieras tú, Mallow.

—Sí, Sutt, funcionaban... y obtenían una vigésima parte de los beneficios que producen ahora, aun sin tener en cuenta el coste de la reconversión a su estado preatómico original. Con los empresarios, los economistas y los ciudadanos de a pie aliados en su contra, ¿hasta cuándo podrá aguantar el comodoro?

—Hasta que le plazca, en cuanto se le ocurra pedir nuevos generadores atómicos al Imperio.

Mallow soltó una carcajada.

—Estás ciego, Sutt, tan ciego como el propio comodoro. Ni ves ni entiendes nada. Verás, el Imperio no tiene nada que ofrecer. Siempre ha sido un reino de proporciones colosales. Sus cálculos abarcan planetas, sistemas estelares, sectores enteros de la Galaxia. Sus generadores son gigantescos porque siempre han pensado a lo grande.

»Pero nosotros... nosotros, nuestra modesta Fundación, nuestro humilde planeta carente casi por entero de recursos minerales... nosotros siempre hemos debido economizar esfuerzos al máximo. Hemos tenido que desarrollar técnicas y métodos nuevos... técnicas y métodos que el Imperio no puede imitar porque lo depauperado de su creatividad le impide realizar cualquier tipo de avance científico significativo.

»Pese a todos sus escudos atómicos, lo bastante grandes como para proteger naves, ciudades y mundos enteros, jamás podrían diseñar uno a la medida de un solo individuo. Para abastecer a una ciudad de electricidad y calefacción tienen generadores tan altos como un edificio de seis plantas, los he visto, mientras que cualquiera de los nuestros cabría en esta habitación. Cuando le conté a uno de sus expertos en energía nuclear que nos bastaba con una funda de plomo del tamaño de una nuez para contener un generador atómico, estuvo a punto de atragantarse de indignación allí mismo.

»Pero si ni siquiera entienden sus propios colosos. Las máquinas funcionan automáticamente de generación en generación, y sus encargados pertenecen a una casta hereditaria que no sabría qué hacer si se fundiera un solo tubo-D en toda esa inmensa estructura.

»La guerra entera se reduce a una batalla entre esos dos sistemas; entre el Imperio y la Fundación; entre lo grande y lo pequeño. Para apoderarse de un planeta sobornan con naves inmensas aptas para el combate pero carentes de peso económico. Nosotros, en cambio, sobornamos con minucias inservibles en la guerra pero cruciales para la prosperidad y los beneficios.

»Un rey o un comodoro estaría dispuesto a enviar sus naves al frente. A lo largo de la historia ha habido innumerables gobernantes caprichosos dispuestos a arriesgar el bienestar de sus súbditos por su concepto del honor, la gloria y la conquista. Pero siguen siendo los pequeños detalles los que marcan la diferencia... y Asper Argo no sabrá frenar la depresión económica que barrerá Korell dentro de dos o tres años.

Sutt se había acercado a la ventana, de espaldas a Mallow y Jael. Anochecía, y las contadas estrellas que rutilaban débilmente al filo de la Galaxia resaltaban sobre el fondo de la lente neblinosa que abarcaba los restos de aquel imperio, vasto todavía, que luchaba contra ellos.

—No —dijo Sutt—. Tú no eres la persona adecuada.

—¿No me crees?

—No me fío de ti. Eres convincente. Me engañaste por completo cuando creía que me había encargado de ti la primera vez que viajaste a Korell. Cuando pensaba que te había acorralado en el juicio, te escabulliste y te las ingeniaste para llegar a la alcaldía. No tienes ni un ápice de honradez; no te mueve un solo motivo detrás del cual no haya otro; de tus labios no sale ni una palabra que no posea al menos tres significados distintos.

»Imaginemos que fueras un traidor. Imaginemos que tu visita el Imperio te hubiera reportado un subsidio y una promesa de poder. Tus actos serían exactamente los mismos de ahora. Obligarías a la Fundación a la inactividad. Entrarías en guerra con un enemigo al que habrías reforzado previamente. Y tendrías una explicación plausible para todo, tan plausible que podrías convencer a cualquiera.

—¿Insinúas que no es posible llegar a un acuerdo? —preguntó cortésmente Mallow.

—Lo que insinúo es que tienes que irte, por tu propio pie o por la fuerza.

—Ya te he advertido sobre cuál era la única alternativa a la cooperación.

La sangre se agolpó en las mejillas de Jorane Sutt en un repentino ataque de rabia.

—Y yo te advierto a ti, Hober Mallow de Smyrno, que si me encarcelas no habrá cuartel. Mis hombres no se detendrán ante nada para propagar la verdad sobre ti, y el pueblo de la Fundación unirá fuerzas contra su gobernante extranjero. Su consciencia del destino es algo que un smyrniano jamás podrá comprender... y es esa consciencia lo que te destruirá.

180

Hober Mallow se dirigió plácidamente a los dos guardias que acababan de entrar:

—Lleváoslo. Queda arrestado.

—Es tu última oportunidad —dijo Sutt.

Mallow aplastó la colilla del puro sin levantar la cabeza.

Transcurridos cinco minutos, Jael se revolvió en su asiento y habló con voz fatigada:

—En fin, ahora que has creado un mártir para la causa, ¿qué será lo siguiente?

Mallow dejó de jugar con el cenicero y volvió la mirada hacia él.

—Ése no es el Sutt que yo conocía. Es un toro cegado por la sangre. Por la Galaxia, cómo me odia.

—Más peligroso, por tanto.

—¿Más peligroso? ¡Bobadas! Ha perdido la cordura.

—Te confías demasiado, Mallow —dijo Jael, sombrío—. Subestimas la posibilidad de una revuelta popular.

Mallow lo observó con la misma solemnidad.

—Por última vez, Jael, es imposible que estalle ninguna revuelta.

—¿Tan seguro estás de ti mismo?

—Sólo estoy seguro de la crisis de Seldon y de la validez histórica de sus soluciones, tanto externas como internas. Hay cosas que no le he contado a Sutt hace un momento. Intentó controlar la Fundación valiéndose del poder religioso como controlaba los mundos exteriores, y fracasó... lo que indica sin lugar a dudas que la religión no tiene cabida en el plan de Seldon.

»El control económico obtuvo resultados distintos. Parafraseando la célebre cita de Salvor Hardin que tanto te gusta, raro es el desintegrador atómico que no apunta en ambas direcciones. Si Korell prosperó gracias al comercio, nosotros también. Si las fábricas korellianas languidecen sin nuestros suministros, si la prosperidad de los mundos exteriores se esfuma con el aislamiento comercial, también languidecerán nuestras fábricas y se esfumará nuestra prosperidad.

»No existe ni una sola fábrica, ni un solo centro económico, ni una sola ruta comercial que no esté bajo mi control, que yo no pueda aplastar como Sutt intente poner en práctica su propaganda revolucionaria. Allí donde sus consignas arraiguen, o donde parezca siquiera que pudiesen encontrar simpatizantes, me aseguraré de que se extinga la prosperidad. Allí donde fracasen, la prosperidad se perpetuará, pues mis fábricas permanecerán bien abastecidas.

»Por el mismo razonamiento que me hace estar seguro de que los korellianos se rebelarán a favor de la prosperidad, sé que nosotros no nos rebelaremos contra ella. El juego continuará hasta su final lógico.

—De modo que piensas establecer una plutocracia —dijo Jael—. Nos convertirás en un país de comerciantes y príncipes mercaderes. ¿Pero qué nos depara el futuro?

Mallow alzó las facciones sombrías y exclamó apasionadamente:

—¿Y a mí qué me importa el futuro? Seldon lo habrá previsto todo, sin duda, y habrá adoptado las medidas pertinentes. Surgirán crisis en las que el poder económico será un factor tan caduco como lo es la religión hoy en día. Que se encarguen mis sucesores de resolver esos problemas, igual que he resuelto yo el que ahora nos ocupaba.

KORELL: [...] De este modo, tras tres años de la guerra menos sangrienta de todas las que se tiene constancia, la República de Korell presentó su rendición incondicional y Hober Mallow pasó a ocupar su lugar junto a Hari Seldon y Salvor Hardin en el corazón del pueblo de la Fundación.

ENCICLOPEDIA GALÁCTICA

Fundación e Imperio

Para Mary y Henry
por su paciencia y entereza

Prólogo

El Imperio Galáctico se tambaleaba.

Se trataba de un imperio gigantesco que abarcaba millones de planetas de un extremo a otro de los brazos de la majestuosa espiral doble que era la Vía Láctea. También su caída era gigantesca, e interminable, pues era mucho el camino que debía recorrer.

Esta caída llevaba siglos produciéndose antes de que por fin alguien se percatara de lo que ocurría. Esta persona, el hombre que representaba la única chispa de esfuerzo creativo que quedaba en medio de tanta decrepitud acumulada, se llamaba Hari Seldon. Fue él quien desarrolló la ciencia de la psicohistoria y la elevó a las cotas más altas.

La psicohistoria no se ocupaba del individuo, sino de las masas de población. Era la ciencia de las multitudes; multitudes integradas por miles de millones de personas. Podía predecir reacciones a estímulos predeterminados casi con la misma exactitud que otras ciencias anticipaban la trayectoria de una bola de billar rebotada. Ninguna matemática conocida era capaz de predecir la reacción de una sola persona; la reacción de mil millones de ellas era otro cantar.

Hari Seldon analizó las tendencias sociales y económicas de su época, pronosticó su sinuoso devenir y vaticinó el inexorable y vertiginoso desmoronamiento de la civilización, así como el abismo de treinta mil años que habrían de transcurrir antes de que un nuevo imperio consiguiera alzarse de los escombros.

Era demasiado tarde para impedir la caída, pero no para acortar el subsiguiente periodo de barbarie. Seldon estableció dos fundaciones en «extremos opuestos de la Galaxia», planificando su ubicación de modo que bastaran apenas mil años de urdimbres y reparaciones para extraer de ellas un Segundo Imperio precoz, más fuerte y duradero.

Fundación nos ha referido la historia de una de dichas fundaciones durante sus dos primeros siglos de vida.

Surgió como un asentamiento de científicos físicos en Terminus, un planeta emplazado en la punta de uno de los brazos de la espiral de la Galaxia. Aislados de la confusión que asolaba el Imperio, se dedicaban a recopilar un compendio de conocimientos universal, la Enciclopedia

Galáctica, ajenos al importante papel que les había deparado el difunto Seldon.

Mientras el Imperio languidecía, las regiones exteriores cayeron en manos de monarcas independientes. La Fundación se veía amenazada por ellos. Sin embargo, al enfrentar entre sí a los reyezuelos, bajo el liderazgo de su primer alcalde, Salvor Hardin, consiguieron mantener una autonomía precaria. Como únicos depositarios de la energía atómica entre todos los demás planetas, los cuales estaban olvidándose de la ciencia y retrocediendo a la combustión de carbón y petróleo, obtuvieron incluso una importante victoria. La Fundación se convirtió en el centro religioso de los reinos vecinos.

De forma gradual, la Fundación desarrolló una economía comercial al tiempo que la Enciclopedia quedaba relegada a un segundo plano. El radio de acción de sus comerciantes, quienes mercadeaban con artilugios atómicos cuyo pequeño tamaño no hubiera sido capaz de duplicar ni siquiera el Imperio en sus mejores tiempos, abarcaba cientos de años luz en todas direcciones dentro de la Periferia.

A las órdenes de Hober Mallow, el primer príncipe mercader de la Fundación, perfeccionaron la técnica del conflicto económico hasta tal punto que lograron derrotar a la República de Korell, a pesar de que este planeta gozaba del respaldo de una de las provincias exteriores de lo que quedaba del Imperio.

Al cabo de dos siglos, la Fundación era la principal potencia de la Galaxia, a excepción hecha de los vestigios del Imperio que, condensados en el tercio central de la Vía Láctea, todavía controlaban tres cuartas partes de la población y la riqueza del universo.

Parecía inevitable que los últimos coletazos de un imperio moribundo fuesen la siguiente amenaza que hubiera de neutralizar la Fundación.

Debía allanarse el camino para la batalla entre la Fundación y el Imperio.

Primera parte

El general

1
En busca de los magos

BEL RIOSE: [...] A lo largo de su relativamente corta carrera, Riose se ganó el título de «el Último Imperial», y hacía honor a su nombre. El estudio de sus campañas revela que no tenía nada que envidiar a Peurifoy en cuestión de talento para la estrategia, y quizá incluso lo superara por cuanto a dotes de mando se refiere. Que naciera cuando el Imperio empezaba ya a declinar impidió que igualara el récord de conquistas de Peurifoy. Gozó de una oportunidad de oro, no obstante, cuando se enfrentó a la Fundación directamente, convirtiéndose así en el primer general del Imperio en intentar algo parecido [...]

ENCICLOPEDIA GALÁCTICA

Bel Riose viajaba sin escolta, contraviniendo así lo que dictaba el protocolo para aquellos casos en los que un general estacionaba su flota en cualquiera de los sistemas estelares aún hostiles de la frontera del Imperio Galáctico.

Pero Bel Riose era joven e impulsivo (tan impulsivo como para que la corte lo hubiera enviado con toda premeditación y sin remordimientos a lo más parecido al fin del universo), además de curioso. Esta última característica había sucumbido al encanto de los extraños y descabellados rumores que cientos de bocas se habían encargado de difundir y miles de oídos de interpretar cada uno a su manera, mientras que la posibilidad de una empresa militar seducía a las dos primeras. La combinación era irresistible.

Se apeó del trasnochado vehículo terrestre que se había agenciado y se acercó a la puerta de la desvencijada mansión que era su destino. Aguardó. Aunque la mirilla fotónica que operaba el portal funcionaba perfectamente, cuando se abrió la puerta lo hizo movida por una mano de carne y hueso.

Bel Riose sonrió al anciano que apareció en el umbral.

—Me llamo Riose...

—Ya sé quién eres. —El anciano se mantuvo en su sitio, envarado y sin dar muestras de sorpresa—. ¿Qué quieres?

Riose dio un paso atrás en señal de sumisión.

—Vengo en son de paz. Si eres Ducem Barr, te ruego que me permitas hablar contigo.

Las paredes del interior de la casa se encendieron cuando Ducem Barr se hizo a un lado. El general entró bañado por una luz diurna.

Tocó la pared del estudio y se miró las yemas de los dedos.

—¿Tenéis esto en Siwenna?

Una sonrisa carente de humor aleteó en los labios de Barr.

—No en todas partes, creo. Yo mismo debo encargarme de las reparaciones como mejor puedo. Debo disculparme por haberte hecho esperar en la calle. El portero automático registra la presencia de visitas, pero ya no es capaz de abrir la puerta.

—¿Se quedan cortas tus reparaciones? —preguntó con socarronería el general.

—Se me han terminado los recambios. Siéntate, por favor. ¿Té?

—¿Aquí? Estimado patricio, atentaría contra todas las convenciones sociales de Siwenna si dijera que no.

El anciano patricio se retiró en silencio tras ejecutar una parsimoniosa reverencia que formaba parte del ceremonioso legado de una aristocracia trasnochada que había conocido tiempos mejores a lo largo del último siglo.

Riose se quedó mirando cómo se retiraba su anfitrión, y su estudiada urbanidad se tambaleó. Su educación era estrictamente militar, y lo mismo podía decirse de su experiencia. Aunque sonara a tópico, se había enfrentado a la muerte en numerosas ocasiones, pero la naturaleza del peligro siempre había sido familiar y tangible. Por consiguiente, no debe extrañarnos que el idolatrado león de la Vigésima Flota sintiera un escalofrío al encontrarse a solas en la vetusta estancia, donde la humedad parecía haberse adueñado del aire de repente.

El general sabía que las cajitas de plástico negro veteado que se alineaban en las estanterías eran libros. No le sonaban los títulos. Dedujo que la espaciosa estructura que había en uno de los extremos de la sala era el receptor que transformaba los libros en imágenes y sonidos a voluntad. Jamás los había visto en acción, pero había oído hablar de ellos.

Alguien le había dicho una vez que hacía mucho tiempo, durante la época dorada del Imperio, cuando éste abarcaba toda la Galaxia, nueve de cada diez hogares poseían uno de esos receptores, así como idénticas colecciones de libros.

Pero ahora había fronteras que vigilar; los libros eran para la gente mayor. Además, la mitad de las historias relacionadas con la antigüedad eran simples leyendas. Más de la mitad.

Riose se sentó cuando llegó el té. Ducem Barr levantó su taza.

—A tu honor.

—Gracias. Al tuyo.

—Se dice que eres joven —observó Ducem Barr—. ¿Cuántos, treinta y cinco años?

—Casi. Treinta y cuatro.

—En ese caso —continuó Barr, imprimiendo un ligero énfasis a su voz—, será mejor que empiece informándote de que lamentablemente no obran en mi poder ni amuletos, ni pócimas ni filtros amorosos. Tampoco está en mi mano el incentivar los favores que quizá te gustaría que te dispensara alguna damisela.

—No necesito artificios en ese sentido, patricio. —La complacencia innegablemente presente en la voz del general estaba teñida de diversión—. ¿Recibes muchas peticiones de ese tipo?

—Bastantes. Por desgracia, la gente mal informada suele confundir la erudición con la hechicería, y todo lo relacionado con los sentimientos de pareja requiere, al parecer, grandes dosis de ayuda sortílega.

—No tiene nada de extraño. Pero disiento. Para mí, la erudición no es otra cosa que la forma de resolver los problemas más complicados.

El siwenniano se quedó pensativo, con el ceño fruncido, antes de replicar:

—Tal vez estés tan equivocado como ellos.

—Puede que sí, o puede que no. —El joven general posó la taza en su funda rutilante y volvió a llenarla—. Dime, patricio, ¿quiénes son los magos? Los de verdad.

Barr pareció sobresaltarse al escuchar aquel título, ya en desuso.

—Los magos no existen.

—Pero la gente habla de ellos. Siwenna está infestada de historias que los tienen como protagonistas. Se fundan sectas en torno a sus figuras. Existe una extraña conexión entre esta circunstancia y los grupos de compatriotas tuyos que sueñan y fantasean con el pasado y con lo que ellos denominan libertad y autonomía. Tarde o temprano, la situación podría convertirse en una amenaza para el estado.

El anciano sacudió la cabeza.

—¿Por qué me preguntas a mí? ¿Crees que se está fraguando una revolución, conmigo a la cabeza?

Riose se encogió de hombros.

—No, eso nunca. Aunque no será porque la idea tenga nada de ridícula. Tu padre fue exiliado en su día; tú mismo has sido patriota y chauvinista. Como huésped en tu casa, quizá peque de poco delicado mencionándolo, pero mi misión lo requiere. Sin embargo, ¿una conspiración, ahora? Lo dudo. Siwenna lleva tres generaciones perdiendo las ganas de luchar.

—Seré un anfitrión tan poco diplomático como mi invitado —repuso con dificultad el anciano— y te recordaré que en tiempos hubo un virrey que, al igual que tú, tenía a los siwennianos por gente sin agallas. Por orden de aquel virrey mi padre se convirtió en un pordiosero fugitivo, mis hermanos en mártires, y mi hermana en suicida. Sin embargo, dicho virrey sufrió una muerte merecidamente horrenda a manos de estos mismos siwennianos mansurrones.

—Ah, sí, eso me da pie para abordar otro tema que me gustaría comentar contigo. Hace tres años que estoy al corriente del misterio tras la muerte del virrey de tu historia. En su guardia personal había un joven soldado cuyos actos me parecen dignos de interés. Ese soldado eras tú, pero supongo que no habrá necesidad de entrar en detalles.

Tras unos instantes de silencio, Barr respondió:

—Ninguna. ¿Qué es lo que sugieres?

—Que contestes a mis preguntas.

—No con amenazas. Soy viejo, pero no tanto como para concederle una importancia exagerada a la vida.

—Patricio, corren tiempos difíciles —dijo Riose, en un tono cargado de intención—, y tienes hijos y amigos. Tienes también un país por el que has declarado tu amor y has cometido insensateces en el pasado. Si decidiera utilizar la fuerza, mi puntería no sería tan mala como para darte a ti.

—¿Qué quieres? —preguntó con frialdad Barr.

Riose sostuvo la taza en alto mientras hablaba.

—Patricio, escúchame bien. Hoy en día, la máxima aspiración de un soldado es dirigir los desfiles que recorren los jardines del palacio imperial en días festivos y escoltar las rutilantes naves de recreo que transportan a Su Esplendor Imperial a los planetas donde le gusta veranear. Yo... soy un fracasado. Me he convertido en un fracasado con treinta y cuatro años, y lo seré mientras viva. Porque, verás, a mí me apasiona combatir.

»Por eso me han destinado aquí. En la corte causo demasiados problemas. No estoy hecho para la etiqueta. Ofendo a los dandys y a los lores almirantes, pero se me da demasiado bien gobernar las naves y a las personas como para que enviarme a vagar por el espacio sea algo más que una solución provisional. De modo que Siwenna es la alternativa. Se trata de un mundo fronterizo, una provincia yerma y rebelde. Y está lo suficientemente lejos como para satisfacer a todo el mundo.

»Aquí me anquilosaré. No hay revueltas que sofocar, y los virreyes de los territorios limítrofes renunciaron a insubordinarse hace tiempo. Al menos desde que el difunto progenitor de Su Majestad Imperial, cuya gloria nunca caerá en el olvido, diera un castigo ejemplar a Mountel de Paramay.

—Un emperador fuerte —musitó Barr.

—Sí, y necesitamos más como él. Es mi señor, no lo olvides. Velo por sus intereses.

Barr se encogió de hombros con despreocupación.

—¿Qué tiene que ver todo esto con nuestra conversación?

—Te lo explicaré en pocas palabras. Los magos que he mencionado antes provienen de muy lejos, de más allá de las fronteras vigiladas, donde las estrellas se dispersan...

—«Donde las estrellas se dispersan» —citó Barr—, «y el frío del espacio se recrudece».

—¿Qué es eso, un poema? —Riose frunció el ceño. Ponerse a recitar estrofas ahora le parecía una frivolidad—. En cualquier caso, provienen de la Periferia, el único escenario donde gozo de permiso para luchar por la gloria del emperador.

—Y servir así a los intereses de Su Majestad Imperial y saciar tu sed de combate.

—Correcto. Pero es preciso que sepa a qué me enfrento, y es ahí donde puedes ayudarme.

—¿Cómo lo sabes?

Riose mordisqueó una pastita.

—Porque llevo tres años siguiendo la pista de todos los rumores, mitos e insinuaciones sobre los magos, y de todo el caudal de información que he recabado, sólo dos hechos aislados se repiten unánimes y consistentes, lo que garantiza su veracidad. El primero es que los magos provienen del filo de la Galaxia opuesto a Siwenna; el segundo es que tu padre vio una vez a uno de ellos, en carne y hueso, y habló con él.

El anciano siwenniano se quedó mirando fijamente a su interlocutor, sin pestañear, y Riose continuó:

—Será mejor que me cuentes lo que sepas...

Barr lo interrumpió, contemplativo.

—Sería interesante revelarte algunas cosas. Podría tomármelo como un experimento psicohistórico.

—¿Qué clase de experimento?

—Psicohistórico —repitió el anciano, en cuya sonrisa anidaba una sombra insidiosa. Con voz más animada, añadió—: Harías bien en servirte más té. Me dispongo a soltar un buen discurso.

Se retrepó en los mullidos cojines de su asiento. La iluminación de las paredes se había reducido a un marfileño brillo sonrosado que suavizaba incluso el abrupto perfil del soldado.

—Lo que sé —comenzó Ducem Barr— es el resultado de dos accidentes; el de ser hijo de mi padre y el de haber nacido en mi país. Mi historia empieza hace cuarenta años, poco después de la gran masacre, cuando mi padre era un fugitivo en los bosques del sur y yo un artillero en la flota personal del virrey. El mismo virrey, por cierto, que había ordenado la masacre, y que más tarde habría de sufrir una muerte cruel.

Barr esbozó una sonrisa torva y continuó:

—Mi padre era patricio del Imperio y senador de Siwenna. Se llamaba Onum Barr.

Riose lo interrumpió, impacientándose.

—Conozco perfectamente las circunstancias que rodearon su exilio. No hace falta que entres en detalles.

El siwenniano hizo como si no lo hubiera oído y reanudó su discurso sin vacilar.

—Durante su exilio lo visitó un viajero, un mercader procedente del filo de la Galaxia, un joven de acento extraño que no sabía nada de la historia reciente del Imperio, envuelto en la protección de un campo de fuerza personal.

—¿Un campo de fuerza personal? —se encrespó Riose—. Menudo disparate. ¿Qué generador sería lo bastante potente como para condensar un

192

escudo del tamaño de un solo individuo? Por la Galaxia, ¿qué hacía, pasearse por ahí con cinco mil miriatoneladas de energía atómica cargadas en una carretilla?

—Éste es el mago —dijo con delicadeza Barr— al que se refieren los susurros, mitos e insinuaciones que has escuchado. El título de «mago» no se concede así como así. No llevaba encima ningún generador tan voluminoso como para llamar la atención, pero ni el arma más pesada que seas capaz de empuñar podría haber abollado siquiera el escudo que lo rodeaba.

—¿A esto se reduce todo? ¿La leyenda de los magos surge de las alucinaciones de un anciano consumido por el sufrimiento y el exilio?

—La historia de los magos es anterior incluso a mi padre. Y la prueba es fehaciente. Tras despedirse de mi padre, este comerciante al que la gente llamaba mago fue a visitar a un técnico de la ciudad que le había recomendado mi padre, y allí dejó un generador como el que utilizaba su escudo. Dicho generador fue recogido por mi padre a su regreso del exilio tras la ejecución del cruel virrey. Se tardó mucho tiempo en encontrarlo...

»El generador está colgado en la pared detrás de ti, general. No funciona. No funcionó jamás transcurridos los dos primeros días, pero si te fijas, verás que su diseño no puede ser obra de ningún habitante del Imperio.

Bel Riose cogió el cinturón de eslabones de metal expuesto en la pared curvada. Se desprendió con un suave chasquido cuando el campo de adhesión se rompió al contacto con su mano. Le llamó la atención el elipsoide que remataba uno de los extremos del cinto. Tenía el tamaño de una nuez.

—Esto...

—Era el generador —asintió Barr—. Era. El secreto de su funcionamiento es irrecuperable. Los exámenes subelectrónicos demuestran que está fundido en una pelota de metal, pero ni siquiera el estudio más minucioso de las pautas de difracción ha conseguido diferenciar cuáles eran los componentes individuales antes del proceso de fusión.

—Entonces tu «prueba» sigue tambaleándose en la difusa frontera que separa la mera palabrería de los hechos contrastados.

Barr se encogió de hombros.

—Me has exigido que te cuente lo que sé, amenazándome incluso con arrancarme la verdad por la fuerza. Recibir mis palabras con escepticismo es decisión tuya, ¿a mí qué más me da? ¿Quieres que pare?

—¡Continúa! —replicó bruscamente el general.

—Reanudé las investigaciones de mi padre a su muerte, y fue entonces cuando el segundo accidente que mencionaba acudió en mi ayuda, pues Hari Seldon conocía perfectamente Siwenna.

—¿Quién es Hari Seldon?

—Hari Seldon fue científico en tiempos del emperador Daluben IV. Psicohistoriador, el último y el más importante de todos. Visitó Siwenna en una ocasión, cuando nuestro planeta aún era un prestigioso núcleo mercantil que aglutinaba todas las artes y las ciencias.

—Hmf —farfulló Riose, desabrido—, ¿es que hay algún mundo estancado que no asegure haber sido en el pasado un territorio rebosante de riquezas?

—La época a la que me refiero se remonta a hace más de dos siglos, cuando el control del emperador se extendía hasta la estrella más lejana, cuando Siwenna era un planeta del interior y no una provincia fronteriza medio salvaje. Por aquel entonces, Hari Seldon vaticinó el declive del dominio imperial y el inevitable embrutecimiento de toda la Galaxia.

Riose soltó una carcajada de repente.

—¿Eso fue lo que predijo? Entonces me temo que predijo mal, amigo científico. Supongo que eso es lo que te consideras. Hace milenios que el Imperio no es tan poderoso como en estos momentos. La fría oscuridad de la frontera ciega tus ojos fatigados por la edad. Deberías visitar los mundos del interior algún día, para disfrutar del calor y la riqueza del centro.

El anciano meneó la cabeza con gesto sombrío.

—La circulación se detiene primero en las extremidades. La decrepitud tardará aún en llegar al corazón. Me refiero a la decrepitud visible y palpable, muy distinta de la degradación interior que dejó de ser una novedad hace ya alrededor de quince siglos.

—Así que el tal Hari Seldon predijo una Galaxia de barbarie uniforme —bromeó Riose—. ¿Y después qué, eh?

—Estableció dos fundaciones en extremos opuestos de la Galaxia, fundaciones diseñadas para que los mejores, los más jóvenes y los más fuertes pudieran reproducirse, crecer y desarrollarse. Los planetas donde se instalaron se eligieron con minuciosidad, y también se tuvieron en cuenta el momento de la colonización y el entorno. Todo se calculó de modo que el futuro previsto por las inalterables matemáticas de la psicohistoria conllevara su pronto aislamiento del grueso de la civilización imperial y su transformación gradual en el germen del Segundo Imperio Galáctico, reduciendo así a apenas un milenio el inevitable interregno de barbarie que de lo contrario hubiera durado treinta mil años.

—¿Y cómo has averiguado todo esto? Es como si conocieras todos los detalles.

—No los conozco ahora ni los he conocido jamás —replicó el patricio, sin perder la compostura—. Es el agónico resultado de haber reunido algunas de las pruebas que descubrió mi padre y unas pocas más que he encontrado por mi cuenta. Los cimientos son endebles y la superestructura se ha idealizado para tapar los principales agujeros de la historia. Pero estoy convencido de que en esencia es verdad.

—Eres fácil de convencer.

—¿Sí? Mis pesquisas abarcan cuarenta años.

194

—Hmf. ¡Cuarenta años! Yo podría zanjar este asunto en cuarenta días. De hecho, creo que debería proponérmelo. Sería... distinto.

—¿Y cómo lo harías?

—Del modo más lógico. Me dedicaría a explorar. Buscaría esta Fundación de la que hablas para verla con mis propios ojos. ¿Dices que hay dos?

—Los archivos mencionan dos. Las pruebas halladas sólo corroboran la existencia de una de ellas, pero eso es comprensible, puesto que la segunda está en el extremo opuesto del inmenso eje de la Galaxia.

—Pues bien, visitaremos la más próxima. —El general se puso de pie y se ciñó el cinturón.

—¿Sabes adónde debes dirigirte? —preguntó Barr.

—Más o menos. Los archivos del penúltimo virrey, al que asesinasteis con tanta eficacia, contienen rumores sobre actividades sospechosas en las provincias del exterior. De hecho, una de sus hijas contrajo matrimonio con un príncipe bárbaro. Me las apañaré.

Extendió una mano.

—Gracias por tu hospitalidad.

Ducem Barr rozó la mano con los dedos y ensayó una reverencia cortés.

—Tu visita me honra.

—En cuanto a la información que me has proporcionado —añadió Bel Riose—, sabré cómo darte las gracias cuando volvamos a vernos.

Ducem Barr siguió mansamente a su huésped hasta la puerta principal. Mientras el vehículo terrestre se alejaba, musitó:

—Si es que volvemos a vernos.

2
Los magos

FUNDACIÓN: [...] Con cuarenta años de expansión a sus espaldas, la Fundación se enfrentaba a la amenaza de Riose. Los épicos días de Hardin y Mallow ya quedaban muy lejos, y con ellos era como si también se hubieran perdido la valentía y la resolución [...]

ENCICLOPEDIA GALÁCTICA

Había cuatro personas en la habitación, apartada y a salvo de oídos indiscretos. El cuarteto de ocupantes intercambió una rápida serie de miradas antes de concentrarlas en la mesa que los separaba. Encima del mueble había cuatro botellas y otros tantos vasos llenos, pero nadie los había tocado.

El hombre que se encontraba más cerca de la puerta estiró un brazo y tamborileó lentamente en la mesa con las yemas de los dedos.

—¿Pensáis quedaros ahí sentados sin decir nada eternamente? —preguntó—. ¿Qué más da quién hable primero?

—Pues hazlo tú —repuso el fornido ocupante del asiento que tenía justo enfrente—. Eres el que debería estar más preocupado.

Sennett Forell soltó una risita desprovista de humor.

—Porque creéis que soy el más rico. Bueno... ¿O esperáis que siga como he empezado? Supongo que no habréis olvidado que fue mi flota mercante la que capturó esta nave exploradora.

—Tu flota era la más numerosa —intervino un tercero—, y contaba con los mejores pilotos, lo que equivale a decir que eres el más rico. Fue una temeridad, y el riesgo habría sido mayor para cualquiera de nosotros.

Sennett Forell volvió a reírse por lo bajo.

—Esta tendencia a correr riesgos la heredé de mi padre. Después de todo, lo fundamental a la hora de arriesgarse es que la recompensa merezca la pena. Hablando de lo cual, nótese que la nave enemiga se interceptó y capturó sin que nosotros sufriéramos ninguna baja y sin que el adversario se percatara.

Que Forell estuviese emparentado remota e indirectamente con el difunto y célebre Hober Mallow era un hecho reconocido a lo largo y ancho de la Fundación. Que se tratase del hijo ilegítimo de Mallow era algo discretamente aceptado en igual proporción.

El cuarto convidado guiñó los ojillos con gesto furtivo. Las palabras salieron a regañadientes de sus labios delgados.

—La captura de una navecita de tres al cuarto no es motivo de celebración. Lo más probable es que el joven se enfurezca más todavía.

—¿Te parece que necesita motivos? —replicó con desdén Forell.

—Eso me parece, sí, y esto podría ahorrarle la molestia de tener que inventarse uno —dijo despacio el cuarto hombre—. Hober Mallow actuaba de otra manera. Y Salvor Hardin. Dejaban que los demás siguieran el incierto camino de la violencia mientras ellos maniobraban en la sombra con toda tranquilidad.

Forell se encogió de hombros.

—Esta nave ha demostrado ser valiosa. Las excusas son baratas y ésta nos ha reportado suculentos beneficios. —Las palabras del comerciante nato destilaban satisfacción. Concluyó—: El joven proviene del antiguo Imperio.

—Eso ya lo sabíamos —protestó el segundo hombre, el fornido.

—Lo sospechábamos —precisó con delicadeza Forell—. Si alguien viene a nosotros con naves y riqueza, con muestras de amistad y con ofertas de comercio, lo más sensato sería refrenarse de antagonizar con él hasta cerciorarnos de que los supuestos réditos que ofrece no son ninguna fachada. Pero ahora...

La voz del tercer hombre tenía un deje plañidero cuando dijo:

—Podríamos haber sido más precavidos aún. Podríamos haber investigado primero. Podríamos haber intentado averiguar más cosas antes de permitir que se fuera. Eso hubiera sido lo más acertado.

—Ya sopesamos esa idea y la descartamos —terció Forell. Se desentendió del tema categóricamente con un brusco ademán.

—El gobierno es blando —se lamentó el tercer hombre—. El alcalde es un idiota.

El cuarto hombre miró a los otros tres, uno por uno, y se sacó la colilla del puro de la boca. La dejó caer en la ranura que tenía a su derecha, donde se desintegró con un fogonazo silencioso.

—Espero que el exabrupto del caballero que acaba de hablar se deba tan sólo a la fuerza de la costumbre —dijo, sarcástico—. Haríamos bien en recordar que los aquí presentes somos el gobierno.

Sus palabras suscitaron un murmullo de asentimiento.

El cuarto hombre fijó los ojillos en la superficie de la mesa y continuó:

—No nos metamos con la política del gobierno. Este joven... este forastero podría haber sido un cliente en potencia. Se han dado casos. Los tres intentasteis embaucarlo para que firmara un contrato por anticipado. Nuestro acuerdo... nuestro pacto entre caballeros... lo prohíbe expresamente, pero aun así lo intentasteis.

—Igual que tú —refunfuñó el segundo hombre.

—Ya lo sé —fue la plácida respuesta del cuarto.

—Dejémonos de lamentaciones por lo que deberíamos haber hecho —se impacientó Forell— y concentrémonos en lo que tendríamos que hacer. De todas formas, ¿y si lo han arrestado, o asesinado, entonces qué? Ni siquiera estamos seguros todavía de cuáles son sus intenciones, y en el peor de los casos, acortar la vida de un solo individuo no supondría el fin del Imperio. Podría haber varias armadas listas para entrar en acción al ver que no regresa.

—Precisamente —convino el cuarto hombre—. A ver, ¿qué sacasteis de vuestra nave capturada? Estoy demasiado mayor para tanta cháchara.

—Se puede resumir en pocas palabras —dijo Forell, ceñudo—. Se trata de un general imperial, o como quiera que se llame el rango correspondiente en su tierra. Es un joven de probada pericia militar, o eso tengo entendido, y un ídolo para sus hombres. Su trayectoria es un prodigio de romanticismo. La mitad de las historias que cuentan acerca de él son mentira, sin duda, pero contribuyen a aumentar su leyenda.

—¿Quién cuenta esas historias? —quiso saber el segundo hombre.

—Los tripulantes de la nave apresada. Mira, todos los testimonios están grabados en un microfilm guardado en lugar seguro. Luego podemos echarles un vistazo, si te apetece. También puedes hablar con ellos en persona, si lo consideras necesario. Yo me he limitado a contar lo más básico.

—¿Cómo les sonsacaste la información? ¿Cómo sabes que lo que dicen es cierto?

Forell arrugó el entrecejo.

—No me anduve con paños calientes, caballero. Les di palizas, los drogué hasta volverlos locos y empleé la sonda sin piedad. Hablaron. Podemos fiarnos de sus palabras.

—En el pasado —acotó de improviso el tercer hombre, sin que viniera a cuento— habrían utilizado la psicología pura. Un método indoloro pero infalible. La veracidad estaría garantizada.

—Bueno —dijo el cuarto hombre—, ¿y qué buscaba aquí ese general, ese romántico legendario? —Su tenacidad y su persistencia estaban teñidas de recelo.

Forell le lanzó una elocuente mirada de soslayo.

—¿Crees que confía los detalles de la política de estado a su tripulación? No sabían nada. En ese sentido no había nada que sonsacarles, y bien sabe la Galaxia que lo intenté.

—Lo que nos lleva...

—A extraer nuestras propias conclusiones, naturalmente. —Forell había reanudado su suave tamborileo con los dedos—. El joven es uno de los líderes militares del Imperio, pero fingía ser el insignificante principito de un puñado de estrellas emplazadas en alguna zona recóndita de la Periferia. Por sí solo, eso bastaría para convencernos de que le interesa ocultarnos sus verdaderas intenciones. Súmese la naturaleza de su profesión al hecho de que el Imperio ya ha respaldado un ataque contra nosotros en tiempos de mi padre, y las posibilidades adoptarán un cariz siniestro. Aquel primer asalto fracasó. Me extrañaría que el Imperio nos profesara el menor afecto por ello.

—¿No han arrojado tus pesquisas —inquirió con reserva el cuarto hombre— ningún resultado palpable? ¿No te estarás callando algo?

—No tengo nada que callarme —respondió sin alterarse Forell—. Dadas las circunstancias, debemos dejar a un lado nuestra rivalidad profesional. Estamos obligados a colaborar.

—¿Patriotismo? —La voz atiplada del tercer hombre rezumaba sarcasmo.

—Al diablo con el patriotismo —musitó Forell—. ¿Creéis que me importa un átomo dividido el futuro del Segundo Imperio? ¿Creéis que pondría en peligro una sola transacción comercial para allanarle el camino? Pero, lo más importante, ¿creéis que mi negocio o el vuestro se beneficiarían de una conquista imperial? Si el Imperio se alza con la victoria, habrá aves carroñeras de sobra dispuestas a disputarse los despojos de la batalla.

—Y esos despojos seríamos nosotros —añadió secamente el cuarto hombre.

El segundo rompió su silencio de pronto y se rebulló irascible en el asiento, que crujió bajo el peso de su corpachón.

—¿Por qué hablar de eso? El Imperio no puede ganar, ¿verdad? Seldon nos asegura que al final formaremos el Segundo Imperio. Esto no es más que otra crisis. Ya ha habido otras tres antes.

—No es más que una crisis, sí —refunfuñó Forell—, pero en el caso de las dos primeras contábamos con Salvor Hardin para guiarnos, con Hober Mallow cuando se produjo la tercera. ¿A quién tenemos ahora?

Miró a los demás con expresión sombría y continuó:

—Lo más probable es que las reconfortantes reglas de la psicohistoria de Seldon en las que tanto confiamos contemplen entre sus variables al menos un ápice de iniciativa por parte de los habitantes de la Fundación. Las leyes de Seldon ayudan a quienes se ayudan a sí mismos.

—Cada hombre es hijo de su tiempo —repuso el tercero—. Ahí tienes otro proverbio.

—No se puede contar con eso, al menos no con absoluta seguridad —gruñó Forell—. Así lo veo yo. Si ésta es la cuarta crisis, Seldon la habrá previsto. Si la ha previsto, se podrá superar, y habrá alguna manera de conseguirlo.

»El Imperio es más fuerte que nosotros, cierto, siempre lo ha sido. Pero ésta es la primera vez que corremos el peligro de un ataque directo, por lo que esa superioridad da lugar a una amenaza aterradora. Por tanto, si queremos derrotarla, deberá ser una vez más mediante un método distinto de la fuerza bruta, igual que en todas las crisis anteriores. Debemos encontrar el punto débil del adversario y golpear allí.

—¿Y cuál es ese punto débil? —preguntó el cuarto hombre—. ¿Tienes intención de sugerir alguna teoría?

—No. Ahí quería llegar. Los grandes líderes de nuestro pasado siempre supieron ver y aprovechar los puntos débiles de sus rivales. Pero ahora...

Había impotencia en su voz, y por un momento nadie se atrevió a romper el silencio con sus comentarios.

—Necesitamos espías —dijo el cuarto hombre, al cabo.

Forell se volvió impetuosamente hacia él.

—¡Correcto! Sé cuándo piensa atacar el Imperio. Quizá todavía estemos a tiempo.

—Hober Mallow se adentró personalmente en los dominios imperiales —sugirió el segundo hombre.

Pero Forell negó con la cabeza.

—Nada tan directo. Ninguno de nosotros está precisamente en la flor de la vida, y la burocracia y las tareas administrativas nos han oxidado. Nos hacen falta jóvenes que estén en activo en estos momentos...

—¿Los comerciantes independientes? —inquirió el cuarto hombre.

Forell asintió con la cabeza y susurró:

—Si no es demasiado tarde.

3
La mano muerta

Bel Riose interrumpió su irritado deambular para levantar la cabeza esperanzado cuando entró su edecán.

—¿Hay noticias de la *Starlet*?

—Nada. El equipo de exploración ha peinado el espacio, pero los instrumentos no han detectado nada. El comandante Yune informa de que la flota está lista para lanzar inmediatamente un ataque en represalia.

El general sacudió la cabeza.

—No, por una nave patrulla no. Todavía no. Dígale que redoble... ¡Aguarde! Escribiré el mensaje. Que lo codifiquen y lo transmitan vía haz concentrado.

Redactó la nota mientras hablaba y dejó el papel en manos del oficial expectante.

—¿Ha llegado ya el siwenniano?

—Aún no.

—Bueno, procure que lo traigan aquí en cuanto aparezca.

El edecán saludó con porte marcial y se fue. Riose reanudó su deambular de fiera enjaulada.

Cuando se abrió la puerta de nuevo, era Ducem Barr quien estaba de pie en el umbral. Despacio, pisando los talones del edecán que lo guiaba, entró en la excéntrica estancia, cuyo techo era una ornamentada maqueta estereoscópica de la Galaxia, y en cuyo centro se erguía Bel Riose vestido con el uniforme de campaña.

—¡Buenos días, patricio! —El general usó un pie para empujar una silla hacia delante y despidió al edecán con un gesto y un—: Que esa puerta permanezca cerrada hasta que la abra yo.

Se plantó delante del siwenniano con las piernas separadas y los dedos de una mano cerrados en torno a la muñeca de la otra a su espalda, meciéndose lentamente, contemplativo, sobre los talones.

—Patricio —habló de improviso—, ¿eres un súbdito leal del emperador?

Barr, que había mantenido un silencio indiferente hasta entonces, arrugó el entrecejo sin comprometerse.

—No tengo motivos para simpatizar con las normas del Imperio.

—Lo que dista de convertirte automáticamente en un traidor.

—Cierto. Pero el mero hecho de no ser un traidor dista a su vez de convertirme automáticamente en un simpatizante activo.

—Así sería, en efecto, en circunstancias normales. Sin embargo, si te negaras a colaborar ahora —dijo con parsimonia Riose—, se te consideraría un traidor y serías tratado en consecuencia.

Barr frunció el ceño.

—Deja las amenazas verbales para tus subordinados. Con una simple declaración de tus necesidades y exigencias tendré más que suficiente.

Riose se sentó y cruzó las piernas.

—Barr, mantuvimos una conversación hace ya medio año.

—¿Sobre tus magos?

—En efecto. ¿Recuerdas lo que te dije que haría?

Barr asintió con la cabeza. Sus brazos descansaban inermes encima de su regazo.

—Te proponías visitarlos en sus guaridas, y has pasado fuera los últimos cuatro meses. ¿Los has encontrado?

—¿Encontrarlos? ¡Ya lo creo! —exclamó Riose, con los labios atirantados. Era como si debiera refrenarse para no rechinar los dientes—. Patricio, no son magos, sino demonios. Concebir su maldad es tan imposible como atisbar la nebulosa exterior a simple vista desde aquí. Imagina un planeta del tamaño de un pañuelo, de una uña, con unos recursos tan insignificantes, una fuerza tan despreciable y una población tan microscópica que hasta los mundos más atrasados de las cenicientas prefecturas de las estrellas oscuras nos parecerían suntuosos en comparación. Sus habitantes, sin embargo, son tan orgullosos y ambiciosos como para soñar insidiosa y metódicamente con conquistar la Galaxia.

»Están tan seguros de sí mismos que ni siquiera tienen prisa. Actúan despacio, flemáticamente, hablan de esperar siglos si es preciso. Devoran mundos a su antojo y se extienden complacientes por los sistemas, con indolencia.

»Y lo están consiguiendo. No hay nadie para frenarlos. Han instaurado una obscena comunidad de vendedores ambulantes cuyos tentáculos se enroscan en torno a aquellos sistemas tan lejanos que sus naves de juguete no osan ni siquiera intentar llegar hasta ellos. Las rutas de sus comerciantes... pues así es como se autodenominan sus agentes... se miden por pársecs.

Ducem Barr interrumpió la enardecida perorata.

—¿Hasta qué punto es fidedigna esta información, y hasta qué punto simples murmuraciones airadas?

El soldado recuperó el aliento y se sosegó.

—No me ciega la rabia. Te repito que he visitado planetas más próximos a Siwenna que a la Fundación, donde el Imperio era una leyenda remota y los comerciantes, la verdad encarnada. Llegaron incluso a confundirnos con ellos.

—¿La propia Fundación te ha dicho que aspiran a conquistar la Galaxia?

—¡Decirme! —La violencia volvió a adueñarse del discurso de Riose—. No hizo falta que me dijeran nada. Los oficiales hablaban exclusivamente de negocios, pero tuve ocasión de conversar con personas de a pie. Absorbí las ideas del pueblo llano, su «destino manifiesto», su serena aceptación del glorioso futuro que los aguarda. Es algo que no se puede ocultar, ni siquiera se molestan en disimular el optimismo generalizado que los embarga.

La impasibilidad del siwenniano dio paso a una actitud de discreta pero inconfundible satisfacción.

—Te habrás dado cuenta de que lo dicho hasta ahora parece corroborar al pie de la letra mi reconstrucción de los hechos a partir de la escasa información que he podido recabar sobre el tema.

—Gracias sin duda —replicó con sarcasmo Riose, herido en su orgullo— a tus eminentes dotes para el análisis. También puede tomarse como un atrevido y presuntuoso comentario sobre el creciente peligro que corren los dominios de Su Majestad Imperial.

Bar se encogió de hombros, despreocupado, y Riose se inclinó hacia delante de improviso para agarrar al anciano por los hombros y mirarlo fijamente a los ojos con inesperada ternura.

—Patricio —dijo—, nada de eso. No tengo intención de recurrir a la barbarie. Por lo que a mí respecta, el legado de hostilidad de Siwenna constituye un lastre odioso para el Imperio, un lastre que haría todo cuanto estuviese en mi poder por eliminar. Pero mi ámbito es el militar e interferir en asuntos civiles me resulta imposible. Supondría mi destitución y aniquilaría todas mis esperanzas de hacer algo útil. ¿Lo entiendes? Sé que lo entiendes. Entre tú y yo, así pues, demos la atrocidad de hace cuarenta años por reparada con tu venganza sobre su artífice y releguémosla al olvido. Necesito tu ayuda. No me duele reconocerlo.

Aunque la voz del joven rebosaba de desesperación, Ducem Barr sacudió la cabeza despacio en un pesaroso gesto de negativa.

—No sabes lo que haces, patricio —imploró Riose—, y dudo de mi capacidad para abrirte los ojos. No puedo discutir en tu terreno. Tú eres el erudito, no yo. Pero puedo decirte una cosa. Pienses lo que pienses del Imperio, tendrás que reconocer sus grandes méritos. Sus fuerzas armadas han cometido crímenes aislados, pero en general han luchado siempre por la paz y la civilización. Fue la armada imperial la que creó la *pax imperium* que gobernó toda la Galaxia durante miles de años. Compara los doce milenios de paz bajo la astronave y el sol del Imperio con los milenios de anarquía interestelar que los precedieron. Recuerda las guerras y la desolación de antaño y dime si no vale la pena preservar el Imperio, pese a todos sus defectos.

»Piensa —insistió, apasionado— en aquello a lo que ha quedado reducido el margen exterior de la Galaxia desde su reciente escisión y pregúntate si, en nombre de una venganza mezquina, estarías dispuesto a desbancar a Siwenna de su posición de provincia protegida por una armada temible y convertirlo en un mundo bárbaro dentro de una Galaxia igualmente bárbara, inmersa en su totalidad en una independencia fragmentaria, asolada por una degradación y una miseria omnipresentes.

—¿Ya hemos llegado a esos extremos... tan pronto? —murmuró el siwenniano.

—No —reconoció Riose—. Estaríamos a salvo, sin duda, incluso si nuestra esperanza de vida se cuadriplicara. Pero lucho por el Imperio, por él y por una tradición militar que sólo me incumbe a mí y no puedo transmitirte. Una tradición militar cimentada sobre la institución imperial a la que sirvo.

—Te estás dejando llevar por el fervor, y siempre me ha costado interpretar los misticismos ajenos.

—Da igual. Comprendes el peligro que supone la Fundación.

—Fui yo el que te llamó la atención sobre ese peligro antes de que partieras de Siwenna.

—Por eso debes darte cuenta de que, si no lo detenemos cuando todavía está en su fase embrionaria, quizá nunca lo consigamos. Sabes más sobre él que nadie en todo el Imperio. Seguramente sepas también cuál es la mejor manera de contrarrestarlo, y podrías prepararme para afrontar cualquier posible contramedida. Por favor, seamos amigos.

Ducem Barr se puso de pie.

—La ayuda que podría proporcionarte no significa nada —declaró con rotundidad—. Así que permíteme que te exima de ella pese a tus extenuantes demandas.

—Seré yo el que juzgue lo que significa.

—No, hablo en serio. Ni todo el poder del Imperio lograría aplastar este planeta pigmeo.

—¿Por qué no? —Un destello feroz iluminó la mirada de Bel Riose—. No, quédate donde estás. Yo te diré cuándo puedes marcharte. ¿Por qué no? Si crees que subestimo a este enemigo que he descubierto, te equivocas, patricio —declaró a regañadientes—. Perdí una nave en el viaje de regreso. No tengo pruebas que demuestren que cayó en manos de la Fundación, pero sigue en paradero desconocido y, de tratarse de un simple accidente, sin duda alguien habría encontrado su mole inerme en algún punto de la ruta que seguimos. No se trata de una pérdida irreparable... ni la décima parte de un grano de arena, pero podría significar que la Fundación ha iniciado ya las hostilidades. Este afán y este desprecio por las consecuencias sugerirían fuerzas secretas de las que no estoy al corriente. ¿Me puedes ayudar a resolver una duda específica? ¿Cuál es su potencia militar?

—No tengo ni idea.

—Pues explícate en tus propios términos. ¿Por qué dices que el Imperio no puede derrotar a este adversario insignificante?

El siwenniano volvió a sentarse y apartó la mirada de los furibundos ojos de Riose.

—Porque tengo fe en los principios de la psicohistoria —respondió con énfasis—. Es una ciencia curiosa. Alcanzó la madurez matemática gracias a un hombre, Hari Seldon, y se extinguió con él, pues nadie más desde entonces ha sido capaz de malear su complejidad. Durante aquel breve periodo, no obstante, demostró ser la herramienta más poderosa jamás inventada para el estudio de la humanidad. Sin pretender vaticinar los actos de seres individuales, formuló leyes concretas capaces de realizar análisis y extrapolaciones matemáticas con las que gobernar y predecir las acciones conjuntas de grupos de seres humanos...

—¿Y...?

—Fue psicohistoria en estado puro lo que aplicaron Seldon y su equipo de colaboradores a la creación de la Fundación. El lugar, el momento y las condiciones se alían matemática e inevitablemente con el desarrollo de un Segundo Imperio Galáctico.

La voz de Riose temblaba de indignación cuando dijo:

—¿Insinúas que esta disciplina suya predice que yo atacaría a la Fundación y perdería determinada batalla por determinada razón? ¿Insinúas que soy un robot estúpido diseñado para seguir un camino predeterminado hasta mi destrucción?

—No —respondió con brusquedad el anciano patricio—. Ya he explicado que la ciencia no tenía nada que ver con actos individuales. Lo que se ha previsto es el vasto telón de fondo sobre el que se producen dichas acciones.

—De modo que por fuerza somos prisioneros de la férrea mano de la diosa de la necesidad histórica.

—O psicohistórica —matizó Barr en voz baja.

—¿Y si ejerzo mi derecho al libre albedrío? ¿Si decido atacar el año que viene, o no atacar en absoluto? ¿Hasta qué punto es flexible esa diosa? ¿De cuántos recursos dispone?

Barr se encogió de hombros.

—Ataca ahora o no lo hagas nunca, usa una nave o toda la fuerza del Imperio, ejerce presión militar o económica, declara la guerra abiertamente o tiende emboscadas traicioneras. Ejerce tu pleno derecho al libre albedrío y haz lo que te plazca. Aun así serás derrotado.

—¿Por la mano muerta de Hari Seldon?

—Por la mano muerta de las matemáticas de la conducta humana, imposibles de detener, desviar o frenar.

Los dos se quedaron mirándose fijamente, cara a cara, hasta que el general dio un paso atrás.

—Acepto el reto —dijo, lacónico—. Será una mano muerta contra una voluntad viva.

4
El emperador

CLEÓN II, denominado comúnmente «el Grande». El último emperador importante del Primer Imperio, célebre por el renacimiento político y artístico que tuvo lugar durante su largo reinado. En los romances, sin embargo, es más conocido por su relación con Bel Riose, y para el ciudadano de a pie es sencillamente «el emperador de Riose». Convendría evitar que lo acontecido durante el último año de su mandato ensombrezca cuatro décadas de [...]
ENCICLOPEDIA GALÁCTICA

Cleón II era el amo del universo. También era la víctima de una dolorosa enfermedad no diagnosticada. Los extraños designios de la naturaleza humana conspiran para que ambas afirmaciones no sean mutuamente excluyentes, ni tan siquiera especialmente contradictorias. La historia contiene un abrumador número de precedentes.

Pero esos precedentes a Cleón II le importaban un bledo. Cavilar sobre una lista interminable de casos parecidos al suyo no iba a paliar ni un electrón su agonía. Igual de poco lo consolaba pensar que allí donde su bisabuelo había sido el regente pirata de un planeta minúsculo, él dormía en el suntuoso palacio de Ammenetik el Grande, como correspondía al heredero de una estirpe de regentes galácticos que se remontaba a las brumas del pasado. En la actualidad no le procuraba el menor solaz saber que los esfuerzos de su padre habían desinfectado los leprosos brotes de rebelión que asolaban el Imperio, restaurando así la paz y la unidad de las que gozara durante el mandato de Stannel VI y consiguiendo, por tanto, que ni una sola nube de insurgencia hubiera empañado su glorioso esplendor en los veinticinco años que duraba ya su reinado.

El emperador de la Galaxia y señor de todas las cosas gimoteó mientras reclinaba la cabeza contra el vigorizante plano de fuerza que rodeaba sus almohadas. El campo cedió con una suavidad intangible, y el placentero cosquilleo logró que Cleón se relajara ligeramente. Se sentó con dificultad y fijó la mirada, ceñudo, en las lejanas paredes de la inmensa cámara. Era una habitación poco apropiada para estar solo en ella. Demasiado grande. Todas las habitaciones eran demasiado grandes.

Pero valía más estar solo durante estos ataques incapacitantes que soportar las zalamerías de los cortesanos, su compasión obsequiosa, su tierna y condescendiente mediocridad. Era mejor estar solo que contemplar aquellas mascas insípidas tras las que se arremolinaban tortuosas especulaciones sobre las probabilidades de su muerte y las opciones de la sucesión.

Sus pensamientos lo martirizaban. Tenía tres hijos, tres dechados de juventud, robustez, potencial y virtud. ¿A qué se dedicaban durante estos días de angustia? A esperar, sin duda. Vigilándose entre ellos, y vigilándolo a él.

Se rebulló, incómodo. Y ahora Brodrig solicitaba audiencia con él. Brodrig, de cuna humilde pero leal gracias a ser el blanco de un odio unánime y cordial que constituía lo único que tenían en común las decenas de facciones que dividían la corte.

Brodrig, el leal favorito cuya fidelidad era una necesidad, pues a menos que poseyera la nave más veloz de la Galaxia y se apresurara a montar en ella en cuanto muriera el emperador, terminaría en la cámara de atomización al día siguiente.

La enorme puerta que había al fondo de la estancia se volvió transparente cuando Cleón II oprimió un botón del brazo del majestuoso diván.

Brodrig avanzó por la alfombra carmesí y se arrodilló para besar la mano inerme del emperador.

—¿Os encontráis bien, mi señor? —preguntó el secretario particular en voz baja, sin ocultar su preocupación.

—Sigo con vida —fue la exasperada respuesta del emperador—, si puede llamarse vida a dejar que cualquier sabandija capaz de leer un libro de medicina me use como dócil terreno de pruebas para sus infructuosos experimentos. Si existe algún remedio concebible, ya sea químico, físico o atómico, que no se haya probado todavía, seguro que mañana aparecerá algún estafador procedente de los confines más recónditos del reino dispuesto a ensayar con él. Y una vez más se esgrimirá algún libro recién descubierto... o falsificado, lo más probable... como argumento de autoridad.

»Por el recuerdo de mi padre —rezongó con ferocidad—, es como si ya no quedara ni un solo bípedo capaz de estudiar con sus propios ojos la enfermedad que tiene delante de las narices. Ni uno solo capaz de tomar el pulso sin un libro ajado abierto junto a él. Me aqueja un mal y lo tildan de «desconocido». ¡Cretinos! Si el cuerpo humano ha descubierto nuevas formas de torcerse a lo largo de los milenios, cabe esperar que los estudios de los antiguos no las incluyan, por lo que deberán permanecer incurables eternamente. Los antiguos deberían vivir aquí ahora, o yo tendría que haber vivido allí entonces.

El discurso del emperador concluyó con una maldición mascullada sin aliento mientras Brodrig aguardaba pacientemente.

—¿Cuántos esperan afuera? —preguntó con enfado Cleón II, inclinando la cabeza en dirección a la puerta.

—En el gran salón se ha dado cita el número de costumbre —fue la sosegada respuesta de Brodrig.

—Bueno, pues que se armen de paciencia. Tengo asuntos de estado que atender. Que lo anuncie así el capitán de la guardia. O si no espera, olvídate de los asuntos de estado. Di que notifiquen que hoy no estoy para audiencias, y que el capitán de la guardia parezca apenado. Es posible que así se delaten los chacales escondidos entre ellos. —El emperador esbozó una fea sonrisa.

—Se rumorea, mi señor —dijo Brodrig—, que es vuestro corazón lo que os aflige.

La sonrisa del emperador se ensanchó sin perder su carácter de mueca.

—Quien se precipite a actuar en función de ese rumor lo lamentará más que yo. ¿Pero qué es lo que quieres? Terminemos de una vez.

Brodrig cambió la genuflexión por otra postura no menos sumisa para decir:

—Está relacionado con el general Bel Riose, el gobernador militar de Siwenna.

—¿Riose? —La frente de Cleón II se pobló de arrugas—. No logro ubicarlo. Espera, ¿es el mismo que envió aquel mensaje tan quijotesco hace unos meses? Sí, lo recuerdo. Solicitaba permiso para emprender una carrera de conquistas a mayor gloria del Imperio y el emperador.

—El mismo, mi señor.

El emperador soltó una carcajada seca.

—¿Te esperabas que me quedaran aún generales así, Brodrig? Qué atavismo tan curioso. ¿Cuál fue la respuesta que recibió? Creo que dejé el asunto en tus manos.

—En efecto, mi señor. Se le encomendó facilitar información adicional y no dar ningún paso que implicara acciones navales sin antes recibir órdenes expresas del Imperio.

—Hmf. Muy prudente. ¿Quién es ese Riose? ¿Ha estado alguna vez en la corte?

206

Brodrig asintió con la cabeza mientras sus labios componían una ligerísima mueca.

—Empezó su carrera como cadete en la guardia hace diez años. Estuvo implicado en aquel asunto frente al Cúmulo de Lemul.

—¿El Cúmulo de Lemul? Ya sabes que mi memoria no es... ¿Fue aquella vez que un joven soldado impidió que dos naves de guerra colisionaran de frente... esto... haciendo no recuerdo bien qué? —Agitó una mano con impaciencia—. Los pormenores se me escapan ahora. Sé que fue algo heroico.

—Aquel soldado era Riose. Recibió un ascenso por ello —dijo Brodrig, lacónico—, y la designación oficial de capitán de navío.

—Y ahora es el gobernador militar de un sistema fronterizo, y sigue siendo joven. ¡Un tipo capaz, Brodrig!

—Peligroso, mi señor. Vive anclado en el pasado. Es un enamorado de la antigüedad, o mejor dicho, de la antigüedad que describen las leyendas. Las personas como él son inofensivas por sí solas, pero su inexplicable desapego por la realidad las convierte en necios para los demás. —Añadió—: Sus hombres, según tengo entendido, le profesan una obediencia absoluta. Es uno de vuestros generales más populares.

—¿Es cierto eso? —comentó el emperador, pensativo—. Bueno, Brodrig, no te sulfures. No me gustaría contar únicamente con incompetentes a mi servicio. Eso tampoco sentaría un estándar de lealtad precisamente envidiable.

—Un traidor incompetente no supone ningún peligro. A las personas capaces, en cambio, no conviene perderlas de vista.

—¿Incluido tú, Brodrig? —Una mueca de dolor truncó las carcajadas de Cleón II—. Venga, déjate de sermones por el momento. ¿Qué novedades hay en lo concerniente a este joven conquistador? Supongo que no habrás venido tan sólo para regodearte en el pasado.

—Hemos recibido otro mensaje del general Riose, mi señor.

—¿Sí? ¿Y qué dice?

—Ha sondeado la tierra de estos bárbaros y aboga por una expedición exhaustiva. Los argumentos que esgrime para ello son múltiples y francamente tediosos. No vale la pena molestar con ellos a Su Majestad Imperial ahora, dada vuestra indisposición. Sobre todo porque se discutirán largo y tendido durante la próxima sesión del consejo de los lores. —Miró de soslayo al emperador.

Cleón II frunció el ceño.

—¿Los lores? ¿Es preciso plantear esta cuestión ante ellos, Brodrig? Terminarán exigiendo una reinterpretación de la carta, como siempre.

—Es inevitable, mi señor. Las cosas serían distintas si vuestro augusto padre hubiera conseguido sofocar la última rebelión sin otorgar la carta, pero ya que no fue así, tendremos que resignarnos por el momento.

—Supongo que tienes razón. Apelaremos a los lores, qué remedio. ¿Pero a qué viene tanta solemnidad, hombre? Después de todo, no tiene mayor importancia. El éxito o el fracaso de un puñado de tropas en una frontera remota distan de concernir al estado.

Una sonrisa tirante se dibujó en los labios de Brodrig, que replicó fríamente:

—Concierne exclusivamente a un romántico estúpido, pero hasta un romántico estúpido puede convertirse en un arma mortífera en manos de un rebelde pragmático. Mi señor, este hombre gozaba de popularidad aquí y goza de popularidad allí. Es joven. Si se anexa uno o dos miserables planetas bárbaros, será un conquistador. Un joven conquistador de probada habilidad para suscitar el entusiasmo de pilotos, mineros, comerciantes y demás chusma por el estilo siempre resultará peligroso. Aunque careciera de la ambición necesaria para hacer con vos lo que vuestro augusto progenitor hizo con Ricker, el usurpador, cualquiera de vuestros leales lores del dominio podría decidir emplearlo como arma.

Cleón II movió un brazo con demasiado ímpetu y se quedó paralizado de dolor. Aunque se relajó gradualmente, su sonrisa era endeble, y su voz apenas un susurro.

—Eres un súbdito valioso, Brodrig. Siempre recelas más de lo necesario, y con hacer caso de la mitad de las precauciones que me sugieres tengo más que suficiente para sentirme completamente seguro. Plantearemos la cuestión ante los lores. Escucharemos lo que tengan que decir y tomaremos las medidas oportunas. Supongo que el joven no habrá iniciado aún las hostilidades.

—Su informe no lo menciona. Pero solicita refuerzos.

—¡Refuerzos! —El emperador entornó los párpados, extrañado—. ¿De qué se componen sus tropas?

—Diez navíos de guerra, mi señor, además de un destacamento completo de naves auxiliares. Dos de las naves están equipadas con motores rescatados de la antigua gran flota, de donde procede también la batería de artillería energética con la que cuenta una de ellas. Las demás son modelos nuevos fabricados en los últimos cincuenta años, pero aun así son capaces de cumplir su cometido.

—Cualquiera diría que diez naves son más que suficientes para acometer cualquier empresa. Diablos, mi padre se alzó con sus primeras victorias contra el usurpador respaldado por mucho menos. ¿Quiénes son estos bárbaros a los que se enfrenta?

El secretario particular enarcó las cejas con altanería.

—Se refiere a ellos como «la Fundación».

—¿La Fundación? ¿Y eso qué es?

—No tenemos constancia, mi señor. He revisado minuciosamente los archivos. La zona indicada de la Galaxia se encuentra en la antigua provincia de Anacreonte, que hace dos siglos sucumbió al bandidaje, la barbarie y la anarquía. Sin embargo, en la provincia no hay ningún planeta que responda al nombre de Fundación. Sólo he encontrado una vaga referencia a un grupo de científicos enviados allí justo antes de que renunciaran a nuestra protección. Debían elaborar una enciclopedia. —Sonrió levemente—. Creo que la llamaban la Fundación de la Enciclopedia.

—Bueno —reflexionó ceñudo el emperador—, parece poco para empezar.

—No hay nada que empezar, mi señor. Jamás se recibió ninguna noticia de aquella expedición después de que la anarquía se impusiera en la zona. Si sus descendientes siguen con vida y conservan el nombre, sin duda deben de haber revertido al primitivismo.

—Y sin embargo solicita refuerzos. —El emperador lanzó una mirada furibunda a su secretario—. Esto es muy extraño, sugerir que quiere enfrentarse a unos salvajes con diez naves y pedir más antes de descargar el primer golpe. No obstante, empiezo a recordar a este Riose, era un muchacho apuesto de linaje leal. Brodrig, este asunto plantea enigmas inquietantes. Quizá sea más importante de lo que parece.

Sus dedos juguetearon ociosos con la sábana reluciente que cubría sus piernas envaradas.

—Me hace falta alguien allí —dijo—, alguien con ojos, cabeza y fidelidad. Brodrig...

El secretario inclinó dócilmente la cabeza.

—¿Y las naves, mi señor?

—Todavía no. —El emperador emitió un débil gemido mientras cambiaba de postura por etapas, con delicadeza. Levantó un dedo tembloroso—. No hasta que sepamos algo más. Convoca el consejo de los lores para dentro de una semana. Será también una buena oportunidad para aprobar gastos. Lograré al menos ese objetivo, o rodarán cabezas.

Reclinó la cabeza dolorida en el reconfortante hormigueo de la funda de fuerza de la almohada.

—Retírate ya, Brodrig, y dile al médico que entre, aunque sea el más inepto de toda esa recua.

5
Comienza la guerra

Con Siwenna como punto de partida, las fuerzas del Imperio se adentraron con cautela en la ignota oscuridad de la Periferia. Tras surcar la inmensidad que mediaba entre las estrellas errantes del filo de la Galaxia, las gigantescas naves avanzaron tanteando el extremo de la zona de influencia de la Fundación.

Los mundos aislados desde hacía dos siglos en su redescubierta barbarie volvieron a experimentar lo que se sentía cuando los nobles imperiales hollaban su suelo. En las principales ciudades se firmaron alianzas inspiradas por los cercos de artillería concentrada que las rodeaban.

Se instauraron guarniciones, cuarteles repletos de soldados cuyos uniformes lucían el emblema imperial de la astronave y el sol en los hombros. Los ancianos, al verlos, volvieron a rememorar las historias olvidadas que contaban los padres de sus abuelos de cuando el universo era más grande, rico y pacífico, y aquellas insignias presidían sobre todas las cosas.

Luego las grandes naves siguieron adelante, tejiendo una línea de bases avanzadas en torno a la Fundación. Y con cada mundo que se añadía a la red, se enviaba un informe a Bel Riose al cuartel general que había establecido en el erial rocoso de un planeta errante sin sol.

—Bueno. —Un Riose relajado dirigió una sobria sonrisa a Ducem Barr—. ¿Qué te parece, patricio?

—¿Me preguntas a mí? ¿Qué valor tiene mi opinión? No soy soldado.

Paseó la mirada con desaprobación mal disimulada por el hacinado desorden de la estancia de paredes de piedra, excavada en una caverna de aire, luz y calor artificiales que constituía la única burbuja de vida presente en la lóbrega vastedad de aquel mundo.

—Para lo que podría ayudarte —musitó—, o estaría dispuesto a ayudarte, podrías enviarme de regreso a Siwenna.

—Todavía no. Todavía no. —El general giró su silla hacia el rincón que contenía la enorme y brillante esfera transparente que contenía el mapa de la antigua prefectura imperial de Anacreonte y sus sectores adyacentes—. Luego, cuando todo esto haya terminado, podrás volver a tus libros. Y también a algo más. Me ocuparé de que las propiedades de tu familia os sean devueltas a tus hijos y a ti, para siempre.

—Gracias —replicó Barr, con un deje de sarcasmo—, pero no comparto tu fe en el feliz resultado de esta operación.

Riose se rio con aspereza.

—No me vengas otra vez con profecías extrañas. Este mapa es más elocuente que todas tus teorías agoreras. —Acarició con delicadeza el invisible perfil curvado—. ¿Sabes leer un mapa de proyección radial? ¿Sí? Pues bien, echa un vistazo. Las estrellas doradas representan los territorios del Imperio. Las rojas pertenecen a la Fundación, y las rosas indican aquéllas que posiblemente se encuentren dentro de su esfera de influencia económica. Y ahora, fíjate...

Cuando la mano de Riose cubrió un botón redondeado, un grupo de rutilantes cabezas de alfiler de color blanco se tiñeron paulatinamente de azul marino. Como una copa invertida, envolvieron las motas rojas y rosas.

—Esas estrellas azules han sido ocupadas por mis fuerzas —explicó con satisfacción contenida Riose—, que continúan su avance. No han encontrado oposición en ninguna parte. Los bárbaros se muestran tranquilos. Lo más importante es que tampoco las fuerzas de la Fundación han ofrecido resistencia. Parecen dormir igual de profundamente.

—¿No estás estirando demasiado tus tropas? —preguntó Barr.

—A decir verdad —respondió Riose—, y pese a lo que pueda parecer, no. Los puntos clave que he fortificado con guarniciones son relativamente escasos, pero han sido elegidos con sumo cuidado. El resultado es que la fuerza expandida es pequeña en comparación con el grado de éxito estratégico. Las ventajas son múltiples, más de las que sabría apreciar

210

quien no posea un profundo conocimiento de las tácticas espaciales, pero cualquiera podría darse cuenta, por ejemplo, de que puedo lanzar un ataque desde un punto dado dentro de una esfera cerrada, y cuando termine a la Fundación le resultará imposible atacar ningún flanco o la retaguardia, pues serán inexistentes con respecto a ellos.

»Esta estrategia de inclusión previa se había probado antes, sobre todo en las campañas de Loris VI, hace aproximadamente dos mil años, pero siempre de manera imperfecta, siempre con el conocimiento y los subsiguientes intentos de interferencia del adversario. Esta vez es distinto.

—¿El caso de libro de texto ideal? —La voz de Barr estaba teñida de languidez e indiferencia. Riose comenzó a impacientarse.

—¿Sigues creyendo que mis fuerzas fracasarán?

—Es inevitable.

—Date cuenta de que en toda la historia militar no se ha dado ni un solo caso en el que las fuerzas agresoras no se hayan alzado con la victoria tras completar sus maniobras de inclusión, salvo en aquellos casos en los que había una armada lo bastante fuerte como para romper el cerco desde fuera.

—Si tú lo dices.

—Y aun así te aferras a tus creencias.

—Así es.

Riose se encogió de hombros.

—Haz lo que te plazca.

Barr dejó que el enfurruñado silencio se prolongara durante unos instantes. Al cabo, preguntó:

—¿Te ha respondido el emperador?

Riose sacó un cigarrillo de una caja colgada en la pared detrás de su cabeza, se colocó la punta con filtro entre los labios y avivó la llama aspirando con cuidado.

—¿Te refieres a mi petición de refuerzos? —dijo—. Recibí la respuesta, sí, pero nada más.

—No van a enviar más naves.

—Ni una sola. Medio me lo esperaba. Francamente, patricio, no tendría que haberme dejado convencer por tus teorías para pedirlas. Arroja una falsa luz sobre mí.

—¿Sí?

—Desde luego. Las naves son un bien escaso. Las guerras civiles de los dos últimos siglos han hecho añicos más de la mitad de la gran flota, y lo que queda se encuentra en un estado deplorable. Ya sabes que las naves que fabricamos hoy en día tampoco es que valgan gran cosa. Creo que no queda nadie en toda la Galaxia capaz de diseñar un motor hiperatómico de primera.

—Lo sabía —dijo el siwenniano, con expresión pensativa e introspectiva—. Lo que no sabía era que tú lo supieras. Así que Su Majestad Imperial no puede permitirse el lujo de prescindir de ninguna nave. Eso podría haberlo predicho la psicohistoria; seguramente lo hizo, de hecho. Me parece que la victoria en el primer asalto es para la mano muerta de Hari Seldon.

—Dispongo de naves de sobra —replicó violentamente Riose—. Tu Seldon no se lleva ninguna victoria. Si la situación se complicara, tendría más naves a mi disposición. El emperador aún no está al corriente de toda la historia.

—¿No? ¿Qué es lo que no le has contado?

—Evidentemente... tus teorías. —Riose adoptó una expresión sardónica—. Con el debido respeto, tu historia es una fantasía improbable. Si el desarrollo de los acontecimientos lo justifica, si los hechos me aportan más pruebas, entonces y sólo entonces creería realmente que corremos un peligro mortal.

»Además —añadió con indiferencia—, la historia, sin el respaldo de los hechos, posee un aire de lesa majestad que dudo que agrade al emperador.

El anciano patricio sonrió.

—Te refieres a que decirle que su augusto trono está en peligro por la insubordinación de un hatajo de brutos harapientos en los confines del universo no es una advertencia digna de aprecio ni consideración. Así que no esperas nada de él.

—A menos que un enviado especial se pueda considerar algo.

—¿Por qué un enviado especial?

—Se trata de una antigua costumbre. En todas las campañas militares auspiciadas por el gobierno se encuentra presente un representante de la corona.

—¿Es cierto eso? ¿Por qué?

—Es una forma de preservar el símbolo del liderazgo imperial personal en el frente. Con el tiempo ha adquirido la función complementaria de garantizar la lealtad de los generales. Algo que no siempre se consigue.

—Creo que eso será un inconveniente, general. Me refiero a la autoridad externa.

—Sin duda —Riose se ruborizó ligeramente—, pero no queda otro remedio...

El receptor que había junto a la mano del general emitió un fulgor cálido, y con un discreto chasquido, el cilindro encajó en su ranura. Riose desenrolló el comunicado.

—¡Bien! ¡Así se hace!

Ducem Barr manifestó su curiosidad enarcando levemente una ceja.

—Sabrás que hemos capturado a uno de esos comerciantes —informó Riose—. Vivo... y con su nave intacta.

—Algo había oído.

—Pues bien, acaban de traerlo, y lo tendremos aquí de un momento a otro. Quédate sentado, patricio. Quiero que estés presente cuando lo interrogue. Por eso te pedí que vinieras hoy, en realidad. Es posible que tú sepas captar detalles que a mí se me escaparían.

La puerta emitió una señal y se abrió de par en par al contacto de la punta del zapato del general. El hombre que apareció en el umbral era alto y barbudo, y se cubría con una chaqueta corta de plástico correoso cuya capucha yacía recogida alrededor de su cuello. Tenía las manos libres, y si era consciente de que los hombres que lo rodeaban estaban armados, no se molestaba en dar muestras de ello.

Entró con tranquilidad y miró a su alrededor con ojos calculadores. Saludó al general con un ademán desganado y una leve inclinación de cabeza.

—¿Su nombre? —preguntó secamente Riose.

—Lathan Devers. —El comerciante engarfió los pulgares en la ancha y colorida correa de su cinturón—. ¿Es usted el que manda aquí?

—¿Es usted comerciante, de la Fundación?

—Correcto. Escuche, si usted es el jefe, será mejor que les diga a sus matones a sueldo que mantengan las manos lejos de mi cargamento.

El general levantó la cabeza y miró fríamente al prisionero.

—Usted está aquí para contestar a mis preguntas, no para dar ninguna orden.

—Vale. Soy una persona razonable. Pero uno de sus muchachos ya se ha abierto un boquete de dos palmos en el pecho por meter los dedos donde no debía.

Riose miró al teniente al mando.

—¿Es cierto lo que dice este hombre? Vrank, su informe aseguraba que no se había producido ninguna baja.

—Y así era, señor —respondió con aprensión el teniente, envarado—, en aquel momento. A continuación se tomó la decisión de registrar la nave, a bordo de la cual se rumoreaba que viajaba una mujer. Lo que encontramos, señor, fue multitud de instrumentos de naturaleza desconocida, instrumentos con los que el prisionero asegura comerciar habitualmente. Uno de ellos emitió un destello al manipularlo, y el soldado que lo tenía en las manos falleció.

El general se giró hacia el comerciante.

—¿Su nave transporta explosivos atómicos?

—Por la Galaxia, no. ¿Para qué? Ese idiota agarró una perforadora atómica del revés y subió el nivel de dispersión al máximo. Se supone que eso no se debe hacer nunca. Lo mismo podría haberse puesto una pistola de neutrones en la sien. Los cinco hombres que tenía sentados en el pecho me impidieron detenerlo.

Riose hizo una señal a los guardias.

—Marchaos. Que la nave capturada se selle para evitar más intrusiones. Siéntese, Devers.

El comerciante así lo hizo, en el lugar indicado, y soportó con estoicismo el implacable escrutinio del general imperial y las intrigadas miraditas de soslayo del patricio siwenniano.

—Es usted una persona sensata, Devers —observó Riose.

—Gracias. ¿Le impresiona mi cara o es que quiere algo de mí? Permítame decirle una cosa. Tengo olfato para los negocios.

—Viene a ser lo mismo. Rindió su nave cuando podría haber decidido malgastar nuestra munición y convertirse en una nube de electrones. Podría resultar en un buen trato para usted, si insiste en esa manera de ver la vida.

—Un buen trato es lo que más ansío, jefe.

—Excelente, y lo que más ansío yo es un poco de cooperación. —Riose sonrió y, en voz baja, añadió para Ducem Barr—: Espero que «ansiar» signifique lo que creo que significa. ¿Habías escuchado alguna vez un dialecto tan burdo?

—Vale —replicó tranquilamente Devers—. Ya lo he pillado. ¿Pero a qué clase de cooperación se refiere, jefe? Si le digo la verdad, ni siquiera sé dónde estoy. —Miró a su alrededor—. ¿Qué sitio es éste, por ejemplo, y cuáles son sus intenciones?

—Ah. Se me olvidaba completar las presentaciones. Mis disculpas. —Riose estaba de buen humor—. Este caballero es Ducem Barr, patricio del Imperio. Yo soy Bel Riose, par del Imperio y general de tercera en las fuerzas armadas de Su Majestad Imperial.

La mandíbula del comerciante se desencajó.

—¿El Imperio? —acertó a articular—. Quiero decir... ¿el antiguo Imperio que estudiamos en el colegio? ¡Ja! ¡Tiene gracia! Siempre había pensado que ya no existía.

—Mire a su alrededor. Existe —repuso solemnemente Riose.

—Tendría que habérmelo imaginado. —La barba de Lathan Devers apuntó al techo—. El aparato que capturó mi bañera era una obra de arte. Ningún reino de la Periferia podría fabricar algo así. —Arrugó el entrecejo—. Entonces, ¿a qué jugamos, jefe? ¿O debería llamarlo general?

—Jugamos a la guerra.

—El Imperio contra la Fundación, ¿verdad?

—Correcto.

—¿Por qué?

—Me parece que ya conoce la respuesta.

El comerciante se lo quedó mirando fijamente y sacudió la cabeza.

Riose dejó que su interlocutor deliberara antes de insistir, sosegado:

—Estoy seguro de que ya conoce la respuesta.

—Qué calor hace aquí —musitó Lathan Devers, y se levantó para quitarse la chaqueta con capucha.

Se sentó de nuevo y estiró las piernas frente a él.

—¿Sabe? —dijo, cuando se hubo puesto cómodo—, creo que se pregunta por qué no me levanto de un salto y me pongo a repartir palos a diestro y siniestro. Podría inmovilizarlo antes de que tuviera tiempo de reaccionar si elijo bien el momento, y al viejales que está ahí sentado sin decir ni pío le resultaría prácticamente imposible detenerme.

—Pero no lo hará —replicó con confianza Riose.

—No lo haré —convino afablemente Devers—. Para empezar, supongo que su muerte no pondría fin a la guerra. Hay más generales de donde ha salido usted.

—Bien expresado.

—Además de lo cual, probablemente menos de dos segundos después de que le pusiera las manos encima me inmovilizarían y me eliminarían en un abrir y cerrar de ojos, o quizá lentamente, depende. Lo que está claro es que terminaría muerto, y no me gusta tener que contar con esa posibilidad cuando estoy haciendo planes. No sale a cuenta.

—Sabía que se podía razonar con usted.

—Aunque quisiera pedirle un favor, jefe. Me gustaría que me explicara a qué se refiere al decir que sé por qué nos están invadiendo. Le aseguro que no es así, y las adivinanzas me aburren sobremanera.

—¿Sí? ¿Le suena de algo el nombre de Hari Seldon?

—No, y le acabo de decir que no me gustan las adivinanzas.

Riose lanzó una mirada de reojo a Ducem Barr, que esbozó una sonrisita diplomática antes de recuperar su hieratismo introspectivo.

—No se haga el tonto, Devers —dijo Riose con una mueca—. Según una tradición, o una fábula, o una historia veraz, me da igual, su Fundación está destinada a instaurar el Segundo Imperio. Ha llegado a mis oídos una versión detallada de los disparates psicohistóricos de Hari Seldon, y sus planes de agresión contra el Imperio.

—¿Es cierto eso? —Devers asintió con la cabeza, contemplativo—. ¿Y quién se lo ha contado?

—¿Qué más da? —replicó con amenazadora suavidad Riose—. No está aquí para hacer preguntas. Quiero que me diga todo lo que sepa sobre la fábula de Seldon.

—Pero si se trata de una fábula...

—No tergiverse mis palabras, Devers.

—No era mi intención. Le seré sincero. Usted sabe lo mismo que yo al respecto. Son simples especulaciones, quimeras. Todos los planetas tienen sus cuentos de viejas, es inevitable. Sí, he oído hablar de cosas por el estilo: Seldon, el Segundo Imperio, etcétera. Son las historias con las que se duermen los niños por las noches. Los chavales se acurrucan en sus habitaciones con proyectores portátiles y se quedan boquiabiertos viendo historias emocionantes protagonizadas por el gran Seldon. Pero se trata de algo estrictamente ajeno al ámbito de los adultos. De los adultos con dos dedos de frente, al menos. —El comerciante meneó la cabeza.

La mirada del general imperial se ensombreció.

—¿Es cierto eso? Sus mentiras caen en saco roto, amigo. He estado en Terminus. Conozco su Fundación. La he mirado a la cara.

—¿Y me lo pregunta a mí? A mí, que hace diez años que no paso más de dos meses seguidos allí. Malgasta su tiempo conmigo. Pero si lo que quiere son fábulas, puede seguir adelante con su guerra.

—¿Tanto confía en la victoria de la Fundación? —intervino por fin Barr, con timidez.

El comerciante se giró hacia él. Se había ruborizado ligeramente, y una cicatriz antigua resaltaba blanca en una de sus sienes.

—Hm-m-m, vaya con el mudito. ¿Cómo se desprende eso de mis palabras, doc?

Riose asintió de forma casi imperceptible para Barr, y el siwenniano continuó en voz baja:

—Me consta que la posibilidad de que su planeta pierda esta guerra y sufra los crueles espolios de la derrota sería intolerable para usted. Mi mundo hubo de lamentarlo en su día, y aún lo lamenta.

Lathan Devers se atusó la barba, miró de uno a otro de sus oponentes, y soltó una risita.

—¿Se expresa siempre de esa manera, jefe? Escuche —añadió, serio de repente—, ¿qué es la derrota? He visto guerras y he visto derrotas. ¿Y qué si el vencedor asume el mando? ¿A quién le importa? ¿A mí? ¿A tipos como yo?

Sacudió la cabeza con socarronería.

—Meteos esto en la cabeza —concluyó el comerciante, vehemente—, quienes dirigen un planeta corriente y moliente son los cinco o seis peces gordos de siempre. Ellos salen perdiendo, pero eso a mí no va a quitarme el sueño. Veréis, ¿la gente? ¿El común de los mortales? Vale, algunos acaban palmándola, y los demás tendrán que pagar más impuestos durante una temporada. Pero las aguas siempre terminan volviendo a su cauce, la situación se normalizará tarde o temprano. Y entonces volvemos al punto de partida, sólo que con otros cinco o seis distintos repartiéndose el pastel.

Ducem Barr ensanchó las aletas de la nariz, los tendones de su anciana mano derecha se abultaron, pero no dijo nada.

Lathan Devers lo observaba atentamente, pendiente de su reacción.

—Mirad, me paso la vida en el espacio a cambio del puñado de cachivaches de tres al cuarto, la cerveza y las galletitas saladas que me pagan las asociaciones. Ahí fuera —apuntó por encima del hombro con el pulgar— hay tipos sentados cómodamente en sus hogares, recaudando minuto a minuto lo que yo gano en un año... esquilmándonos a mí y a otros como yo. Supongamos que ustedes dirigieran la Fundación. Seguirían necesitándonos. Nos necesitarían mil veces más que las asociaciones, porque ustedes no tienen ni idea de cómo funciona esto, y nosotros podríamos reportarles dinero contante y sonante. Firmaríamos un acuerdo más beneficioso con el Imperio. Sí, se lo aseguro, y soy un hombre de negocios. Si el cambio va a ser para bien, adelante.

Desafiante y sardónico, contempló fijamente a sus interlocutores.

El traqueteo de un cilindro al entrar en su ranura rompió el silencio al cabo de varios minutos. El general se apresuró a abrirlo, echó un somero vistazo a la pulcra caligrafía y activó la proyección de imágenes con un ademán.

—Movilícense según el plan indicando la posición de todas las naves desplegadas. Aguarden órdenes en formación defensiva y preparen todo el arsenal.

Cogió la capa. Mientras se la abrochaba sobre los hombros, susurró con voz monocorde para Barr, sin despegar los labios:

—Dejo este hombre en tus manos. Espero resultados. Estamos en guerra y no dudaré en aplicar el castigo más riguroso ante cualquier fracaso. ¡No lo olvides! —Tras saludar marcialmente a ambos, se fue.

Lathan Devers se quedó mirándolo mientras se alejaba.

—Vaya, parece que algo le ha pegado donde más duele. ¿Qué es lo que ocurre?

—Ocurre que se avecina una batalla, evidentemente —refunfuñó Barr—. Las fuerzas de la Fundación se disponen a plantar cara por primera vez. Será mejor que me acompañes.

Había soldados armados en la estancia, de porte respetuoso y semblante adusto. Devers salió de la habitación detrás del orgulloso y anciano patriarca siwenniano.

Los condujeron a otra bastante menos espaciosa y suntuosa. Contenía dos camas, una visiplaca, una ducha e instalaciones sanitarias. La recia puerta se cerró con estruendo después de que los soldados abandonaran el cuarto.

—¿Hmf? —Devers paseó una mirada desaprobatoria a su alrededor—. Esto tiene pinta de ser permanente.

—Lo es —respondió sucintamente Barr. El viejo siwenniano volvió la espalda al comerciante, que preguntó con irritación:

—¿A qué juegas, doc?

—Esto no es ningún juego. Debo custodiarte, eso es todo.

El comerciante se puso de pie y avanzó hacia el anciano. Su corpachón se irguió sobre el patricio, que permaneció inmóvil.

—¿Sí? Estás encerrado conmigo en esta celda, y cuando nos trajeron, las pistolas te apuntaban tanto como a mí. Escucha, he visto cómo te enfurecías al escuchar mis teorías sobre la guerra y la paz.

Aguardó una respuesta, sin éxito.

—De acuerdo, deja que te pregunte una cosa. Has dicho que tu país fue arrasado una vez. ¿Por quién? ¿Por habitantes de los cometas de las nebulosas exteriores?

Barr levantó la cabeza.

—Por el Imperio.

—¿Ah, sí? Entonces, ¿qué haces aquí?

Barr perseveró en su elocuente silencio.

El comerciante proyectó el labio inferior hacia fuera y sacudió lentamente la cabeza. Se quitó el brazalete de eslabones planos que le ceñía la muñeca derecha y lo sostuvo en alto.

—¿Qué crees que es esto? —Lucía el mismo adorno en la zurda.

El siwenniano cogió el brazalete. Siguiendo las indicaciones del comerciante, se lo puso con ademanes pausados. El curioso cosquilleo que le recorrió la muñeca no tardó en desvanecerse.

La voz de Devers cambió de inmediato.

—Bueno, doc, ya puedes respirar tranquilo. Habla con toda normalidad. Si hay micrófonos en la sala, no captarán nada. Lo que ves ahí es un genuino distorsionador de campo diseñado por Mallow. Los venden a veinticinco créditos en todos los planetas desde aquí hasta el borde exterior. A ti te saldrá gratis. Procura mover los labios lo menos posible y mantén la calma. Hay que cogerle el tranquillo.

El agotamiento se apoderó de Ducem Barr de repente. Un brillo apremiante iluminaba la penetrante mirada del comerciante. No se sentía a la altura de sus exigencias.

—¿Qué quieres? —preguntó Barr, deslizando las palabras entre los labios inmóviles.

—Ya te lo he dicho. Sermoneas como lo que aquí llamamos un patriota. Sin embargo, aunque el Imperio arrasó tu planeta, aquí estás, siguiéndole el juego a un gallardo general imperial. Es absurdo, ¿no te parece?

—He cumplido mi cometido —replicó Barr—. Un virrey conquistador imperial ha muerto gracias a mí.

—¿Es verdad eso? ¿Recientemente?

—Hace cuarenta años.

—¡Hace... cuarenta... años! —Aquella fecha parecía decirle algo al comerciante, que arrugó el entrecejo—. Eso es mucho tiempo para vivir de los recuerdos. ¿El pipiolo disfrazado de general está al corriente de esto?

Barr asintió con la cabeza.

Los ojos de Devers se ensombrecieron mientras reflexionaba.

—¿Quieres que gane el Imperio?

El anciano patricio siwenniano sucumbió entonces a un violento ataque de rabia.

—¡Que el Imperio y todas sus obras perezcan en una catástrofe universal! Eso es por lo que reza Siwenna a diario. Una vez tuve hermanos, una hermana, un padre. Pero ahora tengo hijos, y nietos. El general sabe dónde encontrarlos.

Devers esperó a que Barr continuara, lo que hizo con un susurro:

—Pero eso no me detendría si los posibles resultados merecieran la pena. Sabrían morir con dignidad.

—Así que en su día terminaste con la vida de un virrey, ¿eh? —musitó el comerciante—. Sabes, reconozco un par de detalles. Una vez tuvimos un alcalde que se llamaba Mallow. Visitó Siwenna... tu mundo, ¿verdad? Y conoció a un hombre que respondía al nombre de Barr.

Ducem Barr observó fijamente a su interlocutor, con suspicacia.

—¿Qué más sabes?

—Lo mismo que cualquier otro comerciante de la Fundación. Es posible que seas un viejo avispado al que han plantado aquí para congraciarse conmigo. Como es lógico, te obligan a caminar a punta de pistola, odias al Imperio y nada te gustaría más que verlo hecho añicos. El siguiente paso es que yo simpatice contigo y te cuente todo lo que sé, y el general daría saltos de alegría. Puedes esperar sentado, doc.

»Por otra parte, no me importaría que me demostraras que eres el hijo de Onum Barr, de Siwenna, el sexto más joven y el único que escapó de la masacre.

Con dedos temblorosos, Ducem Barr abrió una cajita metálica guardada en una estantería. El objeto que sacó de ella tintineó con delicadeza cuando lo dejó en manos del comerciante.

—Echa un vistazo a eso —dijo.

Devers se quedó mirando fijamente el abultado eslabón central de la cadena que sostenía ante sus ojos. Musitó una maldición.

—Si esto no es el monograma de Mallow, yo soy un novato que no ha surcado jamás el espacio. El diseño tiene por lo menos cincuenta años de antigüedad.

Levantó la cabeza y sonrió.

—Chócala, doc —dijo, extendiendo una de sus fuertes manazas—. Un escudo atómico individual es toda la prueba que necesitaba.

6
El favorito

Las diminutas naves surgieron de las profundidades del vacío y se zambulleron en el seno de la armada como una lluvia de flechas. Con los cañones enmudecidos, sin emitir ni un solo chorro de energía, zigzaguearon entre las naves aglomeradas, aceleraron y las dejaron atrás, mientras los colosos imperiales emprendían la persecución como bestias tambaleantes. Dos fogonazos insonoros perforaron el espacio cuando dos de los insolentes mosquitos se consumieron en sendas explosiones atómicas, y los demás se desbandaron.

Las grandes naves reanudaron su tarea original tras efectuar un somero rastreo, y mundo por mundo, la inmensa red del cerco continuó tejiéndose.

Brodrig lucía el majestuoso uniforme con el mismo esmero que denotaba su confección. Con expresión ceñuda, paseaba sin prisa por los jardines del recóndito planeta Wanda, convertido ahora en cuartel general provisional del Imperio.

Lo acompañaba Bel Riose, con el cuello del uniforme de campaña abierto; la monotonía de tonos oscuros le confería un aspecto luctuoso.

Riose indicó un estilizado banco de color negro emplazado a la sombra de un fragrante helecho arbóreo que ofrecía sus grandes hojas espatuladas al refulgente sol blanco.

—Fíjese en eso, señor. Una reliquia del Imperio. Los bancos ornamentados, pensados para las parejas de enamorados, perduran, estables y útiles, mientras las fábricas y los palacios sucumben a la decrepitud y el olvido.

Se sentó mientras el secretario particular de Cleón II permanecía en pie ante él y recortaba las hojas sobre su cabeza con precisas estocadas de su bastón de marfil.

Riose cruzó las piernas y ofreció un cigarrillo a su acompañante. Jugueteó con el suyo mientras decía:

—Es lo que cabría esperar de la ilustre sabiduría de Su Majestad Imperial, enviar un observador tan competente como usted. Temía que la presión de asuntos más acuciantes relegara a las sombras una modesta campaña en la Periferia.

—El emperador tiene ojos en todas partes —replicó mecánicamente Brodrig—. No subestimamos la importancia de la campaña. Sin embargo, se diría que está poniéndose demasiado énfasis en su dificultad. Cuesta creer que esas pequeñas naves constituyan un obstáculo tan insalvable como para obligarnos a realizar la intrincada maniobra preliminar de un cerco.

Riose se ruborizó, pero mantuvo la compostura.

—No puedo arriesgar las vidas de mis hombres, ya de por sí escasos, ni la integridad de mis naves, irremplazables, lanzando un ataque precipitado. La consolidación del cerco reducirá nuestras bajas cuando se produzca la batalla definitiva, por encarnizada que sea. Ya me tomé ayer la libertad de explicar las razones militares para ello.

—Bueno, es cierto que no soy soldado. En este caso, me asegura que lo que a todas luces parece correcto en realidad no lo es. Lo dejaremos pasar. Sin embargo, su cautela va mucho más allá. En su segundo comunicado, solicitó usted refuerzos. Refuerzos contra un adversario pobre, pequeño y embrutecido con el que, por aquel entonces, todavía no había librado ninguna escaramuza. Dadas las circunstancias, requerir más fuerzas indicaría ineptitud o algo peor, si no fuera porque su historial contiene pruebas suficientes de aplomo e imaginación.

—Gracias —dijo fríamente el general—, pero le recuerdo que el aplomo y la temeridad son cosas distintas. Se pueden subir las apuestas cuando uno conoce a su adversario y es capaz de calcular los riesgos, siquiera de forma aproximada, pero enfrentarse a un enemigo desconocido desvirtúa el significado del valor. Por esa regla de tres, debería extrañarnos que alguien capaz de disputar una carrera de obstáculos sin ningún contratiempo durante el día tropiece con los muebles de su habitación por la noche.

Brodrig agitó los dedos, restando importancia a las palabras de su interlocutor.

—Una explicación melodramática, pero insatisfactoria. Usted ha visto ese mundo bárbaro con sus propios ojos. Cuenta además con ese prisionero al que mima tanto, ese comerciante. Parece que los dos han hecho buenas migas.

—¿Sí? Permítame llamarle la atención sobre el hecho de que una visita de un mes es insuficiente para sentenciar racionalmente a un mundo que se ha desarrollado en aislamiento durante dos siglos. Soy soldado, no el héroe de hoyuelo en la barbilla y pectorales marcados de las películas tridimensionales subetéricas. Un solo prisionero, miembro además de un misterioso grupo económico sin relación estrecha con el mundo del adversario, jamás podría revelarme todos los entresijos de la estrategia secreta del enemigo.

—¿Lo ha interrogado usted?

—Sí.

—¿Y?

—Ha sido útil, pero no de vital importancia. Su nave es diminuta, insignificante. Se dedica a vender cachivaches más graciosos que otra cosa. Me propongo enviar un puñado de los más ingeniosos al emperador, como curiosidades. Naturalmente, como no soy técnico, hay muchos detalles sobre la nave y su funcionamiento que no comprendo.

—Pero cuenta con empleados que sí lo son —señaló Brodrig.

—Soy consciente de ello —fue la cáustica respuesta del general—, pero a los muy zopencos les queda mucho camino por recorrer antes de ser capaces de satisfacer mis necesidades. Ya he ordenado llamar a personas más inteligentes que puedan entender el funcionamiento de los extraños circuitos de campo atómico que contiene la nave. Aún no he recibido contestación.

—Las personas de ese tipo no abundan, general. Seguro que en su nutrida dotación habrá alguien familiarizado con la ingeniería atómica.

—Si lo hubiera, le pediría que arreglase los renqueantes y deteriorados motores que impulsan dos de las naves de mi pequeña flota. Dos de la escasa decena de naves que no pueden librar ninguna batalla de consideración por culpa de un suministro de energía deficiente. Una quinta parte de mis fuerzas condenada a la actividad de consolación de apuntalar posiciones tras las líneas.

Los dedos del secretario aletearon con impaciencia.

—Su situación no es única en ese aspecto, general. El emperador se enfrenta a problemas parecidos.

El general tiró el cigarrillo triturado sin encender, cogió otro y se encogió de hombros.

—En fin, esta escasez de personal cualificado se aleja del meollo de la cuestión. Salvo por el hecho de que podría sacar más partido de mi prisionero si la sonda psíquica funcionara como es debido.

El secretario enarcó las cejas.

—¿Tiene usted una sonda?

—Muy antigua. Un modelo primitivo al que le gusta dejarme en la estacada cuando más lo necesito. La instalé mientras el prisionero dormía, y no detectó nada. Menuda sonda. La he probado con mis hombres y la reacción es adecuada, pero insisto, ninguno de los técnicos integrantes de mi equipo sabe decirme por qué no funciona con el detenido. Ducem Barr, que si bien no es mecánico sí entiende de teorías, dice que la estructura psíquica del prisionero podría ser inmune a la sonda porque desde su infancia ha estado sometido a entornos y estímulos neuronales extraños. No lo sé. Aunque puede que todavía demuestre ser útil. Lo retengo con esa esperanza.

Brodrig se apoyó en el bastón.

—Miraré a ver si hay algún especialista disponible en la capital. Mientras tanto, ¿qué hay de esa otra persona que acaba de mencionar, el siwenniano? Se codea usted con un montón de rivales.

—Conoce al enemigo. También a él lo mantengo cerca por la ayuda y la información que podría proporcionarme en el futuro.

—Pero es natural de Siwenna e hijo de un rebelde proscrito.

—Se trata de un anciano inofensivo, y su familia actúa como rehén.

—Ya veo. No obstante, creo que debería hablar personalmente con ese comerciante.

—Desde luego.

—A solas —añadió el secretario, imprimiendo un énfasis glacial a sus palabras.

—Desde luego —repitió mansamente Riose—. Como súbdito leal del emperador, acepto a su representante personal como mi superior. Sin embargo, dado que el comerciante se encuentra en la base permanente, tendrá usted que abandonar la zona del frente en un momento interesante.

—¿Sí? ¿Interesante en qué sentido?

—Interesante en el sentido de que el cierre del cerco está prevista para hoy. Interesante en el sentido de que, dentro de una semana, la Vigésima Flota de la Frontera iniciará su avance hacia el núcleo de la resistencia. —Riose sonrió y se dio la vuelta.

Brodrig tuvo la ligera impresión de que acababan de bajarle los humos.

7
Soborno

El sargento Mori Luk era el soldado ideal. Procedía de los inmensos planetas agrícolas de las Pléyades, donde sólo la vida militar era capaz de romper los lazos con la ingrata vida de sacrificios que exigía el campo, y hacía honor a su origen. Su falta de imaginación le permitía afrontar el peligro sin miedo, y su fuerza y agilidad le garantizaban el éxito. Obedecía las órdenes sin pensárselo dos veces, era inflexible con sus subordinados y profesaba una adoración incondicional a su general.

Y sin embargo, nada de eso actuaba en detrimento de la naturaleza bonachona que lo caracterizaba. Si bien estaba dispuesto a matar sin vacilar durante el cumplimiento de su deber, no menos cierto era que lo hacía siempre sin el menor rastro de animadversión.

Que el sargento Luk hubiera llamado a la puerta antes de entrar denotaba además un exacerbado sentido del decoro, pues habría estado en su perfecto derecho si hubiese decidido irrumpir en la habitación sin anunciar su llegada.

Los dos ocupantes de la estancia levantaron la cabeza de los platos de la cena. Uno de ellos estiró una pierna para acallar con el pie la voz crepitante que emanaba con briosa estridencia del vapuleado transistor portátil.

—¿Más libros? —preguntó Lathan Devers.

El sargento mostró el cilindro de película y se rascó el cuello.

—Es del ingeniero Orre, pero hay que devolvérselo. Se lo va a mandar a sus niños, ¿saben? Como recuerdo.

Ducem Barr hizo girar el cilindro en sus manos con interés.

—¿Y dónde lo encontró el ingeniero? No tiene otro transistor, ¿verdad?

El sargento sacudió vigorosamente la cabeza. Señaló el maltrecho artefacto que yacía al pie de la cama.

—Ése es el último que nos queda. El tal Orre sacó ese libro de un planeta inmundo que capturamos. Lo guardaban en un edificio enorme para él solo, y tuvo que acabar con un puñado de nativos que se empeñaban en impedir que lo cogiera.

Lo contempló con admiración.

—Es un bonito recuerdo... para los niños.

Tras una pausa, añadió en voz baja:

—Circulan rumores interesantes, por cierto. Se trata de meras habladurías, pero aun así, es demasiado suculento como para callárselo. El general ha vuelto a hacerlo. —Subrayó sus palabras asintiendo despacio con la cabeza, solemne.

—¿Sí? —dijo Devers—. ¿El qué?

—Completar el cerco, eso es todo. —El sargento soltó una risita cargada de orgullo paterno—. ¿Pero verdad que es un fenómeno? ¿Verdad que lo ha hecho de maravilla? Uno de los muchachos, aficionado a las declaraciones más rimbombantes, asegura que fue tan preciso y firme como la música de las esferas, sea eso lo que sea.

—¿Comenzará ahora la gran ofensiva? —preguntó plácidamente Barr.

—Eso espero —fue la jactanciosa respuesta—. Quiero regresar a mi nave ahora que mi brazo vuelve a estar de una pieza. Aquí me aburro sin otra cosa que hacer más que planchar los imbornales.

—Igual que yo —musitó con ímpetu Devers, mordiéndose el labio inferior.

El sargento miró a su alrededor con cara de preocupación y dijo:

—Será mejor que me marche. El capitán está a punto de hacer la ronda y preferiría que no me pillara aquí.

Se detuvo en la puerta.

—Por cierto, señor —se dirigió de pronto al comerciante, con timidez—. Me ha escrito mi esposa. Según ella, esa neverita que me dio funciona a las mil maravillas. No le cuesta nada y le permite conservar los alimentos para todo un mes. Se lo agradezco.

—No tiene importancia. Olvídelo.

La enorme puerta se cerró sin hacer ruido tras el sonriente sargento. Ducem Barr se levantó de la silla.

—Bueno, nos paga con creces el favor de la nevera. Echemos un vistazo a este libro nuevo. Anda, el título se ha borrado.

Desenrolló alrededor de un metro de película y la examinó al trasluz.

—Vaya —murmuró—, que me cuelguen de los imbornales, que diría el sargento. Esto es *El jardín de Summa*, Devers.

—¿Sí? —replicó el comerciante, sin interés. Empujó a un lado los restos de su cena—. Siéntate, Barr. No estoy de humor para historias mohosas. ¿Has oído al sargento?

—Sí. ¿Qué sucede?

—La ofensiva está a punto de comenzar. ¡Y nosotros aquí sentados!

—¿Preferirías estar sentado en otra parte?

—Ya sabes a qué me refiero. No tiene sentido seguir esperando.

—¿No? —Barr retiró la película que había en el transmisor e instaló la nueva—. A lo largo del último mes me has contado muchas cosas sobre la historia de la Fundación, y al parecer los grandes líderes del pasado hicieron poco más aparte de sentarse y esperar.

—Ah, Barr, pero es que ellos sabían lo que estaban haciendo.

—¿Sí? Supongo que eso fue lo que dijeron cuando acabó todo, y es posible que fuera verdad. Pero no disponemos de pruebas que demuestren que las cosas no podrían haber salido igual de bien o mejor si no hubieran sabido lo que los esperaba. Ningún individuo por sí solo puede influir en el devenir de los procesos sociológicos y económicos más profundos.

Devers hizo una mueca.

—Tampoco hay manera de saber si las cosas no podrían haber acabado peor. Estás retorciendo los argumentos. —Entornó los párpados—. Oye, ¿y si me lo cargo?

—¿A quién? ¿A Riose?

—Sí.

Barr exhaló un suspiro. La sombra de su pasado le empañó la mirada.

—El asesinato no es la solución, Devers. Yo mismo lo intenté una vez, dejándome llevar por la provocación, cuando tenía veinte años... pero aquello no arregló nada. Sirvió para librar a Siwenna de un villano, pero no del yugo imperial. Sin embargo, era el yugo imperial lo que importaba, no el villano.

—Pero Riose no es un simple villano, doc. Es el dichoso ejército entero. Sin él, se desintegraría. Dependen de él como niños de pecho. Al sargento se le cae la baba cada vez que pronuncia su nombre.

—Aun así. Hay otros ejércitos y otros líderes. Debemos profundizar más. Ese tal Brodrig, por ejemplo, nadie más que él goza del beneplácito del emperador. Podría obtener cientos de naves allí donde Riose se las ve y se las desea para reunir una decena. Conozco su reputación.

—¿Sí? ¿Qué dicen de él? —La mirada del comerciante perdió en frustración lo que ganó en interés.

—¿Quieres que te lo resuma? Se trata de un bribón de baja estofa que ha conquistado el corazoncito del emperador valiéndose de sus infatigables dotes para la zalamería. Goza del desprecio generalizado de los aristócratas de la corte, sabandijas todos ellos a su vez, por lo plebeyo de sus apellidos y su falta de humildad. Aconseja al emperador en todos los ámbitos, y ejecuta sin vacilar las tareas más abyectas en su nombre. Es fiel por voluntad propia pero leal por necesidad. No hay en todo el Imperio nadie que iguale la sutileza de su villanía ni la zafiedad de sus gustos. Aseguran que es imposible obtener el favor del emperador sin recibir antes el suyo, y que sólo la infamia conduce hasta él.

—¡Guau! —Devers se atusó la barba pulcramente recortada, contemplativo—. Y ése es el tipo que el emperador ha mandado aquí para vigilar a Riose. ¿Sabes que tengo una idea?

—Ahora sí.

—¿Y si Brodrig le cogiera manía a nuestro joven prodigio militar?

—Lo más probable es que ya se la tenga. No destaca por su simpatía.

—Supongamos que la tensión aumentara. Si llegara a oídos del emperador, Riose podría verse en apuros.

—Ajá. Seguramente. ¿Pero cómo te propones conseguir que suceda?

—Ni idea. ¿No se le podría sobornar?

El patricio se rio con delicadeza.

—Sí, en cierto modo, pero no igual que al sargento; esta vez nada de neveras portátiles. Además, aunque encontraras su medida, no valdría la pena. Seguro que no hay nadie más fácil de sobornar, pero carece incluso de la decencia fundamental de la corrupción honorable. Nunca se deja comprar por mucho tiempo, da igual la suma. Piensa en otra cosa.

Devers cruzó una pierna sobre la otra, nervioso. Un tembleque vertiginoso se apoderó de los dedos del pie apoyado en la rodilla.

—Es lo primero que se me ocurrió, eso es todo...

Dejó la frase inacabada; el piloto de la puerta volvió a parpadear, y de nuevo apareció el sargento en el umbral. La inquietud se reflejaba en su generoso semblante, serio y colorado.

—Señor —comenzó, en un agitado intento por mostrar deferencia—, le estoy muy agradecido por la nevera, y siempre se ha dirigido a mí con suma educación, a pesar de que soy el hijo de un simple granjero y usted un noble importante.

El acento de las Pléyades se había apoderado de su voz y volvía prácticamente ininteligibles sus palabras; con la emoción, su burda herencia campesina se imponía indisputada al porte marcial cultivado durante tanto tiempo y con tanto esfuerzo.

—¿Qué ocurre, sargento? —preguntó plácidamente Barr.

—Lord Brodrig se dirige hacia aquí. ¡Llegará mañana! Lo sé porque el capitán me ha pedido que tenga a los hombres listos para pasar revista mañana para... para él. Pensé que le gustaría saberlo.

—Gracias, sargento —dijo Barr—, se lo agradecemos. Pero tranquilícese, hombre, no hay razón para...

Sin embargo, la expresión plasmada ahora en los rasgos del sargento Luk, inconfundible, era de temor.

—Ustedes no han oído los rumores que circulan entre los muchachos —susurró con voz ronca—. Se ha vendido al diablo espacial. No, no se rían. Cuentan unas historias horribles sobre él. Dicen que lo acompaña en todo momento una escolta armada con desintegradores, y cuando le apetece divertirse les ordena a sus guardaespaldas que disparen contra lo primero que vean. Y ellos le obedecen... y él se ríe. Aseguran que incluso el emperador tiene miedo de él, y que le obliga a subir los impuestos, y que le impide escuchar las protestas del pueblo.

»Y detesta al general, eso dicen. Dicen que le encantaría asesinarlo, porque el general es una persona sabia e influyente. Pero no puede porque nuestro general es rival para cualquiera y sabe que lord Brodrig no es de fiar.

El sargento pestañeó; sonrió con una timidez incongruente con su exabrupto y retrocedió caminando de espaldas hacia la puerta. Inclinó bruscamente la cabeza.

—Háganme caso. No lo pierdan de vista.

Dicho lo cual, se retiró.

La mirada de Devers se había endurecido cuando levantó la cabeza.

—Esto inclina la balanza a nuestro favor, ¿verdad, doc?

—Depende de Brodrig, ¿no crees? —repuso Barr, sucinto.

Pero Devers no estaba escuchando, sino pensando.

Devanándose los sesos.

Lord Brodrig agachó la cabeza al entrar en la atestada habitación del carguero. Los dos guardias armados que le pisaban los talones lucían sus armas desenfundadas y el ceño profesional de los matones a sueldo.

Por el aspecto que ofrecía en aquellos momentos, nadie diría que el secretario particular era un desalmado. Si era cierto que se había vendido al diablo espacial, la transacción no había dejado ninguna huella visible. Antes bien, Brodrig podría haber pasado por un soplo de sofisticación cortesana llegado para alegrar la fría e insulsa austeridad de la base militar.

El corte sobrio y riguroso de su inmaculado atuendo satinado le confería un porte altanero; sus ojos, glaciales y carentes de emoción, observaban al comerciante desde lo alto del largo puente de su nariz. Un aleteo vaporoso agitó los volantes de madreperla que le ceñían las muñecas cuando afianzó el bastón de marfil en el suelo y se apoyó en él con delicadeza.

—No —dijo, con un discreto ademán—, quédate. Olvídate de tus juguetes, no me interesan.

Atrajo una silla hacia sí, sacudió modosamente el polvo con el iridiscente cuadrado de tela prendido del mango de su níveo bastón, y se sentó.

Devers miró de reojo a la pareja del asiento, pero Brodrig declaró con voz meliflua:

—Permanecerás en pie en presencia de un par del reino. —Sonrió.

Devers se encogió de hombros.

—Si no te interesan mis productos, ¿para qué me has convocado?

Ante el gélido silencio del secretario particular del emperador, Devers añadió a regañadientes:

—Señor.

—Para hablar en privado —respondió el secretario—. ¿Te parecería normal que atravesara doscientos pársecs de vacío estelar para admirar baratijas? Quería verte a ti.

Extrajo una pastillita rosa de una caja con grabados y se la colocó entre los dientes con delicadeza. La chupó despacio, degustándola.

—Para empezar —dijo—, ¿quién eres? ¿Es cierto que provienes de ese mundo bárbaro que tanto revuelo está causando en nuestra armada?

Devers asintió sobriamente con la cabeza.

—¿Y es cierto también que te capturó después de que esta escaramuza que él llama guerra ya hubiera empezado? Me refiero a nuestro joven general.

Devers asintió de nuevo.

—¡Vaya! Bueno, estimado forastero. Veo que tu locuacidad está bajo mínimos. Te allanaré el camino. Al parecer, nuestro general se ha empeñado en gastar unas cantidades tremendas de energía para librar una guerra a todas luces absurda por un mundo insignificante relegado al olvido en el último rincón del universo, una medianía de planeta que nadie en su sano juicio consideraría merecedor de un solo disparo. El general, sin embargo, no es irracional. Al contrario, me atrevería a calificarlo de sumamente inteligente. ¿Me sigues?

—Mentiría si dijera que sí, señor.

—Pues escucha con atención —dijo el secretario, inspeccionándose las uñas—. El general jamás despilfarraría tantos efectivos a fin de conseguir una proeza estéril. Ya sé que la gloria y el honor del Imperio no se le caen de la boca, pero está claro que no engaña a nadie fingiendo ser la reencarnación de uno de los insufribles semidioses de la Edad Heroica. Aquí hay en juego algo más que la simple gloria... y los innecesarios cuidados que te dispensa rayan en lo estrambótico. Si fueras mi prisionero y tuviese que soportar la misma información inservible que le has proporcionado al general hasta la fecha, te abriría en canal y te estrangularía con tus propios intestinos.

Devers permaneció impertérrito. Movió ligeramente los ojos, primero para mirar a uno de los esbirros del secretario, y después al otro. Ambos esperaban ansiosos la menor excusa para entrar en acción.

El secretario esbozó una sonrisa.

—Hay que ver lo reservado que eres, demonio. Según el general, ni siquiera la sonda psíquica te hizo la menor mella. Aunque cometió un error al confesármelo, por cierto, porque me convenció de que nuestro joven prodigio militar es un embustero.

Daba la impresión de estar de un humor excelente.

—Mi cabal comerciante —añadió—, da la casualidad de que yo también dispongo de una sonda psíquica, una que debería ajustarse a ti como un guante. Fíjate en esto.

Entre el pulgar y el índice sostenía con indolencia unos rectángulos rosas y amarillos de intrincado diseño cuya identidad estaba perfectamente fuera de toda duda.

—Parece dinero —dijo Devers.

—Y lo es, el mejor de todo el Imperio, pues goza del respaldo de mis terrenos, ante cuya extensión palidecen incluso los del emperador. Cien mil créditos. ¡Todo aquí! ¡Entre dos dedos! ¡Para ti!

—¿A cambio de qué? Soy buen comerciante y sé que toda transacción se produce en dos direcciones.

—¿A cambio de qué? ¡De la verdad! ¿Qué se propone el general? ¿Por qué insiste en seguir adelante con esta guerra?

Lathan Devers exhaló un suspiro y se atusó la barba, contemplativo.

—¿Que qué se propone? —Siguió con la mirada los movimientos de las manos del secretario mientras éste contaba lentamente el dinero, billete a billete—. En pocas palabras, el Imperio.

—Hmf. ¡Qué ordinariez! Al final todo se reduce siempre a lo mismo. ¿Pero cómo? ¿Cuál es la senda que tan generosa y tentadoramente conduce desde los confines de la Galaxia a la cúspide del Imperio?

—La Fundación —respondió con acritud Devers— contiene secretos. Poseen libros, obras antiguas... tan antiguas que sólo un puñado de personas selectas conocen el lenguaje en el que están escritas. Pero el ritual y la religión protegen esos secretos, y nadie puede ponerlos en práctica. Yo lo intenté y aquí estoy, arriesgándome a que me ejecuten como vuelva a poner el pie allí.

—Ya veo. ¿Y esos antiguos secretos? Venga, por cien mil créditos me merezco hasta el último detalle.

—La transmutación de los elementos —fue la contestación de Devers.

El secretario entornó los párpados y dejó que su actitud distante se tambaleara.

—Tenía entendido que, según las leyes atómicas, la transmutación es imposible a efectos prácticos.

—Y lo es, siempre y cuando haya energía atómica implicada en el proceso. Pero los antiguos eran muy listos. Hay fuentes de energía superiores a los átomos. Si la Fundación accediera a valerse de ellas, como sugerí...

Devers sintió un curioso hormigueo en el estómago. La carnada estaba tendida; el pez estaba picoteando el cebo.

—Continúa —lo animó de repente el secretario—. Estoy seguro de que el general está al corriente de todo esto. ¿Pero qué piensa hacer cuando termine esta operación militar de opereta?

A Devers no le tembló la voz cuando replicó:

—Gracias a la transmutación controlará la economía de toda la organización del Imperio. Las reservas de minerales no valdrán un comino cuando Riose sea capaz de crear tungsteno a partir del aluminio e iridio a partir del hierro. Los sistemas de producción basados por entero en la escasez de determinados elementos y la abundancia de otros enseguida se irán a pique. El Imperio se enfrentará al mayor desequilibrio de su historia, y sólo Riose estará en condiciones de impedir el desastre. Eso por no mencionar la nueva forma de energía que he mencionado antes, que Riose no tendrá ningún reparo religioso en utilizar.

»Nada puede detenerlo ahora. Tiene a la Fundación agarrada por el pescuezo, y cuando acabe con ella, no tardará ni dos años en convertir al emperador en su siguiente objetivo.

—Vaya. —Brodrig soltó una risita despreocupada—. Convertir el hierro en iridio, eso has dicho, ¿verdad? Mira, te voy a contar un secreto de estado. ¿Sabías que la Fundación ya se ha puesto en contacto con el general?

Devers enderezó la espalda de golpe.

—Parece que te sorprende. ¿Por qué no? Es lo más lógico. Le ofrecieron cien toneladas de iridio al año a cambio de firmar la paz. Cien toneladas de hierro convertidas en iridio, contraviniendo así sus principios religiosos para salvar el cuello. Un trato justo, pero no me extraña que nuestro incorruptible general se negara... cuando puede tener el iridio y también el Imperio. Y el pobre Cleón se refirió a él como el único general honrado de su ejército. Mi bigotudo comerciante, te has ganado el dinero.

Lanzó el fajo de billetes al aire, y Devers se abalanzó sobre ellos.

Lord Brodrig se detuvo en la puerta y se giró.

—Permite que te recuerde una cosa, comerciante. Estos amigos que ves aquí con sus pistolas no tienen tímpanos, ni lengua, ni educación, ni inteligencia. No pueden oír, hablar, escribir ni pensar nada interpretable por una sonda psíquica. Pero en cuestión de ejecuciones su creatividad no conoce límites. Te he comprado por cien mil créditos. Espero que te portes bien, como una mercancía digna de su precio. Si en algún momento se te olvidara que me perteneces e intentaras... no sé... repetir nuestra conversación delante de Riose, serías eliminado. A mi manera.

De improviso, en sus delicadas facciones se dibujaron unos pliegues crueles que transformaron su estudiada sonrisa en una mueca delineada por unos labios rojos como la sangre. Por un instante, asomado a los ojos de su comprador, Devers vio al demonio espacial que lo poseía.

En silencio, precedió a los amenazadores cañones de los «amigos» de Brodrig hasta su habitación.

Y respondiendo a la pregunta de Ducem Barr, dijo con abstraída satisfacción:

—No, eso es lo más extraño. Fue él el que me sobornó a mí.

Los dos meses de arduo conflicto habían dejado huella en Bel Riose. Lo envolvía un aura de huraña rigurosidad y tenía los nervios a flor de piel.

—Espere fuera, soldado —se dirigió con impaciencia al solícito sargento Luk—, y acompañe a estos hombres hasta sus habitaciones cuando hayamos terminado. Que no entre nadie hasta nueva orden. Nadie en absoluto, ¿entendido?

El sargento saludó envaradamente antes de salir del cuarto mientras un contrariado Riose, mascullando entre dientes, recogía los papeles que lo aguardaban encima de la mesa y, tras meterlos de cualquier manera en el cajón superior, cerraba éste de golpe.

—Sentaos —invitó secamente a su pareja de invitados—. No dispongo de mucho tiempo. En realidad ni siquiera debería estar aquí, pero es preciso que hablemos.

Se giró hacia Ducem Barr, cuyos largos dedos acariciaban con interés el tubo de cristal que contenía el simulacro del apergaminado y austero semblante de Su Majestad Imperial, Cleón II.

—En primer lugar, patricio —dijo el general—, tu Seldon está perdiendo. Cierto es que presenta batalla, pues estos hombres de la Fundación atacan en enjambres como abejas irracionales y se baten como dementes. Todos los planetas se defienden con ferocidad, y una vez doblegados, todos ellos se aplican con tanto empeño a la rebelión que conservarlos cuesta prácticamente tanto como conquistarlos. Pero conquistados están y conservados se quedan. Tu Seldon está perdiendo.

—Pero aún no está derrotado —murmuró diplomáticamente Barr.

—Ni siquiera la propia Fundación comparte tu optimismo. Me han ofrecido millones a cambio de no someter a Seldon a la prueba definitiva.

—Eso se rumorea.

—Ah, ¿me preceden las habladurías? ¿Es también de dominio público la última nueva?

—¿Qué última nueva?

—Que lord Brodrig, el niño mimado del emperador, ha solicitado y obtenido el puesto de segundo al mando.

—¿Seguro que lo ha solicitado él, jefe? —intervino por primera vez Devers—. ¿Seguro? ¿No será que empieza a caerle bien ese tipo? —Se rio por lo bajo.

—No —repuso sin alterarse Riose—, no puedo decir que congeniemos. Es sólo que compró el cargo por un precio que por mi parte considero justo y adecuado.

—¿O lo que es lo mismo?

—O lo que es lo mismo, por una petición de refuerzos ante el emperador.

La sonrisa socarrona de Devers se ensanchó.

—Así que se ha puesto en contacto con el emperador, ¿eh? Y supongo, jefe, que en estos momentos usted espera que dichos refuerzos aparezcan de un momento a otro. ¿Me equivoco?

—¡Sí! Ya están aquí. Cinco naves de combate, recias y veloces, acompañadas de un mensaje de agradecimiento personal del emperador, y hay más en camino. ¿Qué sucede, comerciante? —preguntó con retintín.

—¡Nada! —respondió Devers, con la sonrisa congelada de repente en los labios.

Riose salió briosamente de detrás del escritorio y se encaró con el comerciante, con una mano apoyada en la culata de su desintegrador.

—Te he preguntado qué sucede, comerciante. Parece que la noticia te perturba. ¿No será que de pronto te preocupa lo que pueda pasar con la Fundación?

—En absoluto.

—Sí... Siempre he sabido que ocultabas algo.

—¿De verdad, jefe? —Devers sonrió apretando los labios y hundió los puños en los bolsillos—. Expóngame sus dudas e intentaré resolverlas.

—Son las siguientes. Tu captura fue un juego de niños. Te rendiste en cuanto tu escudo agotado recibió el primer impacto. Estás dispuesto a traicionar a tu mundo a cambio de nada. Cuestiones interesantes todas ellas, ¿no crees?

—Me muero por estar en el bando de los vencedores, jefe. Soy una persona sensata, usted mismo lo ha dicho.

—Eso es indiscutible —fue la gutural respuesta de Riose—. Pero desde tu llegada no hemos vuelto a apresar a ningún comerciante. Cuando vuestras naves han querido eludirnos, un golpe de aceleración es cuanto necesitaron para conseguirlo, y cuando han decidido presentar batalla, activar los escudos es lo único que tuvieron que hacer para resistir el asalto de nuestros cruceros. Ningún comerciante ha hecho otra cosa más que defenderse hasta morir cuando la ocasión lo requería. Los comerciantes han sido identificados como líderes e instigadores de las guerras de guerrillas en los planetas conquistados y de los ataques aéreos en el espacio ocupado.

»¿Qué ocurre entonces, que tú eres el único comerciante sensato? En vez de luchar o intentar escapar, desertaste sin que nadie te obligara. Eres un caso único, verdaderamente extraordinario... sospechosamente extraordinario, de hecho.

—Ya veo por dónde van los tiros —dijo Devers, flemático—, pero no puede acusarme de nada. Ya llevo seis meses aquí, y mi conducta siempre ha sido modélica.

—Tienes razón, y se te ha correspondido con un trato impecable. Nadie ha tocado tu nave y he sido considerado contigo. Sin embargo, creo que tu actitud no está a la altura. Ofrecernos libremente información sobre tus artilugios, por ejemplo, podría haber resultado útil. Los principios atómicos de su diseño parecen estar relacionados con algunas de las armas más temibles de la Fundación. ¿Correcto?

—Soy un simple comerciante —dijo Devers—, no un experto en tecnología. Vendo los cacharros, no los construyo.

—Bueno, en breve lo comprobaremos. Para eso nos hemos reunido. Para empezar, tu nave será registrada en busca de un campo de fuerza individual. Nunca se te ha visto con uno, pero todos los soldados de la

Fundación los utilizan. Será la prueba fehaciente de que posees información que has decidido ocultarme, ¿no crees?

Al no recibir respuesta, continuó:

—Tampoco será ése el único experimento concluyente. He traído la sonda psíquica. En su día no arrojó ningún resultado, pero el contacto con el enemigo ayuda a expandir los horizontes.

Devers tuvo tiempo de detectar una sutil nota amenazadora en la voz del general antes de notar cómo éste le clavaba en las costillas el cañón de la pistola que hasta entonces había permanecido en su funda.

—Quítate la muñequera —ordenó sosegadamente Riose— y cualquier otro complemento metálico que lleves encima y dámelo todo. ¡Despacio! Los campos atómicos se pueden distorsionar, ¿sabes?, y la eficacia de las sondas psíquicas se puede perder con la estática. Eso es. Deja que te lo guarde.

El receptor de la mesa del general parpadeó al tiempo que en la ranura aparecía un mensaje encapsulado. Barr, a su lado, aún sostenía en las manos la efigie tridimensional del emperador.

Riose se situó detrás del escritorio sin soltar el desintegrador.

—Tú también, patricio —le dijo a Barr—. Tu brazalete te incrimina. No obstante, puesto que has demostrado ser útil en el pasado y no soy una persona vengativa, dejaré que sean los resultados de la sonda psíquica los que determinen la suerte de tu familia prisionera.

En ese momento, cuando Riose se agachó para coger la cápsula, Barr levantó la vitrina que contenía el busto de Cleón y, sigilosa y metódicamente, lo descargó sobre la cabeza del general.

Los acontecimientos se precipitaron de tal manera que a Devers no le dio tiempo a entender qué ocurría. Era como si un demonio hubiera poseído de repente al anciano.

—¡Larguémonos! —susurró Barr con los dientes apretados—. ¡Rápido! —Recogió el desintegrador que se había escapado de los dedos de Riose y se lo guardó en la guerrera.

El sargento Luk se volvió hacia ellos cuando salieron por la puerta apenas entreabierta.

—Guíenos, sargento —dijo Barr.

Devers cerró la puerta a su paso.

El sargento Luk los condujo en silencio hasta sus aposentos. Reanudó la marcha tras demorarse sólo un instante, espoleado por el cañón de la pistola desintegradora que le laceraba las costillas y la voz despiadada que le susurró al oído:

—Al carguero.

Devers se adelantó para abrir la escotilla.

—Quédate donde estás, Luk —dijo Barr—. Eres una persona decente y no queremos hacerte daño.

Pero al reconocer el monograma del arma, el sargento jadeó con rabia contenida:

232

—Habéis matado al general.

Profiriendo un chillido ininteligible, Luk embistió a ciegas contra la furia abrasadora de la pistola y se desplomó, convertido en un fardo carbonizado.

El carguero se elevaba ya sobre el planeta inerte cuando las señales luminosas iniciaron su espectral parpadeo. Contra la maraña lechosa de la Galaxia lenticular que flotaba en el firmamento se recortaron unas siluetas negras.

—Agárrate, Barr —dijo Devers, ceñudo—. A ver si tienen alguna nave capaz de igualar nuestra velocidad.

Sabía perfectamente que no la tenían.

—El señuelo que le ofrecí a Brodrig era demasiado suculento —se lamentó afligido el comerciante una vez en espacio abierto—. Parece que se ha aliado con el general.

Sin perder tiempo, se zambulleron en las profundidades abisales cuajadas de constelaciones que formaban la Galaxia.

8
A Trantor

Devers se agachó sobre el pequeño orbe sin vida, atento al menor indicio de actividad, mientras el navegador automático barría pausada y escrupulosamente el espacio con su apretada red de señales.

Barr, que lo observaba sin impacientarse desde el catre que había en un rincón, preguntó:

—¿Hay algún rastro de ellos?

—¿De los muchachos del Imperio? No. —El modo en que el comerciante gruñó su respuesta evidenciaba la agitación que sentía—. Hace rato que despistamos a esas ratas de alcantarilla. ¡Por la Galaxia! Con la de saltos a ciegas que hemos dado por el hiperespacio, es una suerte que no aterrizáramos en el vientre de ningún sol. No podrían habernos seguido ni aunque fueran más veloces que nosotros, y no lo eran.

Se sentó y se aflojó el cuello con un movimiento brusco.

—No sé qué hacían aquí esos secuaces del Imperio. Me parece que aún faltan bastantes piezas por encajar en su sitio.

—Deduzco que te propones viajar a la Fundación.

—Antes llamaré a la Asociación... o lo intentaré, al menos.

—¿La Asociación? ¿Y eso qué es?

—La Asociación de Comerciantes Independientes. No habías oído hablar de ella, ¿eh? Bueno, no eres el único. ¡Todavía no hemos dicho nuestra última palabra!

El silencio que sucedió a sus palabras parecía girar en torno al enmudecido indicador de recepción. Fue Barr el que lo rompió al preguntar:

—¿Estás a la distancia adecuada?

—No lo sé. A simple vista es difícil precisar nuestra posición. Por eso debo fiarme del navegador. Podrían pasar años antes de que establezcamos contacto.

—¿Tú crees?

Barr señaló con un dedo, y Devers dio un respingo y se ajustó los auriculares. En la diminuta esfera lechosa acababa de materializarse una refulgente mancha blanca.

Devers dedicó la media hora siguiente a mimar el frágil y tentativo hilo de comunicación que surcaba el hiperespacio para unir dos puntos que la luz normal habría tardado quinientos años en conectar.

Al cabo, desesperado, se dejó caer derrengado en el asiento. Levantó la cabeza y empujó los auriculares hacia atrás.

—Vamos a comer, doc. Puedes usar la ducha de inyección si te apetece, pero no te pases con el agua caliente.

Se acuclilló frente a uno de los armarios que revestían la pared y tanteó en su interior.

—Espero que no seas vegetariano.

—Soy omnívoro —dijo Barr—. ¿Pero qué ocurre con la Asociación? ¿Los has perdido?

—Eso parece. La distancia era excesiva, demasiado. Pero da igual. Lo tengo todo calculado.

Se incorporó y colocó dos recipientes metálicos encima de la mesa que tenía ante sí.

—Espera cinco minutos, doc, y oprime el contacto para que se abra. Encontrarás una bandeja con comida y un tenedor, muy útil cuando uno tiene prisa, si se puede prescindir de accesorios como las servilletas. Me imagino que querrás saber qué me ha dicho la Asociación.

—Si no es ningún secreto.

Devers sacudió la cabeza.

—Para ti no. Riose hablaba en serio.

—¿Sobre la oferta de tributo?

—Ajá. Es cierto que se lo ofrecieron, y lo rechazó. La situación es desesperada. El conflicto ha llegado a los soles de Loris.

—¿Loris está cerca de la Fundación?

—¿Eh? Claro, es natural que no lo sepas. Se trata de uno de los Cuatro Reinos originales. Se podría considerar parte de la línea defensiva interior. Pero eso no es lo peor. Se han enfrentado a grandes naves de guerra antes nunca vistas. Lo que significa que Riose no se sinceró con nosotros. Sí ha recibido más naves. Brodrig ha cambiado de chaqueta, y yo lo he estropeado todo.

Con gesto sombrío, juntó los puntos de contacto del recipiente y vio cómo éste se abría limpiamente. El aroma de un guiso se propagó por toda la estancia. Ducem Barr ya había empezado a comer.

—Se acabó la improvisación, en tal caso —dijo Barr—. Aquí no podemos hacer nada. Tampoco podemos atravesar las líneas imperiales para regresar a la Fundación. Nuestra única opción es optar por lo más sensato y armarnos de paciencia. Sin embargo, si Riose ha llegado a la línea interior, me imagino que la espera no será larga.

Devers soltó el tenedor.

—Conque armarnos de paciencia, ¿eh? —refunfuñó—. Para ti es muy fácil decirlo. No tienes nada que perder.

—¿No? —Barr esbozó una fina sonrisa.

—No. De hecho, te confesaré algo. —Devers no pudo reprimir por más tiempo la irritación que sentía—. Estoy harto de afrontar todo este asunto como si fuera una curiosidad vista a través del microscopio. Ahí fuera tengo amigos que están muriendo, y hay un planeta entero, mi hogar, que también corre peligro de desaparecer. Tú eres un forastero. No puedes entenderlo.

—He visto morir a mis amigos. —Las manos del anciano reposaban inertes en su regazo. Cerró los ojos—. ¿Estás casado?

—Los comerciantes no contraen matrimonio.

—Bueno. Yo tengo dos hijos y un sobrino. Han sido advertidos, pero... por distintos motivos... no pudieron reaccionar al aviso. Nuestra fuga los ha condenado a muerte. Espero que mi hija y mis dos nietos abandonaran el planeta a tiempo y se encuentren a salvo, pero aun sin contarlos a ellos, ya he arriesgado mucho más que tú.

—Lo sé —replicó con ferocidad contenida Devers—. Pero tuviste elección. Podrías haber jugado según las reglas de Riose. Yo jamás te pedí que...

Barr sacudió la cabeza.

—Nunca tuve elección, Devers. Puedes estar tranquilo, que no he arriesgado la vida de mis hijos por ti. Colaboré con Riose hasta donde me atreví. Pero la sonda psíquica lo estropeó todo.

El patricio siwenniano abrió los ojos, encendidos de dolor.

—Riose vino a verme una vez, hace más de un año. Me habló de una secta fundada en torno a los magos, pero no entendió la verdad. No se trata exactamente de una secta. Verás, hace ya cuarenta años que Siwenna padece el mismo yugo insoportable que amenaza a tu mundo. Se han sofocado cinco revueltas. Entonces descubrí los antiguos archivos de Hari Seldon... y ahora esta «secta» está a la espera.

»Espera la llegada de los «magos», ése es el día para el que están preparándose. Mis hijos se cuentan entre sus líderes. Ése es el secreto que guarda mi mente y que la sonda no debe descubrir jamás. Por eso deben sucumbir como rehenes, pues la alternativa es que mueran como rebeldes, y la mitad de Siwenna con ellos. Ahora entiendes por qué no tenía elección. Y no soy ningún forastero.

Devers agachó la mirada mientras Barr continuaba en voz baja:

—Todas las esperanzas de Siwenna están depositadas en la victoria de la Fundación. Una victoria por la que mis hijos están dispuestos a sacrificarlo todo. Y Hari Seldon no ha previsto la inevitable salvación de Siwenna como ocurre con la Fundación. La supervivencia de mi pueblo es una incógnita... y una cuestión de fe.

—Pero te conformas con seguir esperando. Incluso con la armada imperial en Loris.

—No desesperaría —respondió plácidamente Barr— ni aunque sus naves hubieran aterrizado ya en el mismo Terminus.

El comerciante frunció el ceño, desesperado.

—No sé. Es imposible que funcione así, como si la magia existiera realmente. Con psicohistoria o sin ella, lo cierto es que su fuerza es tremenda, como lo es nuestra debilidad. ¿Qué puede hacer Seldon al respecto?

—No hay nada que hacer. Ya está hecho. Está en marcha en estos momentos. Que no oigamos el girar de los engranajes y el batir de los gongs no significa que la maquinaria no esté en marcha.

—Es posible, pero me gustaría que le hubieras partido la crisma a Riose de una vez por todas. Como rival es más formidable que todo su ejército.

—¿Partirle la crisma? ¿Con Brodrig como su segundo al mando? —El odio crispó las facciones de Barr—. Siwenna entera hubiese sido mi rehén. Hace tiempo que Brodrig demostró su valía. Existe un mundo que hace cinco años perdió uno de cada diez varones, por el simple hecho de no poder pagar unos impuestos exorbitantes. Brodrig era el recaudador. No, Riose puede seguir viviendo. Sus castigos son clementes en comparación.

—Pero seis meses, ¡seis meses!, en la base del enemigo, sin ningún resultado. —Devers se retorció las fuertes manos hasta que crujieron sus nudillos—. ¡Ninguno!

—Bueno, tranquilo. Eso me recuerda... —Barr rebuscó en su bolsa—. No te olvides de esto. —Dejó la pequeña esfera de metal encima de la mesa.

Devers la agarró antes de que dejara de rodar.

—¿Qué es?

—El mensaje encapsulado. El que recibió Riose justo antes de que lo incapacitara. ¿Cuenta como resultado?

—No lo sé. Depende de su contenido. —Devers se sentó y sopesó la cápsula con delicadeza.

Cuando Barr salió de la ducha helada a la agradable corriente de aire caliente del secador, encontró a Devers callado y absorto ante el banco de trabajo.

—¿Qué haces? —preguntó el siwenniano, frotándose vigorosamente el cuerpo tonificado.

Devers levantó la cabeza. Tenía la barba perlada de gotitas de sudor.

—Voy a abrir la cápsula.

—¿Serás capaz de abrirla sin las características personales de Riose? —Las palabras del siwenniano tenían un deje de sorpresa.

—Si no lo soy, dimitiré de la Asociación y no volveré a capitanear una nave mientras viva. Ya he obtenido un análisis electrónico triangular del interior, y dispongo de unos chismes especialmente diseñados para forzar este tipo de cápsulas, herramientas de las que el Imperio ni siquiera ha oído hablar. Fui ladrón en su día, ¿sabes? Los comerciantes tienen que saber un poco de todo.

Se agachó sobre la esfera y la tanteó con un instrumento plano que chisporroteaba con cada contacto fugaz.

—Además —dijo—, esta cápsula es muy sencilla. A los tipos del Imperio no se les da bien esta clase de trabajo tan delicado, de eso no cabe duda. ¿Has visto alguna vez las cápsulas de la Fundación? Son la mitad de grandes, e inmunes a los análisis electrónicos.

Se tensó de repente, los músculos de sus hombros se crisparon visiblemente bajo la túnica. La diminuta sonda presionó despacio...

Aunque ningún sonido indicó el final del proceso, Devers se relajó con un suspiro de alivio. En una mano sostenía la esfera resplandeciente, con su mensaje desenrollado como una tira de pergamino.

—Es de Brodrig —anunció—. El medio del mensaje es permanente —añadió con desprecio—. En una cápsula de la Fundación, el mensaje no tardaría ni un minuto en oxidarse hasta disolverse en una nube de gas.

Ducem Barr le indicó que guardara silencio y se apresuró a leer el mensaje.

DE: AMMEL BRODRIG, ENVIADO ESPECIAL DE SU MAJESTAD IMPERIAL, SECRETARIO PERSONAL DEL CONSEJO Y PAR DEL REINO.

PARA: BEL RIOSE, GOBERNADOR MILITAR DE SIWENNA, GENERAL DE LAS FUERZAS IMPERIALES Y PAR DEL REINO.

SALUDOS. EL PLANETA #1120 HA DEJADO DE OPONER RESISTENCIA. LA OFENSIVA CONTINÚA SIN INCIDENTES SEGÚN LO PLANEADO. EL ENEMIGO ESTÁ VISIBLEMENTE DEBILITADO Y ES INDUDABLE QUE CUMPLIREMOS NUESTRO OBJETIVO ULTERIOR.

Barr levantó la mirada de la microscópica caligrafía y exclamó con rabia:
—¡Pero será idiota! ¡Condenado tonto de remate! ¿Eso es un mensaje?
—¿Eh? —dijo Devers, ligeramente decepcionado.
—No dice nada —gruñó Barr entre dientes—. A nuestro obsequioso cortesano le ha dado ahora por creerse que es un general. Con Riose lejos, es el comandante de campo y debe satisfacer su miserable ego farfullando esta sarta de rimbombantes declaraciones concernientes a unas cuestiones militares en las que él no pinta nada. «El planeta blablablá ha dejado de oponer resistencia.» «La ofensiva continúa.» «El enemigo está debilitado.» Será presuntuoso, engreído...
—Bueno, a ver, un momento. Espera...
—Tíralo a la basura. —El anciano se dio la vuelta, indignado—. Sabe la Galaxia que no esperaba que se tratase de ninguna revelación asombrosa,

pero en tiempos de guerra es razonable asumir que dejar aun la orden más rutinaria sin entregar podría obstaculizar los movimientos de las tropas y allanar el camino para ulteriores complicaciones. Por eso me lo guardé. ¡Pero esto! Más me hubiera valido dejarlo donde estaba. Así Riose habría malgastado un minuto de su tiempo que ahora empleará en acciones más provechosas.

Pero Devers, que se había puesto de pie, objetó:

—¿Te quieres estar quieto y dejar de correr de un lado para otro? Por el amor de Seldon...

Sostuvo el trozo de mensaje bajo las narices de Barr.

—Vuelve a leerlo. ¿A qué se refiere con «es indudable que cumpliremos nuestro objetivo ulterior»?

—La conquista de la Fundación. ¿Y qué?

—¿Seguro? A lo mejor se refiere a la conquista del Imperio. Ya sabes que él cree que ése es el objetivo definitivo.

—¿Y eso tiene importancia?

—¡Ya lo creo que sí! —La barba de Devers disimuló su sonrisa ladeada—. Fíjate bien y lo entenderás.

Usó un dedo para reintroducir la hoja de pergamino, con su elaborado monograma, en la ranura. La cinta desapareció con un suave tañido y la esfera recuperó su textura lisa. En algún rincón de su interior chirriaron sutilmente los controles mientras una serie de movimientos aleatorios alteraba su configuración.

—Es imposible abrir esta cápsula sin conocer la firma personal de Riose, ¿cierto?

—Al menos en el Imperio —dijo Barr.

—De modo que nadie conoce su contenido y éste debe de ser auténtico.

—Al menos en el Imperio —repitió el patricio.

—Pero el emperador sí puede abrirla, ¿no es así? Las características personales de los funcionarios del estado deben de estar registradas en alguna parte. Así ocurre en la Fundación.

—Y en la capital del Imperio también —convino Barr.

—De modo que cuando tú, patricio siwenniano y noble del reino, le digas a Cleón, al emperador, que su lorito amaestrado favorito y su general más brillante se han confabulado para derrocarlo, y le entregues la cápsula a modo de prueba, ¿qué «objetivo ulterior» pensará que se propone cumplir Brodrig?

Barr se sentó sin fuerzas.

—Espera, no te sigo. —Se acarició una mejilla enjuta y añadió—. Lo dices en broma, ¿verdad?

—De ninguna manera —fue la impetuosa respuesta de Devers—. Escucha, nueve de los diez últimos emperadores terminaron degollados o destripados por algún general con aires de grandeza. Tú mismo me lo has contado más de una vez. El viejo emperador se daría tanta prisa en creernos que a Riose le daría vueltas la cabeza.

—Habla en serio —musitó débilmente Barr—. Por el amor de la Galaxia, hombre, las crisis de Seldon no se resuelven con planes tan desatinados, disparatados y descabellados como ése. Supón que la cápsula jamás hubiera caído en tus manos. Supón que Brodrig no hubiera empleado el adjetivo «ulterior». Seldon no depende de la suerte.

—No está escrito en ninguna parte que Seldon renunciaría a aprovechar la ocasión si ésta se cruzara en su camino.

—No, cierto, pero... pero... —Barr se interrumpió antes de reanudar su discurso, más calmado pero con visible esfuerzo—. Mira, para empezar, ¿cómo piensas llegar a Trantor? Ni tú conoces su posición en el espacio ni yo recuerdo las coordenadas, por no mencionar el insignificante detalle de que ni siquiera sabes dónde estamos.

—Es imposible perderse en el espacio —sonrió Devers, que ya se había sentado a los mandos—. Lo que haremos será posarnos en el planeta más próximo, del que volveremos a despegar con nuestra ubicación exacta y con las mejores cartas de navegación que nos podamos permitir gracias a los cien mil machacantes de Brodrig.

—Y con un disparo de desintegrador en la barriga. Seguro que nuestras caras son famosas en todos los planetas de este sector del Imperio.

—Doc —repuso pacientemente Devers—, no seas cernícalo. Riose dijo que mi nave se había rendido con demasiada facilidad, y no bromeaba, hermano. Esta preciosidad cuenta con potencia de fuego y reservas de energía en el escudo suficientes para repeler todo lo que podamos encontrarnos a esta distancia de la frontera. También disponemos de escudos individuales. Los muchachos del Imperio no los encontraron, ¿sabes?, pero tampoco esperaba que lo hicieran.

—De acuerdo, está bien. Imaginemos que llegamos a Trantor. ¿Cómo piensas ver al emperador? ¿Te crees que sigue un horario de consultas?

—Ya nos preocuparemos de eso cuando estemos en Trantor.

—Vale —murmuró con resignación Barr—. Hace medio siglo que quería ver Trantor antes de morir. Lo que tú digas.

El motor hiperatómico entró en acción. Las luces parpadearon, y una ligera sacudida interna señaló el salto al hiperespacio.

9
En Trantor

En el núcleo de estrellas, aglomeradas como rastrojos en un huerto abandonado, Lathan Devers necesitó por vez primera las figuras situadas a la derecha del punto decimal para calcular los atajos que surcaban las regiones del hiperespacio. La sensación de claustrofobia alimentaba el afán de no realizar saltos de más de un año luz de distancia. El firmamento, cuyo rutilar implacable se extendía ininterrumpidamente en todas direcciones hasta donde alcanzaba la vista, resultaba sobrecogedor. Era como flotar a la deriva en un océano de radiación.

En el centro de un cúmulo formado por diez mil astros cuya luz trituraba la débil oscuridad circundante gravitaba el inmenso planeta imperial, Trantor.

Aunque el término «planeta» no le hacía justicia, pues se trataba en realidad del corazón palpitante de un Imperio compuesto por veinte millones de sistemas estelares cuya única función era administrativa; su único propósito, gobernar; y su principal producto manufacturado, la ley.

El mundo entero era una distorsión funcional. El hombre, sus mascotas y sus parásitos eran los únicos seres vivos que hollaban la superficie. Fuera de los doscientos kilómetros cuadrados del palacio imperial era imposible encontrar una sola brizna de hierba, ni un solo fragmento de tierra al descubierto. Fuera de las instalaciones del palacio no existía más agua que la de las gigantescas cisternas subterráneas que abastecían a todo el planeta.

Un dédalo de colosales estructuras metálicas se elevaba sobre los lustrosos, indestructibles e incorruptibles cimientos que constituían la superficie nivelada del planeta; estructuras conectadas por un intrincado sistema de pasarelas, infestadas de pasillos, plagadas de despachos, sostenidas por grandes hipermercados de varios kilómetros cuadrados de extensión y coronadas por resplandecientes centros recreativos que cobraban vida renovada todas las noches.

Se podía pasear por el mundo de Trantor sin necesidad de salir en ningún momento de cualquiera de aquellos conglomerados de edificios, sin ver la ciudad.

Una flota compuesta por más naves que todas las armadas del Imperio juntas vaciaba a diario sus bodegas en Trantor para alimentar a cuarenta mil millones de personas que, a cambio, se limitaban exclusivamente a satisfacer la necesidad de desenmarañar las miríadas de hilos que convergían en la administración central del gobierno más complejo que la humanidad hubiera conocido jamás.

Veinte planetas agrícolas constituían el granero de Trantor. El universo entero estaba a su servicio.

Unos enormes brazos metálicos sujetaron firmemente los costados de la nave y la condujeron con delicadeza por la gran rampa que descendía al hangar, no sin que un malhumorado Devers sorteara antes las innumerables trabas burocráticas de un mundo concebido para el papeleo y consagrado al principio de los formularios por cuadruplicado.

Habían tenido que efectuar una parada preliminar en el espacio, donde rellenaron el primero de un centenar de cuestionarios. Habían tenido que resignarse a responder a todo tipo de interrogatorios, al examen rutinario de una sonda simple, a una sesión de fotos de la nave, al análisis de características de ambos ocupantes y la consiguiente tramitación de los resultados, a un registro en busca de contrabando, al pago de la cuota de entrada y, por último, a la solicitud de sus respectivos carnés de identidad y visados.

Ducem Barr era siwenniano y súbdito del emperador, pero Lathan Devers era un perfecto desconocido que carecía de la documentación reglamentaria. El agente al mando en aquellos momentos se mostró desolado cuando le explicó a Devers que no sólo no podían franquearle el paso sino que además tendrían que retenerlo y someterlo a una inspección oficial.

En aquel preciso momento surgió de la nada y cambió de manos un fajo de billetes nuevecitos por valor de cien créditos respaldados por los terrenos de lord Brodrig. El agente carraspeó dándose aires de importancia, considerablemente mitigada la magnitud de su desolación. En el casillero oportuno apareció un nuevo formulario, que no tardó en cumplimentarse con rapidez y eficiencia, al cual se adosaron las características de Devers con los sellos oficiales pertinentes.

El comerciante y el patricio entraron en Trantor.

Ya en el hangar, previo pago de unas tasas debidamente abonadas, apuntadas y justificadas, el carguero se convirtió en otra nave que registrar, fotografiar y archivar; se tomó nota de su contenido y se fotocopiaron los carnés de sus ocupantes.

Por fin Devers pudo salir a una inmensa terraza bañada por el cegador sol blanco en la que las mujeres conversaban, los niños alborotaban, y los hombres degustaban sus bebidas con languidez mientras escuchaban las noticias del Imperio, retransmitidas por unos televisores enormes.

Barr aportó la cantidad requerida de monedas de iridio para apropiarse del ejemplar que coronaba una pila de periódicos. Se trataba del *Noticiario Imperial* de Trantor, la tribuna oficial del gobierno. Al fondo de la sala de prensa podían apreciarse los delicados chasquidos que indicaban la impresión de ediciones adicionales en sintonía con las esforzadas máquinas de la sede del *Noticiario Imperial*, emplazada a quince mil kilómetros de distancia por tierra, diez mil si se viajaba por aire. En esos precisos instantes, diez millones de ejemplares más se estarían imprimiendo al unísono en otras tantas salas de prensa repartidas por todo el planeta.

Barr echó un vistazo a los titulares y preguntó en voz baja:

—¿Por dónde empezamos?

Devers intentó sacudirse el desaliento que lo embargaba. Se encontraba en un universo muy distinto del suyo, en un mundo que lo atenazaba con su complejidad, rodeado de personas absortas en acciones incomprensibles que hablaban un idioma casi ininteligible. Las resplandecientes torres de metal que lo rodeaban y buscaban el cielo multiplicándose sin fin hasta el filo del horizonte lo oprimían; el deprimente frenesí de la alocada vida de la metrópolis le producía una insoportable sensación de soledad e insignificancia.

—Será mejor que lo decidas tú, doc —respondió.

—He intentado explicártelo —susurró con voz templada Barr—, pero cuesta creerlo si uno no lo ve con sus propios ojos, lo entiendo. ¿Sabes cuánta gente solicita ver al emperador todos los días? Alrededor de un millón de personas. ¿Y sabes a cuántas recibe? Alrededor de diez. Tendremos que abrirnos paso a través de la administración pública, y eso complicará las cosas. Pero enfrentarse a la aristocracia sería demasiado arriesgado.

—Contamos con casi cien mil créditos.

—Eso es lo que nos costaría sobornar a un solo noble, y nos harían falta al menos tres o cuatro para tender un puente hasta el emperador. Aunque haya que untar a cincuenta comisionados y delegados, éstos nos saldrían a tan sólo cien créditos por barba. Deja que hable yo. Para empezar, tu acento los desconcertaría, y en segundo lugar, no estás familiarizado con la etiqueta del soborno imperial. Es un arte, te lo aseguro. ¡Ah!

Encontró lo que buscaba en la tercera página del *Noticiario Imperial* y le pasó el periódico a Devers.

Éste lo leyó despacio. El vocabulario era extraño, pero inteligible. Cuando levantó la cabeza, la sombra de la preocupación planeaba sobre su mirada. Descargó un violento revés con la mano sobre las hojas del diario.

—¿Crees que esto es de fiar?

—Con reservas —respondió plácidamente Barr—. Es muy poco probable que la flota de la Fundación haya sido aniquilada. Seguro que ya han dado esa noticia mil veces, si se atienen a la técnica de periodismo bélico propia de una capital mundial alejada del frente. Lo que significa, no obstante, es que Riose ha ganado otra batalla, algo que no debería extrañarnos. Aquí dice que ha capturado Loris. ¿Se refiere al planeta capital del reino del mismo nombre?

—Sí —refunfuñó Devers—, o a lo que antes era el reino de Loris. Y no está ni a veinte pársecs de la Fundación. Doc, tenemos que darnos prisa.

Barr se encogió de hombros.

—Las prisas no sirven de nada en Trantor. Si intentas precipitar los acontecimientos, lo más probable es que termines fulminado por un desintegrador atómico.

—¿Cuánto tiempo necesitaremos?

—Un mes, con suerte. Un mes y los cien mil créditos, si es que nos bastan. Y eso siempre y cuando al emperador no se le ocurra viajar entre medias a los planetas de recreo, donde no recibe absolutamente a nadie.

—Pero la Fundación...

—Sabrá cuidarse sola, como hasta ahora. Ven, todavía no hemos pensado en la cena y tengo hambre. Después la noche será nuestra y haríamos bien en sacarle partido. Jamás volveremos a ver Trantor ni ningún otro mundo como él.

El comisionado de Interior para las provincias exteriores extendió las manos regordetas con gesto de impotencia y escudriñó a los solicitantes con sus ojillos miopes.

—Me temo que el emperador se encuentra indispuesto, caballeros. No serviría de nada presentar el caso ante mi superior. Hace una semana que Su Majestad Imperial no recibe a nadie.

—A nosotros querrá recibirnos —insistió con fingido aplomo Barr—. Se trata tan sólo de ver a uno de los miembros del equipo del secretario particular.

—Imposible —fue la obstinada respuesta del comisionado—. Me jugaría el puesto si intentara algo así. Y ahora, si tuvieran la bondad de abundar en los pormenores de la naturaleza de su visita. Estoy dispuesto a ayudar, no me malinterpreten, pero como comprenderán necesito algo menos etéreo, alguna razón de peso con la que convencer a mi superior antes de seguir adelante.

—Si el motivo de mi visita se pudiera exponer ante un subalterno cualquiera —apuntó Barr—, a duras penas cabría calificarlo de lo bastante importante como para merecer una audiencia con Su Majestad Imperial. Le sugiero que se arriesgue. Me permito recordarle que cuando Su Majestad Imperial conceda a nuestros asuntos la importancia que le garantizo que tienen, usted recibirá los correspondientes honores por la ayuda prestada.

—Ya, pero... —El comisionado encogió los hombros, sucinto.

—Es comprensible que vacile —reconoció Barr—. Como es lógico, la compensación debería estar a la altura del riesgo. Le pido un gran favor, pero ya estamos en deuda con usted por brindarnos la oportunidad de exponer nuestro dilema. Si nos permitiera expresar nuestra gratitud con una modesta contribución...

Devers frunció el ceño. Con sutiles modificaciones, este diálogo era el mismo que había escuchado ya veinte veces a lo largo del último mes. Como siempre, concluiría con un rápido intercambio de billetes medio escondidos. Pero en esta ocasión el epílogo varió. Por regla general, el dinero desaparecía de inmediato; ahora permanecía a la vista de todos mientras el comisionado lo contaba sin prisa, inspeccionando las dos caras de los billetes.

Se había operado un cambio sutil en su voz cuando dijo:

—Avalados por el secretario particular del emperador, ¿eh? Dinero del bueno.

—Volviendo al tema... —lo apremió Barr.

—No, un momento —lo interrumpió el comisionado—, vayamos por partes. Me interesa de veras conocer el motivo de su visita. Estos billetes son de nuevo cuño, y deben de tener un montón de ellos, pues sospecho que no soy el primer delegado con el que hablan. Venga, la verdad.

—No entiendo adónde quiere ir a parar.

—Verá, se podría demostrar que están en el planeta ilegalmente, puesto que los carnés y los permisos de entrada de su reservado amigo son a todas luces inadecuados. No es súbdito del emperador.

—Protesto.

—Proteste cuanto le apetezca —repuso con inesperada brusquedad el comisionado—. El agente que firmó sus tarjetas a cambio de cien créditos ha confesado... bajo presión... y sabemos más de lo que se imaginan sobre ustedes.

—Si lo que insinúa, caballero, es que la suma que le hemos pedido que acepte no está a la altura del riesgo...

El comisionado esbozó una sonrisa.

—Al contrario, está más que a la altura. —Dejó los billetes a un lado—. Lo que quería decir es que su caso ha suscitado el interés del emperador en persona. ¿No es cierto, caballeros, que recientemente han sido invitados del general Riose? ¿No es cierto también que han escapado de las garras de su ejército con, por decirlo suavemente, asombrosa facilidad? ¿Y no es igualmente cierto que poseen una pequeña fortuna en billetes respaldados por los terrenos de lord Brodrig? Resumiendo, ¿no es cierto que son una pareja de espías y asesinos enviados aquí con la intención de...? En fin, díganme ustedes quién les ha pagado y para qué.

—¿Sabe lo que le digo? —replicó Barr, disimulando su enfado tras una máscara de cortesía—, me niego a que un comisionado de tres al cuarto lance ese tipo de acusaciones contra nosotros. Nos vamos.

—No irán a ninguna parte. —El comisionado se puso de pie. En sus ojos no quedaba ni rastro de miopía—. No hace falta que respondan ahora a esas preguntas. Ya lo harán más adelante... por las buenas o por las malas. Tampoco hace falta que me sigan llamando comisionado. Soy teniente de la policía imperial. Y quedan ustedes arrestados.

Sonrió mientras empuñaba una pistola desintegradora de aspecto tan elegante como eficaz.

—Hoy hemos detenido a personas más importantes que ustedes. Estamos desinfestando un verdadero avispero.

Devers profirió un gruñido e intentó desenfundar a su vez. La sonrisa del teniente se ensanchó cuando éste oprimió los contactos. La abrasadora columna de fuerza se estrelló contra el pecho de Devers en una precisa llamarada de destrucción... que rebotó inofensivamente en su campo individual y se dispersó en cegadoras saetas de luz.

Devers disparó a su vez, y la cabeza del teniente se separó de un torso volatilizado. Aún sonreía cuando dejó de rodar bajo el rayo de luz solar que penetraba ahora por el boquete recién practicado en la pared.

Salieron por la puerta de atrás.

—Rápido —susurró con voz ronca Devers—, a la nave. Darán la alarma de un momento a otro. —Maldijo entre dientes con ferocidad—. Otro plan que se va al garete. Juraría que el mismísimo demonio espacial está en mi contra.

Una vez al aire libre repararon en las agitadas multitudes que se arracimaban en torno a los televisores gigantes. No había tiempo que perder; hicieron oídos sordos al clamor de voces inconexas que llegaba hasta ellos. Pero Barr cogió un ejemplar del *Noticiario Imperial* antes de entrar corriendo en el enorme silo del hangar, donde la nave se apresuró a atravesar una gigantesca cavidad perforada sin miramientos en el techo.

—¿Puedes despistarlas? —preguntó el anciano patricio.

Diez naves pertenecientes al cuerpo de policía de tráfico se esforzaban por seguir al carguero fugitivo que tan inopinadamente se había apartado de la ruta de salida legítima controlada por radio antes de saltarse todos los límites de velocidad habidos y por haber. Tras ellas, los estilizados vehículos del servicio secreto despegaban con órdenes de encontrar una nave tripulada por dos asesinos descritos con todo lujo de detalles.

—Fíjate bien —dijo con ferocidad Devers, antes de saltar al hiperespacio a tres mil kilómetros sobre la superficie de Trantor. El salto, tan cerca de una masa planetaria, dejó inconsciente a Barr y atemorizado y dolorido a Devers, pero en años luz frente a ellos, el espacio que los rodeaba se veía despejado.

Dejando que el orgullo que sentía aflorara a la superficie, declaró con gesto sombrío:

—Ninguna nave imperial podría seguirme a ninguna parte. —Y añadió con preocupación—: Pero no tenemos adónde ir, y no somos rivales para su superioridad numérica. ¿Qué podemos hacer? ¿Qué podría hacer nadie?

Barr se revolvió débilmente en su catre. Los efectos del salto aún no se habían desvanecido, y tenía todos los músculos agarrotados.

—Nadie tendrá que hacer nada —dijo—. Todo ha terminado. Mira.

Le pasó a Devers el ejemplar del *Noticiario Imperial* al que permanecía aferrado. Los titulares le dijeron al comerciante cuanto necesitaba saber.

—Destituidos y arrestados... Riose y Brodrig —musitó Devers. Desconcertado, se quedó mirando fijamente a Barr—. ¿Por qué?

—El artículo no entra en detalles, ¿pero qué importa eso? La guerra con la Fundación ha terminado, y en estos momentos, Siwenna es un hervidero de revueltas. Lee y verás. —Su voz había empezado a apagarse—. Pararemos en alguna provincia y averiguaremos más cosas. Ahora, si no te importa, me gustaría dormir.

Y eso fue lo que hizo.

Con una serie de saltos de magnitud cada vez mayor, el carguero surcó la Galaxia camino de la Fundación.

10
Termina la guerra

Lathan Devers se debatía entre un resentimiento indefinible y una incomodidad inconfundible. Acababa de recibir una condecoración y había encajado con estoicismo el rimbombante discurso con el que el alcalde decidió acompañar la imposición de la banda carmesí. Con eso terminaba su participación en las ceremonias, pero como cabía esperar, el protocolo le obligaba a permanecer en su sitio. Un protocolo que le impedía bostezar sin disimulo o apoyar un pie en la silla más cercana para ponerse más cómodo, algunos de los motivos de que no viera la hora de regresar al espacio, donde se sentía como en casa.

La delegación siwenniana, que contaba con Ducem Barr como miembro destacado, firmó el tratado según el cual Siwenna se convertiría en la primera provincia que pasaba directamente de la autoridad política del Imperio a la autoridad económica de la Fundación.

Gigantescas y espectaculares, cinco naves de combate imperiales, capturadas tras las líneas de la flota fronteriza del Imperio durante la rebelión de Siwenna, rutilaron en el firmamento mientras sobrevolaban la ciudad y detonaban unas salvas atronadoras.

Ya solo restaba tomarse una copa, enfrascarse en alguna conversación vacua y respetar los convencionalismos que dictaba el decoro.

Alguien lo llamó por su nombre. Se trataba de Forell. El hombre que, pensó con frialdad Devers, podría comprar a veinte como él con lo que ganaba en una sola mañana. Un hombre que ahora agitaba un dedo en su dirección con amigable condescendencia.

Salió al balcón, acariciado por la fría brisa nocturna, y ensayó la reverencia pertinente mientras fruncía el ceño sobre su barba encrespada. Barr también estaba allí.

—Devers —dijo, risueño—, te ruego que acudas en mi rescate. Se me ha acusado de ser demasiado modesto, afrenta tan atroz como profundamente antinatural.

—Devers —Forell se sacó el grueso puro de la comisura de los labios para hablar—, lord Barr está convencido de que vuestra visita a la capital de Cleón no tuvo nada que ver con la destitución de Riose.

—Nada en absoluto, señor —repuso Devers, sucinto—. Ni siquiera llegamos a ver al emperador. Los informes acerca del juicio que escuchamos durante el trayecto de regreso confirman que se trató de un montaje con todas las letras. El general se vio envuelto en un monumental escándalo relacionado con los rumores de insurrección que campan a sus anchas por la corte.

—¿Y era inocente?

—¿Riose? —intervino Barr—. ¡Sí! Por la Galaxia, claro que sí. Brodrig alimentaba convicciones traidoras, pero en ningún momento fue culpable de las acusaciones en concreto que se habían levantado en su contra. Se trataba de una farsa judicial, una superchería necesaria, tan previsible como inevitable.

—Desde el punto de vista de la psicohistoria, supongo. —La familiaridad le permitió a Forell envolver sus palabras en una mezcla de rimbombancia y sarcasmo.

—Ni más ni menos. —Barr adoptó una expresión más seria—. Si bien era algo que no había trascendido nunca hasta ahora, cuando todo acabó y pude... en fin... consultar las respuestas en la parte de atrás del libro, por así decirlo, el problema se volvió meridianamente sencillo. Ahora sabemos que el historial sociológico del Imperio es adverso a las guerras de conquista. Cuando el gobierno está en manos de emperadores sin personalidad, los generales que se disputan un trono sin valor y posiblemente letal terminan descuartizándolo. Si lo dirigen emperadores de carácter más fuerte, el Imperio sucumbe a un rigor paralizante que, al menos en apariencia y sólo con carácter temporal, ralentiza su desintegración a expensas de cualquier posibilidad de continuar expandiéndose.

Forell intercaló un gruñido ronco entre las chupadas que estaba dando a su puro.

—Se explica usted como un libro cerrado, lord Barr.

Una sonrisa se dibujó con parsimonia en los labios del aludido.

—Supongo que no le falta razón. Es el inconveniente de no estar versado en psicohistoria. Las palabras constituyen un sucedáneo impreciso de las ecuaciones matemáticas. Veamos...

Barr se quedó pensativo mientras Forell se relajaba, con la espalda apoyada en la barandilla. Devers rememoró Trantor con añoranza mientras contemplaba el firmamento aterciopelado.

—Verá, caballero —comenzó Barr—, tanto usted como Devers... como todo el mundo, en realidad, creían que la derrota del Imperio pasaba por aislar al emperador del general. Tanto usted como Devers y todo el mundo tenían razón, sus suposiciones eran correctas de principio a fin, en lo tocante al principio de disensión interna.

»Erraban, sin embargo, al pensar que la antedicha división podría dar pie a acciones individuales propiciadas por lo tumultuoso del momento. Lo intentaron con sobornos y con mentiras. Apelaron a la ambición y al miedo. Pero todos sus esfuerzos fueron infructuosos. Cada nuevo intento, de hecho, sólo conseguía empeorar las cosas.

»Y en todo momento, mientras se obsesionaban con el levantamiento de esas olas inofensivas, la marea de Seldon continuaba avanzando, sigilosa e inexorable.

Ducem Barr se giró, se apoyó en la barandilla y, con la mirada perdida en las luces de los festejos de la ciudad, observó:

—Nos empujaba a todos la mano de un fantasma; al poderoso general y al gran emperador; a mi mundo y al suyo... la mano muerta de Hari Seldon. Era inevitable que alguien como Riose fracasara, pues era su mismo éxito lo que habría de engendrar el fracaso. Cuanto mayor fuera el primero, más contundente sería el segundo.

—Mentiría —terció con aspereza Forell— si dijera que está explicándose con más claridad.

—Un momento —prosiguió Barr, con aplomo—. Analicemos la situación. Es evidente que un general sin carácter jamás hubiera supuesto ninguna amenaza para nosotros. Un general fuerte, en tiempos de un emperador débil, tampoco, pues aspiraría a objetivos mucho más atractivos. Los acontecimientos han demostrado que, en los dos últimos siglos, tres cuartas partes de los emperadores fueron antes generales y virreyes rebeldes.

»De modo que sólo la combinación de un emperador fuerte y un general fuerte puede ser perjudicial para la Fundación, puesto que el primero será difícil de destronar y el segundo por fuerza tendrá que concentrar sus esfuerzos lejos de nuestras fronteras.

»Ahora bien, ¿en qué consiste la fortaleza de un emperador? ¿Dónde residía la de Cleón? Muy sencillo. Los emperadores fuertes no consienten que sus súbditos también lo sean. El peligro radica en el cortesano que amasa demasiadas riquezas, o en el general cuya popularidad no deja de crecer. Así se lo demuestra la historia reciente del Imperio a todos aquellos emperadores cuyo poder se cimenta en la inteligencia.

»Riose acumulaba tantas victorias que despertó los recelos del emperador. El ambiente generalizado del momento invitaba a ser suspicaz. ¿Que Riose rechazaba un soborno? Sospechoso, seguro que tenía intenciones ocultas. ¿Que su cortesano predilecto de repente se mostraba favorable a Riose? Lo mismo. Las acciones en sí no tenían nada de inusitado. Cualquier otro ejemplo podría servir. Por eso, los planes que trazamos individualmente eran superfluos y estaban abocados al fracaso. Lo sospechoso era el éxito de Riose. Eso fue lo que redundó en su destitución, su juicio, su condena y su ejecución. La Fundación ha vuelto a ganar.

»¿Se dan cuenta? La victoria de la Fundación no obedece a una imprevisible concatenación de hechos fortuitos. Antes bien, estaba predicha de antemano. Hiciera lo que hiciese Riose, hiciéramos lo que hiciésemos nosotros.

El magnate de la Fundación asintió con la cabeza, meditabundo.

—Caray. Pero... ¿Y si el emperador y el general hubieran sido la misma persona? ¿Eh? ¿Entonces qué? No ha cubierto usted esa posibilidad, por lo que la validez de su teoría dista de haber quedado probada.

Barr se encogió de hombros.

—No puedo demostrar nada, puesto que carezco de los conocimientos de matemáticas necesarios. Apelo a su razón, sin embargo. En un Imperio donde cada aristócrata, cada persona influyente y cada pirata con ambición pueden aspirar al trono... a menudo con garantías de éxito, como demuestra la historia... ¿qué ocurriría aun con el más fuerte de los emperadores si éste volcara toda su atención en campañas bélicas en el confín más lejano de la Galaxia? ¿Durante cuánto tiempo habría de ausentarse de la capital antes de que alguien enarbolara el estandarte de la guerra civil y le obligara a regresar a casa? Las características sociológicas del Imperio acelerarían el proceso.

»En cierta ocasión le dije a Riose que ni toda la fuerza del Imperio sería capaz de desviar la mano muerta de Hari Seldon.

—¡Vale! ¡Está bien! —Forell expresó su satisfacción con voz estentórea—. De sus palabras se desprende, por consiguiente, que el Imperio ha dejado de ser una amenaza.

—Yo diría que sí —convino Barr—. Francamente, no creo que Cleón sobreviva más de un año, y casi con toda seguridad la carrera por la sucesión será disputada, lo que podría dar pie a la última guerra civil del Imperio.

248

—Entonces —concluyó Forell—, se acabaron las amenazas.

Barr se había quedado pensativo.

—Existe una Segunda Fundación.

—¿En el otro extremo de la Galaxia? Tardaremos siglos en llegar.

Devers se giró de repente ante esto, con expresión fúnebre, y se encaró con Forell.

—Podría haber enemigos en nuestro seno.

—¿Sí? —inquirió con voz glacial Forell—. ¿Por ejemplo?

—Por ejemplo, aquéllos a los que les gustaría que la riqueza estuviera mejor repartida en vez de concentrarse en los bolsillos de quienes no hacen nada por producirla. ¿Entiende lo que quiero decir?

Muy despacio, la expresión de desprecio de Forell dio paso a otra de rabia, reflejo de la de Devers.

Segunda parte

El Mulo

11
Los novios

EL MULO: Se sabe menos del «Mulo» que de cualquier otro personaje de relevancia comparable en la historia galáctica. Su nombre real es un misterio; lo acontecido durante sus primeros años de vida, meras conjeturas. Aun los hechos que encumbraron su nombre han llegado hasta nosotros en su mayoría a través de los ojos de sus antagonistas y, sobre todo, de los de una joven novia [...]

ENCICLOPEDIA GALÁCTICA

La primera vez que Bayta vio Haven, le pareció la antítesis de la espectacularidad. Fue su marido quien la advirtió de su proximidad: una estrella apagada, perdida en el vacío al filo de la Galaxia. Se encontraba más allá de los últimos cúmulos dispersos, donde rutilaban solitarios varios puntos de luz rezagados. Incluso entre ellos, la estrella ofrecía un aspecto deslustrado y discreto.

Toran, consciente de que la enana roja constituía un pobre preludio a su nueva vida de casados, sonrió con timidez.

—No hace falta que digas nada, Bay, ya lo sé. Deja mucho que desear como alternativa, ¿verdad? A la Fundación, quiero decir.

—Es espantoso, Toran. Jamás tendría que haberme casado contigo.

Pero cuando Toran se mostró dolido por un momento, antes de que le diera tiempo a recuperarse, Bayta añadió con su característico tono «meloso»:

—Venga ya, tonto. Encájate la mandíbula y mírame con carita de cordero degollado, la misma que pones justo antes de enterrar la cabeza en mi hombro para que te acaricie el cabello cargado de estática. Seguro que te esperabas alguna banalidad, ¿a que sí? Algo del estilo de: «¡Contigo soy feliz en cualquier parte, Toran!», o «¡Me sentiré como en casa incluso en los abismos interestelares, cariño, mientras tú estés a mi lado!». Confiesa.

Lo apuntó con un dedo que se apresuró a retirar antes de que Toran le pegara un mordisco.

—Vale, me rindo. Reconozco que tienes razón. Y ahora, ¿te importaría preparar la cena?

Bayta asintió con gesto de satisfacción. Toran sonrió mientras se quedaba observándola.

La suya no era una belleza despampanante, debía admitirlo, pero seguía girando cabezas a su paso. Tenía el cabello moreno y lustroso, aunque un poco lacio, y los labios excesivamente carnosos, pero sus cejas depiladas con esmero, muy finas, separaban una frente nívea carente de arrugas de los ojos de color caoba más cálidos que una sonrisa hubiera iluminado jamás.

Tras una constitución recia y una fachada de pragmatismo cultivada con encono, enemiga de romanticismos y tercamente vital, se ocultaba un rescoldo de ternura inaccesible para quien intentara encontrarlo, al que sólo se accedía cuando uno menos se lo esperaba... si no dejaba entrever que lo estaba buscando.

Toran se atareó realizando unos ajustes innecesarios en los controles y decidió relajarse un poco. Tras el salto interestelar, recorrerían varios mili-micropársecs «en línea recta» antes de tener que operar manualmente los mandos de nuevo. Se reclinó y miró por encima del hombro en dirección a la despensa, donde Bayta hacía malabarismos con distintos recipientes.

Un poso de soberbia teñía la actitud de Toran hacia su esposa; la mezcla de admiración y satisfacción que marca el triunfo de quien llevaba tres años tambaleándose al filo del abismo de un grave complejo de inferioridad.

Era un provinciano, a fin de cuentas, y para colmo de males, el hijo de un comerciante renegado. Ella, por su parte, no sólo era oriunda de la Fundación, sino que su estirpe se remontaba hasta Mallow.

Lo sobrevino un estremecimiento insidioso. Sabiendo todo eso, llevarla de vuelta a Haven, con sus montañas inhóspitas y sus ciudades subterráneas, ya era malo de por sí. Que tuviera que soportar la aversión a la Fundación que caracterizaba a los comerciantes, la tradicional rivalidad entre nómadas y urbanitas, era mucho peor.

Aun así... ¡Después de cenar, el último salto!

Haven era una furiosa llamarada carmesí, y su segundo planeta era un parche rubicundo de luz con un borde emborronado por la atmósfera y una semiesfera de oscuridad. Bayta se inclinó sobre la gran mesa de observación, con su telaraña de líneas entrecruzadas que convergían limpiamente sobre Haven II.

—Ojalá hubiera conocido antes a tu padre —dijo, solemne—. Si no le caigo bien...

—Entonces —la interrumpió tajantemente Toran—, serías la primera chica bonita en inspirarle ese sentimiento. Antes de que perdiera el brazo y dejara de vagabundear por la Galaxia, él... Bueno, si le preguntas al respecto, te contará tantas historias que se te derretirán los oídos. Después de un tiempo empecé a pensar que se lo inventaba todo, porque nunca contaba la misma historia del mismo modo dos veces...

Haven II volaba ya a su encuentro. El mar cercado por la tierra giraba pesadamente a sus pies, gris pizarra en la tenuidad creciente, perdiéndose de vista, aquí y allá, entre las nubes deshilachadas. Una cordillera aserrada ribeteaba la costa.

El mar se cubrió de pliegues conforme se aproximaban. Cuando desapareció tras el horizonte, en el último momento, atisbaron brevemente unos campos de hielo que abrazaban la orilla.

La violenta aceleración provocó que Toran soltara un gruñido.

—¿Has cerrado el traje?

El revestimiento de espuma-esponja del traje, climatizado y ceñido a la piel, enmarcaba las facciones redondas de Bayta.

La nave se posó con estruendo en la pista despejada justo al borde de las faldas de la meseta.

Salieron tambaleándose a la oscuridad compacta de la noche del exterior de la Galaxia, y Bayta jadeó ante las arremetidas del viento helado que se arremolinaba a su alrededor. Toran la tomó del codo y la animó a seguir su ejemplo y correr por el suelo prensado, hacia los destellos de luz artificial que se intuían a lo lejos.

Los guardias que habían salido a su encuentro los recibieron a medio camino y, tras un breve intercambio de susurros, los escoltaron hasta su destino. Dejaron atrás el viento y el frío cuando una puerta de roca se abrió y volvió a cerrarse a sus espaldas. En el interior, cálido y blanqueado por la luz que irradiaba de las paredes, reinaba un vocerío ininteligible. Varias personas levantaron las cabezas de sus mesas, y Toran les mostró la documentación.

Les indicaron que prosiguieran tras echar un breve vistazo a los papeles, y Toran musitó en voz baja para su esposa:

—Papá debe de haber amañado los preliminares. Lo habitual es pasarse aquí unas cinco horas.

Llegaron al exterior antes de darse cuenta, y Bayta exhaló de repente:

—Ay, cielos...

La ciudad subterránea resplandecía con la luz diurna de un sol joven. Un sol, por supuesto, inexistente. Lo que debería ser el firmamento se perdía de vista en el fulgor difuso de una claridad omnipresente. La fragancia de la vegetación impregnaba el aire cálido y denso.

—Caray, Toran —dijo Bayta—, es precioso.

Toran sonrió, entre complacido y nervioso.

—Bueno, venga, Bay, ya sé que no se parece en nada a la Fundación, por supuesto, pero es la ciudad más grande de Haven II... veinte mil habitantes, ¿sabes?... y te acostumbrarás a ella. Me temo que no hay lugares de recreo, pero tampoco existe la policía secreta.

—Ay, Torie, es como una ciudad de juguete. Todo es rosa y blanco... y está todo tan limpio.

—Bueno... —Toran contempló la ciudad a su vez. La mayoría de los hogares, construidos con la lustrosa piedra surcada de vetas que caracterizaba la región, se componían de dos alturas. No había nada comparable a las altas agujas de la Fundación ni a las colosales casas comunitarias de los antiguos reinos, sino que imperaba aquí la sencillez y el individualismo; un reducto de singularidad en una Galaxia donde la vida tendía a masificarse.

Enderezó los hombros de golpe.

—Bay... ¡Ahí está papá! Justo ahí... donde estoy señalando, tonta. ¿No lo ves?

Lo veía. Sólo era la insinuación de un hombre alto que estaba agitando frenéticamente un brazo, con los dedos extendidos como si se propusiera rasgar el aire. Hasta sus oídos llegó el retumbo sordo de un grito estentóreo. Bayta siguió los pasos de su marido, que corría ya pendiente abajo por una ladera de césped cuidado. Atisbó a un hombre más bajito, canoso, casi perdido de vista detrás del robusto manco, que no dejaba de agitar el brazo y gritar.

Toran gritó por encima del hombro:

—Es el hermanastro de mi padre. El que estuvo en la Fundación, ya sabes.

Se encontraron en el césped, riendo, incoherentes, y el padre de Toran lanzó una exclamación final para demostrar su alegría. Se estiró la corta chaqueta y ajustó su cinturón con hebilla de metal, su única concesión al lujo.

Su mirada saltó de uno de los jóvenes al otro, y entonces exclamó, casi sin aliento:

—¡Habéis escogido un día muy malo para volver a casa, muchachos!

—¿Qué? ¡Oh! Es el aniversario de Seldon, ¿verdad?

—Sí. He tenido que alquilar un coche para venir aquí y obligar a Randu a conducirlo. No se podía conseguir un vehículo público ni a punta de pistola.

Sus ojos estaban ahora fijos en Bayta. Se dirigió a ella con voz más suave:

—Tengo tu cristal precisamente aquí, y es bueno, pero ahora veo que quien lo tomó era un aficionado. —Extrajo del bolsillo de la chaqueta el pequeño cubo transparente, y, al ser expuesto a la luz, la sonriente cara de una Bayta en miniatura cobró una vida multicolor.

—¡Ése! —dijo Bayta—. No sé por qué Toran mandó esta caricatura. Me sorprende que me permitiera usted venir, señor.

—¿De verdad? Llámame Fran; no quiero ceremonias. Creo que será mejor que me cojas del brazo y nos vayamos al coche. Hasta este momento nunca creí que mi chico supiera lo que hacía. Creo que cambiaré de opinión. Sí, tendré que cambiar de opinión.

Toran le susurró a su tío:

—¿Cómo está el viejo últimamente? ¿Todavía persigue a las mujeres?

Randu sonrió, arrugando todo el rostro.

—Cuando puede, Toran, cuando puede. Hay veces que recuerda que su próximo cumpleaños será el sexagésimo, y esto le desanima. Pero hace callar ese mal pensamiento y en seguida vuelve a ser el mismo. Es un comerciante del viejo estilo. Pero hablemos de ti, Toran. ¿Dónde encontraste una esposa tan bonita?

El joven sonrió y cogió del brazo a su tío.

—¿Pretendes que te cuente en un minuto la historia de tres años, tío?

En el pequeño salón de la casa, Bayta se despojó de su capa de viaje y ahuecó su cabellera lacia. Se sentó, cruzó las piernas y devolvió la apreciativa mirada de aquel hombre corpulento, diciéndole:

—Sé lo que está intentando adivinar, y voy a ayudarle: edad, veinticuatro años, estatura, uno sesenta y ocho, peso, sesenta y dos, especialidad, Historia.

Bayta advirtió que él se ponía siempre de costado para ocultar que era manco. Pero Fran se le acercó y dijo:

—Ya que lo has mencionado, te diré que pesas sesenta y nueve. —Se rio de buena gana al verla enrojecer, y entonces añadió, dirigiéndose a todos en general—: Siempre se puede adivinar el peso de una mujer fijándose en la parte superior de su brazo, con la debida experiencia, claro. ¿Quieres beber algo, Bay?

—Sí, entre otras cosas —repuso ella, y salieron juntos mientras Toran contemplaba las estanterías en busca de nuevos libros.

Fran volvió solo y explicó:

—Bajará dentro de unos momentos.

Se sentó pesadamente en la gran silla del rincón y colocó su anquilosada pierna izquierda sobre un taburete. Ya no había risas en su rostro rubicundo, y Toran se dirigió hacia él.

—Bien, muchacho —dijo Fran—, ya has vuelto a casa y estoy contento. Me gusta tu mujer. No es una remilgada.

—Me he casado con ella —repuso sencillamente Toran.

—Bueno, eso es algo totalmente distinto, hijo mío. —Sus ojos se oscurecieron—. Es un modo insensato de encadenarse. Durante mi larga vida, de gran experiencia, no hice nada semejante.

Randu interrumpió desde el rincón donde había permanecido en silencio.

—Vamos, Franssart, ¿qué comparaciones se te ocurre hacer? Hasta tu aterrizaje forzoso de hace seis años nunca estuviste en un lugar el tiempo suficiente como para establecerte y cumplir así los requisitos para el matrimonio. Y desde entonces, ¿quién iba a aceptarte?

El hombre manco se enderezó en su asiento y replicó con ardor:

—Muchas, viejo chocho canoso...

Toran intervino con apresurado tacto:

—Es sólo una formalidad legal, papá. La situación tiene sus ventajas.

—Sobre todo para la mujer —gruñó Fran.

—Incluso así —argumentó Randu—, es asunto del muchacho. El matrimonio es una vieja costumbre en la Fundación.

—Los de la Fundación no son modelo apto para un honrado comerciante —refunfuñó Fran.

Toran volvió a intervenir.

—Mi esposa es de la Fundación. —Miró al uno y luego al otro, y añadió con voz queda—: Ya viene.

La conversación giró sobre temas generales, después de la cena, y Fran la amenizó con tres relatos de sus aventuras pasadas, compuestos en partes iguales de sangre, mujeres, beneficios y pura invención. Estaba encendido el pequeño televisor, que transmitía un drama clásico, con el volumen puesto al mínimo. Randu se arrellanó en una posición más cómoda en el bajo sofá y se quedó mirando por encima del humo de su larga pipa hacia el lugar donde Bayta estaba arrodillada sobre la alfombra de piel blanca, traída hacía mucho tiempo de una misión comercial y que ahora sólo se extendía en las grandes ocasiones.

—¿Has estudiado Historia, hija mía? —preguntó amablemente.

—He sido la desesperación de mis maestros —repuso Bayta—, pero al final logré aprender algo.

—Matrícula de honor —explicó Toran, satisfecho—, ¡sólo eso!

—¿Y qué aprendiste? —continuó preguntando Randu.

—¿Se lo digo todo? ¿Así, de repente? —rio la chica.

El anciano sonrió con suavidad.

—Bueno, pues dime lo que piensas de la situación galáctica.

—Creo —dijo concisamente Bayta— que es inminente una crisis de Seldon, y, si no se produce, sería mejor acabar de una vez con el plan de Seldon. Es un fracaso.

«Hm», pensó Fran desde su rincón. «Vaya modo de hablar de Seldon.» Pero no dijo nada en voz alta. Randu dio una chupada a su pipa.

—¿De verdad? ¿Por qué lo dices? Yo estuve en la Fundación cuando era joven, y también tuve grandes ideas dramáticas. Pero dime por qué has dicho eso.

—Bueno... —Los ojos de Bayta estaban pensativos mientras escondía los pies en la suavidad de la piel y apoyaba la barbilla en una mano regordeta—. A mí me parece que toda la esencia del plan de Seldon era crear un mundo mejor que el que había en el Imperio Galáctico. Ese mundo se estaba derrumbando hace tres siglos, cuando Seldon estableció la Fundación, y si la historia dice la verdad, se desmoronaba por culpa de una triple enfermedad: la inercia, el despotismo y la mala distribución de los recursos del universo.

Muy despacio, Randu asintió con la cabeza mientras Toran contemplaba con orgullo a su esposa y Fran chasqueaba la lengua y volvía a llenarse el vaso. Bayta continuó:

—Si la historia de Seldon es cierta, previó el colapso total del Imperio gracias a sus leyes de la psicohistoria, y predijo los necesarios treinta mil años de barbarie antes del establecimiento de un nuevo Segundo Imperio que devolvería la civilización y la cultura a la humanidad. El objetivo de toda su vida fue establecer las condiciones que asegurarían un renacimiento más rápido.

La profunda voz de Fran interrumpió:

—Y por eso estableció las dos Fundaciones, bendito sea su nombre.

—Y por eso estableció las dos Fundaciones —repitió Bayta—. Nuestra Fundación fue una concentración de científicos del Imperio moribundo, destinada a llevar hacia nuevas cumbres la ciencia y la cultura del hombre. Y la Fundación estaba situada de tal modo en el espacio, y los acontecimientos históricos fueron tales, que, por un cuidadoso cálculo de su genio, Seldon previó que dentro de mil años se convertiría en un Imperio nuevo y más glorioso.

Se produjo un silencio reverente.

La muchacha dijo en voz baja:

—Es una vieja historia. Todos la conocemos. Durante casi tres siglos, todos los seres humanos de la Fundación la han conocido. Pero he creído que era apropiado repetirla... sólo por encima. Hoy es el aniversario de Seldon, y aunque yo sea de la Fundación, y ustedes de Haven, tenemos esto en común...

Encendió un cigarrillo con lentitud y contempló de forma ausente el extremo encendido.

—Las leyes de la historia son tan absolutas como las leyes de la física, y si las probabilidades de error son mayores, es sólo porque la historia no trata de tantos seres humanos como los átomos de que trata la física, y las variaciones individuales cuentan más. Seldon predijo una serie de crisis durante los mil años de evolución, cada una de las cuales provocaría un giro de nuestro camino hacia un fin calculado de antemano. Son estas crisis las que nos dirigen... y por eso ha de producirse una de ellas ahora. ¡Ahora! —repitió con fuerza—. Ha pasado casi un siglo desde la última, y durante este siglo se han reproducido en la Fundación todos los vicios del Imperio. ¡La inercia! Nuestra clase dirigente sólo conoce una ley: no cambiar. ¡El despotismo! Sólo conoce una regla: la fuerza. ¡La mala distribución! Sólo conoce un deseo: conservar lo que tiene.

—¡Mientras otros mueren de hambre! —vociferó de repente Fran dando un potente golpe de su puño contra el brazo de su sillón—. Muchacha, tus palabras son perlas. Sus bolsas llenas arruinan a la Fundación, mientras los valientes comerciantes ocultan su pobreza en mundos remotos como Haven. Es un insulto a Seldon, una bofetada a su rostro, un salivazo a su barba. —Levantó el brazo, y su faz se alargó—. ¡Si tuviera mi otro brazo! ¡Si me hubieran escuchado sólo una vez!

—Papá —dijo Toran—, no te exaltes.

—¡No te exaltes, no te exaltes! —le imitó ferozmente su padre——. ¡Viviremos y moriremos aquí para siempre, y tú dices que no me exalte!

—Nuestro Fran es un moderno Lathan Devers —dijo Randu, gesticulando con su pipa—. Devers murió en las minas de esclavos hace ochenta años, junto con el bisabuelo de tu marido, porque le faltaba sabiduría y le sobraba corazón...

—Sí, y por la Galaxia que yo haría lo mismo si fuera él —juró Fran—.

Devers fue el más grande comerciante de la historia, más grande que el inflado charlatán de Mallow, a quien los de la Fundación rinden culto. Si los asesinos que gobiernan la Fundación lo mataron porque amaba la justicia, tanto mayor es la deuda de sangre que han contraído.

—Continúa, muchacha —pidió Randu—. Continúa o seguro que hablará toda la noche y desvariará todo el día de mañana.

—Ya no queda nada por decir —repuso Bayta con repentina tristeza—. Ha de haber una crisis, pero ignoro cómo será provocada. Las fuerzas progresistas de la Fundación están oprimidas de modo terrible. Ustedes, los comerciantes, pueden tener voluntad, pero son perseguidos y están dispersos. Si todas las fuerzas de buena voluntad de dentro y fuera de la Fundación se unieran...

La risa de Fran sonó como una ronca burla.

—Escúchala, Randu, escúchala. De dentro y fuera de la Fundación, ha dicho. Muchacha, muchacha, no hay esperanza que valga en lo que se refiere a los débiles de la Fundación. Hay entre ellos algunos que empuñan el látigo, y el resto sufre los latigazos... hasta morir. No queda en todos ellos ni una maldita chispa que les permita enfrentarse a un solo buen comerciante.

Los intentos de interrupción de Bayta se estrellaban contra aquel torrente de palabras.

Toran se inclinó sobre ella y le tapó la boca con la mano.

—Papá —dijo con frialdad—, tú nunca has estado en la Fundación. No sabes nada de ella. Yo te digo que la resistencia es allí valiente y osada. Podría decirte que Bayta era uno de ellos...

—Muy bien, muchacho, no te ofendas. Dime, ¿por qué te has enfadado? —Estaba evidentemente confuso.

Toran prosiguió con fervor:

—Tu problema, papá, es que tienes un punto de vista provinciano. Crees que porque algunos cientos de miles de comerciantes se oculten en los agujeros de un planeta abandonado del confín más remoto, constituyen un gran pueblo. Es cierto que cualquier recaudador de impuestos de la Fundación que llega hasta aquí ya no regresa jamás, pero esto es heroísmo barato. ¿Qué haríais si la Fundación enviara una flota?

—Los barreríamos —replicó Fran.

—O seríais barridos... y la balanza seguiría a su favor. Os superan en número, en armas, en organización, y os enteraréis de ello en cuanto la Fundación lo crea conveniente. Así que haríais bien en buscar aliados... en la Fundación misma, si podéis.

—Randu —dijo Fran, mirando a su hermano como un gran toro indefenso.

Randu se quitó la pipa de entre los labios.

—El muchacho tiene razón, Fran. Cuando escuches la voz de tu interior sabrás que la tiene. Es una voz incómoda, y por eso la ahogas con tus gritos. Pero sigue existiendo. Toran, voy a decirte por qué he iniciado esta conversación.

Chupó la pipa durante un rato, contemplativo. A continuación, la introdujo en el cuello de la cubeta, esperó a que se produjera el fogonazo silencioso y la extrajo ya limpia. Volvió a llenarla con parsimonia, ayudándose con golpecitos precisos de su dedo meñique, antes de decir:

—Tu pequeña sugerencia del interés de la Fundación por nosotros, Toran, ha sido acertada. Recientemente ha habido dos visitas... relativas a los impuestos. Lo desconcertante es que el segundo recaudador vino acompañado de una nave patrulla ligera. Aterrizaron en la ciudad de Gleiar, despistándonos por primera vez, pero, como es lógico, ya no volvieron a despegar. A pesar de todo es seguro que volverán a visitarnos. Tu padre es consciente de todo esto, Toran, puedes creerlo. Contempla al testarudo libertino. Sabe que Haven está en peligro, y sabe que estamos indefensos, pero repite sus fórmulas. Esto le anima y le protege. Pero cuando se ha desahogado y gritado su desafío, y siente que ha cumplido con su deber de hombre y de gran comerciante, es tan razonable como cualquiera de nosotros.

—¿A quién se refiere al decir «nosotros»? —preguntó Bayta.

—Hemos formado un pequeño grupo, Bayta, sólo en nuestra ciudad. Todavía no hemos hecho nada, ni siquiera hemos logrado entrar en contacto con las otras ciudades, pero ya es algo.

—¿Con qué fin?

Randu meneó la cabeza.

—No lo sabemos... todavía. Esperamos un milagro. Hemos averiguado que, como tú has dicho, es inminente una crisis de Seldon. —Apuntó hacia arriba—. La Galaxia está llena de astillas y esquirlas del desmoronado Imperio. Los generales hormiguean por doquier. ¿Crees que algún día uno de ellos puede sentirse osado?

Bayta reflexionó, y luego negó con la cabeza con tal fuerza que sus cabellos lacios se arremolinaron.

—No, no es posible. Ninguno de esos generales ignora que un ataque a la Fundación equivale a un suicidio. Bel Riose, del antiguo Imperio, era mejor que cualquiera de ellos, y atacó con todos los recursos de la Galaxia y no pudo ganar al plan de Seldon. ¿Hay un solo general que no sepa esto?

—¿Pero y si nosotros los espoleáramos?

—¿A qué? ¿A lanzarse contra un horno atómico? ¿Con qué podríais espolearlos?

—Bueno, hay uno nuevo. Durante los dos últimos años se han tenido noticias de un hombre extraño al que llaman el Mulo.

—¿El Mulo? —Bayta meditó—. ¿Has oído hablar alguna vez de él, Torie?

Toran negó con la cabeza. Ella preguntó:

—¿Qué se sabe de él?

—Lo ignoro. Pero dicen que logra victorias contra obstáculos insuperables. Puede que los rumores exageren, pero en cualquier caso sería interesante conocerlo. No todos los hombres con suficiente capacidad y ambición creerían en Hari Seldon y sus leyes de psicohistoria. Podríamos hacer cundir este escepticismo. Es posible que él atacara.

—Y la Fundación ganaría.

—Sí, pero quizá no con tanta facilidad. Podría ser una crisis, y nosotros la utilizaríamos para forzar un compromiso con los déspotas de la Fundación. En el peor de los casos se olvidarían de nosotros el tiempo suficiente como para permitirnos seguir adelante con nuestros planes.

—¿Qué opinas tú, Torie?

Toran sonrió débilmente y se apartó un mechón de pelo castaño que le caía sobre la frente.

—Del modo que lo describe, no puede perjudicarnos; ¿pero quién es el Mulo? ¿Qué sabes de él, Randu?

—Todavía nada. Para eso podríamos utilizarte a ti, Toran, y a tu mujer, si está dispuesta. Ya hemos hablado de esto tu padre y yo.

—¿De qué manera, Randu? ¿Qué quieres de nosotros? —El joven lanzó una rápida e inquisitiva mirada a su mujer.

—¿Habéis terminado la luna de miel?

—Pues... sí... Si se puede llamar luna de miel al viaje desde la Fundación.

—¿Qué me decís de una buena luna de miel en Kalgan? Es semitropical; sus playas, los deportes acuáticos, la caza de aves, todo hace del lugar un objetivo para las vacaciones. Se halla a unos siete mil pársecs... no demasiado lejos.

—¿Qué hay en Kalgan?

—¡El Mulo! Sus hombres, al menos. Lo conquistó el mes pasado, y sin una batalla, aunque el caudillo de Kalgan difundió por radio la amenaza de volar el planeta y convertirlo en polvo iónico antes de entregarlo.

—¿Dónde está ahora ese caudillo?

—No existe —dijo Randu, encogiéndose de hombros—. ¿Qué contestáis?

—¿Pero qué debemos hacer?

—No lo sé. Fran y yo somos viejos y provincianos. Los comerciantes de Haven son todos esencialmente provincianos. Incluso tú lo dices. Nuestro comercio es muy restringido, y no somos los vagabundos de la Galaxia que fueron nuestros antepasados. ¡Cállate, Fran! Pero vosotros dos conocéis la Galaxia. Bayta, en especial, habla con el bonito acento de la Fundación. Deseamos sencillamente lo que podáis averiguar. Si podéis entrar en contacto... Pero no nos atrevemos a esperarlo. Pensadlo los dos. Hablaréis con todo nuestro grupo, si lo deseáis... ¡Oh!, pero no antes de la semana próxima. Tenéis que aprovechar el tiempo para descansar un poco.

Tras la pausa que siguió a esas palabras, Fran exclamó:

—¿Quién quiere otro trago? Aparte de mí, se entiende.

12
El capitán y el alcalde

El capitán Han Pritcher no estaba acostumbrado al lujo que le rodeaba, pero tampoco impresionado. En general rehuía el autoanálisis y todas las formas de filosofía y metafísica que no estuvieran relacionadas con su trabajo.

Era una ayuda.

Su trabajo consistía en gran parte en lo que el departamento de Guerra llamaba «inteligencia», los sofisticados «espionaje», y los románticos, «servicio secreto».

Desgraciadamente, pese a los frívolos comentarios de la televisión, «inteligencia», «espionaje» y «servicio secreto» era, cuando más, un sórdido asunto de rutina, traición y mala fe. La sociedad lo excusaba porque se hacía «en interés del estado», pero un poco de filosofía siempre llevaba al capitán Pritcher a la conclusión de que incluso en tan sagrado interés la sociedad se sentía aliviada mucho antes que la propia conciencia, y por esta razón rehuía filosofar.

Ahora, ante el lujo de la antesala del alcalde, no pudo evitar que sus cavilaciones adquirieran un cariz más íntimo.

Habían sido ascendidos muchos hombres de menor capacidad que él, lo cual era admitido por todos. Había soportado una lluvia constante de críticas y reprimendas oficiales, sobreviviendo a todas ellas. Se aferraba a su modo de actuar en la firme creencia de que la insubordinación en aquel mismo sagrado «interés del estado» acabaría siendo reconocida como el servicio que era en realidad.

Por ello estaba en la antesala del alcalde... con cinco soldados como respetuosos centinelas mientras se enfrentaba tal vez a un consejo de guerra.

Las pesadas puertas de mármol se deslizaron suave y silenciosamente, revelando paredes satinadas, alfombras de plástico rojo y otras dos puertas de mármol con adornos de metal en el interior. Dos funcionarios que vestían el severo uniforme de hacía tres siglos salieron y llamaron:

—Audiencia para el capitán Han Pritcher de Información.

Retrocedieron con una ceremoniosa inclinación cuando el capitán se adelantó. Los centinelas se quedaron en la antesala, y él entró solo en la habitación.

La estancia era grande y extrañamente sencilla, y tras una mesa de rara forma angular se hallaba sentado un hombre pequeño que casi se perdía en la inmensidad del ambiente.

El alcalde Indbur —tercero de este nombre que ostentaba el cargo— era nieto de Indbur I, que había sido brutal y eficiente, y que había exhibido la primera de estas cualidades de manera espectacular por su modo de hacerse con el poder, y la segunda por su destreza en eliminar los últimos restos ficticios de las elecciones libres y la habilidad aún mayor con la que mantenía un gobierno relativamente pacífico.

El alcalde Indbur era hijo de Indbur II, que fue el primer alcalde de la Fundación que accedió al puesto por derecho de nacimiento, y que era sólo la mitad que su padre, pues sólo lo igualaba en brutalidad.

El alcalde Indbur era el tercero de tal nombre, el segundo en heredar el puesto, y el menos importante de los tres, pues no era brutal ni eficiente, sino simplemente un excelente contable nacido en familia equivocada.

Indbur III era una peculiar combinación de características hechas a su medida.

Para él, un amor geométrico de la simetría y el orden era «el sistema», un interés infatigable y febril por las más insignificantes facetas de la burocracia cotidiana era «la laboriosidad», la indecisión calculada era «la cautela», y la terquedad ciega en continuar por un camino erróneo era «la determinación».

Por añadidura, no malgastaba el dinero, no mataba a ningún hombre sin necesidad, y sus intenciones eran extremadamente buenas.

Si los sombríos pensamientos del capitán Pritcher se ocupaban de estas cosas mientras permanecía respetuosamente en pie ante la enorme mesa, la férrea expresión de sus rasgos no lo revelaba. No tosió ni cambió de postura, ni movió los pies hasta que el alcalde dejó de escribir unas notas marginales y colocó meticulosamente una hoja de papel impreso sobre un ordenado montón de hojas similares.

El alcalde Indbur cruzó las manos con lentitud, evitando deliberadamente perturbar el impecable orden de los accesorios de su mesa. Dijo, en señal de reconocimiento:

—Capitán Han Pritcher de Información.

Y el capitán Pritcher, con estricta obediencia al protocolo, dobló una rodilla casi hasta el suelo e inclinó la cabeza hasta que oyó la orden.

—Levántese, capitán Pritcher.

El alcalde habló con aire de afectuosa simpatía:

—Está usted aquí, capitán Pritcher, a causa de cierta acción disciplinaria tomada contra usted por su oficial superior. Los documentos relativos a esta acción han llegado a mis manos a su debido tiempo, y como todos los sucesos de la Fundación merecen mi interés, he pedido información adicional sobre su caso. Espero que no esté sorprendido.

El capitán Pritcher repuso desapasionadamente:

—No, excelencia. Su justicia es proverbial.

—¿Lo es? ¿De verdad? —Su tono era de satisfacción, y las coloreadas lentes de contacto que llevaba reflejaron la luz de un modo que dio a sus ojos un brillo seco y duro.

Extendió con cuidado ante sí una serie de carpetas con tapas de metal. Las hojas de pergamino crujieron cuando empezó a volverlas y su largo dedo seguía las líneas mientras hablaba.

—Aquí tengo su expediente, capitán... completo. Tiene cuarenta y tres años y hace diecisiete que es oficial de las fuerzas armadas. Nació en Loris, sus padres eran de Anacreonte, no tuvo enfermedades graves en la infancia, un ataque de mio... bueno, eso no tiene importancia... Educación premilitar en la Academia de Ciencias, especialización en hipermotores, diploma académico... Hm-m-m, muy bien, se le puede felicitar... Entró en el ejército como suboficial el día ciento dos del año 293 E. F.

Levantó la vista durante unos instantes, mientras dejaba la primera carpeta y abría la segunda.

—Ya ve que en mi administración no se abandona nada a la casualidad. ¡Orden! ¡Sistema!

Se llevó a los labios una píldora rosada que olía a jalea. Era su único vicio, al que cedía sin abusar. En la mesa del alcalde faltaba el casi inevitable quemador atómico, destinado a hacer desaparecer las colillas, pues el alcalde no fumaba.

Ni, como es natural, fumaban sus visitantes.

La voz del alcalde siguió zumbando metódicamente, mascullando de vez en cuando en un susurro comentarios igualmente monótonos de aprobación o censura.

Con lentitud fue colocando las carpetas en un ordenado montón.

—Bien, capitán —dijo animadamente—, su historial es insólito. Parece ser que su capacidad es sobresaliente, y sus servicios indudablemente valiosos. Observo que fue herido dos veces en el cumplimento del deber, y que se le ha concedido la Orden del Mérito por su extraordinario valor. Éstos son hechos a tener muy en cuenta.

El rostro impasible del capitán Pritcher no se suavizó. Permaneció en su rígida posición. El protocolo exigía que un súbdito honrado por el alcalde con una audiencia no tomara asiento, punto tal vez innecesariamente recalcado por el hecho de que en la habitación solo existía una silla: la ocupada por el alcalde. El protocolo exigía también que no se pronunciaran más palabras que las necesarias para responder a una pregunta directa.

Los ojos de Indbur se clavaron en el oficial, y su voz adquirió dureza:

—Sin embargo, no ha sido ascendido en diez años, y sus superiores informan, una y otra vez, de la inflexible obstinación de su carácter. Le describen como crónicamente insubordinado, incapaz de tener una actitud correcta hacia sus oficiales superiores, en apariencia nada interesado en mantener relaciones amistosas con sus colegas, y, además, incurable pendenciero. ¿Cómo explica usted todo esto, capitán?

—Excelencia, hago lo que me parece justo. Mis actos al servicio del estado y mis heridas por su causa prueban que lo que me parece justo está de acuerdo con los intereses del estado.

—Una declaración muy patriótica, capitán, pero no deja de ser una doctrina peligrosa. Hablaremos de eso más tarde. Específicamente, le han acusado de rechazar una misión por tres veces, a la vista de órdenes firmadas por mis delegados legales. ¿Qué tiene que alegar a esto?

—Excelencia, la misión carece de interés en unos momentos críticos en que asuntos de primordial importancia están siendo ignorados.

—¡Ah! ¿Y quién le dice que los asuntos de que habla son de importancia primordial, y si lo son, quién le dice que son ignorados?

—Excelencia, estas cosas son evidentes para mí. Mi experiencia y mi conocimiento de los hechos, reconocidos por mis superiores, me permiten juzgarlo con toda claridad.

—Pero, mi buen capitán, ¿tan ciego está que no ve que arrogándose el derecho de determinar la política de inteligencia usurpa las funciones de su superior?

—Excelencia, mi deber es principalmente para con el estado, y no para con mi superior.

—Un error, porque su superior tiene a su vez un superior, y ese superior soy yo mismo, y yo soy el estado. Pero no tema, no tendrá motivos para quejarse de esta justicia mía que usted llama proverbial. Explique con sus propias palabras la naturaleza de su falta de disciplina que ha originado todo esto.

—Excelencia, mi deber es primordialmente para con el estado, y no consiste en llevar la vida de un marino mercante retirado en el mundo de Kalgan. Mis instrucciones eran dirigir la actividad de la Fundación en el planeta, y perfeccionar una organización que ha de actuar de freno contra el caudillo de Kalgan, particularmente en lo que concierne a su política exterior.

—Ya estoy enterado de esto. ¡Continúe!

—Excelencia, mis informes han subrayado constantemente las posiciones estratégicas de Kalgan y los sistemas que controla. He informado de la ambición del caudillo, de sus recursos, de su determinación de extender sus dominios y de su cordialidad, o, tal vez, neutralidad hacia la Fundación.

—He leído sus informes con atención. Siga.

—Excelencia, regresé hace dos meses. Entonces no había señales de una guerra inminente; la única señal era una capacidad casi superflua de repeler cualquier ataque. Hace un mes, un desconocido y afortunado soldado conquistó Kalgan sin lucha. Al parecer, el hombre que fue caudillo de Kalgan ya no vive. Los hombres no hablan de traición, hablan sólo del poder y el genio de ese extraño condotiero... el Mulo.

—¿El... qué? —El alcalde se inclinó hacia adelante y pareció ofendido.

—Excelencia, se le conoce como el Mulo. En realidad se habla muy poco de él, pero yo he recopilado todos los rumores y he entresacado los que parecen más probables. No es un hombre de linaje ni posición social. Su padre es desconocido. Su madre murió al dar a luz. Su educación es la de un vagabundo, la que se adquiere en los mundos míseros y los barrios bajos del espacio. No tiene otro nombre que el de Mulo, nombre que según dicen se ha dado a sí mismo y que significa, de acuerdo con la creencia popular, su inmensa fuerza física y su terquedad de propósito.

—¿Cuál es su fuerza militar, capitán? No me interesa la física.

—Excelencia, la gente habla de enormes flotas, pero pueden estar influenciados por la extraña caída de Kalgan. El territorio que controla no es grande, aunque es imposible determinar sus límites exactos. Pese a todo, ese hombre ha de ser investigado.

—Hm... ¡Claro, claro! —El alcalde se quedó abstraído y, muy despacio, dibujó seis cuadros colocados en posición hexagonal sobre la primera hoja de un cuaderno que a continuación arrancó, dobló con esmero en tres partes e introdujo en la ranura de la papelera que había a la derecha de la mesa. El papel cayó hacia una limpia y silenciosa desintegración atómica—. Ahora, dígame, capitán, ¿cuál es la alternativa? Me ha dicho lo que debe ser investigado. ¿Qué le han ordenado a usted que investigara?

—Excelencia, parece ser que hay una guarida de ratas en el espacio que no paga sus impuestos.

—¡Ah! ¿Y eso es todo? Usted ignora, y nadie se lo ha dicho, que esos hombres que no pagan los impuestos son descendientes de los salvajes comerciantes de nuestros primeros tiempos: anarquistas, rebeldes, maniacos sociales que proclaman su descendencia de la Fundación y se burlan de la cultura de la Fundación. Usted ignora, y nadie se lo ha dicho, que esa guarida de ratas en el espacio no es una, sino muchas; que son más numerosas de lo que imaginamos y conspiran juntas, una con la otra, y todas con los elementos criminales que aún existen por todo el territorio de la Fundación. ¡Incluso aquí, capitán, incluso aquí!

La momentánea fogosidad del alcalde se extinguió con rapidez.

—Usted lo ignora, capitán.

—Excelencia, estoy enterado de todo esto. Pero como servidor del estado, he de servir fielmente, y el que más fielmente sirve es quien sirve a la verdad. Cualquiera que sea la implicación política de estos desechos de los antiguos comerciantes, los caudillos que han heredado las esquirlas del viejo Imperio están en el poder. Los comerciantes no tienen armas ni recursos, ni siquiera unidad. Yo no soy un recaudador de impuestos a quien se envía para una misión infantil.

—Capitán Pritcher, es usted un soldado y ha de obedecer. Es un fallo haberle permitido llegar hasta el punto de no cumplir una orden mía. Tenga cuidado. Mi justicia no es simplemente debilidad. Capitán, ya ha sido probado que los generales de la Era Imperial y los caudillos de la época actual son igualmente impotentes frente a nosotros.

»La ciencia de Seldon, que predice el curso de la Fundación, no se basa en el heroísmo individual, como usted parece creer, sino en las tendencias sociales y económicas de la historia. Ya hemos pasado con éxito por cuatro crisis, ¿no es verdad?

—Sí, excelencia, es verdad. Pero la ciencia de Seldon sólo la conocía el propio Seldon; nosotros simplemente tenemos fe. En las tres primeras crisis, como me han enseñado una y otra vez, la Fundación estaba en manos de sabios dirigentes que previeron la naturaleza de las crisis y tomaron las precauciones adecuadas. Sin ellos... ¿quién puede saberlo?

—Sí, capitán, pero ha omitido la cuarta crisis. Vamos, capitán, entonces no teníamos un dirigente digno de este nombre y nos enfrentábamos al adversario más inteligente, a los acorazados más pesados y a las fuerzas más numerosas. Y sin embargo, vencimos porque era algo inevitable en la historia.

—Excelencia, esto es cierto. Pero esta historia que ha mencionado no fue inevitable hasta haber luchado desesperadamente durante más de un año. La victoria inevitable que ganamos nos costó quinientas naves y medio millón de hombres. Excelencia, el plan de Seldon ayuda a quienes se ayudan a sí mismos.

El alcalde Indbur frunció el ceño y se sintió repentinamente cansado de sus pacientes explicaciones. Se le ocurrió pensar que había tenido un fallo en su condescendencia con el capitán porque estaba siendo confundida con el permiso de discutir eternamente, de argumentar, de sumergirse en la dialéctica. Dijo con rigidez:

—Pese a ello, capitán, Seldon garantiza la victoria sobre los caudillos, y en estos momentos tan atareados no puedo permitirme el lujo de dispersar nuestro esfuerzo. Estos comerciantes que usted quiere ignorar son descendientes de la Fundación; una guerra con ellos representaría una guerra civil. El plan de Seldon no nos garantiza nada a este respecto, puesto que tanto ellos como nosotros constituimos la Fundación. Así pues, es preciso dominarlos. Ya conoce usted sus órdenes.

—Excelencia...

—No se le ha formulado ninguna pregunta, capitán. Ya conoce sus órdenes y las obedecerá. Más discusión de cualquier índole conmigo o con quienes me representan será considerada como traición. Puede retirarse.

El capitán Han Pritcher dobló de nuevo la rodilla y se retiró, caminando de espaldas con parsimonia.

El alcalde Indbur, tercero de su nombre y segundo alcalde en la historia de la Fundación que había accedido al puesto por derecho de nacimiento, recobró su equilibrio y levantó otra hoja de papel del montón que tenía a su izquierda. Era un informe sobre el ahorro de fondos derivado de la reducción de bordes de espuma metálica en los uniformes de la fuerza policial. El alcalde Indbur tachó una coma superflua, corrigió una falta de ortografía, anotó tres observaciones al margen y colocó el pliego sobre el ordenado montón de su derecha. Levantó otro papel del también ordenado montón de su izquierda...

El capitán Han Pritcher de Información encontró una cápsula personal esperándole cuando regresó al cuartel. Contenía órdenes, precisas, subrayadas con lápiz rojo y cubiertas con el sello de URGENTE. El pliego estaba firmado con una ostentosa «I» mayúscula.

Se ordenaba al capitán Han Pritcher, en los términos más severos, que se dirigiese al «mundo rebelde llamado Haven».

El capitán Han Pritcher, solo en su ligera nave individual, tomó calmosa y serenamente el rumbo de Kalgan. Aquella noche disfrutó del sueño que correspondía a un hombre obstinado que se había salido con la suya.

13
El teniente y el bufón

Si desde una distancia de siete mil pársecs la caída de Kalgan en poder de los ejércitos del Mulo había producido reverberaciones que excitaron la curiosidad de un viejo comerciante, las aprensiones de un fiel capitán y el enojo de un alcalde meticuloso, entre el pueblo de Kalgan no produjo nada ni excitó a nadie. Es una lección invariable para la humanidad que la distancia en el tiempo, y asimismo en el espacio, da perspectiva a las cosas. No consta en ninguna parte que la lección haya sido aprendida de modo permanente.

Kalgan era... Kalgan. Era el único planeta de aquel cuadrante de la Galaxia que no parecía saber que el Imperio había caído, que los Stannell ya no gobernaban, que la grandeza se había extinguido y que la paz brillaba por su ausencia. Kalgan era el mundo del lujo. Mientras el resto de la humanidad se derrumbaba, él mantenía su integridad como productor de placer, comprador de oro y vendedor de ocio.

Escapaba a las duras vicisitudes de la historia, porque, ¿qué conquistador querría destruir, o tan siquiera perjudicar, a un mundo tan lleno de dinero contante y sonante que podía comprar la inmunidad para sí?

Sin embargo, incluso Kalgan se convirtió finalmente en cuartel general de un caudillo, y su idiosincrasia tuvo que ajustarse a las exigencias de la guerra.

Sus junglas amansadas, sus playas finamente modeladas y sus alegres y clamorosas ciudades vibraron al paso de mercenarios importados y ciudadanos curiosos. Los mundos de su provincia habían sido armados y su dinero invertido en naves de guerra y no en sobornos, por primera vez en su historia. Su gobernante probó sin duda alguna que estaba decidido a defender lo que era suyo, y ansioso por conquistar lo que era de otros.

Era un hombre grande de la Galaxia, hacedor de la paz y la guerra, constructor de un imperio y establecedor de una dinastía.

Y un desconocido que llevaba un ridículo apodo le había conquistado a él, a sus armas, a su naciente imperio, y ni siquiera había librado una sola batalla.

Así pues, Kalgan volvió a ser lo que era, y sus ciudadanos uniformados se apresuraron a reanudar su antigua vida, mientras los extranjeros profesionales de la guerra se fusionaban con las nuevas bandas recién llegadas.

De nuevo, como siempre, se organizaron las elaboradas cacerías de lujo de la cultivada vida animal de las junglas que nunca se cobraban una vida humana; y las cacerías de pájaros en veloces naves, lo cual era fatal sólo para las grandes aves.

En las ciudades, los vividores de la Galaxia podían elegir la variedad de placer que más convenía a sus bolsas, desde los etéreos palacios del espectáculo y la fantasía, que abrían sus puertas a las masas por el módico precio de medio crédito, hasta los anónimos y discretos antros entre cuyos clientes habituales sólo se contaban los millonarios.

En la vasta población, Toran y Bayta cayeron como dos gotas insignificantes. Registraron su nave en el gigantesco hangar común de la Península Oriental, y se dirigieron hacia el ambiente intermedio de la clase media, el mar interior, donde los placeres aún eran legales, e incluso respetables, y las multitudes no estaban demasiado amontonadas.

Bayta llevaba gafas oscuras contra la luz, y un ligero vestido blanco contra el calor. Se abrazó las rodillas con los brazos morenos, apenas más dorados por el sol natural, y contempló con la mirada firme y abstraída el cuerpo de su marido tendido a su lado, que casi centelleaba bajo el esplendor del sol.

—No te excedas —le había dicho al principio, ya que Toran procedía de una moribunda estrella roja. Pese a haber pasado tres años en la Fundación, la luz del sol era un lujo para él; y desde hacía cuatro días su piel, tratada previamente para resistir la fuerza de los rayos, no conocía otra prenda que los pantalones cortos.

Bayta se acurrucó junto a él sobre la arena y empezaron a hablar en susurros.

La voz de Toran tenía un tono de desaliento cuando habló sin cambiar de posición:

—Admito que no hemos conseguido nada. ¿Pero dónde está? ¿Quién es? Este mundo demente no dice nada de él. Quizá ni siquiera existe.

—Existe —replicó Bayta sin mover los labios—. Es inteligente, eso es todo. Y tu tío tiene razón. Es un hombre que podríamos utilizar... si aún hay tiempo.

Tras una corta pausa, Toran murmuró:

—¿Sabes qué estaba haciendo, Bay? Sumiéndome en un estupor solar. Las cosas se ven con tanta nitidez... tanta dulzura. —Su voz casi se extinguió, y luego volvió a oírse—: Recuerda lo que decía en la universidad el doctor Amann, Bay. La Fundación no puede perder nunca, pero esto no significa que no puedan perder sus dirigentes. ¿Acaso no empezó la verdadera historia de la Fundación cuando Salvor Hardin expulsó a los enciclopedistas y conquistó el planeta Terminus como el primer alcalde? Y al siglo siguiente, ¿no obtuvo el poder Hober Mallow con métodos casi igualmente drásticos? Los dirigentes fueron vencidos dos veces, de modo que puede conseguirse. ¿Por qué no hemos de hacerlo nosotros?

—Es el más viejo argumento de los libros, Torie. Tu sueño es una pérdida de tiempo.

—¿Tú crees? Piénsalo. ¿Qué es Haven? ¿No es parte de la Fundación? Es sencillamente parte del proletariado externo, por decirlo así. Si nosotros llegamos a ser dominantes, será todavía la Fundación quien venza, y sólo perderán los dirigentes actuales.

—Hay mucha diferencia entre «podemos y «haremos». Sólo estás soñando despierto.

Toran torció el gesto.

—Vamos, Bay, estás en uno de tus momentos malos. ¿Por qué quieres estropearme la diversión? Voy a dormitar un rato, si no te importa.

Bayta levantó la cabeza, y de improviso, se echó a reír y se quitó las gafas para mirar hacia la playa, con la palma de la mano protegiéndose los ojos.

Toran levantó la vista, se incorporó y siguió la mirada de ella.

Al parecer contemplaba una escuálida figura que, con los pies en el aire, se paseaba sobre sus manos para divertir a un grupo de curiosos. Era uno de los numerosos mendigos acróbatas de la playa, cuyas flexibles articulaciones se doblaban y contorsionaban para ganar unas monedas.

Un guarda de la playa le hacía señas para que siguiera su camino, y con sorprendente equilibrio sobre una sola mano, el bufón se llevó un pulgar a la nariz. El guarda avanzó amenazadoramente, y fue derribado por un pie que le golpeó en el estómago. El bufón se enderezó sin interrumpir el ritmo de sus contorsiones iniciales y se alejó, mientras el enfurecido guarda era obstaculizado por una muchedumbre que no le agradecía su intervención.

El bufón siguió su torpe paseo por la playa. Rozó a mucha gente, vaciló a menudo, pero no se detuvo en ninguna parte. La muchedumbre se dispersó. El guarda se había ido.

—Es un tipo cómico —dijo Bayta, divertida, y Toran asintió con indiferencia. Ahora el bufón estaba lo bastante cerca como para ser visto con claridad. En su rostro delgado destacaba una voluminosa nariz cuyo extremo carnoso casi se antojaba prensil. Sus largos y esbeltos miembros y su cuerpo huesudo, acentuado por el traje, se movían con agilidad y gracia, pero daba la impresión de que estaban descoyuntados.

Era imposible mirarlo sin reírse.

El bufón pareció repentinamente consciente de sus miradas, porque se detuvo después de haber pasado y, con un rápido giro, se acercó. Sus grandes ojos marrones se clavaron en Bayta.

Ésta se sintió desconcertada.

El bufón sonrió, lo cual aumentó la tristeza de su rostro delgado, y cuando habló de nuevo fue con las suaves y elaboradas frases de los sectores centrales.

—Si utilizara el ingenio que los buenos espíritus me dieron —dijo—, entonces diría que esta dama no puede existir, pues, ¿qué hombre en su sano juicio llamaría al sueño realidad? Sin embargo, yo preferiría no ser cuerdo y prestar crédito a mis ojos hechizados.

Bayta abrió mucho los suyos, exclamando:

—¡Vaya!

Toran se rio.

—¡Conque eres una hechicera! Adelante, Bay, eso merece una moneda de cinco créditos.

—Dásela.

Pero el bufón se adelantó con un salto.

—No, señora mía, no me juzguéis mal. No he hablado por dinero, sino por unos ojos brillantes y un rostro bello.

—Vaya, gracias. —Y dijo a Toran—: ¿No crees que el sol habrá ofuscado su vista?

—Pero no sólo por ojos y rostro —continuó el bufón, hablando con rapidez creciente—, sino también por una mente clara y firme... y bondadosa, por añadidura.

Toran se puso en pie, cogió la bata blanca que había llevado colgada del brazo durante cuatro días y se cubrió con ella.

—Veamos, compañero —dijo—, será mejor que me digas lo que quieres y dejes de importunar a la señora.

El bufón retrocedió un paso, asustado, encorvando su huesudo cuerpo.

—No ha sido mi intención ofenderla. Soy un extraño aquí, y dicen que mi mente no rige bien; pero puedo leer en los rostros. Tras la belleza de esta dama hay un corazón bondadoso, y él me ayudaría en mi zozobra. Por eso hablo con tanta osadía.

—¿Se aliviará tu zozobra con cinco créditos? —preguntó Toran con sequedad, alargando la moneda. Pero el bufón no se movió para tomarla, y Bayta dijo:

—Deja que hable con él, Torie. —Se apresuró a añadir, en voz baja—: No hay por qué ofenderse ante su tonta manera de hablar. Es su dialecto; y lo más probable es que nuestra lengua también le resulte extraña a él.

Preguntó al bufón:

—¿Cuál es tu congoja? No estarás preocupado por el guarda, ¿verdad? No te molestará.

—¡Oh, no! No se trata de él. No es más que un viento ligero que levanta el polvo a mis pies. Huyo de otro, que es una tormenta capaz de barrer los mundos y lanzarlos uno contra otro. Me escapé hace una semana, duermo en las calles de la ciudad y me oculto entre las multitudes. He buscado en muchos rostros la ayuda que necesito, y la encuentro aquí. —Repitió la última frase en tono más suave y ansioso, y en sus ojos se leía la agitación—: La encuentro aquí.

—Verás —explicó serenamente Bayta—, me gustaría ayudarte, pero lo cierto es, amigo, que no puedo protegerte contra una tormenta que barre los mundos. Si he de serte sincera, yo también...

Oyeron muy cerca una voz fuerte y estridente.

—¡Ah!, estás ahí, harapiento bribón...

Era el guarda de la playa, que se aproximaba corriendo, con el rostro enrojecido y la boca abierta. Empuñaba una pistola aturdidora.

—Sujétenlo ustedes dos. No le dejen escapar. —Posó su pesada mano sobre el flaco hombro del bufón, que emitió un gemido lastimero.

—¿Qué ha hecho? —preguntó Toran.

—¡Qué ha hecho, qué ha hecho! ¡Eso sí que es bueno! —El guarda rebuscó en la bolsa que llevaba sujeta al cinturón, y extrajo un pañuelo violeta con el que se secó el cuello. Añadió con deleite—: Les diré lo que ha hecho. Se ha escapado. Por todo Kalgan corre el rumor, y lo habría reconocido antes si le hubiera visto la cara en vez de los pies.

Dicho lo cual, zarandeó a su presa con salvaje buen humor. Bayta inquirió con una sonrisa:

—Dígame, ¿de dónde se ha escapado?

El guarda levantó la voz. Se estaba formando un corro, curioso e inquieto, y el aumento de público provocó que el sentido de la importancia del guarda aumentara en proporción directa.

—¿Que de dónde se ha escapado? —declaró con sarcasmo—. Supongo que ya han oído hablar del Mulo.

Cesaron los murmullos, y Bayta sintió un escalofrío. El bufón sólo tenía ojos para ella, y seguía temblando bajo la enorme mano del guarda.

—¿Y quién creen que es este desecho infernal —continuó el guarda—, sino el bufón de corte de su señoría, que ha huido de él? —Sacudió de nuevo a su cautivo—. ¿Lo admites, desgraciado?

La respuesta fue una ostensible mueca de terror, y el inaudible silbido de la voz de Bayta junto al oído de Toran.

Toran se aproximó al guarda con actitud amistosa.

—Vamos, amigo, ¿por qué no deja de agarrarlo por un momento? Este bufón al que tiene sujeto estaba bailando para nosotros y aún no se ha ganado su dinero.

—Verá —replicó el guarda con ansiedad—, hay una recompensa...

—La tendrá usted, si puede probar que es el hombre a quien busca. ¿Por qué no se retira hasta entonces? Sabe que está molestando a un invitado, y eso podría costarle caro...

—Pero usted está obstaculizando los planes de su señoría, y eso también podría costarle caro. —Volvió a zarandear al bufón—. Devuelve el dinero al señor, carroña.

La mano de Toran se movió con celeridad, arrebatando la pistola al guarda con tal fuerza que casi se le llevó un dedo. El guarda chilló de dolor y de rabia. Toran lo empujó a un lado sin contemplaciones, y el bufón, una vez libre, se refugió detrás de él.

Los curiosos, que ya lo eran en número considerable, apenas dedicaron atención al último incidente. Todos tenían los cuellos estirados hacia otra parte, como si hubiesen decidido aumentar la distancia entre ellos y el centro de actividad.

Entonces se oyó un murmullo y una orden brusca proferida desde lejos. Se formó un pasillo, y dos hombres se acercaron por él, con sus látigos eléctricos preparados. En sus blusas purpúreas había dibujado un rayo angular con un planeta debajo, partido en dos.

Les seguía un gigante moreno, con uniforme de teniente, cabellos negros y expresión adusta.

El gigante habló con peligrosa suavidad, indicio de que no tenía necesidad de gritar para imponer sus caprichos.

—¿Es usted el hombre que ha notificado el suceso?

El guarda seguía sujetándose la mano torcida y contestó con el rostro contraído por el dolor:

—Reclamo la recompensa, su grandeza, y acuso a este hombre...

—Recibirá su recompensa —dijo el teniente, sin mirarlo, mientras hacía una seña a sus hombres—: Lleváoslo.

Toran sintió que el bufón tiraba de su bata con fuerza desesperada. Levantó la voz y se esforzó para que no temblara:

—Lo siento, teniente pero este... hombre me pertenece.

Los soldados escucharon la frase sin pestañear. Uno levantó casualmente su látigo, pero una áspera orden del teniente le obligó a bajarlo. El gigante moreno se adelantó y plantó su robusto cuerpo frente a Toran.

—¿Quién es usted?

—Un ciudadano de la Fundación —fue la respuesta.

Dio resultado, al menos con la muchedumbre. El tenso silencio se convirtió en un apasionado murmullo. El nombre del Mulo podía inspirar temor, pero al fin y al cabo era un nombre nuevo y no ahondaba tan profundamente en la consciencia de la gente como el antiguo nombre de la Fundación —que había destruido al Imperio— y cuyo temor gobernaba un cuadrante de la Galaxia con implacable despotismo.

El teniente no se inmutó. Preguntó:

—¿Conoce usted la identidad del hombre que ahora se oculta tras su espalda?

—Me han dicho que ha huido de la corte del líder de ustedes, pero lo único que sé seguro es que es mi amigo, y va a necesitar usted una buena prueba de su identidad para llevárselo.

Entre el gentío se elevaron comentarios suspicaces, pero el teniente hizo oídos sordos.

—¿Tiene usted su documentos de ciudadanía de la Fundación?

—Están en mi nave.

—¿Se da cuenta de que sus acciones son ilegales? Puedo ordenar que lo maten.

—No me cabe la menor duda. Pero mataría a un ciudadano de la Fundación, y es muy probable que su cuerpo fuese enviado a ella, descuartizado, como compensación parcial. Ya lo han hecho otros caudillos.

El teniente se humedeció los labios. La afirmación era cierta. Preguntó:

—¿Su nombre?

Toran aprovechó su ventaja.

—Contestaré a más preguntas en mi nave. En el hangar le dirán el número de mi aparcamiento; la nave está registrada bajo el nombre de *Bayta*.

—¿No entregará al fugitivo?

—Al Mulo tal vez. ¡Envíemelo!

La conversación había ido degenerando en un murmullo, y el teniente dio media vuelta con brusquedad.

—¡Dispersad al gentío! —ordenó a sus hombres, con reprimida ferocidad.

Restallaron los látigos eléctricos. Los curiosos se desbandaron entre alaridos.

Toran interrumpió una sola vez su ensoñación mientras volvían al hangar. Exclamó, casi para sus adentros:

—¡Por la Galaxia, Bay, qué mal lo he pasado! Tenía tanto miedo...

—Lo sé —repuso ella con voz temblorosa y algo parecido a la adoración en su mirada—. Ha sido algo insólito en ti.

—Bueno, aún no sé lo que ocurrió. Hablé con la pistola en la mano, sin saber siquiera cómo usarla, y le convencí. Ignoro por qué lo hice.

Miró hacia el pasillo de transporte que les llevaba lejos del área de la playa, vio al bufón del Mulo dormido en su asiento, y dijo con extrañeza:

—Es lo más difícil que he hecho en mi vida.

El teniente estaba cuadrado respetuosamente ante el coronel de la guarnición, y éste lo miró y dijo:

—Bien hecho. Ya ha terminado su misión.

Pero el teniente no se retiró enseguida. Observó:

—El Mulo ha perdido prestigio ante la gente, señor. Será necesario llevar a cabo una acción disciplinaria para restaurar la debida atmósfera de respeto.

—Esa medida ya ha sido tomada.

El teniente se volvió a medias, y entonces dijo con resentimiento:

—Estoy dispuesto a admitir, señor, que órdenes son órdenes, pero estar ante aquel hombre con la pistola y tragarme su insolencia sin replicar ha sido lo más duro que he hecho en mi vida.

14
El mutante

El hangar de Kalgan es una institución peculiar, nacida de la necesidad de albergar el vasto número de naves de visitantes extranjeros, y de la necesidad simultánea de ofrecerles alojamiento. El hombre a quien se le ocurrió la solución obvia no había tardado en convertirse en millonario, y sus herederos, familiares o financieros se contaban entre las personas más ricas de Kalgan.

El hangar ocupa muchos kilómetros cuadrados de territorio, y la palabra hangar no lo describe suficientemente. En esencia es un hotel para naves. El viajero paga por anticipado, y su nave es colocada en una plataforma desde la que puede despegar hacia el espacio en el momento deseado. El visitante se aloja, como siempre, en su propia nave. Todos los servicios hoteleros están a su entera disposición, por supuesto, como el suministro de alimentos y medicinas a un precio especial, el mantenimiento de la nave y el transporte interior por Kalgan por un módico precio.

Como resultado, el viajero paga al mismo tiempo el espacio del hangar

274

y el hotel, lo cual le ahorra dinero. Los propietarios venden el uso temporal de solares con amplios beneficios. El gobierno recauda enormes impuestos. Todo el mundo está contento; nadie pierde. ¡Sencillo!

El hombre que bajaba por los sombreados bordes de los anchos corredores que conectaban las múltiples alas del hangar había especulado en el pasado sobre la novedad y utilidad de este sistema, pero éstas eran reflexiones para momentos de ocio, y no convenían en absoluto al momento presente.

Las naves se alineaban en largas hileras de plataformas, y el hombre pasaba de largo hilera tras hilera. Era un experto en lo que estaba haciendo en aquel momento, y aunque su estudio preliminar del registro del hangar no le había procurado información específica aparte de la dudosa indicación de un ala determinada, que contenía cientos de naves, su conocimiento especializado le permitiría reconocer a una sola entre aquellos centenares.

En el silencio sonó un suspiro casi inaudible cuando el hombre se detuvo y desapareció junto a una de las hileras, como un insecto trepador, a la sombra de los arrogantes monstruos metálicos aparcados en ella.

Aquí y allí resplandecía la luz de alguna escotilla, indicando la presencia de alguien que había vuelto temprano de los placeres organizados para entregarse a los suyos propios, más sencillos, o más privados.

El hombre se detuvo, y hubiera sonreído de haberlo sabido hacer. Lo cierto es que las circunvoluciones de su cerebro ejecutaron el equivalente mental de una sonrisa.

La nave junto a la que se había detenido era brillante y evidentemente veloz. La peculiaridad de su diseño era lo que él buscaba. No se trataba de un modelo corriente, y, en la actualidad, la mayoría de naves de aquel cuadrante de la Galaxia o bien imitaban el diseño de la Fundación o estaban construidas por técnicos de la Fundación. Pero aquélla era especial. Era una verdadera nave de la Fundación, aunque sólo fuera por las diminutas protuberancias que se veían en la cubierta exterior y que eran los nódulos de la pantalla protectora que únicamente podía poseer una nave de la Fundación. También había, no obstante, otras indicaciones.

El hombre no sintió la menor vacilación.

La barrera electrónica extendida a lo largo de la línea de naves, como una concesión a la intimidad por parte de la dirección, no revestía el menor interés para él. Se separó con facilidad, sin activar la alarma, cuando activó la fuerza neutralizadora tan especial que tenía a su disposición.

De este modo, la primera señal de la presencia de un intruso ante la escotilla de entrada de la nave sería la breve y casi amistosa señal del zumbador con sordina colocado en la cabina, que sonaba posando la palma de la mano sobre la pequeña fotocélula que había junto a la escotilla principal.

Y mientras el intruso iniciaba su búsqueda, Toran y Bayta sentían la más precaria seguridad entre las paredes de acero de la *Bayta*. El bufón del Mulo, que había declarado ostentar el majestuoso nombre de Magnífico Gigánticus, se hallaba sentado ante la mesa, devorando la comida que le habían ofrecido.

Sólo levantaba sus tristes ojos marrones para seguir los movimientos de Bayta en el compartimiento donde comía, que era a la vez cocina y despensa.

—La gratitud de un débil tiene poco valor —murmuró—, pero ustedes cuentan con ella, pues en verdad durante la última semana sólo había comido mendrugos, y, aunque mi cuerpo es pequeño, mi apetito es desmesurado.

—Entonces, ¡come! —dijo Bayta con una sonrisa—. No pierdas el tiempo manifestando tu gratitud. ¿No existe un proverbio de la Galaxia central sobre la gratitud?

—Ciertamente que sí, mi señora, pues me dijeron que un hombre sabio dijo una vez: «La gratitud mejor y más efectiva es la que no se evapora en frases vacías». Pero, ¡ay, mi señora!, al parecer yo no soy más que una masa de frases vacías. Cuando estas frases agradaron al Mulo, me regaló un traje de corte y un espléndido nombre, porque originalmente era Bobo, un nombre que no le complacía, y cuando estas mismas frases le desagradaron, regaló a mi pobre cuerpo palizas y latigazos.

Toran entró desde la cabina del piloto.

—Ahora sólo podemos esperar, Bay. Confío que el Mulo sea capaz de comprender que una nave de la Fundación es territorio de la Fundación.

Magnífico Gigánticus, antes Bobo, abrió mucho los ojos y exclamó:

—¡Qué grande es la Fundación, cuando hace temblar incluso a los crueles servidores del Mulo!

—¿Tú también has oído hablar de la Fundación? —preguntó Bayta con una leve sonrisa.

—¿Y quién no? —La voz de Magnífico era un susurro misterioso—. Hay personas que dicen que es un mundo de gran magia, de fuegos que pueden consumir planetas, y secretos de poderosa fuerza. Dicen que ni la más alta nobleza de la Galaxia podría alcanzar el honor y la deferencia considerados normales en un hombre que pueda decir: «Soy ciudadano de la Fundación», aunque sólo sea un bárbaro minero del espacio o un don nadie como yo.

Bayta le reconvino

—Vamos, Magnífico, nunca terminarás si haces discursos. Te traeré un vaso de leche aromatizada. Es buena.

Colocó sobre la mesa una jarra de leche y, con un gesto, indicó a Toran que abandonase la habitación.

—Torie, ¿qué haremos ahora con él? —preguntó señalando la puerta de la cocina.

—¿Qué quieres decir?

—Si viene el Mulo, ¿se lo entregaremos?

—Bueno, ¿qué podemos hacer si no, Bay? —Parecía preocupado, y el gesto con que se retiró el mechón de la frente lo demostró bien a las claras... Continuó con impaciencia—: Antes de venir aquí tuve la vaga idea de que todo cuanto debíamos hacer era pedir por el Mulo y luego hablarle de negocios... sólo de negocios; ya sabes, nada determinado.

—Sé lo que quieres decir, Torie. Yo no tenía esperanzas de ver al Mulo, pero pensaba que podríamos obtener alguna información de primera mano sobre este lío, y después repetírselo a la gente que sabe un poco más de esta intriga interestelar. No soy una espía de novela de aventuras.

—Tampoco yo, Bay. —Cruzó los brazos y suspiró—. ¡Vaya situación! Ya hubiera pensado que no existe el Mulo, de no ser por este extraño incidente. ¿Supones que vendrá a buscar a su bufón?

Bayta le miro a los ojos.

—No sé si deseo que venga. No sé qué hacer ni qué decir. ¿Y tú?

El zumbador interior sonó con su ruido apagado e intermitente. Los labios de Bayta se movieron inaudiblemente.

—¡El Mulo!

Magnífico estaba en el umbral, con los ojos muy abiertos y la voz lastimera:

—¿Será el Mulo?

—Abriré —murmuró Toran.

Un contacto abrió la escotilla, y la puerta exterior se cerró tras el recién llegado. El visor sólo mostró una figura en la sombra.

—Es una persona sola —dijo Toran con evidente alivio, y su voz era casi temblorosa cuando se inclinó sobre el tubo de señales—: ¿Quién es usted?

—Sería mejor que me dejase entrar y lo averiguase, ¿no cree? —Las palabras llegaron débiles por el receptor.

—Debo informarle de que ésta es una nave de la Fundación y, en consecuencia, territorio de la Fundación por tratado internacional.

—Lo sé.

—Entre con las manos en alto o dispararé. Estoy bien armado.

—¡De acuerdo!

Toran abrió la puerta interior y apretó la culata de su pistola de rayos, con el pulgar situado encima del punto de presión. Se oyeron unos pasos y la puerta se abrió.

Magnífico exclamó:

—No es el Mulo; es sólo un hombre.

El «hombre» se inclinó severamente ante el payaso.

—Exacto. No soy el Mulo. —Extendió los brazos—. No estoy armado y he venido en misión de paz. Puede descansar y apartar la pistola. Su mano no es lo bastante firme para mi tranquilidad de espíritu.

—¿Quién es usted? —preguntó bruscamente Toran.

—Soy yo quien debería preguntarle eso —dijo el extraño con frialdad—, ya que es usted, y no yo, quien pretende ser lo que no es.

—¿A qué se refiere?

—Proclama que es ciudadano de la Fundación cuando no hay un solo comerciante autorizado en el planeta.

—No es cierto. ¿Cómo puede usted saberlo?

—Porque yo sí soy ciudadano de la Fundación, y tengo documentos que lo prueban. ¿Dónde están los suyos?

—Creo que será mejor que se vaya.

—Yo no lo creo. Si sabe algo sobre los métodos de la Fundación, sabrá que si no vuelvo vivo a mi nave a una hora determinada sonará una señal en el cuartel general más próximo de la Fundación, por lo que dudo que sus armas sean muy eficaces en la práctica.

—Guarda la pistola, Toran —rogó Bayta, con calma, tras un momento de indecisión—, y presta atención a sus palabras. Creo que dice la verdad.

—Gracias —dijo el desconocido. Toran dejó la pistola sobre una silla.

—Y ahora, explíquenos qué significa todo esto.

El recién llegado permaneció en pie. Era más bien alargado y de miembros grandes. Su rostro consistía en planos lisos, y era evidente que nunca sonreía. Pero sus ojos carecían de dureza. Habló:

—Las noticias vuelan, en especial cuando parecen inverosímiles. No creo que haya una sola persona en Kalgan que no sepa que hoy dos turistas de la Fundación se han burlado de los hombres del Mulo. Yo me enteré de los detalles importantes antes del atardecer, y, como ya he dicho, no hay en el planeta turistas de la Fundación, aparte de mí mismo. Sabemos estas cosas.

—¿Quiénes son ustedes?

—«Nosotros» somos «nosotros». ¡Y yo soy uno de ellos! Sabía que estaban en el hangar; les oyeron decirlo. He usado mis métodos para comprobarlo en el registro y para encontrar la nave. —Se volvió hacia Bayta de improviso—: Usted ha nacido en la Fundación, ¿verdad?

—¿Usted cree?

—Es miembro de la oposición demócrata, a la que llaman «la resistencia». No recuerdo su nombre, pero sí el rostro. Salió recientemente, y no lo hubiera hecho de haber sido más importante.

—Sabe usted mucho —repuso Bayta, encogiéndose de hombros.

—Sí. Escapó con un hombre. ¿Es éste?

—¿Acaso importa lo que yo diga?

—No. Sólo pretendo un entendimiento mutuo. Creo que la contraseña durante la semana en que salieron tan apresuradamente era «Seldon, Hardin y la Libertad». Porfirat Hart era su jefe de sección.

—¿Cómo ha sabido eso? —Bayta se enfureció de repente—. ¿Le ha cogido la policía? —Toran la sujetó, pero ella se desasió y avanzó unos pasos.

El hombre de la Fundación dijo tranquilamente:

—Nadie le ha cogido. Es sólo que la resistencia se extiende mucho y por lugares muy extraños. Soy el capitán Han Pritcher de Información, y también soy jefe de sección, no importa bajo qué nombre. —Esperó, y después agregó—: No, no tienen por qué creerme. En nuestra profesión es preferible exagerar la suspicacia que descuidarla. Pero será mejor que termine con los preliminares.

—Sí —dijo Toran—, será mejor.

—¿Puedo sentarme? Gracias. —El capitán Pritcher cruzó sus largas piernas y descansó un brazo sobre el respaldo de la silla—. Empezaré diciendo que no entiendo este asunto; desde el punto de vista de ustedes, claro. No son de la Fundación, pero no es difícil adivinar que proceden de uno de los mundos comerciantes independientes. Esto no me preocupa gran cosa. Pero, por curiosidad, ¿para qué quieren a este sujeto, a este bufón que se han empeñado en salvar? Están arriesgando su vida al protegerlo.

—No puedo responder a eso.

—Hmm. Bueno, tampoco esperaba que lo hiciera. Pero si creen que el Mulo acudirá con una fanfarria de cuernos, tambores y órganos eléctricos... ¡olvídenlo! El Mulo no trabaja de este modo.

—¿Cómo? —exclamaron a la vez Toran y Bayta; y desde el rincón donde se acurrucaba Magnífico, con los oídos casi visiblemente aguzados, llegó un grito de alegría.

—Es cierto. Yo mismo he intentado ponerme en contacto con él, y lo he hecho mucho mejor que dos aficionados. No se puede conseguir. Ese hombre no se presenta personalmente, no se deja fotografiar ni dibujar de memoria, y sólo lo ven sus colaboradores más íntimos.

—¿He de deducir que esto explica su interés por nosotros, capitán? —inquirió Toran.

—No. Ese bufón es la clave. El bufón es uno de los pocos que le han visto. Quiero llevármelo conmigo. Puede ser la prueba que necesito, y bien sabe la Galaxia que necesito algo para despertar a la Fundación.

—¿Necesita que la despierten? —intervino Bayta con repentina ansiedad—. ¿Para defenderla de qué? ¿Y en calidad de qué actúa usted como alarma, en la de un demócrata rebelde o en la de policía secreto y agente provocador?

El rostro del capitán endureció sus rasgos.

—Cuando la Fundación entera es amenazada, mi querida señora revolucionaria, perecen tanto los demócratas como los tiranos. Salvemos a los tiranos de un tirano mayor para poder derrotarlos a ellos cuando llegue el momento.

—¿Quién es ese tirano mayor al que alude? —preguntó Bayta con ardor.

—¡El Mulo! Sé algo de él, lo bastante como para que signifique mi muerte varias veces, si me hubiera movido con menos agilidad. Haga salir al bufón de la habitación. De esto hay que hablar en privado.

—Magnífico —dijo Bayta, haciendo una señal, y el bufón se fue sin rechistar.

La voz del capitán era grave e intensa, y de tono tan bajo que Toran y Bayta tuvieron que acercarse.

—El Mulo es un intrigante astuto... lo bastante astuto como para comprender la ventaja del magnetismo y la atracción de la jefatura personal. Si renuncia a ella, es por una razón. Esa razón ha de ser el hecho de que el contacto personal revelaría algo que es de la máxima importancia que no trascienda. —Ignoró las preguntas y continuó con mayor rapidez—: Volví al lugar de su nacimiento e interrogué a las personas que, a causa de sus conocimientos, no vivirán mucho. Ya son muy pocas, dicho sea de paso, las que viven. Recuerdan al niño nacido hace treinta años, la muerte de su madre, y su extraña juventud. ¡El Mulo no es un ser humano!

Sus dos interlocutores retrocedieron con horror ante aquella implicación. Ninguno de los dos comprendió total o claramente, pero la amenaza de la frase era concluyente. El capitán prosiguió:

—Es un mutante, y de facultades extraordinarias, según ha puesto de manifiesto su carrera. Ignoro sus poderes y hasta qué punto es lo que nuestras películas de aventuras llaman un «superhombre», pero el ascenso desde la nada a la conquista de Kalgan en dos años es revelador. ¿Verdad que ven el peligro? ¿Puede incluirse en el plan de Seldon un accidente genético de imprevisibles propiedades biológicas?

—Lo dudo —replicó Bayta, meditando sus palabras—. Debe de ser una especie de truco complicado. ¿Por qué no nos mataron los hombres del Mulo cuando podrían haberlo hecho, si es que en realidad se trata de un superhombre?

—Ya les he dicho que desconozco el grado de su mutación. Tal vez aún no está dispuesto para la conquista de la Fundación, y sería una señal de gran sabiduría resistir las provocaciones hasta que lo esté. Permítanme hablar con el bufón.

El capitán se enfrentó al tembloroso Magnífico, que evidentemente no se fiaba de aquel hombre gigantesco y duro.

El capitán empezó con lentitud:

—¿Has visto al Mulo con tus propios ojos?

—Ya lo creo que sí, respetable señor. Y también he sentido el peso de su brazo en todo mi cuerpo.

—No me cabe la menor duda. ¿Puedes describirlo?

—Su recuerdo me infunde pavor, señor. Es un hombre de enormes proporciones; junto a él, incluso usted sería un enano. Sus cabellos son de un llameante carmesí, y ni siquiera con todo mi peso y fuerza podía bajarle el brazo que tenía extendido, ni tan sólo un milímetro. —La delgadez de Magnífico daba la impresión de que todo él se trataba únicamente de un montón de brazos y piernas—. A menudo, para divertir a sus generales, o a sí mismo solamente, me suspendía en el aire a una tremenda altura, con un solo dedo, mientras yo recitaba poesías. Solo me liberaba al vigésimo verso si eran improvisados y de ritmo perfecto; de lo contrario, me dejaba suspendido. Es un hombre de fuerza excepcional, respetable señor, y cruel en el uso de su poder... y sus ojos no los ha visto nadie.

—¿Qué? ¿Qué es lo último que has dicho?

—Lleva gafas, señor, de un tipo muy peculiar. Dicen que son opacas y que ve por medio de una poderosa magia que sobrepasa con mucho las facultades humanas. He oído —su voz se tornó leve y misteriosa— que verle los ojos equivale a morir; que mata con los ojos, respetable señor.

La mirada de Magnífico se posó alternativamente en los tres rostros. Añadió, temblando:

—Es cierto. Tan cierto como que estoy vivo.

Bayta aspiró profundamente.

—Parece que tiene usted razón, capitán. ¿Qué nos aconseja que hagamos?

—Bien, repasemos la situación. ¿No deben nada aquí? ¿Está libre la barrera del hangar?

—Puedo despegar cuando quiera.

—Entonces, váyanse. Puede que el Mulo no desee provocar a la Fundación, pero corre un gran riesgo dejando huir a Magnífico; lo demuestra la persecución de que ha hecho objeto al pobre diablo. Es posible que haya naves esperándole arriba. Si ustedes se pierden en el espacio, ¿a quién acusar del crimen?

—Tiene razón —asintió Toran, desabrido.

—Sin embargo, disponen de un escudo, y seguro que su nave es más veloz que las de ellos, así que, en cuanto salgan de esta atmósfera, describan un círculo en neutral hasta el otro hemisferio, y después láncense hacia fuera con el máximo de aceleración.

—Sí —asintió a su vez Bayta—; y cuando estemos de nuevo en la Fundación, ¿qué pasará, capitán?

—Ustedes dos son fieles ciudadanos de Kalgan, ¿no? Yo no sé de nada que lo desmienta, ¿verdad?

Nadie dijo nada más. Toran se volvió hacia los controles. Se produjo una sacudida sutil. Cuando Toran había dejado lo bastante atrás Kalgan como para intentar su primer salto interestelar, el rostro del capitán Pritcher se contrajo, ya que ninguna nave del Mulo había intentado en forma alguna detener su marcha.

—Parece que permite que nos llevemos a Magnífico —dijo Toran—. Esto contradice su teoría.

—A menos —corrigió el capitán— que quiera que nos lo llevemos, lo cual no es bueno para la Fundación.

Después del último salto, cuando estuvieron dentro de la zona neutral de vuelo de la Fundación, las primeras noticias radiadas por ultraondas llegaron a la nave. Hubo una en particular que se mencionó sin ningún énfasis. Al parecer, un caudillo (que el aburrido locutor olvidó identificar) había comunicado a la Fundación el secuestro de un miembro de su corte. El locutor pasó en seguida a las noticias deportivas.

El capitán Pritcher observó en tono glacial:

—Va un paso por delante de nosotros, después de todo. —Y añadió pensativamente—: Está listo para enfrentarse a la Fundación, y utiliza esto como una excusa para dar paso a la acción. El asunto hace las cosas más difíciles para nosotros. Tendremos que actuar antes de estar verdaderamente dispuestos.

15
El psicólogo

Había una razón para el hecho de que el elemento conocido como «ciencia pura» fuese la forma de vida más libre de la Fundación. En una Galaxia donde el predominio —e incluso la supervivencia— de la Fundación continuaba basándose en la superioridad de su tecnología, aun después de su acceso al poder físico un siglo y medio atrás, cierta inmunidad rodeaba al científico. Se le necesitaba, y él lo sabía.

También era natural que Ebling Mis —sólo aquéllos que no le conocían agregaban sus títulos a su nombre— representara la forma de vida más libre de la «ciencia pura» de la Fundación. En un mundo donde la ciencia era respetada, él era El Científico, con mayúsculas. Se le necesitaba, y lo sabía.

Y por eso ocurrió que cuando otros doblaron la rodilla, él se negó a hacerlo, añadiendo en voz alta que sus antepasados no habían doblado la rodilla ante ningún asqueroso alcalde. Además, en tiempos de sus antepasados, los alcaldes eran elegidos y destituidos a voluntad, y las únicas personas que heredaban algo por derecho de nacimiento eran los idiotas congénitos.

Y así ocurrió que cuando Ebling Mis decidió permitir a Indbur III que le honrase con una audiencia, no esperó a que la rígida serie de autoridades presentasen su solicitud y le transmitiesen la respuesta favorable, sino que, después de echarse sobre los hombros la menos ajada de sus dos chaquetas de gala y calarse de lado sobre la cabeza un estrambótico sombrero de peculiar diseño, encendió un cigarro, lo cual estaba prohibido, e irrumpió, pese a las airadas protestas de dos guardas vociferantes, en el palacio del alcalde.

La primera noticia que este último tuvo de la intrusión fue una creciente algarabía de insultos y la estrepitosa respuesta en forma de maldiciones inarticuladas. Indbur, que se hallaba en el jardín, abandonó su pala, se enderezó y frunció el ceño, todo ello con idéntica lentitud. Porque Indbur III se permitía una pausa diaria en su trabajo, y durante dos horas, después del mediodía, si el tiempo era benigno, permanecía en el jardín. En él crecían las flores en parterres cuadrados y triangulares, dispuestas en rígidas hileras de rojo y amarillo, con pequeñas manchas de violeta en los extremos y verde follaje en los bordes. Cuando se hallaba en su jardín nadie osaba molestarlo... ¡nadie!

Indbur se quitó los guantes manchados de barro y avanzó hacia la pequeña puerta del jardín. Inevitablemente, preguntó:

—¿Qué significa todo esto?

Es la pregunta exacta, con las palabras exactas, que ha sido proferida en ocasiones similares por una increíble variedad de hombres desde que la humanidad fue creada. No se sabe que se haya proferido jamás con otra intención que la de causar un efecto digno.

Pero la respuesta fue contundente esta vez, puesto que el cuerpo de Mis cruzó el umbral con un rugido ensordecedor al tiempo que se desasía de las manos que aún sujetaban los restos de su capa.

Indbur, con expresión severa y disgustada, ordenó a los guardias que se fueran, y Mis se agachó para recoger su sombrero destrozado, lo sacudió para limpiarlo de tierra, se lo puso bajo el brazo y dijo:

—Escuche, Indbur, esos incalificables esbirros suyos tendrán que pagarme una capa y un sombrero nuevos. Mire cómo me los han dejado. —Resopló y se secó la frente con un gesto ligeramente teatral.

El alcalde estaba rígido por la contrariedad, y replicó con altivez:

—No se me ha comunicado, Mis, que haya usted solicitado una audiencia. Y estoy seguro de no habérsela concedido.

Ebling Mis miró al alcalde con expresión de profunda sorpresa.

—Por la Galaxia, Indbur, ¿no recibió mi nota ayer? Se la entregué hace dos días a un presumido con uniforme color púrpura. Se la hubiera entregado a usted personalmente, pero sé cuánto le gustan los formalismos.

—¡Los formalismos! —Indbur le miró con exasperación, y después añadió convincentemente—: ¿Ha oído hablar alguna vez de la necesaria organización? En ocasiones sucesivas tendrá que solicitar una audiencia, redactada por triplicado, y entregarla en la oficina gubernamental establecida a este fin. Entonces esperará hasta que le llegue el turno y se le notifique la hora de la audiencia concedida. Se presentará a ella correctamente vestido, correctamente, ¿me comprende? Y con el debido respeto, además. Ahora ya puede irse.

—¿Qué tienen de malo mis ropas? —preguntó Mis indignado—. Llevaba mi mejor capa hasta que esos incalificables maniacos clavaron sus garras en ella. Me iré en cuanto haya transmitido el mensaje por el que he venido hasta aquí. ¡Por la Galaxia!, si no se tratara de una crisis de Seldon me marcharía inmediatamente.

—¡Una crisis de Seldon! —Indbur no pudo disimular su interés.

Mis era un gran psicólogo, sin duda; un demócrata, patán y rebelde, desde luego, pero psicólogo al fin y al cabo. En su incertidumbre, el alcalde ni siquiera pudo expresar con palabras el dolor que sintió de improviso cuando Mis arrancó una flor, se la llevó a la nariz y la tiró con desagrado.

—¿Le importaría seguirme? —inquirió Indbur, inexpresivo—. El jardín no es lugar para mantener conversaciones serias.

Se sintió mejor en su butaca ante la enorme mesa, desde donde podía mirar los escasos cabellos que no lograban ocultar el cráneo rosado de Mis. Se sintió también mucho mejor cuando Mis lanzó una serie de miradas automáticas a su alrededor buscando una silla, inexistente, y tuvo que permanecer en pie. Y experimentó casi una sensación de felicidad cuando, en respuesta a una cuidadosa pulsación del contacto correcto, un funcionario con librea entró, se inclinó ante el alcalde y depositó sobre la mesa un abultado volumen encuadernado en metal.

—Ahora —dijo Indbur, una vez más dueño de la situación—, a fin de abreviar en lo posible esta entrevista no autorizada, comuníqueme su mensaje con el mínimo de palabras.

Ebling Mis contestó pausadamente:

—¿Sabe qué estoy haciendo estos días?

—Tengo sus informes aquí —replicó el alcalde con satisfacción—, junto con los resúmenes autorizados. Tengo entendido que sus investigaciones sobre las matemáticas de la psicohistoria tienen como objeto duplicar el trabajo de Hari Seldon y, eventualmente, seguir la pista del proyectado curso de la historia futura, para uso de la Fundación.

—Exacto —asintió Mis con sequedad—. Cuando Seldon estableció la Fundación fue lo bastante sabio como para no incluir a psicólogos entre los científicos aposentados aquí, de modo que la Fundación siempre ha avanzado a ciegas por el curso de la necesidad histórica. Durante mis investigaciones me he basado en gran parte en insinuaciones halladas en la Bóveda del Tiempo.

—Estoy enterado de ello, Mis. Es una pérdida de tiempo repetirlo.

—No estoy repitiendo nada —replicó Mis—, porque lo que voy a decirle no figura en ninguno de estos informes.

—¿Qué quiere decir con eso de que no está en los informes? —preguntó estúpidamente Indbur—. ¿Cómo es posible...?

—¡Por la Galaxia! Déjeme contarlo a mi manera, pequeña criatura ofensiva. No hable por mi boca ni replique a cada frase mía o saldré de aquí inmediatamente y dejaré que todo se derrumbe a su alrededor. Recuerde, incalificable necio, que la Fundación perdurará porque así ha de ser, pero si yo salgo ahora mismo de aquí, usted no perdurará.

Después de tirar al suelo su sombrero, lo que levantó una nube de polvo, saltó los peldaños del entarimado sobre el que se hallaba la enorme mesa y, apartando con violencia unos papeles, se sentó en su borde.

Indbur pensó frenéticamente en llamar al guardia o usar los desintegradores ocultos en la mesa. Pero el rostro de Mis estaba atento frente al suyo, y no podía hacer otra cosa que resignarse con dignidad a la situación.

—Doctor Mis —empezó con vacilante formalidad—, debe usted...

—¡Cierre la boca —replicó ferozmente Mis— y escúcheme! Si eso que tiene aquí —y descargó con fuerza la palma de la mano sobre el metal de la carpeta— es un resumen garabateado de mis informes, tírelo. Cualquier informe que yo escribo pasa a través de veinte o más funcionarios, llega hasta usted, y después vuelve a caer en manos de veinte funcionarios más. Esto está muy bien si no hay nada que quiera mantener en secreto. Pero hoy traigo algo confidencial, tan confidencial que ni siquiera los muchachos que trabajan conmigo se han enterado de ello. Han hecho el trabajo, eso es cierto, pero sólo un fragmento cada uno... y yo los he juntado. ¿Sabe usted qué es la Bóveda del Tiempo?

Indbur asintió con la cabeza, pero Mis continuó, disfrutando mucho de la situación:

—Bueno, se lo diré de todos modos porque he estado imaginando durante mucho tiempo esta situación incalificable; y sé leer en su mente, insignificante hipócrita. Tiene la mano derecha cerca de un pequeño botón que a la más leve presión hará entrar a unos quinientos hombres armados para liquidarme, pero tiene miedo de lo que yo sé... tiene miedo de una crisis de Seldon. Aparte de que, si toca algo de su mesa, yo le machacaré el cráneo antes de que alguien pueda entrar. Al fin y al cabo, usted, el bandido de su padre y el pirata de su abuelo ya han chupado la sangre a la Fundación durante bastante tiempo.

—Esto es... traición —tartamudeó Indbur.

—Ciertamente —asintió Mis—, ¿pero qué puede hacer para evitarla? Voy a hablarle de la Bóveda del Tiempo. La Bóveda del Tiempo es lo que Hari Seldon instaló aquí al principio para ayudarnos a superar los momentos difíciles. Seldon preparó para cada crisis un simulacro personal para ayudarnos... y explicárnosla. Cuatro crisis hasta ahora... y cuatro apariciones. La primera vez apareció en el punto álgido de la primera crisis. La segunda vez ocurrió enseguida tras la evolución favorable de la segunda crisis. Nuestros antepasados estuvieron allí para escucharle las dos veces. En la tercera y cuarta crisis fue ignorado, a buen seguro porque no lo necesitábamos, pero investigaciones recientes, que no están incluidas en los informes que usted tiene, indican que sí apareció, y además en los momentos adecuados. ¿Lo comprende?

No esperó la respuesta. Tiró finalmente la colilla de su cigarro, húmedo y apagado, buscó otro y lo encendió. El humo salió con violencia. Prosiguió:

—Oficialmente, he estado intentando reconstruir la ciencia de la psicohistoria. Verá, ningún hombre va a hacerlo solo, ni es un trabajo de un solo siglo. Pero he hecho progresos en los elementos más simples y he podido usarlos como excusa para introducirme en la Bóveda del Tiempo. Lo que he logrado hacer implica la determinación, hasta un grado suficiente de certeza, de la fecha en que se producirá la próxima aparición de Hari Seldon. Puedo darle el día exacto, en otras palabras, en que la inminente crisis de Seldon, la quinta, alcanzará su apogeo.

—¿Falta mucho? —preguntó tensamente Indbur. Mis dejó caer la bomba con alegre despreocupación:

—¡Cuatro meses! —dijo—. Cuatro incalificables meses... menos dos días.

—Cuatro meses —murmuró Indbur con insólita vehemencia—. Imposible.

—¿Imposible? ¡Ya veremos!

—¿Cuatro meses? ¿Comprende lo que esto significa? Si una crisis ha de llegar dentro de cuatro meses, es necesario que se haya estado preparando durante años.

—¿Y por qué no? ¿Existe alguna ley de la naturaleza que requiera que el proceso madure a la luz del día?

—Pero nada nos amenaza, al menos no hay nada que lo indique. —Indbur, en su ansiedad, casi se retorció las manos. Con una repentina recrudecimiento de su ferocidad, gritó—: ¿Quiere apartarse de mi mesa para que pueda ponerla en orden? ¿Cómo espera que piense?

Mis, sorprendido, se levantó pesadamente y se apartó.

Indbur colocó los objetos en sus lugares apropiados, con movimientos febriles. Habló con rapidez:

—No tiene derecho a presentarse aquí de este modo. Si hubiera mostrado su teoría...

—No es una teoría.

—Yo digo que sí lo es. Si la hubiera mostrado junto con su evidencia y argumentos, de manera apropiada, habría ido a la oficina de Ciencias Históricas. Allí la habrían tratado como corresponde, me habrían sometido los análisis resultantes y después, como es de rigor, se habrían tomado las medidas pertinentes. De este modo me ha importunado usted sin necesidad. ¡Ah, aquí está!

Tenía en la mano una hoja de papel plateado y transparente que agitó ante la cara del psicólogo.

—Esto es un breve resumen que preparo yo mismo, semanalmente, sobre los asuntos extranjeros pendientes. Escuche: hemos completado las negociaciones de un tratado comercial con Mores, proseguimos las negociaciones para otro similar con Lyonesse, hemos enviado una delegación a unas celebraciones de Bonde, hemos recibido una queja de Kalgan y prometido tenerla en consideración, hemos protestado por ciertas prácticas comerciales ilegales de Asperita y allí nos han asegurado tenerlo en cuenta, etcétera. —Los ojos del alcalde recorrieron la lista de anotaciones en clave antes de colocar con esmero la hoja en su lugar adecuado, en la carpeta adecuada y en el casillero adecuado—. Se lo aseguro, Mis, no hay absolutamente nada que no respire orden y paz...

La puerta del extremo opuesto de la habitación se abrió y, de un modo tan melodramático que eliminaba la posibilidad de que no fuera real, apareció un individuo vestido con sencillez.

Indbur se incorporó. Tuvo esa sensación curiosamente vertiginosa de irrealidad que suele teñir los días en que ocurren demasiadas cosas. Tras la intrusión y las salvajes invectivas de Mis, se producía ahora otra intrusión igualmente indecorosa, y, por consiguiente, perturbadora, esta vez por parte de su secretario, de quien cabía esperar que conocía el reglamento.

El recién llegado ensayó una honda reverencia. Indbur le interpeló con aspereza:

—¿Qué sucede?

El secretario declaró, mirando al suelo:

—Excelencia, el capitán Han Pritcher de Información, que ha regresado de Kalgan, en desobediencia a vuestras órdenes, ha sido encarcelado, siguiendo instrucciones previas (vuestra orden X20-513) y espera su ejecución. Sus acompañantes están detenidos para su interrogatorio. Se ha realizado un informe completo.

Indbur, desesperado, replicó:

—Se ha recibido un informe completo. ¿Qué más?

—Excelencia, el capitán Pritcher ha informado, vagamente, de peligrosos designios por parte del nuevo caudillo de Kalgan. De acuerdo con vuestras instrucciones previas (orden X20-651), no se le ha tomado declaración formal, pero se han anotado sus observaciones y redactado un informe completo.

—Se ha recibido ese informe completo. ¿Qué más? —gritó Indbur.

—Excelencia, hace un cuarto de hora se han recibido informes de la frontera salinniana. Naves identificadas como kalganianas han entrado en territorio de la Fundación sin la debida autorización. Las naves van armadas. Ha habido lucha.

El secretario casi besaba el suelo. Indbur permanecía en pie. Ebling Mis se adelantó hacia el secretario y le dio una palmada en el hombro.

—Váyase y diga que pongan en libertad a ese capitán Pritcher y lo traigan aquí. ¡Fuera!

El secretario salió y Mis se dirigió al alcalde:

—¿No sería mejor que pusiera la maquinaria en marcha, Indbur? Cuatro meses, recuérdelo.

Indbur permaneció inmóvil, con la mirada fija. Sólo un dedo parecía tener vida, y dibujaba temblorosos triángulos sobre la lisa superficie de la mesa.

16
La conferencia

Cuando los veintisiete mundos comerciantes independientes, unidos sólo por su desconfianza del planeta madre de la Fundación, concertaban entre ellos una asamblea, y cada uno se sentía orgulloso de su propia pequeñez, endurecido por su aislamiento y amargado por el eterno peligro, era preciso vencer negociaciones preliminares de una mezquindad suficiente como para desanimar a los más perseverantes.

No bastaba fijar por adelantado detalles tales como los métodos de votación, o el tipo de representación, ya fuera por mundos o por población. Éstas eran cuestiones de complicada importancia política. No bastaba fijar el asunto de prioridad en la mesa, tanto del consejo como de la cena; éstas eran cuestiones de complicada importancia social.

Se trataba del lugar de reunión, puesto que esto era un asunto de marcado provincialismo. Y finalmente, las dudosas rutas de la diplomacia eligieron el mundo de Radole, sugerido al principio por algunos comentaristas por la lógica razón de su posición central.

Radole era un mundo franja, de los que abundan en la Galaxia, pero entre los cuales era una rareza la variedad habitada. Era un mundo, dicho en otras palabras, donde las dos mitades ofrecían los monótonos extremos del frío y el calor, mientras la región de vida posible era la franja de zona crepuscular.

Un mundo semejante parece invariablemente inhóspito a los que no lo han visitado, pero hay lugares estratégicamente situados, y la ciudad de Radole era uno de ellos.

Se extendía a lo largo de las suaves laderas de las colinas, situadas frente a la cordillera que delimitaba el hemisferio frío y detenía la masa de hielo. El aire cálido y seco acariciaba las ciudades, que recibían el agua de las montañas; y la ciudad de Radole era un eterno jardín, caldeado por la radiante mañana de un perpetuo junio.

Cada casa tenía su jardín florido, abierto a los benignos elementos. Cada jardín era un lugar de horticultura intensiva, donde las plantas de lujo crecían en fantásticas formas para ser exportadas al extranjero, hasta que Radole casi se convirtió en un mundo productor, en vez de un típico mundo comerciante.

De este modo, a su manera, la ciudad de Radole era un pequeño punto de suavidad y lujo en un horrible planeta —un minúsculo Edén—, y este hecho fue también un factor influyente en la lógica de la elección.

Los extranjeros llegaron de cada uno de los otros veintiséis mundos comerciantes: delegados, esposas, secretarios, periodistas, naves y tripulaciones, y la población de Radole casi se dobló, por lo que sus recursos tuvieron que estirarse hasta el límite. Todos comían a voluntad, bebían sin límite y no dormían en absoluto.

Sin embargo, había pocos entre aquellos vividores que no fueran intensamente conscientes de que toda la Galaxia ardía con lentitud en una especie de guerra quieta y adormecida. Y entre los que tenían esta consciencia, los había de tres clases: la primera estaba constituida por los que sabían muy poco y rebosaban confianza.

Uno de ellos era el joven piloto espacial que llevaba la escarapela de Haven en la hebilla de su gorra, y que consiguió, sosteniendo la copa ante los ojos, reflejar en ella los ojos de la sonriente radoliana que estaba frente a él. Decía:

—Hemos pasado a propósito a través de la zona de guerra para venir aquí. Viajamos alrededor de un minuto luz en neutral, justo delante de Horleggor...

—¿Horleggor? —interrumpió un nativo de largas piernas, que era el anfitrión del grupo—. Eso es donde el Mulo recibió una paliza la semana pasada, ¿no?

—¿Dónde ha oído usted que el Mulo recibió una paliza? —preguntó con arrogancia el piloto.

—Por la radio de la Fundación.

—¿Ah, sí? Pues bien, el Mulo ha conquistado Horleggor. Casi nos topamos con un convoy de sus naves, y era precisamente de allí de donde venían. No recibe una paliza quien se queda en el campo de batalla, y quien ha dado la paliza se aleja a toda prisa.

Alguien dijo en voz alta:

—No hable de este modo. La Fundación siempre acaba venciendo. Usted espere y se convencerá. La vieja Fundación sabe cuándo ha de volver, y entonces... ¡pum! —El hombre estaba ligeramente borracho y sonrió entre dientes.

—Sea como fuere —replicó el piloto de Haven tras una corta pausa—, vimos las naves del Mulo y tenían muy buen aspecto. Incluso le diré que parecían nuevas.

—¿Nuevas? —repitió el nativo con perplejidad—. ¿Las construyen ellos mismos? —Rompió una hoja de una rama colgante, la olió delicadamente y se la metió en la boca. Mientras la masticaba, la hoja despidió un jugo verdoso y un olor de menta—. ¿Está diciéndome que han vencido a las naves de la Fundación con artefactos caseros? Continúe.

—Nosotros las vimos, amigo. Y yo sé distinguir entre una nave y un cometa.

El nativo se inclinó hacia él.

—¿Sabe lo que pienso? Escuche, no se engañe a usted mismo. Las guerras no empiezan por sí solas, y nosotros contamos con un grupo de gente astuta que nos gobierna y que sabe muy bien lo que hace.

El borracho dijo con la voz repentinamente alta:

—Observe a la Fundación. Esperan hasta el último minuto y entonces... ¡pum! —Sonrió con la boca abierta a la muchacha, que se apartó de él.

El radoliano prosiguió:

—Por ejemplo, amigo, tal vez usted piense que el Mulo está dirigiendo el cotarro. Pues no es así. —Movió horizontalmente un dedo—. Por lo que he oído decir, y en boca de gente importante, no lo dude, trabaja para nosotros. Nosotros le pagamos, y es muy probable que hayamos construido esas naves. Seamos realistas al respecto; es muy probable que sea así. Es evidente que a la larga no puede derrotar a la Fundación, pero puede fastidiarla, y cuando lo haga... intervendremos.

La muchacha preguntó:

—¿No puedes hablar de otra cosa, Klev? ¡Sólo de la guerra! Me aburres.

El piloto de Haven dijo en un arranque de galantería:

—Cambie de tema. No debemos aburrir a las chicas.

El borracho adoptó la frase y la repitió mientras golpeaba la mesa con una jarra. Los pequeños grupos que se habían formado se disolvieron en risas y bufonadas, y de la casa que daba al jardín emergieron grupos similares. La conversación se generalizó y se volvió más variada e insustancial.

Después estaban los que sabían un poco más y sentían menos confianza.

Entre ellos se contaba Fran, que representaba a Haven como delegado oficial y que, a raíz de ello, vivía por todo lo alto y cultivaba nuevas amistades, con mujeres cuando podía, y con hombres cuando tenía que hacerlo.

Se hallaba descansando en la plataforma soleada de la casa de uno de sus nuevos amigos, situada en la cima de una colina. Era la primera vez que la visitaba, y sólo la visitaría una vez más durante su estancia en Radole. Su nuevo amigo se llamaba Iwo Lyon, un alma gemela de Radole. La casa de Iwo se levantaba lejos de las otras viviendas, aparentemente aislada en un océano de perfume floral y zumbido de insectos. La plataforma solar era una franja de césped colocada formando un ángulo de cuarenta y cinco grados, y Fran yacía tendido sobre la hierba, absorbiendo los rayos solares. Comentó:

—No tenemos nada parecido en Haven.

—No ha visto aún el lado frío —contestó Iwo, con voz soñolienta—. Hay un lugar, a unos treinta y cinco kilómetros de aquí, donde el oxígeno fluye como el agua.

—¿En serio?

—Es un hecho.

—Bien, le diré, Iwo... En los viejos tiempos, antes de que me arrancaran el brazo, me pasó algo... bueno, ya sé que no va a creérselo, pero...

—La historia que siguió tuvo una duración considerable, e Iwo no se la creyó.

Una vez finalizada, observó:

—Los viejos tiempos eran mejores, ésta es la verdad.

—Desde luego que sí. Oiga —se animó Fran—, le he hablado de mi hijo, ¿verdad? También es de la vieja escuela; será un magnífico comerciante. Ha salido en todo a su padre. Bueno, en todo no, porque se ha casado.

—¿Quiere decir un contrato legal, y con una muchacha?

—Eso es. Yo no le veo ningún sentido. Fueron a Kalgan en su luna de miel.

—¿Kalgan? ¿Kalgan? ¿Y cuándo demonios fueron allí?

Fran sonrió y contestó con acento misterioso:

—Justo antes de que el Mulo declarase la guerra a la Fundación.

—Conque sí, ¿eh?

Fran asintió y, por señas, indicó a Iwo que se acercara:

—Voy a contarle algo, si me promete no difundirlo. Mi hijo fue enviado a Kalgan para realizar una misión. No me gustaría revelar la índole de ésta, pero si usted repasa ahora la situación, puede adivinarla. En cualquier caso, mi hijo era el hombre adecuado para el trabajo. Nosotros, los comerciantes, necesitábamos algo de alboroto. —Sonrió astutamente—. Y lo tuvimos. No le diré cómo lo hicimos, pero mi hijo fue a Kalgan y el Mulo envió sus naves. ¡Mi hijo!

Iwo estaba francamente impresionado, y también él adoptó un tono confidencial.

—Estupendo. Dicen que disponemos de quinientas naves listas para intervenir en el momento apropiado.

Fran rectificó con tono autoritario:

—Y aún más, tal vez. Esto es verdadera estrategia, de la clase que me gusta. —Se rascó la piel del vientre—. Pero no olvide que el Mulo es también un chico listo. Lo ocurrido en Horleggor me preocupa.

—Tengo entendido que perdió diez naves.

—Sí, pero tenía cien más, y la Fundación se vio obligada a retirarse. Está muy bien que derrotemos a esos tiranos, pero no me gusta que sea tan fácil. —Y sacudió la cabeza.

—Me pregunto de dónde sacará el Mulo sus naves. Corre el rumor de que nosotros las fabricamos para él.

—¿Nosotros? ¿Los comerciantes? Haven tiene los mayores astilleros de todos los mundos independientes, y no hemos hecho ninguna nave que no fuera para nosotros. ¿Insinúa que algún mundo puede construir una flota para el Mulo sin tomar la precaución de una acción conjunta? Esto es... un cuento de hadas.

—Entonces, ¿dónde las consigue? —Fran se encogió de hombros.

—Las fabricarán ellos mismos, supongo. Esto también me preocupa.

Y, por último, estaba el reducido número de los que sabían mucho y no sentían la menor confianza. Entre ellos se contaba Randu, quien al quinto día de la convención de los comerciantes entró en la sala central y encontró en ella, esperándole, a los dos hombres que había citado allí. Los quinientos asientos estaban vacíos... y así iban a seguir.

Randu dijo con rapidez, casi antes de sentarse:

—Nosotros tres representamos alrededor de la mitad del potencial militar de los mundos comerciantes independientes.

—En efecto —repuso Mangin de Iss—, mis colegas y yo ya hemos comentado el hecho.

—Estoy dispuesto —dijo Randu— a hablar con prontitud y seriedad. No me interesan la sutileza ni los regateos. Nuestra posición ha empeorado radicalmente.

—Como consecuencia de... —urgió Ovall Gri de Mnemon.

—De los sucesos de última hora. ¡Por favor! Empecemos desde el principio. Primero, la precaria posición en la que nos hallamos no es culpa nuestra, y dudo de que esté bajo nuestro control. Nuestros tratos originales no fueron con el Mulo, sino con otros, especialmente con el ex caudillo de Kalgan, a quien el Mulo derrotó en el momento menos propicio para nuestros planes.

—Sí, pero ese Mulo es un digno sustituto —adujo Mangin—. No me preocupan los detalles.

—Tal vez le preocupen cuando los conozca todos. —Randu se inclinó hacia adelante y colocó las manos sobre la mesa, con las palmas hacia arriba. Continuó—: Hace un mes envié a Kalgan a mi sobrino y a su esposa.

—¡A su sobrino! —gritó con asombro Ovall Gri—. Yo ignoraba que fuese su sobrino.

—¿Con qué propósito? —preguntó secamente Mangin—. ¿Éste? —Y dibujó un círculo en el aire con el pulgar.

—No. Si se refiere a la guerra del Mulo contra la Fundación, no. No podía apuntar tan alto. El muchacho no sabía nada, ni de nuestra organización ni de nuestros objetivos. Le dije que yo era miembro menor de una sociedad patriótica de Haven y que su función en Kalgan era sólo la de un observador aficionado. Debo admitir que mis motivos eran bastante confusos. Principalmente sentía curiosidad por el Mulo. Se trata de un extraño fenómeno, pero esto ya es un tema trillado y no me extenderé sobre él. En segundo lugar, era un interesante proyecto de adiestramiento para un joven que tiene experiencia con la Fundación y su resistencia, y da muestras de poder sernos útil en el futuro.

El largo rostro de Ovall se contrajo en líneas verticales cuando enseñó sus grandes dientes.

—Entonces debió de sorprenderle el resultado, pues creo que no hay nadie entre los comerciantes que no sepa que ese sobrino suyo raptó a un servidor del Mulo en nombre de la Fundación, y con ello suministró al Mulo un *casus belli*. ¡Por la Galaxia! Randu, está usted contando cuentos. Me cuesta creer que no tuviese parte en ello. Reconozca que fue un trabajo hábil.

Randu meneó la cabeza plateada.

—No participé, y mi sobrino, sólo involuntariamente. Ahora es prisionero de la Fundación, y es posible que no viva para ver completado su habilidoso trabajo. Acabo de recibir noticias suyas. La cápsula personal ha podido salir clandestinamente, cruzar la zona de guerra, ir a Haven, y viajar de allí hasta aquí. Su viaje ha durado un mes.

—¿Y qué?

Randu apoyó una pesada mano en el hueco de su palma y dijo tristemente:

—Me temo que estamos destinados a jugar el mismo papel que el ex caudillo de Kalgan. ¡El Mulo es un mutante!

Se produjo una tensión momentánea; una ligera impresión de pulsos acelerados. No era descabellado que Randu se la hubiese imaginado.

Cuando Mangin habló, su voz era serena:

—¿Cómo lo sabe?

—Sólo porque mi sobrino lo dice, pero es que él ha estado en Kalgan.

—¿Qué clase de mutante? Hay muchas, como usted ya sabe.

Randu se esforzó por dominar su impaciencia.

—Muchas clases de mutantes, ya lo sé, Mangin. ¡Innumerables clases! Pero sólo hay una clase de Mulo. ¿Qué otra clase de mutante empezaría de la nada, reuniría un ejército, establecería, según dicen, un asteroide de ocho kilómetros como base original, conquistaría un planeta, después un sistema, después una región, y entonces atacaría a la Fundación y la derrotaría en Horleggor? ¡Y todo en dos o tres años!

Ovall Gri se encogió de hombros.

—¿De modo que usted cree que vencerá a la Fundación?

—Lo ignoro. ¿Y si lo consigue?

—Lo siento, no puedo ir tan lejos. No se vence a la Fundación. Escuche, el único hecho del que partimos es la declaración de un... bueno, de un muchacho inexperto. ¿Y si lo olvidáramos por un tiempo? Pese a todas las victorias del Mulo, no nos hemos preocupado hasta ahora, y a menos que vaya mucho más lejos de lo que ha ido, no veo razón para cambiar de actitud. ¿De acuerdo?

Randu frunció el ceño y se desesperó ante lo insustancial de su argumento. Dijo a los otros dos:

—¿Han tenido ya algún contacto con el Mulo?

—No —contestaron ambos.

—Sin embargo, es cierto que lo hemos intentado, ¿verdad? Es cierto que nuestra reunión no servirá de mucho si no le encontramos, ¿verdad? También es cierto que hasta ahora hemos bebido más que pensado, y proferido quejas en lugar de actuar, cito un editorial del *Tribuna* de Radole aparecido hoy, y todo porque no podemos encontrar al Mulo. Caballeros, tenemos casi mil naves esperando entrar en liza en el momento apropiado para apoderarnos de la Fundación. Creo que deberíamos cambiar las cosas. Creo que deberíamos hacer zarpar a esas naves ahora... contra el Mulo.

—¿Quiere decir a favor del tirano Indbur y los chupasangres de la Fundación? —preguntó Mangin con ira contenida.

Randu alzó una mano cansada.

—Ahórrese los adjetivos. He dicho contra el Mulo y a favor de quien sea.

Ovall Gri se levantó.

—Randu, yo no quiero tener nada que ver con esto. Preséntelo esta noche al pleno del consejo si lo que pretende es cometer un suicidio político.

Se marchó sin añadir nada más y Mangin le siguió en silencio, dejando a Randu en la soledad de una reflexión interminable e insoluble.

Aquella noche, ante el pleno del consejo, no dijo nada.

Ovall Gri irrumpió en su habitación a la mañana siguiente; un Ovall Gri someramente vestido y que no se había afeitado ni peinado. Randu le miró con tanto asombro que se le cayó la pipa de la boca.

Ovall dijo con voz brusca y ronca:

—Mnemon ha sido bombardeado a traición desde el espacio.

—¿La Fundación? —preguntó Randu, ceñudo.

—¡El Mulo! —explotó Ovall—. ¡El Mulo! —repitió atropelladamente—. Fue deliberado y sin provocación. La mayor parte de nuestra flota se había unido a la flotilla internacional. Las pocas naves que quedaban de la escuadra nacional eran insuficientes y volaron por los aires. Aún no ha habido desembarcos, y tal vez no se produzcan, pues se ha informado que la mitad de los atacantes han sido destruidos; pero se trata de una guerra, y yo he venido a averiguar la posición de Haven en esta coyuntura.

—Estoy seguro de que Haven se adherirá al espíritu de la Carta de la Federación. ¿Lo ve? También nos ataca a nosotros.

—Este Mulo es un loco. ¿Acaso puede derrotar al universo? —Vaciló, se sentó y agarró la muñeca de Randu—. Nuestros escasos supervivientes han informado de la posesión por parte del Mulo... del enemigo... de un arma nueva. Un depresor de campo atómico.

—¿Un... qué?

Ovall prosiguió:

—La mayoría de nuestras naves se han perdido porque les han fallado sus armas atómicas. No puede deberse a sabotaje ni accidente. Tiene que haber sido un arma del Mulo. No ha funcionado de manera perfecta; el efecto ha sido intermitente, había modos de neutralizarla... mis despachos no son detallados. Pero comprenderá que esta arma podría cambiar el curso de la guerra y hasta inutilizar a toda nuestra flota.

Randu se sintió muy viejo. Su rostro estaba fláccido.

—Temo que ha surgido un monstruo que nos devorará a todos. Pero hemos de luchar contra él.

17
El visi-sonor

La casa de Ebling Mis, en una vecindad sin pretensiones de Terminus, era bien conocida por los intelectuales, literatos y casi toda la gente culta de la Fundación. Sus notables características dependían, subjetivamente, del material que se leía acerca de ella. Para un biógrafo meditativo era «el símbolo de un retiro de una realidad no académica»; una columnista de sociedad la describía suavemente como «un ambiente terriblemente masculino de despreocupado desorden»; un profesor de universidad la llamó bruscamente «pedante pero desorganizada»; un amigo no universitario dijo que era «buena para tomar un trago a cualquier hora, y además, se pueden poner los pies sobre el sofá»; y el locutor de una emisión de noticias semanales, aficionado a los epítetos, la calificó de «vivienda rocosa, anodina y práctica del blasfemo, izquierdista y calvo Ebling Mis».

Para Bayta, que de momento sólo pensaba por sí misma, y tenía la ventaja de estarla viendo, era, simplemente, desordenada.

Exceptuando los primeros días, su encarcelamiento había sido una carga soportable. Mucho más soportable, parecía, que aquella media hora de espera en casa del psicólogo, tal vez bajo observación secreta. Entonces había estado con Toran, por lo menos...

Quizá la espera se le hubiera hecho más larga si Magnífico no hubiese demostrado con sus muecas una tensión mucho mayor.

Las flacas piernas de Magnífico estaban dobladas bajo su barbilla puntiaguda, como si estuviese intentando desaparecer, y Bayta alargó la mano en un gesto automático de consuelo. Magnífico tuvo un sobresalto, y después sonrió.

—Seguramente, mi señora, se diría que mi cuerpo niega el conocimiento de mi mente y espera de otras manos un golpe.

—No hay de qué preocuparse, Magnífico. Yo estoy a tu lado y no permitiré que nadie te lastime.

Los ojos del bufón se posaron en ella un momento antes de volver a desviarse enseguida.

—Pero antes me mantuvieron apartado de usted, y de su bondadoso marido, y le doy mi palabra, aunque se ría de mí, que añoraba su amistad perdida.

—No me reiría nunca de eso. Yo sentía lo mismo.

El bufón se animó y juntó más las rodillas. Preguntó:

—¿No conoce al hombre que quiere vemos? —Era una pregunta cautelosa.

—No. Pero es un hombre famoso. Le he visto en los noticiarios y oído muchas cosas de él. Creo que es un hombre bueno, Magnífico, y que no desea perjudicamos.

—¿No? —El bufón se removió, inquieto—. Puede ser cierto, mi señora, pero me ha interrogado antes, y sus modales son de una brusquedad que me asusta. Está lleno de palabras extrañas, y las respuestas a sus preguntas no me salían de la garganta. Casi hubiera creído al embaucador que una vez se aprovechó de mi ignorancia con el cuento de que, en tales momentos, mi corazón se aloja en la garganta y me impide hablar.

—Ahora es diferente. Él es uno y nosotros somos dos, y no puede asustarnos a los dos, ¿verdad?

—No, mi señora.

Una puerta se cerró de golpe en alguna parte, y una voz fuerte retumbó en la casa. Frente a la habitación en que se encontraban sonó un violento: «¡Largaos, por la Galaxia!», y a través de la puerta entreabierta atisbaron fugazmente a dos guardias uniformados que se retiraban a toda prisa.

Ebling Mis entró con el ceño fruncido, depositó en el suelo un paquete envuelto con esmero y se acercó para estrechar con indiferente presión la mano de Bayta. Ésta devolvió el apretón vigorosamente, como un hombre. Mis se volvió a medias hacia el bufón, y luego dedicó a la muchacha una mirada más prolongada. Le preguntó:

—¿Casada?

—Sí. Cumplimos las formalidades legales.

Mis hizo una pausa antes de seguir preguntando:

—¿Feliz?

—Hasta ahora, sí.

Mis se encogió de hombros y se volvió de nuevo hacia Magnífico. Desenvolvió el paquete.

—¿Sabes qué es esto, muchacho?

Magnífico casi se tiró de su asiento para coger el instrumento de múltiples teclas. Tocó los millares de contactos y entonces dio una voltereta de alegría que amenazó con destruir el mobiliario circundante. Graznó:

—Un visi-sonor, y de una manufactura que haría saltar de gozo el corazón de un muerto.

Sus largos dedos acariciaron el instrumento con delicadeza y detenimiento, presionando los contactos con ligereza y posándose un momento en una tecla y luego en otra... y el aire de la habitación se bañó de una luz rosada, apenas dentro del campo de visión.

—Muy bien, muchacho. Dijiste que sabías usar uno de estos artefactos, y ahora tienes la oportunidad. Pero será mejor que lo afines. Acaba de salir de un museo. —Entonces, en un aparte, dijo a Bayta—: Por lo que tengo entendido, no hay nadie en la Fundación que sepa hacerlo hablar. —Se acercó más y murmuró—: El bufón no dirá nada sin usted. ¿Me ayudará?

Ella asintió.

—¡Bien! —continuó Mis—. Su estado de temor es casi fijo, y dudo de que su fuerza mental pudiera resistir una sonda psíquica. Si he de sacarle algo por otro sistema, tiene que sentirse absolutamente tranquilo. ¿Me comprende?

Ella asintió de nuevo.

—Este visi-sonor es el primer paso del proceso. Él dice que sabe tocarlo, y la reacción que ha tenido pone de manifiesto que es una de las grandes ilusiones de su vida. Así pues, tanto si toca bien como mal, muéstrese interesada y apreciativa. A continuación demuestre amistad y confianza hacia mí. Y, sobre todo, siga mis indicaciones continuamente.

Echó una rápida mirada a Magnífico, el cual, acurrucado en un extremo del sofá, manipulaba el interior del instrumento. Estaba completamente absorto.

Mis preguntó a Bayta en tono de conversación:

—¿Ha oído alguna vez un visi-sonor?

—Una vez —repuso Bayta en el mismo tono—, en un concierto de instrumentos raros. No me impresionó.

—Bueno, es difícil encontrar a alguien que lo toque bien; hay poquísimas personas que sepan hacerlo. No es sólo porque requiere coordinación física, un piano múltiple requiere mucha más, sino porque se necesita, además, cierto tipo de mentalidad libre. —Continuó en voz más baja—: Por esta razón nuestro esqueleto viviente puede tocarlo mejor de lo que imaginamos. A menudo los buenos ejecutantes son idiotas en otras cosas. Se trata de uno de esos extraños fenómenos que hacen interesante a la psicología.

Añadió, con un patente esfuerzo por entablar una conversación banal:

—¿Sabe cómo funciona este curioso chisme? Lo examiné para averiguarlo, y todo lo que he podido colegir hasta ahora es que sus radiaciones

296

estimulan directamente el centro óptico del cerebro, sin tocarlo siquiera. En realidad, se trata de la utilización de un sentido que no se conoce en la naturaleza ordinaria. Es notable, si se piensa bien. Lo que usted está oyendo es lo corriente, lo normal. El tímpano, la cóclea y todo eso. Pero... ¡silencio! Ya está listo. ¿Quiere pisar ese conmutador? La cosa funciona mejor sin que haya luz en la estancia.

En la oscuridad, Magnífico era sólo una mancha, y Ebling Mis una masa de pesada respiración. Bayta se sorprendió. Fijó ansiosamente la vista, al principio sin resultado. En el aire había un fino y nervioso temblor que ondeaba rabiosamente hasta lo alto de la escala. Se quedaba suspendido, caía y volvía a recobrarse, ganaba cuerpo y se hinchaba en un resonante crujido que producía el efecto de un tormentoso desgarrón en una espesa cortina.

Un pequeño globo de color fue creciendo en rítmicos brincos y estalló en el aire en informes gotas que se arremolinaron en lo alto y empezaron a caer como curvados surtidores en líneas entrelazadas. Se coagularon en pequeñas esferas, ninguna del mismo color, y Bayta empezó a descubrir cosas.

Observó que, si cerraba los ojos, el dibujo coloreado se hacía más claro; que cada pequeño movimiento de color tenía su propia pauta de sonido; que no podía identificar los colores; y, por último, que los globos no eran globos, sino pequeñas figuras.

Diminutas figuras; como llamas trémulas que bailaban y se retorcían a millares; que se desvanecían y volvían desde la nada; que se perseguían unas a otras y se fundían en un color nuevo.

Incongruentemente, Bayta pensó en los pequeños puntos de color que se ven de noche cuando uno aprieta los párpados hasta que duelen, y mira a continuación fijamente. Se apreciaba el viejo efecto familiar del desfile de los pequeños puntos cambiando de color, de los círculos concéntricos contrayéndose, de las masas informes que tiemblan momentáneamente. Todo aquello, pero más grande, más variado; y cada puntito de color era una minúscula figura.

Se precipitaban contra ella por parejas, y ella alzaba las manos con un súbito jadeo, pero se derrumbaban, y por un instante ella se convertía en el centro de una brillante tormenta de nieve, mientras la luz fría resbalaba por sus hombros y por sus brazos en un luminoso deslizamiento de esquíes, escapándose de sus dedos rígidos y reuniéndose poco a poco en un foco resplandeciente en el aire. Debajo de todo aquello, el sonido de un centenar de instrumentos fluía en líquidas corrientes y le resultaba ya imposible separarlo de la luz.

Se preguntó si Ebling Mis estaría contemplando lo mismo, y, de no ser así, qué vería. La extrañeza pasó, y luego...

De nuevo Bayta estaba mirando. Las figuritas... ¿Eran figuras? ¿Diminutas mujeres de ardientes cabellos, que se envolvían y retorcían con demasiada rapidez para que la mente pudiera enfocarlas? Se agarraban en grupos como estrellas que giran, y la música era una risa ligera, una risa de muchacha que empezaba dentro mismo del oído.

Las estrellas giraban juntas, se lanzaban una hacia otra, aumentaban de tamaño de forma gradual, y desde abajo se alzaba un palacio en rápida evolución. Cada ladrillo era de un color diminuto, cada color una diminuta chispa, cada chispa una luz punzante que cambiaba las pautas y hacía subir los ojos al cielo hacia veinte minaretes enjoyados.

Una resplandeciente alfombra se extendió y dio vueltas, arremolinándose, tejiendo una telaraña insustancial que abarcó todo el espacio, y de ella partieron luminosos retazos que ascendieron y se transformaron en ramas de árbol que sonaban con una música propia.

Bayta se hallaba totalmente rodeada. La música ondeaba a su alrededor en rápidos y líricos vuelos. Alargó la mano para tocar un árbol frágil, y espiguillas en flor flotaron en el aire y se desvanecieron, cada una con su claro y diminuto tintineo.

La música estalló en veinte címbalos, y ante ella flameó una zona que se derrumbó en invisibles escalones sobre el regazo de Bayta, donde se derramó y fluyó en rápida corriente, elevando el fiero chisporroteo hasta su cintura, mientras en el regazo le crecía un puente de arco iris, y, sobre él, las figuritas...

Un lugar, y un jardín, y minúsculos hombres y mujeres sobre un puente, extendiéndose hasta perderse de vista, nadando entre las majestuosas olas de música de cuerda, convergiendo sobre ella...

Se produjo entonces una pausa aterrada, un movimiento vacilante e íntimo, un súbito colapso. Los colores huyeron, trenzándose en un globo que se encogió, se elevó y desapareció.

Y volvió a haber solamente oscuridad.

Un pie pesado se movió en busca del pedal, lo encontró y la luz entró a raudales: la luz inocua de un prosaico sol. Bayta pestañeó hasta derramar lágrimas, como anhelando lo que había desaparecido. Ebling Mis era una masa inerte, con los ojos aún abiertos de par en par, lo mismo que la boca.

Sólo Magnífico estaba vivo, acariciando su visi-sonor en un dichoso éxtasis.

—Mi señora —jadeó—, en verdad es del más fantástico efecto. Es de un equilibrio y una sensibilidad casi inalcanzables en su estabilidad y delicadeza. Creo que con esto podría realizar maravillas. ¿Le ha gustado mi composición, señora?

—¿Es tuya? —murmuró Bayta—. ¿Tuya de verdad?

Ante su asombro, él enrojeció hasta la misma punta de su considerable nariz.

—Mía y solo mía, señora. Al Mulo no le gustaba, pero la he tocado una y otra vez para mi propia diversión. Un día, en mi juventud, vi el palacio: un lugar gigantesco de joyas y riquezas que vislumbré desde lejos durante el carnaval. Había gente de un esplendor inconcebible y una magnificencia que jamás he vuelto a ver, ni siquiera al servicio del Mulo. Lo que he creado es una pobre parodia, pero la limitación de mi mente me impide hacerlo mejor. Lo llamo «El recuerdo del cielo».

Ahora, a través de la niebla de aquellas palabras, Mis retornó a la vida activa.

—Escucha —dijo—, escucha, Magnífico. ¿Te gustaría hacer lo mismo delante de otros?

El bufón retrocedió.

—¿Delante de otros? —repitió, tembloroso.

—De miles —exclamó Mis—, en las grandes salas de la Fundación. ¿Te gustaría ser tu propio dueño y honrado por todos, y... —le falló la imaginación—... y todo eso? ¿Eh? ¿Qué dices?

—¿Pero cómo puedo ser todo eso, poderoso señor, si no soy más que un pobre bufón ignorante de las grandes cosas de este mundo?

El psicólogo hinchó los labios y se pasó por la frente el dorso de la mano.

—Por tu manera de tocar, hombre. El mundo será tuyo si tocas así para el alcalde y sus grupos de comerciantes. ¿Te gustaría?

El bufón miró brevemente a Bayta.

—¿Seguiría ella estando conmigo? —Bayta se echó a reír.

—Claro que sí, tonto. ¿Cómo iba a dejarte ahora que estás a punto de ser rico y famoso?

—Sería todo suyo —replicó él seriamente—, y es seguro que la riqueza de la Galaxia entera no bastaría para pagar mi deuda por su bondad.

—Pero —intervino Mis en tono casual— si primero me ayudaras...

—¿De qué manera?

El psicólogo hizo una pausa y sonrió.

—Con una pequeña prueba de superficie que no duele nada. Sólo tocaría la piel de tu cabeza.

En los ojos de Magnífico apareció una llamarada de pánico.

—No será una sonda... He visto cómo se usa. Absorbe la mente y deja el cráneo vacío. El Mulo la usaba con los traidores y les dejaba vagar por las calles sin cerebro, hasta que los mataba por misericordia. —Alargó la mano para apartar a Mis.

—Eso era una sonda psíquica —explicó pacientemente Mis—, incapaz de dañar a una persona... a menos que se empleara mal. Esta sonda que te propongo es superficial y no perjudicaría ni siquiera a un niño de pecho.

—Es cierto, Magnífico —apremió Bayta—. Sólo es para ayudarnos a vencer al Mulo e impedir que se acerque. Una vez lo hayamos hecho, tú y yo seremos ricos y famosos por el resto de nuestras vidas.

Magnífico extendió unos dedos temblorosos.

—¿Me sostendrá la mano mientras dura?

Bayta la cogió entre las suyas, y el bufón contempló con ojos muy abiertos los bruñidos discos terminales.

Ebling Mis descansaba cómodamente en la lujosa butaca del despacho del alcalde Indbur, sin agradecer lo más mínimo la condescendencia que se le mostraba, y observando con antipatía el nerviosismo del alcalde. Se sacó de la boca la colilla de su cigarro y escupió un trozo de tabaco.

—Y, a propósito, si quiere algo bueno para su próximo concierto en la sala Mallow, Indbur —dijo—, puede tirar a la basura esos artefactos electrónicos y dejar a ese bufón que toque el visi-sonor. Indbur... es algo que no parece de este mundo.

Indbur replicó, enfurruñado:

—No le he hecho venir aquí para que me dé una conferencia sobre música. ¿Qué hay del Mulo? Dígame eso. ¿Qué hay del Mulo?

—¿Del Mulo? Bien, le diré que he usado una sonda superficial con el bufón y he obtenido muy poco. No puedo usar la sonda psíquica porque le tiene un temor de muerte, por lo que es probable que su resistencia le fundiese las conexiones mentales en cuanto se estableciera el contacto. Pero he obtenido esto que le contaré si deja de tamborilear con las uñas. En primer lugar, no sobrestime la fuerza física del Mulo. Puede que sea fuerte, pero es probable que el miedo obligue al bufón a exagerar. Dice que lleva unas extrañas gafas y es evidente que posee poderes mentales.

—Esto ya lo sabíamos al principio —comentó agriamente el alcalde.

—Pues, entonces, la sonda lo ha confirmado, y a partir de eso he estado trabajando matemáticamente.

—¿Ah, sí? ¿Y cuánto durará su trabajo? Sus discursos acabarán por dejarme sordo.

—Creo que dentro de un mes tendré algo para usted. Pero también es posible que no averigüe nada. Sin embargo, ¿qué importa? Si todo esto no se halla incluido en los planes de Seldon, nuestras posibilidades son incalificablemente pequeñas.

Indbur se volvió con fiereza hacia el psicólogo.

—Ahora le he atrapado, traidor. ¡Mienta! Diga que no es uno de esos criminales fabricantes de rumores que siembran el derrotismo y el pánico por toda la Fundación, haciendo mi trabajo doblemente difícil.

—¿Yo? ¿Yo? —murmuró Mis con creciente cólera. Indbur profirió una maldición.

—Porque, por las nubes de polvo del espacio, la Fundación vencerá; la Fundación tiene que vencer.

—¿A pesar de haber perdido Horleggor?

—No fue una pérdida. ¿También usted se ha tragado esa mentira? Nos superaron en número, nos traicionaron...

—¿Quién? —preguntó desdeñosamente Mis.

—Los apestosos demócratas del arroyo —le gritó Indbur—. Hace tiempo que sé que la flota está minada de células democráticas. La mayoría han sido desarticuladas, pero aún quedan las suficientes como para explicar la rendición de veinte naves en plena batalla. Las suficientes como para provocar una derrota aparente.

»A propósito, deslenguado y simple patriota, epítome de las virtudes primitivas, ¿cuáles son sus propias conexiones con los demócratas?

Ebling Mis se encogió de hombros con desprecio.

—Está usted desvariando, ¿lo sabe? ¿Qué me dice de la retirada posterior y de la pérdida de medio Siwenna? ¿Otra vez los demócratas?

—No, no han sido los demócratas —sonrió el alcalde—. Nos retiramos, como se ha retirado siempre la Fundación bajo el ataque, hasta que la inevitable marcha de la historia se ponga de nuestra parte. Ya estoy viendo el final. La llamada resistencia de los demócratas ya ha publicado manifiestos jurando ayuda y lealtad al gobierno. Podría ser una estratagema, un ardid que encubra una traición mayor, pero yo la utilizo muy bien, y la propaganda basada en ella producirá su efecto, sean cuales fueren los planes de los traidores. Y algo aún mejor...

—¿Algo aún mejor, Indbur?

—Júzguelo usted mismo. Hace dos días, la Asociación de Comerciantes Independientes declaró la guerra al Mulo, y con ello la flota de la Fundación se ve reforzada, de golpe, por mil naves. Compréndalo, ese Mulo ha ido demasiado lejos. Nos encontró divididos y luchando entre nosotros, y bajo la presión de su ataque nos unimos y adquirimos fuerza. Tiene que perder. Es inevitable... como siempre.

Mis seguía demostrando escepticismo.

—Entonces dígame que Seldon planeó incluso la fortuita aparición de un mutante.

—¡Un mutante! Yo no le distinguiría de un ser humano, ni usted tampoco, si no fuera por los desvaríos de un capitán rebelde, unos jovenzuelos extranjeros y un juglar y bufón que no está en sus cabales. Olvida usted la evidencia más concluyente de todas: la suya propia.

—¿La mía? —Durante un momento, Mis se quedó asombrado.

—Sí, la suya —se burló el alcalde—. La Bóveda del Tiempo se abrirá dentro de nueve semanas. ¿Qué dice a eso? Se abre en una crisis. Si este ataque del Mulo no es una crisis, ¿dónde está la crisis «verdadera» por la que se va a abrir la Bóveda? Contésteme a eso, bola de sebo.

El psicólogo se encogió de hombros.

—Está bien. Si eso le hace feliz... Pero concédame un favor. Por si acaso... por si acaso el viejo Seldon pronuncia su discurso, y es un discurso desagradable, permítame que asista a la magna apertura.

—Muy bien. Y ahora salga de aquí, y permanezca fuera de mi vista durante nueve semanas.

«Con incalificable placer, horroroso engendro», murmuró Mis para sus adentros mientras se alejaba.

18
La caída de la Fundación

Había una atmósfera en la Bóveda del Tiempo que escapaba a toda definición en varias direcciones a la vez. No era de decadencia, porque estaba bien iluminada y acondicionada, con colores vivos en las paredes e hileras de sillas fijas muy cómodas y diseñadas al parecer para su uso eterno. No era ni si quiera de antigüedad, porque tres siglos no habían dejado una sola huella visible. No se había hecho ningún esfuerzo por crear un ambiente de temor o respeto, pues la decoración era sencilla y vulgar; de hecho, casi inexistente.

Sin embargo, después de sumar todos los aspectos negativos, algo quedaba... y ese algo se centraba en el cubículo de cristal que dominaba media habitación con su transparencia. Cuatro veces en tres siglos, el simulacro viviente del propio Hari Seldon se había sentado allí y proferido unas palabras. Dos veces había hablado sin auditorio.

A través de tres siglos y nueve generaciones, el anciano que había visto los grandes días del Imperio se proyectaba a sí mismo; y todavía comprendía más cosas de la Galaxia de sus tataranietos lejanos que ellos mismos.

Pacientemente, el cubículo vacío esperaba.

El primero en llegar fue el alcalde Indbur III, conduciendo su coche de superficie reservado para las ceremonias por las calles silenciosas y expectantes. Con él llego su propia butaca, más alta que las colocadas en el interior, y más ancha. La situaron delante de las otras, y así Indbur lo dominaría todo, incluido el transparente cubículo que tenía delante. El solemne funcionario que estaba a su izquierda inclinó respetuosamente la cabeza.

—Excelencia, se han ultimado los preparativos para que vuestra comunicación oficial de esta noche se extienda lo más ampliamente posible por el espacio subetéreo.

—Bien. Mientras tanto, deben continuar los programas especiales interplanetarios relativos a la Bóveda del Tiempo. No se harán, como es natural, predicciones o especulaciones de ninguna clase en torno al tema. ¿Sigue siendo satisfactoria la reacción popular?

—Muy satisfactoria. Los odiosos rumores difundidos últimamente han disminuido aún más. La confianza es general.

—¡Muy bien! —Ordenó al hombre, con una señal, que se fuera, y se ajustó escrupulosamente el cuello adornado.

¡Faltaban tan sólo veinte minutos para el mediodía!

Un selecto grupo de los grandes partidarios de la alcaldía —jefes de las grandes organizaciones comerciales— apareció con la pompa adecuada a su posición social y su situación privilegiada en el favor del alcalde. Se fueron presentando a éste uno por uno, recibieron una o dos palabras amables y ocuparon el asiento que tenían reservado.

De alguna parte llegó, incongruente en aquella solemne ceremonia, Randu de Haven, que se abrió paso, sin ser anunciado, hasta la butaca del alcalde.

—Excelencia —murmuró, haciendo una reverencia. Indbur frunció el ceño.

—No se le ha concedido audiencia.

—Excelencia, la he solicitado durante una semana.

—Siento que los asuntos de estado que implican la aparición de Seldon hayan...

—Excelencia, yo también lo siento, pero debo pedirle que derogue la orden de que las naves de los comerciantes independientes sean distribuidas entre las flotillas de la Fundación.

La interrupción había provocado que un intenso rubor aflorara a las mejillas de Indbur.

—Éste no es momento para discutirlo.

—Excelencia, no tenemos otro momento —murmuró Randu con urgencia—. Como representante de los mundos comerciantes independientes, he de decirle que esta orden no puede ser obedecida. Ha de ser derogada antes de que Seldon resuelva nuestro problema. Una vez haya pasado la emergencia, será demasiado tarde para la reconciliación, y nuestra alianza quedará deshecha.

Indbur miró a Randu con fijeza y frialdad.

—¿Se da cuenta de que soy el jefe de las fuerzas armadas de la Fundación? ¿Tengo derecho a determinar la política militar o no lo tengo?

—Excelencia, lo tiene, pero hay cosas que no son prudentes.

—No veo en esto ninguna imprudencia. Es peligroso permitir que su pueblo tenga flotas separadas en esta emergencia. La acción dividida redunda en favor del enemigo. Tenemos que unirnos, embajador, tanto militar como políticamente.

Randu sintió que los músculos de su garganta se ponían rígidos. Omitió la cortesía del título.

—Ahora que Seldon va a hablar, se siente seguro y se vuelve contra nosotros. Hace un mes era amable y condescendiente, cuando nuestras naves derrotaron al Mulo en Terel. Debo recordarle, señor, que la flota de la Fundación ha sido derrotada cinco veces, y que son las naves de los mundos comerciantes independientes las que han ganado victorias para ustedes.

Indbur frunció peligrosamente el ceño.

—Su presencia ya no es grata en Terminus, embajador. Esta misma tarde se solicitará su traslado. Además, su conexión con fuerzas democráticas subversivas en Terminus será, de hecho ya lo ha sido, investigada.

Randu replicó:

—Cuando me vaya, mis naves se irán conmigo. No conozco a sus demócratas. Sólo sé que las naves de su Fundación se han rendido al Mulo por traición de sus altos oficiales, y no de sus soldados, demócratas o no. Le diré que veinte naves de la Fundación se rindieron en Horleggor por orden de su vicealmirante, sin haber sido vencidas ni sufrido daños. El vicealmirante era amigo íntimo de usted; presidió el juicio de mi sobrino cuando éste llegó de Kalgan. No es el único caso que conocemos, y nuestros hombres y naves no pueden correr el riesgo de ser mandados por traidores en potencia.

Indbur silabeó:

—Le haré arrestar cuando salga de aquí.

Randu se marchó bajo las silenciosas miradas despectivas de los dirigentes de Terminus.

¡Faltaban diez minutos para el mediodía!

Bayta y Toran ya habían llegado. Cuando Randu pasó, se pusieron en pie y lo llamaron por señas. Randu sonrió.

—Estáis aquí, después de todo. ¿Cómo lo lograsteis?

—Magnífico fue nuestro mediador —sonrió Toran—. Indbur insiste en su composición del visi-sonor, basada en la Bóveda del Tiempo, y con él mismo, sin duda, como protagonista. Magnífico se negó a asistir sin nosotros, y no hubo manera de disuadirlo. Ebling Mis está también aquí, o, al menos, estaba. Seguramente anda por ahí. —Entonces, con un repentino acceso de gravedad, añadió—: ¿Pero qué ocurre, tío? Pareces preocupado.

Randu asintió:

—No me extraña. Nos esperan tiempos malos, Toran. Cuando hayan acabado con el Mulo, mucho me temo que nos tocará el turno a nosotros.

Una erguida y solemne figura vestida de blanco se acercó y les saludó con una rígida inclinación. Los ojos oscuros de Bayta sonrieron mientras alargaba la mano.

—¡Capitán Pritcher! ¿De modo que está usted de servicio en el espacio?

El capitán tomó su mano y se inclinó aún más.

—Nada de eso. Tengo entendido que el doctor Mis es responsable de mi venida aquí, pero se trata de algo temporal. Mañana vuelvo a mi puesto de guardia. ¿Qué hora es?

¡Faltaban tres minutos para las doce!

Magnífico era la viva imagen del sufrimiento y la más profunda depresión. Tenía el cuerpo encogido, en su perpetuo esfuerzo por pasar desapercibido. Su larga nariz se arrugaba en el extremo, y sus ojos se movían con inquietud de un lado para otro.

Agarró la mano de Bayta, y cuando ella bajó la cabeza, murmuró:

—¿Cree usted, mi señora, que tal vez todas estas autoridades formaban parte del auditorio cuando yo... cuando yo tocaba el visi-sonor?

—Todas, estoy segura —afirmó Bayta, dándole unas suaves palmadas—. Y estoy segura de que todos piensan que eres el intérprete más maravilloso de la Galaxia y que tu concierto ha sido el mejor que se ha escuchado jamás, de manera que enderézate y siéntate correctamente. Hemos de tener dignidad.

Él sonrió débilmente ante la fingida reprimenda, y enderezó poco a poco sus largos miembros.

Era mediodía...

... y el cubículo de cristal ya no estaba vacío. Era improbable que alguien hubiese presenciado la aparición. Fue algo repentino: un momento antes no había nada, y al momento siguiente estaba allí. En el cubículo, en una silla de ruedas, había una figura vieja y encogida, de rostro arrugado y ojos brillantes, y, cuando habló, su voz era lo que tenía más vida en ella. Sobre sus piernas había un libro puesto boca abajo. La voz dijo suavemente:

—Soy Hari Seldon.

Habló a través de un terrible silencio, atronador en su intensidad.

—¡Soy Hari Seldon! Ignoro si hay alguien ahí, pues no lo percibo sensorialmente, pero esto carece de importancia. Por ahora tengo pocos temores de que el plan fracase. Durante los tres primeros siglos, la probabilidad de que no sufra desviación es de noventa y cuatro coma dos por ciento.

Guardó silencio mientras sonreía, antes de continuar en tono confidencial:

—A propósito, si alguno de ustedes permanece en pie, puede tomar asiento. Si alguien quiere fumar, puede hacerlo. No estoy aquí en carne y hueso, no necesito ceremonia alguna. Consideremos, pues, el problema del momento. Por primera vez, la Fundación se enfrenta, o tal vez está a punto de enfrentarse, a la guerra civil. Hasta ahora, los ataques procedentes del exterior han sido adecuadamente repelidos, y también inevitablemente, según las estrictas leyes de la psicohistoria. El ataque actual es el de un grupo de la Fundación, excesivamente indisciplinado, contra el gobierno central, excesivamente autoritario. El procedimiento era necesario, el resultado, obvio.

La dignidad del selecto auditorio empezaba a resquebrajarse. Indbur parecía a punto de saltar de su asiento.

Bayta se inclinó hacia delante con inquietud en la mirada. ¿De qué hablaba el gran Seldon? No había oído algunas de sus palabras...

—... que el compromiso adoptado es necesario en dos aspectos. La rebelión de los comerciantes independientes introduce un elemento de nueva incertidumbre en un gobierno que tal vez sentía una confianza excesiva. Se ha restaurado el elemento de lucha. Aunque vencidos, un saludable incremento de democracia...

Ahora se oían voces; los murmullos elevaron su volumen, y en su tono se advertía un matiz de pánico.

Bayta dijo al oído de Toran:

—¿Por qué no habla del Mulo? Los comerciantes no se han rebelado.

Toran se encogió de hombros.

La figura sentada siguió hablando tranquilamente a través de la creciente desorganización:

—... un nuevo y más firme gobierno de coalición era el necesario y beneficioso resultado de la lógica guerra civil a que se vio forzada la Fundación. Y ahora sólo quedan los restos del antiguo Imperio para obstaculizar la expansión ulterior, y en ellos, por lo menos durante los próximos años, no existe ningún problema. Como es natural, no puedo revelar la naturaleza del siguiente conflic...

En el completo tumulto que siguió, los labios de Seldon se movían inaudiblemente.

Ebling Mis, sentado junto a Randu, tenía la cara congestionada. Gritó:

—¡Seldon ha perdido el juicio! Está hablando de otra crisis. ¿Acaso ustedes, los comerciantes, han planeado alguna vez la guerra civil?

Randu contestó con voz débil:

—Planeamos una, es cierto, pero la aplazamos por culpa del Mulo.

—En tal caso, el Mulo es una contingencia imprevista por la psicohistoria de Seldon. Y ahora, ¿qué pasa?

En el repentino y helado silencio, Bayta vio que el cubículo estaba nuevamente vacío. Se había apagado el brillo atómico de las paredes, y no funcionaba la suave corriente de aire acondicionado.

Desde alguna parte llegó el estridente sonido de una sirena, y los labios de Randu formaron las palabras:

—¡Ataque aéreo!

Ebling Mis observó el reloj de pulsera y exclamó de improviso:

—¡Se ha parado, por la Galaxia! ¿Hay en la sala algún reloj que funcione? —Su voz sonó estentórea. Veinte muñecas se movieron, y en pocos segundos se puso de manifiesto que ninguno de los relojes funcionaba.

—Entonces —dijo Mis con severo y terrible convencimiento—, algo ha detenido toda la energía atómica de la Bóveda del Tiempo... y el Mulo está atacando.

El grito de Indbur se impuso al tumulto.

—¡Permanezcan en sus asientos! El Mulo está a cincuenta pársecs de distancia.

—Lo estaba —le gritó a su vez Mis— hace una semana. En estos momentos está bombardeando Terminus.

Bayta sintió que una profunda depresión la iba invadiendo. Intensas oleadas se sucedían en su interior, lo cual le dificultaba la respiración.

Era evidente el clamor del gentío congregado fuera del edificio. Se abrieron las puertas de golpe y entró apresuradamente una figura que habló con rapidez a Indbur, el cual había corrido a su encuentro.

—Excelencia —susurró el hombre—, por la ciudad no circula ni un solo vehículo, y no tenemos ninguna línea de comunicación con el exterior. Se dice que la Décima Flota ha sufrido una derrota y que las naves del Mulo están en la estratosfera. El estado mayor...

Indbur se desplomó en el suelo como la imagen de la impotencia. Ahora no se oía una sola voz en toda la sala. Incluso el gentío del exterior guardaba un silencio temeroso, y por doquier flotaba el espíritu del pánico.

Levantaron a Indbur y le acercaron a los labios una copa de vino. Sus labios se movieron antes de que abriera los ojos, y la palabra que musitaron fue:

—¡Rendición!

Bayta estuvo a punto de llorar, no de pena o humillación, sino simple y llanamente de una vasta y asustada desesperación. Ebling Mis le tiró de la manga.

—Vamos, jovencita...

La levantaron de la silla por la fuerza.

—Nos vamos —dijo Mis—; traiga a su músico. —Los labios del rechoncho científico temblaban y carecían de color.

—Magnífico —musitó Bayta. El bufón retrocedió, lleno de horror. Tenía los ojos vidriosos.

—El Mulo —chilló—. El Mulo viene a buscarme.

Se revolvió salvajemente cuando ella le tocó.

Toran fue hacia él y descargó su puño. Magnífico se derrumbó, inconsciente, y Toran se lo llevó sobre el hombro como si fuera un saco de patatas.

Al día siguiente, las feas naves negras del Mulo cayeron a montones sobre los cosmódromos del planeta Terminus. El general atacante recorrió la calle principal de la ciudad de Terminus, totalmente vacía, con un coche de superficie de fabricación extranjera que funcionaba mientras todos los coches atómicos de la ciudad continuaban parados e inservibles.

La proclamación de la ocupación fue hecha veinticuatro horas después de que Seldon se apareciera ante las últimas autoridades de la Fundación.

Entre todos los planetas de la Fundación solamente continuaban incólumes los de los comerciantes independientes, y contra ellos se dirigía ahora el poder del Mulo, conquistador de la Fundación.

19
Empieza la búsqueda

El solitario planeta Haven —único de un sol también único en un sector de la Galaxia que se extendía hasta el vacío intergaláctico— estaba asediado.

Y lo estaba verdaderamente en el estricto sentido militar, ya que ningún área de espacio en el lado galáctico se hallaba a más de veinte pársecs de distancia de las bases avanzadas del Mulo. En los cuatro meses transcurridos desde la fulgurante caída de la Fundación, las comunicaciones de Haven habían sido cortadas como una red bajo el filo de la navaja. Las naves de Haven convergieron hacia su mundo, y ahora el único foco de resistencia era el propio Haven.

En otros aspectos, el asedio era aún más estrecho, porque la sensación de impotencia y derrota se infiltraba ya por doquier...

Bayta recorrió pausadamente el pasillo de ondulantes tonos rosáceos, entre hileras de mesas cubiertas de transparente plástico, y encontró su asiento guiada por la costumbre. Se arrellanó en la alta silla sin brazos, contestó mecánicamente a los saludos, que apenas escuchaba, se frotó los cansados ojos con el dorso de la mano y cogió el menú.

Tuvo tiempo de registrar una violenta reacción mental de repugnancia hacia la repetida presencia de diversos cultivos de hongos, que en Haven eran considerados platos exquisitos y que para su paladar educado en la

Fundación resultaban apenas comestibles... antes de darse cuenta de que alguien sollozaba junto a ella.

Hasta entonces, sus tratos con Juddee, la insignificante rubia de nariz respingona que se sentaba cerca de ella en el comedor, habían sido superficiales. Y ahora Juddee estaba llorando, mordiendo con desespero su húmedo pañuelo y tratando de ahogar sus sollozos hasta que en su rostro aparecieron manchas rojas. Llevaba echado sobre los hombros su informe traje a prueba de radiaciones, y la visera transparente que protegía su cara se le había caído sobre el postre.

Bayta se unió a las tres muchachas que se turnaban en la tarea siempre repetida y siempre ineficaz de dar palmaditas en los hombros, acariciar los cabellos y murmurar cosas incoherentes.

—¿Qué ocurre? —susurró.

Una de las chicas se encogió de hombros, significando que no lo sabía. Entonces, comprendiendo la inutilidad de su gesto, empujó a Bayta a un lado.

—Supongo que ha trabajado demasiado. Y está preocupada por su marido.

—¿Pertenece a la patrulla del espacio?

—Sí.

Bayta alargó una mano amiga hacia Juddee.

—¿Por qué no te vas a casa, Juddee? —Su voz fue como una alegre intrusión después de las banalidades precedentes.

Juddee levantó la vista casi con resentimiento.

—Esta semana ya he salido una vez...

—Pues saldrás dos veces. Escucha, si intentas resistir, la próxima semana tendrás que salir tres veces, de modo que irte a casa ahora casi equivale a patriotismo. ¿Alguna de vosotras trabaja en su departamento? Pues bien, ¿por qué no os hacéis cargo de su tarjeta? Será mejor que primero vayas al lavabo, Juddee, y te limpies la cara. ¡Vamos, vete!

Bayta volvió a su asiento y cogió de nuevo el menú con un ligero alivio. Aquellos estados de ánimo eran contagiosos. Una chica llorosa podía desorganizar todo un departamento en unos días en que los nervios estaban alterados.

Tomó una desabrida decisión, pulsó los botones indicados que tenía junto al codo y colocó el menú en su lugar. La chica alta y morena que se sentaba frente a ella le preguntó:

—Aparte de llorar, nos quedan pocas cosas que hacer, ¿no crees?

Sus labios carnosos se movieron apenas, y Bayta advirtió que se había retocado las comisuras para exhibir la sonrisita artificial que en aquellos momentos era el último grito.

Bayta investigó con los ojos entrecerrados la insinuación contenida en las palabras, y acogió con agrado la llegada de su comida cuando se bajó el centro de su mesa y volvió a elevarse con el alimento. Desenvolvió los cubiertos con cuidado y se los pasó de mano en mano hasta que se hubieron enfriado. Sólo entonces replicó:

—¿De verdad que no se te ocurre nada más que hacer, Hella?

—¡Oh, sí! —exclamó la aludida—. ¡Claro que sí! —Con un casual y experto movimiento de sus dedos tiró el cigarrillo a la pequeña ranura, donde el diminuto chorro atómico lo desintegró antes de que llegase al fondo—. Por ejemplo —añadió mientras colocaba bajo la barbilla sus esbeltas y bien cuidadas manos—, creo que podríamos llegar a un agradable acuerdo con el Mulo y detener toda esta estupidez. Pero yo no tengo los... en fin... los medios para alejarme cuanto antes de los lugares conquistados por el Mulo.

La frente lisa de Bayta no se arrugó. Su voz era ligera e indiferente.

—No tienes marido o un hermano en las naves de guerra, ¿verdad?

—No. Por eso aún tengo más mérito al no ver razón para el sacrificio de los hermanos y maridos de las demás.

—El sacrificio será todavía mayor si nos rendimos.

—La Fundación se rindió y está en paz. Nuestros hombres están lejos y la Galaxia se alza contra nosotros.

Bayta se encogió de hombros y dijo con dulzura:

—Me temo que es lo primero lo que más te preocupa.

Volvió a su plato de verdura y comió con la sensación de que la rodeaba un gran silencio. Nadie había hecho el menor esfuerzo para replicar al cinismo de Hella.

Se marchó con rapidez, después de pulsar el botón que vaciaría la mesa para la ocupante del siguiente turno.

Una chica nueva, que estaba tres asientos más allá, preguntó en un susurro a Hella:

—¿Quién era ésa?

Los gruesos labios de Hella se curvaron con indiferencia.

—La sobrina de nuestro coordinador. ¿No lo sabías?

—¿De verdad? —Buscó con la mirada a la muchacha, que ya había salido—. ¿Qué está haciendo aquí?

—Es sólo una montadora más. ¿No sabes que está de moda ser patriótica? Es todo tan democrático que me dan ganas de vomitar.

—Vamos, Hella —intervino la chica rechoncha de su derecha—, aún no nos ha restregado nunca lo de su tío. ¿Por qué no la dejas tranquila?

Hella ignoró a su vecina echándole una mirada de reojo y encendió otro cigarrillo.

La chica nueva estaba escuchando la charla de una contable de ojos brillantes que tenía enfrente. Las palabras se sucedían en atropellada sucesión:

—... y se dice que estuvo en la Bóveda... nada menos que en la Bóveda, chicas... cuando habló Seldon, y que el alcalde tuvo un ataque de furia y se produjeron motines y cosas por el estilo. Ella se escapó antes de que el Mulo aterrizase, y cuentan que su huida fue muy emocionante, a través del bloqueo. Me pregunto por qué no escribirá un libro acerca de todo ello; ahora son muy populares los libros sobre la guerra. También se rumorea que ha estado en el mundo del Mulo... ya sabéis, Kalgan, y...

El timbre sonó con estridencia, y el comedor comenzó a vaciarse. La voz de la contable siguió zumbando, y la chica nueva sólo la interrumpía con el convencional y admirativo «¿de verdad?», en los momentos apropiados.

Cuando horas después Bayta regresó a su casa, las luces de las enormes cavernas ya disminuían gradualmente su potencia, y pronto reinaría la oscuridad que significaba el sueño para todos.

Toran la recibió en el umbral con una rebanada de pan untado de mantequilla en la mano.

—¿Dónde has estado? —preguntó, masticando. Después, con mayor claridad—: He preparado una cena improvisada. Si no es abundante, no tengo la culpa.

Pero ella daba vueltas a su alrededor, con los ojos muy abiertos.

—¡Torie! ¿Dónde está tu uniforme? ¿Qué haces con ropa de paisano?

—Órdenes, Bay. Randu está encerrado con Ebling Mis, e ignoro de qué se trata. Ya lo sabes todo.

—¿Me envían a mí también? —Bayta se acercó impulsivamente a él.

Toran la besó antes de contestar:

—Creo que sí. Será peligroso, sin duda.

—¿Acaso hay algo que no sea peligroso?

—Exactamente. ¡Ah!, ya he enviado a buscar a Magnífico, así que es probable que él nos acompañe.

—¿Quieres decir que debemos cancelar su concierto en la fábrica de motores?

—Por supuesto.

Bayta entró en la habitación contigua y se sentó ante una comida que ofrecía signos evidentes de ser «improvisada». Cortó los bocadillos por la mitad con rápida eficiencia y dijo:

—Lo del concierto es una lástima. Las chicas de la fábrica lo esperaban con ilusión, lo mismo que Magnífico. ¡Es un hombre tan extraño!

—Despierta tu complejo maternal, Bay, eso es lo que hace. Algún día tendrás un niño y entonces olvidarás a Magnífico.

Bayta contestó con la boca llena:

—Se me ocurre que tú eres quien más despierta mi instinto maternal.

Entonces dejó el bocadillo y adoptó una actitud grave.

—Torie.

—¿Qué?

—Torie, hoy he estado en el ayuntamiento... en la oficina de Producción. Por eso he llegado tan tarde.

—¿Qué has hecho allí?

—Pues... —Vaciló, indecisa—. He estado incubándolo. Ha llegado un momento en que ya no soportaba la fábrica. Es desmoralizante. Las chicas tienen un ataque de llanto sin un motivo en particular. Las que no enferman, se agrían. Incluso sollozan las menos sensibles. En mi sección, la producción ha descendido a una cuarta parte de lo que era cuando llegué, y ningún día acude toda la plantilla de obreras.

—Está bien —dijo Toran—, y ahora háblame de la oficina de Producción. ¿Qué has hecho allí?

—Formular unas cuantas preguntas. Y ocurre lo mismo, Torie, lo mismo en todo Haven. Baja de la producción, sedición e indiferencia por doquier. El jefe de la oficina se limitó a encogerse de hombros... después de que yo hiciera una hora de antesala para verlo, y sólo lo conseguí porque soy la sobrina del coordinador... y dijo que el asunto no es de su incumbencia. Francamente, creo que no le importaba.

—Vamos, Bay, no exageres.

—No creo que le importase —repitió fieramente Bayta—. Te digo que algo va mal. Es la misma horrible frustración que me asaltó en la Bóveda del Tiempo cuando Seldon nos falló. Tú también la sentiste.

—Sí, es cierto.

—¡Pues aquí está de nuevo! —continuó ella con salvaje ímpetu—. Jamás seremos capaces de resistir al Mulo. Incluso aunque tuviéramos el material, nos falta el valor, el espíritu, la voluntad... Torie, no sirve de nada luchar...

Toran no recordaba haber visto nunca llorar a Bayta, y tampoco lloró ahora, al menos, no del todo. Pero Toran le puso con suavidad una mano sobre el hombro y murmuró:

—Será mejor que lo olvides, cariño. Ya sé a qué te refieres, pero no podemos...

—Ya sé, ¡no podemos hacer nada! Todo el mundo dice lo mismo, y nos quedamos sentados, esperando que caiga la espada.

Volvió a dedicar su atención al bocadillo y el té. Sin hacer ruido, Toran arreglaba las camas. Fuera, la oscuridad era completa.

Randu, como recién nombrado coordinador —en realidad era un cargo de tiempos de guerra— de la confederación de ciudades de Haven, ocupaba por propia elección una habitación del piso superior, tras cuya ventana podía reflexionar por encima de los tejados y jardines. Entonces, al extinguirse las luces de las cavernas, la ciudad no podía verse entre las sombras oscuras. Randu no quería meditar sobre este simbolismo.

Dijo a Ebling Mis, cuyos ojos pequeños y claros parecían interesarse exclusivamente por la copa llena de líquido rojo que tenía en la mano:

—En Haven existe el proverbio de que cuando se extinguen las luces de las cavernas, es hora de que todos se entreguen al sueño.

—¿Duerme usted mucho últimamente?

—¡No! Siento haberlo llamado tan tarde, Mis. Ignoro por qué en estos momentos prefiero la noche. ¿No es extraño? La gente de Haven está condicionada muy estrictamente para que la falta de luz signifique el sueño. Yo también. Pero ahora es diferente...

—Se está ocultando —dijo Mis en tono terminante—. Está rodeado de gente durante el periodo de vela, y siente sobre usted sus miradas y sus esperanzas. No puede soportarlo, y en el periodo de sueño se siente libre.

—¿Usted también siente esta terrible sensación de derrota?

Ebling Mis asintió despacio con la cabeza.

—Sí. Es una psicosis masiva, un incalificable pánico de masas. Por la Galaxia, Randu, ¿qué espera usted? Tiene aquí a toda una civilización basada en la ciega creencia de que un héroe popular del pasado lo tiene todo planeado y cuida de cada detalle de sus vidas. La pauta mental así evocada tiene características religiosas, y ya sabe usted lo que eso significa.

—En absoluto.

A Mis no le entusiasmó la necesidad de una explicación. Nunca le había gustado dar explicaciones. Por eso gruñó, miró con fijeza el largo cigarro que tenía entre los dedos y dijo:

—Caracterizada por fuertes reacciones. Las creencias sólo pueden ser desarraigadas por una sacudida importante, en cuyo caso resulta un desequilibrio mental bastante completo. Casos leves: histeria, un morboso sentido de inseguridad. Casos graves: locura y suicidio.

Randu se mordió la uña del pulgar.

—Cuando Seldon nos falla, o, en otras palabras, cuando desaparece nuestro apoyo, en el que hemos descansado durante tanto tiempo, nuestros músculos se han atrofiado y no podemos movernos sin él.

—Eso es. Una metáfora torpe, pero cierta.

—¿Y qué me dice de sus propios músculos, Ebling?

El psicólogo filtró una larga bocanada de aire a través de su cigarro y dejó salir todo el humo.

—Oxidados, pero no atrofiados. Mi profesión me ha procurado unos pocos pensamientos independientes.

—¿Y atisba una salida?

—No, pero tiene que haberla. Tal vez Seldon no previó lo del Mulo. Tal vez no garantizó nuestra victoria. Pero tampoco garantizó nuestra derrota. El caso es que ha desaparecido del juego y nos ha dejado solos. El Mulo puede ser vencido.

—¿Cómo?

—Del mismo modo que se puede vencer a cualquiera: atacando con fuerza el punto débil. Escuche, Randu; el Mulo no es un superhombre. Si le vencemos, todo el mundo lo verá por sí mismo. Sucede que no le conocemos, y las leyendas se amontonan con facilidad. Cuentan que es un mutante. ¿Y qué? Un mutante significa un «superhombre» para los ignorantes de la humanidad. Pero no es eso en absoluto. Se ha estimado que diariamente nacen en la Galaxia varios millones de mutantes. De estos millones, todos menos un uno o un dos por ciento pueden ser detectados solamente por medio de microscopios y de la química. De este uno o dos por ciento de macromutantes, es decir, los de mutaciones que pueden ser detectadas a simple vista o por la mente, todos menos un uno o un dos por ciento son monstruos destinados a los centros de diversión, los laboratorios y la muerte. De los pocos macromutantes cuyas diferencias constituyen una ventaja, casi todos son curiosidades inofensivas, raros en un solo aspecto, normales... y a menudo subnormales... en la mayoría de los otros. ¿Lo comprende, Randu?

—Sí. ¿Pero qué me dice del Mulo?

—Suponiendo que el Mulo sea un mutante, daremos por sentado que posee algún atributo, indudablemente mental, que puede utilizarse para conquistar mundos. En otros aspectos debe tener imperfecciones, las cuales habremos de localizar. No sería tan misterioso, no rehuiría tanto a los demás, si estas imperfecciones no fueran aparentes y fatales. Suponiendo que sea un mutante.

—¿Existe una alternativa?

—Podría existir. La evidencia de la mutación se debe al capitán Han Pritcher, de lo que era el servicio secreto de la Fundación. Sacó sus conclusiones partiendo de las débiles memorias de los que pretendían conocer al Mulo, o alguien que podía haber sido el Mulo, en su infancia y primera niñez. Pritcher trabajó con material dudoso, y la evidencia que encontró pudo ser implantada por el Mulo para sus propios fines, porque es seguro que el Mulo ha recibido una considerable ayuda de su reputación de superhombre mutante.

—Esto es muy interesante. ¿Cuánto tiempo hace que opina usted así?

—No es una opinión en la que yo pueda creer; se trata únicamente de una alternativa digna de consideración. Por ejemplo, Randu, supongamos que el Mulo ha descubierto una forma de radiación capaz de anular la energía mental, del mismo modo que posee una capaz de anular las reacciones atómicas. ¿Qué pasaría entonces? ¿Podría ello explicar lo que nos ocurre ahora a nosotros, y lo que ocurrió a la Fundación?

Randu parecía inmerso en profunda meditación. Preguntó:

—¿Qué hay de sus investigaciones en torno al bufón del Mulo?

Entonces fue Ebling Mis quien vaciló.

—Infructuosas, hasta ahora. Hablé con valentía al alcalde antes del colapso de la Fundación, principalmente para infundirle valor, y en parte para infundírmelo a mí mismo. Pero, Randu, si mis instrumentos matemáticos estuviesen a la suficiente altura, por medio del bufón podría analizar completamente al Mulo. Entonces le atraparíamos. Entonces podríamos resolver las extrañas anomalías que ya han llamado mi atención.

—¿Cuáles?

—Piense, amigo mío. El Mulo derrotó a voluntad a las naves de la Fundación, pero en cambio no ha conseguido que las débiles flotas de los comerciantes independientes se batan en retirada. La Fundación cayó de un solo golpe; los comerciantes independientes resisten contra toda su fuerza. Primero usó su campo de extinción contra las armas atómicas de los comerciantes independientes de Mnemon. El elemento de sorpresa provocó que perdieran aquella batalla, pero se enfrentaron al campo. El Mulo no pudo volver a usarlo con éxito contra los comerciantes. Sin embargo, surtió efecto una y otra vez contra las fuerzas de la Fundación, y al final contra la Fundación misma. ¿Por qué? Partiendo de nuestros conocimientos actuales, todo esto es ilógico. Por consiguiente, debe de haber factores que nosotros desconocemos.

—¿Traición?

—Eso es absurdo, Randu, un incalificable absurdo. No había un solo hombre en la Fundación que no estuviera seguro de la victoria. ¿Quién traicionaría al bando que sin duda alguna ha de ganar?

Randu se acercó a la ventana curvada y contempló, sin ver nada, la oscuridad del exterior. Replicó:

—Pero ahora nosotros estamos seguros de perder. Aunque el Mulo tuviese mil debilidades; aunque fuese como una red, toda llena de agujeros...

No se volvió. Era como si hablase su espalda encorvada, sus dedos que se buscaban nerviosamente unos a otros. Prosiguió:

—Escapamos sin contratiempos después del episodio de la Bóveda del Tiempo, Ebling. También otros podrían haber escapado; unos cuantos eligieron esa vía, pero la mayoría no. El campo de extinción pudo ser neutralizado; sólo hacía falta ingenio y un poco de esfuerzo. Todas las naves de la Fundación podrían haber volado a Haven o a otros planetas vecinos para continuar luchando como lo hicimos nosotros. Ni siquiera un uno por ciento lo hizo. De hecho, se pasaron al enemigo.

»La resistencia de la Fundación, en la que casi todo el mundo aquí parece confiar a ciegas, no ha hecho nada de importancia hasta el momento. El Mulo ha sido lo bastante diplomático como para prometer salvaguardar la propiedad y los beneficios de los grandes comerciantes, y éstos se han pasado a su bando.

Ebling Mis protestó tercamente:

—Los plutócratas siempre han estado contra nosotros.

—Y siempre han tenido el poder en sus manos. Escuche, Ebling. Tenemos razones para creer que el Mulo o sus instrumentos, ya han estado en contacto con hombres poderosos de los comerciantes independientes. Se sabe que por lo menos diez de los veintisiete mundos comerciantes se han unido al Mulo. Tal vez diez más estén a punto de hacerlo. Hay personalidades en el propio Haven a las que no disgustaría el dominio del Mulo. Al parecer es una tentación irresistible renunciar a un poder político en peligro, si ello asegura un control sobre los asuntos económicos.

—¿Usted no cree que Haven pueda luchar contra el Mulo?

—No creo que Haven luche contra él. —Y Randu volvió su rostro preocupado hacia el psicólogo—. Creo que Haven está esperando para rendirse. Le he llamado para decírselo. Quiero que usted abandone Haven.

Ebling Mis infló sus rechonchas mejillas, asombrado.

—¿Ya?

Randu sintió un terrible cansancio.

—Ebling, usted es el mejor psicólogo de la Fundación. Los verdaderos maestros de la psicología se acabaron con Seldon, pero usted es el mejor que tenemos. Usted es nuestra única posibilidad de derrotar al Mulo. Aquí no puede hacerlo; tendrá que marcharse a lo que queda del Imperio.

—¿A Trantor?

—En efecto. Lo que un día fue el Imperio es hoy una partícula, pero aún debe de quedar algo en el centro. Allí tienen los archivos, Ebling. Podrá aprender más de psicología matemática; quizá lo suficiente como para que pueda interpretar la mente del bufón. Irá con usted, por supuesto.

Mis replicó con sequedad:

—Dudo de que esté dispuesto a acompañarme, ni siquiera por temor al Mulo, si la sobrina de usted no viene con nosotros.

—Lo sé. Toran y Bayta irán con usted precisamente por este motivo. Y, Ebling, hay otro objetivo todavía más importante. Hari Seldon fundó dos Fundaciones hace tres siglos; una en cada extremo de la Galaxia. Debe encontrar esa «Segunda Fundación».

20
El conspirador

El palacio del alcalde, mejor dicho, lo que un día fue el palacio del alcalde, era una gruesa mancha en la oscuridad. La ciudad estaba tranquila tras el toque de queda impuesto a raíz de la conquista, y la difusa franja que formaba la gran lente galáctica, con alguna que otra estrella solitaria aquí y allá, dominaba el firmamento de la Fundación.

En tres siglos, la Fundación había evolucionado desde un proyecto privado de un reducido grupo de científicos a un imperio comercial cuyos tentáculos se adentraban profundamente en la Galaxia, y medio año había bastado para arrebatarle la preponderancia y reducirla a la posición de una provincia conquistada.

El capitán Han Pritcher se negaba a admitirlo.

El sombrío toque de queda y el palacio sumido en la penumbra y ocupado por intrusos eran suficientemente simbólicos, pero el capitán Han Pritcher, ante la puerta exterior del palacio y con la diminuta bomba atómica oculta bajo su lengua, se negaba a comprenderlos.

Una silueta se aproximó; el capitán inclinó la cabeza. Fue tan sólo un susurro, sumamente bajo:

—El sistema de alarma es el mismo de siempre, capitán. ¡Puede seguir! No se detectará nada.

Sin ningún ruido, el capitán se agachó, pasó bajo la pequeña arcada y enfiló el sendero flanqueado por surtidores y que conducía al jardín del alcalde Indbur.

Ya habían pasado cuatro meses desde aquel día en que estuvo en la Bóveda del Tiempo, cuyo recuerdo quería desechar. Aisladas y por separado, las impresiones volvían, venciendo su resistencia, casi siempre de noche.

El viejo Seldon pronunciando las benévolas palabras tan equivocadas, la confusión general, Indbur, cuyas ropas de alcalde contrastaban de manera incongruente con su rostro lívido y contraído, el gentío atemorizado que esperaba en silencio la orden inevitable de rendición, y aquel joven, Toran, desapareciendo por una puerta lateral con el bufón del Mulo colgado de su hombro.

Y él mismo, saliendo al final sin saber cómo, y encontrando su coche inutilizado... abriéndose paso a través de la multitud, que ya abandonaba la ciudad, desorientada, hacia un destino desconocido... dirigiéndose a ciegas hacia las diversas ratoneras que habían sido el cuartel general de una resistencia democrática cuyas filas se habían ido debilitando y diezmando a lo largo de ochenta años.

Y las ratoneras estaban vacías.

Al día siguiente se materializaron en el cielo unas extrañas naves negras que descendieron con suavidad entre los apiñados edificios de la ciudad vecina. El capitán Han Pritcher sintió una sensación de impotencia y desesperación conjuntas.

Empezó a viajar incansablemente.

En treinta días cubrió casi trescientos kilómetros a pie, cambió su traje por las ropas de un obrero de las fábricas hidropónicas, al que encontró muerto en la cuneta, y se dejó crecer la barba, de un intenso color rojizo.

Y encontró lo que quedaba de la resistencia.

La ciudad era Newton; el distrito, un barrio residencial que había sido elegante y que ahora ofrecía un aspecto mísero; la casa, una de tantas que bordeaban la calle; y el hombre, un individuo de ojos pequeños y largos huesos que mantenía los apretados puños en los bolsillos y cuyo cuerpo delgado bloqueaba el umbral. El capitán murmuró:

—Vengo de Miran.

El hombre contestó a la consigna con expresión sombría.

—Miran se ha adelantado este año.

—Igual que el año pasado —replicó el capitán.

Pero el hombre no se apartó de la puerta. Preguntó:

—¿Quién es usted?

—¿No es usted Zorro?

—¿Siempre responde con una pregunta?

El capitán inspiró con fuerza, pero imperceptiblemente, y repuso con calma:

—Soy Han Pritcher, capitán de la flota y miembro del Partido Democrático de la Resistencia. ¿Me permite entrar?

Zorro se apartó y dijo:

—Mi verdadero nombre es Orum Falley. —Alargó la mano, y el capitán se la estrechó.

La habitación estaba en buen estado, pero carecía de lujo. En un rincón había un decorativo proyector de libros, que a los ojos del capitán tanto podría tratarse de una pistola de gran calibre camuflada. La lente del proyector cubría la puerta, y podía ser controlada a distancia.

Zorro siguió la mirada de su barbudo huésped y sonrió. Dijo:

—¡En efecto! Pero sólo servía en los tiempos de Indbur y sus vampiros con corazón de lacayo. No serviría de gran cosa contra el Mulo, ¿verdad? Nada puede ayudarnos contra el Mulo. ¿Tiene usted hambre?

Los músculos del rostro del capitán se contrajeron bajo la barba, y asintió con la cabeza.

—Sólo tardaré un momento, si no le importa esperar. —Zorro sacó unos botes de un armario y colocó dos frente al capitán Pritcher—. Mantenga un dedo sobre ellos y rómpalos cuando estén lo bastante calientes. Mi regulador de calor está estropeado. Cosas como ésta nos recuerdan que estamos en guerra... o estábamos, ¿verdad?

Sus rápidas frases eran alegres en su contenido, pero el tono era cualquier cosa menos jovial, y sus ojos revelaban una profunda concentración. Se sentó frente al capitán y observó:

—No quedará más que una pequeña quemadura en el lugar donde está sentado si hay algo en usted que no me gusta. ¿Lo sabe?

El capitán no contestó. Los botes se abrieron con una ligera presión. Zorro exclamó:

—¡Guiso! Lo siento, la cuestión alimenticia es un problema.

—Lo sé —repuso el capitán, que empezó a comer con rapidez, sin levantar la vista.

Zorro dijo:

—Le he visto a usted antes. Estoy intentando recordar, y estoy seguro de que no llevaba barba.

—Llevo treinta días sin afeitarme. —Y entonces añadió con fiereza—: ¿Qué más quiere? Ya le he dado la contraseña y me he identificado.

Su interlocutor hizo un ademán.

—¡Oh!, admito que sea usted Pritcher. Pero hay muchos que conocen la contraseña y pueden identificarse... y están con el Mulo. ¿Ha oído hablar alguna vez de Levvaw?

—Sí.

—Está con el Mulo.

—¿Cómo? Él...

—Sí, era el hombre a quien llamaban Rendición No. —Los labios de Zorro se contrajeron en una sonrisa silenciosa y forzada—. También Willig está con el Mulo, y Garre y Noth. ¡Nada menos que con el Mulo! Por qué no Pritcher, ¿eh? ¿Cómo puedo saberlo?

El capitán se limitó a mover la cabeza.

—Pero no importa —dijo Zorro en voz baja—. Si Noth se ha pasado a ellos, deben de tener mi nombre... De modo que si usted dice la verdad, corre más peligro que yo por haberlo recibido.

El capitán, que había terminado de comer, se apoyó en el respaldo de su asiento.

—Si aquí no tiene ninguna organización, ¿dónde puedo encontrar una? La Fundación puede haberse rendido, pero yo no.

—¡Ya! No podrá vagar siempre de un lado para otro, capitán. En estos días, los hombres de la Fundación han de tener un permiso para viajar de una ciudad a otra, ¿lo sabía? Y también tarjetas de identidad. ¿La tiene usted? Además, todos los oficiales de la flota han recibido la orden de presentarse al cuartel general de ocupación más próximo. Esto le atañe a usted, ¿no?

—Sí. —La voz del capitán era dura—. ¿Acaso cree que huyo por temor? Estuve en Kalgan poco después de que cayera en manos del Mulo. Al cabo de un mes, ni uno solo de los oficiales del ex caudillo estaba en libertad, porque eran los jefes militares naturales de cualquier revuelta. La resistencia ha sabido siempre que ninguna revolución puede tener éxito sin el control de, por lo menos, una parte de la flota. Es evidente que el Mulo también lo sabe.

Zorro asintió pensativamente.

—Resulta lógico. El Mulo piensa en todo.

—Me quité el uniforme en cuanto pude. Me dejé crecer la barba. Cabe la posibilidad de que otros hayan hecho lo mismo.

—¿Está usted casado?

—Mi esposa murió. No tengo hijos.

—Así que usted es inmune a los rehenes.

—Sí.

—¿Quiere que le dé un consejo?

—Si tiene alguno que darme...

—Ignoro cuál es la política del Mulo o sus propósitos, pero hasta ahora no han sufrido ningún daño los trabajadores especializados. Se han subido los salarios. La producción de toda clase de armas atómicas se ha acelerado.

—¿De veras? Esto suena a que continuará la ofensiva.

—No lo sé. El Mulo es un sutil hijo de perra, y es posible que sólo pretenda ganarse a los trabajadores. Si Seldon, con toda su psicohistoria, no pudo descubrirlo, no voy a intentarlo yo. Pero usted lleva ropas de obrero. Esto sugiere algo, ¿no cree?

—Yo no soy un trabajador especializado.

—Ha seguido un curso militar sobre cuestiones atómicas, ¿verdad?

—Desde luego.

—Eso basta. La Compañía de Cojinetes de Campo Atómico tiene su sede aquí, en la ciudad. Los sinvergüenzas que dirigían la fábrica para Indbur siguen dirigiéndola... para el Mulo. No harán preguntas mientras necesiten más obreros para elevar la producción. Le darán una tarjeta de identidad y usted puede solicitar una habitación en el distrito residencial de la corporación. Podría empezar en seguida.

De esta forma, el capitán Han Pritcher de la flota nacional se convirtió en el especialista en escudos Lo Moro, del Taller 45 de la Compañía de Cojinetes de Campo Atómico. Y de un agente de Inteligencia descendió en la escala social a «conspirador», profesión que algunos meses más tarde le llevó a lo que había sido el jardín particular de Indbur.

En el jardín, el capitán Pritcher consultó el radiómetro que llevaba en la palma de la mano. El campo interior de advertencia todavía funcionaba, por lo que se detuvo a esperar. A la bomba atómica que guardaba en la boca le quedaba media hora de vida.

La movió nerviosamente con la lengua.

El radiómetro se apagó, y el capitán avanzó con paso rápido.

Hasta aquel momento todo se había desarrollado a la perfección.

Reflexionó, intentando mantener la cabeza fría, y comprendió que la vida de la bomba atómica era también la suya; que su muerte significaba la suya propia... y la del Mulo.

Entonces llegaría al momento crucial de su guerra privada de cuatro meses; una guerra que había comenzado con la huida y acabado en una fábrica de Newton...

Durante dos meses, el capitán Pritcher llevó delantales de plomo y pesadas mascarillas, hasta que de su aspecto exterior no quedó rastro que delatara su profesión militar. Era un obrero que recibía su salario, pasaba las veladas en la ciudad y jamás hablaba de política.

Durante dos meses no vio a Zorro.

Y entonces, un día, un hombre se deslizó junto a su banco y le metió un trozo de papel en el bolsillo. En él estaba escrita la palabra «Zorro». Lo tiró a la cámara atómica, donde se desvaneció en humo invisible y aumentó la energía en un milimicrovoltio, y volvió a su trabajo.

Aquella noche fue a casa de Zorro y participó en un juego de cartas con dos hombres a los que sólo conocía de oídas y con otro al que conocía por el nombre y el rostro.

Mientras jugaban a las cartas y se repartían fichas, hablaron. El capitán dijo:

—Es un error fundamental. Ustedes viven en el pasado. Durante ochenta años nuestra organización ha estado esperando el exacto momento histórico. Nos cegó la psicohistoria de Seldon, una de cuyas primeras proposiciones es que el individuo no cuenta, no hace la historia, y los complejos factores sociales y económicos le desbordan, le convierten en una marioneta. —Ordenó sus cartas con esmero, calculó su valor y, mientras dejaba una ficha encima de la mesa, añadió—: ¿Por qué no matar al Mulo?

—¿Y de qué serviría hacerlo? —preguntó con fiereza el hombre que tenía a su izquierda.

—Ya lo ven —repuso el capitán, deshaciéndose de dos cartas—; ésta es la actitud. ¿Qué es un hombre... entre trillones? La Galaxia no dejará de girar porque un hombre muera. Pero el Mulo no es un hombre, es un mutante. Ya ha interferido con los planes de Seldon, y si se detienen a analizar las implicaciones, comprenderán que él, un solo hombre, un mutante, ha trastocado toda la psicohistoria de Seldon. Si no hubiera vivido, la Fundación no habría sido derrotada. Si dejase de vivir, la Fundación resurgiría. Ya saben que los demócratas han luchado secretamente contra los alcaldes y los comerciantes durante ochenta años. Intentemos el asesinato.

—¿Cómo? —intervino Zorro con frío sentido común. El capitán respondió con lentitud:

—He pensado en ello durante tres meses sin encontrar la solución. Al llegar aquí la he hallado en cinco minutos. —Miró brevemente al hombre que tenía a su derecha, de rostro sonriente, rosado y ancho como un melón—. Usted fue chambelán del alcalde Indbur. No sabía que estuviera en la resistencia.

—Yo tampoco sabía que usted estaba en ella.

—Pues bien; como chambelán, usted comprobaba periódicamente el funcionamiento del sistema de alarma del palacio.

—En efecto.

—Y ahora el palacio está ocupado por el Mulo.

—Así se nos ha anunciado... aunque es un conquistador modesto que no hace discursos, ni proclamaciones, ni apariciones en público.

—Eso son detalles que no cambian nada. Usted, querido ex chambelán, es todo cuanto necesitamos. —Mostraron las cartas y Zorro recogió las apuestas. Repartió los naipes con parsimonia.

El hombre que había sido chambelán recogió sus cartas una por una.

—Lo lamento, capitán. Yo comprobaba el sistema de alarma, pero era una rutina. No lo conozco en absoluto.

—Ya me lo esperaba, pero en su mente existe el recuerdo de los mandos, y podemos ahondar en ella lo suficiente... con una sonda psíquica.

El rostro rubicundo del ex chambelán palideció repentinamente. Sus puños arrugaron los naipes que sostenían.

—¿Una sonda psíquica?

—No se preocupe —dijo con sequedad el capitán—, sé utilizarla. No le perjudicará, aparte de dejarlo un poco debilitado durante algunos días. Y en el caso de que le perjudicase, se trata de un riesgo que ha de correr y un precio que ha de pagar. No hay duda de que entre nosotros se encuentran quienes por los controles de la alarma sabrían determinar las combinaciones de la longitud de onda. Hay hombres de la resistencia que podrían fabricar una pequeña bomba de relojería, y yo mismo la llevaría hasta el Mulo.

Los presentes se apiñaron en torno a la mesa, y el capitán continuó:

—En un día determinado estallará un motín en la ciudad de Terminus, en las proximidades del palacio. No habrá lucha, sólo un alboroto, tras el cual todos huirán. Lo importante es atraer a la guardia del palacio, o, por lo menos, distraerla...

Desde aquel día se iniciaron los preparativos, que duraron un mes, y el capitán Han Pritcher de la flota nacional dejó de ser «conspirador» para descender aún más en la escala social y convertirse en «asesino».

El capitán Pritcher, asesino, se encontraba en el mismo palacio, y estaba muy satisfecho de sus dotes de deducción. Un completo sistema de alarma en el exterior significaba una guardia reducida en el interior. En este caso quería decir que no había ni un solo guardia.

El plano del palacio estaba claro en su mente. Era como una sombra deslizándose por la rampa alfombrada. Cuando llegó arriba, se aplastó contra la pared y esperó.

Tenía ante sí la pequeña puerta cerrada de una habitación privada. Tras aquella puerta debía estar el mutante que había vencido lo invencible. Llegaba temprano: la bomba aún tenía diez minutos de vida. Cinco de ellos pasaron, y ningún sonido turbó el silencio absoluto.

Al Mulo le quedaban cinco minutos de vida: así lo calculaba el capitán.

Avanzó guiado por un repentino impulso. El complot ya no podía fallar. Cuando la bomba explotase, estallaría el palacio, todo el palacio. Traspasar una puerta, recorrer diez metros, no era nada. Pero quería ver al Mulo antes de morir con él.

En un último e insolente gesto, aporreó la puerta...

Ésta se abrió y dejó pasar una luz cegadora.

El capitán Pritcher se tambaleó, pero en seguida se repuso. El hombre solemne que se hallaba en el centro de la habitación, bajo una pecera suspendida del techo, le miró con expresión amable.

Su uniforme era negro por entero. Tocó la pecera redonda con un ademán ausente, y ésta se tambaleó con violencia, obligando a los peces de escamas anaranjadas y rojas a nadar con frenesí de un lado para otro.

El hombre dijo:

—¡Adelante, capitán!

La lengua temblorosa del capitán tuvo la impresión de que el pequeño globo de metal se hinchaba peligrosamente; una imposibilidad física, como sabía el capitán. Pero estaba en el último minuto de su vida.

El hombre uniformado observó:

—Sería mejor que escupiera esa necia píldora para poder hablar. No estallará.

El minuto pasó, y con un movimiento lento y cansado el capitán inclinó la cabeza y dejó caer el globo plateado en la palma de su mano. Con enérgica fuerza lo lanzó contra la pared. Rebotó con un pequeño y agudo sonido, resplandeciendo inofensivamente en su trayectoria.

El hombre uniformado se encogió de hombros.

—Bueno, olvidémosla. En cualquier caso, no le hubiera servido de nada, capitán. Yo no soy el Mulo. Tendrá que contentarse con su virrey.

—¿Cómo lo sabía usted? —murmuró torpemente el capitán.

—La culpa es de un eficiente sistema de contraespionaje. Conozco todos los nombres de su pequeña pandilla y cada uno de sus planes...

—¿Y nos ha dejado llegar tan lejos?

—¿Por qué no? Uno de mis principales objetivos aquí era encontrarlo a usted y a algunos más. En particular a usted. Podría haberlo atrapado hace algunos meses, cuando aún era un obrero de la fábrica de Newton, pero esto es mucho mejor. De no haber sugerido usted las principales directrices del complot, uno de mis propios hombres lo hubiera hecho por ustedes. El resultado es muy espectacular y bastante cómico.

El capitán mostraba dureza en su mirada.

—Yo también lo creo así. ¿Ha terminado todo ahora?

—Acaba de empezar. Venga, capitán, tome asiento. Dejemos las heroicidades a los insensatos que se impresionan por ellas. Capitán, usted es un hombre capaz. De acuerdo con mi información, usted fue el primer hombre de la Fundación que reconoció el poder del Mulo. Desde entonces se ha interesado con bastante osadía por la juventud del Mulo. Usted fue uno de los que raptaron al bufón del Mulo, a quien, por cierto, aún no se ha encontrado, y por el que se pagará una espléndida recompensa. Reconocemos sus aptitudes, por supuesto, y el Mulo no es alguien que tema la capacidad de sus enemigos, siempre que pueda convertirlos en sus nuevos amigos.

—¿Es eso lo que pretende? ¡Oh, no!

—¡Oh, sí! Es el objetivo de la comedia de esta noche. Usted es un hombre inteligente, y, sin embargo, sus pequeñas conspiraciones contra el Mulo fallan desastrosamente. Apenas puede calificarlas de conspiración. ¿Forma parte de su adiestramiento militar perder naves en acciones imposibles?

—Primero habría que admitir que son imposibles.

—Se hará —le aseguró suavemente el virrey—. El Mulo ha conquistado la Fundación, y la está convirtiendo a marchas forzadas en un arsenal para el cumplimiento de sus objetivos más importantes.

—¿Cuáles son esos objetivos?

—La conquista de toda la Galaxia. La reunión de todos los mundos dispersos en un nuevo Imperio. El cumplimiento, obtuso patriota, del sueño de su propio Seldon, setecientos años antes de lo que estaba previsto. Y en este cumplimiento, usted puede ayudarnos.

—Puedo, indudablemente. Pero también, indudablemente, no lo haré.

—Tengo entendido —replicó el virrey— que solamente tres de los mundos comerciantes independientes continúan resistiendo. No lo harán durante mucho más tiempo; será el último reducto de la Fundación. Usted resiste todavía.

—Sí.

—Sin embargo, no lo seguirá haciendo. Un colaborador voluntario sería el más eficiente, pero la otra clase de colaborador también servirá. Por desgracia, el Mulo está ausente; dirige la lucha, como siempre, contra los comerciantes que aún resisten. Pero no tendrá usted que esperar mucho.

—¿Para qué?

322

—Para su conversión.

—El Mulo —contestó glacialmente el capitán— descubrirá que eso está más allá de sus fuerzas.

—Se equivoca. Yo no lo estuve. ¿No me reconoce? Vamos, usted ha estado en Kalgan, de modo que debió verme. Usaba monóculo, una capa escarlata orlada de piel, un gorro muy alto...

El capitán se puso rígido por la consternación.

—Usted era el caudillo de Kalgan.

—Sí. Y ahora soy el leal virrey del Mulo. Como ve, es muy persuasivo.

21
Interludio en el espacio

El bloqueo fue atravesado con éxito. En el vasto volumen del espacio, ni todas las armadas que habían existido jamás podrían mantener de forma indefinida la guardia en tan apretada proximidad. Basta con una sola nave, un piloto habilidoso y un mínimo de suerte para que proliferen los agujeros.

Con la cabeza fría y suma atención, Toran pilotaba la nave quejumbrosa desde la órbita de una estrella a otra. Si bien la proximidad de una masa tan enorme convertía los saltos interestelares en una actividad errática y complicada, no era menos cierto que también los instrumentos de detección del enemigo resultaban inútiles, si no por completo, al menos en parte.

Superado ya el entramado de naves, también quedaba atrás la esfera interior del espacio muerto, a través de cuyo subéter bloqueado no podía viajar ningún mensaje. Por primera vez en más de tres meses, Toran no se sintió aislado.

Hubo de transcurrir una semana antes de que los noticiarios del enemigo giraran en torno a algo más que los monótonos detalles autocomplacientes del control que no dejaba de estrecharse sobre la Fundación. Fue una semana durante la cual el mercante acorazado de Toran llegó veloz de la Periferia, encadenando un salto apresurado tras otro.

Ebling Mis llamó a la sala de mandos; Toran parpadeó y levantó la cabeza de las cartas de navegación.

—¿Qué sucede? —Toran bajó a la pequeña cámara central que Bayta, como no podía ser de otro modo, había convertido en sala de estar.

Mis sacudió la cabeza.

—Que me aspen si lo sé. Los periodistas del Mulo anuncian la emisión de un boletín especial. Pensé que te gustaría enterarte.

—Ya puestos. ¿Dónde está Bayta?

—En el comedor, preparando la mesa y eligiendo el menú... o algún perifollo por el estilo.

Toran se sentó en el catre que servía de cama para Magnífico, y esperó. La rutina propagandística de los «boletines especiales» del Mulo adolecía de una monotonía que los volvía indistinguibles unos de otros. Primero la música marcial, seguida de la ampulosa zalamería del anunciante. Las noticias más triviales precedían a las de mayor calado, desgranándose con infinita paciencia. Después, el intermedio. Por último, las trompetas y la creciente trepidación hasta alcanzar el clímax.

Toran lo soportó todo con estoicismo. Mis masculló para sus adentros.

El presentador desembuchó, en la fraseología convencional de los corresponsales de guerra, las untuosas palabras que traducían en sonido el metal fundido y la carne abrasada de una batalla en el espacio.

—Veloces escuadrones de cruceros, a las órdenes del teniente general Sammin, responden hoy con contundencia a las tropas de combate procedentes de Iss... —El semblante del orador, calculadamente hierático en la pantalla, se fundió con el negro de un espacio surcado por los veloces enjambres de naves que se encabritaban en el vacío enzarzadas en feroz batalla. La voz continuó en medio del silencio atronador—: La acción más espectacular de la batalla fue el duelo del crucero pesado *Cúmulo* con tres naves enemigas de la clase Nova...

La vista de la pantalla viró y se enfocó. Una gran nave chisporroteó mientras uno de los frenéticos agresores emitía un fulgor cegador, se desenfocaba retorciéndose, reaparecía y embestía. El *Cúmulo* se inclinó con ferocidad y sobrevivió al impacto de refilón que repelió al atacante con un rebote vertiginoso.

El monocorde discurso desapasionado del locutor se prolongó hasta el último golpe y la última mole.

Pausa, seguida de otra voz y de una imagen casi idéntica de la batalla que se estaba librando frente a Mnemon, con la novedad añadida de la prolija descripción de un aterrizaje fugaz, el atisbo de una ciudad arrasada, prisioneros hacinados y ojerosos, y a despegar otra vez.

A Mnemon no le quedaba mucho.

Otra pausa, seguida en esta ocasión de la estruendosa fanfarria de trompetas que cabía esperar. La pantalla enmarcaba un largo pasillo, jalonado por un impresionante despliegue de soldados, por el que el portavoz del gobierno vestido con el uniforme de consejero caminaba a grandes zancadas.

El silencio era opresivo.

La voz que sonó al fin era solemne, medida e implacable:

—Por orden de nuestro soberano, se anuncia que el planeta Haven, hasta ahora en oposición bélica a su voluntad, se ha sometido a la aceptación de la derrota. En este momento, las fuerzas de nuestro soberano están ocupando el planeta. La oposición era dispersa y descoordinada, y no ha tardado en ser aplastada.

La escena se fundió, y el locutor original regresó para anunciar con gesto imperioso que continuarían retransmitiendo los hechos conforme se sucedieran.

Cuando se reanudó la música de baile, Ebling Mis activó el escudo que cortaba la corriente.

324

Toran se levantó y se alejó con paso vacilante, sin pronunciar palabra. El psicólogo no intentó detenerlo.

Cuando Bayta salió de la cocina, Mis le indicó que guardara silencio.

—Han tomado Haven —dijo.

—¿Ya? —preguntó Bayta, con los ojos abiertos de par en par, rebosantes de incredulidad.

—Sin una pelea. Sin una incalificable... —Mis se dominó. Tragó saliva con dificultad—. Será mejor que dejes solo a Toran. Está intentando encajarlo. ¿Por qué no empezamos a comer sin él?

Bayta volvió a mirar en dirección a la sala de mandos, pero se giró y dijo, impotente:

—Está bien.

Magnífico se había sentado a la mesa sin que nadie lo viera. Sin comer ni beber, se limitaba a mirar fijamente al frente, presa de un pavor concentrado que parecía exprimir toda la vitalidad de su cuerpo enflaquecido.

Ebling Mis jugueteó distraídamente con su postre de frutas escarchadas y dijo, con aspereza:

—Dos mundos comerciantes combaten. Luchan, sangran y mueren, y aun así no se rinden. Sólo en Haven... igual que en la Fundación...

—¿Pero por qué? ¿Por qué?

El psicólogo sacudió la cabeza.

—Está relacionado con todo el problema. Todas las facetas, por extrañas que parezcan, evidencian la naturaleza del Mulo. Primero está la cuestión de cómo consiguió conquistar la Fundación sin apenas derramamiento de sangre y prácticamente de un plumazo, mientras los mundos comerciantes independientes resistían. La paralización de las reacciones atómicas fue un arma insignificante... hemos discutido al respecto hasta la saciedad... y sólo surtió efecto en la Fundación.

»Randu sugirió —Ebling enarcó las cejas pobladas— que podría haberse tratado de una radiación depresora de la voluntad. Es lo que podría haber utilizado en Haven. Pero, en tal caso, ¿por qué no emplearlo también en Mnemon y en Iss, que estos momentos se debaten con tal intensidad que se necesita la mitad de la flota de la Fundación, además de las fuerzas del Mulo, para doblegarlos? Sí, he reconocido naves de la Fundación en el ataque.

—Primero la Fundación —susurró Bayta—, y después Haven. Es como si el desastre nos siguiera pisándonos los talones, pero sin llegar a tocarnos. Es como si siempre consiguiéramos escapar por los pelos. ¿Durará eternamente?

Ebling Mis no la escuchaba. Continuó argumentando consigo mismo.

—Sin embargo, existe otro problema... otro problema. Bayta, ¿recuerdas la noticia de que el bufón del Mulo no había sido encontrado en Terminus, que sospechaban que se había refugiado en Haven, o que sus secuestradores lo habían llevado hasta allí? Le conceden una importancia, Bayta, que no disminuye, y todavía no hemos averiguado por qué.

Magnífico debe de poseer algún tipo de información que podría ser fatal para el Mulo. Estoy convencido de ello.

Magnífico palideció y protestó, tartamudeando:

—Señor... noble señor... le juro que comprender sus deseos escapa a mis modestas facultades. Ya le he contado lo que sé hasta los últimos límites, y merced a su sonda ha extraído de mi magro intelecto todo aquello que sabía, sin saber que lo sabía.

—Lo sé... lo sé. Se trata de algo minúsculo, de un indicio tan insignificante que ni tú ni yo podemos reconocerlo por lo que es. Sin embargo, debo encontrarlo, pues Mnemon e Iss no tardarán en caer, y cuando eso ocurra, seremos los últimos restos, los últimos posos de la Fundación independiente.

La distancia que separa a las estrellas comienza a minimizarse cuando se penetra en el corazón de la Galaxia. Los campos gravitacionales empiezan a solaparse con tanta intensidad que las perturbaciones introducidas en los saltos interestelares ya no pueden seguir desestimándose.

Toran se percató de ello cuando uno de los saltos plantó su nave ante el resplandor incontenible de una gigante roja que los atenazó con ferocidad. Una tenaza que sólo consiguió aflojarse, primero, y romperse por fin, tras doce horas de insomnio y congoja.

Armado con unas cartas de navegación de utilidad limitada y una experiencia aún por desarrollar, tanto a nivel operacional como matemático, Toran se resignó a pasar los días venideros calculando su trayectoria con suma atención entre un salto y otro.

El proyecto adquirió una suerte de carácter comunitario. Ebling Mis se encargaba de revisar las matemáticas de Toran mientras Bayta sometía a examen las posibles rutas, valiéndose para ello de un amplio abanico de métodos generalizados para encontrar soluciones prácticas. Incluso Magnífico recibió el cometido de introducir computaciones de rutina en la máquina calculadora, un tipo de trabajo que, una vez explicado, se convirtió en una inefable fuente de diversión para él y para el que demostró ser sorprendentemente apto.

De modo que a finales de mes, según sus estimaciones, a Bayta le fue posible discernir la sinuosa línea roja que se abría paso a través del modelo tridimensional de a bordo de la lente galáctica hasta su centro.

—¿Sabes lo que parece? —observó con satírico regocijo—. Parece una lombriz de tres metros de largo aquejada de un caso agudo de indigestión. Al final volverás a dejarnos en Haven.

—Eso es lo que haré —refunfuñó Toran, mientras sacudía el mapa con ferocidad—, como no cierres el pico.

—Dicho lo cual —continuó Bayta—, lo más probable es que exista una ruta que se extienda justo a través, tan recta como un meridiano de longitud.

—¿Sí? Bueno, para empezar, cabeza de chorlito, seguro que hicieron falta quinientas naves y otros tantos años de ensayo y error para calcular esa ruta, y mis piojosas cartas de medio crédito no la contemplan. Además, tal vez convenga evitar esos atajos. Deben de estar atestados de naves. Por no hablar...

—Ay, por el amor de la Galaxia, deja ya de decir tonterías y de darte esos aires de indignación. —Le enredó los dedos en el pelo.

—¡Ouch! ¡Suelta! —Toran le agarró las muñecas y tiró hacia abajo, ante lo cual Bayta, la silla y él dieron en el suelo convertidos en un terceto desmadejado. El rifirrafe degeneró en un jadeante tira y afloja, compuesto en su mayor parte de risitas estranguladas y multitud de golpes bajos.

Toran se soltó ante la inopinada aparición de un Magnífico sin resuello.

—¿Qué ocurre?

Las mismas arrugas de preocupación que fruncían el rostro del bufón atirantaban la piel pálida sobre el enorme puente de su nariz.

—Los instrumentos se comportan de forma extraña, señor. Hasta donde alcanza mi ignorancia, no he tocado nada...

Dos segundos después, Toran entraba en la sala de mandos.

—Despierta a Ebling Mis —ordenó con voz queda a Magnífico—. Dile que baje.

Dirigiéndose a Bayta, que intentaba imponer a sus cabellos un remedo de decoro con la sola ayuda de sus dedos, añadió:

—Nos han detectado, Bay.

—¿Detectado? —Bayta dejó caer los brazos—. ¿Quién?

—Sabe la Galaxia —masculló Toran—, pero me imagino que alguien cuyos desintegradores deben de estar apuntándonos en estos momentos.

Se sentó mientras, en voz baja, comenzaba a enviar el código de identificación de la nave al subéter.

Cuando llegó Ebling Mis, en albornoz y legañoso, Toran anunció con un laconismo teñido de desesperación:

—Al parecer estamos dentro de los límites de un pequeño reino interior que responde al nombre de la Autarquía de Filia.

—No lo había oído en mi vida —dijo secamente Mis.

—Bueno, yo tampoco —replicó Toran—, pero eso no impide que una nave filiana nos haya dado el alto, y no sé qué es lo que quieren de nosotros.

El capitán inspector de la nave filiana subió a bordo con seis hombres armados pisándole los talones. Era bajito, tenía el pelo ralo, los labios muy finos y la piel seca. Se sentó con una tos y abrió de golpe el infolio que llevaba bajo el brazo por una hoja en blanco.

—Pasaportes y permisos de la nave, si son tan amables.

—No tenemos ninguno —fue la respuesta de Toran.

—Conque no, ¿eh? —El hombre agarró el micrófono que colgaba de su cinturón y recitó rápidamente—: Tres hombres y una mujer. Sin papeles en regla. —Acompañó sus palabras de una anotación en su infolio—. ¿De dónde proceden?

—De Siwenna —contestó Toran, con cautela.

—¿Dónde está eso?

—A treinta mil pársecs, ochenta grados al oeste de Trantor, cuarenta grados...

—Déjelo, no tiene importancia. —Toran vio que su inquisidor había apuntado: «Lugar de origen: la Periferia».

—¿Adónde se dirigen? —continuó el filiano.

—Al sector de Trantor —dijo Toran.

—¿Con qué motivo?

—Viaje de placer.

—¿Transportan alguna mercancía?

—No.

—Hm-m-m. Eso habrá que comprobarlo. —Un mero cabeceo por su parte bastó para que dos de los hombres que lo acompañaban se pusieran en marcha. Toran no hizo además de interferir—. ¿Qué los trae a territorio filiano? —Un destello poco amigable iluminó los ojos del inspector.

—No sabíamos dónde estábamos. Nuestra carta de navegación deja mucho que desear.

—Circunstancia que les acarreará un desembolso de cien créditos... a los que habrá que sumar, como es lógico, el recargo habitual por los aranceles, etcétera.

Volvió a dirigirse al micrófono, aunque en esta ocasión escuchó más que habló. De nuevo para Toran, preguntó:

—¿Sabe usted algo de tecnología atómica?

—Un poco —respondió Toran, con reservas.

—¿Sí? —El filiano cerró el infolio y añadió—: Las gentes de la Periferia gozan de cierta reputación en ese sentido. Póngase un traje y venga conmigo.

Bayta dio un paso al frente.

—¿Qué van a hacer con él?

Tras apartarla con delicadeza, Toran preguntó plácidamente:

—¿Adónde quiere que vaya?

—A nuestra planta de energía le vendrían bien unos pequeños ajustes. Lo acompañará él. —Apuntó con un dedo directamente en dirección a un atemorizado Magnífico, cuyos ojos castaños se abrieron de par en par.

—¿Qué pinta él en todo esto? —repuso con fiereza Toran.

El oficial le dirigió una mirada glacial.

—Se me ha informado de la actividad de piratas en los alrededores. La descripción de uno de los bellacos reconocidos concuerda en parte. Se trata de un mero proceso de identificación de rutina.

Toran titubeó, pero seis hombres armados con otros tantos desintegradores pueden ser muy persuasivos. Sacó los trajes de la taquilla.

Una hora después, enderezó el espinazo en las entrañas de la nave filiana y protestó:

—A los motores no les pasa nada, que yo sepa. Las barras ómnibus están en perfecto estado, las mangueras de alimentación funcionan correctamente y el análisis de reacción es positivo. ¿Quién está al mando?

—Yo —respondió tímidamente el jefe de ingenieros.

—Buenos, pues sáqueme de aquí.

Lo condujeron al nivel de los oficiales, y una vez allí, a la pequeña antesala cuyo único ocupante era un alférez apático.

—¿Dónde está el hombre que venía conmigo?

—Espere, por favor —le indicó el alférez.

Hubieron de transcurrir quince minutos antes de que trajeran a Magnífico.

—¿Qué te han hecho? —se apresuró a preguntar Toran.

—Nada. Nada en absoluto. —Magnífico subrayó sus palabras sacudiendo la cabeza.

Hicieron falta doscientos cincuenta créditos para satisfacer las demandas de Filia, cincuenta de los cuales se destinaron a acelerar su liberación, antes de que volvieran a surcar el espacio con total libertad.

—¿No nos merecemos ni una escolta? —bromeó Bayta, con una risita forzada—. ¿No van a mandarnos al otro lado de sus fronteras de una patada, aunque sea metafórica?

A lo que Toran respondió, ceñudo:

—Ni esa nave era filiana, ni nos vamos a ninguna parte. Acercaos.

Se reunieron a su alrededor.

—Era una nave de la Fundación —continuó, empalidecido—, tripulada por hombres del Mulo.

Ebling se agachó para recoger el puro que se le había caído.

—¿Aquí? —dijo—. Pero si nos encontramos a treinta mil pársecs de la Fundación.

—Ni más ni menos. ¿Qué les impide hacer el mismo trayecto? Por la Galaxia, Ebling, ¿se cree que no sé distinguir una nave de otra? He visto sus máquinas, no necesito más pruebas. Le aseguro que era un motor de la Fundación en una nave de la Fundación.

—¿Y cómo han llegado hasta aquí? —inquirió Bayta, en un rapto de lógica—. ¿Qué probabilidad hay de que dos naves se encuentren al azar en medio del espacio?

—¿Y qué tiene que ver lo uno con lo otro? —se acaloró Toran—. Eso sólo demuestra que nos estaban siguiendo.

—¿Siguiendo? —repitió Bayta—. ¿Por el hiperespacio?

—Sería posible —terció Ebling Mis, con reservas—, siempre y cuando se tratara de una nave excepcional con un piloto a la altura. Pero la posibilidad no me impresiona.

—No me he molestado en borrar nuestras huellas —se empecinó Toran—. Me he limitado a acelerar en línea recta. Hasta un ciego podría haber calculado nuestra ruta.

—¡Y una centella! —exclamó Bayta—. Saltando de la manera en que lo estás haciendo, al tuntún, observar nuestra dirección inicial no serviría

329

de nada. Más de una vez hemos salido del salto con la popa por delante.

—Malgastamos el tiempo —se encrespó Toran, rechinando los dientes—. Es una nave de la Fundación dirigida por el Mulo. Nos ha detenido. Nos ha registrado. Nos han tenido como rehenes a Magnífico y a mí, separados, para cerraros la boca en caso de que sospecharais algo. Y la vamos a barrer del espacio ahora mismo.

—Quieto ahí. —Ebling Mis le echó el guante—. ¿Vas a arriesgarte a destruirnos por una nave que te parece que podría pertenecer al enemigo? Piensa, hombre, ¿crees que esos imbornales nos perseguirían por una ruta imposible a través de media cochina Galaxia tan sólo para echarnos un vistazo y dejarnos marchar?

—Todavía les interesa nuestro destino.

—En tal caso, ¿qué sentido tendría interceptarnos y ponernos en guardia? O una cosa o la otra, no puedes tenerlo todo.

—Tendré lo que me apetezca. Suéltame, Ebling, si no quieres que te suelte un guantazo.

Magnífico, que llevaba todo este tiempo haciendo equilibrios en su silla favorita, se inclinó hacia delante con las portentosas aletas de la nariz dilatadas por la emoción.

—Disculpen la intromisión, pero una idea disparatada se empeña en rondarme la atribulada cabeza.

Bayta se anticipó al gesto de irritación de Toran y sumó su presa a la de Ebling.

—Adelante, Magnífico, habla. Te escucharemos con suma atención.

—Durante mi estancia en la nave —comenzó Magnífico—, sobrevino a mi mermado intelecto un espanto estremecedor que me dejó entre patidifuso y pasmado. A fuer de sincero, casi todo lo que sucedió se ha borrado de mi recuerdo. Personas que me observaban, varias de ellas, y conversaciones ininteligibles. Hacia el final, empero... como un rayo de sol que despuntara entre un banco de nubes... discerní un rostro conocido. Fue fugaz, un mero atisbo, y sin embargo en mi memoria reluce y resplandece cada vez más.

—¿Quién era? —quiso saber Toran.

—Aquel capitán que estuvo con nosotros hace ya tiempo, cuando me rescató usted de la esclavitud.

Saltaba a la vista que la intención de Magnífico era causar un gran efecto, y la sonrisa de deleite que asomó bajo su enorme nariz demostraba que se sentía complacido con el éxito de sus intenciones.

—¿El capitán... Han... Pritcher? —preguntó Mis, ceñudo—. ¿Seguro por completo?

—Señor, se lo juro. —El bufón apoyó una mano huesuda en su pecho hundido—. Defendería la veracidad de mi afirmación ante el mismísimo Mulo, y estaría dispuesto a jurarlo en su presencia aunque él pusiera todo su empeño en negarlo.

—Entonces —murmuró Bayta, anonadada—, ¿qué significa todo esto?

El bufón se giró hacia ella con expresión preocupada.

—Mi señora, tengo una teoría. Se me ocurrió de repente, como si el espíritu galáctico la hubiera plantado con suavidad en mi mente. —Levantó la voz al oír como Toran empezaba a protestar—. Mi señora —continuó, dirigiéndose en exclusiva a Bayta—, si ese capitán hubiera huido con una nave, al igual que nosotros, si se hubiera embarcado en un viaje con un propósito determinado, también como nosotros, y se hubiera tropezado con nosotros de improviso... lo más probable sería que sospechara que estábamos persiguiéndolo, del mismo modo que nosotros hemos sospechado de él. ¿Sería entonces tan extraño que organizara esa farsa para introducirse en nuestra nave?

—¿Pero por qué nos ha conducido a su nave? —replicó Toran—. No tiene sentido.

—Al contrario, sí que lo tiene —insistió el bufón, inspirado—. Envió un subordinado que no nos conocía, pero que le describió nuestra apariencia por micrófono. La descripción de mi humilde persona debió de despertar recuerdos en el capitán, pues son pocas las almas en esta Galaxia cuya delgadez pueda compararse a la mía. Fui yo quien corroboró la identidad de todos ustedes.

—Entonces... ¿va a permitir que nos vayamos?

—¿Qué sabemos nosotros de su misión o de su secreto? Nos ha espiado y ha comprobado que no somos enemigos. En tal caso, ¿para qué poner en peligro su plan con complicaciones innecesarias?

—No seas terco, Toran —dijo Bayta, despacio—. Eso lo explicaría todo.

—No es tan descabellado —convino Mis.

Toran se veía impotente ante aquella resistencia conjunta. Había algo en los argumentos del bufón que no le convencía, había algo que no encajaba. Pero se sentía desconcertado y, sin poder evitarlo, su cólera remitió.

—Por un momento —murmuró—, pensé que teníamos ante nuestros ojos una de las naves del Mulo.

El dolor que le producía la pérdida de Haven le empañó la mirada.

Todos lo comprendieron.

22
Muerte en NeoTrantor

NEOTRANTOR: El pequeño planeta de Delicass, rebautizado tras el Gran Saqueo, sirvió de sede durante casi todo un siglo a la última dinastía del Primer Imperio. Se trataba de un mundo simbólico y un Imperio simbólico, y la relevancia de su existencia es meramente legalista. Durante la primera de las dinastías neotrantorianas [...]

ENCICLOPEDIA GALÁCTICA

¡NeoTrantor era su nombre! ¡Nuevo Trantor! Mas una vez pronunciado su nombre se agotan de un plumazo todos los parecidos que pudiera guardar el nuevo Trantor con el majestuoso original. A dos pársecs de distancia, el sol del antiguo Trantor resplandecía aún, del mismo modo que la capital imperial de la Galaxia del siglo anterior todavía surcaba el espacio en la silenciosa y eterna repetición de su órbita.

Aún quedaban incluso habitantes en el antiguo Trantor. No muchos, cien millones, tal vez, donde cincuenta años antes se congregaban cuarenta mil millones. El inmenso planeta metálico había quedado reducido a afiladas astillas. Las cumbres de las múltiples torres que sobresalían de la desnuda corteza del mundo se veían destrozadas y desiertas, acusaban aún los impactos de los cañones y las armas de fuego, de resultas del Gran Saqueo que había tenido lugar hacia cuarenta años.

Resultaba extraño que un mundo que había sido centro de la Galaxia durante milenios, que había gobernado sin límites el espacio y albergado a legisladores y gobernantes cuyos caprichos se medían por pársecs, pudiera sucumbir en el plazo de un solo mes. Resultaba extraño que un mundo que había salido indemne de los vastos movimientos de conquista y retirada de un milenio, e igualmente indemne de las guerras civiles y las revoluciones palaciegas de otro milenio, hubiera muerto al fin. Resultaba extraño que la joya de la Galaxia fuera un cadáver putrefacto.

Tan extraño como patético.

Porque aún habrían de pasar siglos antes de que las descomunales obras diseñadas por cincuenta generaciones de personas se convirtieran en inservibles. Si lo eran ahora se debía tan sólo a las mermadas facultades de esas mismas personas.

Los millones que quedaron arrancaron la reluciente bae metálica del planeta y descubrieron un suelo que no había visto el sol en mil años.

Rodeados por las perfecciones mecánicas del esfuerzo humano, circundados por los portentos industriales de una humanidad que se había desembarazado de la tiranía del medio ambiente, volvieron a la tierra. En las inmensas áreas de aparcamiento crecían el trigo y el maíz. Las ovejas pastaban a la sombra de las torres.

Pero quedaba NeoTrantor; un planeta parecido a un humilde pueblo, sumergido en la sombra del poderoso Trantor, hasta que los miembros de una familia real, en su huida del fuego y las llamas del Gran Saqueo, buscaron en él su último refugio y lo convirtieron en su hogar hasta que el fragor de la rebelión amainase. Allí gobernaban, rodeados de fantasmal esplendor, los restos cadavéricos de un imperio.

Un Imperio Galáctico que se componía de veinte planetas agrícolas.

Dagoberto IX, rey de veinte mundos infestados de nobles rebeldes y campesinos sombríos, era el emperador de la Galaxia y supremo dueño del universo.

Dagoberto IX contaba veinticinco años de edad el aciago día en que llegó a NeoTrantor con su padre. La gloria y el poder del Imperio pervivían tanto en sus ojos como en su mente. Pero su hijo, quien algún día se conocería como Dagoberto X, había nacido en NeoTrantor.

Aquella veintena de mundos era todo cuanto conocía.

El aeromóvil descapotable de Jord Commason era el mejor vehículo de su clase que había en todo NeoTrantor; lo cual no tenía nada de extraño, después de todo. Pues Commason no solamente era el mayor terrateniente de NeoTrantor, sino que en tiempos pasados había sido el compañero y la mala influencia de un joven príncipe heredero que se rebelaba contra la autoridad de un emperador de mediana edad. Y ahora era el compañero y la mala influencia de un príncipe heredero de mediana edad que odiaba y ejercía su autoridad sobre un emperador anciano.

Jord Commason, montado en el coche aéreo con incrustaciones de nácar y adornos de oro que volvían innecesario un escudo de armas para identificar a su propietario, contemplaba las tierras y los kilómetros de campos de trigo que eran suyos, y las enormes trilladoras y segadoras que eran suyas, y los arrendatarios y jornaleros que eran suyos; y consideraba sus problemas con detenimiento.

Junto a él, su encorvado y envejecido chofer conducía el vehículo con suavidad entre las corrientes de aire más altas, risueño.

—¿Recuerdas lo que te dije, Inchney? —preguntó Jord Commason.

Los finos y grises cabellos de Inchney ondeaban al viento con delicadeza. Su sonrisa se acentuó, revelando una boca desdentada, y las arrugas verticales que le surcaban las mejillas se profundizaron como si guardase para sí un eterno secreto. El murmullo de su voz silbó entre sus escasos dientes:

—Lo recuerdo, señor, y he estado pensando al respecto.

—¿Y a qué conclusión has llegado, Inchney? —En la pregunta había un tono de impaciencia.

Inchney recordaba que había sido joven y apuesto, y un señor del antiguo Trantor. Inchney recordaba que era un desfigurado anciano en Neo-Trantor, que vivía merced a la generosidad del noble Jord Commason, y que correspondía a dicha generosidad prestando su sutil ingenio cuando se lo solicitaban. Exhaló un delicado suspiro.

—Es muy conveniente, señor, tener visitantes de la Fundación. En especial, señor, si vienen en una sola nave y entre ellos sólo hay un hombre apto para la lucha. ¿Serán bien acogidos?

—¡Bien acogidos! —exclamó Commason, sombrío—. Tal vez. Pero esos hombres son magos y podrían resultar peligrosos.

—Bah —murmuró Inchney—, las brumas de la distancia ocultan la verdad. La Fundación es un simple mundo. Sus ciudadanos son simples personas. Si se les dispara, mueren.

Inchney mantuvo el rumbo. A sus pies, un río serpenteaba y emitía destellos plateados. Añadió:

—¿No cuentan que ahora hay un hombre que conmueve los mundos de la Periferia?

De improviso, Commason adoptó una expresión suspicaz.

—¿Qué sabes tú de eso?

La sonrisa se desvaneció del rostro del chofer.

—Nada, mi señor. Era una pregunta ociosa.

La vacilación de Commason duró poco.

—Tus preguntas nunca son ociosas —declaró, con descarnada franqueza—, y esa forma que tienes de recabar información podría costarte el pescuezo. Pero te lo diré. Ese hombre recibe el nombre de Mulo, y uno de sus súbditos estuvo aquí hace unos meses por... un asunto de negocios. Ahora espero la visita de otro, para concluirlo.

—¿Y estos recién llegados? ¿Son acaso los que esperaba?

—Carecen de la identificación necesaria.

—Cuentan que la Fundación ha sido conquistada...

—Eso no me lo habrás oído decir a mí.

—Se ha corrido el rumor —continuó Inchney, sin inmutarse—, y de ser cierto, éstos podrían ser refugiados de la devastación a los que convendría retener por amistad al Mulo.

—¿Tú crees? —Commason titubeó.

—Además, señor, puesto que es bien sabido que el amigo del conquistador es la última víctima, se trataría de un método de autodefensa perfectamente válido. Porque existe una cosa llamada sonda psíquica... y aquí tenemos cuatro cerebros de la Fundación. Hay muchos detalles acerca de la Fundación que sería útil conocer, y también acerca del Mulo. Y entonces la amistad del Mulo sería un poquito menos dominante...

Commason, en la quietud de la atmósfera, retomó su idea original con un estremecimiento.

—Pero si la Fundación no ha caído, si los rumores son falsos... Cuentan que se ha predicho que no puede caer.

—La época de los adivinos ya quedó atrás, mi señor.

—¿Pero y si no hubiera caído, Inchney? ¡Piénsalo! Si no hubiera caído... Es cierto que el Mulo me hizo promesas... —Había ido demasiado lejos, y retrocedió—: Mejor dicho, insinuó algo. Pero de la insinuación al hecho hay mucho trecho.

Inchney rio inaudiblemente.

—Desde luego que hay mucho trecho. No creo que haya peligro más lejano que una Fundación al extremo de la Galaxia.

—Además, está el príncipe —murmuró Commason, casi para sí.

—¿También trata con el Mulo, señor?

Commason no fue capaz de ocultar su expresión complaciente.

—No enteramente. No como yo. Pero se está volviendo más díscolo, más incontrolable. Tiene un demonio en su interior. Si yo detengo a esta gente y él se la lleva para su propio uso, porque no le falta cierta astucia, aún no estoy preparado para pelearme con él. —Frunció el ceño y sus gordas mejillas se distendieron en una mueca de disgusto.

—Ayer vi a esos extranjeros durante un momento —dijo el chofer sin venir a cuento—, y la mujer morena es muy extraña. Camina con la soltura de un hombre y su palidez contrasta notablemente con su oscura cabellera.

Había cierto ardor en el ronco murmullo de su voz, y Commason se volvió hacia él con repentina sorpresa.

—Creo que el príncipe —prosiguió Inchney— no encontraría desatinado un compromiso razonable. Usted podría quedarse con los otros si le dejara a la muchacha...

Commason se iluminó de alegría.

—¡Es una idea! ¡Es muy buena idea! ¡Inchney, vuelve atrás! Y si todo va bien, tú y yo discutiremos de nuevo la cuestión de tu libertad.

Con un sentido del simbolismo casi supersticioso, Commason encontró una cápsula personal esperándole en su estudio cuando regresó. Había llegado por una longitud de onda que pocos conocían. Commason sonrió con complacencia. El hombre del Mulo llegaría pronto, y la Fundación había caído realmente.

Los sueños nebulosos que Bayta había tenido de un palacio imperial no concordaban con la realidad, y en su interior sintió una vaga decepción. La habitación era pequeña, casi fea, casi ordinaria. El palacio ni siquiera podía compararse a la residencia del alcalde en la Fundación, y el propio Dagoberto IX...

Bayta tenía ideas definidas sobre el aspecto que debía tener un emperador. No debía parecer un abuelo benevolente. No debía ser delgado, canoso y arrugado... ni servir tazas de té con su propia mano como si estuviera ansioso por agradar a sus invitados.

Sin embargo, éste era así.

Dagoberto IX esbozó una sonrisa mientras servía el té a Bayta, que sostenía rígidamente la taza.

—Es un gran placer para mí, querida, disponer de un momento sin la presencia de cortesanos y sus ceremonias. Hace tiempo que no tenía la oportunidad de agasajar a visitantes de mis provincias exteriores. Ahora que soy viejo, mi hijo se ocupa de estos detalles. ¿No conocen a mi hijo? Es un muchacho estupendo, un poco testarudo quizá. Pero es que es joven. ¿Desea una cápsula aromatizada? ¿No?

Toran intentó una interrupción:

—Majestad Imperial...

—¿Sí?

—Majestad Imperial, no era nuestra intención imponeros...

—Tonterías, no me imponen nada. Esta noche será la recepción oficial, pero hasta entonces estamos libres. Veamos, ¿de dónde han dicho que proceden? Creo que no hemos tenido una recepción oficial durante mucho tiempo. ¿Han dicho que vienen de la provincia de Anacreonte?

—¡De la Fundación, Majestad Imperial!

—¡Ah, sí!, la Fundación; ahora lo recuerdo. Pregunté dónde estaba; en la provincia de Anacreonte. Nunca he estado allí. Mi médico me prohíbe los viajes largos. No recuerdo ningún informe reciente de mi virrey de Anacreonte. ¿Cómo está la situación allí? —concluyó ansiosamente.

—Señor —murmuró Toran—, no os traigo ninguna queja.

—Excelente. Felicitaré a mi virrey.

Toran miró con impotencia a Ebling Mis, que alzó su brusca voz:

—Señor, nos han dicho que necesitaremos vuestro permiso para visitar la Biblioteca Universal de la Universidad de Trantor.

—¿Trantor? —inquirió con extrañeza el emperador—. ¿Trantor? —Una expresión de dolor cruzó su delgado rostro—. ¿Trantor? —murmuró—. Sí, ahora lo recuerdo. Estoy planeando volver allí con una escuadra de naves. Ustedes irán conmigo. Juntos destruiremos al rebelde Gilmer. ¡Juntos restauraremos el Imperio!

Enderezó su espalda curvada. Su voz había adquirido fuerza. Por un momento, su mirada fue dura. Entonces parpadeó y dijo en voz baja:

—Pero Gilmer ha muerto. Me parece recordar... ¡Sí, sí! ¡Gilmer ha muerto! Trantor también ha muerto... Por un instante pensé que... ¿De dónde han dicho que proceden?

Magnífico susurró a Bayta:

—¿Es realmente un emperador? Yo creía que los emperadores eran más grandes y más sabios que los hombres corrientes.

Bayta le indicó con una señal que callara. Intervino:

—Si Su Majestad Imperial firmase una orden que nos permitiera ir a Trantor, ayudaríamos mucho a la causa común.

—¿A Trantor? —El emperador vacilaba, sin comprender.

—Señor, el virrey de Anacreonte, en cuyo nombre hablamos, ha enviado la noticia de que Gilmer está vivo...

—¡Vivo! ¡Vivo! —exclamó Dagoberto—. ¿Dónde? ¡Significará la guerra!

—Majestad Imperial, aún no se puede divulgar. Su paradero es incierto. El virrey nos envía para comunicaros el hecho, y sólo en Trantor podremos encontrar su escondite. Cuando lo descubramos...

—Sí, sí... Hay que encontrarlo... —El anciano emperador fue tambaleándose hacia la pared y tocó la pequeña fotocélula con un dedo tembloroso. Murmuró, después de una pausa inútil—: Mis servidores no vienen. No puedo esperarlos.

Escribió en una hoja de papel y terminó con una «D» profusamente adornada. Dijo:

—Gilmer conocerá el poder de su emperador. ¿De dónde han dicho que vienen? ¿De Anacreonte? ¿Cuál es la situación allí? ¿Tiene poder el nombre del emperador?

Bayta tomó el papel de sus dedos inertes.

—Su Majestad Imperial es amado por el pueblo. Vuestro amor por todos es bien conocido.

—Tendré que visitar a mi buena gente de Anacreonte, pero mi médico dice... No recuerdo lo que dice, pero... —Levantó la vista, y sus ojos grises eran agudos—. ¿Decían algo de Gilmer?

—No, Majestad Imperial.

—No seguirá avanzando. Regresen y díganselo a su pueblo. ¡Trantor resistirá! Mi padre dirige ahora la flota, y el asqueroso rebelde de Gilmer se congelará en el espacio con su chusma regicida.

Se desplomó en un sillón y volvió a mirar con ojos ausentes.

—¿Qué estaba diciendo?

Toran se levantó e hizo una profunda reverencia.

—Su Majestad Imperial ha sido bondadoso con nosotros, pero ya ha pasado el tiempo concedido a nuestra audiencia...

Por un momento, Dagoberto IX pareció un verdadero emperador cuando se levantó y esperó, erguido, a que sus visitantes se retirasen uno a uno hacia la puerta, caminando hacia atrás...

... y entonces intervinieron veinte hombres armados, que formaron un círculo a su alrededor.

Un arma relampagueó...

Bayta recobró el conocimiento paulatinamente, pero carente de la sensación de no saber dónde estaba. Recordó claramente al extraño anciano que se llamaba a sí mismo emperador, y a los otros hombres que esperaban fuera. El temblor artrítico que sentía en las articulaciones de los dedos significaba que había sido el blanco de una pistola paralizante. Mantuvo los ojos cerrados y escuchó con atención las voces que apenas oía.

Había dos. Una era lenta y cautelosa, con una insidia que se ocultaba bajo su tono afable. La otra era ronca y espesa, como la de un borracho, y salía en viscosos chorros. A Bayta no le gustó ninguna de las dos.

La voz espesa predominaba. Bayta captó las últimas palabras:

—Ese viejo loco vivirá eternamente. Me fastidia. Commason, tengo que conseguirlo. Yo también envejezco.

—Alteza, veamos primero si esa gente puede sernos útil. Es posible que obtengamos fuentes de fuerza distintas de la que su padre aún retiene.

La voz espesa se perdió en un murmullo. Bayta sólo oyó las palabras «la chica», pero la otra voz complaciente se fundió en una carcajada seguida de una frase confidencial, casi de camarada:

—Dagoberto, usted no envejece. Miente quien diga que no es un jovencito de veinte años.

Se rieron juntos, y la sangre de Bayta se heló en sus venas. Dagoberto, alteza... El viejo emperador había hablado de un hijo testarudo, y la implicación de los susurros le resultó ahora de una alarmante claridad. Pero semejantes cosas no sucedían a la gente en la vida real...

Oyó de pronto la voz de Toran, que profería una lenta y dura maldición.

Abrió los ojos, y Toran, que la estaba mirando, expresó un inmenso alivio. Dijo con fiereza:

—¡Este acto de vandalismo será castigado por el emperador! ¡Soltadnos!

Bayta se dio cuenta de que sus muñecas y tobillos estaban fijos a la pared y al suelo por un intenso campo de atracción.

La voz espesa se acercó a Toran. El hombre era barrigudo, sus párpados estaban hinchados y sus cabellos eran escasos. Había una alegre pluma en su sombrero de pico, y en los bordes de su jubón lucía un bordado de espuma de metal plateada. Se burló con pérfida diversión

—¿El emperador? ¿El pobre y loco emperador?

—Tengo su pase. Ningún súbdito puede entorpecer nuestra libertad.

—Pero yo no soy un súbdito, basura del espacio. Soy el regente y príncipe heredero, y tienes que hablarme como a tal. En cuanto al bobalicón de mi padre, le divierte tener visitas de vez en cuando, y nosotros le seguimos la corriente. Halaga su vanidad imperial. Pero, como es natural, la cosa carece de cualquier otro significado.

Entonces se plantó delante de Bayta, y ella alzó la vista con desdén. Se le acercó y ella notó que su aliento olía fuertemente a menta.

El hombre dijo:

—Tiene los ojos bonitos, Commason; es aún más hermosa cuando los abre. Creo que servirá. Será un manjar exótico para un paladar ahíto, ¿no crees?

Toran intentó fútilmente ponerse en pie, pero el príncipe heredero le ignoró. Bayta sintió que un escalofrío recorría todo su cuerpo. Ebling Mis continuaba inconsciente, con la cabeza colgando sobre el pecho, pero en cambio Magnífico, como Bayta comprobó con una sensación de sorpresa, tenía los ojos abiertos, muy abiertos, como si hubiera estado despierto desde hacía ya mucho rato. Sus grandes ojos marrones miraban a Bayta con fijeza, y entonces susurró, moviendo la cabeza en dirección del príncipe heredero:

—Ése tiene mi visi-sonor.

El príncipe heredero se volvió en redondo al oír la nueva voz.

—¿Esto es tuyo, monstruo?

Se descolgó el instrumento del hombre, donde lo había llevado suspendido por su correa verde sin que Bayta lo advirtiera. Lo palpó torpemente, intentó hacerlo sonar y no lo consiguió.

—¿Sabes tocarlo, monstruo?

Magnífico asintió una vez con la cabeza. Toran dijo de improviso:

—Han atacado una nave de la Fundación. Si su padre no nos venga, la Fundación lo hará.

El otro, Commason, contestó lentamente:

—¿Qué Fundación? ¿O es que el Mulo ya no es el Mulo?

No obtuvo respuesta a esta pregunta. La sonrisa del príncipe mostró unos dientes desiguales. El campo de atracción del bufón fue neutralizado, y le ayudaron a empujones a ponerse en pie. Con un golpe le colocaron el instrumento en las manos.

—Toca para nosotros, monstruo —ordenó el príncipe—. Toca una serenata de amor y de belleza para esta dama extranjera que tenemos aquí. Dile que la prisión de mi padre no es ningún palacio, pero que puedo llevarla a uno donde nadará en agua de rosas... y conocerá el amor de un príncipe.

Colocó un grueso muslo sobre la mesa de mármol y balanceó perezosamente una pierna, mientras su fatua y sonriente mirada llenaba a Bayta de silenciosa furia. Los músculos de Toran luchaban contra el campo de atracción, en un esfuerzo tremendo. Ebling Mis se movió y emitió un gemido.

Magnífico jadeó:

—Mis dedos están rígidos...

—¡Toca, monstruo! —rugió el príncipe. Las luces disminuyeron su intensidad a un gesto de Commason, y el príncipe cruzó los brazos y esperó.

Magnífico hizo correr los dedos en rápidos y rítmicos saltos de un extremo a otro del instrumento de múltiples teclas, y un repentino arco iris de luz inundó la habitación.

Sonó un tono bajo y suave, tembloroso y atemorizado, que enseguida se convirtió en una risa triste, acompañada por un sordo doblar de campanas.

La penumbra pareció intensificarse. La música llegó a Bayta como a través de los pliegues de invisibles mantas. Una luz deslumbrante la alcanzó desde las profundidades, como si un foco estuviese encendido en el fondo de un pozo.

Automáticamente, los ojos de Bayta se agrandaron. La luz se incrementó, pero continuó siendo difusa. Se movió en remolinos, en colores confusos, y la música se hizo repentinamente clamorosa y maligna, aumentando de volumen. La luz oscilaba, siguiendo el rápido y alevoso ritmo. Algo se retorcía dentro de la luz, algo que tenía escamas metálicas y venenosas... y la música se retorcía al unísono.

Bayta luchaba contra una extraña emoción, y entonces se sintió atrapada en una angustia mental que le recordó las horas pasadas en la Bóveda del Tiempo y los últimos días en Haven. Era la misma red viscosa y terrible del horror y la desesperación. Bayta se rindió a aquella opresión.

La música sonaba a su alrededor, riendo espantosamente, y aquel terror oscilante, como si mirara por el extremo opuesto de un telescopio, quedó abandonado en un pequeño círculo de luz cuando ella lo esquivó febrilmente. Su frente estaba húmeda y fría.

La música cesó. Debió de durar unos quince minutos, y su ausencia llenó a Bayta de indescriptible placer. La luz volvió a su volumen normal, y la cara de Magnífico, sudorosa, lúgubre, de ojos muy abiertos, se acercó a ella.

—Mi señora —jadeó—, ¿cómo se siente?

—No muy mal —murmuró ella—. ¿Pero por qué has tocado de ese modo?

Bayta miró a los restantes ocupantes de la habitación. Toran y Mis se hallaban tendidos, impotentes, contra la pared. El príncipe yacía en extraña posición debajo de la mesa.

Commason emitía sonidos salvajes y lastimeros con la boca abierta de par en par. Cuando Magnífico dio un paso hacia él, Commason se encogió de miedo y vociferó.

Magnífico dio media vuelta y, en un momento, liberó a los demás.

Toran se puso en pie y agarró por el cuello al terrateniente.

—Usted vendrá con nosotros. Lo necesitaremos para llegar a nuestra nave.

Dos horas después, en la cocina de la nave, Bayta sirvió un enorme pastel, y Magnífico celebró el retorno al espacio atacándolo con total desprecio de la buena educación.

—¿Está bueno, Magnífico?

—¡Hm-m-m-m!

—Magnífico...

—¿Sí, mi señora?

—¿Qué fue lo que tocaste?

El bufón se retorció.

—Yo... prefiero no decirlo. Lo aprendí una vez, y el visi-sonor produce un profundo efecto sobre el sistema nervioso. Ciertamente fue una cosa mala y no apta para su dulce inocencia, mi señora.

—¡Oh!, vamos, vamos, Magnífico. No soy tan inocente. No me halagues así. ¿Vi yo algo parecido a lo que vieron ellos?

—Espero que no. Yo lo toqué sólo para ellos. Si usted lo vio, fue sólo por los bordes y desde lejos.

—Y fue suficiente. ¿Sabes que derribaste al príncipe?

Magnífico habló con voz sombría mientras masticaba un trozo de pastel.

—Lo he matado, mi señora.

—¿Qué? —exclamó Bayta, esforzándose por tragar.

—Estaba muerto cuando dejé de tocar; de otro modo, hubiese continuado tocando. No me preocupaba Commason. Su mayor amenaza era la muerte o la tortura. Pero, mi señora, ese príncipe la miraba con malas intenciones, y... —Se interrumpió en un acceso de indignación y timidez.

Bayta sintió que la asaltaban ideas muy extrañas, y las desechó con severidad.

—Magnífico, tienes un alma galante.

—¡Oh, mi señora! —Acercó su roja nariz al pastel, pero no comió.

Ebling Mis miraba fijamente por la portilla. Trantor estaba cerca; su brillo metálico era tremendamente intenso. Toran se encontraba al lado de Mis, y murmuró con amargura:

—Hemos venido para nada, Ebling. El hombre del Mulo nos precede.

Ebling Mis se frotó la frente con una mano que parecía haber perdido su antigua redondez. Su voz era un murmullo ininteligible.

Toran estaba furioso.

—Digo que esta gente sabe que la Fundación ha caído. Digo que...

—¿Cómo? —Mis le miró, perplejo. Entonces puso la mano con suavidad sobre la muñeca de Toran, habiendo olvidado completamente la conversación previa—. Toran, yo... He estado contemplando Trantor. Tengo una sensación muy singular... desde que llegamos a NeoTrantor. Es como un ímpetu arrollador que me empuja y crece dentro de mí. Toran, puedo hacerlo, sé que puedo hacerlo. Las cosas están adquiriendo claridad en mi mente... Nunca han sido tan claras.

Toran le miró fijamente... y se encogió de hombros. No comprendía el significado de aquellas palabras. Preguntó:

—¿Mis?

—¿Qué?

—¿No vio usted una nave aterrizando en NeoTrantor cuando nos marchamos?

Mis reflexionó un instante.

—No.

—Yo, sí. Tal vez fue imaginación, pero podría haber sido aquella nave filiana.

—¿La que llevaba al capitán Han Pritcher?

—El espacio sabe a quién llevaba. Según Magnífico, era el capitán... Nos ha seguido hasta aquí, Mis.

Ebling Mis no dijo nada.

Toran exclamó con inquietud:

—¿Le ocurre algo? ¿No se siente bien?

Los ojos de Mis eran pensativos, luminosos y extraños. No contestó.

23
Las ruinas de Trantor

La localización de un objetivo en el gran mundo de Trantor presenta un problema único en la Galaxia. No hay continentes ni océanos que identificar desde mil kilómetros de distancia; no hay ríos, lagos ni islas que puedan verse a través de las nubes.

El mundo cubierto de metal era —había sido— una ciudad colosal, y únicamente el viejo palacio imperial podía ser identificado fácilmente por un extranjero desde el espacio exterior. La *Bayta* describió círculos sobre el mundo, casi a la misma altura que lo acostumbraba a hacer un coche aéreo, en su repetida y afanosa búsqueda.

Desde las regiones polares, donde la capa de hielo que cubría las torres de metal era una sombría evidencia del deterioro o abandono de la maquinaria acondicionadora del clima, se dirigieron hacia el sur. Ocasionalmente podían experimentar con las correlaciones —o presuntas correlaciones— entre lo que veían y lo que mostraba el mapa incompleto obtenido en NeoTrantor.

Pero fue inconfundible cuando lo encontraron. La grieta en la capa de metal del planeta tenía setenta kilómetros. El insólito follaje se extendía sobre cientos de kilómetros cuadrados, en cuyo centro se ocultaba la delicada gracia de las antiguas residencias imperiales.

La *Bayta* revoloteó y se orientó de forma gradual. Sólo las enormes supercalzadas podían guiarlos. Largas y rectas flechas en el mapa; lisas y resplandecientes cintas en la superficie que había debajo de ellas.

Llegaron por cálculo aproximado a lo que en el mapa figuraba como el área de la universidad, y la nave descendió sobre lo que un día debió ser un bullicioso cosmódromo.

Fue cuando se sumergieron en el océano de metal que la aparente belleza vista desde el aire se transformó en las tétricas ruinas que quedaron tras el Gran Saqueo. Las torres estaban truncadas, los lisos muros tenían grandes agujeros, y vieron por un instante un área de tierra desnuda, oscura y arada, que debía tener varios centenares de hectáreas.

Lee Senter esperó a que la nave se posara cautelosamente Era una nave extraña, que no procedía de NeoTrantor; en su interior exhaló un suspiro. Las naves extranjeras y los tratos confusos con hombres del espacio exterior podían significar el fin de los cortos días de paz, un retorno a los viejos y grandiosos tiempos de batallas y muerte. Senter era el jefe del grupo; los libros antiguos estaban a su cargo y había leído sobre los tiempos en que fueron editados. No quería que volvieran.

Tal vez transcurrieron diez minutos hasta que la extraña nave quedó posada en la llanura, y durante ese tiempo le asaltaron recuerdos de aquellos lejanos días. Vio primero la inmensa granja de su infancia, que perduraba en su memoria como un lugar donde trabajaba mucha gente. Luego vio la emigración de las familias jóvenes hacia nuevas tierras. Entonces él contaba diez años; era hijo único, y estaba perplejo y asustado.

Después, los edificios nuevos; las grandes planchas metálicas que tuvieron que ser retiradas y partidas; la tierra que quedó al descubierto tuvo que ser trabajada, abonada y reforzada; las viejas construcciones fueron derribadas y algunas transformadas en viviendas.

Hubo que sembrar y recoger la cosecha; establecer relaciones pacíficas con las granjas vecinas... Hubo crecimiento y expansión bajo la tranquila eficiencia del autogobierno.

Llegó una nueva generación de niños fuertes nacidos en aquellas tierras. Y, por fin, el gran día en que fue elegido jefe del grupo; y por primera vez desde que cumpliera dieciocho años no se afeitó y contempló cómo aparecía el primer vello de su barba de jefe.

Y ahora aquella intrusión podía poner fin al breve idilio del aislamiento...

La nave aterrizó. Vio en silencio cómo se abría el portillo. Salieron cuatro personas, cautelosas y vigilantes. Había tres hombres, diferentes, extraños; uno viejo, uno joven, otro flaco y narigudo. Y una mujer que caminaba junto a ellos como su igual. Se tocó la negra y poblada barba mientras salía a su encuentro.

Hizo el gesto universal de paz, adelantando ambas manos, con las duras y encallecidas palmas hacia arriba.

El joven se acercó dos pasos e imitó su gesto.

—Vengo en son de paz.

El acento era extraño, pero las palabras fueron comprensibles y amables. Replicó con voz profunda:

—Que así sea. Sed bien venidos a la hospitalidad del grupo. ¿Tenéis hambre? Comeréis. ¿Tenéis sed? Beberéis.

Lentamente llegó la respuesta:

—Agradecemos tu bondad y daremos un buen informe de tu grupo cuando volvamos a nuestro mundo.

Una respuesta extraña, pero buena. Tras él, los hombres del grupo sonreían, y las mujeres aparecieron frente a los huecos de los edificios circundantes.

En su propia morada, sacó de su escondite la caja de cristal cerrada con llave y ofreció a cada uno de sus huéspedes los largos y gruesos cigarros reservados para las grandes ocasiones. Delante de la mujer, vaciló. Se había sentado entre los hombres. Era evidente que los extranjeros permitían, incluso esperaban, aquella desfachatez. Rígidamente, le ofreció la caja.

Ella aceptó uno con una sonrisa, y aspiró el humo aromático con toda la fruición que era de esperar. Lee Senter reprimió una escandalizada emoción.

La conversación, forzada, que precedió a la comida, versó cortésmente sobre la agricultura de Trantor.

Fue el viejo quien preguntó:

—¿Y las instalaciones hidropónicas? Seguramente, en un mundo como Trantor, podrían ser la solución.

Senter meneó la cabeza con lentitud. Se sentía inseguro. Sus conocimientos sólo se referían a los libros que había leído.

—¿Está hablando de un cultivo artificial con productos químicos? No, no sirve en Trantor. Estas instalaciones requieren un mundo industrial, por ejemplo, una gran industria química. Y en la guerra o el desastre, cuando la industria se paraliza, la gente se muere de hambre. Además, no todos los alimentos pueden cultivarse artificialmente. Algunos pierden su poder nutritivo. El suelo es barato, aún mejor, y siempre es más seguro.

—¿Y su cosecha de alimentos es suficiente?

—Suficiente, sí; tal vez sea monótona. Tenemos gallinas ponedoras y animales que nos dan leche; pero nuestro suministro de carne depende de nuestro comercio exterior.

—¿Comercio? —El joven pareció repentinamente interesado—. Así que ustedes comercian. ¿Pero qué exportan?

—Metal —fue la tajante respuesta—. Mire a su alrededor. Tenemos una cantidad inagotable, y ya fabricada. Vienen con naves desde Neo-Trantor, derriban el área indicada, con lo cual aumenta nuestro suelo cultivable, y nos dejan a cambio carne, fruta enlatada, concentrados de alimentos, maquinaria agrícola, etcétera. Se llevan el metal y las dos partes salimos ganando.

Comieron pan y queso, y un estofado de verduras que era realmente delicioso. Mientras comían el postre de fruta escarchada, el único elemento importado del menú, los extranjeros fueron, por primera vez, algo más que meros huéspedes. El joven mostró un mapa de Trantor.

Lee Senter lo estudió con calma. Escuchó y replicó gravemente:

—Los terrenos de la Universidad son un área estática. Nosotros los granjeros no cultivamos en ella. Incluso preferimos no pisarla. Es una de las escasas reliquias del pasado que deseamos conservar intacta.

—Nosotros buscamos la ciencia. No tocaríamos nada. Nuestra nave sería nuestro rehén —propuso el viejo, ansiosa y febrilmente.

—Entonces, les llevaré hasta allí —dijo Senter.

Aquella noche los extranjeros durmieron, y mientras tanto Lee Senter envió un mensaje a NeoTrantor.

24
El converso

La escasa vida de Trantor se extinguió cuando se introdujeron entre los espaciados edificios del campus de la Universidad. Reinaba un silencio solemne y solitario. Los extranjeros de la Fundación no sabían nada de los agitados días y noches del sangriento Saqueo, que había dejado intacta la Universidad. No sabían nada de la época posterior al colapso del poder imperial, cuando los estudiantes, con armas prestadas y un valor inusitado, formaron un ejército de voluntarios para proteger el santuario de la ciencia de la Galaxia. No sabían nada de la lucha de los Siete Días y del armisticio que protegió a la Universidad cuando incluso en el palacio imperial resonaban las botas de Gilmer y sus soldados durante el breve intervalo de su dominación.

Los de la Fundación, al acercarse por primera vez, comprendieron solamente que, en un mundo de transición entre lo viejo y podrido y lo esforzadamente nuevo, esta área era una tranquila y delicada pieza de museo de antigua grandeza.

En cierto sentido, eran intrusos. El vacío grande y solemne rechazaba su presencia. La atmósfera académica parecía vivir aún y temblar airadamente ante su intrusión. La biblioteca era un edificio de pequeñas dimensiones que en su parte subterránea alcanzaba una enorme extensión de silencio y ensueño. Ebling Mis se detuvo ante los elaborados murales de la sala de recepción.

Murmuró (allí era preciso hablar en susurros):

—Creo que hemos dejado atrás la sala de los catálogos. Voy a ver si la encuentro. —Tenía la frente enrojecida y su mano temblaba—. No debo ser molestado, Toran. ¿Me bajarás la comida allí?

—Lo que usted diga. Haremos cuánto sea necesario para ayudarle. ¿Quiere que trabajemos con usted?

—No. Debo estar solo...

—¿Cree que conseguirá lo que quiere?

Ebling Mis replicó con tranquila certidumbre:

—¡Estoy seguro de ello!

Toran y Bayta estuvieron más cerca de «montar una casa» de la forma normal que en cualquier otro momento del tiempo que llevaban casados. Era una especie extraña de «montar una casa». Vivían rodeados de grandeza con una sencillez inapropiada. Su alimento procedía en gran parte de la granja de Lee Senter, y lo pagaban con los pequeños utensilios atómicos de que disponía la nave de cualquier comerciante.

Magnífico aprendió a utilizar los proyectores de la sala de lectura y pasaba las horas leyendo novelas de aventuras y romances de amor, absorto hasta el punto de olvidarse de comer y dormir, como Ebling Mis.

En cuanto a Ebling, estaba completamente aislado. Había insistido en que le instalaran una hamaca en la sala de Psicología. Su rostro adelgazó y empalideció. Su voz fue perdiendo su fuerza acostumbrada, y olvidó sus maldiciones preferidas. Había momentos en que parecía luchar para reconocer a Toran o a Bayta.

Era más él mismo cuando estaba con Magnífico, que le llevaba las comidas y a menudo se sentaba a contemplarlo durante horas con una extraña y fascinada atención, mientras el anciano psicólogo transcribía larguísimas ecuaciones, buscaba referencias en interminables libros audiovisuales, y se paseaba de un lado a otro entregado a un salvaje esfuerzo mental cuyo objetivo sólo él conocía.

Toran tropezó con Bayta en la habitación oscura, y exclamó

—¡Bayta!

Ella le miró con expresión de culpabilidad.

—¿Qué? ¿Me buscabas, Torie?

—Claro que te buscaba. ¿Qué diablos estás haciendo aquí? Estás actuando de un modo extraño desde que llegamos a Trantor. ¿Qué te pasa?

—¡Oh, Torie, calla! —contestó con gesto de cansancio.

—¡Oh, Torie, calla! —repitió él en son de burla. Y luego, con repentina suavidad—: ¿No quieres decirme qué te pasa, Bay? Algo te preocupa.

—¡No! No me preocupa nada, Torie. Si continúas acusándome, me volverás loca. Sólo estoy... pensando.

—¿Pensando en qué?

—En nada. Bueno, en el Mulo, en Haven, en la Fundación, en todo un poco. En Ebling Mis y si encontrará algo sobre la Segunda Fundación; y si representará una ayuda el hecho de que lo encuentre... y un millón de otras cosas. ¿Satisfecho? —Su voz tenía un timbre de agitación.

—Si sólo estás pensando, ¿te importaría dejar de hacerlo? No es agradable y no mejora la situación.

Bayta se puso en pie y sonrió débilmente.

—Muy bien, soy feliz. Mira, sonrío y estoy alegre.

La voz de Magnífico gritó con ansiedad en el umbral:

—¡Mi señora...!

—¿Qué ocurre? Pasa...

La voz de Bayta se ahogó de repente cuando en el umbral apareció el robusto y severo...

—¡Pritcher! —exclamó Toran.

Bayta tartamudeó:

—¡Capitán! ¿Cómo nos ha encontrado?

Han Pritcher entro en la habitación. Su voz era clara y tranquila, y totalmente desprovista de emoción.

—Ahora ostento el rango de coronel... a las órdenes del Mulo.

—¡A las órdenes del... Mulo! —repitió Toran. Los tres se quedaron inmóviles.

Magnífico le miró fijamente y se escondió detrás de Toran. Nadie reparó en él.

Bayta dijo, juntando fuertemente sus manos temblorosas:

—¿Va a arrestarnos? ¿De verdad se ha pasado a ellos?

El coronel contestó rápidamente:

—No he venido a arrestarlos. Mis instrucciones no hacen mención a ninguno de ustedes. En este caso, soy libre de hacer lo que quiera, y, si me lo permiten, me gustaría evocar nuestra vieja amistad.

El rostro de Toran expresaba una furia reprimida.

—¿Cómo nos ha encontrado? ¿De modo que estaba en la nave filiana? ¿Nos siguió?

La impasibilidad del rostro de Pritcher esbozó un leve desconcierto.

—Estaba en la nave filiana. Pero les encontré... bueno, por casualidad.

—Es una casualidad matemáticamente imposible.

—No. Es sólo improbable, así que deben creerme. En cualquier caso, ustedes admitieron ante los filianos (por supuesto, la nación de Filia no existe en realidad) que se dirigían al sector de Trantor, y como el Mulo ya tiene contactos en NeoTrantor, era fácil detenerlos allí. Por desgracia, ustedes se marcharon antes de mi llegada, un poco antes. Tuve tiempo de ordenar a las granjas de Trantor que me advirtieran de su presencia aquí. Así lo hicieron, y por eso he venido. ¿Puedo sentarme? Vengo como amigo, créanme.

Tomó asiento. Toran bajó la cabeza. Con una entumecida falta de emoción, Bayta preparó el té. Toran alzó bruscamente la vista.

—Bien, ¿a qué está esperando, coronel? ¿En qué consiste su amistad? Si no es un arresto, ¿qué es? ¿Acaso piensa custodiarnos? Llame a sus hombres y dé las órdenes oportunas.

Pacientemente, Pritcher meneó la cabeza.

—No, Toran. He venido por propia voluntad a hablar con ustedes, a persuadirlos de la inutilidad de lo que están haciendo. Si fracaso, me iré. Eso es todo.

—¿Eso es todo? Pues bien, vomite su propaganda, pronuncie su discurso y váyase. Yo no quiero té, Bayta.

Pritcher aceptó una taza con una grave frase de agradecimiento. Mientras bebía a sorbos miró a Toran con fuerza serena. Entonces dijo:

—El Mulo es un mutante. No puede ser vencido por la naturaleza de su mutación...

346

—¿Por qué? ¿Cuál es su mutación? —preguntó Toran con sarcasmo—. Supongo que ahora puede decírnoslo, ¿no?

—Sí, se lo diré. El hecho de que ustedes lo sepan no le perjudicará. Verán, es capaz de dirigir el equilibrio emocional de los seres humanos. Parece un pequeño truco, pero es totalmente efectivo.

Bayta interrumpió:

—¿El equilibrio emocional? —Frunció el ceño—. ¿Quiere explicarnos eso? No lo entiendo del todo.

—Quiero decir que es fácil para él inspirar, por ejemplo, en un general, la emoción de completa lealtad al Mulo y de completa fe en la victoria del Mulo. Sus generales están controlados emocionalmente. No pueden traicionarlo, no pueden flaquear... y el control es permanente. Sus enemigos más inteligentes se convierten en sus más fieles subordinados. El caudillo de Kalgan le entregó su planeta y se convirtió en virrey de la Fundación.

—Y usted —añadió amargamente Bayta— traiciona su causa y se convierte en el enviado del Mulo en Trantor. ¡Comprendo!

—No he terminado. La facultad del Mulo funciona a la inversa todavía con mayor efectividad. ¡El desespero es una emoción! En el momento crucial, hombres clave de la Fundación, hombres clave de Haven, se desesperaron. Sus mundos cayeron sin apenas luchar.

—¿Quiere usted decir —preguntó tensamente Bayta— que la sensación que me invadió en la Bóveda del Tiempo fue provocada por el Mulo, que controlaba mi estado emocional?

—Sí, y el mío, y el de todos. ¿Qué pasó en Haven cerca del fin?

Bayta miró hacia otra parte.

El coronel Pritcher continuó con vehemencia:

—Del mismo modo que actúa sobre los mundos, actúa sobre los individuos. ¿Podría usted luchar contra una fuerza capaz de hacer que se rinda voluntariamente en un momento determinado? ¿Capaz de convertirlo en un fiel servidor cuando se le antoja?

Toran preguntó con lentitud:

—¿Cómo puedo saber si todo esto es cierto?

—¿Puede explicar la caída de la Fundación y de Haven de alguna otra manera? ¿Puede explicar... mi conversión? ¡Reflexione, hombre! ¿Qué hemos conseguido usted o yo, o toda la Galaxia en todo este tiempo, contra el Mulo? ¿Hemos hecho algo, aunque sea poca cosa?

Toran aceptó el reto.

—¡Por la Galaxia que puedo explicarlo! —Y gritó con repentina y fiera satisfacción—: Su maravilloso Mulo tiene contactos con NeoTrantor que, según usted, debieran habernos detenido, ¿verdad? Esos contactos ya no existen. Nosotros matamos al príncipe heredero y convertimos al otro en un idiota inútil. El Mulo no nos detuvo allí ni pudo hacer nada contra nosotros.

—No, no, de ninguna manera. Ésos no eran nuestros hombres. El príncipe heredero era una mediocridad, y borracho por añadidura. El otro hombre, Commason, es totalmente estúpido. Tenía poder en su mundo, pero eso no le impidió ser vicioso, malévolo y por completo incompetente. No teníamos nada que ver con ellos. En cierto sentido eran marionetas...

—Pero fueron ellos quienes nos detuvieron, o lo intentaron.

—Se equivoca de nuevo. Commason tenía un esclavo personal, un hombre llamado Inchney. La idea de su detención fue suya. Es viejo, pero servirá para nuestros propósitos momentáneos. Ustedes no habrían podido matarlo.

Bayta se encaró con el coronel. No había tocado su taza de té.

—Pero, según usted mismo ha confesado, sus emociones están controladas. Tiene fe en el Mulo, una fe antinatural y enfermiza en el Mulo. ¿Qué valor tienen sus opiniones? Ha perdido toda su capacidad de pensar objetivamente.

—Está usted en un error. —El coronel negó lentamente con la cabeza—. Sólo las emociones me han sido dictadas. Mi razón es la misma de siempre. Puede ser influida en cierta dirección por mis emociones dirigidas, pero no es forzada. Y hay algunas cosas que puedo ver más claramente ahora que estoy libre de mi anterior tendencia emocional. Puedo ver que el programa del Mulo es inteligente y práctico. Desde que he sido... convertido, he seguido su carrera desde su comienzo, hace siete años. Con su poder mental mutante empezó venciendo a un caudillo y a su banda. Después conquistó un planeta. Con eso, y su poder, extendió su influencia hasta que pudo vencer al caudillo de Kalgan. Cada uno de sus pasos siguió al anterior de manera lógica. Con Kalgan en el bolsillo, tuvo en sus manos una flota de primera clase, y con eso, y su poder, pudo atacar a la Fundación.

»La Fundación es la clave. Es el área de mayor concentración industrial de la Galaxia, y ahora que las técnicas atómicas de la Fundación están en sus manos, es el verdadero dueño de la Galaxia. Con esas técnicas, y su poder, puede obligar a los restos del Imperio a reconocer su dominio, y eventualmente, cuando muera el viejo emperador, que está loco y no vivirá mucho tiempo, a coronarlo emperador. Entonces lo será de nombre y no sólo de hecho. Con eso, y su poder, ¿dónde está el mundo de la Galaxia que pueda hacerle frente?

»En estos últimos siete años ha establecido un nuevo Imperio. En otras palabras: en siete años habrá realizado lo que toda la psicohistoria de Seldon no podría haber hecho en menos de setecientos. La Galaxia disfrutará por fin de paz y de orden. Y ustedes no podrían detenerlo, como no podrían detener con sus hombros el curso de un planeta.

Un largo silencio siguió al discurso de Pritcher. El resto de su té se había enfriado. Vació su taza, la volvió a llenar y bebió lentamente. Toran se mordía la uña del pulgar. El rostro de Bayta era frío, distante y lívido.

Entonces Bayta dijo con voz débil:

—No estamos convencidos. Si el Mulo desea que vivamos, que venga aquí y nos influya él mismo. Usted luchó contra él hasta el último momento de su conversión, ¿no es verdad?

—En efecto —afirmó solemnemente Pritcher.

—Entonces concédanos el mismo privilegio.

El coronel Pritcher se levantó. Con tono decidido e irrevocable, dijo:

—En este caso, me voy. Como he dicho antes, mi actual misión no les concierne en modo alguno. Por consiguiente, no creo que sea necesario informar de su presencia aquí. No se trata de un gran favor. Si el Mulo desea detenerlos, sin duda dispone de otros hombres para hacer el trabajo, y ellos les detendrán. Pero, aunque no sirva de nada, yo no contribuiré a menos que reciba una orden.

—Gracias —musitó Bayta.

—¿Y Magnífico? ¿Dónde está? Sal de ahí, Magnífico, no te haré ningún daño...

—¿Qué hay de él? —preguntó Bayta con repentina animación.

—Nada. Mis instrucciones tampoco le mencionan. He oído decir que le buscan, pero el Mulo le encontrará cuando le convenga. Yo no diré nada. ¿Quieren estrechar mi mano?

Bayta negó con la cabeza. Toran le miró con furioso desprecio.

El coronel bajó casi imperceptiblemente los hombros. Se fue hacia la puerta, y allí se volvió y dijo:

—Una última cosa. No crean que desconozco el motivo de su terquedad. Se sabe que están buscando la Segunda Fundación. El Mulo tomará sus medidas a su debido tiempo. Nada puede ayudarles... Pero yo les conocí en otros tiempos y tal vez haya algo en mi conciencia que me ha impulsado a hacer esto; en cualquier caso, he tratado de ayudarles y evitarles el peligro final antes de que fuera demasiado tarde. Adiós.

Se cuadró rígidamente... y se fue.

Bayta se volvió hacia Toran y murmuró:

—Incluso están enterados de lo de la Segunda Fundación.

En la escondida biblioteca, Ebling Mis, ajeno a todo, se acurrucaba bajo un rayo de luz en la penumbra de la enorme sala, y mascullaba triunfalmente para sí.

25
La muerte de un psicólogo

A partir de entonces, a Ebling Mis sólo le quedaban dos semanas de vida.

Y en aquellas dos semanas, Bayta estuvo con él tres veces. La primera fue la noche que siguió a la visita del coronel Pritcher. La segunda fue a la semana siguiente, y la tercera también una semana después —el último día—, el día en que Mis murió.

La primera vez, cuando se hubo ido el coronel Pritcher, Toran y Bayta, anonadados, pasaron una hora meditando, dando vueltas a los mismos problemas. Bayta dijo:

—Torie, hemos de decírselo a Ebling.

Toran repuso con voz átona:

—¿Crees que puede ayudarnos?

—Nosotros sólo somos dos. Compartiremos la carga con él. Tal vez se le ocurra algo.

—Ha cambiado —observó Toran—. Ha perdido peso. Está un poco desorientado, como ausente. —Movió los dedos en el aire, metafóricamente—. A veces pienso que no puede servirnos de mucho, y otras creo que nada puede servirnos.

—¡No digas eso! —gritó Bayta—. ¡Torie, no digas eso! Cuando te oigo me da la impresión de que el Mulo nos está captando. Digámoselo a Ebling, Torie, ¡ahora mismo!

Ebling Mis levantó la vista de los libros que tenía sobre el largo escritorio y les miró, parpadeando, mientras se acercaban. Sus cabellos estaban desgreñados, y sus labios emitían sonidos ininteligibles.

—¿Eh? —preguntó—. ¿Alguien me busca?

Bayta se arrodilló.

—¿Le hemos despertado? ¿Quiere que nos vayamos?

—¿Irse? ¿Quién es? ¿Bayta? ¡No, no, quédate! ¿No hay sillas? Las he visto en alguna parte... —Y señaló vagamente con un dedo.

Toran acercó dos sillas. Bayta se sentó y tomó entre las suyas las manos fláccidas del psicólogo.

—¿Podemos hablar con usted, doctor? —Raramente usaba el título.

—¿Ocurre algo malo? —Las mejillas de Mis recuperaron algo de color—. ¿Ocurre algo malo?

Bayta contestó:

—Ha venido el capitán Pritcher. Déjame hablar a mí, Torie. ¿Recuerda al capitán Pritcher, doctor?

—Sí... sí... —Se pellizcó los labios y los soltó—. Es un hombre alto. Un demócrata.

—Sí, es él. Ha descubierto la mutación del Mulo. Ha estado aquí, doctor, y nos lo ha contado.

—Pero esto no es nada nuevo. Yo ya conozco la mutación del Mulo. —Y añadió con genuino asombro—: ¿No os lo he dicho? ¿He olvidado decíroslo?

—¿Decirnos qué? —intervino Toran con rapidez.

—La mutación del Mulo, naturalmente. Interfiere en las emociones. ¡El control emocional! ¿No os lo he dicho? ¿Por qué me habré olvidado? —Se mordió el labio inferior, absorto.

Entonces, lentamente, la vida volvió a su voz y abrió mucho los párpados, como si su cerebro embotado hubiese encontrado su cauce normal. Habló como en sueños, mirando a un punto inexistente entre sus dos interlocutores:

—En realidad, es muy sencillo; no requiere un conocimiento especializado. Por supuesto, en las matemáticas de la psicohistoria se resuelve muy pronto con una ecuación de tercer grado, sin necesitar más complicaciones. Pero dejemos eso. Puede exponerse con palabras corrientes, de modo general, y hacerse comprensible, lo cual no suele ocurrir con los fenómenos psicohistóricos.

»Preguntaos a vosotros mismos: ¿qué puede desbaratar el cuidadoso esquema histórico de Hari Seldon? —Les miró con una leve e inquisitiva ansiedad—. ¿Cuáles fueron los supuestos originales de Seldon? Primero, que no habría ningún cambio fundamental en la sociedad humana durante los próximos mil años.

»Por ejemplo, suponed que hubiera un cambio importante en la tecnología de la Galaxia, como el hallazgo de un nuevo principio para la utilización de la energía o el perfeccionamiento del estudio de la neurobiología electrónica. Los cambios sociales harían anticuadas las ecuaciones originales de Seldon. Pero eso no ha ocurrido, ¿verdad?

»O suponed que se inventara, fuera de la Fundación, una nueva arma capaz de contrarrestar todas las armas de la Fundación. Eso podría causar una considerable desviación, aunque con menor certeza. Pero tampoco ha ocurrido. El depresor de campo atómico ideado por el Mulo ha sido un arma torpe que hemos podido neutralizar. Y es la única novedad que ha presentado.

»¡Pero había un segundo supuesto, más sutil! Seldon supuso que la reacción humana a los estímulos permanecería constante. Si admitimos que el primer supuesto fue correcto, ¡entonces debe haber fallado el segundo! Algún factor debe estar retorciendo y desfigurando la respuesta emocional de los seres humanos, o Seldon no habría fracasado y la Fundación no habría caído. ¿Y qué factor podía ser, sino el Mulo?

»¿Tengo razón? ¿Hay alguna laguna en mi razonamiento?

La mano regordeta de Bayta le dio unas palmadas.

—Ninguna laguna, Ebling.

Mis estaba satisfecho como un niño.

—De esto se deducen otras cosas con la misma facilidad. Os digo que a veces me pregunto qué estará pasando en mi interior. Creo que recuerdo el tiempo en que tantas cosas eran un misterio para mí... y ahora todo está muy claro. No existen problemas. Me enfrento a algo que podría serlo, y de alguna forma veo y comprendo en mi interior. Y parece que mis intuiciones y mis teorías me son dictadas. Hay un ímpetu dentro de mí... me empuja siempre más allá... no permite que me detenga... y no siento deseos de comer o dormir... sólo de continuar... continuar...

Su voz era un murmullo, su mano ajada y de venas azules se posó temblorosamente en su sien. En sus ojos había un frenesí que se encendía y apagaba. Añadió con más calma:

—¿Así que nunca os he hablado de los poderes mutantes del Mulo? Pero... ¿no acabáis de decirme que los conocéis?

—Nos lo dijo el capitán Pritcher, Ebling —repuso Bayta—. ¿No le recuerda?

—¿Él os lo dijo? —En su tono se advertía cierto resentimiento—. ¿Pero cómo lo ha averiguado?

—Ha sido influenciado por el Mulo. Ahora es coronel y uno de los hombres del mutante. Vino a aconsejarnos que nos rindiésemos al Mulo, y nos contó lo que usted acaba de decirnos.

—Entonces, ¿el Mulo sabe que estamos aquí? He de apresurarme... ¿Dónde está Magnífico? ¿No está con vosotros?

—Se ha ido a dormir —contestó Toran con impaciencia—. Es más de medianoche, ¿lo sabía usted?

—¿De veras? ¿Dormía yo cuando habéis entrado?

—Creo que sí —dijo Bayta con decisión—, y no le permitiremos que vuelva al trabajo. Se irá a dormir. Vamos, Torie, ayúdame. Y usted deje de empujarme, Ebling, o le meteré primero bajo la ducha. Quítale los zapatos, Torie, y mañana ven a buscarlo y llévatelo a respirar aire puro antes de que se pudra. ¡Fíjese, Ebling, está usted criando telarañas! ¿Tiene hambre?

Ebling Mis meneó la cabeza y les miró desde su catre con expresión confundida.

—Quiero que mañana me enviéis a Magnífico —susurró.

Bayta le tapó hasta el cuello con la sábana.

—Seré yo quien venga mañana, con su ropa limpia. Le haré tomar un buen baño y salir a visitar la granja y sentir el calor del sol.

—No lo haré —dijo Mis débilmente—. ¿Me oyes? Estoy demasiado ocupado.

Sus escasos cabellos yacían sobre la almohada como un fleco plateado en torno a su cabeza. Su voz murmuró en tono confidencial:

—Queréis encontrar la Segunda Fundación, ¿no?

Toran se volvió con rapidez y se puso en cuclillas junto al catre.

—¿Qué sabe de la Segunda Fundación, Ebling?

El psicólogo sacó un brazo de debajo de la sábana, y sus dedos cansados agarraron a Toran por la manga.

—Las Fundaciones fueron establecidas en una gran convención de psicología presidida por Hari Seldon, Toran. He localizado las actas de aquella convención. Veinticinco gruesos rollos de película. Ya he dado un repaso a varios sumarios.

—¿Y qué?

—Pues que es muy fácil encontrar en ellos el lugar de la Primera Fundación, si se sabe algo de psicohistoria. Se alude a ella con frecuencia, si se comprenden las ecuaciones. Pero, Toran, nadie menciona a la Segunda Fundación. No existe referencia de ella en ninguna parte.

Toran enarcó las cejas.

—Entonces, ¿no existe?

—¡Claro que existe! —gritó airadamente Mis—. ¿Quién ha dicho lo contrario? Pero no se habla de ella. Su importancia, y todo lo concerniente a ella, está oculto, velado. ¿No lo comprendes? Es la más importante de las dos. Es la esencial, ¡la que cuenta! Y yo tengo las actas de la convención de Seldon. El Mulo aún no ha vencido...

Bayta, sin hacer ruido, apagó las luces.

—A dormir.

Sin hablar, Toran y Bayta se dirigieron a sus propios aposentos.

Al día siguiente, Ebling Mis se bañó y se vistió, vio el sol de Trantor y sintió su viento por última vez. Al final del día se sumergió de nuevo en las gigantescas salas de la biblioteca, y nunca más volvió a salir.

Durante la semana que siguió, la vida continuó su curso. El sol de NeoTrantor era una estrella quieta y brillante en el firmamento nocturno de Trantor. La granja estaba ocupada con la siembra de primavera. Los terrenos de la Universidad estaban silenciosos. La Galaxia parecía vacía. Era como si el Mulo no hubiera existido nunca.

Bayta pensaba todo esto mientras contemplaba a Toran que encendía cuidadosamente su cigarro y miraba las partes de cielo azul visibles entre las altas torres metálicas que les rodeaban.

—Es un hermoso día —dijo Toran.

—En efecto. ¿Tienes todo lo que necesitamos en la lista, Torie?

—Sí. Mantequilla, una docena de huevos, judías verdes... Todo está aquí, Bay. Lo traeré sin falta.

—Bien. Y asegúrate de que las verduras son de la última cosecha, y no reliquias de museo. A propósito, ¿has visto a Magnífico en alguna parte?

—No, desde el desayuno. Seguramente estará abajo con Ebling, mirando un librofilm.

—Muy bien. No pierdas el tiempo, porque necesito los huevos para la comida.

Toran se fue con una sonrisa y saludando con la mano.

Bayta dio media vuelta cuando Toran se perdió de vista entre el revoltijo de metal. Vaciló ante la puerta de la cocina, retrocedió lentamente, y se deslizó por entre las columnas que conducían al ascensor por el que se bajaba a la biblioteca.

Allí estaba Ebling Mis, con la cabeza inclinada sobre los oculares del proyector, y el cuerpo encorvado e inmóvil. Junto a él se hallaba Magnífico, acurrucado en una silla, con los ojos vigilantes; era como un montón de miembros desarticulados, con una nariz que acentuaba la delgadez de su rostro. Bayta dijo suavemente:

—Magnífico...

Magnífico se puso en pie de un salto. Su voz era un ansioso murmullo:

—¡Mi señora!

—Magnífico —dijo Bayta—, Toran se ha ido a la granja y estará un rato fuera. ¿Serías tan amable de correr tras él con un mensaje que voy a escribir?

—Gustosamente, mi señora. Mis pequeños servicios son suyos sin reserva, por si pueden serle de alguna utilidad.

Se quedó sola con Ebling Mis, que no se había movido. Firmemente, colocó una mano en su hombro.

—Ebling...

El psicólogo se sobresaltó y exhaló un grito:

—¿Qué...? —Arrugó los ojos—. ¿Eres tú, Bayta? ¿Dónde está Magnífico?

—Lo he mandado fuera. Quería estar sola con usted durante un rato. —Pronunciaba las palabras con exagerada claridad—. Quiero hablar con usted, Ebling.

El psicólogo hizo ademán de volver a su proyector, pero la mano de Bayta se mantuvo firme sobre su hombro. Sintió claramente el hueso bajo la manga. La carne parecía haberse fundido desde su llegada a Trantor. Tenía el rostro delgado, amarillento, y llevaba una barba de varios días. Los hombros estaban visiblemente encorvados, incluso sentado.

—Magnífico no le molesta, ¿verdad, Ebling? —preguntó Bayta—. No se mueve de aquí ni de noche ni de día.

—¡No, no, no! En absoluto. Ni siquiera advierto su presencia. Guarda silencio y nunca me distrae. A veces me lleva y me trae los rollos de película; parece saber lo que necesito sin que se lo pida. Déjale seguir aquí.

—Muy bien, pero... Ebling, ¿no le inspira extrañeza? ¿Me oye, Ebling? ¿No le inspira extrañeza? —Empujó una silla junto a él y le miró fijamente, como si quisiera leer la respuesta en sus ojos.

Ebling Mis meneó la cabeza.

—No. ¿A qué te refieres?

—Me refiero a que tanto el coronel Pritcher como usted dicen que el Mulo puede condicionar las emociones de los seres humanos. ¿Pero está usted seguro de ello? ¿No es el propio Magnífico una negación de su teoría?

El silencio se prolongó.

Bayta reprimió un fuerte deseo de zarandear al psicólogo.

—¿Qué le ocurre, Ebling? Magnífico era el bufón del Mulo. ¿Por qué no fue condicionado para el amor y la fe? ¿Por qué precisamente él, entre todos los que rodean al Mulo, le odia tanto?

—Pero... ¡sí que fue condicionado! ¡Claro, Bay! —Pareció ir ganando certeza a medida que hablaba—. ¿Supones que el Mulo trata a su bufón del mismo modo que trata a sus generales? De los últimos necesita fe y lealtad, pero del bufón sólo requiere temor. ¿No has observado nunca que el continuo estado de pánico de Magnífico es patológico en su naturaleza? ¿Encuentras natural que un ser humano esté tan asustado continuamente? El temor hasta ese grado se convierte en cómico. Es probable que el Mulo lo encontrase cómico, y útil además, porque dificultó la ayuda que podríamos haber obtenido antes de Magnífico.

Bayta preguntó:

—¿Quiere decir que la información de Magnífico acerca del Mulo era falsa?

—Era desconcertante. Estaba influida por el miedo patológico. El Mulo no es el gigante físico que Magnífico piensa. Es más probable que sea un hombre corriente, aparte de sus poderes mentales. Pero le divertía posar como un superhombre ante el pobre Magnífico... —El psicólogo se encogió de hombros—. En cualquier caso, la información de Magnífico ya no tiene importancia.

—Entonces, ¿qué es lo importante?

Pero Mis se desasió y volvió a su proyector.

—¿Qué es lo importante? —repitió ella—. ¿La Segunda Fundación?

Los ojos del psicólogo se clavaron en Bayta.

—¿Te he dicho algo acerca de eso? No recuerdo haber dicho nada. Aún no estoy preparado. ¿Qué te he dicho?

—Nada —repuso intensamente Bayta—. ¡Oh, por la Galaxia! Usted no me ha dicho nada, pero desearía que lo hiciera porque estoy mortalmente cansada. ¿Cuándo acabará esto?

Ebling Mis la miró de soslayo, vagamente arrepentido.

—Vamos, vamos... Querida, no he querido ofenderte. A veces olvido... quiénes son mis amigos. A veces tengo la impresión de que no debo hablar de todo esto. Es preciso guardar el secreto... pero del Mulo, no de ti, querida. —Le dio unas palmadas en el hombro, con gentil amabilidad.

Ella preguntó:

—¿Qué me dice de la Segunda Fundación?

La voz de Mis se convirtió automáticamente en un susurro, fino y sibilante:

—¿Conoces la meticulosidad con que Seldon cubrió sus huellas? Las actas de la convención de Seldon me hubieran servido de muy poco hace un mes, antes de que llegara esta extraña inspiración. Incluso ahora me parece... muy confuso. Los documentos de la convención son a menudo oscuros, sin aparente ilación. Más de una vez me he preguntado si los propios miembros de la convención conocían todo lo que había en la mente de Seldon. A veces creo que usó la convención como una gigantesca tapadera, y erigió él solo la estructura...

—¿De las Fundaciones? —urgió Bayta.

—¡De la Segunda Fundación! Nuestra Fundación fue sencilla. Pero la Segunda Fundación era sólo un nombre. Se mencionó, pero su elaboración, si se produjo, quedó profundamente enterrada bajo las matemáticas. Hay todavía muchas cosas que ni siquiera he empezado a comprender, pero en estos últimos siete días me he formado una vaga imagen reuniendo los detalles. La Primera Fundación fue un mundo de científicos físicos. Representaba una concentración de la ciencia moribunda de la Galaxia bajo las condiciones necesarias para su resurgimiento. No se incluyeron psicólogos. Fue un fallo muy peculiar, pero que debió de tener sus motivos. La explicación corriente es que la psicohistoria de Seldon funcionaba mejor cuando las unidades de trabajo, los seres humanos, ignoraban lo que iba a ocurrir y podían por tanto reaccionar naturalmente ante todas las situaciones. ¿Me sigues, querida...?

—Sí, doctor.

—Entonces, escucha con atención. La Segunda Fundación era un mundo de científicos mentales. Era la imagen reflejada de nuestro mundo. La psicología, y no la física, predominaba. —Y triunfalmente—: ¿Lo comprendes?

—No.

—Pues reflexiona, Bayta, usa el cerebro. Hari Seldon sabía que su psicohistoria sólo podía predecir probabilidades, no certezas. Había siempre un margen de error, y, a medida que pasa el tiempo, este margen aumenta en progresión geométrica. Es natural que Seldon se previniera contra esto. Nuestra Fundación era científicamente vigorosa. Podía conquistar ejércitos y armas. Podía oponer la fuerza. ¿Pero qué hay del ataque mental de un mutante como el Mulo?

—¡Esto sería resuelto por los psicólogos de la Segunda Fundación! —exclamó Bayta, sintiendo la excitación que crecía en su interior.

—¡Claro, claro! ¡Exacto!

—Pero hasta ahora no han hecho nada.

—¿Cómo sabes que no han hecho nada?

Bayta reflexionó.

—No lo sé. ¿Tiene usted pruebas de su actividad?

—No. Hay muchos factores que desconozco por completo. La Segunda Fundación no pudo establecerse en pleno desarrollo, como tampoco nosotros. Evolucionamos lentamente y fuimos adquiriendo fuerza; ellos deben haber hecho lo mismo. Sólo las estrellas saben en qué etapa de su fuerza se encuentran ahora. ¿Son lo bastante fuertes como para luchar contra el Mulo? ¿Son siquiera conscientes del peligro? ¿Tienen dirigentes capacitados?

—Pero si siguen el plan de Seldon, el Mulo ha de ser vencido por la Segunda Fundación...

—¡Ah! —Y la delgada cara de Ebling Mis se arrugó pensativamente—. Ya volvemos a estar en lo mismo. Pero la Segunda Fundación fue una tarea más difícil que la Primera. Su complejidad es enormemente mayor; y en consecuencia, también lo es la posibilidad de error. Y si la Segunda Fundación no vence al Mulo, las cosas irán mal... definitivamente mal. Tal vez signifique el fin de la raza humana, tal como la conocemos.

—¡No!

—Sí. Si los descendientes del Mulo heredan sus dotes mentales... ¿Lo comprendes? El Homo sapiens no podría competir. Habría una nueva raza dominante, una nueva aristocracia, y el Homo sapiens sería degradado a trabajar en calidad de esclavo, como una raza inferior. ¿No es así?

—Sí, así es.

—E incluso, aunque por alguna casualidad el Mulo no estableciera una dinastía, establecería un distorsionado nuevo Imperio dirigido solamente por su poder personal. Moriría con él; la Galaxia estaría donde estaba antes de su llegada; excepto que ya no habría Fundaciones que pudieran fundirse en un real y sano Segundo Imperio. Significaría miles de años de barbarie. No habría un final a la vista.

—¿Qué podemos hacer? ¿Podemos advertir a la Segunda Fundación?

—Debemos hacerlo, o pueden desaparecer debido a la ignorancia, a lo cual no podemos arriesgarnos. Pero no hay modo de transmitirles el aviso.

—¿No podríamos encontrar un medio?

—Ignoro su paradero. Están en «el otro extremo de la Galaxia», pero eso es todo, y hay millones de mundos para escoger.

—Pero, Ebling, ¿no dice nada aquí? —Y Bayta señaló vagamente los rollos de película que cubrían la mesa.

—No, nada. No dicen dónde puedo encontrarla... todavía. El secreto debe significar algo. Ha de haber una razón... —En sus ojos había una expresión perpleja—. Ahora me gustaría que te fueras. Ya he perdido bastante tiempo, y ya queda poco... ya queda poco.

Se apartó de ella, petulante y con el ceño fruncido.

Los pasos suaves de Magnífico se aproximaron.

—Su marido está en casa, mi señora.

Ebling Mis no saludó al bufón. Una vez más se inclinaba sobre el proyector.

Aquella noche, después de haber escuchado, Toran habló:

—¿Y tú crees que tiene razón, Bay? ¿No piensas que está un poco...? —Vaciló.

—Tiene razón, Torie. Está enfermo, lo sé. El cambio que se ha operado en él, su pérdida de peso, el modo en que habla... Está enfermo. Pero escúchale en cuanto sale el tema del Mulo, de la Segunda Fundación o de algo en lo que esté trabajando. Está lúcido como el cielo del espacio exterior. Sabe de lo que está hablando. Yo le creo.

—Entonces, aún hay esperanzas. —Era casi una pregunta.

—Yo... yo no lo puedo asegurar. ¡Tal vez sí, tal vez no! Llevaré un desintegrador en lo sucesivo. —Tenía en la mano una diminuta arma de reluciente cañón—. Por si acaso, Torie, por si acaso.

—¿De qué caso hablas?

Bayta se rio con un pequeño tono de histerismo.

—No importa. Quizá yo también estoy un poco loca... como Ebling Mis.

En aquel momento, a Ebling Mis sólo le quedaban siete días de vida, y los siete días transcurrieron tranquilamente, uno tras otro.

Toran sentía que había una especie de estupor en ellos. El calor y el sordo silencio le invadían y aletargaban. Todo lo que estaba vivo parecía haber perdido su poder de acción, convirtiéndose en un mar infinito de hibernación.

Mis era una entidad oculta cuyo laborioso trabajo no producía nada y no se daba a conocer. Era como si viviese tras una barricada. Ni Toran ni Bayta podían verlo. Sólo la misión de intermediario de Magnífico evidenciaba su existencia. Magnífico, silencioso y pensativo como nunca, iba y venía con bandejas de comida, andando de puntillas, como convenía al único testigo del reino de las penumbras.

Bayta estaba cada vez más encerrada en sí misma. Su vivacidad se desvaneció, su segura eficiencia se tambaleaba. Ella también parecía preocupada y absorta, y en cierta ocasión Toran la sorprendió acariciando su pistola. Bayta la dejó enseguida, con una sonrisa forzada.

—¿Qué estabas haciendo con ella, Bay?

—La sostenía. ¿Acaso es un crimen?

—Te vas a saltar tus necios sesos.

—Si lo hago, no representará una gran pérdida.

La vida conyugal había enseñado a Toran la futilidad de discutir con una mujer en un mal momento. Se encogió de hombros y se fue.

El último día, Magnífico irrumpió sin aliento ante ellos. Les agarró, asustado.

—El eximio doctor les llama. No se encuentra bien.

Y no estaba bien. Se hallaba en el lecho, con los ojos extrañamente grandes y brillantes.

—¡Ebling! —gritó Bayta.

—Déjame hablar —masculló el psicólogo, incorporándose con esfuerzo y apoyándose sobre un codo—. Dejadme hablar. Estoy acabado; os lego mi trabajo. No he tomado notas, he destruido los números. Ninguna otra persona ha de saberlo. Todo debe grabarse en vuestras mentes.

—Magnífico —dijo Bayta con brusca franqueza—, ¡vete arriba!

De mala gana, el bufón se levantó y retrocedió un paso. Sus tristes ojos estaban fijos en Mis.

Mis hizo un gesto débil.

—Él no importa; dejadle permanecer aquí. Quédate, Magnífico.

El bufón volvió a sentarse con rapidez. Bayta miró al suelo. Lentamente, muy lentamente, se mordió el labio inferior.

Mis dijo en un ronco susurro:

—Estoy convencido de que la Segunda Fundación puede ganar, si no es atacada prematuramente por el Mulo. Se ha mantenido en secreto; este secreto debe guardarse; tiene un propósito. Debéis ir allí; vuestra información es vital... puede cambiarlo todo. ¿Me escucháis?

Toran gritó, casi con desesperación:

—¡Sí, sí! Díganos cómo podremos llegar. ¡Ebling! ¿Dónde está?

—Puedo decíroslo —murmuró la débil voz. Pero no consiguió hacerlo.

Bayta, con el rostro lívido e inexpresivo, levantó la pistola y disparó. La detonación resonó con fuerza en la habitación. Mis había desaparecido de cintura para arriba, y en la pared del fondo había un agujero dentado. El desintegrador se escurrió entre los dedos entumecidos de Bayta y cayó al suelo.

26
El final de la búsqueda

No había palabras que pronunciar. Los ecos del estampido se difundieron por las salas exteriores y se extinguieron en un murmullo ronco y moribundo. Antes de hacerlo definitivamente ahogaron el ruido que hizo la pistola de Bayta al golpear el suelo; ahogaron también el grito estridente de Magnífico y el rugido inarticulado de Toran.

Reinó un silencio espantoso.

La cabeza de Bayta, inclinada, se hallaba en la oscuridad. Una gota tembló en el rayo de luz al caer. Bayta no había llorado jamás en ninguna otra ocasión.

Los músculos de Toran casi estallaron en un espasmo, pero no se distendieron; Toran tuvo la sensación de que ya no volvería a separar los dientes.

El rostro de Magnífico era una máscara ajada y sin vida.

Finalmente, entre los dientes apretados aún, Toran exclamó con voz irreconocible:

—Así que eres una agente del Mulo. ¡Te ha captado!

Bayta alzó la mirada, y su boca se torció en mueca dolorosa.

—¿Yo, agente del Mulo? Eso sí que es irónico.

Sonrió con esfuerzo tenso y se echó atrás los cabellos con una sacudida. Paulatinamente, su voz recobró el tono normal:

—Se acabó, Toran; ahora puedo hablar. Ignoro cuánto podré sobrevivir. Pero puedo empezar a hablar...

La tensión de Toran había cedido bajo su propia intensidad, convirtiéndose en una fláccida indiferencia.

—¿Hablar de qué, Bay? ¿Qué queda por decir?

—Hablar de la calamidad que nos ha estado persiguiendo. La hemos observado antes, Torie. ¿No lo recuerdas? La derrota siempre nos ha pisado los talones y nunca ha logrado atraparnos. Estuvimos en la Fundación, y ésta se derrumbó mientras los comerciantes independientes aún luchaban... pero nosotros llegamos a tiempo a Haven. Estuvimos en Haven, y Haven se derrumbó mientras los otros aún luchaban... y de nuevo escapamos a tiempo. Fuimos a NeoTrantor, que ahora sin duda habrá caído ya en manos del Mulo.

Toran sacudió la cabeza mientras escuchaba.

—No te comprendo.

—Torie, estas cosas no suceden en la vida real. Tú y yo somos personas insignificantes; jamás vagaríamos de un vórtice político a otro, sin descanso, por espacio de un año... a menos que lleváramos el vórtice con nosotros. ¡A menos que lleváramos con nosotros la fuente de la infección! ¿Lo comprendes ahora?

Toran apretó los labios. Su mirada se fijó en los terribles y sangrientos restos de lo que un día fuera un ser humano, y sus ojos expresaron horror.

—Salgamos de aquí, Bay. Salgamos al aire libre.

Fuera estaba nublado. El viento salió a su encuentro a latigazos, desordenando los cabellos de Bay. Magnífico había trepado tras ellos, y ahora escuchaba, inadvertido, su conversación. Toran preguntó con voz tensa:

—¿Has matado a Ebling Mis porque creías que él era el foco de infección? —Algo en los ojos de ella le detuvo. Murmuró—: ¿Que era el Mulo?

—No comprendió, no podía comprender las implicaciones de sus propias palabras.

Bayta se rio bruscamente.

—¿El pobre Ebling, el Mulo? ¡Por la Galaxia, no! No hubiera podido matarlo de haber sido el Mulo. Habría detectado la emoción del acto y la habría transformado en amor, devoción, adoración, terror o lo que se le antojara. No, he matado a Ebling porque no era el Mulo. Lo he matado porque él sabía dónde está la Segunda Fundación, y en dos segundos habría revelado el secreto al Mulo.

—Habría revelado el secreto al Mulo —repitió estúpidamente Toran—, le habría dicho al Mulo...

Profirió entonces un gritito atiplado y se giró para mirar con horror al bufón, que parecía estar inconsciente a sus pies, ajeno por completo a lo que se decía junto a él.

—¿No será Magnífico? —susurró Toran.

—¡Escucha! —dijo Bayta—. ¿Recuerdas lo que ocurrió en NeoTrantor? ¡Venga!, piensa un poco, Toran... —Pero él meneó la cabeza y murmuró algo.

—Un hombre murió en NeoTrantor —prosiguió Bayta, con voz fatigada—. Sucumbió sin que nadie le pusiera la mano encima. ¿No es cierto? Magnífico tocó su visi-sonor, y cuando acabó, el príncipe heredero había muerto. Dime, ¿no es extraño? ¿No es algo singular que una criatura que se asusta de todo, que en apariencia está idiotizado por el terror, posea la facultad de matar a capricho?

—La música y los efectos de luz —replicó Toran— causan un profundo impacto emocional...

—Sí, un impacto emocional, y bastante intenso, por cierto. Y da la casualidad que los efectos emocionales son la especialidad del Mulo. Supongo que esto se podría achacar a la casualidad. Y un ser que puede matar por sugestión está lleno de terror. Bueno, el Mulo ha interferido en su mente, o sea que eso se puede explicar. Pero, Toran, yo capté un poco de la selección del visi-sonor que mató al príncipe heredero. Sólo un poco... pero bastó para transmitirme la misma sensación de desespero que me atenazó en la Bóveda del Tiempo y en Haven. Toran, no puedo confundir esa sensación tan especial.

El rostro de Toran se iba oscureciendo.

—Yo... yo también lo sentí. Lo había olvidado. Jamás pensé...

—Fue entonces cuando se me ocurrió por primera vez. Fue sólo una sensación vaga, una intuición si quieres. No tenía pruebas. Cuando Pritcher nos habló del Mulo y de su mutación, lo comprendí en un momento. Fue el Mulo quien creó la desesperación en la Bóveda del Tiempo; fue Magnífico quien había creado la desesperación en NeoTrantor. Era la misma emoción. Por consiguiente, ¡el Mulo y Magnífico eran la misma persona! ¿No encaja todo a la perfección, Torie? ¿No es igual que un axioma de geometría, que dos objetos iguales a un tercero son iguales entre sí?

Se hallaba al borde del histerismo, pero se esforzó por conservar la ecuanimidad. Continuó:

—El descubrimiento me dio un susto de muerte. Si Magnífico era el Mulo, podía conocer mis emociones, y transformarlas para sus propios fines. No me atreví a decírselo. Me dediqué a eludirlo. Por suerte, él también me eludía; estaba demasiado interesado en Ebling Mis. Planeé matar a Mis antes de que pudiera hablar. Lo planeé en secreto... tan en secreto como pude... tan secretamente que ni me atrevía a pensarlo. Si hubiera podido matar al propio Mulo... Pero no podía arriesgarme. Lo hubiera advertido, y lo habría perdido todo.

Bayta parecía estar al límite de sus emociones. Toran dijo duramente y con determinación:

—Es imposible. Contempla a esta miserable criatura. ¿Él, el Mulo? Ni siquiera oye lo que estamos diciendo.

Pero cuando su mirada siguió al dedo que señalaba a Magnífico, éste estaba en pie, erguido y atento, con los ojos vivos y brillantes. Su voz no tenía ni rastro de acento.

—Lo he oído todo, amigo mío. Lo que ocurre es que he estado reflexionando sobre el hecho de que, a pesar de toda mi inteligencia y capacidad de previsión, haya podido cometer un error y perder tanto.

Toran se echó hacia atrás como si temiera el contacto del bufón o que su aliento pudiese contaminarlo.

Magnífico asintió y contestó a la pregunta no formulada:

—Yo soy el Mulo.

Ya no parecía grotesco; sus delgados miembros y su enorme nariz perdieron su comicidad. Su temor había desaparecido; su actitud era firme. Dominaba la situación con una facilidad que era fruto de la costumbre. Dijo en tono condescendiente:

—Siéntense. Vamos, será mejor que se pongan cómodos. El juego ha terminado, y me gustaría contarles una historia. Es una debilidad mía: quiero que la gente me comprenda. .

Y sus ojos, al mirar a Bayta, seguían siendo los mismos ojos marrones, suaves y tristes, de Magnífico, el bufón.

—Mi infancia no tuvo nada de extraordinaria —empezó, zambulléndose en un rápido e impaciente discurso—, y no merece recordarse. Tal vez ustedes lo comprendan. Mi delgadez es glandular; nací con esta nariz. Me fue imposible llevar una infancia normal. Mi madre murió antes de que pudiera verme. No conozco a mi padre. Crecí al azar, herido y torturado en mi mente, lleno de autocompasión y odio hacia los demás. Entonces se me conocía como un niño extraño. Todos me evitaban; la mayoría, por repugnancia, algunos, por miedo. Ocurrieron extraños incidentes... Bueno, eso ahora no tiene importancia. Bastó para que el capitán Pritcher, al investigar sobre mi infancia, comprendiera que soy un mutante, algo de lo que yo mismo no me enteré hasta haber cumplido los veinte años.

Toran y Bayta lo escuchaban con indiferencia. El sonido de su voz les llegaba desde arriba, pues estaban sentados en el suelo, mientras que el bufón —o el Mulo— se paseaba frente a ellos, con la barbilla en el pecho, cruzado de brazos.

—La noción de mi insólito poder parece haber irrumpido en mí con lentitud, a pequeños pasos. Incluso al final me costaba creerlo. Para mí, las mentes de los hombres eran esferas, con indicadores que señalaban la emoción del momento. No es un símil adecuado, ¿pero cómo puedo explicarlo? Aprendí paulatinamente que podía acceder a esas mentes y colocar el indicador en el lugar deseado, y hacer que permaneciera allí para siempre. Tardé aún más tiempo en darme cuenta de que los demás no podían hacerlo. Adquirí consciencia de mi poder, y con ella vino el deseo de desquitarme de la miserable posición de mi existencia anterior. Tal vez puedan comprenderlo. Tal vez intenten comprenderlo. No es fácil ser un monstruo; poseer una mente y una comprensión y ser un monstruo. ¡Las risas y la crueldad! ¡Ser diferente! ¡Ser un intruso! ¡Ustedes nunca han pasado por eso!

Magnífico miró hacia el cielo, se meció sobre los pies y continuó, impasible:

—Pero acabé por comprender, y decidí que la Galaxia y yo podíamos intercambiar nuestros puestos. Al fin y al cabo, ellos se habían divertido, y yo había esperado pacientemente, durante veintidós años. ¡Había llegado mi turno! ¡Ahora les tocaba a ustedes soportarme! Y la lucha sería muy favorable a la Galaxia: ¡yo solo contra billones de seres!

Hizo una pausa para dirigir una rápida mirada a Bayta.

—Pero adolecía de una debilidad: por mí mismo no era nada. Necesitaba a los demás para obtener el poder; el éxito sólo podía llegarme a través de intermediarios. ¡Siempre! Fue como dijo Pritcher. Por medio de un pirata obtuve mi primera base de operaciones en los asteroides. Por medio de un industrial conseguí mi primera conquista de un planeta. Mediante una serie de personas, incluyendo al caudillo de Kalgan, conquisté Kalgan y gané una flota de naves. Después de eso, le tocó el turno a la Fundación, y fue entonces cuando ustedes dos entraron en la historia.

»La Fundación —continuó, bajando la voz— era el reto más difícil al que me hubiera enfrentado jamás. Para derrotarla tenía que convencer, derrumbar o inutilizar a una extraordinaria proporción de su clase dirigente. Podría haber partido de cero, pero existía un atajo, y lo busqué. Después de todo, el hecho de que un forzudo pueda levantar doscientos kilos no significa que le entusiasme hacerlo continuamente. Mi control emocional no es un trabajo fácil, y prefiero no usarlo cuando no es absolutamente necesario. Por eso acepté aliados en mi primer ataque a la Fundación.

»Haciéndome pasar por mi bufón, busqué al agente o agentes de la Fundación que serían inevitablemente enviados a Kalgan para investigar mi humilde persona. Ahora sé que era a Han Pritcher a quien buscaba.

Por un golpe de suerte, en lugar de él los encontré a ustedes. Soy telépata, pero no completo y, mi señora, usted era de la Fundación. Eso me despistó. No fue fatal, ya que Pritcher terminaría uniéndose a nosotros más adelante, pero sembró el germen de un error que sí fue fatal.

Toran se movió por primera vez.

—Espere un momento —dijo, en tono ofendido—. ¿Quiere decir que cuando yo me enfrenté a aquel teniente de Kalgan con sólo una pistola paralizante, y lo salvé a usted, ya controlaba mis emociones? —Tartamudeaba de furia—. ¿Quiere decir que ha estado todo este tiempo influenciándome?

En los labios de Magnífico se dibujó una leve sonrisa.

—¿Y por qué no? ¿No lo considera probable? Pregúnteselo usted mismo... ¿Se hubiera arriesgado a morir por un extraño y grotesco bufón que no había visto antes, de haber estado en sus cabales? Supongo que después se sorprendió, cuando repasó los acontecimientos a sangre fría.

—Es cierto —dijo Bayta con voz distante—, se sorprendió. Es muy normal.

—En realidad —continuó el Mulo—, Toran no corría ningún peligro. El teniente tenía instrucciones estrictas de dejarnos marchar. Así fue cómo nosotros tres y Pritcher llegamos a la Fundación, y ya saben que mi campaña se organizó de inmediato. Cuando se celebró el consejo de guerra de Pritcher, con nosotros presentes, yo estaba haciendo mi trabajo. Los jueces militares de aquel tribunal dirigieron más tarde sus propias escuadras en la guerra. Se rindieron con bastante facilidad, y mi flota ganó la batalla de Horleggor y otras menores.

»A través de Pritcher conocí al doctor Mis, quien me trajo un visi-sonor, por su voluntad, simplificando así mi tarea de forma considerable. Sólo que no fue enteramente por su voluntad.

Bayta interrumpió:

—¡Esos conciertos! He estado tratando de comprender su significado. Ahora ya lo veo.

—Sí —dijo Magnífico—, el visi-sonor actúa como amplificador. En cierto modo es un primitivo artilugio para el control emocional. Con él puedo tratar a grupos de gente, y a personas aisladas, con más intensidad. Los conciertos que di en Terminus antes de su caída, y en Haven antes de su rendición, contribuyeron al derrotismo general. Podría haber hecho enfermar gravemente al príncipe heredero de NeoTrantor sin el visi-sonor, pero no podría haberlo matado. ¿Lo comprenden?

»Mi descubrimiento más importante, sin embargo, fue Ebling Mis. Podría haber sido... —dijo Magnífico con amargura, y en seguida continuó—: Hay una faceta en el control emocional que ustedes desconocen. La intuición, la perspicacia, la tendencia a las corazonadas o como quieran llamarlo, se puede tratar como una emoción. Por lo menos, yo puedo tratarla así. No lo comprenden, ¿verdad?

No esperó a oír la negativa.

—La mente humana trabaja muy por debajo de su total rendimiento. El veinte por ciento es la cota normal. Cuando se produce momentáneamente una chispa de energía más potente, lo llamamos corazonada, perspicacia o intuición. Pronto descubrí que era capaz de inducir una utilización continuada de alta eficiencia cerebral. Es un proceso letal para la persona afectada, pero útil. El depresor de campo atómico que usé en la guerra contra la Fundación fue el resultado de poner bajo presión a un técnico de Kalgan. En esto también trabajo por medio de los demás.

»Ebling Mis me brindaba una ocasión excepcional. Sus potencialidades eran altas, y le necesitaba. Incluso antes de iniciar mi guerra contra la Fundación, yo ya había mandado delegados para negociar con el Imperio. Fue entonces cuando empecé la búsqueda de la Segunda Fundación. Naturalmente, no la encontré. Pero sabía que debía encontrarla... y Ebling Mis era la respuesta. Con su mente a la máxima potencia podría haber emulado el trabajo de Hari Seldon.

»En parte, lo hizo. Lo empujé hasta el límite. El proceso era despiadado, pero había que terminarlo. Al final estaba moribundo, pero vivió... —Se interrumpió de nuevo, con amargura—. Hubiera vivido lo suficiente. Juntos, nosotros tres hubiéramos ido a la Segunda Fundación. Habría sido la última batalla... pero mi error lo impidió.

Toran habló con voz dura:

—¿Por qué se extiende tanto? Díganos cuál fue su error y ponga fin a su discurso.

—Pues bien, su esposa ha sido el error. Su esposa es una persona excepcional. Yo nunca había conocido a nadie como ella en toda mi vida. Yo... Yo... —De improviso, la voz de Magnífico se quebró. Se recuperó con dificultad; había algo sombrío en él cuando prosiguió—: Sintió simpatía por mí sin que yo tuviera que manipular sus emociones. No le repugné ni la divertí. Sintió afecto. ¡Le caí simpático! ¿No lo comprenden? ¿No ven lo que esto significó para mí? Antes nadie, jamás... En fin, yo... lo aprecié enormemente. Mis propias emociones me traicionaron, aunque era dueño de las de los demás. Permanecí alejado de su mente; no la manipulé. Apreciaba demasiado sus sentimientos naturales. Fue mi error... el primero.

»Usted, Toran, se hallaba bajo control. Nunca sospechó de mí, nunca se hizo preguntas respecto a mí; nunca vio en mí nada peculiar o extraño. Por ejemplo, cuando nos dio el alto la nave «filiana». Por cierto, que conocían nuestra situación porque yo estaba en comunicación con ellos, del mismo modo que siempre he estado en comunicación con mis generales. Cuando nos detuvieron, yo fui llevado a bordo para condicionar a Han Pritcher, que se encontraba prisionero en la nave. Cuando me marché, era coronel, un hombre del Mulo y ejercía el mando. El proceso entero fue demasiado claro incluso para usted, Toran. Sin embargo, aceptó mi explicación del asunto, que estaba llena de lagunas. ¿Comprende lo que quiero decir?

Toran hizo una mueca y preguntó:

—¿Cómo mantenía comunicación con sus generales?

—No había ninguna dificultad para ello. Las emisoras de ultraondas son fáciles de manejar y, además, portátiles. Y, por otra parte, ¡yo no podía ser detectado en un sentido real! Cualquiera que me sorprendiese en el acto se hubiera marchado sin recordar en absoluto su descubrimiento. Ocurrió en alguna ocasión.

»En NeoTrantor, mis estúpidas emociones volvieron a traicionarme. Bayta no estaba bajo mi control, pero incluso así es posible que nunca hubiera sospechado si yo no hubiese perdido la cabeza al tratar con el príncipe heredero. Sus intenciones respecto a Bayta... me molestaron. Lo maté. Fue un acto imprudente. Una huida sin consecuencias hubiera bastado. Y todavía sus sospechas no se habrían convertido en certidumbre si yo hubiera detenido a Pritcher en su bienintencionada misión, o prestado menos atención a Mis y más a usted...

Se encogió de hombros.

—¿Éste es el fin? —preguntó Bayta.

—Éste es el fin.

—Y ahora, ¿qué?

—Continuaré con mi programa. Dudo que pueda encontrar a otro hombre de cerebro tan adecuado y entrenado como Ebling Mis, sobre todo en estos días de degeneración. Tendré que buscar la Segunda Fundación por otros derroteros. En cierto sentido, usted me ha vencido.

Entonces Bayta se puso en pie, triunfante.

—¿En cierto sentido? ¿Sólo en cierto sentido? ¡Lo hemos derrotado por completo! Todas sus victorias fuera de la Fundación no cuentan para nada, puesto que la Galaxia es ahora un pozo de barbarie. La Fundación misma es sólo una victoria insignificante, ya que no estaba destinada a detener la crisis que usted representa. Es a la Segunda Fundación a la que ha de vencer... la Segunda Fundación... y ésta lo derrotará a usted. Su única posibilidad residía en localizarla y atacarla antes de que estuviera preparada. Ahora no podrá hacerlo. A partir de ahora, a cada minuto que pase estarán más preparados para luchar contra usted. En este momento, en este mismo momento, es posible que la maquinaria ya se haya puesto en marcha. Lo sabrá cuando lo ataquen, su breve poderío habrá terminado y el Mulo no será más que otro conquistador presuntuoso que habrá pasado fugaz y ruinmente por la faz sangrienta de la historia.

Bayta respiraba con fuerza, casi jadeando en su vehemencia.

—Y nosotros lo hemos derrotado: Toran y yo. Moriré satisfecha.

Pero los ojos marrones y tristes del Mulo eran los ojos marrones, tristes y enamorados de Magnífico.

—No la mataré ni a usted ni a su marido. Después de todo, ya es imposible para ustedes dos perjudicarme más; y matarlos no me devolvería a Ebling Mis. Mis errores fueron míos, y me responsabilizo de ellos. ¡Usted y su marido pueden marcharse! Váyanse en paz, en nombre de lo que yo llamo... amistad.

Y entonces, con un repentino impulso de orgullo, añadió:

—Mientras tanto, todavía soy el Mulo, el ser más poderoso de la Galaxia. Todavía venceré a la Segunda Fundación.

Bayta lanzó su última flecha con firme y tranquila certidumbre:

—¡No la vencerá! Aún conservo la fe en la sabiduría de Seldon. Usted será el primer y último gobernante de su dinastía.

Algo excitó a Magnífico:

—¿De mi dinastía? Sí, he pensado a menudo en ello: en la posibilidad de establecer una dinastía. De encontrar una consorte adecuada.

Bayta captó de pronto el significado de la mirada que brillaba en los ojos de Magnífico, y se le heló la sangre en las venas.

Magnífico sacudió la cabeza.

—Siento su repulsión, pero no tiene sentido. Si las cosas fueran de otro modo, hacerla feliz sería lo más sencillo del mundo. Se trataría de un éxtasis artificial, pero indistinguible de la emoción genuina. Las cosas, sin embargo, no son de otro modo. Me hago llamar el Mulo... aunque es evidente que no a causa de mi fortaleza...

Se alejó de ellos, sin volver la vista atrás ni una sola vez.

Segunda Fundación

Para Marcia, John, y Stan

Prólogo

El Primer Imperio Galáctico perduró decenas de miles de años. Englobaba todos los planetas de la Galaxia bajo un gobierno centralizado, unas veces tiránico y otras benevolente, pero siempre ordenado. Ya nadie recordaba que era posible vivir de otra manera.

Excepto Hari Seldon.

Hari Seldon era el último gran científico del Primer Imperio. Fue él quien impulsó la ciencia de la psicohistoria hasta un grado sumo de desarrollo. La psicohistoria era la quintaesencia de la sociología, la ciencia del comportamiento humano reducido a ecuaciones matemáticas.

El individuo es impredecible, pero la reacción de la masa, concluyó Seldon, se podía analizar por medio de la estadística. Cuanto más numerosa fuese la masa, más precisión podía obtenerse. Y la densidad de las masas humanas con las que trabajaba Seldon era nada menos que la de la población de la Galaxia, que por aquel entonces se contaba por trillones.

Por lo tanto, fue Seldon quien anticipó, contra toda lógica y a pesar de la creencia popular, que aquel brillante Imperio que parecía tan sólido se hallaba en un estado de decadencia y debilitamiento irremediables. Previó (o, lo que es lo mismo, resolvió sus ecuaciones e interpretó los símbolos de éstas) que, si no se ponía remedio, la Galaxia se sumiría en un periodo de treinta mil años de miseria y anarquía antes de que volviera a erigirse un gobierno unificado.

Comenzó a trabajar para resolver la situación, para propiciar un cambio de rumbo que restaurase la paz y la civilización en un plazo de mil años. Con cuidado, estableció dos colonias de científicos a las que llamó «Fundaciones». De modo deliberado, las asentó «en los extremos opuestos de la Galaxia». A una de ellas le dio toda la publicidad posible. La existencia de la otra, la Segunda Fundación, la ocultó bajo un manto de silencio.

En *Fundación* y *Fundación e Imperio* se relatan los tres primeros siglos de la historia de la Primera Fundación. Al principio consistía en una reducida comunidad de enciclopedistas perdida en el vacío de la Periferia extrema de la Galaxia. Cada cierto tiempo se veía afectada por una crisis en la que las variables de las relaciones humanas y de las circunstancias socioeconómicas de la época terminaban constriñéndola. Su libertad de movimientos se reducía a un único camino seguro, y cuando tomaba esa dirección, un nuevo horizonte de desarrollo se desplegaba ante ella. Todo había sido orquestado por Hari Seldon, fallecido hacía ya mucho tiempo.

La Primera Fundación, gracias a su ciencia superior, conquistó los planetas bárbaros que la rodeaban. Se enfrentó a los anárquicos caudillos que se escindieron del Imperio moribundo y los derrotó. Se enfrentó a los restos del propio Imperio, encabezados por su último y poderoso emperador junto con su también último y poderoso general, y los derrotó.

Después se enfrentó a algo que Hari Seldon no pudo prever, la asombrosa capacidad de un ser humano en particular, un mutante. La criatura, conocida como el Mulo, nació con la habilidad de moldear las emociones de las personas y de doblegar su voluntad. A sus enemigos más fieros los convertía en sus siervos más fieles. Los ejércitos no podían, ni deseaban, luchar contra él. El ser provocó el derrumbamiento de la Primera Fundación, lo que en gran parte desbarató los planes de Seldon.

Quedaba la enigmática Segunda Fundación, el objetivo de todas las búsquedas. El Mulo debía encontrarla para completar su conquista de la Galaxia. Los que se mantenían fieles a cuanto quedaba de la Primera Fundación habían de dar con ella por una razón muy distinta. Pero, ¿dónde estaba? Nadie conocía la respuesta.

Ésta es, por tanto, la historia de la búsqueda de la Segunda Fundación.

Primera parte

La búsqueda del Mulo

1
Dos hombres y el Mulo

EL MULO: No fue hasta después de la caída de la Primera Fundación que los aspectos constructivos del régimen del Mulo tomaron forma. Tras la disolución definitiva del Primer Imperio Galáctico fue él quien introdujo en la historia una porción unificada de espacio de dimensiones indiscutiblemente imperiales. El antiguo imperio comercial de la Fundación caída era diverso y no estaba demasiado unido, pese al sutil respaldo de las predicciones de la psicohistoria. No podía compararse con la «Unión de Mundos», férreamente controlada bajo el mando del Mulo, puesto que comprendía la décima parte de la extensión de la Galaxia y la quinceava parte de su población. Máxime durante la era de la llamada búsqueda [...].

ENCICLOPEDIA GALÁCTICA

La Enciclopedia contiene muchos más datos sobre el Mulo y su Imperio, pero esa información apenas atañe al tema aquí tratado y, en cualquier caso, en su mayor parte resulta demasiado árida para nuestro propósito. Llegado este punto, el artículo trata principalmente de las circunstancias económicas que condujeron al surgimiento del «Primer Ciudadano de la Unión», título oficial del Mulo, y de las consecuencias económicas de éste.

Si en algún momento al escritor le sorprende el hecho de que el Mulo, surgido de la nada, llegase a ejercer un dominio casi absoluto en un plazo asombrosamente breve de tan sólo cinco años, prefiere ocultarlo. Si le extraña también el cese repentino de la expansión en favor de una consolidación del territorio que se prolongó durante cinco años, tampoco lo manifiesta.

Por lo tanto, debemos dejar atrás la Enciclopedia y continuar por el camino que mejor se adapte a nuestro propósito para sumergirnos en la historia del Gran Interregno, entre el Primer y el Segundo Imperio Galáctico, al final de esos cinco años de consolidación.

Desde el punto de vista político, la Unión es sosegada. Desde el punto de vista económico, próspera. Pocos desearían cambiar la paz que les proporcionaba la firme tenaza del Mulo por el caos que reinaba con anterioridad. En los mundos que conocieron la Fundación cinco años atrás tal vez sintieran un pesar nostálgico, pero nada más. Los líderes de la Fundación que no aportaban nada estaban muertos; los que aún servían para algo ahora eran conversos.

Y de los conversos, el más útil era Han Pritcher, ahora teniente general.

Durante los días de la Fundación, Han Pritcher sirvió como capitán y formó parte de la oposición democrática clandestina. Cuando la Fundación se sometió al Mulo sin oponer resistencia, Pritcher se enfrentó a él. Es decir, hasta que fue convertido.

La conversión no era la que solía desencadenarse por la influencia de una mente superior. Han Pritcher lo sabía muy bien. Había cambiado porque el Mulo era un mutante cuyos poderes mentales le permitían modificar a su antojo las condiciones de las personas normales. Pero aquello lo satisfacía por completo. Así debía ser. Aceptar la conversión era uno de los síntomas más evidentes de que se había pasado por este proceso, pero a Han Pritcher ese asunto ya no le despertaba ninguna curiosidad.

Y ahora que regresaba de su quinta gran expedición a la inmensidad de la Galaxia que circundaba la Unión, el agente de inteligencia y veterano espacionauta esperaba con un regocijo casi ingenuo que llegase el momento de reunirse con el «Primer Ciudadano». Su rostro grave, tallado en una madera bruna y limpia de vetas que no parecía poder sonreír sin quebrarse, no lo revelaba, aunque los gestos externos eran innecesarios. El Mulo sabía ver las emociones del alma, hasta la más leve, del mismo modo que las personas normales podían percibir la contracción de una ceja.

Pritcher aparcó el aeromóvil en los antiguos hangares virreinales y, como estaba mandado, entró a pie en los terrenos del palacio. Anduvo un kilómetro por la avenida señalizada, que se encontraba desierta y en silencio. Pritcher sabía que en los varios kilómetros cuadrados que ocupaban las inmediaciones del palacio no había ni un solo guardia, soldado u hombre armado.

El Mulo no necesitaba ninguna protección.

El Mulo era su mejor y más eficiente defensor.

Los pasos de Pritcher sonaban blandamente en sus oídos mientras los resplandecientes muros metálicos del palacio se alzaban ante él, increíblemente livianos y robustos, formando las atrevidas, pretenciosas y un tanto desordenadas bóvedas que caracterizaban la arquitectura del antiguo Imperio. Su presencia se imponía sobre los terrenos desiertos, sobre la ciudad atestada del horizonte.

En el interior del palacio aguardaba aquel hombre, sin compañía alguna, de cuyas inhumanas habilidades mentales dependía la nueva aristocracia, así como toda la estructura de la Unión.

La enorme puerta lisa se abrió imponente ante la proximidad del general y éste accedió al interior. Se situó sobre la amplia rampa curvada que se deslizaba hacia arriba. Subió rápidamente en el silencioso ascensor. Se detuvo ante la pequeña puerta plana de la cámara del Mulo, situada en la planta mejor iluminada de las torres del palacio.

La puerta se abrió.

Bail Channis era joven, y no había sido convertido. Dicho de otro modo, su configuración emocional no había sido manipulada por el Mulo. Conservaba la forma original que le dieron su herencia y las sucesivas modificaciones de su entorno. Y eso también lo satisfacía.

Sin haber cumplido aún los treinta años, gozaba de una reputación extraordinaria en la capital. Era apuesto e ingenioso y, por lo tanto, una figura de éxito en la sociedad. Era inteligente y sereno, cualidades que le valieron el favor del Mulo. Y él estaba muy contento con ambos triunfos.

Y ahora, por primera vez, el Mulo lo había llamado para recibirlo en audiencia.

Caminó por la larga y reluciente avenida que conducía directamente hacia las torres de aluminio esponjoso que un día fueron la residencia del virrey de Kalgan, quien gobernó al mando de los antiguos emperadores; que más tarde albergaron a los príncipes independientes de Kalgan, que gobernaron en su propio nombre; y que ahora eran el hogar del Primer Ciudadano de la Unión, quien gobernaba en su propio Imperio.

Channis tarareaba en voz baja para sí. Sabía muy bien por qué estaba allí. ¡Por la Segunda Fundación, naturalmente! Aquel fantasma omnipresente, la mera consideración del cual hizo que el Mulo renunciase a su política de expansión implacable y se recluyese en un estado de precaución. El término oficial era... «consolidación».

Ahora corrían rumores —es imposible acallar los rumores—. El Mulo se disponía a retomar la ofensiva. El Mulo había descubierto dónde se hallaba la Segunda Fundación y la atacaría. El Mulo, tras llegar a un acuerdo con la Segunda Fundación, había dividido la Galaxia. El Mulo había decidido que la Segunda Fundación no existía y se apoderaría de toda la Galaxia.

De nada servía preocuparse por todas las cosas que se oían en las antesalas. De hecho, algunos de aquellos rumores ya eran bastante viejos. Sin embargo, ahora parecían más consistentes, y las personas desocupadas y parlanchinas que se entusiasmaban con la guerra, las aventuras militares y el caos político y languidecían en tiempos de estabilidad y anodina paz no cabían en sí de puro gozo.

Bail Channis era una de esas personas. No tenía miedo de la enigmática Segunda Fundación. De hecho, ni siquiera temía al Mulo, algo de lo que se jactaba. Acaso algunos de los que no miraban con buenos ojos a alguien que siendo tan joven ya estaba tan bien situado aguardaban en secreto el castigo de aquel jovial galán que no tenía reparos en alardear de su ingenio a costa del aspecto físico del Mulo y su vida de reclusión. Nadie se atrevía a unirse a él y pocos osaban reírse, pero al ver que nunca le pasaba nada, su reputación creció en consecuencia.

Channis iba improvisando la letra de la melodía que tarareaba. Estrofas absurdas con un estribillo machacón: «La Segunda Fundación amenaza a la nación y a toda la creación».

Llegó al palacio.

La enorme puerta lisa se abrió imponente ante su proximidad y accedió al interior. Se situó sobre la amplia rampa curvada que se deslizaba hacia arriba. Subió rápidamente en el silencioso ascensor. Se detuvo ante la pequeña puerta plana de la cámara del Mulo, situada en la planta mejor iluminada de las torres del palacio.

La puerta se abrió.

Aquel hombre que tan sólo era conocido por el nombre del Mulo y que no tenía otro título que el de Primer Ciudadano desvió su mirada a través de la pared de transparencia unidireccional hasta posarla sobre la luminosa y orgullosa ciudad que se elevaba en el horizonte.

Con la caída del cada vez más negro crepúsculo comenzaron a encenderse las estrellas, todas las cuales le debían lealtad.

Sonrió con momentánea amargura ante aquella idea. Su lealtad era para con alguien a quien pocos habían llegado a ver.

Al Mulo no se le podía mirar o, mejor dicho, no se le podía mirar sin reírse. Su cuerpo de poco más de metro y medio de altura apenas sobrepasaba los cincuenta kilos de peso. Sus extremidades semejaban juncos huesudos que sobresalían de un tronco descarnado con desgarbada angulosidad. Su rostro enjuto parecía hundirse bajo una prominente nariz carnosa que alcanzaba los ocho centímetros de largo.

De la gran farsa que era el Mulo, tan sólo sus ojos conseguían engatusarte. Su suavidad —una suavidad extraña tratándose del más grande conquistador de la Galaxia— albergaba una tristeza que nunca llegaba a extinguirse por completo.

En la ciudad podía encontrarse la algazara propia de una capital lujosa de un mundo ostentoso. El Mulo podría haber establecido su capital en la Fundación, el más fuerte de los enemigos que había conquistado, pero se hallaba en el extremo más alejado de la Galaxia. Kalgan, situado en una región más céntrica y con una larga tradición de lugar de recreo para la aristocracia, cubría mejor sus necesidades, es decir, desde un punto de vista estratégico.

Con todo, en su tradicional algazara, alimentada por una prosperidad sin precedentes, no halló ninguna paz.

Lo temían, lo obedecían y, quizá, incluso lo respetaban... desde una distancia prudente. Pero, ¿quién podía mirarlo sin desprecio? Sólo aquéllos a los que había convertido. ¿Y de qué le servía su lealtad artificial? No tenía aliciente. Podría haber adoptado títulos, impuesto rituales e inventado protocolos, pero ni siquiera así habría cambiado nada. La solución menos mala era limitarse a ser el Primer Ciudadano y permanecer oculto.

De pronto sintió en su interior un fogonazo de rebeldía, abrasador y brutal. Ni una sola porción de la Galaxia debía serle negada. Durante cinco años había permanecido mudo y enterrado en Kalgan a causa de la eterna, vaga e incierta amenaza de la Segunda Fundación, la cual nadie había visto y de la que nadie había oído ni sabía nada. Tenía treinta y dos años. No era un anciano, pero se sentía viejo. Su cuerpo, a pesar de los poderes mentales derivados de su mutación, era débil.

¡Hasta la última estrella! Todas las que veía e incluso las que escapaban a sus ojos. ¡Todo debía pertenecerle a él!

Tenía que vengarse de todo. De aquella humanidad de la que no formaba parte. De aquella Galaxia en la que no encajaba.

La fría luz de alarma que colgaba del techo parpadeó. Podía seguir el avance del hombre que había entrado en el palacio y al mismo tiempo, como si su sensibilidad mutante se hubiera visto aguzada y perfeccionada por el silente crepúsculo, notó cómo un torrente de emociones bañaba las fibras de su cerebro.

Reconoció al visitante sin la menor dificultad. Era Pritcher.

El capitán Pritcher de la antigua Fundación. El capitán Pritcher, quien fue ignorado y olvidado por los burócratas de aquel gobierno decadente. El capitán Pritcher, a quien libró de su trabajo como simple espía y a quien sacó del fango. El capitán Pritcher, a quien primero nombró coronel y después general, a quien encomendó misiones a lo largo y ancho de la Galaxia.

El general Pritcher, cuya lealtad, pese al férreo carácter rebelde que mostraba al principio, era absoluta. Con todo, no le guardaba lealtad por los beneficios concedidos, ni por gratitud, ni por devolverle el favor, sino tan sólo por el artificio de la conversión.

El Mulo era consciente de la pátina fuerte e inalterable de lealtad y amor que coloreaba hasta la última vuelta y revuelta de las emociones de Han Pritcher, la pátina que él mismo le aplicó cinco años atrás. Enterradas en las profundidades yacían las trazas originales de una personalidad obstinada, del ansia de gobernar, del idealismo... pero ni siquiera él las intuía ya.

Cuando la puerta que tenía a su espalda se abrió, se dio media vuelta. La pared transparente se volvió opaca y la luz púrpura del anochecer fue sustituida por el blanco fulgor llameante de la energía atómica.

Han Pritcher ocupó el asiento indicado. En las audiencias privadas con el Mulo no se hacían reverencias, ni era necesario arrodillarse ni realizar ningún gesto de respeto. El Mulo era simplemente el «Primer Ciudadano». Se le trataba de «señor». Podías sentarte en su presencia y también estaba permitido darle la espalda si se terciaba.

Para Han Pritcher aquello evidenciaba la seguridad en sí mismo que tenía el Mulo, lo que le proporcionaba una cálida sensación de confort.

El Mulo habló:

—Ayer recibí tu último informe. No puedo negar que lo encuentro un tanto decepcionante, Pritcher.

El general frunció el ceño.

—Sí, supongo que lo es... pero no veo a qué otra conclusión podría haber llegado. No existe ninguna Segunda Fundación, señor.

El Mulo meditó durante unos instantes y meneó la cabeza lentamente, tal como había hecho muchas veces antes.

—Están las pruebas de Ebling Mis. Siempre debemos tener en cuenta las pruebas de Ebling Mis.

Aquella historia no era nueva. Pritcher habló con franqueza.

—Tal vez Mis fuese el psicólogo más competente de la Fundación, pero era un crío comparado con Hari Seldon. Cuando Mis investigaba el trabajo de Seldon, recibía el estímulo artificial resultante del control que usted ejercía con su cerebro. Tal vez lo presionase demasiado. Tal vez Mis estuviera equivocado. Señor, tenía que estar equivocado.

El Mulo suspiró, su rostro lúgubre inclinado hacia delante sobre el frágil junco que tenía por cuello.

—Ojalá hubiera vivido un minuto más. Estaba a punto de revelarme dónde está la Segunda Fundación. Él lo sabía, te lo puedo asegurar. No tenía que haberme retirado. No tenía que haberme limitado a esperar y esperar. Qué gran pérdida de tiempo. Cinco años desperdiciados para nada.

Pritcher no podía reprobar el triste anhelo de su señor; su configuración mental, manipulada como estaba, se lo impedía. Sin embargo, se sentía desazonado, un tanto incómodo. Tomó la palabra:

—Pero, ¿qué otra explicación podría haber, señor? He salido cinco veces. Usted mismo trazó las rutas. No hay un solo asteroide que haya dejado sin registrar. Ya hace trescientos años que Hari Seldon, del antiguo Imperio, estableció supuestamente dos Fundaciones para que actuasen como núcleos de un nuevo Imperio que remplazase al anterior, ya decadente. Cien años después de Seldon, la Primera Fundación, la que tan bien conocemos, era una institución famosa en toda la Periferia. Ciento cincuenta años después de Seldon, en la época de la batalla final con el antiguo Imperio, era conocida en la totalidad de la Galaxia. Y ahora, trescientos años después, ¿dónde podría estar la misteriosa Segunda Fundación? No hay un solo rincón en toda la Galaxia donde sepan de nada parecido.

—Ebling Mis dijo que se mantenía en secreto. Sólo así podría convertir su punto débil en su mejor defensa.

—No es fácil mantener un secreto tan grande... salvo si no existe.

El Mulo levantó la vista y, con los ojos abiertos como platos, le lanzó una mirada recelosa.

—No. Sí existe —afirmó señalándolo con un dedo huesudo—. Habrá un pequeño cambio de planes.

Pritcher arrugó el entrecejo.

—¿Pretende salir usted mismo? Yo no se lo aconsejaría.

—No, por supuesto que no. Tendrás que salir tú otra vez... Una última vez, aunque en mando conjunto con otra persona.

Se produjo un silencio, que Pritcher rompió hablando con voz tensa:

—¿Con quién, señor?

—Hay un joven aquí, en Kalgan. Bail Channis.

—Nunca he oído hablar de él, señor.

—No, supongo que no. Pero tiene una mente ágil, es ambicioso... Y no está convertido.

El mentón prominente de Pritcher se contrajo por un instante.

—No consigo ver en qué podría beneficiarnos.

—Nos beneficiará, Pritcher. Tú eres un hombre de recursos, experimentado. Me has servido bien. Pero eres un converso. Tu motivación sólo es el fruto de la lealtad impuesta e irremediable que me guardas. Cuando perdiste tu verdadera motivación, perdiste algo más, cierto ímpetu sutil, el cual no tengo modo de devolverte.

—No es así como me siento, señor —dijo Pritcher con tono grave—. Recuerdo muy bien cómo era en la época en la que actuaba contra usted, señor. No me siento inferior.

—Por supuesto que no. —El Mulo contrajo los labios hasta esbozar una sonrisa—. Tu opinión acerca de este asunto no puede ser objetiva. En cambio, Channis es ambicioso... por sí mismo. Es totalmente digno de confianza; no le guarda lealtad a nadie más que a sí mismo. Sabe que el camino se lo estoy allanando yo y haría cualquier cosa para que siguiera allanándoselo y le permitiera alcanzar la gloria. Si te acompaña, aportará la energía que lo impulsa en su búsqueda, esa energía que rebosa por sí mismo.

—En ese caso —dijo Pritcher, insistente—, ¿por qué no deshace mi conversión, si cree que así mejoraré? Ahora no hay motivo para que desconfíe de mí.

—Eso nunca, Pritcher. Mientras esté al alcance de tus manos, o de tu desintegrador, permanecerás firmemente convertido. Si te liberase ahora, no dudarías un instante en matarme.

El general ensanchó las aletas de la nariz.

—Me duele que piense así.

—No pretendía ofenderte, pero para ti es imposible conocer tus sentimientos si pudieran formarse según los moldes de tu motivación innata. A la mente humana le incomoda el control. Por ese motivo un hipnotizador no puede hipnotizar a otra persona en contra de su voluntad. Yo sí puedo, porque no soy hipnotizador, y créeme, Pritcher, el rencor que no puedes mostrar y que ni siquiera sabes que albergas es algo a lo que no me gustaría enfrentarme.

Pritcher agachó la cabeza. La impotencia se apoderó de él hasta paralizarlo y atenazarlo por dentro. Después habló con esfuerzo:

—Pero, ¿cómo puede confiar en él? Es decir, sin reservas, como sí puede confiar en mí gracias a mi conversión.

—Bien, supongo que no puedo depositar en él toda mi confianza. Por eso tú debes viajar con él. Sí, Pritcher —El Mulo se hundió en el enorme sillón contra cuyo blando respaldo parecía un anguloso mondadientes animado—, si Channis encontrara la Segunda Fundación... si se le ocurriera que llegar a un acuerdo con ellos podría beneficiarle más que pactar conmigo... ¿Me entiendes?

Un intenso destello de satisfacción surcó los ojos de Pritcher.

—Eso me gusta más, señor.

—Desde luego. Pero recuerda: debe tomar sus propias decisiones siempre que sea posible.

—Por supuesto.

—Y... er... Pritcher. Se trata de un joven bien parecido, agradable y extremadamente encantador. No dejes que te engatuse. Es peligroso y no tiene escrúpulos. No te interpongas en su camino a menos que estés preparado para enfrentarte a él debidamente. Eso es todo.

El Mulo se quedó solo de nuevo. Dejó que las luces se extinguieran y la pared que tenía ante sí recuperó su transparencia. Ahora el cielo era púrpura y la ciudad formaba una mancha luminosa en el horizonte.

¿Para qué todo aquello? Si se convertía en amo de todo cuanto existía, ¿qué ocurriría después? ¿De verdad los hombres como Pritcher dejarían de ser altos y garbosos, perderían su fuerza y la confianza en sí mismos? ¿Perdería Bail Channis su gallardía? ¿Se convertiría él en otra persona?

Maldijo sus dudas. ¿Qué era lo que buscaba en realidad?

La fría luz de alarma que colgaba del techo parpadeó. Podía seguir el avance del hombre que había entrado en el palacio y, casi contra su voluntad, notó cómo un suave torrente de emociones bañaba las fibras de su cerebro.

Reconoció al visitante sin la menor dificultad. Era Channis. Esta vez el Mulo no percibió ninguna uniformidad, sino la diversidad primitiva de una mente robusta, intacta y sin moldear salvo por las múltiples desorganizaciones del universo. Se retorcía entre torrentes y olas. En la superficie había cierta precaución, un leve efecto suavizante, pero con toques de cínica procacidad ocultos entre sus remolinos. Por debajo fluían enérgicos el interés propio y la egolatría, con algunas efusiones aisladas de humor cruel, y una charca profunda y serena de ambición en lo más hondo.

El Mulo sentía que podía estirar la mano y detener el flujo, drenar la charca y desviar su contenido, secar una corriente e iniciar otra. Pero, ¿con qué fin? Si conseguía que Channis inclinase ante él su cabeza rizada para mostrarle la adoración más profunda, ¿cambiaría su naturaleza grotesca, la que le hacía rehuir la luz del día y amar la noche, la que lo mantenía preso en un Imperio de dimensiones portentosas?

Cuando la puerta que tenía a su espalda se abrió, se dio media vuelta. La pared transparente se volvió opaca y la oscuridad fue sustituida por el blanco esplendor llameante de la energía atómica.

Bail Channis se sentó con ligereza y habló.

—Es un honor no del todo inesperado, señor.

El Mulo se frotó su probóscide pasándose cuatro dedos al mismo tiempo y contestó en un tono que denotaba cierta molestia:

—¿Puedo saber por qué, joven?

—Tenía una corazonada, supongo. Aunque podría admitir que he oído algunos rumores.

—¿Rumores? ¿A cuál de todos los que corren por ahí te refieres?

—Al que dice que se está planeando la reanudación de la ofensiva galáctica. Tengo la esperanza de que sea verdad y de que pueda tomar parte en ella.

—¿Entonces crees que existe una Segunda Fundación?

—¿Por qué no? Así las cosas serían mucho más interesantes.

—¿Y a ti también te parece interesante?

—Sin lugar a dudas. ¡Es todo un misterio! ¿Sobre qué otro tema se podrían hacer más conjeturas? Los suplementos de los periódicos no hablan de otra cosa últimamente, lo cual resulta muy significativo. El *Cosmos* le encargó a uno de sus columnistas principales que escribiera una chaladura acerca de un mundo formado por seres de mente pura, la Segunda Fundación, ya sabe, que habían desarrollado habilidades mentales lo bastante poderosas para enfrentarse a cualquier enemigo del mundo físico. Podían hacer estallar las naves espaciales a años luz de distancia, podían sacar los planetas de su órbita...

—Interesante. Sí. Pero, ¿tienes tú alguna opinión sobre este asunto? ¿Apoyas esa teoría de las habilidades mentales?

—¡Por toda la Galaxia, ni hablar! ¿Cree que unas criaturas así se quedarían en su planeta? No, señor. En mi opinión la Segunda Fundación permanece oculta porque es más débil de lo que pensamos.

—En ese caso, no me costará explicarme. ¿Qué te parecería encabezar una expedición para buscar la Segunda Fundación?

Por un momento, Channis tuvo la impresión de que de pronto los acontecimientos se sucedían un tanto más rápido de lo que esperaba. La lengua parecía habérsele quedado paralizada, dando lugar a un silencio cada vez más pesado.

—¿Bien? —insistió el Mulo con sequedad

Channis arrugó la frente.

—Por supuesto. Pero, ¿adónde tengo que ir? ¿Tiene alguna información?

—Te acompañará el general Pritcher.

—Entonces, ¿no la encabezaré yo?

—Júzgalo por ti mismo cuando haya terminado. Escúchame, no perteneces a la Fundación. Eres originario de Kalgan, ¿verdad? Sí. Bien, en ese caso tal vez no sepas mucho acerca del plan de Seldon. Cuando el Primer Imperio Galáctico se estaba desmoronando, Hari Seldon y un grupo de psicohistoriadores, tras analizar el rumbo de la historia a través de distintas herramientas matemáticas que ya no están disponibles en estos tiempos de degeneración, establecieron dos Fundaciones, una en cada extremo de la Galaxia, de tal modo que las fuerzas económicas y sociológicas que se estaban desarrollando poco a poco las hicieran servir de focos del Segundo Imperio. Hari Seldon se propuso lograrlo en mil años, pero se habría tardado treinta mil sin las Fundaciones. No obstante, no podía contar conmigo. Soy un mutante y, por lo tanto, impredecible para la psicohistoria, que sólo puede basarse en las variaciones habituales de los números. ¿Lo comprendes?

—Perfectamente, señor. Pero, ¿qué tengo que ver yo en todo esto?

—Lo entenderás dentro de poco. Ahora mi intención es unir la Galaxia, y reducir el límite de mil años que se fijó Seldon a sólo trescientos. Una de las Fundaciones, el mundo de los científicos físicos, sigue prosperando, bajo mi mando. Gracias a la prosperidad y el orden de la Unión, las armas atómicas que han desarrollado podrían destruir cualquier cosa de esta Galaxia, excepto, tal vez, la Segunda Fundación. Por lo tanto, debo conseguir más información sobre ella. El general Pritcher está convencido de que no existe. Pero yo sé que sí.

—¿Cómo lo sabe, señor? —preguntó Channis con prudencia.

Y de pronto, la voz del Mulo se inflamó de indignación:

—Porque las mentes que controlo han sido manipuladas. ¡Con delicadeza! ¡Con sutileza! Pero no con tanta sutileza que no pueda darme cuenta. Y esa manipulación es cada vez mayor y afecta a hombres de gran valía en tiempos cruciales. ¿Te extraña ahora que una cierta discreción me haya mantenido inmóvil durante estos últimos años?

»De ahí tu importancia. El general Pritcher es el mejor hombre que me queda, por lo que ya no está seguro. Por supuesto, él no lo sabe. Pero tú no estás convertido, lo cual impide saber al instante que eres un hombre del Mulo. Tal vez consigas engañar a la Segunda Fundación durante más tiempo de lo que podría uno de mis hombres; tal vez sólo durante el tiempo necesario. ¿Lo entiendes?

—Er... Sí. Pero, señor, permítame hacerle una pregunta: ¿podría decirme cómo se puede desajustar a esos hombres, para que pueda identificar un cambio en el general Pritcher, en el caso de que se produjera alguno? ¿Se anula la conversión? ¿Se vuelven desleales?

—No. Como te he dicho, consiste en algo muy sutil. Resulta inquietante porque es más difícil de detectar y en ocasiones tengo que aguardar antes de actuar, pues no estoy seguro de si un determinado hombre suele actuar de modo imprevisible o ha sufrido alguna manipulación. Su lealtad permanece intacta, pero tanto su iniciativa como su ingenio se desvanecen. Lo que queda al final es, en apariencia, una persona normal, aunque sin la menor utilidad. El año pasado fueron seis los que recibieron ese tratamiento. Seis de mis mejores hombres. —Elevó una de las comisuras de la boca—. Ahora están al cargo de las bases de entrenamiento, y deseo con todas mis fuerzas que no surja ninguna emergencia que les exija tomar alguna decisión.

—Suponga, señor... suponga que no se trata de la Segunda Fundación. ¿Y si se tratara de alguien como usted, de otro mutante?

—Es un plan trazado al detalle, a muy largo plazo. Una persona se daría mucha más prisa. No, se trata de un mundo, y tú has de ser el arma que yo emplearé contra él.

—Le estoy muy agradecido por esta oportunidad —dijo Channis con un destello en los ojos.

Sin embargo, el Mulo percibió un repentino afloramiento emocional en él.

—Sí —le dijo—. Tal vez pienses que realizarás un servicio extraordinario, digno de una recompensa extraordinaria, como, por ejemplo, la de sucederme. Muy bien. Pero también hay castigos extraordinarios, ¿lo sabías? Mi pericia emocional no se limita a la captación de lealtades.

Sus delgados labios conformaron una leve sonrisa grave cuando Channis saltó horrorizado de su asiento.

Por un instante, un solo y fugaz instante, Channis sintió el mazazo de una tristeza arrolladora. Lo dejó paralizado por un dolor físico que, después de nublar su mente hasta un punto insoportable, se desvaneció. Ya no quedaba nada excepto la devastadora fiebre de la rabia.

El Mulo prosiguió.

—La rabia no te servirá de nada... Sí, ahora pretendes ocultarla, ¿verdad? Pero puedo verla. Así que recuerda: algo así puede ser mucho más intenso y duradero. He matado a otros mediante el control de sus emociones, y no existe muerte más cruel.

Hizo una pausa.

—Eso es todo.

El Mulo se quedó solo de nuevo. Dejó que las luces se extinguieran y la pared que tenía ante sí recuperó su transparencia. El cielo era negro y el cuerpo ascendente de la lente galáctica desparramaba sus lentejuelas por la vastedad aterciopelada del espacio.

El velo tejido por la nebulosa formaba una masa de estrellas tan densa que éstas se arracimaban las unas con las otras hasta dibujar una nube de luz.

Y todas serían suyas.

Ya sólo tenía una última tarea que hacer antes de poder irse a dormir.

Primer interludio

El consejo ejecutivo de la Segunda Fundación estaba reunido. Para nosotros son simples voces. Los detalles precisos de la asamblea y la identidad de los asistentes carecen de importancia en este momento.

Además, en términos estrictos, ni siquiera podemos contemplar una reproducción exacta de ninguna parte de la reunión, a menos que deseemos sacrificar por completo el mínimo de comprensibilidad que tenemos derecho a esperar.

Estamos hablando de psicólogos, pero no de unos psicólogos cualesquiera. Llamémoslos, más bien, científicos orientados hacia la psicología. Es decir, hombres cuyo concepto básico de la filosofía científica apunta en una dirección muy distinta de todas las posturas que conocemos. La «psicología» de los científicos formados entre los axiomas erigidos a partir de los hábitos observacionales de la ciencia física apenas guarda relación con la psicología propiamente dicha.

Lo cual es el mejor modo que conozco de explicarle lo que es el color a un ciego, siendo yo tan ciego como el lector.

Lo importante es que cada una de las mentes allí reunidas conocía a la perfección el funcionamiento de las demás, no sólo en teoría, sino a través de la aplicación específica y prolongada durante mucho tiempo de esa teoría en individuos concretos. El habla, tal como nosotros la entendemos, era innecesaria. Un fragmento de una oración equivalía a un extenso discurso. Un gesto, un gruñido, la curva de una línea de expresión e incluso una pausa prolongada arrojaban un mar de información.

Con libertad, por lo tanto, se ha traducido una pequeña parte del diálogo mantenido durante la reunión en las combinaciones de palabras, específicas en extremo, que necesitan las mentes orientadas desde la infancia hacia una filosofía de la ciencia física, incluso a pesar del riesgo de perder los detalles más decisivos.

Había una «voz» predominante, la cual pertenecía al miembro conocido simplemente como Primer Orador, quien tomó la palabra.

—Ahora parece estar muy claro qué interrumpió la primera acometida irracional del Mulo. No se puede decir que este asunto hable bien del modo en que... en fin, del modo en que se ha organizado la situación. Al parecer estuvo a punto de encontrarnos, por medio de la energía cerebral mejorada artificialmente de alguien a quien llamaban «psicólogo», perteneciente a la Primera Fundación. Este psicólogo fue asesinado justo antes de que pudiera comunicarle su descubrimiento al Mulo. Los sucesos que desembocaron en ese asesinato fueron del todo fortuitos según los cálculos realizados durante la Fase Tres. Continúe.

Con una inflexión de la voz señaló al Quinto Orador, quien tomó la palabra con tono grave.

—No cabe duda de que la situación no se manejó como era debido. Por supuesto, somos vulnerables a un ataque en masa, sobre todo si el ataque lo dirige una mente portentosa como la del Mulo. Poco después de que se convirtiera en una eminencia a nivel galáctico con la conquista de la Primera Fundación, medio año más tarde, para ser exactos, ya estaba en Trantor. Al cabo de otro medio año habría llegado aquí y entonces las probabilidades de vencer habrían estado peligrosamente en nuestra contra; en un noventa y seis coma tres por ciento, cero coma cero cinco por ciento arriba o abajo, para ser exactos. Hemos dedicado mucho tiempo a analizar las fuerzas que lo detuvieron. Sabemos, desde luego, cuál era la principal razón que lo llevaba a actuar así. Las ramificaciones internas de su deformidad física y de su singularidad mental son obvias para todos nosotros. Sin embargo, hasta que se inició la Fase Tres no pudimos determinar, acontecidos ya los hechos, que existía la posibilidad de que mostrase un comportamiento anómalo en presencia de otro ser humano que sentía un afecto sincero por él.

»Y puesto que este comportamiento anómalo dependería de que ese otro ser humano estuviera presente en el momento oportuno, cabe concluir que todo fue fruto de la casualidad. Nuestros agentes están seguros de que fue una chica quien mató al psicólogo del Mulo, una chica en la que el Mulo confiaba sin reservas y a la cual, por ende, no controlaba mentalmente, por la sencilla razón de que le tenía estima.

»Desde aquel suceso (y para quienes deseen conocer los detalles, se ha elaborado una redacción matemática del asunto para la Biblioteca Central), que nos sirvió de aviso, hemos mantenido a raya al Mulo mediante métodos poco ortodoxos, lo cual hace que a diario pongamos en peligro todo el proyecto de la historia que trazó Seldon. Es todo.

El Primer Orador guardó un breve silencio para que todos los presentes asimilaran las implicaciones de lo que acababan de escuchar. Dijo:

—La situación es, por consiguiente, muy inestable. Ahora que el proyecto original de Seldon está a punto de desmoronarse (e insisto en que nosotros hemos contribuido en gran medida a todo esto con nuestra imperdonable falta de previsión), nos enfrentamos al desbaratamiento total del plan. El tiempo se agota. Me temo que sólo nos queda una solución, e incluso ésta es arriesgada.

»Debemos permitir que el Mulo nos encuentre... por así decirlo.

Tras una nueva pausa que dedicó a observar la reacción de los presentes, añadió:

—¡Repito: por así decirlo!

2
Dos hombres sin el Mulo

La nave estaba casi lista. Tan sólo faltaba el destino. El Mulo había sugerido regresar a Trantor, mundo que era la cáscara de una incomparable metrópolis galáctica del mayor Imperio que la humanidad había conocido jamás, el mundo muerto que fuese la capital de todas las estrellas.

Pritcher manifestó su desacuerdo. Era una ruta antigua, explorada hasta la saciedad.

Encontró a Bail Channis en la sala de navegación de la nave. El joven tenía revuelto su cabello rizado, de tal manera que un tirabuzón se columpiaba sobre su frente, como si se lo hubiera colocado allí a propósito, e incluso sus dientes formaban una sonrisa que hacía juego con él. El rígido oficial prefirió guardar las distancias con su acompañante.

El entusiasmo de Channis era evidente.

—Pritcher, es una coincidencia increíble.

—No estoy al tanto del tema de esta conversación —respondió el general con frialdad.

—Oh, bien, entonces acerque una silla, amigo, y entremos en materia. He estado consultando sus notas. Creo que son excelentes.

—Me... alegra que piense así.

—Pero me pregunto si usted ha llegado a las mismas conclusiones que yo. ¿Ha intentado analizar el problema de un modo deductivo? Quiero decir, peinar las estrellas al azar está muy bien, y para hacer todo lo que hizo durante cinco expediciones tuvo que dar muchos saltos entre estrellas, eso es innegable. Pero, ¿ha calculado cuánto se tardaría en registrar todos los mundos conocidos a este paso?

—Sí, varias veces. —Pritcher no sentía la necesidad de discutir con el muchacho, pero para él era importante conocer su mente, una mente incontrolada y, por consiguiente, impredecible.

—Muy bien, intentemos analizarlo y decidir qué es lo que estamos buscando exactamente.

—La Segunda Fundación —dijo Pritcher con gesto grave.

—Una Fundación de psicólogos —lo corrigió Channis—, que saben tan poco de ciencia física como la Primera Fundación de psicología. Bien, usted pertenece a la Primera Fundación y yo no. Es posible que para usted las implicaciones sean obvias. Debemos encontrar un mundo donde la principal virtud sea la habilidad mental y que al mismo tiempo esté muy atrasado en lo referente al desarrollo de la ciencia.

—¿Tiene que ser así necesariamente? —preguntó Pritcher con voz contenida—. La ciencia de nuestra Unión de Mundos no está atrasada a pesar de que la fuerza de nuestro gobernante reside en sus poderes mentales.

—Porque puede apoyarse en las habilidades de la Primera Fundación —respondió el muchacho un tanto impaciente—, la cual es la única reserva de conocimientos que existe en toda la Galaxia. La Segunda Fundación debe subsistir entre los restos del deshecho Imperio Galáctico. Allí no hay nada aprovechable.

—Entonces, ¿considera que su poder mental les basta para gobernar un grupo de planetas, a pesar de la impotencia física?

—Impotencia física relativa. Pueden defenderse solos de las regiones decadentes próximas. Frente a las fuerzas resurgentes del Mulo, con el apoyo de una economía atómica madura, no tienen nada que hacer. Si no, ¿por qué su fundador, Hari Seldon, los escondió tan bien al principio? ¿Y por qué siguen ocultos en la actualidad? La Primera Fundación no mantuvo en secreto su existencia y no hizo que nadie la ocultase, hace trescientos años, cuando no era más que una ciudad indefensa de un planeta solitario.

Las suaves arrugas del rostro moreno de Pritcher se contrajeron en una mueca burlona.

—Y ahora que ha concluido su minucioso análisis, ¿desea una lista de todos los reinos, repúblicas, estados planetarios y dictaduras de uno y otro tipo pertenecientes a la jungla política que hay ahí fuera que encajen con su descripción y diversos factores más?

—Entonces, ¿no hay más que hablar? —contestó Channis sin perder un ápice de su presunción.

—No la encontrará aquí, por supuesto, pero disponemos de una completa guía sobre las unidades políticas de la Periferia opuesta. ¿De verdad pensaba que el Mulo dejaría las cosas al azar?

—Muy bien —replicó el muchacho con voz enérgica—, ¿y qué hay de la Oligarquía de Tazenda?

Pritcher se acarició la oreja con aire meditabundo.

—¿Tazenda? Sí, creo que la conozco. No está en la Periferia, ¿verdad? Creo que se encuentra a un tercio de la distancia que hay al centro de la Galaxia.

—Sí. ¿Puede decirme algo?

—Los registros que manejamos ubican la Segunda Fundación en el extremo opuesto de la Galaxia. Sabe el espacio que ése es el único indicio que tenemos. De todos modos, ¿qué importa Tazenda? Al fin y al cabo, su desviación angular respecto del radián de la Primera Fundación tan sólo varía entre los ciento diez y los ciento veinte grados. Ni se acerca a ciento ochenta grados.

—Los registros muestran otro punto. La Segunda Fundación se estableció en el Extremo de las Estrellas.

—Nunca se ha encontrado esa región de la Galaxia.

—Porque tan sólo era un nombre local que con el tiempo se suprimió para mantener el secreto. O tal vez Seldon y su equipo lo ideasen a propósito. Con todo, podría existir cierta relación entre el Extremo de las Estrellas y Tazenda, ¿no le parece?

—¿Aparte de lo extravagante de su nomenclatura? No es suficiente.

—¿Ha estado allí alguna vez?

—No.

—Sin embargo, se menciona en sus registros.

—¿Dónde? Ah, sí, pero aquello fue sólo para conseguir agua y alimentos. Le puedo asegurar que en aquel mundo no había nada destacable.

—¿Aterrizó en el planeta principal? ¿En el núcleo gubernamental?

—No sabría decirle.

Channis continuó dándole vueltas bajo la mirada sostenida de su interlocutor.

—¿Le importaría que observásemos la Lente por un momento?

—Por supuesto.

La Lente era tal vez la incorporación más destacable de los actuales cruceros interestelares. En realidad consistía en una compleja máquina de cálculo que podía proyectar en una pantalla la imagen del cielo nocturno obtenida desde un punto dado de la Galaxia.

Channis ajustó las coordenadas y a continuación las luces de las paredes de la sala de pilotaje se apagaron. El rostro de Channis adoptó un color rubicundo bajo la tenue luz roja que iluminaba la mesa de control de la Lente. Pritcher ocupó el asiento del piloto y cruzó sus largas piernas, el rostro envuelto en la penumbra.

Poco a poco, a medida que el periodo de inducción fue pasando, los puntos de luz comenzaron a motear la pantalla. Paulatinamente su grosor y brillo se incrementaron hasta que el centro de la Galaxia quedó ocupado por densos racimos de estrellas.

—Esto —explicó Channis— es el cielo nocturno invernal tal como se ve desde Trantor. Se trata de un aspecto determinante que, por lo que yo sé, hasta ahora no se ha tenido en cuenta durante su investigación. Una orientación inteligente debe comenzar desde Trantor como punto de partida. Trantor era la capital del Imperio Galáctico. Aún más desde el punto de vista científico y cultural que desde una perspectiva política. Y, por lo tanto, el significado de todo nombre descriptivo debería interpretarse, en un noventa por ciento de las ocasiones, de acuerdo a la orientación trantoriana. Recordará, por cierto, que a pesar de que Seldon procedía de Helicon, una región periférica, su equipo trabajaba en Trantor.

—¿Qué es lo que intenta decirme? —La voz serena de Pritcher cayó glacialmente sobre el creciente entusiasmo del muchacho.

—Con el mapa lo comprenderá. ¿Ve la nebulosa oscura? —La silueta de su brazo atravesó la pantalla, que mostraba el manto de lentejuelas de la Galaxia. Con un dedo indicó una diminuta mancha negra que semejaba un agujero en el velo de puntos luminosos—. Los registros estelográficos la denominan Nebulosa de Pelot. Fíjese bien. Aumentaré la imagen.

Pritcher ya había contemplado otras veces la expansión de la imagen de la Lente, pero aquel fenómeno seguía dejándolo sin respiración. Era como estar frente al visor de una astronave que avanzase a gran velocidad por una Galaxia llena a más no poder sin entrar en el hiperespacio. Las estrellas divergían hacia ellos desde un mismo punto, alejado y situado fuera de la pantalla. Los puntos únicos se doblaban y a continuación se transformaban en racimos. Las manchas difusas se disolvían en miríadas de motas. Y siempre predominaba la sensación de movimiento.

Channis iba explicando lo que veían:

—Como habrá observado, avanzamos directamente desde Trantor hacia la Nebulosa de Pelot, de modo que en realidad seguimos situados en una orientación estelar equivalente a la de Trantor. Es posible que exista una ligera diferencia debido a una desviación gravitacional de la luz que mis escasos conocimientos matemáticos no me permiten hallar, pero estoy seguro de que no es determinante.

La oscuridad se extendía por la pantalla. Cuando la velocidad de aumento disminuyó, las estrellas se escurrieron por los bordes de la imagen como si lamentasen tener que despedirse. En las afueras de la creciente nebulosa, la reluciente plétora de estrellas brilló de pronto en representación de la luz que permanecía oculta tras los arremolinados e imperceptibles fragmentos atómicos de sodio y calcio que llenaban pársecs cúbicos de espacio.

Channis habló de nuevo:

—Los habitantes de esa región del espacio lo llaman «La Boca». Y es significativo porque sólo parece una boca desde la perspectiva trantoriana —dijo al tiempo que indicaba una fisura en el cuerpo de la nebulosa, cuya forma semejaba una boca agrietada y sonriente vista de perfil y contorneada por la gloria esplendente de la luz de las estrellas que la llenaban.

—Siga la Boca —dijo Channis—. Siga la Boca hacia el esófago, que se va estrechando hasta formar una fina línea de luz astillada.

La pantalla volvió a ampliarse una pizca, hasta que la nebulosa comenzó a alejarse de la Boca y bloqueó toda la pantalla excepto el delgado hilo, que Channis siguió en silencio con el dedo hasta donde moría y después, sin detener el dedo, hasta el punto donde refulgía una estrella solitaria, en la cual se detuvo, pues más allá sólo había una negrura absoluta.

—El Extremo de las Estrellas —se limitó a decir el muchacho—. En esa región el velo de la nebulosa es muy fino, lo que permite que la luz de esa estrella incida en esa dirección... e ilumine Trantor.

—Intenta decirme que... —La voz del general del Mulo se ahogó en la sospecha.

—No lo intento. Lo afirmo rotundamente: eso es Tazenda... el Extremo de las Estrellas.

Las luces se encendieron. La Lente se apagó. Pritcher se acercó a Channis dando tres largas zancadas.

—¿Qué le hace pensar eso?

Channis se reclinó en su asiento con una extraña mueca de confusión en el rostro.

—Fue algo casual. Me gustaría poder atribuirme el mérito intelectual de este hallazgo, pero fue pura casualidad. En cualquier caso, sin importar cómo lo descubriera, encaja. Según nuestras referencias, Tazenda es una oligarquía. Gobierna sobre veintisiete planetas habitados. No está avanzado científicamente. Y, lo que es más importante, se trata de un mundo poco conocido que mantiene una estricta neutralidad en la política local de esa región estelar; además, no es expansionista. Creo que deberíamos explorarlo.

—¿Ha informado de esto al Mulo?

—No. Y no lo haremos. Ahora estamos en el espacio, a punto de efectuar el primer salto.

Pritcher, de pronto horrorizado, corrió hacia el visor. Tras ajustarlo, sus ojos se toparon con la frialdad del espacio. Hundió la vista en la imagen y a continuación se dio media vuelta. Casi por instinto, llevó su mano hasta la culata dura y cómoda de su desintegrador.

—¿Por orden de quién?

—Por orden mía, general. —Era la primera vez que Channis mencionaba el rango de Pritcher—. Lo inicié mientras conversábamos. Seguramente no tuvo la sensación de que acelerábamos porque el proceso empezó en el momento en que yo estaba ampliando el campo de la Lente, y sin duda usted lo atribuiría a alguna ilusión del movimiento aparente de las estrellas.

—¿Por qué? ¿Se puede saber qué pretende? ¿A qué venían todos esos disparates sobre Tazenda, entonces?

—No son disparates. Hablo muy en serio. Nos dirigimos hacia allí. Partimos hoy porque la salida estaba programada para dentro de tres días.

General, usted no cree en la existencia de la Segunda Fundación, pero yo sí. Usted se limita a acatar las órdenes del Mulo, sin ninguna fe; sin embargo, yo sé que nos enfrentamos a un grave peligro. La Segunda Fundación ha tenido cinco años para prepararse. Ignoro cómo se habrán preparado, pero, ¿y si tienen agentes en Kalgan? Si albergo en mi mente el conocimiento del lugar donde se ubica la Segunda Fundación, podrían descubrirlo. Dejaría de estar a salvo, y siento un gran aprecio por mi vida. Por muy remota que sea la posibilidad de algo así, prefiero ir sobre seguro. Por lo tanto, nadie sabe de Tazenda excepto usted, que sólo se ha enterado después de que iniciásemos el viaje. Con todo, sigue estando la tripulación. —Channis volvió a sonreír, con gesto irónico, sabiéndose en control total de la situación.

Pritcher apartó la mano de su desintegrador, estremecido por un instante por una punzada de indeterminación. ¿Qué le impedía tomar una decisión? ¿Qué lo arredraba? Hubo un tiempo en que era un capitán rebelde y ambicioso del imperio comercial de la Primera Fundación, en que habría sido él y no Channis quien hubiera ejecutado una acción directa y atrevida como aquélla. ¿Acaso el Mulo tenía razón? ¿Acaso su mente manipulada estaba tan obsesionada con mostrar obediencia que había perdido toda su iniciativa? Sintió que un creciente desaliento iba sumiéndolo en una extraña lasitud.

—¡Bien hecho! —dijo—. Sin embargo, en el futuro lo consultará conmigo antes de tomar decisiones de esta índole.

La señal parpadeante llamó su atención.

—Es la sala de máquinas —comentó Channis con tono casual—. Empezaron a calentar los motores después de que los avisara con cinco minutos de antelación y les pedí que me dijeran si surgía algún problema. ¿Le importaría quedarse al cargo?

Pritcher asintió con la cabeza y en la repentina soledad meditó sobre la maldición de acercarse a los cincuenta años. El visor apenas mostraba algunas estrellas dispersas. El núcleo de la Galaxia nublaba uno de los lados. ¿Y si estuviera libre de la influencia del Mulo?

La sola idea, empero, le produjo un escalofrío de pavor.

El ingeniero jefe Huxlani clavó una mirada áspera en aquel muchacho sin uniforme que se daba aires de oficial de la flota y parecía ocupar un puesto de autoridad. Huxlani, que pertenecía a la flota desde que aprendió a caminar, solía confundir la autoridad con las insignias.

Sin embargo, el Mulo había elegido a aquel muchacho y la del Mulo era, por supuesto, la última palabra. La única, de hecho. Eso era algo que no ponía en duda ni siquiera de modo inconsciente. El control emocional llegaba a lo más profundo.

Sin mediar palabra, le entregó a Channis el pequeño objeto ovalado.

Channis lo sopesó y sonrió con donaire.

—Usted pertenece a la Fundación, ¿no es así, jefe?

—Sí, señor. Serví en la flota de la Fundación durante dieciocho años, antes de que el Primer Ciudadano tomara el poder.

—¿Se formó como ingeniero en la Fundación?

—Técnico cualificado, primer nivel, Escuela Central de Anacreonte.

—Está bien. ¿Y encontró esto en el circuito de comunicación, donde le pedí que buscase?

—Sí, señor.

—¿Es una pieza de ese circuito?

—No, señor.

—Entonces, ¿qué es?

—Un hiperrastreador, señor.

—Eso no me sirve. Yo no pertenezco a la Fundación. ¿Qué es?

—Es un dispositivo que permite que la nave se pueda rastrear en su viaje por el hiperespacio.

—En otras palabras, pueden seguirnos allá adonde vayamos.

—Sí, señor.

—De acuerdo. Es un invento nuevo, ¿verdad? Lo desarrolló uno de los institutos de investigación que fundó el Primer Ciudadano, ¿no es así?

—Eso creo, señor.

—Y su utilidad es un secreto del gobierno. ¿Correcto?

—Eso creo... señor.

—Y aun así, aquí está. Interesante.

Channis se pasó metódicamente el hiperrastreador de una mano a otra durante unos segundos. A continuación, de súbito, lo extendió ante sí.

—Cójalo, entonces, y déjelo en el mismo lugar donde lo encontró, y en la misma posición. ¿Comprendido? Y después olvídese de este asunto. ¡Por completo!

El jefe interrumpió un saludo casi automático, giró con precisión sobre sus talones y se marchó.

La nave atravesó la Galaxia, su ruta una amplia línea punteada entre las estrellas. Los puntos indicaban los escasos tramos de diez a sesenta segundos luz que pasaban en el espacio normal, entre los cuales se interponían los huecos de cien años luz y más que representaban los saltos a través del hiperespacio.

Bail Channis se sentó ante el panel de control de la Lente, y al contemplarla volvió a sentir una suerte de adoración involuntaria.

Él no pertenecía a la Fundación, por lo que la interacción de fuerzas que se producía cuando giraba un mando o interrumpía un contacto no le resultaba nada familiar.

Aun así, ni siquiera los miembros de la Fundación se aburrían con la Lente. Su cuerpo, increíblemente compacto, contenía suficientes circuitos electrónicos para identificar con precisión cien millones de estrellas, relacionadas entre sí con exactitud. Y por si eso no fuese lo bastante extraordinario, podía trasladar cualquier porción del campo galáctico por cualquiera de los tres ejes espaciales o rotar cualquier porción del campo sobre su centro.

Por este motivo la Lente supuso un avance revolucionario en el ámbito de los viajes interestelares. En los inicios de este tipo de desplazamientos, se necesitaba entre un día y una semana para calcular el tiempo que duraría un salto por el hiperespacio, y la mayor parte de ese tiempo se empleaba para determinar, con mayor o menor precisión, la «posición de la nave» en la escala galáctica de referencia. Esto consistía, básicamente, en la observación minuciosa de al menos tres estrellas separadas entre sí por grandes distancias, cuyas posiciones se conocían en relación con el triple cero galáctico arbitrario.

Y ahí estaba el truco: en conocer sus posiciones. Para un hombre que conozca bien el campo estelar desde un punto de referencia determinado, las estrellas serán tan diferentes como las personas. No obstante, si ese hombre se alejase diez pársecs, tal vez no reconocería ni su sol. Tal vez ni siquiera alcanzaría a verlo.

La respuesta radicaba, cómo no, en el análisis espectroscópico. Durante siglos, el fin último de la ingeniería interestelar fue el análisis de la «firma lumínica» de cada vez más estrellas y cada vez con mayor detalle. De este modo, y gracias a que los saltos fueron ganando en precisión, se adoptaron rutas estándar para viajar por la Galaxia, de manera que los viajes interestelares dejaron de ser un arte para transformarse en una ciencia.

Y aun así, a pesar de que la Fundación contaba con complejas máquinas de cálculo y tenía un nuevo método para escanear mecánicamente el campo estelar buscando una «firma lumínica» conocida, en ocasiones se tardaba varios días en encontrar tres estrellas para después determinar la posición en las regiones con las que el piloto no estaba familiarizado hasta ese momento.

Todo aquello cambió con la llegada de la Lente. Para empezar, tan sólo necesitaba una estrella conocida. Además, incluso un profano en la ciencia espacial como Channis podía manejarla.

La estrella de envergadura más cercana en aquel momento era Vincetori, según los cálculos del salto, y ahora el visor mostraba en su centro una estrella que brillaba con gran intensidad. Channis esperaba que se tratase de Vincetori.

La pantalla de campo de la Lente se proyectó junto a la del visor y, con dedos cuidadosos, Channis tecleó las coordenadas de Vincetori. Cerró un repetidor y a continuación el campo estelar se desplegó en todo su esplendor. El centro de éste también lo ocupaba una estrella muy brillante, aunque no encontró ninguna relación. Ajustó la Lente sobre el eje Z y expandió el campo hasta que el fotómetro indicó que las dos estrellas centradas brillaban con la misma intensidad.

Channis buscó una segunda estrella de brillo considerable en el visor, y en la pantalla de campo encontró otra que se correspondía con ella. Poco a poco, giró la pantalla hasta obtener un desvío angular similar. Retorció los labios e hizo una mueca al rechazar el resultado. Efectuó una nueva rotación, que reveló la posición de otra estrella de brillo intenso, y a continuación una tercera. Sonrió. Lo había logrado. Tal vez un especialista con una percepción relacional más afinada lo habría conseguido con un solo movimiento, pero él se conformaba con tres.

Aquél era el ajuste. En el último paso, los dos campos se solaparon y fusionaron hasta formar un paisaje no del todo preciso. La mayoría de las estrellas se mostraban por duplicado, pero no le llevó mucho tiempo efectuar el último ajuste. Las estrellas dobles se fusionaron, dejando a la vista un único campo y permitiendo leer directamente en los cuadrantes la «posición de la nave». El proceso había llevado en total menos de media hora.

Channis encontró a Han Pritcher en su camarote privado. Al parecer el general estaba a punto de acostarse. Levantó la vista.

—¿Hay novedades?

—Nada relevante. Un salto más y llegaremos a Tazenda.

—Lo sé.

—No quisiera interrumpir su descanso, pero, ¿ha visionado la película que conseguimos en Cil?

Han Pritcher miró con desdén el objeto, guardado en la funda negra que había sobre la estantería baja.

—Sí.

—¿Y qué le ha parecido?

—Creo que si alguna vez la historia tuvo algo de ciencia, debió de perderse en esta región de la Galaxia.

Channis desplegó una amplia sonrisa.

—Sé a qué se refiere. Es árida, ¿verdad?

—No si disfruta con las crónicas personales de los gobernantes. Probablemente no es fiable, en un sentido o en otro. Cuando la historia se ocupa sobre todo de los personajes ilustres, sus retratos son blancos o negros, según lo que le interese al historiador. En mi opinión, creo que es una gran pérdida de tiempo.

—Pero se habla de Tazenda. Es en lo que quise que se fijara cuando le di la película. Es la única que he encontrado en la que se menciona ese planeta.

—Cierto. Tienen buenos y malos gobernantes. Han conquistado varios planetas, han ganado varias batallas y han perdido otras cuantas. No tienen nada de especial. Su teoría no me parece demasiado sólida, Channis.

—Pero hay algunas cosas que no tiene en cuenta. ¿No se había fijado en que nunca formaron coaliciones? Siempre permanecieron al margen de la política de este rincón del enjambre estelar. Como usted ha dicho, conquistaron varios planetas, pero después decidieron no continuar... y eso sin sufrir ninguna derrota aplastante que les acarrease consecuencias graves.

—Muy bien —dijo Pritcher con frialdad—. No tengo nada que objetar al aterrizaje. En el peor de los casos... habremos perdido el tiempo.

—Oh, no. En el peor de los casos... nuestra derrota será total. Si esta es, en efecto, la Segunda Fundación. Recuerde que aquí todos los habitantes podrían tener los poderes del Mulo.

—¿Qué tiene planeado hacer?

—Aterrizar en alguno de los planetas gobernados. Averiguar todo lo que podamos acerca de Tazenda primero y después improvisar.

—De acuerdo. No veo inconveniente. Ahora, si no le importa, me gustaría apagar la luz.

Channis se despidió agitando la mano y se marchó.

En la oscuridad de un diminuto camarote de una isla metálica que erraba por la vastedad del espacio, el general Han Pritcher permaneció despierto, sumido en los pensamientos que lo habían llevado hasta aquella región fantástica.

Si todo lo que tanto le había costado aceptar era acertado —y todo empezaba a encajar—, Tazenda era, en efecto, la Segunda Fundación. No cabía otra posibilidad. Pero, ¿cómo? ¿Cómo?

¿Sería Tazenda? ¿Un mundo corriente, sin nada que lo hiciera destacar? ¿Un planeta suburbial perdido entre las ruinas de un Imperio? ¿Un pedrusco oculto entre los fragmentos? Recordó con vaguedad el rostro marchito del Mulo y la voz débil con la que solía hablar del psicólogo de la antigua Fundación, Ebling Mis, el único hombre que, tal vez, llegó a conocer el secreto de la Segunda Fundación.

Pritcher recordó la tensión de las palabras del Mulo: «Era como si la estupefacción hubiera arrollado a Mis. Era como si algo relativo a la Segunda Fundación hubiera superado todas sus expectativas, como si hubiera descubierto algo totalmente distinto a lo que imaginaba. Ojalá hubiera podido leer sus pensamientos en lugar de sus emociones. Y sin embargo, éstas eran obvias y entre ellas destacaba aquella sorpresa portentosa».

La sorpresa era absoluta. ¡Algo a todas luces asombroso! Y luego llegó aquel muchacho, aquel jovenzuelo risueño, sospechosamente entusiasmado por el asunto de Tazenda y su usual subdesarrollo. Y tenía que estar en lo cierto. Debía estarlo. Si no, nada tenía sentido.

El último pensamiento consciente de Pritcher brotó cargado de gravedad. El hiperrastreador del tubo etérico seguía allí. Lo había comprobado hacía una hora, cuando Channis se encontraba en otra zona de la nave.

Segundo interludio

Fue una reunión informal en la antesala de la cámara del consejo —momentos antes de pasar a ésta para ocuparse de los asuntos del día—, ocasión que aprovecharon para intercambiar algunas ideas rápidamente.

—Al parecer el Mulo está en camino.

—Eso he oído yo también. ¡Es arriesgado! ¡Demasiado arriesgado!

—No si todo sale según lo previsto.

—El Mulo no es un hombre cualquiera... y cuesta mucho manipular a los instrumentos que elige sin que él se dé cuenta. Es difícil llegar a las mentes controladas. Dicen que ya ha descubierto algunos casos.

—Sí, no sé cómo se podría evitar.

—Con las mentes no controladas resulta más fácil. Pero no tiene muchas bajo su mando que ocupen puestos de autoridad.

Pasaron a la cámara. Otros miembros de la Segunda Fundación los siguieron.

3
Dos hombres y un campesino

Rossem es uno de esos mundos periféricos que la historia de la Galaxia suele relegar al olvido y que rara vez llama la atención de los habitantes de la miríada de planetas más avanzados.

Durante los últimos días del Imperio Galáctico algunos presos políticos habitaron sus yermos, siendo un observatorio y una reducida guarnición naval lo único que lo libraba del abandono absoluto. Más tarde, durante los infaustos tiempos de conflicto, incluso antes de la época de Hari Seldon, los hombres más débiles, cansados de las interminables décadas de incertidumbre y peligro, hartos del saqueo de los planetas y de la sucesión fantasmal de emperadores efímeros que permanecían en la púrpura durante algunos años, nefastos e infructuosos, huyeron de los núcleos más poblados y buscaron refugio en los rincones estériles de la Galaxia.

En los gélidos yermos de Rossem las aldeas se apiñaban. Su pequeño sol rojizo guardaba para sí casi todo el calor que generaba, dejando que una fina nieve cayera sobre el planeta durante nueve meses al año. El resistente grano autóctono dormía en el subsuelo durante los meses de frío para después brotar y madurar a velocidad de vértigo, cuando la radiación enferma del sol elevaba la temperatura hasta casi diez grados.

Unos pequeños animales similares a las cabras pacían en las praderas, donde echaban la polvorosa nieve a los lados con sus frágiles patas dotadas de tres pezuñas.

Los habitantes de Rossem tenían, por lo tanto, pan y leche, y, en aquellas ocasiones en que podían permitirse sacrificar un animal, incluso carne. Los amenazadores y siniestros bosques que alfombraban casi la mitad de la región ecuatorial del planeta aportaban una madera resistente y lisa con la que podían levantar sus viviendas. Esta madera, junto con determinados tipos de pieles y minerales, era apta incluso para la exportación, por lo que las naves del Imperio venían de vez en cuando para comprarla a cambio de maquinaria agrícola, estufas atómicas e incluso televisores. Este último tipo de artículos no era del todo incongruente, puesto que el largo invierno obligaba a los campesinos a hibernar en soledad.

La historia del Imperio transcurría ajena a los campesinos de Rossem. Algunas naves mercantes traían noticias a rachas; de vez en cuando llegaban nuevos fugitivos —en cierta ocasión, un grupo más numeroso de lo habitual desembarcó al mismo tiempo y decidió establecerse allí—, que a veces traían noticias de la Galaxia.

Era en esas ocasiones cuando los rossemitas sabían de las batallas más cruentas y de las poblaciones diezmadas o de los emperadores tiránicos y los virreyes rebeldes. Entonces suspiraban, meneaban la cabeza y se apretaban el cuello de sus pellizas alrededor de sus rostros barbados mientras se sentaban en la plaza de la aldea bajo el sol mortecino y filosofaban sobre la maldad de los hombres.

Con el tiempo, las naves dejaron de llegar y la vida se hizo más dura. Se interrumpió el suministro de alimentos procesados importados, de tabaco y de maquinaria. Los comentarios confusos que escuchaban por televisión les traían noticias cada vez más inquietantes. Hasta que por fin tuvieron conocimiento de que Trantor había sido saqueado. Aquel mundo majestuoso, capital de la Galaxia, espléndido, archiconocido, inaccesible e incomparable hogar de emperadores había sido asaltado, atacado y arrasado hasta su total destrucción.

Era algo inconcebible y para muchos de los campesinos de Rossem, que sólo conocían el trabajo en el campo, bien podría parecer el fin de la Galaxia.

Y entonces, un día como otro cualquiera, volvió a llegar una nave. Los ancianos de las aldeas asintieron sabiamente, abrieron sus ojos cansados y susurraron que así eran las cosas en los tiempos de sus padres... aunque no fueran exactamente iguales.

Aquélla no era una nave imperial. En su proa faltaba los resplandecientes astronave y sol del Imperio. Era un trasto achaparrado hecho de piezas tomadas de otras naves y los hombres que la tripulaban se hacían llamar soldados de Tazenda.

Los campesinos estaban confusos. Pese a que nunca habían oído hablar de Tazenda, recibieron a los soldados con su tradicional hospitalidad. Los recién llegados se mostraron muy interesados por las características del planeta, como por ejemplo, a cuántos habitantes ascendía su población, cuál era el número de ciudades —término que los campesinos interpretaron como «aldeas», para confusión de todos—, qué tipo de economía tenían y esa clase de cosas.

Poco a poco llegaron más naves y se hizo saber por todo el planeta que ahora era Tazenda el planeta que los gobernaba, que se establecerían estaciones de cobro de impuestos a lo largo de todo el ecuador —la región habitada— y que anualmente se recogerían los porcentajes de grano y pieles que indicasen determinadas fórmulas matemáticas.

Los rossemitas escucharon con gesto adusto, sin comprender del todo el significado del término «impuestos». Al llegar la temporada de la cosecha, muchos tributaron mientras que otros observaron confusos cómo los hombres uniformados que procedían de otro mundo cargaban el maíz cosechado y las pieles en sus espaciosos vehículos terrestres.

Aquí y allí los campesinos indignados formaron bandas y se equiparon con sus antiguas armas de caza, aunque no llegaron a emplearlas. Impotentes, se disolvieron cuando llegaron los hombres de Tazenda y observaron consternados cómo su dura lucha por la supervivencia se hacía aún más ardua.

Sin embargo, se llegó a un nuevo equilibrio. El huraño gobernador tazendiano vivía en la aldea de Gentri, a la que a ningún rossemita se le permitía el acceso. Tanto él como sus funcionarios eran extranjeros de costumbres incomprensibles que rara vez se interesaban por la cultura de los rossemitas. Los recaudadores de impuestos, rossemitas al servicio de Tazenda, venían periódicamente y los campesinos, que ya se habían acostumbrado a su presencia, habían aprendido a ocultar el grano cosechado, a esconder el ganado en el bosque y a no darles a sus viviendas un aspecto demasiado opulento. Así, cada vez que les preguntaban con tono exigente por sus bienes, respondían con gesto apagado, se hacían los ignorantes y señalaban tan sólo lo que estaba a la vista.

Con todo, incluso esa práctica se fue abandonando y los impuestos bajaron, como si Tazenda se hubiera cansado de extorsionar a aquel mundo.

El comercio se desarrolló, algo que tal vez Tazenda encontrase más lucrativo. Los habitantes de Rossem dejaron de recibir las finas mercancías del Imperio, pero incluso las máquinas y los alimentos tazendianos eran mejores que sus equivalentes autóctonos. Además, las mujeres pudieron adquirir vestidos distintos a los tradicionales trajes grises que tejían en casa, algo muy importante.

Por lo tanto, una vez más, la historia galáctica transcurrió en paz y los campesinos continuaron cavando la dura tierra para ganarse la vida.

Narovi resopló bajo su barba mientras salía de su cabaña.

Las primeras nieves se cernían sobre la tierra endurecida y el cielo opaco se había teñido de un rosa apagado. Miró hacia arriba atentamente con los ojos entornados y decidió que no se avecinaba ninguna gran tormenta. Podría viajar a Gentri sin contratiempos y trocar el remanente de grano a cambio de las conservas suficientes para pasar el invierno.

Entreabrió la puerta y gritó hacia el interior de la cabaña.

—Chico, ¿has llenado el depósito del coche?

Una voz respondió desde dentro y a continuación el primogénito de Narovi, cuya barba corta y rojiza aún le crecía rala a causa de su juventud, se unió a él.

—El coche —explicó con hosquedad— tiene combustible y funciona bien, excepto por los ejes, que están estropeados. Pero yo no tengo la culpa. Ya te he dicho que debería repararlo un experto.

El viejo dio un paso atrás y escudriñó a su hijo frunciendo el ceño antes de levantar su mentón barbiluengo.

—¿Y yo sí tengo la culpa? ¿Dónde y cómo voy a encontrar un experto que lo repare? ¿No llevamos cinco años seguidos de malas cosechas? ¿No se han cebado las epidemias con el ganado? ¿No se venden las pieles igual de mal que siempre...?

—¡Narovi! —La familiar voz que brotó del interior interrumpió su discurso.

—Cómo no —gruñó Narovi—, tu madre tenía que entrometerse en los asuntos de un padre y su hijo. Saca el coche y comprueba que los remolques estén bien enganchados.

Dio una palmada con sus manos enguantadas y volvió a mirar al cielo. Las nubes de color rojo apagado se estaban agrupando y el cielo ceniciento que se entreveía por las aberturas no traería calor. El sol estaba oculto.

Estaba a punto de apartar la vista cuando sus ojos avistaron algo que su dedo índice señaló casi de modo instintivo mientras su boca se abría de par en par para proferir un grito, ignorando por completo el aire gélido.

—¡Mujer! —bramó con voz enérgica—. ¡Vieja... ven aquí!

Indignada, su esposa se asomó por una ventana. Los ojos de la mujer siguieron la dirección que indicaba el dedo de su esposo hasta que vio algo que la dejó boquiabierta. Tras lanzar un grito, bajó disparada por las escaleras de madera, tomando un viejo chal y un pañuelo de lino por el camino. Al salir llevaba el pañuelo enrollado apresuradamente a la cabeza y las orejas y el chal colgando sobre los hombros.

—Es una nave del espacio exterior —dijo arrugando la nariz.

—¿Y qué va a ser si no? ¡Tenemos visita, vieja, visita!

La nave se posó poco a poco sobre un llano que había en la era helada y desierta que se extendía al norte de la granja de Narovi.

—Pero, ¿qué vamos a hacer? —jadeó la mujer—. ¿Qué hospitalidad podremos mostrarles a estas personas? ¿Les obsequiaremos con la mugre de nuestra choza y las migajas del yaniqueque de la semana pasada?

—¿Entonces dejaremos que se vayan con nuestros vecinos? —Narovi, cuyo rostro enrojecido a causa del frío cobró un tono amoratado, extendió sus brazos cubiertos por una piel lustrosa para colocar las manos sobre los hombros fornidos de su mujer—. Esposa mía —le susurró—, bajarás las dos sillas de nuestra habitación; matarás una cría bien cebada y la asarás y sazonarás con tubérculos; y cocerás otro yaniqueque. Yo saldré ahora a recibir a esos poderosos visitantes del espacio exterior... y... y... —Se interrumpió, se puso de lado su amplia gorra y se rascó la cabeza con aire dubitativo—. Sí, traeré también mi jarra de grano fermentado. Una bebida fuerte siempre sienta bien.

La mujer batía las mandíbulas con impotencia mientras escuchaba. No pronunció palabra. Una vez que su marido terminó de darle órdenes, no acertó sino a articular un gemido discordante.

Narovi levantó un dedo.

—Vieja, ¿qué dijeron los ancianos de la aldea hace una semana? ¿Eh? Haz memoria. Fueron de granja en granja, ¡ellos mismos, fíjate si es importante!, para pedirnos que si aterrizaba alguna nave del espacio exterior, les informásemos de inmediato, ¡por orden del gobernador!

»¿Cómo no voy a aprovechar esta oportunidad de ganarme el favor de una gente tan poderosa? Mira qué nave. ¿Alguna vez habías visto algo parecido? Los hombres que vienen de otros mundos son ricos, y todo lo pueden. El mismísimo gobernador envió un mensaje tan urgente sobre ellos que los ancianos tuvieron que ir de aldea en aldea a pesar del frío que hacía. Tal vez se haya difundido por todo Rossem el mensaje de que esta gente es muy apreciada por los señores de Tazenda, y ha elegido aterrizar en mi granja.

De puro emocionado que estaba, quiso echar a saltar.

—Ahora debemos ser hospitalarios... El gobernador conocerá mi nombre... y entonces, ¿qué no podremos tener?

De pronto su esposa fue consciente del frío que la arañaba a través de la fina ropa de estar por casa. Corrió hacia la entrada gritando por encima del hombro:

—Entonces date prisa y márchate.

Sin embargo, Narovi ya había echado a correr hacia el horizonte, contra el que se recortaba la silueta de la nave en descenso.

Ni la gelidez de aquel mundo ni sus paisajes yermos e inhóspitos preocupaban al general Han Pritcher. Tampoco la pobreza del entorno, ni siquiera el sudoroso campesino.

Lo que lo inquietaba era que no hubieran elegido la táctica más sensata. Channis y él estaban solos en aquel planeta.

La nave, que permanecía en el espacio, podía cuidar de sí misma en circunstancias normales, pero aun así no se sentía del todo seguro. Sin duda, el responsable de aquella situación era Channis. Miró al muchacho y vio cómo le guiñaba un ojo con desenfado a la abertura del tabique de piel, donde por un momento aparecieron los ojos curiosos y la boca descolgada de una mujer.

Al menos Channis se sentía muy a gusto, algo que a Pritcher no dejaba de producirle cierto fastidio. Su juego no podría continuar por mucho tiempo tal como él lo había planeado. Mientras tanto, los emisores-receptores de ultraondas que llevaban en la muñeca eran lo único que los mantenía conectados con la nave.

A continuación el campesino desplegó una amplia sonrisa, agachó la cabeza varias veces y se dirigió a sus invitados con una voz que rezumaba respeto.

—Nobles señores, les ruego me permitan hacerles saber que mi hijo mayor, un muchacho bueno y hacendoso que por culpa de mi pobreza no puede recibir la educación que merece, me ha informado de que los ancianos no tardarán en llegar. Espero que su estancia aquí haya sido todo lo cómoda que mi humilde morada pudiera hacérsela, pues aunque pobre, soy un granjero trabajador, honrado y modesto, como bien les dirá todo aquél a quien pregunten.

—¿Ancianos? —repitió Channis—. ¿Los jefes de esta región?

—Mismamente, nobles señores, y hombres honrados y dignos todos ellos, pues nuestra aldea se conoce en todo Rossem por ser hogar de personas justas y rectas... si bien la vida es dura y el fruto de los campos y los bosques, escaso. Tal vez ustedes, nobles señores, tuvieran a bien mencionarles a los ancianos lo mucho que respeto a los viajeros y cuánto me honra ofrecerles cobijo, pues acaso así ellos solicitarían un nuevo vagón motor para nuestra morada, que el viejo ya apenas se quiere arrancar y de esa chatarra depende nuestro sustento.

Ante la expresión de humilde impaciencia del campesino, Han Pritcher asintió con la condescendencia distante que correspondía al papel de «nobles señores» que les había sido adjudicado.

—Su hospitalidad constará en un informe que llegará oídos de los ancianos.

Pritcher aprovechó que a continuación se quedaron solos para hablar con Channis, que empezaba a sucumbir al sueño.

—No estoy demasiado interesado en mantener un encuentro con los ancianos —dijo—. ¿Tiene alguna opinión al respecto?

Channis pareció sorprenderse.

—No. ¿Qué es lo que le preocupa?

—Diría que tenemos cosas mejores que hacer que empezar a llamar la atención de esta gente.

Channis se explicó aprisa, susurrando con voz monótona:

—Quizá nos merezca la pena arriesgarnos a llamar la atención con nuestros próximos movimientos. No encontraremos a la clase de hombres que buscamos, Pritcher, si nos limitamos a meter la mano en un saco para rebuscar en su interior. Los hombres que gobiernan mediante jugarretas mentales no tienen por qué ocupar una posición de poder. En primer lugar, los psicólogos de la Segunda Fundación seguramente son una minoría de la población total, del mismo modo que en su Primera Fundación lo eran técnicos y científicos. Lo más probable es que los habitantes normales sean precisamente eso: muy normales. Los psicólogos tal vez incluso se hayan buscado un buen escondite y los hombres que ocupan las posiciones de poder aparente estarán convencidos de que son los auténticos amos. Cabe la posibilidad de que la solución a este problema la hallemos aquí, en este planetucho congelado.

—Me temo que no le sigo.

—Vamos, piénselo, es obvio. Tazenda es un planeta descomunal en el que viven millones de personas, tal vez cientos de millones. ¿Cómo podríamos identificar a todos los psicólogos que se cuentan entre ellas e informar al Mulo, con total seguridad, de que hemos encontrado la Segunda Fundación? Pero aquí, en este pequeño mundo de campesinos, en este planeta sometido, los gobernantes tazendianos, según nos ha contado nuestro anfitrión, se hallan concentrados en el pueblo principal, Gentri. Tal vez tan sólo haya unos pocos cientos, Pritcher, y entre ellos tienen que encontrarse uno o más de los hombres de la Segunda Fundación. Visitaremos ese lugar, pero antes reunámonos con los ancianos; es el paso más lógico si seguimos por este camino.

Se separaron con naturalidad en cuanto su barbinegro anfitrión entró de nuevo en la estancia, obviamente azorado.

—Nobles señores, los ancianos están aquí. Les ruego me permitan pedirles de nuevo que, si les fuera posible, les hablasen de mí... —Con una reverencia exageradamente servil se inclinó hasta casi besar el suelo.

—Tenga por seguro que les mencionaremos su nombre —dijo Channis—. ¿Éstos son los ancianos?

Al parecer sí que lo eran. Un grupo de tres.

Uno de ellos se acercó. Hizo una reverencia en señal de respeto y dijo:

—Su presencia nos honra. Disponemos de un transporte, respetables señores, y desearíamos disfrutar de su compañía en nuestra sala de reuniones.

Tercer interludio

El Primer Orador contemplaba pensativo el cielo nocturno. Unas nubes tenues se deslizaban raudas entre los centelleos de las estrellas. El espacio parecía decididamente hostil. Frío y espantoso en el mejor de los casos, ahora albergaba además a aquella extraña criatura, el Mulo, contenido que parecía oscurecerlo y espesarlo hasta convertirlo en una amenaza funesta.

La reunión había terminado. No se alargó mucho. Se expusieron las dudas e interrogantes que suscitaba el complejo problema matemático de enfrentarse a un mutante mental de carácter desconocido. Habían de tenerse en cuenta todas las permutaciones extremas.

Aun así, ¿cómo podían estar seguros? En algún lugar de aquella región del espacio (a una distancia accesible dentro de la escala galáctica) se encontraba el Mulo. ¿Qué tendría pensado hacer?

A sus hombres se les podía controlar sin demasiada dificultad, puesto que reaccionarían (de hecho, ya estaban reaccionando) según lo previsto.

Pero, ¿y el Mulo?

4
Dos hombres y los ancianos

Los ancianos de aquella región concreta de Rossem no eran precisamente como uno se los habría imaginado. No eran una simple extrapolación del campesinado; más viejos, más autoritarios, más huraños.

En absoluto.

La solemnidad que transmitieron en el momento de la primera impresión fue calando cada vez más hondo, hasta el punto de convertirse en su característica más destacable.

Se sentaron en la mesa ovalada con ademanes de pensadores graves y

400

flemáticos. La mayoría ya había dejado atrás la plenitud física, aunque los pocos que lucían barba la llevaban corta y bien cuidada. Con todo, puesto que muchos parecían menores de cuarenta años, no cabía duda de que el término «ancianos» era una fórmula de respeto y no una referencia literal a su edad.

Los visitantes del espacio exterior ocuparon la cabecera de la mesa y en el decoroso silencio que acompañó la frugal comida, cuyo fin parecía más ceremonial que alimenticio, se empaparon de la atmósfera del lugar, nueva y desigual.

Después de la comida y una vez que los ancianos que parecían más venerados realizaron uno o dos comentarios de cortesía —demasiado breves y sencillos para llamarlos discursos—, se impuso cierta informalidad sobre la asamblea.

Parecía como si la formalidad con que habían recibido a los visitantes extranjeros hubiera dado paso a la curiosidad y bonachonería propias de las afables gentes del campo.

Formaron un círculo alrededor de los dos forasteros y descargaron sobre ellos una lluvia de preguntas.

Querían saber si era difícil pilotar una astronave; cuántos tripulantes hacían falta; si se podían fabricar motores más potentes para sus coches terrestres; si era verdad que apenas nevaba en otros mundos, como se decía que ocurría en Tazenda; cuánta gente vivía en su planeta; si éste era tan grande como Tazenda; si estaba muy lejos; cómo se tejían sus trajes y cómo hacían para que despidieran aquellos reflejos metálicos; por qué no vestían pieles; si se afeitaban a diario; qué clase de piedra lucía Pritcher en su anillo... La lista era interminable.

Y en la mayoría de los casos las preguntas se las dirigieron a Pritcher, como si por ser el mayor de los dos le hubieran conferido automáticamente mayor autoridad. Pritcher se vio obligado a contestar cada vez con más detalle. Era como intentar explicarle algo a un tropel de niños. Las preguntas que les formulaban les causaban un asombro absoluto y apabullante. El ansia con que los ancianos deseaban obtener una respuesta era implacable e ineludible.

Pritcher les explicó que las astronaves no eran complicadas de pilotar y que el número de tripulantes —que podía ir desde uno hasta una multitud— dependía del tamaño de la nave; que aunque él no conocía en detalle los motores de sus vehículos terrestres, no le cabía ninguna duda de que se podrían modificar para que transmitiesen más potencia; que cada mundo tenía su propio clima; que en su planeta vivían cientos de millones de personas, pese a que era diminuto e insignificante en comparación con el gran imperio de Tazenda; que las prendas que utilizaban estaban hechas de plásticos de silicona y que el lustre metálico se conseguía de modo artificial al orientar de un modo determinado las moléculas de la superficie; que como sus trajes se podían calentar a discreción, no necesitaban vestir pieles; que se afeitaban a diario; que la piedra de su anillo era una amatista. No daba abasto. Sin pretenderlo, empezó a mantener una conversación cada vez más distendida con aquellos ingenuos pueblerinos.

Y cada vez que él respondía, los ancianos prorrumpían en un agitado intercambio de murmullos, como si debatieran acerca de la información obtenida. Pritcher encontraba difícil seguir aquellas discusiones privadas, puesto que los ancianos utilizaban una variante propia del idioma universal galáctico que, debido a que hacía mucho tiempo que no recibía influencias de una lengua en constante renovación, se había quedado obsoleta.

De alguna manera, los toscos comentarios que intercambiaban parecían contener algún significado, pero al final éste siempre quedaba inaccesible a la razón.

Hasta que por fin Channis los interrumpió para tomar la palabra.

—Buenos señores, ahora es su turno de responder, pues somos forasteros y tenemos mucho interés en aprender todo cuanto podamos acerca de Tazenda.

Y lo que ocurrió a continuación fue que se impuso un silencio sepulcral y que los hasta ahora prolijos ancianos se quedaron mudos. Sus manos, con las que habían subrayado sus palabras con gran agilidad y delicadeza, como si así les otorgasen más peso y desplegasen todo un abanico de significados, quedaron descolgadas a sus costados. Intercambiaron miradas furtivas, quizá con la esperanza de que así alguno de los demás tomaría la palabra.

Pritcher se apresuró a intervenir.

—Mi compañero no les lanza este ruego sino en señal de amistad, pues la fama de Tazenda inunda la Galaxia entera y nosotros, por supuesto, informaremos al gobernador de la lealtad y el amor que caracterizan a los ancianos de Rossem.

No se oyó ningún suspiro de alivio, aunque los rostros de los ancianos recuperaron el color que habían perdido. Uno de ellos se retorció algunos pelos de la barba con el pulgar y el índice, enderezando el ligero rizo que formaban con una leve presión, y dijo:

—Somos fieles sirvientes de los señores de Tazenda.

Pritcher decidió restarle importancia a la pregunta que Channis había lanzado a bocajarro. Al menos parecía que la edad, que tanto le pesaba en los últimos tiempos, aún no le había arrebatado la capacidad de perdonar las meteduras de pata de los demás.

Prosiguió:

—En la lejana región del universo que habitamos desconocemos gran parte de la historia de los señores de Tazenda. Damos por supuesto que habrán reinado con benevolencia durante largos años.

El mismo anciano que habló antes se decidió a responder. De algún modo tácito y natural, se había convertido en portavoz.

—Ni siquiera los abuelos de aquél de mayor edad recuerdan un tiempo en que los señores no estuvieran presentes.

—¿Siempre ha imperado la paz?

—¡Siempre ha imperado la paz! —Titubeó—. El gobernador es un señor fuerte y poderoso que no dudaría en castigar a los traidores. Ninguno de nosotros es un traidor, por supuesto.

—Castigaría a algunos hombres en el pasado, imagino, para darles su merecido.

El portavoz vaciló de nuevo.

—Ninguno de los presentes hemos sido nunca traidores, ni nuestros padres, y tampoco los padres de nuestros padres. Aunque en otros mundos sí que los ha habido, pero la muerte no tardó en reclamarlos. No es bueno pensar en eso porque somos gente humilde, nada más que pobres granjeros, y no nos metemos en los asuntos de política.

La tensión de su voz, así como la preocupación que rezumaban los ojos de todos ellos, resultaban evidentes.

Pritcher habló con naturalidad.

—¿Podrían explicarnos cómo podríamos concertar una audiencia con su gobernador?

En ese instante, un súbito desconcierto se sumó a la escena.

Tras un largo silencio, el anciano dijo:

—¿Cómo? ¿No lo sabían? El gobernador vendrá mañana. Los estaba esperando. Para nosotros ha sido un gran honor. Confiamos... Confiamos fervientemente en que le hablen de la lealtad que le guardamos.

Una contracción imperceptible retorció la sonrisa de Pritcher.

—¿Nos estaba esperando?

El anciano los miró extrañado, primero al uno y después al otro.

—Claro. Ya hace una semana que aguardamos su llegada.

Su habitación era muy lujosa en comparación con lo que podía encontrarse en aquel mundo. Pritcher las había conocido peores. Channis no le daba la menor importancia a las apariencias.

Con todo, fluía entre ellos una suerte de tensión distinta a la que los había separado hasta ahora. Pritcher consideraba que había llegado el momento de tomar una decisión firme, aunque por otro lado prefería esperar un poco más. Si se reunían antes con el gobernador, corrían el riesgo de subir demasiado la apuesta; aunque si la jugada les salía bien, multiplicarían las ganancias. Sintió que le hervía la sangre al ver el ceño ligeramente fruncido de Channis, la delicada indecisión con la que el labio inferior del muchacho se apretaba contra los dientes de la fila superior. Detestaba aquella farsa inútil y ardía en deseos de ponerle fin.

—Parece que nos esperaban —dijo.

—Sí —se limitó a responder Channis.

—¿Nada más? No tiene ninguna opinión de peso que aportar. Venimos aquí y nos encontramos con que el gobernador nos estaba esperando. Tal vez el propio gobernador nos diga que Tazenda nos estaba esperando. ¿De qué sirve entonces esta misión?

Channis levantó la vista, sin molestarse en disimular el cansancio que arrastraba su voz.

—Que nos estuvieran esperando es una cosa. Que sepan quiénes somos y a qué hemos venido es otra.

—¿Espera poder ocultarle algo así a los miembros de la Segunda Fundación?

—Quizá. ¿Por qué no? ¿Prefiere renunciar a la jugada? Suponga que detectaron nuestra nave en el espacio. ¿Le parece extraño que un territorio cuente con puestos de observación fronterizos? Aun en el caso de que fuésemos forasteros normales, les resultaríamos interesantes.

—Lo bastante interesantes para que un gobernador venga a vernos a nosotros y no al revés.

Channis se encogió de hombros.

—Ya pensaremos más tarde en eso. Primero veamos cómo es ese gobernador.

Pritcher enseñó los dientes al tiempo que arrugaba el entrecejo sin rabia. La situación se tornaba cada vez más ridícula.

Channis hizo un esfuerzo por animarlo.

—Al menos sabemos una cosa. O Tazenda es la Segunda Fundación o un millón de pruebas distintas apuntan de forma unánime en la dirección equivocada. ¿Cómo se entiende el terror que Tazenda provoca de una forma tan patente en estos nativos? No he visto ningún indicio de dominación política. Los grupos de ancianos parecen reunirse con total libertad y sin ningún tipo de interferencia. El sistema tributario del que hablan no me parece en absoluto opresivo, ni demasiado bien organizado. Los nativos hablan mucho de pobreza, pero son fornidos y están bien alimentados. Sus casas están construidas de cualquier manera y sus aldeas, mal distribuidas, aunque cumplen su función perfectamente.

»De hecho, este mundo me fascina. No conozco ningún planeta más inhóspito, y sin embargo estoy convencido de que la población no conoce el sufrimiento, y de que su sencilla existencia le proporciona una sana felicidad imposible de encontrar entre los sofisticados habitantes de las urbes más avanzadas.

—Entonces, ¿las virtudes de los campesinos le parecen dignas de admiración?

—Las estrellas me libren. —La idea pareció hacerle gracia a Channis—. Me refiero a la importancia que tiene todo esto. Tazenda parece estar realizando su labor de administración con gran eficiencia, una eficiencia muy distinta a la del antiguo Imperio o a la de la Primera Fundación, o incluso a la de nuestra propia Unión, todos los cuales han actuado con eficiencia mecánica a costa de otros valores más intangibles. Tazenda es feliz e independiente. ¿No ve que ejerce la dominación de un modo muy distinto? No se basa en lo físico, sino en lo psicológico.

—¿En serio? —Pritcher se permitió recurrir a la ironía—. ¿Y el pavor con el que los antiguos hablaban del castigo que aplicaban a los traidores esos administradores psicólogos tan bondadosos? ¿Cómo encaja eso en su tesis?

—¿Eran ellos los castigados? Sólo hablan del castigo aplicado a otros. Es como si tuvieran el concepto de castigo tan bien aprendido que en realidad nunca se hace necesario recurrir al él. Su mente está tan bien ajustada a las actitudes mentales adecuadas que estoy seguro de que no existe ni un solo soldado tazendiano en todo el planeta. ¿No se da cuenta?

—Tal vez me dé cuenta —dijo Pritcher sin inmutarse— cuando vea al gobernador. Por cierto, ¿y si también manipulasen nuestra mentalidad?

Channis respondió con un desprecio cruel:

—Usted ya debería estar acostumbrado.

Pritcher palideció sensiblemente y se obligó a marcharse. Aquel día no volvieron a hablar.

En la silente quietud de la noche glacial, aprovechando los ruidos leves que durante el sueño hacía su compañero, Pritcher ajustó sigilosamente su transmisor de muñeca en la región de ultraondas a la que Channis no tenía acceso y, con unos inaudibles toques de la uña, contactó con la nave.

La respuesta llegó en forma de series breves de vibraciones silenciosas que apenas traspasaron el umbral de lo perceptible.

Hasta en dos ocasiones Pritcher preguntó:

—¿Se ha producido alguna comunicación?

Y en las dos ocasiones recibió la misma respuesta:

—No. Permanecemos a la espera.

Se levantó. Como en la habitación hacía frío, se enrolló la manta peluda al cuerpo para sentarse en la silla y contemplar la miríada de estrellas, cuyo brillo y complejidad de distribución la diferenciaba claramente de la niebla monótona de la lente galáctica que dominaba el cielo nocturno de su Periferia natal.

En algún lugar entre las estrellas yacía la respuesta a los dilemas que lo asolaban, respuesta que deseaba que llegase pronto para que terminase con aquella situación.

Por un momento se preguntó de nuevo si el Mulo tendría razón, si la conversión le habría despojado de la claridad con la que la independencia le permitía ver las cosas. ¿O sería sencillamente que se estaba haciendo viejo y que a lo largo de los últimos años habían ocurrido demasiadas cosas?

En realidad no le importaba.

Estaba cansado.

El gobernador de Rossem llegó sin hacer demasiada ostentación. Su único séquito era el hombre uniformado que pilotaba el coche terrestre.

El diseño del vehículo era lujoso, aunque a Pritcher no le parecía práctico. Viraba con torpeza y de cuando en cuando parecía querer brincar, tal vez a causa de un cambio de marcha demasiado brusco. Su aspecto dejaba patente que funcionaba con combustible químico en lugar de atómico.

El gobernador tazendiano pisó con cuidado la fina capa de nieve y avanzó entre dos filas de respetuosos ancianos. Se apresuró a entrar, sin mirarlos, y ellos lo siguieron.

Desde su habitación, los dos hombres de la Unión del Mulo observaban la escena. El gobernador era robusto, fornido, bajo y de aspecto corriente.

Pero eso, ¿qué importaba?

Pritcher se maldijo a sí mismo por perder la calma. Su rostro, sin duda, transmitía la gelidez habitual. No se vio avergonzado ante Channis, aunque sabía muy bien que le había subido la tensión arterial y además tenía la garganta seca.

No se trataba de un caso de miedo físico. Él no era uno de aquellos hombres carentes de ingenio e imaginación y sin sangre en las venas a los que la estupidez les impedía tener miedo; sin embargo, el miedo físico podía identificarlo y descartarlo.

Pero aquella sensación era distinta. Se trataba de aquel otro tipo de miedo.

Apresurado, miró a Channis. El muchacho se examinaba las uñas de una mano con aire distraído y se entretenía puliendo alguna irregularidad sin importancia.

Una parte de Pritcher sintió una indignación atroz. ¿Qué miedo podía tener Channis de la manipulación mental?

Pritcher se obligó a tranquilizarse e intentó reflexionar. ¿Qué características lo definían antes de que el Mulo convirtiese al demócrata convencido que era? Le costaba recordarlo. No podía hacerse una idea. No podía cortar las apretadas cuerdas que lo vinculaban emocionalmente al Mulo. El intelecto le permitía recordar que una vez intentó asesinar al Mulo, pero por mucho que se esforzaba, no recordaba las emociones que sintió entonces. No obstante, tal vez se debiera a un mecanismo de defensa de su mente, puesto que la idea que la intuición le dibujaba de aquellas emociones (sin detenerse en los detalles, sino tan sólo proporcionándole un concepto básico) le revolvía el estómago.

¿Y si el gobernador influía en su voluntad?

¿Y si los insustanciales tentáculos de la mente de un miembro de la Segunda Fundación se insinuaban entre las grietas emocionales de su carácter, las abría y las volvía a cerrar?

La primera vez no experimentó ninguna sensación. No sintió ningún dolor, ninguna sacudida mental... ni siquiera percibió interrupción alguna. Él siempre había amado al Mulo. Si alguna vez, cinco años atrás, llegó a pensar que no lo amaba, sino que lo odiaba, se engañaba de un modo espantoso. La mera idea de un engaño así lo avergonzaba.

Pero no sintió ningún dolor.

¿Reviviría todo aquello con el gobernador? ¿Acaso todo lo anterior (su

406

servicio al Mulo, la orientación de su vida) desaparecería como lo hizo el sueño brumoso, propio de otra vida, englobado por aquella palabra, democracia? El Mulo sería también un simple sueño y sólo a Tazenda le entregaría su lealtad.

De súbito, se dio media vuelta.

Una violenta náusea lo hizo retorcerse.

En ese instante la voz de Channis resonó en su oído.

—Creo que es el momento, general.

Pritcher se giró de nuevo. Un anciano había abierto la puerta sin hacer ruido y permanecía junto a ella con semblante grave y respetuoso.

—Su excelencia, el gobernador de Rossem, en nombre de los señores de Tazenda, se complace en concederles una audiencia y solicita que comparezcan ante él —anunció.

—Por supuesto —dijo Channis al tiempo que se apretaba el cinturón con fuerza y se cubría la cabeza con una capucha rossemiana.

Pritcher apretó las mandíbulas. El juego de verdad empezaba ahora.

El aspecto del gobernador no podía calificarse de imponente. En primer lugar, llevaba la cabeza descubierta, y su cabello ralo, de color pajizo con vetas cenicientas, le daba un aire plácido. Sus marcados arcos superciliares y sus ojos, atrapados en una delicada red de arrugas circundantes, parecían calculadores; aun así, su mentón, recién afeitado, era suave y menudo y, según la convención universal de los seguidores de la pseudociencia que determinaba el carácter en función de la estructura ósea facial, se antojaba débil.

Pritcher rehuyó sus ojos y se refugió en su mentón. Ignoraba si esa táctica le serviría de algo... si habría algo que le sirviera.

Entonces el gobernador habló, con una voz aguda e insustancial.

—Bienvenidos a Tazenda. Su visita nos llena de alborozo. ¿Han comido?

Con una mano de dedos largos y venas nudosas señaló de un modo casi regio la mesa en forma de media luna.

Los visitantes hicieron una reverencia y se sentaron. El gobernador ocupó la parte exterior del centro de la media luna y ellos, la interior; una fila doble de ancianos silenciosos se distribuyó a lo largo de las astas de la mesa.

El gobernador tomó la palabra y pronunció abruptamente algunas frases breves para alabar los manjares importados de Tazenda (cuya calidad en efecto difería de la de los alimentos que los ancianos les habían ofrecido, menos refinados, si bien tampoco sabían mucho mejor), para despreciar el clima rossemiano y para hablar con forzada naturalidad de la complejidad de los viajes espaciales.

Channis habló poco. Pritcher no pronunció palabra.

Después la cena concluyó. Las pequeñas frutas confitadas se terminaron; las servilletas se usaron y dejaron a un lado y el gobernador se reclinó en su silla.

Sus ojos menudos destellaron.

—He preguntado por su nave. Como es natural, me gustaría que se la sometiera a revisión y se le realizasen las operaciones de mantenimiento necesarias. Tengo entendido que se halla en una ubicación desconocida.

—Así es —confirmó Channis con despreocupación—. La dejamos en el espacio. Es una nave muy grande, adecuada para realizar viajes largos por regiones a veces hostiles, y creímos que traerla hasta aquí podría suscitar dudas acerca del carácter pacífico de nuestra visita. Preferimos aterrizar solos, desarmados.

—Un acto muy cordial —comentó el gobernador sin convicción—. De modo que se trata de una nave muy grande.

—No es un buque de guerra, excelencia.

—Ajá, esto... ¿Y de dónde vienen?

—De un pequeño planeta del sector de Santanni, excelencia. Tal vez no esté al tanto de su existencia, pues no es un mundo relevante. Estamos interesados en establecer relaciones mercantiles.

—Relaciones mercantiles, ¿eh? ¿Y qué es lo que venden?

—Todo tipo de maquinaria, excelencia. A cambio, nos interesan sus alimentos, su madera y sus minerales.

—Ajá, esto... —El semblante del gobernador se tornó dubitativo—. No domino esos asuntos. Todos podríamos obtener algún beneficio. Quizá, una vez que haya examinado sus credenciales con detenimiento, ya que mi gobierno solicitará mucha información antes de que las negociaciones puedan avanzar, como comprenderán; y una vez que haya inspeccionado su nave, sería aconsejable que continuasen su viaje hasta Tazenda.

Los visitantes no contestaron a esto último y la actitud del gobernador se enfrió sensiblemente.

—Es necesario, no obstante, que vea su nave.

Channis habló con aire distraído.

—La nave, por desgracia, se encuentra en proceso de reparación. Si su excelencia no tiene inconveniente en concedernos cuarenta y ocho horas, quedará a su servicio.

—No estoy acostumbrado a esperar.

Por primera vez, Pritcher cruzó la mirada con su interlocutor, clavando sus ojos en los de él, hasta que notó una repentina opresión en el pecho. Por un instante, sintió que se ahogaba, pero no tardó en apartar la vista.

Channis no se inmutó.

—La nave no puede aterrizar hasta dentro de cuarenta y ocho horas, excelencia. Estamos aquí, desarmados. ¿Cómo podría dudar de la honradez de nuestras intenciones? —dijo.

Se instaló un largo silencio que el gobernador rompió con brusquedad.

—Háblenme del mundo del que proceden.

Eso fue todo. Así terminó. No hubo más discordia. El gobernador, cumplido su deber oficial, pareció perder el interés y dejó que la audiencia muriese de la forma más fría.

Y una vez que todo se acabó, Pritcher regresó a la habitación y meditó acerca de sí mismo.

Poco a poco, conteniendo la respiración, se zambulló en sus emociones. Desde luego, no se sentía especial, pero, ¿acaso era capaz de percibir alguna diferencia? ¿La había percibido desde la conversión del Mulo? ¿No le había parecido todo natural? ¿Como debía ser?

Experimentó.

Con firme decisión, inundó con un grito las silentes cavernas de su mente, un grito que decía: «Hay que encontrar y aniquilar la Segunda Fundación».

Y la emoción con que lo acompañó fue de odio puro, libre de la menor sombra de duda.

Después pensó en utilizar el nombre del Mulo en lugar del de la Segunda Fundación, lo que provocó que se sobrecogiese ante la sola idea y que la lengua se le trabase.

Hasta ahí, bien.

Pero, ¿y si lo habían manipulado de otro modo, con más sutileza? ¿Le habrían practicado cambios menores? ¿Cambios que no podía reconocer porque su misma existencia le nublaba el juicio?

No tenía manera de saberlo.

Con todo, la lealtad que le guardaba al Mulo seguía siendo absoluta. Mientras eso no cambiase, todo lo demás daba igual.

Se obligó a despejarse de nuevo. Channis estaba ocupado en su parte de la habitación. Pritcher activó su transmisor de muñeca con el pulgar.

Al oír la respuesta que emitió el dispositivo, sintió un inmenso alivio que le robó todas sus fuerzas.

Los rígidos músculos de su rostro no lo delataron, pero en su interior daba saltos de alegría. Y cuando Channis se giró para mirarlo, supo que la farsa tocaba a su fin.

Cuarto interludio

Los oradores se encontraron por el camino y uno de ellos detuvo al otro.

—Tengo noticias del Primer Orador.

Una sombra de congoja surcó los ojos de su interlocutor.

—¿Punto de intersección?

—¡Sí! ¡Ojalá vivamos para admirar el amanecer!

5
Un hombre y el Mulo

El comportamiento de Channis no daba pie a sospechar que había observado algún cambio sutil en la actitud de Pritcher o en la relación de ambos. Se reclinó en el duro banco de madera y extendió las piernas a lo ancho ante sí.

—¿Qué opinión le merece el gobernador?

Pritcher se encogió de hombros.

—Ninguna. Desde luego, no creo que sea una lumbrera. Si de verdad forma parte de la Segunda Fundación, debe de ser uno de sus miembros menos valiosos.

—No creo que pertenezca a la Segunda Fundación, ¿sabe? No sé muy bien qué pensar. Imagine que usted fuese uno de sus miembros —sugirió Channis con semblante meditabundo—, ¿qué haría? Imagine que sabe a qué hemos venido aquí. ¿Cómo nos trataría?

—Nos sometería a la conversión, por supuesto.

—¿Como el Mulo? —Channis levantó la vista de súbito—. Si nos convirtieran, ¿seríamos conscientes? Me pregunto... ¿Y si sólo fuesen psicólogos, aunque de una inteligencia extraordinaria?

—En ese caso, haría que nos matasen de inmediato.

—¿Y la nave? No. —Channis sacudió el dedo índice—. Esto es un farol, Pritcher, amigo mío. Tiene que ser un farol. Aunque tengan un control total sobre sus emociones, nosotros, usted y yo, sólo somos la cara visible. Es al Mulo a quien deben enfrentarse, y recelan tanto de nosotros como nosotros de ellos. Creo que saben quiénes somos.

Pritcher lo miró fríamente.

—¿Qué pretende hacer?

—Esperar —contestó con sequedad—. Dejar que se acerquen a nosotros. Están preocupados, tal vez por la nave, tal vez por el Mulo. Montaron la farsa del gobernador. No les funcionó. Nos mantuvimos firmes. La próxima persona que nos envíen sí que pertenecerá a la Segunda Fundación, y nos propondrá algún tipo de trato.

—¿Y entonces?

—Lo aceptaremos.

—No lo creo.

—¿Porque cree que sería como traicionar al Mulo? No será así.

—No, al Mulo no le afectaría ninguna traición que usted pudiera urdir. Aun así, no lo creo.

—¿Porque cree que entonces no podríamos traicionar a los miembros de la Fundación?

—Tal vez no. Pero ése no es el motivo.

Channis dejó que su mirada cayese hasta lo que Pritcher sostenía en su puño y dijo con tono grave:

—Quiere decir que ése es el motivo.

Pritcher blandió su desintegrador.

—Exacto. Queda arrestado.

—¿Por qué?

—Por traicionar al Primer Ciudadano de la Unión.

Los labios de Channis se crisparon.

—¿Qué sucede?

—¡Traición! Como decía. Y mi intento por corregirla.

410

—¿Pruebas? ¿O evidencias, indicios, ensoñaciones? ¿Se ha vuelto loco?

—No. ¿Y usted? ¿Cree que el Mulo embarca a bebés de pecho en aventuras absurdas así como así? Al principio me extrañó. Pero malgasté el tiempo dudando de mí. ¿Por qué iba a enviarlo a usted? ¿Por su sonrisa y su elegancia en el vestir? ¿Porque tiene veintiocho años?

—Porque soy de confianza, tal vez. ¿O acaso las explicaciones lógicas no son de su gusto?

—O tal vez porque no es de fiar. Cosa bastante lógica, por otra parte.

—¿Vamos a seguir comparando paradojas, o se trata de un juego para ver quién es capaz de decir menos con más palabras?

La pistola avanzó, con Pritcher detrás. Se irguió ante el joven:

—¡En pie!

Channis se levantó, sin excesiva premura. Ni siquiera encogió el estómago cuando el cañón del desintegrador le tocó el cinturón.

—Lo que quería el Mulo era encontrar la Segunda Fundación —dijo Pritcher—. Fracasó, al igual que yo, y el secreto que ninguno de los dos ha conseguido desentrañar seguía estando mejor guardado que nunca. De modo que sólo quedaba una posibilidad descabellada: encontrar un compañero de búsqueda que ya conociera el escondrijo.

—¿Y ése soy yo?

—Al parecer, lo era. Entonces no lo sabía, por supuesto, pero aunque mi mente ya no sea tan ágil como antes, todavía apunta en la dirección adecuada. ¡Con qué facilidad encontramos el Extremo de las Estrellas! ¡Cuán milagrosamente examinó la región de la Lente adecuada entre el número infinito de posibilidades al que nos enfrentábamos! Y una vez hecho eso, ¡qué bien que elegimos el punto de observación oportuno! ¡Patán insensato! ¿Tanto me subestimaba como para creer que podría tragarme cualquier cúmulo de casualidades, por imposibles que fueran?

—¿Insinúa que he hecho mi trabajo demasiado bien?

—Más que demasiado, para tratarse de alguien leal.

—¿Porque los estándares de éxito que me fijó eran demasiado bajos?

El desintegrador se clavó en su piel, aunque sólo el frío destello de los ojos denotaba la rabia creciente en el rostro que Channis tenía delante.

—Porque está a sueldo de la Segunda Fundación.

—¿A sueldo? —Con infinito desdén—. Demuéstrelo.

—O bajo la influencia mental.

—¿Sin el conocimiento del Mulo? Ridículo.

—Con el conocimiento del Mulo. Eso es precisamente lo que intento explicarle, mentecato imberbe. Con el conocimiento del Mulo. ¿Cómo si no se imagina que iban a darle una nave para que jugara con ella? Nos ha conducido a la Segunda Fundación, tal y como estaba previsto que hiciera.

—Creo que empiezo a separar algún que otro grano de trigo en medio de esta mole de paja. ¿Me permite preguntar por qué tendría que estar

411

haciendo todo esto? Si fuera un traidor, ¿por qué debería conducirlo a la Segunda Fundación? ¿Por qué no de un confín a otro de la Galaxia, rebotando de uno a otro lado con total despreocupación, sin descubrir más que en cualquiera de sus anteriores intentos?

—Por salvaguardar la nave. Y porque los hombres de la Segunda Fundación, evidentemente, necesitan armas atómicas para defenderse.

—Tendrá que esforzarse un poco más. Una nave más o menos no significaría nada para ellos, y si se imaginan que podrán utilizarla para extraer su ciencia y empezar a construir centrales nucleares el año que viene, me temo que se trata de unos segundos fundacionistas tremendamente ingenuos. Casi tanto como usted, me atrevería a decir.

—Podrá explicarle todo eso al Mulo.

—¿Regresamos a Kalgan?

—Al contrario. Nos quedamos aquí. Y el Mulo se reunirá con nosotros dentro de quince minutos, aproximadamente. ¿Cree que no nos ha seguido, mi astuto y sagaz monumento a la autovaloración? He representado bien su papel de señuelo invertido. Tal vez no haya conducido a nuestras víctimas hasta nosotros, pero sin duda nos ha conducido a nosotros hasta nuestras víctimas.

—¿Permite que me siente —dijo Channis— y le explique una cosa con dibujos? Se lo ruego.

—Se quedará de pie.

—En tal caso, se lo diré con palabras. ¿Cree que el Mulo podría habernos seguido gracias al hiperrastreador del circuito de comunicación?

Puede que el desintegrador sufriera un leve estremecimiento. Channis no estaría dispuesto a jurarlo.

—Disimula usted bien su sorpresa —dijo—. Pero no perderé el tiempo dudando de que la sienta. Sí, estaba enterado de ello. Y ahora que le he demostrado que sabía algo que usted desconocía que yo sospechara, le diré algo que usted desconoce y yo sé que ni siquiera sospecha.

—Se recrea usted demasiado con los preliminares, Channis. Creía que los engranajes de su inventiva estaban mejor engrasados.

—La inventiva tiene algo que ver con todo esto. Han intervenido traidores, por supuesto, o agentes enemigos, si prefiere ese término. Pero el Mulo estaba al corriente de ello, e intrigado. Verá, al parecer, algunos de sus conversos habían sido manipulados.

El desintegrador sufrió un nuevo estremecimiento. Inconfundible esta vez.

—Me reitero, Pritcher. Por eso me necesitaba. Yo no era un converso. ¿No le subrayó que necesitaba a alguien que no se hubiera convertido? ¿Aunque en realidad no le explicara por qué?

—A otro perro con ese hueso, Channis. Si me opusiera al Mulo, lo sabría. —En silencio, Pritcher se apresuró a sondear sus pensamientos. Todo parecía estar en orden. Aquel hombre era un flagrante embustero.

412

—Lo que quiere decir es que se siente leal al Mulo. Tal vez. Nadie ha tocado su lealtad. Sería demasiado fácil de detectar. ¿Pero cómo ve sus facultades mentales? ¿Embotadas? Desde el comienzo de este viaje, ¿se ha sentido normal en todo momento? ¿O lo asaltan a veces raptos extraños, como si algo anduviera mal? Oiga, ¿qué se propone, taladrarme sin necesidad de apretar el gatillo?

El desintegrador de Pritcher retrocedió medio centímetro.

—¿Qué insinúa?

—Le digo que lo han manipulado. Lo están controlando. No vio cómo el Mulo instalaba el hiperrastreador. No vio a nadie. Se lo encontró ahí, sin más, y dio por supuesto que había sido obra del Mulo, y desde entonces asume que nos estaba siguiendo. Por cierto, que el receptor de pulsera que lleva puesto contacta con la nave en una longitud de onda inaccesible para el mío. ¿Se cree que no me había percatado? —Hablaba más deprisa ahora, enfadado. La máscara de indiferencia se había disuelto y ya sólo quedaba la rabia—. Pero no es el Mulo lo que se dirige hacia nosotros desde ahí fuera. No se trata de él.

—¿De quién, si no?

—Bueno, ¿a usted qué le parece? Encontré el hiperrastreador el día que partimos. Pero en ningún momento sospeché del Mulo. Llegado ese punto, él no tenía ningún motivo para interferir. ¿No se da cuenta de lo ridículo que resulta? Si yo fuera un traidor y él lo supiera, me podría convertir con la misma facilidad que a usted, y obtendría de mi cabeza el secreto de la ubicación de la Segunda Fundación sin necesidad de obligarme a recorrer media Galaxia. ¿Sería usted capaz de ocultarle algún secreto al Mulo? Y si ese secreto no obrara en mi poder, no podría proporcionarle lo que busca. Así que, de una forma u otra, ¿qué sentido tendría embarcarme en la búsqueda?

»Es evidente que el hiperrastreador debió de plantarlo allí algún agente de la Segunda Fundación. El mismo que ahora se dirige hacia nosotros. ¿Y habrían podido engañarlo sin sabotear antes su queridísima mente? ¿En qué clase de realidad vive usted para confundir con sabiduría lo que no es sino un monumental disparate? ¿Llevar una nave a la Segunda Fundación, yo? ¿Para qué iban a querer una nave?

»Su objetivo es usted, Pritcher. Nadie sabe tanto sobre la Unión como usted, a excepción hecha del Mulo, pero para ellos usted no entraña tanto peligro como él. Por eso pusieron la dirección de la búsqueda en mis pensamientos. Huelga decir que era complemente imposible que encontrara Tazenda explorando la Lente al azar. Lo sabía. Pero también sabía que la Segunda Fundación nos seguía la pista, y que ellos eran los artífices de todo esto. ¿Por qué no seguirles el juego? Fue un duelo de faroles. Ellos nos querían a nosotros y yo quería su posición... y que el espacio se lleve al primero que rehúse ver la apuesta del otro.

»Seremos nosotros, no obstante, los que salgamos perdiendo como no deje de apuntarme con esa pistola. Idea, por cierto, que evidentemente no le pertenece a usted, sino a ellos. Deme el desintegrador, Pritcher. Sé que su mente se rebela contra la idea, pero no es usted el que habla por ella, sino la Segunda Fundación emboscada en su interior. Entrégueme el arma, Pritcher, y nos enfrentaremos juntos a lo que sea que se avecina.

Pritcher se debatía en un tumultuoso mar de horror y confusión. ¡Plausibilidad! ¿Realmente podía estar tan equivocado? ¿Por qué tenían que asaltarlo siempre las dudas? ¿Por qué no podía albergar ninguna certeza? ¿A qué se debía que Channis sonara tan plausible?

¡Plausibilidad!

¿O acaso batallaba su mente torturada contra esa supuesta invasión del exterior?

¿Estaba dividido en dos?

Con la mirada borrosa, vio a Channis de pie ante él, con la mano extendida, y de repente no le cupo duda de que iba a darle el desintegrador.

Cuando los músculos de su brazo se disponían ya a contraerse del modo pertinente para hacerlo, la puerta se abrió con parsimonia a su espalda, y Pritcher se giró.

Quizá haya personas en la Galaxia susceptibles de ser tomadas por quienes no son, aun cuando el observador disponga de todo el tiempo del mundo. Del mismo modo, en determinados contextos, la mente puede jugarnos malas pasadas y confundir aun las parejas de personas más improbables. Pero el Mulo está por encima de cualquier posible combinación de los dos factores.

Ni todo el martirio al que estaba sometido el raciocinio de Pritcher consiguió frenar el refrescante torrente de vigor que asaltó sus pensamientos.

Por lo que a su físico respectaba, el Mulo no podía dominar ninguna situación. Ésta no fue ninguna excepción.

Las capas de abrigo que se superponían sobre su enclenque figura lo engrosaban sin llegar a conferirle unas dimensiones normales. La nariz ganchuda que acostumbraba a empequeñecer sus facciones sobresalía ahora, colorada y aterida, entre los ribetes de tela que la enmarcaban.

Sería difícil imaginar un rescatador cuya estampa resultara más incongruente.

—No sueltes el desintegrador, Pritcher —dijo.

A continuación se giró hacia Channis, que se había sentado con un encogimiento de hombros, y añadió:

—El contexto emocional de la situación que nos ocupa resulta confuso y considerablemente conflictivo. ¿Qué es eso de que os seguía alguien más aparte de mí?

—¿Se plantó un hiperrastreador en nuestra nave por orden suya, señor? —preguntó con aspereza Pritcher.

La gélida mirada del Mulo se posó sobre él.

—Desde luego. ¿Qué probabilidad habría de que tuviera acceso a ella otra organización de la Galaxia aparte de la Unión de Mundos?

414

—Según él...

—Veamos, general, él está aquí presente. No será preciso recurrir a citas indirectas. ¿Decías algo, Channis?

—Sí. Pero al parecer me equivocaba, señor. Había elaborado la teoría de que el rastreador llegó a su sitio por mediación de un agente a sueldo de la Segunda Fundación, alguien cuyas intenciones nos habrían conducido hasta aquí, entuerto que me disponía a enderezar. Presentía, asimismo, que el general podría haber caído lo que se dice en sus garras.

—De todo lo cual se infiere que has cambiado de parecer.

—Me temo que así es. De lo contrario, en la puerta no habría aparecido usted, sino otro.

—Bueno, veamos, separemos el trigo de la paja. —El Mulo se quitó las capas más superficiales de ropa acolchada con calefacción eléctrica integrada—. ¿Te importa que me siente también? De acuerdo, aquí estamos a salvo y no corremos ningún peligro de que nadie nos interrumpa. Ninguno de los nativos de este pedazo de hielo sentirá el menor interés por acercarse a este lugar. Os lo garantizo —concluyó, revistiendo de sombría determinación la velada pero insistente alusión a sus poderes.

Channis no se molestó en disimular su contrariedad.

—¿A qué viene tanta intimidad? ¿Vendrá también alguien a servirnos el té antes de que salgan las bailarinas?

—Lo dudo. ¿Cuál era esa teoría que postulabas, muchacho? Un segundo fundacionista os seguía la pista merced a un instrumento cuyo único propietario soy yo y... ¿cómo dices que encontrasteis este lugar?

—Al parecer, señor, cabe suponer que, a fin de explicar una serie de hechos contrastados, se han plantado en mi cabeza determinadas ideas...

—¿Y los responsables serían los mencionados segundos fundacionistas?

—Me cuesta imaginar que el culpable sea otro.

—¿Y no se te ha ocurrido pensar que un segundo fundacionista capaz de obligarte, o engañarte, o persuadirte para ir a la Segunda Fundación por el motivo que fuere... supongo que te imaginabas que habría empleado para ello unos métodos similares a los míos, si bien, me permito recordarte, yo sólo puedo implantar emociones, no ideas... no se te ha ocurrido, decía, que si fuera capaz de hacer algo así, poca necesidad tendría de colocaros un hiperrastreador?

Ante esas palabras, Channis levantó la cabeza de golpe, sobresaltado, y miró a los grandes ojos de su soberano. Pritcher refunfuñó mientras una visible relajación se asentaba en sus hombros.

—No —fue la respuesta de Channis—, no se me había ocurrido.

—¿Y el hecho de que, en caso de que la necesidad los impeliera a rastrearos, eso significaría que no podían dirigiros y que, sin dirección, tendríais escasas probabilidades de encontrar el camino hasta aquí como habéis hecho? ¿Se te había ocurrido eso?

—No, eso tampoco.

—¿Por qué no? ¿Acaso tu talla intelectual se rebaja ahora a contemplar posibilidades de probada improbabilidad?

—La única respuesta a eso es otra pregunta, señor. ¿Respalda al general Pritcher en sus acusaciones de traición contra mi persona?

—¿Tendrías algo que alegar en tu defensa, si así fuera?

—Lo mismo que ya le he explicado al general. Si fuera un traidor y conociera el paradero de la Segunda Fundación, usted podría convertirme y extraerme la información directamente. Si consideró que era necesario rastrearme, eso significa que yo no poseía la información de antemano y, por consiguiente, no soy un traidor. Así respondo a su paradoja con otra.

—¿Conclusión?

—Que no soy ningún traidor.

—Aserto con el que debo mostrarme de acuerdo, puesto que tu razonamiento es irrefutable.

—Entonces, ¿puedo preguntarle por qué ordenó que nos siguieran en secreto?

—Porque existe una tercera explicación a todos los hechos. Pritcher y tú habéis justificado algunos de ellos, cada uno a vuestra manera, pero no todos. Si me concedéis un momento, os lo explicaré. Seré breve, para minimizar el riesgo de que nos aburramos. Siéntate, Pritcher, y dame el desintegrador. Ya no corremos peligro de que nos ataquen, ni los de aquí dentro ni los de ahí fuera. Ni siquiera nadie de la Segunda Fundación, de hecho. Gracias a ti, Channis.

Iluminaba la estancia el habitual sistema rossemiano de filamento calentado mediante electricidad. Una bombilla solitaria colgaba del techo, y a su tenue fulgor amarillo, los tres proyectaban sus sombras individuales.

—Puesto que consideré necesario rastrear a Channis —comenzó el Mulo—, es evidente que esperaba conseguir algo con ello. Y dado que se dirigió a la Segunda Fundación a una velocidad asombrosa, directamente, es razonable asumir que eso era lo que yo esperaba que ocurriera. Puesto que no obtuve la información directamente de él, debía de haber algo que me lo impedía. Ésos son los hechos. Channis, naturalmente, conoce la respuesta. Al igual que yo. ¿Y tú, Pritcher?

A lo que Pritcher respondió mansamente:

—No, señor.

—En ese caso, permite que te lo explique. Sólo una clase de persona podría conocer la ubicación de la Segunda Fundación e impedirme que la descubriera. Channis, me temo que eres un segundo fundacionista.

Channis apoyó los codos en las rodillas al inclinarse hacia delante.

—¿Cuenta con alguna prueba fehaciente? —replicó, con los labios crispados por la ira—. Hoy la deducción ya ha demostrado estar equivocada en dos ocasiones.

—Esas pruebas fehacientes existen, Channis. Descubrirlas fue lo más sencillo del mundo. Te dije que mis hombres habían sido manipulados. El responsable debía ser, por fuerza, alguien que aún no se hubiera convertido y estuviera razonablemente cerca del meollo de la cuestión. El abanico de posibilidades era amplio, pero no ilimitado. Eras demasiado popular, Channis. La gente te quería demasiado. Te llevabas demasiado bien con todo el mundo. Empecé a hacerme algunas preguntas...

»Cuando te llamé para pedirte que asumieras el relevo de esta expedición, no titubeaste. Observé tus emociones con detenimiento. No te preocupaba nada. Incurriste en un exceso de confianza, Channis. Nadie, por competente que fuera, podría haber evitado que lo asaltara siquiera un resquicio de vacilación ante semejante encargo. Puesto que tu mente era inmune a las dudas, deduje que sólo podías ser un insensato o un títere.

»No fue difícil poner a prueba las distintas alternativas. Invadí tu mente en un momento de relajación y la llené de pesar por un momento, antes de volver a liberarla. Después de aquello exhibiste una rabia tan conseguida que podría haber jurado que se trataba de una reacción natural, de no ser por lo que ocurrió antes. Y es que cuando volví del revés tus emociones, tan sólo durante un instante, un momento infinitesimal antes de que pudieras sobreponerte, tu mente se resistió. Era cuanto necesitaba saber.

»Nadie podría resistirse a mí, ni siquiera por ese ínfimo instante, sin un control parecido al mío.

—Bueno, ¿y ahora? —La voz de Channis sonó grave y agria—. ¿Ahora qué?

—Ahora morirás, como el segundo fundacionista que eres. Supongo que comprendes que se trata de una consecuencia inevitable.

Channis se encontró una vez más contemplando fijamente el cañón de un desintegrador. Un cañón guiado esta vez por una mente distinta de la de Pritcher, susceptible de malearse a su antojo; una mente tan madura como la suya, e igual de inmune a la fuerza.

El lapso de tiempo del que disponía para corregir el rumbo de los acontecimientos era minúsculo.

Para alguien dotado de la batería de sentidos habitual, incapaz de controlar las emociones, lo que sucedió a continuación es difícil de describir.

En esencia, esto es lo que percibió Channis en el diminuto espacio de tiempo que tardó el pulgar del Mulo en oprimir el contacto del gatillo.

En esos momentos, la estructura emocional del Mulo consistía en una determinación implacable e inmaculada, sin el menor atisbo de vacilación. A la postre, si Channis hubiera sentido la curiosidad necesaria para calcular el tiempo transcurrido entre la decisión de disparar y el impacto de las energías desintegradoras, habría descubierto que la cifra giraba en torno a la quinta parte de un segundo.

Un intervalo inapreciable.

Lo que el Mulo percibió en ese mismo lapso de tiempo tan diminuto fue que el potencial emocional del cerebro de Channis se había disparado de improviso sin que su mente acusara los efectos de ningún impacto y que, simultáneamente, un torrente irrefrenable de odio puro se derramaba sobre él procedente de una dirección inesperada.

Fue ese nuevo elemento emocional lo que apartó su pulgar del contacto. Nada más podría haberlo conseguido, y casi al mismo tiempo que el cambio de acción llegó una comprensión absoluta de la nueva situación.

El retablo duró mucho menos de lo que exigía la importancia que lo revestía, desde un punto de vista dramático. Allí estaba el Mulo, con el pulgar alejado del desintegrador, contemplando fijamente a Channis. Allí estaba Channis, en tensión, sin atreverse a respirar todavía. Y allí estaba Pritcher, convulsionándose en su silla; todos sus músculos se encontraban al borde de un colapso espasmódico; todos sus tendones se contorsionaban en un esfuerzo por abalanzarse hacia delante; sus facciones abandonaron por fin el estudiado hieratismo que las caracterizaba para transformarse en una irreconocible máscara mortuoria de escalofriante aversión; y sus ojos se mantenían fijos, por entero y en exclusiva, en el Mulo.

Channis y el Mulo intercambiaron tan sólo una o dos palabras; una o dos palabras, más el revelador torrente de consciencia emocional que representa el verdadero intercambio de información entre los seres como ellos. A causa de nuestras limitaciones, es necesario traducir en palabras lo que aconteció, tanto entonces como a continuación.

—Te encuentras entre dos fuegos, Primer Ciudadano —dijo Channis, con voz tensa—. No puedes controlar dos mentes a la vez, no cuando una de ellas es la mía, de modo que elige. Pritcher ya se ha liberado de la conversión. He roto las cadenas. Vuelve a ser el Pritcher de antes, el que intentó asesinarte una vez, el que cree que eres el enemigo de todo lo que es libre, justo y sagrado; el que sabe, además, que llevas cinco años humillándolo, obligándole a adularte sin poder evitarlo. En estos momentos lo contengo suprimiendo su voluntad, pero si me matas, eso se acabará, y en mucho menos tiempo del que tardarías en apuntar el desintegrador o incluso tu fuerza de voluntad, acabará contigo.

El Mulo, que ya se había percatado de eso, no se movió.

—Si te giras para someterlo a tu control —prosiguió Channis—, o para matarlo, o con cualquier otra intención, no serás lo bastante rápido para volverte de nuevo y detenerme.

El Mulo permaneció inmóvil. Exhaló un suave suspiro de resignación.

—Y ahora —dijo Channis—, suelta la pistola y, cuando volvamos a estar en igualdad de condiciones, podrás recuperar a Pritcher.

—Cometí un error —dijo el Mulo, al cabo—. Era contraproducente que hubiese una tercera persona presente cuando me enfrentara a ti. Eso introducía una variable de más. Supongo que es un error por el que habré de pagar.

Dejó caer el desintegrador descuidadamente y, de una patada, lo mandó a la otra punta de la estancia. Al mismo tiempo, Pritcher se sumió en un sueño profundo.

—Habrá recuperado la normalidad cuando despierte —informó con indiferencia el Mulo.

Había transcurrido menos de un segundo y medio desde que el pulgar del Mulo empezara a oprimir el contacto del gatillo hasta que soltó la pistola.

Pero justo debajo de los límites de la consciencia, rompiendo por un instante la superficie de lo detectable, Channis percibió un destello emocional fugitivo en la mente del Mulo. Un destello de seguridad y confianza en su triunfo.

6
Un hombre, el Mulo, y otro

Dos hombres, en apariencia relajados y completamente tranquilos, polos opuestos físicamente, con todos los nervios que les servían de detectores emocionales estremecidos por la tensión.

El Mulo, por vez primera en muchos años, albergaba dudas razonables sobre si podría salirse con la suya. Channis sabía que, si estaba a salvo por el momento, era sólo merced a un tremendo esfuerzo, y que la intensidad del asalto que amenazaba con abrumarlo no era nada para su adversario. En una prueba de resistencia, Channis sabía que saldría perdiendo.

Pero pensar así era una invitación a la muerte. Presentar una debilidad emocional ante el Mulo equivaldría a entregarle un arma. Se atisbaba ya algo, un resquicio de victoria, en la mente del Mulo.

Debía ganar tiempo.

¿Por qué tardaban tanto los otros? ¿En qué se basaba la confianza del Mulo? ¿Qué sabía su adversario que él desconocía? La mente que estaba vigilando no dejaba entrever nada. Tendría que ser capaz de leer los pensamientos, y aun así...

Channis se obligó a poner freno a sus elucubraciones desbocadas. Ganar tiempo, eso era lo único que importaba.

—Puesto que se ha decidido ya —dijo Channis—, sin que yo lo haya negado tras nuestro pequeño duelo por Pritcher, que soy un segundo fundacionista, ¿por qué no me explicas por qué he venido a Tazenda?

—Oh, no. —El Mulo se carcajeó con estridencia, confiado—. Yo no soy como Pritcher. No tengo por qué explicarte nada. Tenías tus motivos para actuar como lo has hecho. Fueran los que fuesen, tus actos se ajustaban a mis propósitos, y no necesito indagar más.

—Tu versión de la historia, sin embargo, debe de estar incompleta. ¿Es Tazenda la Segunda Fundación que esperabas encontrar? Pritcher no dejaba de hablar de tu otro intento por encontrarla, y del psicólogo que empleaste como herramienta, Ebling Mis. A veces peroraba ligeramente... ah... alentado por mí. Acuérdate de Ebling Mis, Primer Ciudadano.

—¿Por qué tendría que hacerlo? —¡Confianza!

Channis sentía cómo esa confianza se abría paso paulatinamente hacia el exterior, como si con el paso del tiempo, cualquier preocupación que pudiera tener el Mulo no hiciera sino desvanecerse cada vez más.

Refrenando con firmeza la oleada de desesperación que lo embargaba, dijo:

—¿Qué hay entonces de tu falta de curiosidad? Pritcher me contó que Mis se había llevado una inmensa sorpresa. Lo poseía una drástica necesidad de correr, de avisar cuanto antes a la Segunda Fundación. ¿Por qué? ¿Por qué? Ebling Mis falleció. La Segunda Fundación no recibió ninguna advertencia. Y sin embargo, la Segunda Fundación existe.

El Mulo sonrió con verdadero placer, y con una inesperada y sorprendente punzada de crueldad que Channis sintió avanzar para volver a retroceder de inmediato a continuación.

—Sólo que la Segunda Fundación, al parecer, sí recibió alguna advertencia. De lo contrario, ¿cómo y por qué llegó un tal Bail Channis a Kalgan para manipular a mis hombres y arrogarse la ingrata tarea de imponerse a mi intelecto? El aviso llegó demasiado tarde, eso es todo.

—Entonces —Channis dejó que una oleada de compasión brotara de él—, ni siquiera sabes qué es la Segunda Fundación, ni nada acerca del significado ulterior de todo cuanto ha sucedido.

¡Ganar tiempo!

El Mulo sintió la compasión de su interlocutor e inmediatamente entornó los párpados con hostilidad. Se frotó la nariz en un gesto característico, con cuatro dedos, y repuso:

—Veo que te estás divirtiendo. ¿Qué ocurre con la Segunda Fundación?

Channis habló pausadamente, con palabras en lugar de simbología emocional. Dijo:

—Por lo que he oído, lo que más intrigaba a Mis era el misterio que rodeaba a la Segunda Fundación. Hari Seldon fundó sus unidades de forma completamente distinta. La Primera Fundación era un estallido que en dos siglos deslumbró a media Galaxia, y la segunda era un abismo de oscuridad.

»Es imposible entender el porqué de que esto fuera así, a menos que se reviva de nuevo el ambiente intelectual de los días del Imperio moribundo. Fue una época marcada por los absolutos, por generalidades desmesuradas, al menos en teoría. Los diques erigidos contra el desarrollo de nuevas ideas denotaban una cultura moribunda, por supuesto. La fama de Seldon se debe a su rebelión contra esos diques. Fue aquella última chispa de creatividad juvenil que anidaba en su interior lo que imprimió un resplandor crepuscular al Imperio, un tenue presagio del sol naciente que sería el Segundo Imperio.

—Muy melodramático. ¿Y qué?

—Que creó sus Fundaciones de acuerdo con las leyes de la psicohistoria, ¿pero quién mejor que él sabía que incluso esas leyes eran relativas? Seldon nunca creó un producto acabado. Ésa es tarea para mentes en declive. La suya era un mecanismo en constante evolución, evolución de la que la Segunda Fundación fue el instrumento. Nosotros, Primer Ciudadano de la Unión Temporal de Mundos, nosotros somos los guardianes del plan de Seldon. ¡Sólo nosotros!

—¿Qué intentas, alentarte con tus propias palabras —inquirió con desdén el Mulo— o impresionarme? Ni la Segunda Fundación, ni el plan de Seldon, ni el Segundo Imperio me impresionan lo más mínimo, como tampoco suscitan en mí la menor compasión, simpatía, responsabilidad ni ningún otro tipo de ayuda emocional que esperes extraer de mí. Y en cualquier caso, desdichado, refiérete a la Segunda Fundación en pasado, porque ha sido destruida.

Channis sintió cómo la intensidad del potencial emocional que presionaba contra su mente aumentaba cuando el Mulo se levantó de la silla y se acercó a él. Se debatió con fiereza, pero algo se introdujo insidioso dentro de él, embistiendo y empujando su mente hacia atrás, imparable.

Tocó la pared con la espalda. El Mulo se plantó ante él con los brazos en jarras, curvados sus labios en una sonrisa truculenta bajo aquella nariz montañosa.

—Se acabó el juego, Channis. El tuyo y el de todos los hombres de lo que antes era la Segunda Fundación. ¡Antes! ¡Porque ya no existe!

»¿Qué hacías aquí sentado todo este tiempo, de cháchara con Pritcher cuando podrías haberlo eliminado y recogido su desintegrador sin emplear ni un ápice de fuerza física? Me esperabas, ¿verdad?, querías recibirme en una situación que no despertara demasiadas sospechas.

»Lástima que mis sospechas ya estuvieran despiertas. Sabía quién eras. Te conocía bien, Channis de la Segunda Fundación.

»¿Pero a qué esperas ahora? Sigues arrojándome palabras desesperadamente, como si el mero sonido de tu voz pudiera dejarme petrificado en el sitio. Mientras hablas, hay algo dentro de tu mente que espera y espera, y sigue esperando. Pero no viene nadie. Ninguno de los que aguardas, ninguno de tus aliados. Estás solo aquí, Channis, y seguirás estándolo. ¿Sabes por qué?

»Porque tu Segunda Fundación se equivocó conmigo, de medio a medio. Conocía su plan de antemano. Creerían que te seguiría hasta aquí y me quedaría paralizado como un pato de feria. Tú debías ser el señuelo; el señuelo para un miserable mutante, debilucho e incauto, tan obsesionado con conseguir su Imperio que caería en la trampa sin sospechar nada. ¿Pero soy su prisionero?

»Me pregunto si se les habría ocurrido cómo podría llegar hasta aquí sin mi flota, contra cuya artillería están por completo indefensos. Si se les habría ocurrido que no me detendría a discutir ni a esperar a ver cómo se desarrollaban los acontecimientos.

»Mis naves despegaron con rumbo a Tazenda hace doce horas, y su misión ya prácticamente ha terminado. Tazenda ha quedado reducida a escombros, sus principales centros de población han sido arrasados. No hubo resistencia. La Segunda Fundación ya no existe, Channis... y yo, el extravagante feo y enclenque, soy el amo de la Galaxia.

Channis sacudió la cabeza sin poder evitarlo.

—No... No...

—Sí... Sí... —lo imitó el Mulo—. Y aunque tú probablemente seas el último superviviente, tampoco eso durará mucho más.

Siguió a sus palabras una breve pausa, ominosa; Channis hubo de contenerse para no gritar de dolor ante la desgarradora invasión de los tejidos más recónditos de su mente.

El Mulo retrocedió y musitó:

—No es suficiente. No has superado la prueba, después de todo. Tu desesperación es fingida. Lo que sientes no es el pánico incontrolable inherente a la destrucción de un ideal, sino el mezquino temor a la destrucción personal.

Los dedos del Mulo se cerraron en torno a la garganta de Channis en una presa floja que Channis, sin embargo, se vio incapaz de romper.

—Eres mi salvoconducto, Channis. Serás mi guía y mi sostén en caso de que haya cometido algún error de cálculo. —Los ojos del Mulo se clavaron en él. Insistentes... Imperiosos...—. ¿Son correctos mis cálculos, Channis? ¿He sido más listo que tus hombres de la Segunda Fundación? Tazenda está destruida, Channis, la devastación es absoluta. ¿A qué viene, entonces, esa farsa de desesperación? ¿Dónde está la realidad? ¡Exijo conocer la verdad! Habla, Channis, habla. ¿Acaso no he penetrado aún a bastante profundidad? ¿Existe todavía algún peligro? Habla, Channis. ¿En qué me he equivocado?

Channis sintió como si le arrancaran las palabras de la boca. Se resistían a salir. Apretó los dientes para cortarles el paso. Se mordió la lengua. Tensó todos los músculos de la garganta.

Pero aun así, salieron, jadeantes, extraídas a la fuerza, destrozándole la garganta, la lengua y los dientes en el proceso.

—La verdad —gimió—, la verdad...

—Sí, la verdad. ¿Qué queda aún por hacer?

—Seldon estableció la Segunda Fundación aquí. Aquí, como dije antes, no mentía. Los psicólogos llegaron y arrebataron el control de manos de la población nativa.

—¿De Tazenda? —El Mulo se zambulló en las tortuosas aguas de la vorágine emocional de su interlocutor, removiéndolas sin compasión—. Es Tazenda lo que he destruido. Ya sabes qué es lo que quiero. Dámelo.

—No me refiero a Tazenda. Dije que los segundos fundacionistas podrían no ser quienes en apariencia ostentaran el poder. Tazenda es una fachada. —Sus palabras resultaban prácticamente ininteligibles, formadas contra el último ápice de fuerza de voluntad del segundo fundacionista—. Rossem... Rossem... Rossem es el mundo...

El Mulo aflojó su presa, y Channis se desplomó, desmadejado, torturado de dolor.

—¿Creías que me podrías engañar? —preguntó con suavidad el Mulo.

—Te engañé —replicó Channis, con el último hálito de resistencia que agonizaba en su interior.

—Pero no lo suficiente para ti y los tuyos. Estoy en contacto con mi flota. Y después de Tazenda vendrá Rossem. Pero primero...

Channis sintió cómo la agónica oscuridad se alzaba contra él. Ni siquiera cubriéndose los ojos con el brazo en un acto reflejo fue capaz de repelerla. Era una oscuridad opresora, y mientras sentía cómo su mente malherida retrocedía cada vez más hacia la negrura sin fin, vislumbró una vez más al Mulo triunfal, ese palo de escoba burlón, estremecida de risa su nariz ganchuda.

El sonido se apagó de forma gradual. Las tinieblas lo envolvieron con ternura en su abrazo.

Todo acabó con una sensación desgarradora, como el resplandor zigzagueante de un rayo, y Channis regresó a la tierra mientras sus ojos empañados por las lágrimas recuperaban penosamente la vista.

Un dolor insoportable le atenazaba la cabeza, y sólo con una puñalada de agonía consiguió llevarse una mano a la sien.

Era evidente que seguía con vida. Con suavidad, como plumas atrapadas en una corriente de aire, sus pensamientos se estabilizaron y volvieron a asentarse. Una sensación reconfortante lo invadió desde el exterior. Muy despacio, afrontó el martirio de girar el cuello... y le sobrevino una punzada de alivio.

Pues la puerta se había abierto, y en el umbral estaba el Primer Orador. Intentó hablar, gritar, advertirlo, pero tenía la lengua paralizada y sabía que una parte de la poderosa mente del Mulo lo retenía aún y le anulaba la facultad del habla.

Torció el cuello una vez más. El Mulo todavía estaba en la habitación, furioso, con la mirada encendida. Había dejado de reírse, pero mostraba los dientes en una sonrisa feroz.

Channis sintió la caricia balsámica de la influencia mental del Primer Orador, seguida de un entumecimiento fruto del contacto con las defensas del Mulo. Tras un forcejeo fugaz, se replegó.

—Otro recibimiento —dijo el Mulo, rechinando los dientes, con una ira que resultaba grotesca en su magro armazón. Su ágil mente extendió los tentáculos fuera de la estancia, lejos, más lejos aún—. Has venido solo.

El Primer Orador asintió.

—Completamente solo. Es preciso que sea así, puesto que fui yo quien falló al calcular tu futuro hace cinco años. Corregir ese error sin ayuda me proporcionaría cierta satisfacción. Lamentablemente, no contaba con el campo de repulsión emocional con el que has rodeado este lugar. Me ha costado traspasarlo. Te felicito por lo ingenioso de su factura.

—Gracias por nada —fue la hostil réplica—. No malgastes lisonjas conmigo. ¿Has venido para sumar tu insignificante intelecto al de ese portento de ahí?

El Primer Orador esbozó una sonrisa.

—El hombre al que llamas Bail Channis ha desempeñado bien su función, sobre todo si tenemos en cuenta que no era rival para tus facultades mentales. Veo, eso sí, que no le has tratado bien, aunque puede aún consigamos recomponerlo por completo. Es un hombre valiente, ¿sabes? Se ofreció voluntario para esta misión, aunque las matemáticas nos permitían predecir con exactitud la magnitud de los estragos que sufriría su mente, una alternativa mucho más sobrecogedora que la mera mutilación física.

La mente de Channis palpitaba fútilmente con todo lo que quería decir y no podía; la advertencia que le gustaría gritar y no era capaz. Sólo lograba emitir un torrente continuo de miedo... miedo...

El Mulo mantuvo la calma.

—Supongo que estás al corriente de la destrucción de Tazenda.

—Así es. El asalto de tu flota estaba previsto.

—Sí, me lo imagino. —Sombrío—. Pero no se ha evitado, ¿eh?

—No, no se ha evitado. —La simbología emocional del Primer Orador era elocuente. Denotaba un horror y una repugnancia completas hacia sí mismo—. Y la culpa es mucho más mía que tuya. ¿Quién podría haberse imaginado tus poderes hace cinco años? Desde el principio, desde el momento en que capturaste Kalgan, sospechamos que poseías la facultad de controlar las emociones. Lo cual no constituía una sorpresa excesiva, Primer Ciudadano, como puedo explicarte.

»El contacto emocional que poseemos tú y yo no es ningún desarrollo novedoso. De hecho, es consustancial al cerebro humano. La mayoría de los seres humanos pueden leer las emociones de forma rudimentaria, asociándolas pragmáticamente a la expresión facial, la entonación de la voz, etcétera. Son varios los animales que comparten esa facultad en mayor grado; se valen en gran medida del sentido del olfato, y las emociones implicadas son, por supuesto, menos complejas.

»Lo cierto es que el potencial de los seres humanos es mucho mayor, pero la capacidad de establecer un contacto emocional directo comenzó a atrofiarse con el desarrollo de la expresión oral hace un millón de años. Nuestra Segunda Fundación se precia de haber devuelto siquiera una parte de su potencial a este sentido olvidado.

»Pero no nacemos con todas sus posibilidades intactas. Un millón de años de deterioro es un escollo formidable, y debemos educar ese sentido, ejercitarlo como haríamos con nuestros músculos. Ahí radica la diferencia fundamental entre nosotros. Tú naciste con él.

»Nuestros cálculos lo corroboran. También podíamos estimar el efecto que surtiría semejante sentido sobre una persona en un mundo poblado por seres que no lo poseyeran. El proverbial tuerto en el país de los ciegos. Calculamos hasta qué punto sucumbirías a la megalomanía y pensamos que estábamos preparados. Así era... salvo por dos factores.

»El primero, el tremendo alcance de tu sentido. El contacto visual limita nuestra influencia emocional, motivo por el cual somos más vulnerables a las armas físicas de lo que supones. La vista desempeña un papel crucial. En tu caso es distinto. Se sabe que has tenido a personas bajo tu control y, más aún, que has establecido una conexión emocional íntima con ellas lejos del alcance de la vista y el oído. Eso lo descubrimos demasiado tarde.

»En segundo lugar, desconocíamos tus limitaciones físicas, en especial la que debía de parecerte tan importante como para llevarte a adoptar el nombre del Mulo. No previmos que no eras un simple mutante, sino además estéril, y la distorsión psíquica añadida fruto de tu complejo de inferioridad nos pasó desapercibida. Sólo habíamos contemplado tu megalomanía, no una intensa paranoia psicopática.

»La responsabilidad de haber pasado todo eso por alto pesa sobre mis hombros, pues yo era el líder de la Segunda Fundación cuando capturaste Kalgan. Averiguamos la verdad cuando destruiste la Primera Fundación, pero entonces ya era demasiado tarde, y por culpa de eso han muerto millones de personas en Tazenda.

—¿Y ahora te propones corregir las cosas? —Los finos labios del Mulo se curvaron mientras su mente palpitaba de odio—. ¿Qué piensas hacer? ¿Cebarme? ¿Imprimirme un vigor masculino? ¿Borrar de mi pasado la interminable niñez en un entorno alienígena? ¿Lamentas mi sufrimiento? ¿Lamentas mi infelicidad? Yo no lamento lo que la necesidad me empujó a hacer. Que la Galaxia se proteja como pueda, porque no movió ni un dedo para protegerme a mí cuando lo necesitaba.

—Tus emociones son, por supuesto —dijo el Primer Orador—, simples hijas de tu historia y no pueden condenarse, tan sólo cambiarse. La destrucción de Tazenda era inevitable. La alternativa habría sido una devastación mucho mayor que se extendería por toda la Galaxia por espacio de varios siglos. Hicimos cuanto estaba en nuestras manos, a pesar de las limitaciones. Evacuamos a tantos habitantes de Tazenda como pudimos. Descentralizamos el resto del planeta. Por desgracia, nuestras medidas inevitablemente distaban de ser suficientes. Varios millones de almas quedaron abandonadas a su destino. ¿No lamentas sus muertes?

—En absoluto, como tampoco lamento las de los cientos de miles que perecerán en Rossem en menos de seis horas.

—¿En Rossem? —preguntó atropelladamente el Primer Orador.

Se giró hacia Channis, que se había obligado a incorporarse a medias, y su mente ejerció su poder. Channis sintió el duelo de las fuerzas que batallaban por él, sus ataduras se rompieron por un instante, y las palabras escaparon tambaleándose de sus labios:

—Señor, he fallado por completo. Me arrancó la información menos de diez minutos antes de su llegada. No fui capaz de resistirme, sería inútil buscar excusas. Sabe que Tazenda no es la Segunda Fundación. Sabe que es Rossem.

Las ataduras volvieron a cernirse sobre él.

El Primer Orador frunció el ceño.

—Ya veo. ¿Qué te propones hacer?

—¿De veras te lo preguntas? ¿Tanto te cuesta entender lo obvio? Durante todo el tiempo que has dedicado a sermonearme sobre la naturaleza de la conexión emocional, durante todo este tiempo que has dedicado a arrojarme palabras como megalomanía y paranoia, yo estaba trabajando. He establecido el contacto con mi flota, y ésta ha recibido sus instrucciones. Dentro de seis horas, a menos que por algún motivo deba anular la orden, bombardearán todo Rossem salvo esta aldea aislada y un área de ciento cincuenta kilómetros cuadrados a su alrededor. Una vez terminado su minucioso cometido, aterrizarán aquí.

»Dispones de seis horas, y en ese tiempo no podrás derrotar mi mente, ni salvar al resto de Rossem.

El Mulo extendió las manos y se rio una vez más mientras el Primer Orador parecía tener problemas para asimilar este nuevo rumbo de los acontecimientos.

—¿Cuál es la alternativa? —preguntó.

—¿Por qué tendría que haberla? Ninguna alternativa podría ofrecerme nada más que ganar. ¿Deberían importarme las vidas de los habitantes de Rossem? Quizá si permitís que mis naves aterricen y os entregáis todos... todos los hombres de la Segunda Fundación... a la cantidad de control mental que yo considere satisfactoria, podría anular los bombardeos. Disponer de tantas mentes privilegiadas bajo mi control podría resultar útil. Por otra parte, supondría un esfuerzo considerable y quizá no merezca la pena, después de todo, así que no me ilusiona especialmente que accedas a ello. ¿Qué me dices, segundo fundacionista? ¿Qué arma tienes contra mi mente, la cual es al menos tan poderosa como la tuya, y contra mis naves, las cuales son más poderosas que cualquier cosa con cuya posesión hayas soñado alguna vez?

—¿Que qué tengo? —repitió despacio el Primer Orador—. Pues, nada... salvo por un detalle, un ápice de información tan diminuto que ni siquiera obra aún en tu poder.

—Rápido —se mofó el Mulo—, invéntate algo, deprisa. Pero por mucho que te retuerzas, no conseguirás escapar de esta ratonera.

—Pobre mutante —dijo el Primer Orador—, no necesito escapar de nada. Hazte una pregunta: ¿por qué enviamos a Bail Channis a Kalgan como señuelo? Bail Channis, quien pese a su juventud y su valentía era tan poco rival para tu superioridad mental como ese agente tuyo que está ahí dormido, Han Pritcher. ¿Por qué no fui yo, o cualquier otro de nuestros líderes, alguien que habría estado más a tu altura?

—Quizá —resonó confiada la respuesta— porque no fuisteis lo suficientemente insensatos, puesto que ninguno de vosotros es rival para mí.

—El verdadero motivo es más lógico. Sabías que Channis era segundo fundacionista. Carecía de la habilidad para ocultártelo. Y también sabías que eras superior a él, por lo que no temías seguirle la corriente y acompañarlo como él quería para dejarlo incapacitado más adelante. Si hubiera ido yo a Kalgan, me habrías asesinado, al constituir una verdadera amenaza, o si hubiera evitado morir ocultando mi identidad, habría fracasado en mi empeño de persuadirte para que salieras conmigo al espacio. Lo único que te podía tentar era la inferioridad reconocida. Y si te hubieras quedado en Kalgan, ni toda la fuerza de la Segunda Fundación podría haberte hecho siquiera un rasguño, rodeado como estabas por tus hombres, tus máquinas y tu poder mental.

—Mi poder mental sigue estando aquí conmigo, sabandija —dijo el Mulo—, y mis hombres y mis máquinas no se encuentran muy lejos.

—Cierto, pero no estás en Kalgan. Estás aquí, en el reino de Tazenda, presentado de forma lógica ante ti como la Segunda Fundación... presentado de forma sumamente lógica. No podía ser de otro modo, Primer Ciudadano, pues eres un hombre sabio, y sólo la lógica podría seducirte.

—Correcto, una victoria efímera por vuestra parte, pero aún tuve tiempo de extraer la verdad de vuestro hombre, Channis, y la perspicacia necesaria para comprender que dicha información existía.

—Y nosotros por nuestra parte, oh, genio de sutileza insuficiente, comprendimos que podrías extralimitarte en tu celo, por lo que Bail Channis estaba preparado para ello.

—Queda demostrado que no, pues su cerebro ha quedado tan limpio como un pollo desplumado. Se rindió ante mí, despavorido, y no faltaba a la verdad cuando afirmó que Rossem era la Segunda Fundación, pues lo había aplastado de tal manera que al subterfugio no le quedaba ni tan siquiera un pliegue microscópico en el que atrincherarse.

—Cierto. Lo cual dice mucho a favor de nuestra capacidad de previsión. Ya te he explicado que Bail Channis era un voluntario. ¿Sabes qué clase de voluntario? Antes de abandonar nuestra Fundación para reunirse contigo en Kalgan, se sometió a una drástica operación de cirugía emocional. ¿Crees que eso bastaba para engañarte? ¿Crees que Bail Channis, mentalmente intacto, tendría la menor oportunidad de engañarte? No, Bail Channis era víctima de un engaño a su vez, por necesidad y voluntad propia. En el fondo de su mente, Bail Channis sinceramente cree que Rossem es la Segunda Fundación.

»Hace tres años que los de la Segunda Fundación comenzamos a construir esa fachada aquí, en el reino de Tazenda, en previsión de tu llegada. Y hemos tenido éxito, ¿verdad? Llegaste a Tazenda, y más allá, hasta Rossem... pero una vez llegado a ese punto, no podías continuar.

El Mulo se puso de pie.

—¿Te atreves acaso a insinuar que tampoco Rossem es la Segunda Fundación?

Channis, tendido en el suelo, sintió cómo sus ataduras se rompían definitivamente merced a un torrente de fuerza mental procedente del Primer Orador, y se incorporó con esfuerzo. Profirió un alarido cargado de incredulidad:

—¿Quieres decir que Rossem no es la Segunda Fundación?

A su alrededor rugía una vorágine compuesta de recuerdos fragmentados y certidumbres derribadas.

El Primer Orador sonrió:

—¿Lo ves, Primer Ciudadano? Channis se ha sorprendido tanto como tú. Por supuesto que Rossem no es la Segunda Fundación. Habría que estar loco para conducir hasta nuestro mundo a nuestro mayor enemigo, el más poderoso y peligroso. No, de ninguna manera.

»Que tu flota bombardee Rossem, Primer Ciudadano, si es eso lo que quieres. Que destruyan todo lo que puedan. A lo sumo conseguirán matarnos a Channis y a mí, lo cual no mejoraría en nada tu situación.

»Pues la expedición a Rossem de la Segunda Fundación que llegó aquí hace tres años para ejercer temporalmente el papel de ancianos de esta aldea embarcó ayer y vuela de regreso a Kalgan en estos momentos. Eludirán a tu flota, por supuesto, y llegarán a Kalgan al menos un día antes que tú, motivo por el cual te cuento todo esto. A menos que anule mis órdenes, a tu vuelta encontrarás tan sólo un Imperio sublevado, un reino desintegrado, y únicamente los integrantes de tu flota seguirán profesándote lealtad. Estarán en franca inferioridad numérica. Y más aún, los hombres de la Segunda Fundación se habrán infiltrado en tu armada, y se asegurarán de que no reconviertas a nadie. Tu Imperio ha tocado a su fin, mutante.

Muy despacio, el Mulo agachó la cabeza mientras la rabia y la desesperación acorralaban por completo su mente.

—Sí. Demasiado tarde... Demasiado tarde... Ahora lo veo.

—Ahora lo ves —convino el Primer Orador—, y ahora no.

En la desesperación del momento, cuando la mente del Mulo se encontraba expuesta, el Primer Orador, preparado para ese momento y seguro de su naturaleza, penetró rápidamente. Bastó una insignificante fracción de segundo para consumar el cambio por completo.

El Mulo levantó la cabeza.

—Entonces —dijo—, ¿debo regresar a Kalgan?

—Desde luego. ¿Cómo te encuentras?

—Perfectamente. —Frunció el ceño—. ¿Quién eres?

—¿Importa, acaso?

—Por supuesto que no. —Dio por concluida la cuestión y tocó el hombro de Pritcher—. Despierta, Pritcher, nos vamos a casa.

Hubieron de transcurrir dos horas antes de que Bail Channis se sintiera lo bastante restablecido como para caminar por sí solo.

—¿No recordará nada? —preguntó.

—Jamás. Conserva sus poderes mentales y su Imperio... pero ahora sus motivaciones son completamente distintas. El mero concepto de la Segunda Fundación se ha convertido en una entelequia para él, y está en paz. A partir de ahora será también más feliz, durante los contados años de vida que le conceda su psique desajustada. Y después, a su muerte, el plan de Seldon continuará... de alguna manera.

—¿Y es cierto —lo urgió Channis—, es cierto que Rossem no es la Segunda Fundación? Juraría... Te aseguro que sé que lo es. No estoy loco.

—No estás loco, Channis, sencillamente cambiado, como decía. Rossem no es la Segunda Fundación. Ven. También nosotros regresaremos a casa.

Último interludio

Encerrado en su pequeña habitación de baldosas blancas, Bail Channis dejaba que su mente se relajara. Se conformaba con vivir en el presente. Allí estaban las paredes, la ventana y la hierba en el exterior. No tenían nombre. Eran simples objetos. Había una cama, una silla y libros que se reproducían ociosos en la pantalla sita al pie de su cama. Una enfermera le traía la comida.

Al principio se había esforzado por ordenar el rompecabezas de las palabras sueltas que llegaban a sus oídos. Como las de la conversación entre aquellos dos hombres.

Uno había dicho:

—La afasia ya se ha completado. Se ha despejado, y creo que sin provocar daños. Bastará con restaurar la copia de la configuración original de sus ondas mentales.

Recordaba los sonidos de memoria; sonidos que, por algún motivo, le parecían peculiares... como si pudieran tener algún sentido. Para qué molestarse.

Era mejor contemplar los bonitos colores que fluctuaban en la pantalla que había al pie de la cosa en la que estaba tumbado.

Entonces entró alguien, y le hizo algo, y durante mucho tiempo, Channis durmió.

Cuando eso hubo pasado, la cama era de repente una cama y supo que se encontraba en un hospital, y las palabras que recordaba cobraron sentido.

Se sentó.

—¿Qué sucede?

El Primer Orador estaba a su lado.

—Estás en la Segunda Fundación, y has recuperado tu mente; tu mente original.

—Sí. ¡Sí! —Channis comprendió que volvía a ser el mismo, y lo embargó una alegría triunfal.

—Dime —continuó el Primer Orador—, ¿sabes ahora dónde está la Segunda Fundación?

La verdad se cernió sobre él como una ola gigante, y Channis no respondió. Al igual que Ebling Mis antes que él, sólo era consciente de una sorpresa tan vasta como paralizante.

Hasta que por fin asintió con la cabeza y respondió:

—Por las estrellas de la Galaxia... ahora lo sé.

Segunda parte

La búsqueda
de la Fundación

7
Arcadia

DARELL, ARKADY: Novelista, nacida el 5 del 11 de 362 E. F., fallecida el 7 del 1 de 443 E. F. Arkady Darell, escritora principalmente de narrativa, es conocida sobre todo por la biografía de su abuela, Bayta Darell. Basada en información de primera mano, ésta ha servido durante siglos como principal fuente de información acerca del Mulo y su época [...] Al igual que Recuerdos desenterrados, *su novela* Una y otra vez *constituye un reflejo evocador de la brillante sociedad kalganiana de comienzos del Interregno, inspirada, cuentan, por una visita que realizó a Kalgan cuando era joven [...]*
ENCICLOPEDIA GALÁCTICA

Arcadia Darell declamó con firmeza al micrófono de su transcriptora:

—El futuro del plan de Seldon, de A. Darell.

A continuación, ceñuda, pensó que algún día, cuando fuera una escritora famosa, firmaría todas sus obras maestras con el pseudónimo de Arkady. Arkady a secas. Sin apellidos.

«A. Darell» era la misma rúbrica insulsa con la que se esperaba que identificara las redacciones para su clase de Composición y Retórica. Se esperaba lo mismo de todos los demás chicos, a excepción de Olynthus Dam, porque el aula entera se había mondado de risa la primera vez que lo hizo. Además, «Arcadia» era un nombre de niña pequeña que le habían impuesto porque así se llamaba su bisabuela. Sus padres no tenían ni pizca de imaginación.

Ahora que hacía dos días que había cumplido los catorce, cualquiera pensaría que se darían cuenta de que ya era adulta y la llamarían Arkady. Apretó los labios mientras recordaba cómo su padre había levantado la cabeza del librovisor apenas el tiempo necesario para decir: «Pero si vas a fingir que tienes diecinueve años, Arcadia, ¿qué harás cuando tengas veinticinco y los chicos te tomen por una de treinta?».

Desde su posición, refugiada entre los brazos de su sillón favorito, podía ver el espejo de su tocador. Uno de sus pies le obstaculizaba ligeramente la vista porque su zapatilla no dejaba de dar vueltas alrededor del dedo gordo, de modo que se la calzó y se sentó con una rigidez antinatural en el cuello que estaba segura que, de alguna manera, le confería hasta cinco centímetros extra de esbeltez nobiliaria.

Se quedó observando sus facciones por un momento, contemplativa. Demasiado gorda. Separó las mandíbulas medio centímetro tras los labios cerrados, y reparó en las trazas resultantes de delgadez antinatural que se apoderaron de todos sus ángulos. Se humedeció los labios con una rápida pincelada de la lengua y los frunció en un mohín lubrificado. A continuación, dejó que sus párpados cayeran como si el peso de sus vivencias fuera excesivo para ellos. Ay, córcholis, si por lo menos sus mejillas no tuvieran ese estúpido tinte rosado.

Probó a apoyar las puntas de los dedos en las comisuras de sus ojos y se estiró sutilmente los párpados en busca de esa misteriosa languidez exótica que era propia de las mujeres de los sistemas estelares del interior, pero sus manos estaban en medio y no pudo ver bien el resultado.

Luego levantó la barbilla, ensayó un medio escorzo, y con la vista algo cansada de tanto mirar por el rabillo del ojo y los músculos del cuello ligeramente doloridos, dijo, con una voz que estaba una octava por debajo de su timbre natural:

—En serio, padre, si crees que me importa una partícula lo que piensen unos mocosos ridículos, te...

Recordó entonces que aún sostenía la transcriptora abierta en la mano.

—Ay, córcholis —musitó, atemorizada, y lo apagó.

En la hoja de papel tenuemente violeta, con una línea de color melocotón en el margen izquierdo, se podía leer lo siguiente:

EL FUTURO DEL PLAN DE SELDON

En serio, padre, si crees que me importa una partícula lo que piensen unos mocosos ridículos, te

Ay, córcholis.

Arrancó la hoja de la máquina con irritación, y otra encajó limpiamente en su lugar.

Pero su semblante se relajó, no obstante, olvidada la mortificación, y sus labios carnosos se tensaron en una sonrisa de complacencia. Olisqueó la hoja con delicadeza. Perfecto. El toque justo de elegancia y encanto. Y la caligrafía era el último grito.

Había recibido la máquina hacía dos días, por su cumpleaños, su primer regalo de adulta. Había dicho:

—Pero padre, todos, absolutamente todos los chicos de clase con alguna aspiración a llegar a ser alguien tienen una. Nadie que no fuera un carcamal utilizaría una máquina manual...

El vendedor había dicho:

—No existe otro modelo más compacto, por una parte, ni tan adaptable, por otra. La ortografía y la puntuación se adecuarán al significado de la frase. Se trata, naturalmente, de una herramienta educativa portentosa, puesto que alienta al usuario a cuidar la enunciación y la respiración para garantizar un deletreo correcto, por no hablar de la importancia de un discurso conciso y elegante que asegure la puntuación adecuada.

A pesar de todo su padre había intentado conseguir una equipada con teclado, como si fuera para una maestra de escuela solterona y arrugada.

Pero cuando llegó, era el modelo que ella quería, obtenida tal vez con más llantos e hipidos de los que cabría esperar de sus vetustos catorce años, y los textos se producían con una caligrafía adorable y completamente femenina, con las mayúsculas más elegantes que nadie hubiera visto jamás.

Incluso la frase «ay, córcholis» de alguna manera conseguía exhalar glamour cuando salía de la transcriptora.

Pero así y todo debía hacerlo bien, de modo que se sentó con la espalda recta, colocó su primer borrador ante ella con gesto profesional, y comenzó de nuevo, con voz alta y clara; el abdomen liso, el torso erguido y la respiración meticulosamente controlada. Con melodramático fervor, entonó:

—El futuro del plan de Seldon.

»El pasado de la Fundación, a buen seguro, es de sobra conocido para todos cuantos tuvimos la suerte de estudiar con los eficientes y eminentes profesores del sistema educativo de nuestro planeta.

(¡Eso! Así empezaría con buen pie con la señorita Erlking, esa vieja bruja.)

»Dicha historia se corresponde, en su mayoría, con la del gran plan de Hari Seldon. Ambas son una sola. Pero la pregunta que muchos se hacen hoy en día es si este plan seguirá adelante con toda su inmensa sabiduría, si será vilmente destruido, o si lo ha sido ya.

»A fin de entenderlo mejor, quizá sea recomendable repasar someramente algunos de los puntos fundamentales del plan, tal y como se ha revelado a la humanidad hasta la fecha.

(Esta parte era fácil porque había cogido Historia Contemporánea el semestre anterior.)

»Hace casi cuatro siglos, cuando el Primer Imperio Galáctico sucumbía a la parálisis que precede a la muerte definitiva, un hombre, el gran Hari Seldon, previo la inminencia del fin. Merced a la ciencia de la psicohistoria, cuyos entreshijos matemáticos ya han caído en el olvido...

(Hizo una pausa, dubitativa. Estaba segura de que «entresijos» no llevaba ninguna hache intercalada, pero la máquina opinaba lo contrario. En fin, quién era ella para corregirla.)

»... él y los hombres que trabajaban con él consiguieron predecir el rumbo de las grandes corrientes sociales y económicas de la Galaxia por aquel entonces. Así pudieron averiguar que el Imperio, abandonado a su suerte, se derrumbaría, y que a continuación se sucederían treinta mil años de caos y anarquía antes de que se estableciera un nuevo Imperio.

»Era demasiado tarde para impedir la gran Caída, pero seguía siendo posible, al menos, reducir el periodo intermedio de caos. El plan, por consiguiente, evolucionó hasta propiciar que entre el Primer Imperio y el Segundo mediara un solo milenio. Nos encontramos a finales del cuarto siglo de dicho milenio, y son muchas las generaciones que han vivido y desaparecido mientras el plan continuaba su inexorable proceso.

»Hari Seldon estableció dos Fundaciones en extremos opuestos de la Galaxia, de tal modo y en tales circunstancias que su dilema psicohistórico gozara de la solución matemática más pertinente. En una de éstas, nuestra Fundación, establecida aquí en Terminus, se concentraba la ciencia física del Imperio, y mediante la posesión de esa ciencia, la Fundación fue capaz de resistir los asaltos de los reinos bárbaros que se habían escindido e independizado en los límites del Imperio.

»La Fundación, de hecho, consiguió conquistar a su vez estos reinos efímeros merced al liderazgo de una serie de hombres tan sabios y heroicos como Salvor Hardin y Hober Mallow, quienes supieron interpretar astutamente el plan y resolver sus...

(Aquí había vuelto a escribir «entresijos», pero decidió no arriesgarse por segunda vez.)

»... complicaciones. Todos nuestros planetas veneran aún su recuerdo, pese a los siglos transcurridos.

»Con el paso del tiempo, la Fundación estableció un sistema comercial que controlaba una gran porción de los sectores siwenniano y anacreonte de la Galaxia, e incluso llegó a derrotar a los restos del antiguo Imperio, comandado por Bel Riose, el último de sus grandes generales. Parecía que nada podía detener el funcionamiento del plan de Seldon. Todas las crisis previstas se habían producido y resuelto en el momento indicado, y cada nueva solución suponía otro paso de gigante de la Fundación hacia el Segundo Imperio y la paz.

»Entonces...

(Se quedó sin aliento llegado este punto y siseó las palabras entre dientes, pero la transcriptora se limitó a plasmarlas por escrito con la misma calma y elegancia de siempre.)

»... con los últimos restos del ya extinto Primer Imperio desaparecidos y tan sólo un puñado de caudillos ineptos al mando de las ruinas y los fragmentos del decrépito coloso...

(Había sacado esa frase de una película que había visto en vídeo la semana anterior, pero la vieja señorita Erlking nunca escuchaba nada que no fueran sinfonías y sermones, de modo que no se daría cuenta.)

»... llegó el Mulo.

»Este extraño personaje no estaba contemplado en el plan. Era un mutante cuyo nacimiento no podría haberse predicho. Poseía el extraño y misterioso poder de controlar y manipular las emociones humanas, y de este modo doblegar a todo el mundo a su voluntad. Con vertiginosa rapidez, se convirtió en conquistador y creador de imperios, hasta que, por último, derrotó incluso a la mismísima Fundación.

»Nunca llegó a obtener el dominio universal, sin embargo, puesto que en su primera y estremecedora embestida lo detuvieron la sabiduría y el valor de una gran mujer...

(Volvía a enfrentarse al mismo problema de siempre. Padre insistía en que no mencionara nunca el hecho de que era nieta de Bayta Darrell. Todo el mundo lo sabía, y Bayta era la mujer más increíble que había existido jamás, y había detenido al Mulo ella sola.)

»... una proeza cuya verdadera historia en su totalidad conocen tan sólo unos pocos.

(¡Eso! Si tuviera que leerlo delante de toda la clase, podría pronunciar esa última parte con voz lúgubre, y seguro que alguien preguntaría cuál era la verdadera historia, y entonces... en fin, entonces ella no podría negarse a contarlo todo, ¿verdad? En su mente, ya estaba ensayando sin palabras la compungida y elocuente explicación que tendría que darle a su sobrio e inquisitivo progenitor.)

»Tras cinco años de gobierno restringido tuvo lugar otro cambio, cuyos motivos se desconocen, y el Mulo renunció a sus planes de futuras conquistas. Sus últimos cinco años fueron los de un déspota ilustrado.

»Cuentan que el cambio operado en el Mulo se debió a la intervención de la Segunda Fundación. Sin embargo, nadie ha descubierto la ubicación exacta de esta otra Fundación, ni conoce su función exacta, por lo que la teoría sigue estando pendiente de validación.

»Ha transcurrido toda una generación desde la muerte del Mulo. ¿Qué será del futuro, entonces, ahora que él ya no está? Interrumpió el plan de Seldon y parecía que lo hubiera hecho añicos, pero en cuanto falleció, la Fundación resurgió una vez más, como una nova de las cenizas de una estrella moribunda.

(Eso era de su propia cosecha.)

»El planeta Terminus, una vez más, es el eje de una federación comercial casi tan grande y rica como antes de la conquista, e incluso más pacífica y democrática.

»¿Estaba planeado esto? ¿Vive aún el gran sueño de Seldon? ¿Todavía es posible que se forme un Segundo Imperio Galáctico dentro de seiscientos años? Por lo que a mí respecta, creo que sí, pues...

(Ésta era la parte más importante. A la señorita Erlking le gustaba garabatear comentarios en grandes caracteres rojos, del estilo de: «Pero esto sólo es descriptivo. ¿Cuál es tu reacción personal? ¡Piensa! ¡Exprésate con tus propias palabras! ¡Escarba en tu alma!» Escarba en tu alma... Qué sabría ella de almas, con esa cara avinagrada que no había visto una sonrisa en su vida.)

»... nunca en toda la historia había sido tan favorable la situación política. El antiguo Imperio está completamente muerto, y el periodo de gobierno del Mulo puso fin a la era de los caudillos que lo precedieron. La mayor parte de las zonas circundantes de la Galaxia son civilizadas y pacíficas.

»Más aún, la salud interna de la Fundación es más fuerte que nunca.

El despotismo de los alcaldes hereditarios anteriores a la conquista ha dado paso a las elecciones democráticas de la actualidad. Los mundos disidentes de los comerciantes independientes han dejado de existir, al igual que las injusticias y las desigualdades que acompañaban a la acumulación de la riqueza en las manos de unos pocos.

»No hay motivo, por consiguiente, para temer al fracaso, a menos que resulte ser cierto que la Segunda Fundación misma representa una amenaza. Quienes así opinan carecen de pruebas con las que respaldar sus afirmaciones, y se basan tan sólo en miedos y supersticiones indefinibles. Creo que la confianza en nosotros mismos, en nuestra nación y en el gran plan de Hari Seldon debería desterrar de nuestras mentes y de nuestros corazones todas las incertidumbres y...

(Hm-m-m. Esto era espantosamente cursi, pero se esperaba que concluyera con algo así.)

»... como digo...

Hasta aquí llegó *El futuro del plan de Seldon*, por el momento, porque sonaron unos golpecitos sutiles en la ventana, y cuando Arcadia miró de reojo por encima de uno de los brazos del sillón, se encontró frente a frente con un rostro sonriente al otro lado del cristal, curiosamente acentuada la simetría de sus rasgos por la corta línea vertical de un dedo sobre los labios.

Tras la breve pausa necesaria para asumir una expresión de perplejidad, Arcadia bajó del sillón, se acercó al diván que miraba a la amplia ventana donde se enmarcaba la aparición y, tras arrodillarse encima de él, se asomó al exterior, pensativa.

La sonrisa se desvaneció rápidamente del rostro del hombre. Mientras los dedos de una mano se aferraban lívidos al alféizar, hizo un gesto brusco con la otra. Arcadia obedeció plácidamente y pulsó el contacto que encajaba con suavidad el tercio inferior de la ventana en la ranura de la pared, permitiendo que la cálida brisa primaveral interfiriera con el aire acondicionado del interior.

—No puedes entrar —declaró, con confiada petulancia—. Todas las ventanas están protegidas y programadas para obedecer tan sólo a los que vivimos aquí. Si entras, se dispararán todo tipo de alarmas. —Tras hacer una pausa, añadió—: Tienes una pinta ridícula haciendo equilibrios en esa cornisa debajo de la ventana. Como no tengas cuidado, te caerás, te romperás el cuello y aplastarás un montón de flores muy valiosas.

—En tal caso —dijo el hombre de la ventana, que estaba pensando exactamente lo mismo, si bien con el orden de los adjetivos ligeramente cambiado—, ¿te importaría desconectar las alarmas e invitarme a pasar?

—No serviría de nada —repuso Arcadia—. Debes de estar pensando en una casa distinta, porque yo no soy la clase de chica que permite que los desconocidos entren en su... en su dormitorio a estas horas de la noche.

—Sus párpados, mientras hablaba, se entrecerraron para imprimir a su mirada una mayor sensualidad... o una exagerada imitación de ésta.

En las facciones del joven desconocido ya no quedaba ni rastro de sentido del humor. Murmuró:

—Ésta es la casa del doctor Darell, ¿no es así?

—¿Por qué tendría que decírtelo?

—Oh, por la Galaxia... Adiós...

—Como saltes, muchacho, daré la alarma personalmente. —Esto era un intento de refinada y sofisticada ironía, puesto que a los perspicaces ojos de Arcadia, el intruso era evidentemente un treintañero maduro. Un vejestorio, en realidad.

El silencio se prolongó. Al cabo, entre dientes, el desconocido dijo:

—Bueno, a ver, niña, si no quieres que me quede ni quieres que me vaya, ¿qué quieres que haga?

—Supongo que puedes entrar. El doctor Darell sí que vive aquí. Desconectaré el seguro.

Con recelo, tras mirar a un lado y a otro, el joven introdujo la mano por la ventana antes de encorvarse y deslizar el resto del cuerpo por ella. Se sacudió las rodillas con un manotazo airado y miró a Arcadia con las mejillas encendidas.

—Pareces estar muy segura de que ni tu carácter ni tu reputación se resentirán cuando me encuentren aquí, ¿no?

—No tanto como en tu caso, porque en cuanto oiga pasos afuera, gritaré y chillaré y diré que has entrado por la fuerza.

—¿Sí? —replicó con pesada cortesía el desconocido—. ¿Y cómo piensas explicar el seguro desactivado?

—¡Bah! Nada más fácil. Nunca ha habido ninguno.

El hombre abrió los ojos de par en par, mortificado.

—¿Era un farol? ¿Cuántos años tienes, niña?

—Me parece una pregunta de lo más impertinente, muchacho. Y no estoy acostumbrada a que me llamen «niña».

—No me extraña. Seguro que eres la abuela del Mulo disfrazada. ¿Te importa que me vaya ahora, antes de que organices un linchamiento conmigo como estrella invitada?

—Será mejor que no lo hagas... porque mi padre te está esperando.

La expresión del hombre se tornó recelosa de nuevo. Enarcó una ceja antes de preguntar, con voz ligera:

—¿Oh? ¿Tu padre está reunido con alguien?

—No.

—¿Lo ha visitado alguien recientemente?

—Comerciantes, tan sólo... y tú.

—¿No ha sucedido nada extraño?

—Sólo tú.

—Olvídame, ¿quieres? No, no me olvides. Dime, ¿cómo sabías que tu padre me estaba esperando?

—Bah, muy fácil. La semana pasada recibió una cápsula personal dirigida a él personalmente, con un mensaje autoxidante, ya sabes. Tiró la

438

carcasa de la cápsula al desintegrador de basura, le dio a Poli... así se llama nuestra doncella, ¿sabes?... un mes libre para que pudiera visitar a su hermana en la ciudad de Terminus, y esta tarde arregló la cama del cuarto de invitados. Así que sabía que esperaba a alguien aunque no pensaba decírmelo. Por lo general me lo cuenta todo.

—¡No me digas! Me extraña que le haga falta. Cualquiera pensaría que lo sabes todo antes de que te lo cuente.

—Suele ocurrir. —Arcadia se rio. Empezaba a sentirse de lo más tranquila. El visitante era mayor, pero sus rizos castaños y sus ojos intensamente azules le prestaban un aspecto muy distinguido. Puede que algún día conociera a alguien así, alguna vez, cuando también ella fuera vieja.

—¿Y exactamente cómo sabías que me esperaba a mí?

—Bueno, ¿a quién si no? Llevaba la espera con mucho secretismo, si entiendes a qué me refiero, y de repente apareces tú merodeando, intentando colarte por las ventanas en vez de llamar a la puerta, como haría cualquiera con dos dedos de frente. —Se acordó de una de sus frases favoritas, y se apresuró a utilizarla—: ¡Qué tontos son los hombres!

—Eres un poquito engreída, ¿no crees, niña? Quiero decir, señorita. ¿Sabes?, podrías estar equivocada. ¿Y si te dijera que todo esto supone un misterio para mí y que, por lo que sé, tu padre espera a cualquier otra persona en vez de a mí?

—Oh, lo dudo mucho. No te invité a pasar hasta que vi cómo soltabas el maletín.

—¿El qué?

—El maletín, muchacho. No estoy ciega. No se te cayó por accidente, porque primero miraste hacia abajo, para asegurarte de que no aterrizaba de cualquier manera. Después debiste de darte cuenta de que iría a parar justo debajo de los setos, donde nadie podría verlo, así que lo soltaste y no volviste a mirar hacia abajo. Puesto que has llegado por la ventana en vez de por la puerta principal, deduzco que no te atrevías a entrar en la casa antes de inspeccionar los alrededores. Y después de tu encontronazo conmigo, antepusiste la integridad de tu maletín a la tuya propia, lo cual significa que lo que sea que hay dentro de él tiene que ser más valioso que tu propia seguridad, lo cual significa que mientras tú estés aquí dentro y maletín esté ahí fuera, y nosotros sepamos que lo está, lo más probable es que estés completamente indefenso.

Hizo una pausa necesaria para recuperar el aliento, momento que el hombre aprovechó para decir, rechinando los dientes:

—Me parece que te estrangularé hasta dejarte medio asfixiada y me largaré de aquí, con el maletín.

—Y a mí me parece que hay un bate de béisbol escondido debajo de la cama, adonde puedo llegar en dos segundos desde donde estoy sentada, y tengo bastante fuerza para ser una chica.

Impasse. Al cabo, con forzada cortesía, el «muchacho» dijo:

—Puesto que ya tenemos tanta confianza, me presentaré. Soy Pelleas Anthor. ¿Y tu nombre?

—Arca... Arkady Darell. Encantada de conocerte.

—Y ahora, Arkady, ¿te quieres portar como una niña buena y llamar a tu padre?

Arcadia se encrespó.

—No soy ninguna niña. Me parece que pecas de grosero, sobre todo teniendo en cuenta que me estás pidiendo un favor.

—De acuerdo —suspiró Pelleas Anthor—. ¿Te quieres portar como una dama buena, cortés, bondadosa y bañada en lavanda, y llamar a tu padre?

—Tampoco es eso, pero lo llamaré. Aunque no pienso quitarte la vista de encima, muchacho. —Dicho lo cual, Arcadia bajó al suelo de un salto.

Sonaron pasos que se acercaban por el pasillo, y la puerta se abrió de golpe.

—Arcadia... —Se produjo una diminuta explosión de aire exhalado antes de que el doctor Darell preguntara—: ¿Quién es usted, caballero?

Pelleas se puso en pie de un salto, visiblemente aliviado.

—¿Doctor Toran Darell? Soy Pelleas Anthor. Creo que recibió mi mensaje. Al menos eso es lo que asegura su hija.

—¿Lo que asegura mi hija? —Frunció el ceño y miró de reojo a Arcadia, que los escuchaba sin pestañear. Cualquier posible acusación, sin embargo, se estrelló contra el aura de candidez que envolvía a la muchacha.

Al cabo, el doctor Darell continuó:

—Lo estaba esperando, es cierto. ¿Le importaría acompañarme abajo, por favor? —Se interrumpió cuando su mirada detectó un destello de movimiento, en el que Arcadia reparó simultáneamente.

La muchacha se abalanzó sobre la transcriptora, en vano, puesto que su padre se encontraba ya en pie justo a su lado.

—Te la has dejado encendido todo este tiempo, Arcadia —dijo el doctor Darell, con dulzura.

—Padre —gimió la pequeña, francamente angustiada—, leer la correspondencia privada de otra persona es muy indecoroso, sobre todo si se trata de correspondencia verbal.

—Ah —dijo su padre—, pero es que esta «correspondencia verbal» la has mantenido con un desconocido en tu dormitorio. Es mi deber como padre, Arcadia, protegerte del mal.

—Ay, córcholis... No es nada por el estilo.

Pelleas se rio de repente.

—Oh, sí que lo es, doctor Darell. Esta señorita pensaba acusarme de todo tipo de cosas, y debo insistir en que lo lea, siquiera para lavar mi nombre.

—Ay... —Arcadia contuvo las lágrimas con esfuerzo. Ni siquiera su propio padre confiaba en ella. Condenada transcriptora... Si ese cretino ridículo no hubiera aparecido en la ventana, consiguiendo que se le olvidara apagarla. Ahora su padre le soltaría un sermón interminable sobre todas las cosas que las jovencitas supuestamente no debían hacer. Supuestamente no debían hacer nada, por lo visto, salvo tal vez aguantar la respiración hasta morir.

—Arcadia —dijo con delicadeza su padre—, creo que una jovencita...

Lo sabía. Es que lo sabía.

—... no debería ser tan impertinente con sus mayores.

—Bueno, ¿y qué hacía espiando por mi ventana? Una jovencita tiene derecho a la intimidad... Ahora tendré que volver a empezar la dichosa redacción desde el principio.

—No te corresponde a ti juzgar lo adecuado de su presencia en tu ventana. Deberías haberte limitado a no dejarle pasar. Tendrías que haberme llamado de inmediato, sobre todo si pensabas que lo estaba esperando.

—Menos mal que no lo viste —fue la enfurruñada respuesta—. Qué estupidez. Lo echará todo a perder como siga llamando a las ventanas en vez de a las puertas.

—Arcadia, nadie te ha pedido tu opinión sobre unos asuntos de los que no sabes nada.

—Sí que lo sé. Se trata de la Segunda Fundación, está claro.

Se hizo el silencio. Incluso Arcadia sintió una diminuta opresión en el abdomen.

—¿Dónde has oído eso? —preguntó con voz queda el doctor Darell.

—En ninguna parte, ¿pero a qué vendría si no tanto secreto? No hace falta que te preocupes, no se lo contaré a nadie.

—Señor Anthor —dijo el doctor Darell—, debo pedirle disculpas por todo esto.

—Bah, no se preocupe —fue la poco convincente respuesta de Anthor—. Usted no tiene la culpa de que se haya vendido a las fuerzas de las tinieblas. ¿Pero le importa que le haga una pregunta antes de irnos? Señorita Arcadia...

—¿Qué quieres?

—¿Por qué te parece una estupidez llamar a las ventanas en vez de a las puertas?

—Porque así proclamas a los cuatro vientos que intentas ocultar algo, memo. Si yo tuviera un secreto, no me pondría una mordaza en la boca para que todo el mundo supiera que tengo un secreto. Me limitaría a hablar como siempre, sólo que de otros temas. ¿No has leído ninguno de los aforismos de Salvor Hardin? Fue nuestro primer alcalde, ¿sabes?

—Sí, lo sé.

—Bueno, pues él decía que para que una mentira tuviera éxito no debía avergonzarse de sí misma. También decía que no todo tiene por qué ser verdad, pero todo debe sonar como si lo fuera. Pues bien, cuando uno entra por una ventana, es una mentira que se avergüenza de sí misma y no suena como si fuera verdad.

—¿Qué habrías hecho tú?

—Si quisiera ver a mi padre por un asunto de negocios ultrasecreto, me codearía con él a la vista de todos y lo citaría para hablar de toda clase de temas estrictamente legítimos. Luego, cuando todo el mundo te conociera y te relacionara con mi padre sin darle mayor importancia, podrías ser tan furtivo como te diera la gana sin despertar las sospechas de nadie.

Anthor observó a la muchacha con curiosidad, primero, y después al doctor Darell. Dijo:

—En marcha. Tengo un maletín que me gustaría recoger del jardín. ¡Espere! Sólo una pregunta más. Arcadia, no es cierto que guardes un bate de béisbol debajo de la cama, ¿verdad?

—¡No! Claro que no.

—Ja. Ya me extrañaba a mí.

El doctor Darell se detuvo en la puerta.

—Arcadia —dijo—, cuando rescribas tu redacción sobre el plan de Seldon, no seas innecesariamente misteriosa acerca de tu abuela. No hay ningún motivo para mencionar en absoluto esa parte.

Pelleas y él bajaron las escaleras en silencio. Después de un momento, el visitante preguntó con voz estrangulada:

—Si me permite, señor... ¿Cuántos años tiene?

—Catorce, desde anteayer.

—¿Catorce? Por la Galaxia... Dígame, ¿alguna vez ha expresado el deseo de contraer matrimonio algún día?

—No, que yo sepa. Ante mí no.

—Bueno, pues si lo hace, péguele un tiro. Al futuro marido, quiero decir. —Sostuvo estoicamente la mirada de su veterano anfitrión—. Hablo en serio. No se me ocurre mayor pesadilla que convivir con la criatura en que se habrá transformado cuando tenga veinte años. Por supuesto, no es mi intención ofenderlo.

—No me ofende. Creo que entiendo lo que quiere decir.

En el piso de arriba, el sujeto de sus tiernos análisis, con una mezcla de fatiga y hastío, se encaró con la transcriptora y dijo, con voz monótona:

—Elfuturodelplandeseldon. —La transcriptora, con aplomo infinito, lo tradujo en forma de encabezamiento elegantemente complejo:

El futuro del plan de Seldon.

8
El plan de Seldon

MATEMÁTICAS: La síntesis del cálculo de n-variables y de la geometría n-dimensional es la base de lo que Seldon llamó una vez «mi álgebra de humanidad» [...]

ENCICLOPEDIA GALÁCTICA

Imaginaos una habitación.

La ubicación de la habitación carece de importancia en estos momentos. Baste con decir que en esa habitación, más que en ninguna otra parte, la Segunda Fundación existía.

Se trataba de una habitación que, con el devenir de los siglos, se había convertido en el refugio de la ciencia pura, pese a no contener ninguno de los artilugios con los que, tras milenios de asociación, se ha llegado a equiparar la ciencia. Era una ciencia, en cambio, que se ocupaba exclusivamente de conceptos matemáticos, de un modo parecido a la especulación de las antiquísimas razas de la era prehistórica previa a la aparición de la tecnología, antes de que la humanidad saliera de su mundo solitario, ahora olvidado.

Por un lado, en esa habitación se encontraba —protegido por una ciencia mental inexpugnable hasta la fecha ante los asaltos combinados del resto de la Galaxia— el Radiante Primo, en cuyas entrañas anidaba el plan de Seldon, al completo.

Por otro lado, en esa habitación había también una persona: el Primer Orador.

Se trataba del duodécimo en la cadena de guardianes del plan, aunque su título carecía de importancia más allá del hecho de que, cuando se reunían los líderes de la Segunda Fundación, era el primero en hablar.

Su antecesor había derrotado al Mulo, pero los escombros de aquella descomunal batalla sembraban aún el camino del plan. Hacía veinticinco años que su administración y él intentaban corregir la trayectoria de toda una Galaxia poblada por seres humanos tan necios como obstinados. Se trataba de una tarea titánica.

El Primer Orador levantó la cabeza cuando se abrió la puerta. Hasta ese momento, en la soledad de su habitación, había reflexionado sobre su cuarto de siglo de esfuerzos, los cuales ahora se acercaban lenta e inexorablemente a su culminación; incluso en ese momento, absorto, su mente anticipaba la llegada del visitante con delicada expectación. Un joven, un aprendiz, un relevo en potencia, algún día.

El joven se había quedado en la puerta, indeciso, por lo que el Primer Orador hubo de acercarse a él y animarlo a entrar, apoyando una mano amiga en su hombro.

El alumno sonrió con timidez, y el Primer Orador respondió diciendo:

—Antes de nada, debo explicarte por qué estás aquí.

Se encontraban ahora cara a cara, separados por un escritorio. Ninguno de los dos se expresaba en ningún idioma reconocible para nadie que no fuera miembro de la Segunda Fundación.

El habla, originalmente, era el instrumento gracias al cual el hombre aprendía, aun de forma imperfecta, a transmitir los pensamientos y las emociones de la mente. Mediante la emisión de sonidos arbitrarios y combinaciones de éstos para representar determinados matices mentales, se desarrolló un método de comunicación. Un método que, debido a su ineficacia y su falta de refinamiento, reducía toda la delicadeza de la mente a un burdo conjunto de señales guturales.

A partir de ahí, seguir la cadena de resultados no requiere ningún esfuerzo. El origen de todos los males que alguna vez hayan aquejado a la humanidad se puede rastrear hasta el simple hecho de que nadie en toda la historia de la Galaxia, hasta la aparición de Hari Seldon, y muy pocas personas después de él, eran realmente capaces de entender a sus semejantes. Cada ser humano vivía tras una muralla impenetrable de niebla asfixiante en la que no podía existir nadie más. En ocasiones se recibían las tenues señales procedentes del interior de la caverna en la que se encontraba otro ser humano, para que ambos pudieran buscarse a tientas. Sin embargo, puesto que no se conocían, ni podían entenderse, ni se atrevían a confiar el uno en el otro, y padecían desde la infancia los terrores y la inseguridad de ese aislamiento sin parangón, era inevitable que cada persona reaccionara ante el prójimo con un miedo cerval o con una ferocidad rapaz.

Durante decenas de miles de años habían pisoteado y removido el fango que apresaba sus mentes, las cuales, durante todo ese tiempo, no tenían nada que envidiar a las mismísimas estrellas.

El hombre, tenaz, había buscado instintivamente circunvalar los barrotes de la prisión de la comunicación ordinaria. La semántica, la lógica de los símbolos, el psicoanálisis... instrumentos, todos ellos, mediante los cuales se podía refinar o soslayar el lenguaje.

La psicohistoria supuso el desarrollo de la ciencia mental, o la matematización definitiva de ésta, más bien, que por fin logró su objetivo. Mediante el desarrollo de las matemáticas necesarias para entender la naturaleza de la fisiología neural y la electroquímica de las fuerzas nucleares, por primera vez fue posible desarrollar realmente la psicología. Y mediante la generalización del conocimiento psicológico desde el individuo hasta el grupo, la sociología se matematizó a su vez.

Los grupos más numerosos, los miles de millones que ocupaban los planetas, los billones que ocupaban los sectores, los trillones que ocupaban toda la Galaxia pasaron de ser meros seres humanos a convertirse en gigantescas fuerzas susceptibles de estudiarse por medios estadísticos. Así, el futuro se volvió en algo diáfano e inevitable para Hari Seldon, que pudo poner en marcha su plan.

El mismo desarrollo básico de la ciencia mental que había propiciado el desarrollo del plan de Seldon eliminaba asimismo la necesidad de que el Primer Orador tuviera que dirigirse de viva voz al alumno.

Cada reacción a un estímulo, por leve que fuera, bastaba para señalar por completo todos los cambios sutiles, todos los procesos efímeros que acontecían en la mente del otro. El Primer Orador no podía percibir instintivamente el contenido emocional del alumno, como habría sido capaz de hacer el Mulo (puesto que éste era un mutante cuyos poderes no eran ni remotamente susceptibles de ser comprendidos por completo por ninguna persona corriente, ni siquiera por los segundos fundacionistas), sino que los deducía, de resultas de su intensa preparación.

Dado, no obstante, que en una sociedad basada en el discurso resulta inherentemente imposible describir con fidelidad el método de comunicación que empleaban los segundos fundacionistas entre sí, la cuestión se omitirá de ahora en adelante. El Primer Orador será representado como si estuviera hablando de forma normal, y aunque la traducción no siempre sea completamente veraz, se obtendrá cuando menos la máxima equivalencia a la que se puede aspirar, dadas las circunstancias.

Supondremos, por consiguiente, que el Primer Orador dijo:

—Antes de nada, debo explicarte por qué estás aquí. —En lugar de sonreír de una forma en concreto y levantar un dedo de una determinada manera.

El Primer Orador continuó:

—Durante la mayor parte de tu vida, has estudiado la ciencia mental con empeño y con buenos resultados. Has absorbido todas las enseñanzas de tus maestros. Ha llegado el momento de que tú y un grupo selecto de otros como tú comencéis el aprendizaje de la oratoria.

Agitación al otro lado de la mesa.

—No, debes aceptarlo con estoicismo. Esperabas cualificarte. Temías no conseguirlo. En realidad, tanto la esperanza como el temor son debilidades. Sabías que ibas a cualificarte y vacilabas en reconocer ese hecho porque semejante conocimiento podría tacharte de engreído y, por consiguiente, no apto. ¡Pamplinas! El necio más incorregible es aquél que desconoce su sabiduría. Saber que te cualificarías forma parte de tu cualificación.

Relajación al otro lado de la mesa.

—Exacto. Ahora te sientes mejor y has bajado la guardia. Eso aumenta tu concentración y tu comprensión. Recuerda que para ser realmente eficaz no hace falta encerrar la mente tras una barrera de contención que, para un sondeo inteligente, resulta tan informativo como una mentalidad desnuda. En vez de eso uno debería cultivar la inocencia y la consciencia del yo, además de una naturalidad que no oculte nada. Mi mente está abierta a ti. Que sea así para ambos.

Continuó:

—Ser orador no es tarea sencilla. Ser un psicohistoriador, en primer lugar, tampoco, y ni siquiera el mejor psicohistoriador tendría por qué cualificarse automáticamente para ser orador. Son dos cosas distintas. El orador no sólo debe ser consciente de los entresijos matemáticos del plan de Seldon, también debe simpatizar con él y con sus fines. Debe amar el plan, para él debe ser como el aire que respira. Más aún, debe ser como un íntimo amigo.

»¿Sabes qué es esto?

La mano del Primer Orador flotaba con delicadeza en el aire, sobre un cubo negro, reluciente y sin distintivos, que había en el centro de la mesa.

—No, orador, no lo sé.

—¿Has oído hablar del Radiante Primo?

—¿Esto? —Asombro.

—¿Esperabas algo más noble y espectacular? Bueno, es natural. Lo crearon coetáneos de Seldon, en la época del Imperio. Durante casi cuatrocientos años ha satisfecho nuestras necesidades a la perfección, sin necesidad de reparaciones ni ajustes. Por suerte, ya que en la Segunda Fundación no hay nadie que posea los conocimientos técnicos que permitirían manipularlo. —Sonrió con delicadeza—. Los de la Primera Fundación podrían ser capaces de duplicarlo, pero no deben descubrirlo nunca, por supuesto.

Oprimió una palanca a un lado del escritorio, y la habitación se sumió en la oscuridad. Mas sólo por un momento, puesto que, con un rubor que se intensificó de forma gradual, las dos paredes alargadas de la habitación se iluminaron hasta resplandecer. Primero, un blanco nacarado, sin relieves, después una traza de sombra sutil aquí y allá, y por último, las ecuaciones escrupulosamente impresas en negro, con ocasionales líneas rojas tan finas como cabellos que zigzagueaban por el bosque más oscuro como un arroyo sinuoso.

—Ven, muchacho, acércate a esta pared. No proyectarás ninguna sombra. Esta luz no emana del Radiante de forma ordinaria. A decir verdad, no tengo ni la menor idea de cómo se consigue este efecto, pero no proyectarás ninguna sombra. Eso lo sé.

Se situaron el uno junto al otro, en pie, bañados por la luz. Cada una de las paredes medía nueve metros de largo por tres de alto. Los minúsculos caracteres cubrían toda la superficie.

—Éste no es el plan entero —dijo el Primer Orador—. Para integrarlo en ambas paredes habría que reducir todas las ecuaciones a un tamaño microscópico, pero eso no será necesario. Lo que estás viendo representa los componentes principales del plan hasta ahora. Esto lo has estudiado, ¿verdad?

—Sí, orador, así es.

—¿Reconoces alguna porción?

El silencio se prolongó. El alumno apuntó con un dedo, y mientras lo hacía, la cadena de ecuaciones bajó deslizándose por la pared, hasta que la única serie de funciones en la que había pensado (costaba creer su gesto, tan rápido como generalizado, pudiera haber sido lo suficientemente preciso) se situó a la altura de sus ojos.

El Primer Orador se rio por lo bajo.

—Descubrirás que el Radiante Primo está en sintonía con tu mente. Puedes esperar más sorpresas de este pequeño artilugio. ¿Qué ibas a decir acerca de la ecuación que has elegido?

—Se... —el alumno titubeó—... se trata de una integral rigelliana que utiliza una distribución planetaria sesgada para indicar la presencia de dos potencias económicas en el planeta, o quizá en un sector, más una pauta emocional inestable.

—¿Y eso qué significa?

—Representa el límite de tensión, puesto que lo que tenemos aquí —apuntó con el dedo, y las ecuaciones fluctuaron de nuevo— es una serie convergente.

—Bien —lo felicitó el Primer Orador—. Y dime, ¿qué opinas de esto? Es una obra de arte completa, ¿verdad?

—¡Desde luego!

—¡Error! No lo es —fue la contundente respuesta—. Ésta es la primera lección que debes olvidar. El plan de Seldon no está completo ni es correcto. Se trata simplemente de lo máximo a lo que podía aspirarse en su época. Más de una docena de generaciones han analizado estas ecuaciones, las han estudiado, las han desmontado hasta el último decimal y han vuelto a ensamblarlas. Más aún. Se han pasado los últimos cuatrocientos años observando con atención, han contrapuesto la realidad a las predicciones y las ecuaciones, y han aprendido.

»Han descubierto más cosas de las que Seldon supo jamás, y si con los conocimientos acumulados de los siglos pudiéramos repetir el trabajo de Seldon, lo haríamos mejor. ¿Ha quedado eso perfectamente claro?

El alumno no pudo disimular su sorpresa.

—Antes de obtener la oratoria —prosiguió el Primer Orador—, deberás realizar una contribución original al plan. No pienses que es ninguna blasfemia. Todas las marcas rojas que ves en la pared constituyen la contribución de uno de los nuestros que vivió después de Seldon. Mira... mira... —Levantó la vista—. ¡Ahí!

La pared entera pareció converger sobre él.

—Esto —dijo— es obra mía. —Una fina línea roja rodeaba dos flechas bifurcadas e incluía dos metros cuadrados de deducciones a lo largo de cada ruta. Entre las dos había una serie de ecuaciones en rojo.

El orador continuó:

—No parece gran cosa. Se encuentra en un punto del plan al que tardaremos en llegar tanto tiempo como ya ha transcurrido. Será durante el periodo de fusión, cuando el Segundo Imperio que está por venir se debata entre unas personalidades rivales que amenazarán con destruirlo, si la lucha está demasiado igualada, o con dejarlo paralizado, si la lucha es demasiado desigual. Ambas posibilidades se contemplan aquí, se desarrollan, y se indica el método para evitar tanto la una como la otra.

»Todo es cuestión de probabilidades, no obstante, y es posible que exista una tercera vía. La probabilidad es relativamente baja... del doce coma sesenta y cuatro por ciento, para ser exactos... pero hay probabilidades aún menores que ya se han cumplido y el plan sólo está completo en un cuarenta por ciento. Esta tercera probabilidad consiste en un posible acuerdo entre dos o más de las personalidades en conflicto implicadas. Esto, como demostré, inmovilizaría al Segundo Imperio en un molde estéril, y a la larga, infligiría más daño por medio de las guerras civiles del que se habría producido si jamás se hubiera llegado a dicho acuerdo. Afortunadamente, también eso se podía evitar. Y ésa fue mi contribución.

—Si me permite la interrupción, orador... ¿Cómo se efectúa un cambio?

—Por medio del Radiante. En tu caso, por ejemplo, cinco comités distintos comprobarán rigurosamente tus matemáticas, y se te exigirá que las defiendas frente a un ataque concertado e implacable. Transcurrirán dos años, y tus postulados volverán a ser examinados. No sería la primera vez que una obra de arte aparentemente perfecta desvela sus imperfecciones tras varios meses o incluso años de exposición. En ocasiones es el mismo creador quien descubre sus defectos.

»Si transcurridos dos años se supera otro examen, no menos minucioso que el primero, y mejor aún, si en el ínterin el joven científico ha sacado a la luz detalles adicionales y pruebas accesorias, la contribución se añadirá al plan. Ésa fue la cumbre de mi carrera, y lo será de la tuya.

»El Radiante Primo se puede ajustar a tu mente, y todas las correcciones y adiciones pueden realizarse mediante procesos mentales. Nada indicará que unas u otras sean obra tuya. La personalización se ha mantenido al margen del plan a lo largo de toda su historia. Se trata de una creación de todos nosotros combinados. ¿Lo entiendes?

—¡Sí, orador!

—Bueno, acabemos con esto. —Una zancada en dirección al Radiante Primo y las paredes volvieron a quedarse en blanco, salvo por los bordes superiores, responsables de la iluminación ambiental ordinaria—. Siéntate aquí, en mi mesa, y deja que te explique una cosa. Al psicohistoriador medio le basta con saber de bioestadística y electromatemática neuroquímica. Algunos no conocen otra cosa y sólo pueden ser técnicos estadísticos. Pero un orador debe ser capaz de hablar del plan sin recurrir a las matemáticas. Si no del plan en sí mismo, sí al menos de su filosofía y sus fines.

»Para empezar, ¿cuál es el objetivo del plan? Por favor, responde con tus propias palabras... y no recurras a sentimentalismos. No se te juzgará por tu elegancia ni por tu finura, te lo aseguro.

Era la primera oportunidad que tenía el alumno de pronunciar más de dos palabras seguidas, y titubeó antes de adentrarse en la zona de incertidumbre que se extendía ahora ante él.

—De resultas de lo que he aprendido —comenzó, tímido—, creo que la intención del plan es establecer una civilización humana basada en una orientación completamente distinta de todo lo existente hasta ahora. Una orientación que, según los hallazgos de la psicohistoria, nunca podría surgir espontáneamente...

—¡Basta! —lo atajó con vehemencia el Primer Orador—. No digas «nunca». Es la manera más indolente de pasar por alto los detalles. En realidad, la psicohistoria sólo predice probabilidades. Un acontecimiento en particular podría ser infinitesimalmente probable, pero esa probabilidad siempre será mayor que cero.

—Sí, orador. Entonces, si permite que me retracte, se sabe que la orientación deseada no posee ninguna probabilidad significativa de consumarse de forma espontánea.

—Eso está mejor. ¿Qué es la orientación?

—Se trata del rumbo de una civilización basada en la ciencia mental. En toda la historia conocida de la humanidad, los principales avances se han producido en el ámbito de la tecnología física, en la capacidad de controlar el mundo inanimado que rodea al hombre. El control del yo y de la sociedad se ha dejado en manos del azar o de las titubeantes tentativas de unos sistemas éticos intuitivos basados en la inspiración y la emoción. De resultas de ello, no ha existido jamás ninguna cultura cuya estabilidad fuera superior al cincuenta y cinco por ciento, y únicamente a expensas de grandes sacrificios humanos.

—¿Y por qué no es espontánea la orientación que nos ocupa?

—Porque una considerable minoría de seres humanos cuentan con el equipamiento mental necesario para formar parte del avance de la ciencia física, y todos cosechan sus burdos y palpables beneficios. Sin embargo, sólo una minoría insignificante es inherentemente capaz de guiar al hombre por las intrincadas veredas de la ciencia mental, y los beneficios derivados de ésta, aunque más duraderos, son también más sutiles y menos visibles. Es más, puesto que semejante orientación conduciría al desarrollo de una benévola dictadura de las mentes más fuertes, prácticamente una subdivisión superior del hombre, ésta no sería vista con buenos ojos y su estabilidad dependería de la aplicación de la fuerza bruta para oprimir al resto de la humanidad. Semejante desenlace nos produciría aversión y debe evitarse.

—Entonces, ¿cuál es la solución?

—La solución es el plan de Seldon. Se han dispuesto y cuidado las condiciones necesarias para que, un milenio después de que diera comienzo, seiscientos años a partir de ahora, surja un Segundo Imperio Galáctico en el que la humanidad esté preparada para el liderazgo de la ciencia mental. En ese mismo intervalo, el desarrollo de la Segunda Fundación habrá producido un grupo de psicólogos listos para asumir el liderazgo. O, como yo mismo he reflexionado a menudo, la Primera Fundación proporcionará el armazón físico de una sola unidad política, y la Segunda Fundación proporcionará el armazón mental de una clase regente prefabricada.

—Ya veo. Bastante adecuado. ¿Crees que cualquier Segundo Imperio, aunque se formara en el tiempo fijado por Seldon, serviría para llevar a cabo su plan?

—No, orador, no lo creo. Hay varios Segundos Imperios posibles que podrían surgir en el periodo de tiempo que se extiende desde los novecientos a los mil setecientos años desde la concepción del plan, pero sólo uno de ellos será el Segundo Imperio.

—Y en vista de todo esto, ¿por qué es preciso que la existencia de la Segunda Fundación siga siendo un secreto, sobre todo para la Primera Fundación?

El alumno buscó algún significado oculto en la pregunta, sin éxito. Le costó encontrar la respuesta.

—Por el mismo motivo que los detalles del plan en general deben ser un secreto para la humanidad. Las leyes de la psicohistoria son estadísticas por naturaleza, y perderían su validez si las acciones de los individuos no fueran aleatorias por naturaleza. Si un grupo considerable de seres humanos descubriera los detalles clave del plan, ese conocimiento gobernaría sus actos, que dejarían de ser aleatorios por lo que a los axiomas de la psicohistoria concierne. En otras palabras, dejarían de ser perfectamente predecibles. Con permiso, orador, pero me temo que la respuesta no es satisfactoria.

—Temores fundados. La respuesta es muy incompleta. Es la Segunda Fundación en sí lo que debe permanecer oculto, no sólo el plan. El Segundo Imperio no se ha formado todavía. Seguimos enfrentándonos a una sociedad contraria a una clase dirigente de psicólogos que temería su desarrollo y se opondría a él. ¿Lo comprendes?

—Sí, orador. Ese punto nunca se ha subrayado...

—No minimices. Nunca se ha postulado... en el aula, aunque deberías ser capaz de deducirlo por ti mismo. Sentaremos ésta y muchas otras bases tanto ahora como en el futuro inmediato, durante tu aprendizaje. Nos reuniremos dentro de una semana. Para entonces, me gustaría escuchar tus observaciones sobre un problema en particular que te plantearé a continuación. No busco un tratamiento matemático completo y riguroso. Eso le llevaría un año a un experto, y no una semana a ti. Lo que busco, en cambio, es un bosquejo de tendencias y direcciones.

»Aquí encontrarás una bifurcación en el plan, hace aproximadamente medio siglo. Se incluyen todos los detalles necesarios. Verás que la trayectoria que sigue la realidad asumida diverge de todas las predicciones estimadas, con una probabilidad inferior al uno por ciento. Deberás calcular durante cuánto tiempo podría extenderse la divergencia antes de volverse incorregible. Calcula asimismo el probable fin en caso de que no se corrigiera, y un método de corrección razonable.

El alumno hojeó el visor al azar, inexpresivo, y contempló los pasajes que se enmarcaban en la diminuta pantalla integrada.

—¿Por qué este problema en particular, orador? —preguntó—. Es evidente que su significado va más allá de lo puramente académico.

—Gracias, muchacho. Eres tan perspicaz como sospechaba. El problema no es supuesto. Hace aproximadamente medio siglo, el Mulo irrumpió en la historia galáctica y, durante diez años, fue el hecho más importante del universo. Nadie estaba preparado para él, ni se había anticipado su aparición. Imprimió al plan una desviación considerable, aunque no fatal.

»A fin de detenerlo antes de que se volviera fatal, no obstante, nos vimos obligados a hacerle frente de forma activa. Revelamos nuestra existencia y, lo que es infinitamente peor, una porción de nuestro poder. La Primera Fundación está al corriente de nuestra existencia, y ahora sus acciones se sustentan en ese conocimiento. Se puede observar en el problema que te presento. Aquí. Y aquí.

»Huelga decir que no debes hablar de esto con nadie.

Tras una pausa rebosante de consternación, durante la cual el significado de todo lo dicho caló en el alumno, éste exclamó:

—¡Entonces el plan de Seldon ha fracasado!

—Todavía no. Podría haber fracasado, eso es todo. Las probabilidades de éxito siguen siendo del veintiuno coma cuatro por ciento, según la última evaluación.

9
Los conspiradores

Para el doctor Darell y Pelleas Anthor, las noches transcurrían en animada conversación, del mismo modo que una placentera inactividad caracterizaba sus días. Podría haberse tratado de una visita corriente. El doctor Darell presentó al joven como un primo llegado del otro confín del espacio, y el cliché se encargó de mitigar el interés.

De alguna manera, sin embargo, durante sus charlas ociosas, a veces se mencionaba un nombre. Se producía una pausa contemplativa. El doctor Darell decía: «No», o «sí». El canal abierto de comuni-onda emití una invitación inocua: «Quiero que conozcas a mi primo».

Y los preparativos de Arcadia procedían a su propio ritmo. En realidad, sus actos podían considerarse los más enrevesados de todos.

Por ejemplo, en la escuela, persuadió a Olynthus Dam para que le prestara un receptor de sonido autónomo de fabricación casera, valiéndose de unos métodos que le auguraban un porvenir plagado de peligros para todos los varones que se cruzaran en su camino. Sin entrar en detalles, se limitó a manifestar un inusitado interés por la reconocida afición de Olynthus, que había montado un taller en su casa, combinado con una diestra extrapolación de dicho interés a las regordetas facciones de Olynthus, de tal modo que el desventurado muchacho acabó: 1) perorando largo y tendido sobre los principios del motor de hiperondas; 2) fascinado por los grandes ojos absortos que con tanta delicadeza reposaban en los suyos; y 3) dejando en las ávidas manos de Arcadia su mayor creación, el antedicho receptor de sonido.

A partir de ese momento Arcadia redujo gradualmente su interés por Olynthus, durante el tiempo necesario para eliminar cualquier posible sospecha de que el receptor de sonido hubiera sido la causa de su amistad. Durante meses después de aquello, Olynthus volvió a acariciar una y otra vez el recuerdo de ese breve periodo de su vida con los dedos de su mente, hasta que por fin, a falta de adiciones posteriores, se dio por vencido y lo dejó escapar.

Cuando llegó la séptima noche y había cinco hombres sentados en la sala de estar de Darell, con la barriga llena y el aire cargado de tabaco, el escritorio de Arcadia en la planta de arriba contenía el irreconocible producto casero del ingenio de Olynthus.

Así pues, cinco hombres. El doctor Darell, por supuesto, de cabellos grises y atuendo atildado, aparentando algún año más que sus cuarenta y dos. Pelleas Anthor, serio y de mirada nerviosa en esos momentos, en apariencia joven e inseguro de sí mismo. Y las tres nuevas incorporaciones: Jole Turbor, visipresentador, corpulento y de labios carnosos; el doctor Elvett Semic, profesor emérito de física en la universidad, cuyo cuerpo enjuto y apergaminado parecía tener problemas para rellenar su ropa; Homir Munn, bibliotecario, desgarbado y tremendamente incómodo.

—Caballeros —comenzó con naturalidad el doctor Darell, serio y circunspecto—, se ha convocado esta reunión por razones que son algo más que meramente sociales. Quizá lo hayan adivinado ya. Puesto que han sido ustedes elegidos intencionadamente debido a sus respectivos historiales, quizá hayan deducido también el peligro implicado. No quiero restarle importancia, pero me gustaría señalar que todos estamos condenados, ocurra lo que ocurra.

»Habrán notado que ninguno de ustedes ha sido invitado en secreto. A ninguno de ustedes se les ha pedido que acudan sin ser vistos. Las ventanas no están programadas para impedir la vista desde el exterior. La habitación no cuenta con ningún tipo de pantalla. Sólo tenemos que atraer la atención del enemigo para llamar al fracaso, y la mejor manera de llamar su atención sería asumir un falso secretismo teatral.

(«Ja», pensó Arcadia, inclinada sobre las voces que salían —ligeramente chirriantes— de la cajita.)

—¿Lo entienden?

Elvett Semic sacudió el labio inferior y enseñó los dientes en la arrugada mueca que precedía a todas sus frases:

—Bah, vaya al grano de una vez. Háblenos del muchacho.

—Se llama Pelleas Anthor —dijo el doctor Darell—. Fue alumno de mi antiguo colega, Kleise, fallecido el año pasado. Antes de morir, Kleise me envió sus pautas cerebrales hasta el quinto subnivel, pautas que ya se han contrastado con las del hombre que tienen delante. Como bien saben, nadie puede duplicar una pauta cerebral hasta ese punto, ni siquiera los estudiosos de la ciencia de la psicología. Si no lo saben, tendrán que fiarse de mi palabra al respecto.

—Será mejor que empecemos por otra parte —dijo Turbor, con los labios fruncidos—. Aceptaremos su palabra, sobre todo ahora que, tras la muerte de Kleise, usted se ha convertido en la mayor eminencia en electroneurología de la Galaxia. Así es al menos como lo he descrito en mi programa, e incluso lo creo. ¿Cuántos años tiene usted, Anthor?

—Veintinueve, señor Turbor.

—Hm-m-m. ¿Y tú también es un electroneurólogo de los grandes?

—Soy un simple estudiante de la disciplina. Pero le pongo empeño, y he tenido la suerte de que Kleise fuera mi tutor.

En ese momento intervino Munn, a quien la tensión le provocaba un leve tartamudeo:

—D-desearía que emp-pezaran. Creo que todo el m-mundo habla d-demasiado.

El doctor Darell enarcó una ceja en dirección a Munn.

—Tiene usted razón, Homir. Continúa, Pelleas.

—Todavía no —repuso lentamente Pelleas Anthor—, porque antes de poder comenzar... aunque comparto la opinión del señor Munn... me veo obligado a solicitar información sobre sus ondas cerebrales.

Darell frunció el ceño.

—¿Qué significa esto, Anthor? ¿A qué ondas cerebrales se refiere?

—A las de todos ustedes. El doctor Darell ya ha analizado las mías. Yo debo analizar todas las suyas, personalmente.

—No tiene ningún motivo para confiar en nosotros, Darell —opinó Turbor—. El muchacho está en su derecho.

—Se lo agradezco —dijo Anthor—. En tal caso, si tiene la bondad de conducirnos a su laboratorio, doctor Darell, podremos empezar. Esta mañana me tomé la libertad de comprobar sus instrumentos.

La ciencia de la electroencefalografía era nueva y antigua al mismo tiempo. Antigua en el sentido de que el conocimiento de las microcorrientes generadas por las células nerviosas de los seres vivos pertenecía a esa inmensa categoría del saber humano cuyo origen se ha perdido por completo. Era un conocimiento que se remontaba casi hasta los primeros restos de la historia de la humanidad.

Y sin embargo, también era nueva. La existencia de las microcorrientes rodaba por las decenas de miles de años del Imperio Galáctico como uno más de tantos vívidos y caprichosos, pero completamente inútiles, componentes del saber de la humanidad. Algunos habían intentado clasificar las ondas en durmientes y despiertas, calmadas y excitadas, sanas y enfermas, pero incluso los conceptos más amplios contenían hordas de excepciones que les restaban valor.

Otros habían intentado probar la existencia de grupos de ondas cerebrales, análogos a los bien conocidos grupos sanguíneos, y demostrar que el entorno externo era el factor determinante. Éstos eran los mismos racistas científicos que afirmaban que el hombre se podía dividir en subespecies. Pero semejante filosofía no podía soslayar el escollo del extraordinario ímpetu ecuménico responsable de la existencia del Imperio Galáctico, una entidad política que abarcaba los veinte millones de sistemas solares entre los que se repartía la humanidad, desde el planeta central de Trantor, reducido ya a un fabuloso e imposible recuerdo del glorioso pasado, al asteroide más solitario de la Periferia.

Y de nuevo, en una sociedad entregada a las ciencias físicas y la tecnología inanimada, como ocurría con el Primer Imperio, predominaba una imprecisa pero sociológicamente arraigada tendencia a rehuir el estudio de la mente. Su utilidad, menos inmediata, le restaba respetabilidad, y lo magro de los beneficios que producía contribuía a su escasa financiación.

La desintegración del Primer Imperio trajo consigo la fragmentación de la ciencia organizada, unida a un retroceso que dejaba atrás los rudimentos de la energía atómica para retroceder a los principios químicos del carbón y el petróleo. La única excepción a la regla, naturalmente, era la Primera Fundación, donde se mantenía y avivaba la chispa de la ciencia, revigorizada e intensificada. También allí, sin embargo, imperaba lo físico, y el cerebro, salvo con fines quirúrgicos, era un territorio desatendido.

Hari Seldon fue el primero en expresar lo que más adelante llegaría a aceptarse como la verdad.

«Las microcorrientes neurales», dijo en una ocasión, «contienen la chispa de todos los impulsos y respuestas variables, tanto conscientes como inconscientes. Las ondas cerebrales cuyos trémulos picos y valles se registran en pulcras cuadrículas de papel reflejan los impulsos mentales combinados de miles de millones de células. En teoría, su análisis debería revelar los pensamientos y las emociones del sujeto, hasta el último detalle. Deberían detectarse diferencias fruto no sólo de los defectos físicos más flagrantes, tanto congénitos como adquiridos, sino también de los estados emocionales en fluctuación, de la educación y la experiencia acumuladas, e incluso de algo tan sutil como un cambio en la filosofía vital del sujeto.»

Pero ni siquiera Seldon fue capaz de aventurar algo más que meras especulaciones.

Los habitantes de la Primera Fundación llevaban cincuenta años explotando ese filón de nuevos conocimientos, tan asombrosamente vasto como complejo. Como cabría esperar, el enfoque se realizaba por medio de técnicas nuevas como, por ejemplo, la aplicación de electrodos a las suturas craneales según un procedimiento de desarrollo reciente que permitía establecer un contacto directo con las células grises, sin necesidad siquiera de rasurar una porción del cuero cabelludo. También existía un instrumento de grabación que registraba automáticamente las pautas de las ondas cerebrales tanto en su conjunto como en funciones aisladas de seis variables independientes.

Quizá lo más significativo fuera el creciente respeto del que gozaban tanto la encefalografía como el encefalógrafo. Kleise, el más reputado de todos, se codeaba de igual a igual con los físicos en los congresos científicos. El doctor Darell, pese a no seguir ejerciendo la disciplina, era tan célebre por sus brillantes avances en el análisis encefalográfico como por el hecho de ser hijo de Bayta Darell, la gran heroína de la generación anterior.

El mismo doctor Darell que ahora, sentado en su silla, permitía que la sutil presión de la caricia de los livianos electrodos se insinuara sobre su cráneo mientras las agujas forjadas al vacío oscilaban de un lado a otro. La grabadora quedaba a su espalda (de lo contrario, como era bien sabido por todos, la impresión de las curvas en movimiento induciría un esfuerzo involuntario por controlarlas, con resultados visibles), pero sabía que el dial central expresaba la curva de ondas sigma, rítmica y apenas variable, que cabría esperar de su mente portentosa y disciplinada. El dial subsidiario que se ocupaba de la onda del cerebelo se encargaría reforzarla y purificarla. El lóbulo frontal produciría saltos bruscos, casi discontinuos, y las regiones subyacentes, con su limitado abanico de frecuencias, provocarían palpitaciones amortiguadas.

Estaba tan perfectamente familiarizado con la pauta de sus ondas cerebrales como un artista con el color de sus ojos.

Pelleas Anthor no hizo ningún comentario cuando Darell se levantó de la silla reclinable. El joven extrajo las siete grabaciones, las sometió al somero y generalizado escrutinio de quien sabe exactamente qué diminuta faceta de qué inapreciable matiz está buscando, y dijo:

—Si tiene usted la bondad, doctor Semic.

Las facciones de Semic, amarilleadas por la edad, adoptaron una expresión seria. La electroencefalografía era una ciencia que había surgido cuando él ya estaba entrado en años y de la que no sabía apenas nada, una advenediza que le inspiraba una ligera desconfianza. Sabía que era un anciano y que sus pautas cerebrales así lo reflejarían. Lo denotaban las arrugas de su rostro, la curvatura de su espinazo y el temblor de su pulso, aunque esos indicadores hablaban solamente por su cuerpo. La pauta de sus ondas cerebrales podría demostrar que también su mente era vieja. Se trataba de una invasión embarazosa e injustificada del último reducto de la virilidad de un hombre, su mente.

Se ajustaron los electrodos. El proceso, por supuesto, era indoloro de principio a fin. Lo único que se notaba era un diminuto cosquilleo muy por debajo del umbral de la sensibilidad.

A continuación llegó el turno de Turbor, que mantuvo un silencio hierático durante los quince minutos que duraba el proceso, y de Munn, quien dio un respingo ante el contacto inicial de los electrodos y pasó el resto de la sesión poniendo los ojos en blanco, como si deseara ser capaz de volverlos hacia dentro y observar a través de un agujero en el occipucio.

—Y ahora... —dijo Darell, cuando todo hubo acabado.

—Y ahora —dijo Anthor, en tono de disculpa—, hay una persona más en la casa.

Darell frunció el ceño.

—¿Mi hija?

—Así es. Sugerí que no saliera de casa esta noche, si lo recuerda.

—¿Para someterse a un análisis encefalográfico? En el nombre de la Galaxia, ¿por qué?

—De lo contrario no podré continuar.

Darell se encogió de hombros y subió las escaleras. Arcadia, prevenida de sobra, había guardado ya el receptor de sonido cuando su padre entró en la habitación; lo siguió obedientemente a la planta de abajo. Era la primera vez en su vida (a excepción hecha del registro de sus pautas mentales cuando era un bebé, a efectos identificativos y censales) que se encontraba bajo los electrodos.

—¿Puedo verlo? —preguntó al terminar, extendiendo una mano.

—No lo entenderías, Arcadia —dijo el doctor Darell—. ¿No va siendo hora de que te acuestes?

—Sí, padre —fue la recatada respuesta—. Buenas noches a todos.

Subió las escaleras corriendo y se metió en la cama de un salto, reduciendo los preparativos al mínimo. Con el receptor de sonido de Olynthus junto a la almohada, se sentía como un personaje salido de algún librofilm, y atesoraba cada momento de la experiencia con el éxtasis de quien está viviendo su propia historia de espías.

Las primeras palabras que oyó pertenecían a Anthor, y fueron:

—Caballeros, todos los análisis son satisfactorios. Los de la niña también.

«La niña», pensó con aversión Arcadia, echando chispas contra Anthor en la oscuridad.

Anthor había abierto ya su maletín, del que sacó ahora varias docenas de grabaciones de ondas cerebrales. No eran originales. Tampoco contaba el maletín con una cerradura ordinaria. Si la mano que sostenía la llave no fuera la suya, el contenido del mismo se habría oxidado al instante, en silencio, hasta quedar reducido a un montón de cenizas indescifrables. Una vez fuera del maletín, en cualquier caso, ésa era la suerte que esperaba a los documentos al cabo de medio hora.

Anthor se apresuró a comenzar para aprovechar al máximo su breve existencia.

—Lo que tengo aquí son las grabaciones de varios miembros del gobierno de Anacreonte. Éste es psicólogo en la Universidad de Locris; este otro, un industrial de Siwenna. Pueden ver los demás.

Se arracimaron en torno a los documentos. Para todos menos para Darell eran meras gavillas garabateadas. Para Darell, hablaban en un millón de lenguas.

—Me gustaría llamarle la atención, doctor Darell —dijo Anthor—, sobre la meseta que media entre las ondas tau secundarias y el lóbulo frontal, lo único que todas estas grabaciones tienen en común. ¿Le importaría utilizar esa regla analítica, señor, para verificar mis palabras?

La regla analítica podía considerarse un pariente lejano (como lo sería un rascacielos de una cabaña) de ese juguete de parvulario, la regla de cálculo logarítmica. Darell se valió de ella con una pericia que era fruto de la práctica. Trazó unas líneas a mano alzada basándose en los resultados y, ante la atenta mirada de Anthor, aparecieron unas mesetas informes en las regiones del lóbulo frontal donde cabría esperar pronunciadas oscilaciones.

—¿Cómo interpreta usted eso, doctor Darell? —preguntó Anthor.

—No estoy seguro. A bote pronto, no entiendo cómo es posible. Incluso en casos de amnesia lo que se da es una supresión, no una eliminación completa. ¿Un caso drástico de cirugía cerebral, tal vez?

—Se ha extirpado algo, sí —se impacientó Anthor—, ya lo creo. Pero no en un sentido físico. ¿Sabe?, el Mulo podría haber hecho algo así. Podría haber suprimido por completo la capacidad de sentir una emoción o un estado de ánimo determinado, sin dejar nada más que una lisura parecida. O quizá...

—O quizá haya sido la Segunda Fundación. ¿He acertado? —injirió Turbor, en cuyos labios se dibujó lentamente una sonrisa.

No había necesidad de responder a esa pregunta, en esencia retórica.

—¿Qué despertó sus sospechas, señor Anthor? —quiso saber Munn.

—No fui yo, sino el doctor Kleise. Coleccionaba pautas de ondas cerebrales, como la policía planetaria, pero por otros motivos. Su especialidad eran los intelectuales, los políticos y los grandes empresarios. Verán, es evidente que si la Segunda Fundación está dirigiendo la trayectoria histórica de la Galaxia... de todos nosotros... debe hacerlo con toda la sutileza y la mayor discreción. Si manipulan nuestras mentes, como sin duda es el caso, serán las de aquellas personas que ostenten una mayor influencia, bien en el ámbito de la cultura, de la industria o de la política. Ésos eran los objetivos de sus estudios.

—Ya —protestó Munn—, ¿pero dónde están las pruebas que lo corroboren? ¿Cómo se comportan estas personas? Las que presentan esa meseta, quiero decir. Quizá se trate de un fenómeno perfectamente natural.

—Sus ojos, azules como los de un niño, se posaron con desesperación en los de los demás, pero no encontraron consuelo.

—El doctor Darell podrá explicárselo mejor —dijo Anthor—. Pregúntele cuántas veces ha observado este fenómeno en sus estudios generales, o en los informes publicados en el transcurso de la última generación. Pregúntele también cuál es la probabilidad de que se descubra en casi uno de cada mil casos entre las categorías estudiadas por el doctor Kleise.

—Supongo que no cabe ninguna duda —musitó Darell, contemplativo—: nos encontramos ante unas mentalidades artificiales. Han sido manipuladas. En cierto modo, sospechaba algo así...

—Lo sé, doctor Darell —dijo Anthor—. También sé que una vez trabajó con el doctor Kleise. Me gustaría saber por qué lo dejó.

Su pregunta carecía de verdadera hostilidad. Tal vez no fuera más que simple cautela. Así y todo, dio pie a una pausa prolongada. Darell miró a sus invitados antes de que responder bruscamente:

457

—Porque la lucha de Kleise no tenía sentido. Competía con un adversario que era demasiado poderoso para él. Estaba detectando lo que nosotros, él y yo, sabíamos que detectaría, que no éramos dueños de nosotros mismos. ¡Y yo no quería saberlo! Tenía mi autoestima. Me gustaba pensar que nuestra Fundación dirigía el timón de nuestra alma colectiva, que nuestros antepasados no habían luchado y dado la vida en vano. Me pareció que lo más fácil sería mirar para otro lado mientras no estuviera seguro. No necesitaba el puesto, ya que la pensión vitalicia que el gobierno había concedido a la familia de mi madre bastaría para cubrir mis humildes necesidades. Mi laboratorio casero se encargaría de mantener a raya el tedio, y mi vida tocaría a su fin tarde o temprano. Entonces Kleise murió...

—Ese tipo, Kleise —dijo Semic, enseñando los dientes—, no lo conozco. ¿Cómo murió?

—Murió —intervino Anthor—. Lo anticipaba. Medio año antes me contó que estaba acercándose demasiado...

—Nosotros t-también, ¿no es así? —sugirió Munn, con la boca seca. La nuez dio un saltito en su garganta.

—Sí —respondió Anthor, sucinto—, todos nosotros, pero esto no es nuevo. Por eso han sido elegidos. Yo fui alumno de Kleise. El doctor Darell, su colega. Jole Turbor se dedicaba a denunciar en las ondas nuestra fe ciega en la mano salvadora de la Segunda Fundación, hasta que el gobierno lo silenció. Por mediación, debo añadir, de un poderoso empresario cuyo cerebro exhibe lo que Kleise llamaba la meseta de manipulación. Homir Munn posee la mayor colección privada de «muliana»... si se me permite esa expresión para hacer referencia a la información relacionada con el Mulo... que existe, y ha publicado varios ensayos en los que especula sobre la naturaleza y la función de la Segunda Fundación. El doctor Semic ha contribuido tanto como el que más a las matemáticas del análisis encefalográfico, aunque me extrañaría que hubiera previsto esa aplicación.

Semic abrió los ojos de par en par y soltó una risita jadeante.

—No, muchacho. Me interesaba analizar los movimientos intranucleares, el problema de los cuerpos infinitos, ya sabe. La encefalografía no es lo mío.

—Así pues, sabemos dónde nos encontramos. El gobierno, claro está, no puede hacer nada al respecto. Desconozco si el alcalde o algún miembro de su administración son conscientes de la gravedad de la situación. Lo único que sé es que nosotros cinco no tenemos nada que perder y sí mucho que ganar. Cuanto más consigamos averiguar, más capaces seremos de defendernos. Tengan en cuenta que sólo somos el principio.

—¿Cuán extendida —preguntó Turbor— es esta infiltración de la Segunda Fundación?

—No lo sé. Ésa es la verdad. Todas las infiltraciones que hemos descubierto se encontraban en la periferia de la nación. El mundo capital podría estar limpio todavía, aunque ni siquiera eso es seguro. De lo contrario, no los habría sometido al test. Usted era especialmente sospechoso, doctor Darell, puesto que renunció a seguir investigando con Kleise. Éste nunca se lo perdonó, ¿sabe? Me temía que la Segunda Fundación lo hubiera corrompido, pero Kleise siempre insistió en que era usted un cobarde. Espero que me perdone, doctor Darell, si explico esto para que quede clara mi postura. Personalmente, creo que entiendo su actitud y, si se trató de cobardía, lo considero venial.

Darell cogió aliento antes de replicar:

—¡Sí, huí! Llámelo como quiera. Intenté conservar nuestra amistad, no obstante, pero no volvió a escribirme ni a llamarme hasta el día en que me envió sus informes sobre las ondas cerebrales, apenas una semana antes de morir...

—Si no les importa —terció Homir Munn, en un arrebato de nerviosa elocuencia—, n-no entiendo qué se proponen. Si lo único que vamos a hacer es hablar y hablar y hab-blar, seremos un hatajo de conspiradores lamentables. Además, no sé qué más podemos hacer. Todo esto es m-muy infantil. Ondas c-cerebrales y demás monsergas. ¿Piensa tomar alguna medida en concreto?

La mirada de Pelleas Anthor se iluminó.

—Sí, eso es lo que pienso hacer. Necesitamos recabar más información sobre la Segunda Fundación. Es esencial. El Mulo dedicó los cinco prime-ros años de su reinado a esa misma búsqueda de información y fracasó, o eso nos han hecho pensar a todos. Pero después dejó de buscar. ¿Por qué? ¿Porque había fracasado? ¿O porque había tenido éxito?

—M-más palabrería —repuso con aspereza Munn—. ¿Cómo quiere que lo sepamos?

—Si me escuchara... La capital del Mulo estaba en Kalgan. Kalgan no formaba parte de la esfera de influencia comercial de la Fundación antes del Mulo y no forma parte de ella ahora. En estos momentos es Stettin quien gobierna en Kalgan, a menos que mañana estalle una revolución en palacio. Stettin se hace llamar el Primer Ciudadano y se considera el suce-sor del Mulo. Si existe alguna tradición en ese planeta, reside en el carác-ter sobrehumano y la grandeza del Mulo, una tradición casi supersticiosa en su intensidad. Por ese motivo, el antiguo palacio del Mulo se ha conver-tido en un altar. No puede entrar nadie sin autorización, nadie ha tocado nunca lo que hay en su interior.

—¿Y bien?

—Bueno, ¿a qué se debe eso? En los tiempos que corren, no ocurre nada sin un buen motivo. ¿Y si la inviolabilidad del palacio del Mulo no se debiese a la mera superstición? ¿Y si todo obedeciera a los designios de la Segunda Fundación? En resumidas cuentas, ¿y si los resultados de los cinco años de búsqueda del Mulo se encontraran allí dentro?

—Bah, p-paparruchas.

—¿Por qué no? —insistió Anthor—. A lo largo de su historia, la Segunda Fundación se ha mantenido oculta y ha procurado inmiscuirse lo menos posible en los asuntos de la Galaxia. Sé que para nosotros resultaría más lógico destruir el palacio o, en su defecto, destruir la información, pero deben tener en cuenta la psicología estos maestros psicólogos. Son Seldons, son Mulos, y actúan de forma indirecta, por mediación de la mente. Ellos jamás destruirían ni borrarían nada cuando podían lograr sus fines creando un estado de ánimo. ¿Eh?

Ante la falta de respuesta inmediata, Anthor continuó:

—Y usted, Munn, es el más indicado para obtener la información que necesitamos.

—¿Yo? —Fue un grito de asombro. La mirada de Munn saltó rápidamente de uno a otro—. No puedo hacer nada por el estilo. No soy un hombre de acción, ni el héroe de ningún teledrama. Soy bibliotecario. Si puedo serles de utilidad de esa manera, de acuerdo, me arriesgaré a incurrir en las iras de la Segunda Fundación, pero no pienso salir al espacio en ninguna q-quijotada por el estilo.

—Mire —dijo Anthor, pacientemente—, el doctor Darell y yo estamos de acuerdo en que usted es el más indicado. Es la única forma natural de hacerlo. Dice que es usted bibliotecario. ¡Perfecto! ¿Cuál es su principal área de interés? ¡La muliana! Ya posee la mayor colección de material relacionado con el Mulo de la Galaxia. Es natural que quiera conseguir más, más natural para usted que para ningún otro. Usted podría solicitar acceso al palacio de Kalgan sin despertar sospechas de interés ocultos. Quizá se lo denieguen, pero no por suspicacia. Más aún, dispone de un crucero monoplaza. Se sabe que ha visitado planetas extranjeros durante sus vacaciones anuales. Incluso ha estado ya en Kalgan. ¿No entiende que sólo debe comportarse igual que siempre?

—Pero no puedo decir: «¿T-tendría la bondad de dejarme entrar en su altar más sagrado, s-señor Primer Ciudadano?».

—¿Por qué no?

—¡Porque me dirá que no, por la Galaxia!

—De acuerdo. Le dirá que no. Entonces usted podrá regresar a casa y pensaremos en otra cosa.

Munn miró a su alrededor con una mezcla de impotencia y rebeldía. Sentía que lo estaban coaccionando para hacer algo que detestaba. Nadie se ofreció a ayudarle a desenredarse.

De modo que, al final, se tomaron dos decisiones en la casa del doctor Darell. La primera fue una de reluctante aquiescencia por parte de Munn para salir al espacio en cuanto comenzaran sus vacaciones de verano.

La otra fue una sumamente desautorizada decisión por parte de un miembro sumamente desautorizado del comité, tomada mientras apagaba un receptor de sonido y se preparaba para disfrutar de un merecido sueño. Esta segunda decisión todavía no nos concierne.

10
Se cierne la crisis

Había pasado una semana en la Segunda Fundación, y el Primer Orador sonreía de nuevo ante el alumno.

—Debes de traer resultados interesantes, de lo contrario no estarías tan enfadado.

El alumno puso una mano encima del fajo de hojas de cálculo que había traído consigo y preguntó:

—¿Está usted seguro de que el problema es real?

—Las premisas son ciertas. No he distorsionado nada.

—Eso significa que debo aceptar los resultados, aunque no quiera.

—Desde luego. ¿Pero qué tiene que ver con esto lo que tú quieras? Venga, dime qué es lo que tanto te preocupa. No, no, deja las derivadas a un lado. Las analizaré más tarde. Mientras tanto, habla conmigo. Déjame juzgar tus conclusiones.

—Bueno, orador... Es evidente que se ha producido un drástico cambio generalizado en la psicología básica de la Primera Fundación. Mientras conocían la existencia de un plan de Seldon, pero no los detalles de éste, se mostraban confiados aunque inseguros. Sabían que tendrían éxito, aunque no supieran cuándo ni cómo. Se respiraba, por consiguiente, una atmósfera constante de tensión e incertidumbre, que era lo que Seldon deseaba. En otras palabras, se podía contar con que la Primera Fundación funcionara al máximo de su potencial.

—Una metáfora dudosa —dijo el Primer Orador—, pero te entiendo.

—Pero ahora, orador, conocen la existencia de una Segunda Fundación con todo detalle, en vez de como una antigua y ambigua referencia de Seldon. Intuyen su función como guardiana del plan. Saben que existe un organismo que vigila todos sus pasos y no les permitirá tropezar. De modo que han renunciado a marchar con paso firme y permiten que los transporten en litera. Otra metáfora, me temo.

—No tiene importancia, continúa.

—Y ese mismo abandono de cualquier esfuerzo, esa inercia creciente, esa entrega a la pasividad y a una cultura decadente y hedonista significa la ruina del plan. Deben avanzar por sus propios medios.

—¿Eso es todo?

—No, hay más. He descrito la reacción de la mayoría. Pero existe una reacción minoritaria igualmente probable. Entre unos pocos, el conocimiento de nuestra tutela y nuestro control no suscitará complacencia, sino hostilidad. Esto se deriva del teorema de Korillov...

—Sí, sí. Conozco el teorema.

—Lo siento, orador. Es difícil evitar las matemáticas. En cualquier caso, el efecto es que no sólo se diluirán los esfuerzos de la Fundación, sino que una parte de éstos se volverá activamente contra nosotros.

—¿Y eso es todo?

—Aún queda otro factor cuya probabilidad es moderadamente baja...

—Muy bien. ¿De qué se trata?

—Cuando la Primera Fundación volcaba sus energías exclusivamente hacia el Imperio, mientras que sus únicos adversarios eran armatostes caducos surgidos de entre los escombros del pasado, su única preocupación eran las ciencias físicas. Ahora que nosotros hemos pasado a formar una parte considerable de su entorno, podrían verse obligados a adoptar un nuevo enfoque. Podrían intentar convertirse en psicólogos...

—Ese cambio —dijo fríamente el Primer Orador— ya ha tenido lugar.

Los labios del alumno se comprimieron en una pálida línea.

—Entonces todo ha terminado. Es la incompatibilidad fundamental con el plan. Orador, ¿estaría al corriente de esto si hubiera vivido... en el exterior?

El Primer Orador respondió con expresión seria.

—Te sientes humillado, muchacho, porque creías que entendías muy bien muchas cosas, y de repente te encuentras con que hay muchas más de las que no tenías ni idea. Creías que eras uno de los señores de la Galaxia, y de repente te encuentras con que estás al borde de la extinción. Es natural que te rebeles contra la torre de marfil en la que has vivido, el aislamiento en que te has educado, las teorías que te han inculcado.

»Yo también sentí lo mismo una vez. Es normal. Sin embargo, era preciso que no tuvieras ningún contacto directo con la Galaxia durante tus años de formación, que permanecieras aquí, donde todos los conocimientos que recibes han pasado antes por un filtro, donde tu mente se ha templado con esmero. Podríamos haberte enseñado este... este defecto parcial del plan antes para ahorrarte tu consternación actual, pero entonces no habrías comprendido debidamente su importancia, como harás ahora. Dime, ¿no ves ninguna solución al problema?

El alumno negó con la cabeza.

—¡Ninguna! —exclamó, desolado.

—Bueno, no es de extrañar. Escucha, muchacho. Existe una estrategia y hace más de una década que se puso en práctica. No se trata de algo habitual, sino de algo a lo que nos hemos visto obligados contra nuestra voluntad. Hay en juego probabilidades escasas, presuposiciones arriesgadas... Incluso nos hemos visto obligados a bregar con reacciones individuales en ocasiones, porque no nos quedaba otra salida, y ya sabes que, por su misma naturaleza, no tiene sentido aplica la psicoestadística a cifras de escala inferior a la planetaria.

—¿Estamos teniendo éxito? —jadeó el alumno.

—Todavía no lo sabemos. Hemos mantenido la situación estable hasta ahora, pero por primera vez en la historia del plan, es posible que las acciones inesperadas de un solo individuo lo destruyan. Hemos programado el estado de ánimo apropiado en un número reducido de agentes externos, disponemos de nuestros propios efectivos... pero sus caminos están trazados de antemano. No se atreven a improvisar. Ya te habrás percatado de ello. Y no te ocultaré lo peor de todo. Si nos descubren, aquí, en este mundo, el plan no será lo único que desaparezca, sino también nosotros, nuestro yo físico. Como ves, nuestra solución dista de ser idónea.

—Pero lo poco que ha descrito no se parece en nada a una solución, es más bien una tentativa desesperada.

—No. Una tentativa inteligente, digámoslo así.

—¿Cuándo estallará la crisis, orador? ¿Cuándo sabremos si hemos tenido éxito o no?

—Antes de que acabe el año, sin duda.

El alumno pensó en lo que acababa de escuchar y asintió con la cabeza. Estrechó la mano del orador.

—Bueno, me alegra saberlo.

Giró sobre los talones y se marchó.

El Primer Orador dirigió la mirada al exterior mientras la ventana aumentaba su transparencia. Más allá de las gigantescas estructuras se arracimaban las estrellas, en silencio.

Un año no era nada. ¿Sobreviviría a él alguno de ellos, alguno de los herederos de Seldon?

11
La polizona

Pasó algo más de un mes antes de que se pudiera afirmar que había comenzado el verano. Comenzado, es decir, hasta el punto en que Homir Munn hubiera redactado el informe financiero definitivo del año fiscal, procurado que el bibliotecario suplente proporcionado por el gobierno se familiarizara lo suficiente con los entresijos del puesto (el hombre del año anterior había dejado mucho que desear) y encargado que su pequeño crucero, el *Unimara,* que debía su nombre a un delicado y misterioso episodio ocurrido hacía veinte años, se desembarazara de las telarañas acumuladas durante el invierno.

Salió de Terminus con gesto huraño. Nadie acudió al puerto para despedirse de él. No hubiera resultado natural, puesto que nadie lo había hecho nunca. Sabía perfectamente que era importante que este viaje no se distinguiera en nada de los anteriores, pero eso no impedía que lo embargara un vago resentimiento. Él, Homir Munn, estaba jugándose el cuello en una aventura disparatada del peor calibre, y estaba haciéndolo solo.

Eso creía, al menos.

Puesto que se equivocaba, la confusión caracterizó el día siguiente, tanto a bordo del *Unimara* como en la residencia suburbana del doctor Darell.

La casa del doctor Darell fue la primera afectada, cronológicamente hablando, por mediación de Poli, la doncella, cuyo mes de vacaciones era ya cosa del pasado. Bajó las escaleras volando, apurada y tartamudeando.

El buen doctor salió a su encuentro y la mujer, en vano, intentó traducir sus emociones en palabras. Terminó entregándole una hoja de papel y un objeto cúbico.

Darell aceptó ambos objetos a regañadientes y preguntó:

—¿Qué ocurre, Poli?

—Se ha ido, doctor.

—¿Quién se ha ido?

—¡Arcadia!

—¿Qué quieres decir con que se ha ido? ¿Adónde? ¿De qué estás hablando?

La mujer aporreó el suelo con los pies.

—No lo sé. Ha desaparecido, y también una maleta y algo de ropa, y ha dejado esa carta. ¿Por qué no la lee, en vez de quedarse ahí plantado? ¡Ay, hombres!

El doctor Darell se encogió de hombros y abrió el sobre. La carta no era larga, y salvo por la firma angulosa, «Arkady», la florida y fluida caligrafía pertenecía a la transcriptora de Arcadia.

> Querido padre:
>
> Decirte adiós en persona me rompería el corazón. Lloraría como una niña pequeña y te avergonzarías de mí. En vez de eso te escribo esta carta para decirte cuánto voy a echarte de menos, aunque sé que estas vacaciones de verano con el tío Homir van a ser estupendas. Me cuidaré bien y volveré a casa dentro de poco. Mientras tanto, te dejo algo que es sólo mío. Te lo puedes quedar.
>
> Tu hija que te quiere,
>
> Arkady

La releyó varias veces, con una expresión que iba tornándose lívida por momentos. Con voz crispada, preguntó:

—¿Has leído esto, Poli?

Poli se puso a la defensiva de inmediato.

—No puede culparme por eso, doctor. En el exterior del sobre ponía «Poli», y no tenía forma de saber que dentro había una carta para usted. No soy ninguna fisgona, doctor, y en todos los años que llevo con...

Darell levantó una mano, conciliador.

—Está bien, Poli. No tiene importancia. Sólo quería cerciorarme de que entiendes lo que ha sucedido.

Se devanó los sesos rápidamente. No serviría de nada pedirle que se olvidara del asunto. Por lo que al adversario respectaba, «olvidar» era una palabra que carecía de significado; y el consejo, al revestir de importancia a lo ocurrido, surtiría el efecto contrario.

—Es una chica muy rara, ¿sabes? —optó por decir—. Muy romántica. Desde que organizamos el viaje espacial para este verano, ha estado nerviosísima.

—¿Y por qué no me había informado nadie de este viaje espacial?

—Lo organizamos mientras estabas fuera, y se nos olvidó. No tiene más misterio.

Las emociones originales de Poli se concentraron ahora en una indignación incontenible.

—Conque no tiene más misterio, ¿verdad? La pobre niña se ha ido con una sola maleta, prácticamente con lo puesto, y encima sola. ¿Cuánto tiempo estará fuera?

—Venga, no le des más vueltas, Poli. A bordo de la nave encontrará ropa de sobra. Está todo previsto. ¿Te importaría decirle al señor Anthor que quiero verlo? Ah, pero antes... ¿Éste es el objeto que me ha dejado Arcadia? —Le dio la vuelta en su mano.

Poli echó la cabeza hacia atrás.

—Le aseguro que no sé nada. Estaba debajo de la carta y eso es lo único que le puedo decir. Que se les olvidó avisarme, hay que ver. Si viviera su madre...

Darell la despidió con un ademán.

—Llama al señor Anthor, hazme el favor.

La opinión de Anthor al respecto difería radicalmente de la del padre de Arcadia. Subrayó sus primeras observaciones cerrando los puños y mesándose los cabellos, y a partir de ahí, su amargura se disparó.

—Por el espacio infinito, ¿a qué espera? ¿A qué estamos esperando? Llame al espaciopuerto por el visor y pídales que contacten con el *Unimara*.

—Calma, Pelleas, es mi hija.

—Pero no es su Galaxia.

—Veamos, espere. Es una chica inteligente, Pelleas, y ha planificado esto minuciosamente. Será mejor que sigamos el hilo de sus pensamientos ahora que la pista aún es reciente. ¿Sabe qué es este artilugio?

—No. ¿Por qué debería importarme?

—Porque es un receptor de sonido.

—¿Ese trasto?

—Es de fabricación casera, pero funciona. Lo he probado. ¿No se da cuenta? Es su forma de decirnos que ha escuchado nuestras conversaciones sobre estrategia. Sabe adónde se dirige Homir Munn, y por qué. Ha decidido que sería emocionante apuntarse a la aventura.

—Ay, por el espacio —gimió el muchacho—. Otra mente para que la Segunda Fundación juegue con ella.

—Sólo que no hay ningún motivo por el que la Segunda Fundación debería, a priori, sospechar que una chica de catorce años sea un peligro... a menos que hagamos algo que llame la atención sobre ella, como ordenar a una nave que regrese del espacio con el único motivo de sacarla de allí. ¿Olvida con quién nos las vemos? ¿Cuán estrecho es el margen que nos separa de ser descubiertos? ¿Lo impotentes que nos dejaría eso?

—Pero no podemos permitir que todo dependa de una chiquilla chiflada.

—Ni está chiflada, ni tenemos elección. No le hacía falta escribir ninguna carta, pero lo hizo para impedir que acudiéramos a la policía para denunciar su desaparición. Su carta sugiere que transformemos todo el asunto en una amable oferta por parte de Munn de llevarse de vacaciones a la hija de un viejo amigo. ¿Y por qué no? Nuestra amistad se remonta a hace casi veinte años. La conoce desde que tenía tres años, cuando la traje de Trantor. Es algo perfectamente natural y, de hecho, debería reducir las sospechas. Ningún espía se pasea por ahí con una sobrina adolescente.

—Bueno. ¿Y qué hará Munn cuando la descubra?

El doctor Darell enarcó las cejas.

—No estoy seguro... pero me da en la nariz que Arcadia sabrá manejarlo.

Esa noche, sin embargo, la casa parecía más vacía que de costumbre, y el doctor Darell descubrió que el destino de la Galaxia le importaba asombrosamente poco mientras la desquiciada vida de su hija corriera peligro.

La conmoción a bordo del *Unimara,* si bien afectaba a menos personas, fue considerablemente más intensa.

En el compartimento para el equipaje, Arcadia se encontró, en primer lugar, ayudada por la experiencia, y en segundo, obstaculizada por la impericia.

De este modo, encajó la aceleración inicial con ecuanimidad, y la sutil náusea que acompañaba al vuelco del primer salto a través del hiperespacio con estoicismo. Había experimentado ambas sensaciones en anteriores travesías espaciales, y las aguardaba en tensión. También sabía que los compartimentos para el equipaje estaban incluidos en el sistema de ventilación de la nave y que sus paredes incluso podían iluminarse. Descartó esto último, no obstante, por tratarse de algo inconcebiblemente poco romántico. Eligió permanecer a oscuras, como cabría esperar de una auténtica conspiradora, respirando muy despacio y escuchando la pequeña miscelánea de ruidos que envolvía a Homir Munn.

Se trataba de sonidos insignificantes, como correspondía a una persona que estaba a solas. El arrastrar de los zapatos, el roce de la tela contra el metal, el suspiro de una silla acolchada oprimida por el peso de un cuerpo, el chasquido seco de una unidad de control o el suave contacto de una palma sobre una célula fotoeléctrica.

Sin embargo, a la larga, a Arcadia no le quedó más remedio que reconocer que su experiencia distaba de ser absoluta. En los librofilms y en los vídeos, el polizón parecía poseer unas inagotables dotes para el camuflaje. Cierto, siempre existía el riesgo de tropezar con algo que se caería con estrépito, o de estornudar; en los vídeos era casi seguro que terminaría estornudando, eso se daba por sentado. Era consciente de todo esto, y tenía cuidado. También cabía la posibilidad de que la asaltaran el hambre y la sed. Se había preparado para esta eventualidad con latas de raciones sustraídas de la despensa. Aun así existían muchos imponderables que nunca se mencionaban en las películas, y Arcadia cayó en la cuenta, consternada, que por mucho empeño que pusiera, sólo podría permanecer oculta en el armario por tiempo limitado.

Y en un crucero deportivo monoplaza como el *Unimara,* el espacio vital consistía, esencialmente, en un solo camarote, por lo que ni siquiera cabía la arriesgada posibilidad de salir del compartimento a hurtadillas mientras Munn estaba ocupado en otra parte.

Aguardó desesperadamente a que surgieron los sonidos propios del sueño. Ojalá supiera si Munn roncaba. Al menos sabía dónde estaba el catre, y reconocía las protestas de uno cuando las oía. Se escuchó un largo suspiro, seguido de un bostezo. Esperó mientras se asentaba el silencio, interrumpido por las suaves protestas del catre ante algún cambio de postura o el movimiento de una pierna.

La puerta del compartimento para el equipaje se abrió con facilidad ante la presión de un dedo, y cuando estiró el cuello...

Se oyó un sonido definitivamente humano que se interrumpió de pronto.

Arcadia se quedó petrificada. ¡Silencio! ¡Silencio y quieta!

Intentó asomar los ojos por la puerta sin mover la cabeza y fracasó. La cabeza siguió a los ojos.

Homir Munn estaba despierto, desde luego; leyendo en la cama, bañado por la suave luz concentrada, contemplando fijamente la oscuridad con los ojos como platos y tanteando sigilosamente con una mano debajo de la almohada.

La cabeza de Arcadia desanduvo el camino de golpe. A continuación, la luz se apagó por completo y la voz de Munn resonó con temblorosa brusquedad:

—Tengo un desintegrador y voy a disparar, por la Galaxia...

—Soy yo —anunció Arcadia, quejumbrosa—. No dispare.

El romanticismo es asombrosamente frágil, como una flor. Una pistola con un propietario nervioso detrás basta para echarlo a perder por completo.

La luz volvió a encenderse, por toda la nave, y Munn apareció sentado en la cama. El vello entrecano de su pecho enjuto y la hirsuta barba de un día que le cubría la barbilla se aliaban para conferirle una falaz apariencia canallesca.

Arcadia salió alisándose la chaqueta de metaleno, supuestamente a prueba de arrugas.

Tras un momento de confusión en el que estuvo a punto de saltar de la cama, antes de recordar una cosa y tirar de la sábana hasta cubrirse los hombros, Munn tartamudeó:

—¿Q-q-qué...?

Era completamente incomprensible.

—¿Me disculpa un momento? —dijo tímidamente Arcadia—. Tengo que lavarme las manos. —Conocía la geografía de la nave y no tardó en perder-

se de vista. Cuando regresó, mientras su coraje se restauraba paulatinamente, Homir Munn la esperaba de pie, cubierto con un batín descolorido
y embargado de una rabia cegadora.

—Por todos los agujeros negros del espacio, ¿qué haces a b-bordo de esta
nave? ¿C-cómo has entrado aquí? ¿Qué se s-supone que tengo que hacer
contigo? ¿Qué está pasando aquí?

Podría haber seguido desgranando preguntas indefinidamente, pero
Arcadia lo interrumpió con dulzura.

—Sólo quería acompañarte, tío Homir.

—¿Por qué? Pero si no voy a ninguna parte.

—Te diriges a Kalgan para recabar información acerca de la Segunda
Fundación.

Ante lo cual Munn profirió un aullido feroz y se desplomó por completo. Por un horrorizado momento, Arcadia pensó que se había vuelto histérico o que iba a empezar a aporrear la pared con la cabeza. Todavía empuñaba el desintegrador, y un puño frío como el hielo atenazó las entrañas
de la muchacha mientras lo contemplaba.

—Con cuidado... Tranquilo... —fue lo único que atinó a decir.

Con esfuerzo, Munn recuperó un remedo de normalidad y tiró el
desintegrador encima del catre, con tanta fuerza que el arma debería haber detonado y abierto un boquete en el casco de la nave.

—¿Cómo has entrado? —preguntó muy despacio, como si sostuviera
muy cuidadosamente cada palabra con los dientes para evitar que temblara antes de pronunciarla.

—Fue fácil. Me planté en el hangar con mi maleta, dije: «¡El equipaje
del señor Munn!», y el encargado me indicó el camino con el pulgar sin tan
siquiera levantar la cabeza.

—Tendré que llevarte de vuelta, ¿sabes? —dijo Homir. La idea le produjo un regocijo desesperado. Por el espacio, esto no era culpa suya.

—No puede —repuso plácidamente Arcadia—, llamaría la atención.

—¿Qué?

—Ya sabe. El motivo de que sea usted quien vaya a Kalgan es que
resultaría natural que pidiera permiso para ver los archivos del Mulo. Y
esa naturalidad es fundamental para no llamar en absoluto la atención.
Si regresara con una polizona a bordo, podría salir incluso en las noticias.

—¿De dónde has s-sacado esa información sobre Kalgan? Estas... eh...
infantiles... —Su indiferencia era demasiado exagerada como para resultar convincente, incluso ante alguien que no supiera tanto como Arcadia.

—Lo escuché todo —la muchacha no pudo reprimir por completo una
nota de orgullo— con un receptor de sonido. Lo sé todo... así que tiene que
llevarme con usted.

—¿Y qué pasa con tu padre? —Munn se dispuso a jugar su baza más
fuerte—. Que él sepa, podrías estar secuestrada... o muerta.

—Le dejé una nota —dijo Arcadia, superando su mano—, y probablemente sepa que no debe armar jaleo ni nada. Seguro que le envía un espaciograma.

Cuando la señal de recepción pitó con estridencia dos segundos después de que la muchacha terminara de hablar, Munn no pudo menos que pensar que debía ser cosa de magia.

—Apuesto a que es mi padre —dijo Arcadia, y lo era.

El mensaje no era largo e iba dirigido a Arcadia. Rezaba: «Gracias por tu bonito regalo, al cual estoy seguro de que sabré darle buen uso. Que te lo pases muy bien».

—¿Lo ve? —dijo la muchacha—. Instrucciones.

Homir terminó acostumbrándose a ella. Al final, se alegró de que estuviera allí. Al cabo, se preguntó cómo podría haberlo conseguido sin ella. ¡Hablaba sin cesar! ¡Todo la entusiasmaba! Pero lo más importante era su absoluta despreocupación. Sabía que la Segunda Fundación era el enemigo, pero eso no le quitaba el sueño. Sabía que, una vez en Kalgan, tendría que enfrentarse a la hostilidad de la burocracia, pero no veía el momento.

Quizá fuera algo consustancial a tener catorce años.

En cualquier caso, la semana de travesía prometía ahora conversación en vez de introspección. Cierto era que no se trataba de una conversación muy esclarecedora, puesto que giraba casi por entero en torno a las ideas de la muchacha sobre cuál era la mejor manera de lidiar con el señor de Kalgan. Divertidas y absurdas, pero expuestas con contundente deliberación.

Homir se descubrió de hecho capaz de sonreír mientras escuchaba y se preguntaba de qué joya de la ficción histórica habría sacado Arcadia su retorcido concepto del universo en general.

Llegó la noche previa al último salto. Kalgan era una estrella resplandeciente en el vacío apenas salpicado de destellos de los confines más lejanos de la Galaxia. El telescopio de la nave la convertía en una mancha rutilante de diámetro apenas perceptible.

Arcadia estaba sentada en la silla buena, con las piernas cruzadas. Llevaba puestos unos pantalones y una camisa no excesivamente holgada que pertenecían a Homir. Su atuendo, más femenino, se había lavado y planchado en previsión del aterrizaje.

—Voy a escribir novelas históricas, ¿sabes? —Estaba contenta con el viaje. El tío Homir no tenía ningún inconveniente en escucharla y la conversación era mucho más placentera cuando podías hablar con una persona inteligente que se tomaba en serio lo que decías—. He leído un montón de libros acerca de los personajes principales de la historia de la Fundación. Ya sabes, como Seldon, Hardin, Mallow, Devers y todos los demás. He leído incluso casi todo lo que has escrito sobre el Mulo, sólo que las partes donde la Fundación pierde no me gustaron mucho. ¿No preferirías leer una historia que se saltara esas partes tan trágicas y absurdas?

—Sí, desde luego —le aseguró solemnemente Munn—. Pero entonces la historia no sería justa, ¿no te parece, Arkady? Jamás obtendrías la menor respetabilidad académica a menos que contaras toda la historia.

—Ay, puf. ¿A quién le importa la respetabilidad académica? —Lo encontraba delicioso. Había días que se refería a ella como Arkady, sin falta—. Mis novelas serán interesantes, se venderán bien y se harán famosas. ¿Qué sentido tiene escribir libros a menos que los vendas y sean conocidos por todos? No quiero que sólo me conozca un puñado de profesores ancianos. Tiene que ser todo el mundo.

Sus ojos se oscurecieron de placer ante esa idea, y se revolvió hasta adoptar una postura más cómoda.

—De hecho, en cuanto consiga que padre me deje, pienso visitar Trantor para recopilar material sobre la época del Primer Imperio, ¿sabes? Yo nací en Trantor, ¿lo sabías?

Lo sabía, pero su respuesta fue:

—¿Sí? —E imprimió la cantidad justa de sorpresa a su voz. Se vio recompensado por una sonrisa a caballo entre deslumbrante y afectada.

—Ajá. Mi abuela... ya sabes, Bayta Darell, habrás oído hablar de ella... estuvo en Trantor una vez con mi abuelo. De hecho, allí es donde detuvieron al Mulo, cuando toda la Galaxia estaba a sus pies. Y mis padres también fueron allí cuando se casaron. Nací allí. Incluso viví allí hasta que murió mi madre, sólo que por aquel entonces tenía tres años y no recuerdo gran cosa. ¿Tú has estado alguna vez en Trantor, tío Homir?

—No, no puedo decir que haya estado. —Se reclinó contra el frío mamparo y escuchó ociosamente. Kalgan estaba muy cerca, y sentía cómo regresaba su nerviosismo.

—¿A que es el planeta más romántico que existe? Mi padre dice que cuando gobernaba Stannel V, tenía más habitantes que diez planetas juntos hoy en día. Dice que era un gigantesco planeta de metales... una ciudad enorme... que era la capital de toda la Galaxia. Me ha enseñado las fotografías que sacó en Trantor. Ahora todo está en ruinas, pero sigue siendo fabuloso. Me encantaría verlo otra vez. De hecho... ¡Homir!

—¿Sí?

—¿Por qué no vamos allí, cuando terminemos con Kalgan?

Una sombra de pánico volvió a asomar a sus facciones.

—¿Qué? Venga, no empieces con eso. Es un viaje de negocios, no de placer. Recuérdalo.

—Pero si se trata de negocios —protestó con voz atiplada Arcadia—. En Trantor podría haber cantidades increíbles de información. ¿No te parece?

—No, no me lo parece. —Munn se puso en pie con dificultad—. Y ahora, apártate del ordenador. Tenemos que dar el último salto, y después a la cama. —Al menos aterrizar ofrecía esa ventaja; estaba harto de intentar dormir encima de un abrigo en el suelo metálico.

Los cálculos no eran complicados. El *Manual de las rutas espaciales* era bastante explícito sobre el trayecto desde la Fundación hasta Kalgan. Una momentánea sacudida del paso atemporal a través del hiperespacio y dejarían atrás el último año luz.

El sol de Kalgan hacía ya honor a su nombre: grande, brillante, blanco y amarillo, invisible tras las portillas que se habían cerrado automáticamente en el costado iluminado por el astro.

Kalgan estaba a tan sólo una noche de sueño de distancia.

12
El señor

De todos los mundos de la Galaxia, Kalgan indudablemente poseía la historia más extraordinaria. La del planeta Terminus, por ejemplo, era la de un auge prácticamente ininterrumpido. La de Trantor, antigua capital de la Galaxia, de una caída prácticamente ininterrumpida. Pero Kalgan...

Kalgan alcanzó notoriedad por primera vez como mundo de recreo de la Galaxia dos siglos antes del nacimiento de Hari Seldon. Era un mundo de recreo en el sentido de que convertía en industria (una industria inmensamente lucrativa, además) la diversión.

Y era una industria estable. Era la industria más estable de la Galaxia. Cuando toda la Galaxia pereció como civilización, paso a paso, la catástrofe pasó sobre Kalgan como la sombra de una pluma. Daba igual cuánto cambiaran la economía y la sociología de los sectores vecinos de la Galaxia, siempre había una élite; y siempre ha sido característico de las élites considerar el placer como la principal recompensa de su elitismo.

Kalgan, por consiguiente, estuvo al servicio de forma sucesiva (y satisfactoria) de los lánguidos y perfumados dandys de la corte imperial, con sus rutilantes y libidinosas damiselas; de los hoscos y alborotadores caudillos que gobernaban con hierro los mundos que habían conquistado con sangre, con sus desabridas y lascivas concubinas; de los orondos y lujosos empresarios de la Fundación, con sus exuberantes y depravadas amantes.

Puesto que todos tenían dinero, no existía la discriminación. Y puesto que Kalgan los acogía a todos y no rechazaba a nadie, puesto que existía una demanda incesante de lo que ofertaba, puesto que tenía la sensatez de no entrometerse en la política de ningún mundo, de no poner en tela de juicio la legitimidad de nadie, prosperó cuando nadie más lo hacía, y conservó su lozanía mientras todos los demás enflaquecían.

Hasta que llegó el Mulo. Entonces, de alguna manera, sucumbió también ante un conquistador que era inmune a la diversión, a todo salvo la conquista. Para él todos los planetas eran iguales, incluso Kalgan.

Así, durante una década, Kalgan se encontró desempeñando el extraño papel de metrópolis galáctica, señora del mayor imperio conocido desde el final del mismísimo Imperio Galáctico.

Después, a la muerte del Mulo, como una exhalación, llegó la caída. La Fundación se liberó, y con ella y tras ella, gran parte del resto de los dominios del Mulo. Cincuenta años más tarde sólo perduraba el fascinante recuerdo de aquel breve intervalo de poder, como un sueño de opio. Kalgan nunca se recuperó del todo. Jamás podría volver a ser el despreocupado mundo de placer que había sido, pues el embrujo del poder jamás afloja su presa. En lugar de eso, vivió bajo una sucesión de hombres a los que la Fundación llamaba los señores de Kalgan, pero que preferían denominarse a sí mismos los Primeros Ciudadanos de la Galaxia, imitando el único título del Mulo, y que mantenían la ficción de que también ellos eran conquistadores.

El actual señor de Kalgan ostentaba ese cargo desde hacía cinco meses. Lo había conseguido originalmente en virtud de su posición al frente de la armada kalganiana, y merced a una lamentable falta de precaución por parte de su antecesor. En Kalgan, sin embargo, nadie era tan estúpido como para examinar la cuestión de su legitimidad durante demasiado tiempo ni demasiado de cerca. Estas cosas pasaban, y lo mejor era aceptarlas.

Esa especie de culto a la supervivencia del más fuerte, no obstante, además de la importancia que concedía a la maldad y la crueldad, en ocasiones permitía que la aptitud gozara de una amplia aceptación. Lord Stettin era competente de sobra, y difícil de controlar.

Difícil para su eminencia, el primer ministro, quien, con intachable imparcialidad, había servido al último señor además de al presente; y quien serviría al siguiente con la misma franqueza, si vivía lo suficiente.

También era difícil para lady Callia, quien era para Stettin algo más que una amiga, pero menos que una esposa.

Los tres se habían reunido esa noche en los aposentos privados de lord Stettin. El Primer Ciudadano, henchido y resplandeciente con el uniforme de almirante que le gustaba lucir, fruncía el ceño desde la silla sin tapizar en la que se sentaba tan rígido como el plástico que la componía. Su primer ministro, Lev Meirus, lo observaba con distante despreocupación mientras sus dedos, largos e inquietos, acariciaban distraída y rítmicamente el profundo surco que se curvaba desde su nariz ganchuda a lo largo de una mejilla enjuta y hundida hasta la punta, casi, de una barbilla cubierta de barba gris. Lady Callia reposaba grácilmente sobre la mullida cubierta de pieles de un diván de espumita, con los labios ligeramente estremecidos en un mohín inconsciente.

—Señor —dijo Meirus; era el único título posible para quien se autoproclamaba Primer Ciudadano—, le falta una cierta perspectiva de la continuidad de la historia. Su propia vida, con sus tremendas revoluciones, lo lleva a pensar en el devenir de la civilización como algo igualmente dispuesto a cambiar de un momento a otro. Pero no es así.

—El Mulo demostró lo contrario.

—¿Pero quién puede seguir sus pasos? Recuerde que era algo más que humano. Y tampoco su éxito fue completo.

—Cachorrito —gimoteó lady Callia, de improviso, para encogerse a continuación ante el gesto furioso del Primer Ciudadano.

—No interrumpas, Callia —dijo con aspereza lord Stettin—. Meirus, estoy harto de no hacer nada. Mi predecesor dedicó su vida a convertir la armada en un instrumento perfectamente afinado sin parangón en toda la Galaxia. Y murió con esa maquinaria tan espléndida sin usar. ¿Debo perpetuar esa tradición? ¿Yo, un almirante de la armada?

»¿Cuánto tardará en oxidarse esa maquinaria? En estos momentos es un lastre para las arcas que no ofrece ningún rendimiento. Los oficiales sueñan con la victoria, y sus hombres con el botín. Lo único que desea Kalgan es regresar al Imperio y la gloria. ¿Eres capaz de entender eso?

—Son simples palabras, pero entiendo a qué se refiere. Victoria, botín, gloria... gratas, cuando se obtienen, pero el proceso de obtenerlas a menudo es arriesgado y siempre desagradable. La primera inyección de euforia podría ser efímera. Y la historia demuestra que atacar a la Fundación nunca ha sido juicioso. Incluso el Mulo hubiera hecho bien en abstenerse de...

Había lágrimas en los vacuos ojos azules de lady Callia. Últimamente, su cachorrito apenas le prestaba atención, y ahora, cuando le había prometido pasar la velada con ella, este horrible hombre gris y sarmentoso que siempre la traspasaba con la mirada se había inmiscuido en sus planes. Y su cachorrito lo consentía. No se atrevía a abrir la boca; se sobresaltó incluso ante el hipido que se le escapó de los labios.

Pero ahora Stettin estaba hablando con esa voz que ella tanto odiaba, dura e impaciente. Decía:

—Eres un esclavo del pasado lejano. La Fundación es superior en volumen y población, pero su cohesión es endeble y saltará en pedazos al primer golpe. Lo que los mantiene unidos ahora es meramente la inercia, una inercia que no es rival para mi fuerza. Estás hipnotizado por los días de antaño, cuando sólo la Fundación conocía la energía atómica. Consiguieron esquivar los últimos mazazos del Imperio moribundo y únicamente tuvieron que hacer frente a la anarquía irreflexiva de los caudillos, que respondieron a las naves atómicas de la Fundación con armatostes y reliquias.

»Pero el Mulo, estimado Meirus, ha cambiado eso. Esparció por media Galaxia los conocimientos que la Fundación había acaparado, y el monopolio de la ciencia se desvaneció para siempre. Podemos igualarlos.

—¿Y la Segunda Fundación? —preguntó Meirus, sin inmutarse.

—¿Y la Segunda Fundación? —repitió fríamente Stettin—. ¿Acaso conoces sus intenciones? Tardaron diez años en detener al Mulo, si es que fueron ellos los responsables, cosa que dudo. ¿Eres consciente de que muchos psicólogos y sociólogos de la Fundación opinan que el plan de Seldon se ha desbaratado por completo desde los tiempos del Mulo? Si el plan se ha interrumpido, eso significa que existe un vacío que yo podría llenar tan bien como cualquiera.

—Lo que sabemos al respecto no es suficiente para justificar el riesgo.

—Lo que sabemos nosotros, tal vez, pero tenemos un visitante de la Fundación en el planeta. ¿Lo sabías? Un tal Homir Munn, quien, según tengo entendido, ha escrito artículos sobre el Mulo y ha expresado precisamente ese parecer, que el plan de Seldon ya no existe.

El primer ministro asintió con la cabeza.

—He oído hablar de él, o al menos de sus escritos. ¿Qué desea?

—Solicita permiso para entrar en el palacio del Mulo.

—¿Es cierto eso? Sería prudente denegárselo. Nunca es aconsejable soliviantar las supersticiones que mantienen a raya a todo un planeta.

—Me lo pensaré... y volveremos a hablar.

Meirus se despidió con una reverencia.

—¿Estás enfadado conmigo, cachorrito? —preguntó lady Callia, llorosa.

Stettin se giró hacia ella con fiereza.

—¿No te he dicho ya que no me llames así delante de los demás? Es ridículo.

—Antes te gustaba.

—Bueno, pues ya no, y que no se repita.

La miró fijamente, ceñudo. Hacía tiempo que no entendía por qué seguía tolerándola. Era una criatura blanda, con la cabeza hueca y agradable al tacto que le dispensaba una ternura conveniente para sobrellevar su vida, repleta de asperezas. Sin embargo, incluso ese afecto estaba volviéndose aburrido. Soñaba con casarse, con convertirse en la primera dama. ¡Ridículo!

Se había conformado con ella cuando él era un simple almirante, pero ahora, como Primer Ciudadano y futuro conquistador, necesitaba algo más. Necesitaba herederos capaces de unir sus futuros dominios, algo que el Mulo nunca había tenido, motivo por el cual su Imperio no sobrevivió a su extraña vida inhumana. Él, Stettin, necesitaba a alguien de las grandes familias históricas de la Fundación con quien poder fusionar dinastías.

Se preguntó ociosamente por qué no se libraba de Callia ahora mismo. No supondría ningún problema. Lloraría un poco... Descartó la idea. A veces tenía sus cosas buenas.

Callia comenzaba a animarse. La influencia del de la barba gris había desaparecido y los rasgos de granito de su cachorrito empezaban a suavizarse. Se levantó con un solo movimiento fluido y se deslizó hacia él.

—No vas a regañarme, ¿verdad?

—No. —Una palmadita distraída—. Siéntate y estate quietecita un momento, ¿quieres? Necesito pensar.

—¿En el hombre de la Fundación?

—Sí.

—¿Cachorrito? —Una pausa.

—¿Qué?

—Cachorrito, me dijiste que ese hombre había llegado acompañado de una niña pequeña. ¿Lo recuerdas? ¿Podría verla cuando esté aquí? Nunca...

—A ver, ¿para qué quieres que le pida que venga con esa mocosa? ¿Es que mi sala de audiencias se ha convertido en un parvulario? Ya está bien de tonterías, Callia.

—Pero si yo me encargaré de ella, cachorrito. No te distraerá ni un momento. Es sólo que apenas se ven niños por aquí, y ya sabes cómo me gustan.

La miró con cinismo. Nunca se cansaba de esta estrategia. Le gustaban los niños; sus niños; niños legítimos; matrimonio. Se rio.

—Esta «niña pequeña» en particular —dijo— es una muchacha de catorce o quince años. Probablemente sea tan alta como tú.

Callia adoptó una expresión compungida.

—Bueno, ¿puedo, de todas formas? Podría contarme cosas sobre la Fundación. Siempre he querido ir allí, ¿sabes? Mi abuelo era un hombre de la Fundación. ¿No me llevarás allí algún día, cachorrito?

La idea hizo sonreír a Stettin. Quizá lo hiciera, como conquistador. El buen humor que le inspiró ese pensamiento se materializó en su respuesta:

—Lo haré, sí. Y puedes ver a la chica y hablar con ella de la Fundación todo lo que quieras. Pero no cerca de mí, ¿entendido?

—No te molestaré, de verdad. La llevaré a mis aposentos. —Volvía a ser feliz. Últimamente escaseaban las ocasiones en que podía salirse con la suya. Le rodeó el cuello con los brazos y, tras un fugaz instante de vacilación, sintió cómo los tendones se relajaban y la gran cabeza se posaba con suavidad en su hombro.

13
La señora

Arcadia se sentía triunfal. Cómo había cambiado su vida desde que Pelleas Anthor asomara su ridículo rostro por su ventana, y todo porque ella había tenido la visión y el coraje necesarios para hacer lo que debía.

Aquí estaba, en Kalgan. Había visitado el gran Teatro Central, el mayor de toda la Galaxia, y había visto en persona a algunas de las estrellas del canto cuya fama se extendía incluso hasta la Fundación. Había salido de compras en solitario por la Senda Florida, el centro de moda del planeta más alegre del espacio. Y había realizado sus propias selecciones porque Homir sencillamente no tenía ni idea. Las vendedoras no opusieron la menor objeción a los largos y relucientes vestidos cuyos cortes verticales la hacían parecer tan alta, y el dinero de la Fundación daba para comprar muchas, muchísimas cosas. Homir le había dado un billete de diez créditos, y cuando Arcadia los cambió por «kalgánidos» kalganianos, se convirtieron en un fajo tremendamente abultado.

Incluso se había cambiado el peinado; medianamente corto atrás, con dos rizos radiantes en las sienes. Y se lo trató para que pareciera más dorado que nunca; sencillamente resplandecía.

Pero esto... esto era lo mejor de todo. Cierto, el palacio de lord Stettin no era tan grande ni tan opulento como los teatros, ni tan misterioso e histórico como el antiguo palacio del Mulo (del cual, por ahora, sólo había atisbado las torres solitarias mientras sobrevolaban el planeta), pero así y todo, un señor de verdad. La experiencia era tan gloriosa que se sentía extasiada.

Y no sólo eso. Se encontraba realmente cara a cara con su Amante. Arcadia se imaginaba esa palabra con mayúscula, porque sabía el papel que habían desempeñado esas mujeres a lo largo de la historia, conocía su glamour y su influencia. De hecho, a menudo había pensado en convertirse ella misma en una de esas criaturas todopoderosas y deslumbrantes, pero de alguna manera las amantes no estaban de moda en la Fundación en esos momentos, y además, lo más probable era que su padre no se lo permitiera, llegado el caso.

Lady Callia, por supuesto, no se ajustaba exactamente al modelo idealizado por Arcadia. Para empezar, era bastante regordeta, y su aspecto distaba de ser peligroso y perverso. Era más bien miope y marchito. Además, su voz era demasiado atiplada, en vez de ronca, y...

—¿Quieres un poco más de té, niña? —preguntó Callia.

—Tomaré otra taza, gracias, excelencia. —¿O debería haber dicho «alteza»?

Arcadia continuó con la condescendencia de una entendida:

—Qué perlas más bonitas lucís, mi señora. —En general, «mi señora» parecía lo más apropiado.

—¿Oh? ¿Eso crees? —Callia parecía vagamente complacida. Se quitó el collar y dejó que oscilara, lechoso, de un lado a otro—. ¿Las quieres? Te las puedes quedar, si te gustan.

—Ay, cielos... ¿De veras? —Se las encontró en la mano. A continuación, rechazándolas con expresión compungida, añadió—: Mi padre no lo aprobaría.

—¿No aprobaría el collar? Pero si son unas perlas preciosas.

—No aprobaría que lo aceptara, quiero decir. Dice que no se deben aceptar regalos caros de nadie.

—¿No? Pero... Quiero decir, esto fue un regalo que me hizo mi ca... el Primer Ciudadano. ¿Crees que obré mal al aceptarlo?

Arcadia se ruborizó.

—No insinuaba...

Pero Callia se había aburrido ya de la conversación. Dejó que las perlas resbalaran hasta el suelo y dijo:

—Ibas a contarme cosas sobre la Fundación. Por favor, adelante.

De repente, Arcadia se encontró sin saber qué decir. ¿Cómo describir un planeta tan aburrido que daban ganas de llorar? Para ella, la Fundación era una ciudad suburbana, un hogar acogedor, la enojosa necesidad de ir a la escuela, la insulsa eternidad de una vida sin sobresaltos.

—Supongo que es tal y como aparece en los librofilms —declaró, titubeante.

—Oh, ¿te gustan los librofilms? Siempre que intento ver uno termino

476

con dolor de cabeza. Pero, ¿sabes?, siempre me han gustado los vídeos sobre vuestros comerciantes, esos hombres tan grandes y feroces. Siempre me ha parecido tan emocionante... ¿Es tu amigo, el señor Munn, uno de ellos? No parece lo bastante feroz. La mayoría de los comerciantes tenían barba y rotundas voces muy graves, y eran tan dominantes con las mujeres... ¿No crees?

Arcadia esbozó una sonrisa quebradiza.

—Eso sólo es una parte de la historia, mi señora. Quiero decir, cuando la Fundación era joven, los comerciantes fueron los pioneros que expandieron las fronteras y llevaron la civilización al resto de la Galaxia. Aprendimos todo eso en la escuela. Pero esa época terminó. Ya no tenemos comerciantes, únicamente corporaciones y cosas por el estilo.

—¿Es cierto eso? Qué lástima. Entonces, ¿a qué se dedica el señor Munn? Quiero decir, si no es comerciante.

—El tío Homir es bibliotecario.

Callia se llevó una mano a los labios para reprimir una risita.

—Quieres decir que trabaja con librofilms. ¡Ay, cielos! ¿No es una ocupación un poquito tonta para alguien tan mayor?

—Es un bibliotecario excelente, mi señora. Se trata de una profesión que goza de mucho prestigio en la Fundación. —Dejó la tacita iridiscente en la marfileña superficie metalizada de la mesa.

Su anfitriona se alarmó.

—Pero, querida, no pretendía ofenderte, créeme. Debe de ser un hombre inteligentísimo. Lo noté en su mirada nada más verlo. Sus ojos son tan... tan inteligentes. Y también debe de ser muy valiente, para querer ver el palacio del Mulo.

—¿Valiente? —La alarma interior de Arcadia parpadeó. Esto era lo que estaba esperando. ¡Intriga! ¡Intriga! Con suma indiferencia, mirándose distraídamente la punta del pulgar, preguntó—: ¿Por qué habría que ser valiente para querer ver el palacio del Mulo?

—¿No lo sabes? —La señora abrió los ojos de par en par y bajó la voz—. Pesa una maldición sobre él. Cuando murió, el Mulo ordenó que no entrara nadie hasta que se restableciera el Imperio de la Galaxia. Ningún kalganiano osaría poner un pie allí dentro.

Arcadia absorbió la información.

—Pero eso son supersticiones...

—¡No digas eso! —repuso Callia, alterada—. Es lo mismo que dice siempre mi cachorrito. Según él, afirmar que no lo es resulta práctico, sin embargo, a fin de mantener su control sobre el pueblo. Pero sé que él nunca ha entrado personalmente. Y tampoco lo hizo Thallos, que fue Primer Ciudadano antes que mi cachorrito. —La asaltó un presentimiento, y la curiosidad volvió a apoderarse de ella—. ¿Pero el señor Munn por qué quiere ver el palacio?

Era en este momento cuando el meticuloso plan de Arcadia podía ponerse en funcionamiento. Gracias a los libros que había leído sabía bien que la amante de un regente era el verdadero poder que se ocultaba detrás del trono, que era el origen mismo de su influencia. Por consiguiente, si el tío Homir fracasaba con lord Stettin (como estaba segura de que ocurriría), ella debería reparar ese error con lady Callia. A decir verdad, lady Callia resultaba bastante enigmática. No parecía tan lista. Pero, en fin, ahí estaba la historia para demostrar que...

—Existe un motivo, mi señora —dijo Arcadia—. ¿Pero lo mantendréis en secreto?

—Te lo juro —respondió Callia, utilizando los dedos para trazar una cruz sobre la tersa y nívea curvatura de su pecho.

Los pensamientos de Arcadia caminaban una frase por delante de sus labios.

—El tío Homir es una gran autoridad en todo lo relacionado con el Mulo, ¿sabéis? Ha escrito muchos libros al respecto, y opina que toda la historia galáctica se ha alterado desde que el Mulo conquistó la Fundación.

—Ay, cielos.

—Cree que el plan de Seldon...

Callia dio una palmada.

—Lo sé todo sobre el plan de Seldon. No dejan de mencionarlo en los vídeos sobre los comerciantes. Supuestamente debía garantizar que la Fundación siempre saliera victoriosa. La ciencia tenía algo que ver en todo ello, aunque nunca he logrado ver cómo. Las explicaciones me ponen nerviosa. Pero sigue, querida. Cuando lo explicas tú es distinto. Haces que todo parezca tan claro...

—Bueno —continuó Arcadia—, ¿os dais cuenta, entonces, de que cuando la Fundación fue derrotada por el Mulo, el plan de Seldon no funcionó ni ha vuelto a hacerlo desde entonces? Así que, ¿quién formará el Segundo Imperio?

—¿El Segundo Imperio?

—Sí, debe formarse algún día, ¿pero cómo? Ése es el problema, ¿lo veis? Y no nos olvidemos de la Segunda Fundación.

—¿La Segunda Fundación? —La señora parecía estar completamente perdida.

—Sí, son los planificadores de la historia que siguen los pasos de Seldon. Detuvieron al Mulo porque era prematuro, pero ahora podrían estar ayudando a Kalgan.

—¿Por qué?

—Porque Kalgan ahora podría ofrecer la mejor oportunidad de convertirse en el núcleo de un nuevo imperio.

Lady Callia pareció comprenderlo vagamente.

—Eso significa que mi cachorrito va a construir un nuevo imperio.

—No podemos afirmarlo con certeza. El tío Homir así lo cree, pero tendrá que ver los archivos del Mulo para descubrirlo.

478

—Todo esto es muy complicado —dijo lady Callia, dubitativa.

Arcadia se dio por vencida. Había hecho cuanto estaba en su mano.

Lord Stettin estaba relativamente furioso. La sesión con el blanducho de la Fundación había sido poco gratificante. Peor aún, había sido bochornosa. Ser el gobernador de veintisiete planetas, el dueño de la mayor maquinaria bélica de la Galaxia, el amo de más insaciable ambición del universo... y verse relegado a discutir de monsergas con un anticuario.

¡Maldición!

Conque debía violar las costumbres de Kalgan, ¿verdad? ¿Consentir que pusieran patas arriba el palacio del Mulo para que un memo pudiera escribir otro libro? ¡La causa de la ciencia! ¡Lo sagrado del conocimiento! ¡Por la Galaxia! ¿Debía tomarse en serio esa sarta de tópicos? Además —sintió un sutil cosquilleo en la piel—, había que pensar en la maldición. Él no creía en ella; ninguna persona inteligente lo haría. Pero si querían que la desafiara, tendría que ser por un motivo más convincente que los alegados por ese insensato.

—¿Qué quieres? —exclamó, y lady Callia se encogió visiblemente en el umbral.

—¿Estás ocupado?

—Sí, estoy ocupado.

—Pero si no hay nadie, cachorrito. ¿No podemos hablar un momento?

—¡Bah, por la Galaxia! ¿Qué quieres? Deprisa.

—La muchacha —comenzó atropelladamente Callia— me ha contado que iban a entrar en el palacio del Mulo. Pensé que podría acompañarla. Debe de ser precioso por dentro.

—Eso te ha contado, ¿verdad? Bueno, pues no y no. Y ahora, ve a ocuparte de tus propios asuntos. Ya estoy harto de ti.

—Pero cachorrito, ¿por qué no? ¿No vas a darles permiso? ¡La pequeña dice que vas a construir un imperio!

—Me da igual lo que haya... ¿Qué ha sido eso? —Se acercó a Callia de dos zancadas y la agarró con firmeza por encima del codo, hundiendo los dedos en la piel tersa—. ¿Qué te ha dicho?

—Me estás haciendo daño. No podré recordar sus palabras si sigues mirándome así.

Lord Stettin la soltó, y Callia se quedó callada unos instantes, intentando borrar en vano las marcas rojizas.

—La muchacha me hizo prometer que no se lo contaría a nadie —gimoteó la mujer.

—Peor para ella. ¡Habla! ¿A qué esperas?

—Bueno, me contó que el plan de Seldon ha cambiado y que hay otra Fundación en algún sitio que está organizándolo todo para que construyas un imperio. Eso es todo. Dijo que el señor Munn es un científico muy importante y que el palacio del Mulo contiene pruebas que lo demuestran todo. Ésa es toda su historia. ¿Estás enfadado?

Pero Stettin no respondió. Salió de la habitación apresuradamente, con los anhelantes ojos bovinos de Callia fijos en él. Antes de una hora se emitieron dos órdenes estampadas con el sello oficial del Primer Ciudadano. Una surtió el efecto de enviar quinientas naves al espacio, en lo que oficialmente se denominaban «juegos de guerra». La otra surtió el efecto de dejar perplejo a un solo hombre.

Homir Munn interrumpió sus preparativos de viaje cuando la antedicha segunda orden llegó a sus manos. Se trataba, por supuesto, del permiso oficial para entrar en el palacio del Mulo. La leyó y releyó, con todo menos satisfacción.

Arcadia, sin embargo, estaba exultante. Sabía qué había ocurrido.

O eso pensaba, al menos.

14
Nervios

Poli dejó el desayuno encima de la mesa, sin perder de vista el noticiario que desgranaba plácidamente los boletines de la jornada. Este ocuparse medio distraída de los quehaceres no iba en detrimento de su eficiencia. Puesto que todos los comestibles estaban empaquetados en recipientes esterilizados que cumplían la doble función de unidades de cocina desechables, su cometido en lo tocante al desayuno sólo consistía en elegir el menú, acercar los platos a la mesa y llevarse los residuos más tarde.

Chasqueó la lengua ante lo que vio y gimió delicadamente en retrospectiva.

—Ay, qué gente más perversa —dijo, a lo que Darell se limitó a responder con un gruñido.

La voz de la doncella adoptó el retintín atiplado que asumía automáticamente siempre que se disponía a lamentar los males del mundo.

—A ver, ¿por qué tienen que ser así esos espantosos «kalgáneses»? —Acentuó la segunda sílaba y la convirtió en una A larga—. Cualquiera diría que podrían dejar a la gente en paz. Pero no, venga a dar problemas y más problemas.

»Fíjese en ese titular: «Manifestaciones ante el consulado de la Fundación». Ay, cómo me gustaría decirles lo que pienso de ellos, si pudiera. Eso es lo malo de estas personas, que no se acuerdan. Es que no se acuerdan de nada. Doctor Darell... no tienen memoria. Fíjese en la última guerra, a la muerte del Mulo... claro que yo por aquel entonces era una cría... pero, ay, menudo desbarajuste. Mi tío murió, veinteañero que era, casado desde hacía dos años y con una niña pequeña. Todavía lo recuerdo: tenía el pelo rubio, y un hoyuelo en la barbilla. Por algún lado debe de andar un cubo tridimensional suyo...

»Y ahora su pequeña tiene un hijo a su vez, en la armada, y como le pase algo...

»Teníamos patrullas de bombardeo, y todos los hombres se turnaban en la defensa estratosférica... No quiero ni imaginarme qué habrían podido hacer si los kalgáneses hubieran llegado tan lejos. Mi madre nos contaba historias a los niños acerca de las cartillas de racionamiento, los precios y los impuestos. No sabía uno cómo hacer para que le salieran las cuentas...

»Cualquiera diría que quien tuviese dos dedos de frente no querría que todo eso empezara otra vez, no querría tener absolutamente nada que ver. Pero supongo que tampoco es culpa de la gente, seguro que los kalgáneses preferirían estar tranquilamente en casa con sus familias en vez de andar zascandileando por ahí con sus naves para que los maten. Es ese hombre tan espantoso, Stettin. No entiendo cómo puede haber personas así. Mató al viejo... ¿cómo se llamaba?... Thallos, y ahora pretende convertirse en el rey del universo.

»No sé por qué se empeña en pelear con nosotros. Perderá, como siempre. Quizá todo esté escrito en el plan, pero a veces pienso que debe de ser un plan perverso para contemplar tanta guerra y tanta muerte, aunque no es que tenga nada en contra de Hari Seldon, que estoy segura de que sabe muchas más cosas que yo y sería una temeridad cuestionarlo. Y la otra Fundación también tiene la culpa. Podrían detener a Kalgan ahora y todo se arreglaría. Lo harán de todos modos, al final, pero cualquiera pensaría que sería lógico hacerlo antes de que se produzca ningún daño.

El doctor Darell levantó la cabeza.

—¿Decías algo, Poli?

Los ojos de la doncella se abrieron de par en par, antes de entornarse amenazadoramente.

—Nada, doctor, nada en absoluto. No tengo nada que decir. Una podría morir asfixiada antes de decir ni una palabra en esta casa. Corre por aquí, corre por allá, pero como se te ocurra abrir la boca para decir algo... —Se fue hecha una furia.

Su partida dejó tanta huella en Darell como su discurso.

¡Kalgan! ¡Qué bobada! ¡Un simple enemigo físico! ¡Ésos siempre habían sido derrotados!

Sin embargo, no podía aislarse por completo de la estúpida crisis actual. Siete días antes, el alcalde le había pedido que aceptara el cargo de administrador de Investigación y Desarrollo. Había prometido responder hoy.

En fin...

Se revolvió, incómodo. ¿Por qué él? ¿Pero acaso podía negarse? Resultaría sospechoso, y no se atrevía a llamar la atención. Después de todo, ¿qué le importaba Kalgan a él? Sólo había un enemigo. El mismo de siempre.

Cuando su mujer aún vivía, no le costaba ningún esfuerzo eludir la responsabilidad, esconderse. ¡Aquellos plácidos días interminables en

Trantor, rodeados de las ruinas del pasado! ¡El silencio de un planeta devastado, la despreocupación!

Pero falleció. Habían pasado juntos menos de cinco años, en total, y después de aquello Darell supo que sólo podría vivir combatiendo al temible enemigo desconocido que lo privaba de la dignidad de la humanidad controlando su destino, que reducía la vida a una batalla miserable contra un fin escrito de antemano, que convertía el universo entero en una abominable y mortífera partida de ajedrez.

Llámese sublimación, si se prefiere; así lo llamaba él, pero el caso es que luchar dotaba de sentido a su vida.

Primero, en la Universidad de Santanni, donde se unió al doctor Kleise. Habían sido cinco años bien empleados.

Sin embargo, Kleise era un mero acumulador de información. Jamás podría tener éxito en lo verdaderamente importante. En cuanto esa sombra de duda se convirtió en certidumbre, Darell supo que había llegado la hora de marcharse.

Aunque Kleise actuara en secreto, necesitaba que alguien trabajara con y para él. Los sujetos cuyos cerebros sondeaba. La universidad que lo respaldaba. Puntos débiles, todos ellos.

Kleise era tan incapaz de entenderlo como Darell de explicárselo. Se despidieron como enemigos. Mejor así, hicieron lo que debían. Darell debía retirarse, derrotado... por si acaso hubiera alguien observando.

Si Kleise trabajaba con gráficos, Darell lo hacía con conceptos matemáticos en los recovecos de su mente. Kleise trabajaba en equipo; Darell, en solitario. Kleise trabajaba en una universidad; Darell, en la intimidad de su hogar suburbano.

Y ya casi lo había conseguido.

Un segundo fundacionista no es humano, por lo que a su cerebro respecta. El psicólogo más perspicaz, el neuroquímico más sutil quizá no detectara nada, pero la diferencia debía estar en alguna parte. Y puesto que dicha diferencia pertenecía al ámbito de la mente, era allí donde debía poder detectarse.

Tómese a alguien como el Mulo (no cabía duda de que los segundos fundacionistas poseían los poderes del Mulo, ya fueran estos congénitos o adquiridos), con la facultad de detectar y controlar las emociones humanas, dedúzcase a partir de ahí el circuito electrónico necesario e infiéranse a continuación los últimos detalles del encefalograma que no podría menos que desenmascararlo.

Y ahora Kleise había vuelto a la vida, rencarnado en su fogoso y joven pupilo, Anthor.

¡Qué locura! ¡Qué disparate! Armado con los gráficos y las tablas de todas las personas a las que había examinado. Había aprendido a detectarlo hacía años, ¿pero qué utilidad tenía eso? Lo que quería era el brazo, no la herramienta. Debía unirse a Anthor de buen grado, sin embargo, puesto que ésa era la vía menos discordante.

Del mismo modo que ahora aceptaría convertirse en el administrador de Investigación y Desarrollo. ¡Era la vía menos discordante! Una conspiración dentro de otra.

Lo sobrevino el recuerdo de Arcadia por unos instantes, y se zafó de él con un estremecimiento. De haber continuado trabajando solo, eso jamás habría pasado. De haber continuado trabajando solo, nadie habría corrido jamás el menor peligro, salvo él. De haber continuado...

Sintió cómo aumentaba su enfado contra el difunto Kleise, contra Anthor, contra todos esos necios bienintencionados...

En fin, sabría cuidarse sola. Era una jovencita con muchos recursos. ¡Sabría cuidarse sola!

Eso susurraba al menos una vocecita dentro de su cabeza.

¿Sabría cuidarse sola?

Mientras un afligido doctor Darell se decía que sí, Arcadia estaba sentada en la austera y fría sala de espera del Almirantazgo del Primer Ciudadano de la Galaxia. Llevaba media hora sentada allí, paseando lentamente la mirada por las paredes. Había dos guardias armados en la puerta cuando entró con Homir Munn. En ocasiones anteriores no los había visto.

Ahora estaba sola, pero percibía la hostilidad que parecía emanar del mismísimo mobiliario de la sala. También era la primera vez que le ocurría.

Vaya, ¿cuál podría ser el motivo?

Homir estaba reunido con lord Stettin. ¿Tenía eso algo de malo?

Se sentía furiosa. En ocasiones parecidas, en los librofilms y en los vídeos, el héroe preveía la conclusión, estaba preparado para cuando se produjera, y ella... ella estaba allí sentada de brazos cruzados. Podría pasar cualquier cosa. ¡Cualquiera! Y ella allí, sin hacer nada.

En fin, piensa. Haz memoria. A lo mejor se te ocurre algo.

Desde hacía dos semanas, Homir prácticamente vivía en el palacio del Mulo. La había llevado allí en una ocasión, con el beneplácito de Stettin. Era inmenso y siniestramente espacioso, como si rehuyera el contacto de la vida para yacer aletargado al abrigo del eco de sus recuerdos, respondiendo a los pasos con un retumbo hueco o un estruendo feroz. No le había gustado.

Prefería las amplias y coloridas avenidas de la capital; los teatros y las atracciones de un mundo en esencia más pobre que la Fundación, pero que no reparaba en costes cuando de exhibiciones se trataba.

Homir regresaba por las noches, deslumbrado.

—Es un mundo de ensueño para mí —susurraba—. Ojalá pudiera desmontar el palacio piedra a piedra, capa a capa de su revestimiento de aluminio. Ojalá pudiera llevármelo a Terminus... Sería un museo fantástico.

Parecía haberse olvidado de su reticencia inicial. En vez de eso, se mostraba entusiasmado, exultante. Arcadia se había fijado en un indicio delator: hacía tiempo que prácticamente no tartamudeaba nunca.

En una ocasión, dijo:

—He visto unos extractos de los informes del general Pritcher...

—Lo conozco. Era el renegado de la Fundación que peinó la Galaxia al servicio de la Segunda Fundación, ¿verdad?

—No era exactamente un renegado, Arkady. El Mulo lo había convertido.

—Bah, es lo mismo.

—Por la Galaxia, ese «peinado» del que hablas era una tarea abocada al fracaso. Los archivos originales de la convención de Seldon que estableció las dos Fundaciones hace quinientos años sólo contienen una referencia a la Segunda Fundación. Dicen que se encuentra «en el extremo opuesto de la Galaxia». Ésa era la única pista que tenían Pritcher y el Mulo. No habrían podido reconocer la Segunda Fundación aunque la hubiesen encontrado. ¡Qué disparate!

»Hay documentos —hablaba para sí mismo, pero Arcadia lo escuchaba con atención— que deben de abarcar casi un millar de planetas, pero el número de mundos disponible para su estudio debía de rondar el millón. Y todavía no hemos...

—Shhh-h —siseó tensamente Arcadia, nerviosa, para interrumpirlo.

Homir enmudeció.

—No digamos nada más —musitó, al cabo, cuando se hubo repuesto.

Ahora Homir estaba con lord Stettin y Arcadia lo esperaba fuera, sola, sintiendo cómo se le helaba la sangre en las venas sin ningún motivo aparente. Eso era lo más aterrador de todo. Que no parecía haber ninguna razón para ello.

Al otro lado de la puerta, también Homir zozobraba en un mar de gelatina. Bregaba con furiosa intensidad por no tartamudear y, por supuesto, eso le impedía articular dos palabras seguidas.

Lord Stettin se erguía con su uniforme completo, sus dos metros de altura, su mentón prominente y sus labios apretados. Sus arrogantes puños apretados marcaban la briosa cadencia de sus palabras.

—Bueno, ha dispuesto de dos semanas y me viene con historias vacías. Venga, caballero, deme las malas noticias. ¿Terminará mi armada hecha añicos? ¿Deberé enfrentarme a los fantasmas de la Segunda Fundación además de a los hombres de la primera?

—L-le repito, mi señor, que no s-soy ningún v-vi-dente. N-no sé q-qué d-de-decir.

—¿O preferiría regresar con sus compatriotas para advertirlos? Al espacio profundo con esta farsa. Quiero que me diga la verdad, o se la sacaré junto con la mitad de sus entrañas.

—Le-le estoy diciendo la verdad, y debo re-recordarle, mi s-señor, que soy ciudadano de la Fundación. N-no puede tocarme sin m-morder m-m-más de lo que puede masticar.

El señor de Kalgan profirió una carcajada estruendosa.

—Una amenaza para asustar a los niños. Una pesadilla con la que acobardar a un idiota. Vamos, señor Munn, he tenido paciencia con usted. Lo he escuchado durante veinte minutos mientras pormenorizaba unas tediosas paparruchas cuya composición debe de haberle robado muchas noches de sueño. Malgasta sus fuerzas. Sé que no ha venido hasta aquí tan sólo para remover las cenizas muertas del Mulo y calentarse con los rescoldos que encuentre. Ha venido hasta aquí por algún motivo que se niega a reconocer. ¿Me equivoco?

Para Homir Munn, sofocar el horror llameante que ardía en sus ojos habría sido una tarea tan imposible como en esos momentos lo era respirar. Lord Stettin se percató, y descargó un manotazo en el hombro del ciudadano de la Fundación, que, al igual que su silla, se estremeció con la fuerza del impacto.

—Bien. Seamos francos. Está investigando el plan de Seldon. Sabe que ya no se sostiene. Sabe, tal vez, que ahora yo soy el inevitable vencedor. Yo y mis herederos. Bueno, hombre, lo que cuenta es quién va a establecer el Segundo Imperio, siempre y cuando se establezca. La historia no entiende de favoritos, ¿eh? ¿Le da miedo decírmelo? Ya ve que estoy al corriente de cuál es su misión.

—¿Qué es lo q-que q-quiere? —preguntó con voz pastosa Munn.

—Su presencia. No me gustaría que el plan se malograra por un exceso de confianza. Usted sabe más que yo de estas cosas. Detectará pequeños defectos que yo podría pasar por alto. Vamos, al final obtendrá su recompensa. Se le asignará una generosa porción del botín. ¿Qué espera de la Fundación? ¿Que cambie las tornas de una derrota previsiblemente inevitable? ¿Que prolongue la guerra? ¿O lo posee acaso el patriótico deseo de dar la vida por su país?

—N-no... —La frase chisporroteó hasta apagarse. Las palabras se negaban a salir de sus labios.

—Se quedará —dijo el señor de Kalgan, confiado—. No tiene elección. Espere —casi como si se le acabara de ocurrir—, me han informado de que su sobrina pertenece a la familia de Bayta Darell.

Homir pronunció un sobresaltado:

—Sí. —Llegado este punto, no se sentía con fuerzas de urdir nada salvo la fría verdad.

—¿Se trata de una familia de peso en la Fundación?

Homir asintió con la cabeza.

—A la que sin duda no desean n-ningún mal.

—¡Pero qué mal! No sea tonto, hombre. Me propongo todo lo contrario. ¿Cuántos años tiene?

—Catorce.

—¡Vaya! En fin, ni siquiera la Segunda Fundación, ni el mismísimo Hari Seldon, serían capaces de detener el tiempo para impedir que una niña se convierta en mujer.

Dicho lo cual, giró sobre los talones y, de dos zancadas, llegó a una puerta cubierta con cortinas que abrió violentamente de par en par.

—¿Para qué constelaciones has arrastrado hasta aquí tu tembloroso pellejo? —bramó.

Lady Callia pestañeó varias veces seguidas y repuso con un hilo de voz:

—No sabía que hubiera alguien contigo.

—Bueno, pues ya lo sabes. Hablaremos de esto más tarde, pero ahora quiero verte la espalda, y deprisa.

Los pasos de la señora se apagaron rápidamente pasillo abajo.

Stettin desanduvo sus pasos.

—Es el resto de un interludio que ya ha durado demasiado. Pero su final está cerca. ¿Catorce, dice usted?

Un horror renovado se instaló en la mirada de Homir.

Arcadia se sobresaltó ante la silenciosa apertura de una puerta y el atisbo de movimiento que detectó por el rabillo del ojo. El dedo que se curvó frenéticamente para llamarla tardó un momento interminable en obtener respuesta, hasta que, como reacción a la cautela impuesta por la mera aparición de ese apéndice pálido y tembloroso, la muchacha cruzó el pasillo de puntillas.

Sus pasos despertaron tensos susurros en el corredor. Era lady Callia, naturalmente, quien le apretaba la mano con tanta fuerza que le hacía daño, pero por algún motivo, a Arcadia no le dio reparo seguirla. De lady Callia, al menos, no tenía miedo.

¿A qué se debería eso?

Llegaron a tocador, todo rosa esponjoso y algodón de azúcar. Lady Callia apoyó la espalda en la puerta antes de decir:

—Éste era nuestro conducto secreto hasta mi... hasta mi habitación, ¿sabes?, desde su despacho. El suyo, ya sabes. —Apuntó con un pulgar, como si el simple hecho de pensar en él le desgarrara el alma de pavor—. Es una suerte... una suerte... —El negro de sus pupilas dilatadas eclipsaba el azul de sus ojos.

—¿No podéis explicarme...? —empezó a preguntar tímidamente Arcadia.

Callia se puso en movimiento, frenética.

—No, niña, no. No hay tiempo. Quítate la ropa. Por favor. Por favor. Te daré otra, así no podrán reconocerte.

Estaba en el armario, formando irreflexivos montones de perifollos inútiles en el suelo, buscando desesperadamente algo que pudiera lucir una muchacha sin convertirse en una invitación ambulante al coqueteo.

—Aquí, esto servirá. Tendrá que servir. ¿Necesitas dinero? Ten, llévatelo todo... y esto. —Empezó a quitarse los pendientes y los anillos—. Vete a casa... Vuelve a tu Fundación.

—Pero Homir... mi tío. —En vano protestó Arcadia entre los sofocantes pliegues del perfumado y suntuoso metal entretejido que le envolvía la cabeza.

—No saldrá de aquí. Mi cachorrito lo retendrá eternamente, pero tú no puedes quedarte. Ay, querida, ¿no lo entiendes?

—No. —Arcadia forzó una pausa—. No lo entiendo.

Lady Callia le apretó las manos con fuerza.

—Debes regresar para advertir a tu pueblo de que habrá guerra. ¿No es evidente? —El terror absoluto que la poseía, paradójicamente, parecía prestar a sus pensamientos y a sus palabras una lucidez impropia de su persona—. Acompáñame.

¡Otro pasadizo! Dejaron atrás a guardias que se quedaban mirándolas fijamente pero no veían ningún motivo para cortar el paso a quien sólo el señor de Kalgan podría dar el alto con impunidad. Guardias que entrechocaban los talones y presentaban armas mientras ellas no dejaban de cruzar una puerta tras otra.

Arcadia apenas cogió aire durante los años que pareció durar el trayecto, aunque desde el primer contoneo de aquel dedo pálido hasta su llegada a la puerta que daba al exterior, con gente, ruido y tráfico a lo lejos, sólo habían transcurrido veinticinco minutos.

Presa de una compasión y un temor inesperados, la muchacha volvió la vista atrás.

—No... no... no sé por qué hacéis esto, mi señora, pero os lo agradezco... ¿Qué será del tío Homir?

—¡No lo sé! —aulló lady Callia—. ¿No te puedes ir ya? Ve directamente al espaciopuerto. Sin demora. Podría estar buscándote en estos mismos instantes.

Arcadia, sin embargo, se demoró. Dejaría atrás a Homir. Y ahora que sentía el aire fresco en la cara, además, aunque tarde, la asaltó una sospecha.

—¿Y eso qué importa?

Lady Callia se mordió el labio y musitó:

—No puedo explicárselo a una niña pequeña como tú. Sería algo impropio. Bueno, crecerás y... Conocí a mi cachorrito cuando tenía dieciséis años. No puedo permitir que te quedes, ¿sabes? —Un destello entre avergonzado y hostil le iluminó la mirada.

Las implicaciones dejaron helada a Arcadia, que susurró:

—¿Qué hará con vos cuando se entere?

—No lo sé —gimoteó lady Callia, antes de cubrirse el rostro con un brazo y trotar por la amplia senda de regreso a la mansión del señor de Kalgan.

Pero durante un segundo interminable, Arcadia no se movió, pues en ese último momento antes de que lady Callia se marchara, la muchacha había visto algo. Aquellos ojos despavoridos, frenéticos, habían destellado fugazmente con una fría diversión.

Una vasta diversión inhumana.

Era mucho suponer que hubiera visto algo así en semejante atisbo efímero de un par de ojos, pero a Arcadia no le cabía la menor duda.

Empezó a correr ahora, a toda velocidad, buscando febrilmente una cabina pública desocupada donde poder oprimir el botón que le proporcionaría una línea de transmisión.

No huía de lord Stettin; ni de él ni de todos los sabuesos humanos que pudiera lanzar tras su pista... ni de sus veintisiete planetas fundidos en un solo fenómeno gigantesco, aullando en pos de su sombra.

Huía de la mujer frágil y solitaria que la había ayudado a escapar. De una criatura que la había cargado de dinero y de joyas, que había arriesgado la vida por salvarla. De una entidad que sabía, con toda certeza y finalidad, que pertenecía a la Segunda Fundación.

El aerotaxi se posó en la plataforma con un suave chasquido. El viento que levantó su llegada acarició las mejillas de Arcadia y le alborotó el cabello bajo la suave capucha ribeteada de piel que le había regalado Callia.

—¿Adónde va a ser, señorita?

Arcadia se esforzó desesperadamente por engolar la voz para que no sonara como la de una niña.

—¿Cuántos espaciopuertos hay en la ciudad?

—Dos. ¿Cuál prefiere?

—¿Cuál está más cerca?

El hombre la miró fijamente.

—Kalgan Central, señorita.

—El otro, por favor. Tengo el dinero. —Le enseñó el billete de veinte kalgánidos que tenía en la mano. El valor del billete la traía sin cuidado, pero el taxista sonrió, impresionado.

—Lo que usted diga, señorita. Nuestros taxis llegan a todas partes.

Arcadia apoyó una mejilla en la fría tapicería del vehículo, que olía ligeramente a humedad. Las luces de la ciudad se deslizaban lánguidamente a sus pies.

¿Qué podía hacer? ¿Qué podía hacer?

Fue en ese momento cuando supo que era una cría estúpida, tonta de remate, lejos de su padre y asustada. Se le anegaron los ojos de lágrimas, y en el fondo de su garganta retumbó un gritito inarticulado que le sacudió las entrañas.

No le daba miedo que lord Stettin la encontrara. Lady Callia se encargaría de eso. ¡Lady Callia! Vieja, gorda y estúpida, pero aferrada a su señor de alguna manera. Oh, ahora estaba claro. Todo estaba claro.

Aquel té con Callia durante el cual había sido tan lista. ¡La pequeña Arcadia, tan perspicaz! Sintió una asfixiante tenaza de odio hacia sí misma en su interior. Aquel té había sido una maniobra, como fruto de una maniobra era también el hecho de que Stettin consintiera que Homir inspeccionara el palacio a pesar de todos sus reparos. Eso era lo que quería ella, la bobalicona de Callia, quien lo había organizado todo para que la astuta Arcadia le proporcionara una excusa a prueba de bombas, una excusa que no despertaría sospechas en las mentes de las víctimas, al tiempo que requería una mínima intervención por su parte.

Entonces, ¿por qué seguía estando en libertad? Homir habría sido detenido, por supuesto...

A menos...

A menos que Arcadia volviera a la Fundación como señuelo, un señuelo con el que dejar a todos los demás en manos de... de ellos.

No podía regresar a la Fundación.

—El espaciopuerto, señorita. —El aerotaxi se había detenido. ¡Qué extraño! Arcadia ni siquiera lo había notado.

Era como si estuviera viviendo en un sueño.

—Gracias. —Le entregó el billete sin mirar, cruzó la puerta tambaleándose y corrió por el mullido pavimento.

Luces. Hombres y mujeres sin la menor preocupación. Grandes paneles luminosos cuyas cifras fluctuantes informaban de todas las naves que llegaban y salían del espaciopuerto.

¿Adónde podía ir? No le importaba. Lo único que sabía era que no pensaba volver a la Fundación. Cualquier otro destino le serviría.

Ay, gracias a Seldon por ese desliz, esa fracción de segundo durante la cual Callia se había aburrido de su farsa. Enfrentada a una simple chiquilla, había permitido que la diversión que la embargaba saliera a la luz.

Entonces a Arcadia se le ocurrió algo más, algo que llevaba agitándose inquieto en la base de su cerebro desde que comenzó su huida. Algo que aniquiló para siempre a su yo de catorce años.

Y supo que debía escapar.

Eso por encima de todo. Aunque localizaran a todos los conspiradores de la Fundación, aunque atraparan incluso a su padre, no podía arriesgarse a dar la voz de alarma. No podía jugarse la vida, en lo más mínimo, ni por todo el reino de Terminus. Era la persona más importante de la Galaxia. Era la única persona importante de la Galaxia.

Lo supo mientras se plantaba delante de la máquina expendedora de billetes, preguntándose adónde ir.

Porque en toda la Galaxia, ella y nadie más que ella, salvo ellos mismos, conocía el paradero de la Segunda Fundación.

15
A través de la reja

TRANTOR: A mediados del Interregno, Trantor era una sombra. Entre las ruinas colosales subsistía una reducida comunidad de campesinos [...]
ENCICLOPEDIA GALÁCTICA

No existe, ni ha existido jamás, nada comparable a la actividad de un espaciopuerto ubicado en las afueras de la capital de un planeta densamente poblado. Las máquinas aguardan como poderosos gigantes en sus plataformas. Si uno elige el momento adecuado, contemplará el impresionante espectáculo de una de esas moles descendiendo hasta posarse en su pista o, más sobrecogedor todavía, el vertiginoso despegue de una burbuja de acero. Todos los procesos implicados son prácticamente silenciosos. La fuerza motriz es una discreta descarga de nucleones que adoptan una distribución más compacta.

En términos de superficie, ya se ha descrito el noventa y cinco por ciento del puerto. Un puñado de hectáreas se reserva para las máquinas, para las personas que las operan y para las computadoras que sirven a unas y a otras.

Sólo el cinco por ciento del puerto está reservado para los torrentes de humanidad a los que sirve de plataforma desde la que alcanzar todas las estrellas de la Galaxia. Es indudable que muy pocos de los anónimos viajeros se detienen a pensar en el entramado tecnológico que cohesiona las innumerables rutas espaciales. Quizá algunos de ellos se preocupen ocasionalmente por la suerte de las miles de toneladas representadas por los destellos de acero que tan diminutos parecen en la distancia. No es inconcebible que uno de esos cilindros ciclópeos se desviara el haz conductor y se estrellara a un kilómetro del punto de aterrizaje previsto (atravesando, quizá, el techo de cristalita de la inmensa sala de espera), con lo que únicamente una fina nube de vapor orgánico y fosfatos pulverizados señalaría la extinción de un millar de personas.

Algo así jamás podría ocurrir, sin embargo, con las medidas de seguridad vigentes, y sólo los neuróticos sin remedio contemplarían semejante posibilidad durante algo más que un momento.

¿En qué piensan, entonces? Porque no se trata de una aglomeración de personas cualquiera. Se trata de una aglomeración de personas con un propósito. Dicho propósito flota sobre las pistas y condensa la atmósfera. Se forman colas de espera, los padres reúnen a sus hijos, los equipajes se distribuyen en ordenados montones. Esas personas tienen un destino.

Consideremos, entonces, el absoluto aislamiento físico de una sola unidad de esta masa de gente tan tremendamente determinada que no sabe adónde va pero, al mismo tiempo, siente con más intensidad que nadie la necesidad de ir a alguna parte, a cualquiera. O casi a cualquiera.

Aunque se carezca de facultades telepáticas o de cualquier otro método de contacto mental, por burdo que sea, existen suficientes indicios en el ambiente, en la atmósfera intangible, para que nos bañe la desesperación.

¿Bañarnos? Embestirnos, más bien, arrastrarnos y ahogarnos.

Arcadia Darell, vestida con ropas ajenas, perdida en un planeta ajeno, inmersa en una situación ajena de lo que parecía ser incluso una vida ajena, extrañaba fervientemente la seguridad del útero. No sabía qué era lo que quería. Sólo sabía que la misma vastedad del vasto mundo constituía una amenaza. Necesitaba encontrar un reducto cerrado en alguna parte, lejos de allí, en algún rincón inexplorado del universo donde jamás a nadie se le ocurriría mirar.

Allí estaba a sus catorce años de edad, tan agotada como si tuviera poco más de ocho, tan asustada como si tuviera menos de cinco.

¿Cuál de los desconocidos que pasaban rozándola —rozándola literalmente, dejando sentir su contacto— era un segundo fundacionista? ¿Cuál de esos desconocidos no podría menos que destruirla al instante con motivo de su culpable conocimiento, del extraordinario hallazgo del paradero de la Segunda Fundación?

La voz que la sacó de su ensimismamiento fue como un trueno que redujo el grito que se formó en su garganta a un jadeo inaudible.

—Mire, señorita —dijo con irritación—, ¿va a usar la máquina de los billetes o piensa quedarse ahí plantada?

Hasta entonces no se había percatado de que lo que tenía delante era una máquina expendedora de billetes. Se introducía un billete de gran valor en la ranura. Se oprimía el botón que había debajo del destino deseado y salía el billete junto con el cambio pertinente determinado por un escáner electrónico que jamás cometía ningún error. Se trataba de un procedimiento completamente normal, y no había razón para que a nadie le llevara cinco minutos.

Arcadia introdujo doscientos créditos en la ranura mientras su mirada se posaba por primera vez en el botón etiquetado como «Trantor». Trantor, la difunta capital del difunto Imperio, el planeta que la había visto nacer. Lo pulsó como si estuviera en un sueño. No sucedió nada, salvo que los caracteres rojos parpadearon, anunciando: 172,18... 172,18... 172,18...

Era la cantidad que le faltaba. Otros doscientos créditos. El billete salió disparado en su dirección. Se soltó al contacto, y el cambio cayó repiqueteando a continuación.

Arcadia lo recogió y empezó a correr. Sintió cómo el hombre avanzaba a su espalda, ansioso por llegar a la máquina, pero Arcadia se zafó de su proximidad y no volvió la vista atrás.

No había escapatoria posible, sin embargo. Sus enemigos estaban en todas partes.

Sin darse cuenta, estaba contemplando los gigantescos carteles luminosos que destellaban en el aire: *Steffani, Anacreonte, Fermus...* Había incluso uno más llamativo que los demás, *Terminus,* pero aunque le gustaría seguir sus indicaciones, no se atrevía.

Por un módico precio podría haber alquilado un notificador en el que programar el destino que quisiera para que, una vez guardado en su bolso, la avisara quince minutos antes de la hora del despegue. Pero esos ingenios son para quienes se sienten razonablemente seguros, no obstante, para quienes pueden pararse a pensar en ellos.

En ese momento, mientras intentaba mirar en todas direcciones a la vez, se topó de frente con un abdomen mullido. Oyó un jadeo sobresaltado, seguido de un gruñido, y una mano se posó en su brazo. Se debatió desesperadamente, pero carecía del aliento necesario para emitir algo más que un débil maullido que a duras penas consiguió escapar de su garganta.

Su captor la sostenía con firmeza, pacientemente. Muy despacio, Arcadia pudo enfocarlo y fijarse mejor en él. Era regordete y bajito. Tenía el pelo blanco y abundante, peinado hacia atrás en un voluminoso tupé incongruente con el semblante mofletudo y colorado que anunciaba a gritos sus provincianos orígenes.

—¿Qué ocurre? —preguntó por fin el desconocido, con sincera preocupación—. Pareces asustada.

—Lo siento —musitó atropelladamente Arcadia—. Tengo que irme. Disculpe.

Pero el hombre hizo oídos sordos a sus palabras.

—Cuidado, pequeña. Se te va a caer el billete. —Lo cogió de entre unos dedos pálidos que no ofrecieron resistencia y lo observó con evidente satisfacción—. Lo que me imaginaba —dijo, antes de bramar como un toro—: ¡Mama!

Una mujer se materializó junto a él al instante, algo más bajita, algo más rechoncha, algo más colorada. Enroscó un dedo en un rizo gris extraviado para recogerlo bajo un sombrero pasado de moda.

—Papa —dijo con reprobación—, ¿a qué vienen esos gritos en medio de tanta gente? Te están mirando como si te hubieras vuelto loco. ¿Te crees que estás en la granja?

Dirigió una sonrisa deslumbrante a la paralizada Arcadia y añadió:

—Tiene los modales de un oso. —Luego, con brusquedad—: Papa, suelta a la niña. ¿Qué haces?

Pero Papa se limitó a agitar el billete en su dirección.

—Mira —dijo—, se dirige a Trantor.

Las facciones de Mama se iluminaron de improviso.

—¿Eres de Trantor? Que le sueltes el brazo te he dicho, Papa. —Colocó de costado la sobrecargada maleta que transportaba y obligó a Arcadia a sentarse encima con una insistencia tan sutil como inexorable—. Siéntate —dijo— y descansa los pies. No saldrá ninguna nave hasta dentro de una hora, y los bancos están repletos de gandules dormidos. ¿Eres de Trantor?

Arcadia respiró hondo y se dio por vencida. Con voz ronca, declaró:

—Nací allí.

Mama dio una palmada, exultante.

—Llevamos aquí todo un mes y todavía no nos habíamos encontrado con nadie de casa. Qué sorpresa tan agradable. Tus padres... —Miró vagamente a su alrededor.

—No estoy con mis padres —dijo Arcadia, con cuidado.

—¿Completamente sola? ¿Una niña tan pequeña? —Mama adoptó una expresión entre indignada y apenada—. ¿Cómo es eso?

—Mama —Papa le tiró de la manga—, deja que te diga una cosa. Algo anda mal. Parece asustada. —Su voz, que en apariencia pretendía ser un susurro, llegó nítidamente a oídos de Arcadia—. Estaba corriendo... la vi... sin mirar adónde iba. Antes de que pudiera quitarme de en medio, se tropezó conmigo. ¿Y sabes qué? Creo que tiene problemas.

—Cierra el pico, Papa. Cualquiera podría tropezarse contigo. —Pero Mama se unió a Arcadia encima de la maleta, que emitió un crujido cansado bajo el peso añadido, y rodeó con un brazo los temblorosos hombros de la muchacha—. ¿Huyes de alguien, tesoro? Que no te dé miedo decírmelo. Te ayudaré.

Arcadia miró a los bondadosos ojos grises de la mujer y sintió cómo se le estremecían los labios. Una parte de su cerebro le decía que eran habitantes de Trantor con quienes podría viajar, que podrían ayudarla a quedarse en el planeta hasta que hubiera decidido qué hacer a continuación, adónde ir a continuación. Y otra parte de su cerebro, mucho más estridente, balbucía incoherencias sobre cómo no recordaba siquiera a su madre, cómo estaba muerta de cansancio de tanto luchar contra el universo, cómo lo único que quería era hacerse un ovillo y dejar que la envolvieran unos brazos fuertes y amables, cómo si su madre aún viviera podría... podría...

Por primera vez esa noche, lloró; lloró como una niña pequeña, y se alegró de ello; se agarró con fuerza al anticuado vestido y dejó una esquina del mismo completamente empapada mientras los brazos de Mama la estrechaban firmemente y una mano le atusaba los rizos con ternura.

Impotente, Papa observó mientras buscaba fútilmente un pañuelo que, en cuanto salió de su bolsillo, le fue arrancado de las manos. Mama le indicó que guardara silencio con una mirada fulminante. El gentío discurría alrededor del pequeño grupo con la franca indiferencia que comparten todas las multitudes inconexas del universo. A efectos prácticos, estaban solos.

Al cabo, el llanto aminoró hasta detenerse por completo, y Arcadia esbozó una débil sonrisa mientras se enjugaba los ojos enrojecidos con el pañuelo prestado.

—Caray —susurró—, me...

—Shh. Shh. No hables —dijo Mama, vehemente—, quédate aquí sentada y descansa un ratito. Recupera el aliento. Luego podrás contarnos qué ocurre y ya verás cómo lo arreglamos y no habrá pasado nada.

Arcadia se esforzó por ordenar las ideas. No podía contarles la verdad. No podía contársela a nadie. Sin embargo, estaba demasiado cansada como para inventarse una mentira convincente.

—Ya me encuentro mejor —musitó.

—Bien —dijo Mama—. A ver, dime, ¿por qué estás en problemas? ¿Has hecho algo malo? Te ayudaremos de todas formas, por supuesto, pero nos tienes que contar la verdad.

—Por una amiga de Trantor, lo que haga falta —añadió generosamente Papa—, ¿eh, Mama?

—Cierra el pico, Papa —fue la respuesta, sin resquemor.

Arcadia rebuscó en su bolso. Al menos eso le pertenecía, pese al rápido cambio de ropa que le había impuesto lady Callia en sus aposentos. Encontró lo que buscaba y se lo entregó a Mama.

—Éstos son mis papeles —dijo, tímidamente. Se trataba de un reluciente pergamino sintético expedido por el embajador de la Fundación el día de su llegada, refrendado por la autoridad kalganiana competente. Era un documento grande, barroco e impresionante. Mama le echó un vistazo, impotente, y se lo pasó a Papa, que absorbió el contenido con un espectacular fruncimiento de labios.

—¿Vienes de la Fundación? —preguntó.

—Sí. Pero nací en Trantor. ¿Lo ves?, pone que...

—Ajá. Parece auténtico. Conque te llamas Arcadia, ¿eh? Es un nombre trantoriano muy bonito. ¿Pero dónde está tu tío? Según esto, llegaste acompañada de un tal Homir Munn.

—Lo han detenido —respondió Arcadia, abatida.

—¡Detenido! —exclamaron los dos a la vez—. ¿Por qué? —añadió Mama—. ¿Ha hecho algo?

Arcadia negó con la cabeza.

—No lo sé. Estábamos de visita, nada más. El tío Homir tenía asuntos con lord Stettin, pero... —No hubo de esforzarse para fingir un escalofrío. La estaba aguardando.

Papa se mostró impresionado.

—Con lord Stettin. Mm-m-m, tu tío debe de ser alguien importante.

—No sé de qué se trataba, pero lord Stettin quería que yo me quedara... —Estaba recordando las últimas palabras de lady Callia, recitadas para sus oídos. Puesto que Callia, como ahora sabía, era una actriz consumada, la historia serviría una segunda vez.

Hizo una pausa, y Mama preguntó con curiosidad:

—¿Por qué tú?

—No estoy segura. Quería... quería cenar conmigo a solas, pero le dije que no, porque prefería que el tío Homir estuviera presente. Me miraba de forma extraña y no dejaba de acariciarme el hombro.

Papa se quedó con la boca entreabierta, pero Mama de inmediato enrojeció y se encolerizó.

—¿Cuántos años tienes, Arcadia?

—Catorce y medio, casi.

Mama jadeó bruscamente y dijo:

—Que se permita vivir a personas así. Hasta los perros de la calle valen más. Estás huyendo de él, tesoro, ¿verdad?

Arcadia asintió con la cabeza.

—Papa —dijo Mama—, ve corriendo a información y averigua exactamente cuándo aterrizará la nave de Trantor. ¡Date prisa!

Pero Papa dio un paso y se detuvo. Sobre sus cabezas retumbaron unas palabras metálicas, y cinco mil pares de ojos se elevaron sobresaltados.

—Damas y caballeros —anunció una voz imperiosa—. Estamos registrando el aeropuerto en busca de un fugitivo peligroso y se ha cerrado el perímetro. Nadie puede entrar ni salir. La búsqueda, sin embargo, se llevará a cabo con toda celeridad y ninguna nave entrará ni abandonará las dársenas durante ese intervalo, por lo que nadie perderá su vuelo. Repetimos, nadie perderá su vuelo. Vamos a bajar la reja. Que nadie abandone su cuadrícula hasta que la reja vuelva a levantarse, de lo contrario nos veremos obligados a emplear los látigos neurónicos.

Durante los sesenta segundos o menos en que la voz dominó la vasta bóveda de la sala de espera del espaciopuerto, Arcadia no podría haberse movido ni aunque todo el mal de la Galaxia se concentrara en una bola gigante y amenazara con arrollarla.

No podían referirse a nadie más que a ella. Ni siquiera era preciso formular esa idea como un pensamiento específico. ¿Pero por qué...?

Callia había orquestado su huida. Y Callia era de la Segunda Fundación. ¿Entonces a qué venía esa búsqueda ahora? ¿Habría fracasado Callia? ¿Podía fracasar siquiera? ¿O formaba esto parte de un plan cuyos entresijos se le escapaban?

Por un momento vertiginoso, la sobrevino el impulso de ponerse en pie de un salto y gritar que se rendía, que iría con ellos, que... que...

Pero los dedos de Mama se cerraron en torno a su muñeca.

—¡Deprisa! ¡Deprisa! Iremos al aseo de señoras antes de que empiecen.

Arcadia no entendía nada. Se limitó a seguirla ciegamente. Se deslizaron entre la multitud, paralizada en corrillos, mientras la voz continuaba atronando sus últimas palabras.

La reja había comenzado a descender, y Papa, boquiabierto, se quedó mirando cómo bajaba. Había oído hablar de ella, había leído cosas al respecto, pero nunca había llegado a verla en persona. Resplandecía en el cielo, una sencilla serie de finos haces de radiación entrecruzados que formaban una inofensiva celosía de luz destellante.

Estaba programada para bajar muy despacio a fin de representar el descenso de una red, como una trampa, con las aterradoras implicaciones psicológicas que eso conllevaba.

Había llegado ya a la altura de la cintura, tres metros entre las líneas relucientes en cada dirección.

Dentro de los nueve metros cuadrados que le correspondían, Papa se encontraba solo, a pesar de que los escaques adyacentes estaban abarrotados. Se sentía sospechosamente aislado, aunque sabía que acercarse al anonimato de cualquier grupo supondría cruzar una de esas líneas brillantes, lo que dispararía una alarma y desencadenaría los latigazos neurónicos.

Esperó.

Por encima de las cabezas de la multitud, escalofriantemente silenciosa y paciente, podía distinguir a lo lejos el movimiento de la línea de policías que cubría la vasta superficie del piso, iluminado cuadrado a cuadrado.

Transcurrió mucho tiempo antes de que un agente de uniforme entrara en su escaque y anotará detenidamente sus coordenadas en una libreta oficial.

—¡Papeles!

Papa se los entregó, y el policía los hojeó con movimientos expertos.

—Es usted Preem Palver, oriundo de Trantor, en Kalgan desde hace un mes, de regreso a Trantor. Responda sí o no.

—Sí, sí.

—¿Qué lo ha traído a Kalgan?

—Soy el representante comercial de nuestra cooperativa agrícola. Estaba negociando las condiciones con el departamento de agricultura de Kalgan.

—Hm-m-m. ¿Lo acompaña su esposa? ¿Dónde está? Sus papeles la mencionan.

—Por favor. Mi esposa está en el... —Señaló con el dedo.

—¡Hanto! —rugió el policía. Otro agente uniformado se unió a él.

—Otra dama en el excusado, por la Galaxia —dijo secamente el primero—. Ahí ya no debe de caber ni un alfiler. Anota su nombre. —Indicó la entrada oportuna en los documentos—. ¿Viaja alguien más con ustedes?

—Mi sobrina.

—No aparece en los papeles.

—Llegó por su cuenta.

—¿Dónde está? No me lo diga, ya lo sé. Apunta también el nombre de la sobrina, Hanto. ¿Cómo se llama? Apunta, Arcadia Palver. Usted no se mueva de aquí, Palver. Nos encargaremos de las mujeres antes de irnos.

Papa esperó durante lo que parecía una eternidad. Por fin, mucho, mucho después, distinguió a Mama encaminándose hacia él, con la mano de Arcadia firmemente en la suya, escoltada por los dos policías.

Cuando entraron en el escaque de Papa, uno de ellos preguntó:

—¿Esta vieja gruñona es su mujer?

—Sí, señor —contestó Papa, conciliador.

—Pues dígale que terminará metiéndose en problemas como siga hablando así a la policía del Primer Ciudadano. —Cuadró los hombros, airado—. ¿Y ésta es su sobrina?

—Sí, señor.

—Enséñeme sus papeles.

Con la mirada fija en su marido, Mama sacudió la cabeza, discretamente pero con convicción.

Tras un instante de pausa, Papa esbozó una débil sonrisa.

—Me parece que no puedo hacer eso.

—¿Qué quiere decir con que no puede? —El policía extendió una mano vuelta hacia arriba—. Démelos.

—Inmunidad diplomática —dijo Papa, bajando la voz.

—¿A qué se refiere?

—Ya le he dicho que estoy aquí en calidad de representante comercial de mi cooperativa agrícola. Estoy acreditado ante el gobierno kalganiano como portavoz extranjero oficial, como atestigua mi documentación. Ya se la he enseñado, y ahora me gustaría que dejaran de importunarnos.

El policía tardó unos instantes en recuperarse del desconcierto.

—Tengo que ver sus papeles. Cumplo órdenes.

—Lárguese ya —terció de repente Mama—. Lo llamaremos cuando nos haga falta... gandul.

El policía apretó los labios.

—No los pierdas de vista, Hanto. Iré a hablar con el teniente.

—¡Buena suerte! —exclamó Mama, a su espalda. Alguien se rio, pero no tardó en morderse la lengua.

La búsqueda tocaba a su final. La multitud comenzaba a ponerse peligrosamente nerviosa. Habían transcurrido cuarenta y cinco minutos desde que la reja empezara a descender y eso era más tiempo de lo aconsejable. El teniente Dirige, por consiguiente, se apresuró a dirigirse al denso centro de la aglomeración.

—¿Ésta es la niña? —preguntó con voz cansada. La miró. Encajaba con la descripción, eso era innegable. Todo esto por una chiquilla—. Sus papeles, si no le importa.

—Ya le explicado a... —empezó Papa.

—Estoy al corriente de sus explicaciones, y créame que lo siento —lo atajó el teniente—, pero me han dado órdenes y no puedo contravenirlas. Si luego quiere formular una denuncia, adelante. Entre tanto, usaré la fuerza si es necesario.

Se produjo una pausa, durante la cual el teniente esperó pacientemente.

—Dame los papeles, Arcadia —dijo con voz ronca Papa.

Arcadia sacudió la cabeza, aterrada, pero Papa insistió.

—No tengas miedo. Dámelos.

Impotente, Arcadia estiró el brazo y dejó que su documentación cambiara de manos. Papa abrió los papeles, los observó con detenimiento y se los entregó al teniente, que los estudió con la misma atención. Levantó la cabeza, dejó que su mirada reposara durante largo rato en Arcadia y cerró la libreta con un chasquido.

—Todo está en orden —dijo—. De acuerdo, muchachos.

Se alejó, y en apenas algo más de dos minutos la reja desapareció, y la voz incorpórea anunció la vuelta a la normalidad. El clamor de la multitud liberada de repente alcanzó niveles ensordecedores.

Arcadia tartamudeó:

—¿Cómo... cómo...?

—Sh-h —dijo Papa—. No digas nada. Será mejor que vayamos a la nave. Debería llegar a la plataforma de un momento a otro.

Despegaron. Disponían de un camarote privado y de una mesa para ellos solos en el comedor. Dos años luz los separaban ya de Kalgan, y Arcadia por fin se atrevió a abordar el tema de nuevo.

—Pero si me estaban buscando, señor Palver —dijo—, y debían de tener mi descripción y todos los detalles. ¿Por qué me dejó ir ese hombre?

Papa sonrió de oreja a oreja por encima de su rosbif.

—Bueno, Arcadia, pequeña, fue muy sencillo. Cuando uno lleva tanto tiempo como yo viéndoselas con agentes, compradores y cooperativas competidoras, se le termina pegando alguna que otra artimaña. He tenido veinte años o más para aprenderlas. Verás, pequeña, cuando el teniente abrió tus papeles, encontró en su interior un billete por valor de quinientos créditos, bien dobladito. Fácil, ¿no?

—Se lo devolveré... De verdad, tengo un montón de dinero.

—Bueno. —Las generosas facciones de Papa enmarcaron una sonrisa azorada mientras descartaba la idea con un ademán—. Para ser una chica de campo...

Arcadia insistió.

—¿Pero y si hubiera cogido el dinero y me hubiera detenido de todas formas? Y me hubiera acusado de intento de soborno.

—¿Y renunciar a quinientos créditos? Conozco a la gente mejor que tú, pequeña.

Pero Arcadia sabía que no conocía a la gente. No a este tipo de gente. Esa noche, en la cama, reflexionó largo y tendido, y llegó a la conclusión de que ningún soborno habría podido impedir que un teniente de la policía la apresara a menos que eso entrara dentro de sus planes. No querían atraparla, pero eso no les había impedido dar todos los pasos necesarios para ello.

¿Por qué? ¿Para asegurarse de que se fuera? ¿Y rumbo a Trantor? ¿Era la obtusa y bienintencionada pareja con la que estaba ahora tan sólo un par de instrumentos en manos de la Segunda Fundación, tan impotentes como ella misma?

¡Seguro que sí!

¿O no?

Todo era inútil. ¿Cómo podía combatirlos? Hiciera lo que hiciese, sería únicamente lo que esos espantosos seres omnipotentes quisieran.

Pero debía ser más lista que ellos. Debía serlo. ¡A cualquier precio!

16
El comienzo de la guerra

Por algún motivo o motivos desconocidos para los habitantes de la Galaxia durante la época que nos ocupa, el Sistema Horario Intergaláctico define su unidad fundamental, el segundo, como el tiempo que tarda la luz en recorrer 299.776 kilómetros. Así, 86.400 segundos equivalen arbitrariamente a un Día Intergaláctico, y 365 de esos días a un Año Intergaláctico.

¿Por qué 299.776? ¿Y 86.400? ¿O 365?

Por tradición, según los historiadores. Por ciertas y variadas misteriosas relaciones numéricas, según los místicos, los sectarios, los numerólogos y los metafísicos. Porque el planeta natal original de la humanidad poseía unos periodos naturales de rotación y revolución de los que podrían derivarse esas relaciones, según unos pocos.

En realidad, nadie lo sabía.

Fuera como fuere, la fecha en que el crucero de la Fundación *Hober Mallow* se encontró con el escuadrón kalganiano capitaneado por el *Intrépido* y, tras negarse a permitir que lo abordara un equipo de inspección, quedó reducido a un montón de chatarra incandescente, fue el 185 de 11692 E.G. Es decir, el día 185 del año 11692 de la Era Galáctica, que databa desde la ascensión del primer emperador de la tradicional dinastía Kamble. También era el 185 de 455 D. S., o «después de Seldon», y el 185 de 376 E. F., que databa del establecimiento de la Fundación. En Kalgan era el 185 de 56 P. C., denominación que databa del nombramiento del Primer Ciudadano por parte del Mulo. En todos los casos, naturalmente, por conveniencia, el año se modificaba para que arrojara el mismo día con independencia de la fecha real en que hubiera comenzado cada época.

Y por si fuera poco, entre todos los millones de planetas de la Galaxia sumaban millones de horarios locales, basados en los movimientos particulares de sus respectivos vecinos celestes.

Pero da igual la fecha que se elija: el 185 de 11692, 455, 376 o 56, el año no importa, fue el día al que más tarde se referirían los historiadores para fijar el comienzo de la guerra stettiniana.

Para el doctor Darell, sin embargo, no significaba nada de eso. Se trataba simple y llanamente del trigésimo segundo día desde que Arcadia saliera de Terminus.

Lo que le costó a Darell mantener la entereza durante todo ese tiempo no era algo de lo que todo el mundo fuese consciente.

Pero Elvett Semic se lo podía imaginar. Era un anciano al que le gustaba decir que sus membranas neuronales se habían calcificado hasta tal punto que sus procesos cognitivos eran rígidos e inflexibles. Invitaba e incitaba prácticamente a la subestimación de sus decrépitas facultades siendo el primero en burlarse de ellas. Pero sus ojos, a pesar de la edad, conservaban toda su agudeza; y su mente, por mucho que su agilidad estuviera algo mermada, no había perdido ni un ápice de experiencia y sabiduría.

Torció los labios fruncidos y preguntó:

—¿Por qué no haces algo al respecto?

El sonido supuso una sacudida física para Darell, que hizo una mueca.

—¿Por dónde íbamos? —refunfuñó.

Semic lo observó con expresión solemne.

—Será mejor que hagas algo con la muchacha. —Su boca, entreabierta en un rictus inquisitivo, dejaba entrever unos cuantos dientes amarillentos.

Pero Darell repuso fríamente:

—La cuestión es: ¿puedes conseguir un resonador de Symes-Molff con el alcance necesario?

—Bueno, acabo de decirte que sí, pero como no estabas atento...

—Perdona, Elvett. Así están las cosas: lo que nos disponemos a hacer puede ser más importante para todos los habitantes de la Galaxia que la cuestión de si Arcadia está o no a salvo. Al menos, para todos salvo para ella y para mí, y estoy dispuesto a ir con la mayoría. ¿Cómo de grande sería el resonador?

Semic se quedó pensativo.

—No lo sé. Debe de constar en alguno de esos catálogos.

—Más o menos. ¿Una tonelada? ¿Un kilo? ¿De una manzana de largo?

—Ah, pensé que te referías a su tamaño exacto. Es un cachivache minúsculo. —Indicó la primera falange de su pulgar—. Así, aproximadamente.

—De acuerdo, ¿puedes construir algo parecido a esto? —Dibujó algo rápidamente en la libreta que sostenía en el regazo y se lo enseñó al veterano físico, que entornó los párpados, dubitativo, y soltó una risita.

—¿Sabes?, el cerebro se calcifica cuando uno llega a mi edad. ¿Qué te propones?

Darell vaciló. Desesperado, deseó que los conocimientos de su interlocutor escaparan de la prisión física de su cerebro y le ahorraran el tener que expresar sus pensamientos con palabras. Pero se trataba de un deseo abocado al fracaso, y terminó explicando qué era lo que planeaba.

Semic sacudió la cabeza.

—Necesitarías hiperrelés. Es lo único que podría funcionar a la velocidad necesaria. Y en cantidades industriales.

—¿Pero se puede construir?

—Sí, claro.

—¿Puedes conseguir todos los componentes? Quiero decir, ¿sin suscitar comentarios? Como si formara parte de tus quehaceres habituales.

Semic levantó el labio superior.

—¿Que si puede conseguir cincuenta hiperrelés? No usaría tantos en toda mi vida.

—El fin de nuestro proyecto ahora es defensivo. ¿No se te ocurre ningún fin pacífico que pudiéramos darles? El dinero no es ningún problema.

—Hm-m-m. Podría inventar algo.

—¿Cómo de pequeño sería el artilugio?

—Los hiperrelés pueden ser microscópicos... cables... tubos... Por el espacio, estamos hablando de cientos de circuitos.

—Ya lo sé. ¿Su tamaño?

Semic lo indicó con las manos.

—Demasiado grande —dijo Darell—. Tiene que colgar de mi cinturón.

Muy despacio, estaba arrugando el boceto, reduciéndolo a una bola apretada. Cuando no fue más que una uva amarilla y compacta, lo arrojó al cenicero y desapareció con el diminuto fogonazo blanco de la descomposición molecular.

—¿Quién está en la puerta? —preguntó.

Semic se inclinó por encima de la mesa para observar la pequeña ventana esmerilada que había encima del cartel de la puerta.

—Ese joven —dijo—, Anthor. Y lo acompaña alguien.

La silla arañó el suelo cuando Darell la empujó hacia atrás.

—Ni una palabra de esto a los demás, Semic. Se trata de información peligrosa para quien la posea, y dos vidas en juego son suficientes.

Pelleas Anthor era un vórtice latente de actividad en el despacho de Semic, el cual, de alguna manera, compartía la edad de su ocupante. En la lánguida turgencia de la plácida habitación, las holgadas mangas veraniegas de la túnica de Anthor parecían estremecidas aún por la brisa del exterior.

—Doctor Darell —dijo—, doctor Semic... Orum Dirige.

Su acompañante era alto. La nariz, larga y recta, prestaba a su rostro enjuto una apariencia melancólica. El doctor Darell extendió una mano.

Anthor sonrió ligeramente.

—Teniente de policía Dirige —aclaró antes de añadir, con énfasis—: De Kalgan.

Darell se giró para observar fijamente al muchacho.

—Teniente de policía Dirige, de Kalgan —repitió, espaciando las palabras—. Y lo ha traído aquí. ¿Por qué?

—Porque es la última persona que vio a su hija en Kalgan. ¡Un momento, hombre!

La expresión triunfal de Anthor se trocó bruscamente en preocupación mientras se interponía entre ambos, forcejando violentamente con Darell. Muy despacio, sin miramientos, obligó al científico a regresar a su asiento.

—¿Qué se propone? —Anthor se apartó un rizo castaño de la frente, apoyó una nalga en la mesa y meció la pierna, pensativo—. Pensaba que le traía buenas noticias.

Darell se dirigió directamente al policía.

—¿A qué se refiere con que usted es el último que ha visto a mi hija? ¿Está muerta? Le ruego que me lo cuente todo, y prescinda de los preliminares. —Había palidecido de aprensión.

—«La última persona que vio a su hija en Kalgan», ésas han sido las palabras del joven —dijo el teniente Dirige, impertérrito—. Ya no está en Kalgan. Es lo único que sé.

—Bueno —terció Anthor—, intentaré aclararlo. Me disculpo por haber pecado de melodramático, doctor. Es usted tan flemático que se me olvidó que también tiene sentimientos. En primer lugar, el teniente Dirige es de los nuestros. Nació en Kalgan, pero su padre era un hombre de la Fundación que llegó a ese planeta al servicio del Mulo. Respondo por la lealtad del teniente a la Fundación.

»Me puse en contacto con él cuando dejamos de recibir los informes diarios de Munn...

—¿Por qué? —atajó con ferocidad Darell—. Creía que habíamos acordado que no removeríamos ese asunto. Ha puesto en peligro nuestras vidas y las suyas.

—Porque —restalló la no menos acalorada respuesta— llevo más tiempo que usted implicado en este juego. Porque tengo contactos en Kalgan de los que usted no sabe nada. Porque dispongo de más información que usted, ¿lo entiende?

—Creo que se ha vuelto loco.

—¿Me quiere escuchar?

Una pausa. Darell bajó la mirada.

Una leve sonrisa aleteó en los labios de Anthor.

—De acuerdo, doctor. Deme unos minutos. Cuénteselo todo, Dirige.

—Por lo que sé, doctor Darell —comenzó sin más preámbulos el policía—, su hija está en Trantor. Al menos ése era el destino del billete que tenía en el espaciopuerto oriental. Viajaba acompañada de un representante comercial de ese planeta que afirmaba ser su tío. Parece que su hija posee una extraña colección de parientes, doctor. Es el segundo tío que se le conoce en espacio de dos semanas, ¿eh? El trantoriano llegó incluso a intentar sobornarme... probablemente atribuya a eso el que consiguieran escapar. —El recuerdo puso una sonrisa desprovista de humor en sus labios.

—¿Cómo estaba?

—Ilesa, por lo que vi. Asustada. No la culpo. Todo el departamento le seguía la pista. Aún no sé por qué.

Darell cogió aire por lo que parecía ser la primera vez en varios minutos. Reparó en el temblor de sus manos y lo controló con esfuerzo.

—Entonces, está bien. Ese representante comercial, ¿quién era? Volvamos sobre él. ¿Qué papel representa en todo esto?

—Lo ignoro. ¿Sabe usted algo acerca de Trantor?

—Viví allí una vez.

—Ahora es un planeta agrícola. Exporta principalmente forraje y cereales. ¡De la mejor calidad! Los envían a todos los rincones de la Galaxia. El mundo contiene una o dos docenas de cooperativas agrícolas, todas ellas con representantes en el extranjero. Unos tipos de cuidado, además... Conocía el historial de éste. Había estado antes en Kalgan, por lo general con su esposa. Perfectamente honrado e inofensivo.

—Hm-m-m —murmuró Anthor—. Arcadia nació en Trantor, ¿no es así, doctor?

Darell asintió con la cabeza.

—Todas las piezas encajan, ¿lo ve? Quería salir de allí, cuanto antes, y Trantor era el destino más lógico. ¿No le parece?

—¿Por qué no volvió aquí? —preguntó Darell.

—Puede que, al sentirse acosada, intentara despistar a sus perseguidores eligiendo una ruta inesperada, ¿eh?

El doctor Darell no se sentía con ánimos para seguir haciendo preguntas. Lo más importante era que Arcadia estaba en Trantor, a salvo, o tan salvo como podría estarlo en cualquier otro lugar de esta Galaxia siniestra y horrible. Mientras arrastraba los pies hacia la puerta, sintió la mano de Anthor en su manga. Se detuvo, pero no se giró.

—¿Le importa que vaya a casa con usted, doctor?

—Se lo agradezco —fue la respuesta automática.

Al caer la noche, los confines más externos de la personalidad del doctor Darell, los que estaban en contacto inmediato con los demás, volvieron a solidificarse. Se había negado a cenar y, con febril insistencia, había vuelto a sumirse en los infinitesimales avances de las intrincadas matemáticas del análisis encefalográfico.

Era casi medianoche cuando regresó a la sala de estar.

Allí encontró a Pelleas Anthor, toqueteando los controles del vídeo, que miró atrás por encima del hombro al oír pasos a su espalda.

—Hola. ¿Todavía no se ha acostado? Llevo horas con este vídeo, intentando sintonizar algo que no sean boletines. Parece que la nave de la Fundación *Hober Mallow* se ha desviado de su ruta y nadie ha vuelto a saber de ella.

—¿En serio? ¿Cuál sospechan que puede ser el motivo?

—¿Usted qué cree? Alguna trampa de Kalgan. Se ha informado del avistamiento de naves kalganianas en los alrededores del sector espacial donde se tuvieron noticias de la *Hober Mallow* por última vez.

Darell se encogió de hombros, y Anthor se acarició la frente, pensativo.

—Mire, doctor —dijo—, ¿por qué no se va a Trantor?

—¿Por qué tendría que hacerlo?

—Porque aquí no nos sirve de nada. No es usted mismo. Es imposible. Además, yendo a Trantor podría cumplir con otro objetivo. Allí se encuentra la antigua Biblioteca Imperial, que contiene los archivos completos de las actas de la comisión de Seldon...

—¡No! La biblioteca ha sido registrada de arriba abajo y no ha servido de nada.

—Le sirvió de algo a Ebling Mis.

—¿Cómo lo sabe? Sí, afirmó haber encontrado la Segunda Fundación, y mi madre lo mató cinco segundos después para impedir que revelara inconscientemente su ubicación al Mulo. En el proceso, sin embargo, también impidió que nadie comprobara si Mis realmente conocía dicha ubicación. Después de todo, nadie ha conseguido extraer la verdad de esos informes.

—Recuerde que Ebling Mis actuaba bajo la influencia de la mente del Mulo.

—Lo sé, pero por ese mismo motivo, el estado mental de Mis era sumamente anómalo. ¿Qué sabemos usted o yo acerca de las propiedades de una mente sometida al control emocional de otra, de sus facultades y sus defectos? En cualquier caso, no pienso ir a Trantor.

Anthor frunció el ceño.

—Bueno, ¿a qué viene tanta vehemencia? Lo sugería tan sólo porque... en fin, por el espacio, no lo entiendo. Parece que hubiera envejecido diez años. Salta a la vista que atraviesa un momento espantoso. Aquí no está haciendo nada de valor. Si yo estuviera en su lugar, iría a buscar a la niña.

—¡Precisamente! Nada me gustaría más. Por eso me niego a hacerlo. Mire, Anthor, intente entenderlo. Está jugando... ambos estamos jugando con algo que sobrepasa completamente nuestras posibilidades. Si lo analiza fríamente, me dará la razón, da igual lo que piense en sus arrebatos de quijotismo.

»Hace cincuenta años que sabemos que la Segunda Fundación es el verdadero descendiente y pupilo de las matemáticas seldonianas. Eso significa, y usted lo sabe, que nada de lo que sucede en la Galaxia escapa a su conocimiento. Para nosotros, la vida entera es una serie de accidentes a los que respondemos con improvisaciones. Para ellos, toda la vida es lógica y debe afrontarse con previsión.

»Pero tienen un punto débil. Su trabajo es estadístico, y sólo la acción conjunta de la humanidad es verdaderamente inevitable. Ahora bien, qué papel desempeño yo, como individuo, en el devenir predeterminado de la historia es algo que desconozco. Quizá no represente ningún papel concreto, puesto que el plan contempla la indeterminación y el libre albedrío de los seres individuales. Pero soy importante y ellos... ellos, ¿lo entiende?... podrían haber calculado al menos mis reacciones más probables. Por eso desconfío de mis impulsos y mis deseos.

»Prefiero ofrecerles una reacción improbable. Me quedaré aquí, a pesar de que ansío marcharme con toda mi alma. ¡No! Precisamente porque ansío marcharme con toda mi alma.

El joven esbozó una agria sonrisa.

—No conoce su propia mente tan bien como ellos. Imagine que, conociéndolo, cuenten con lo que usted piensa, meramente piensa, que es la reacción improbable, por el simple hecho de saber por adelantado cuál sería su razonamiento.

—En tal caso, no habría escapatoria. Si sigo el razonamiento que acaba de perfilar y voy a Trantor, también podrían haberlo previsto. Es un círculo interminable de sentidos y contrasentidos. Da igual cuánto me adentre en ese círculo, sólo puedo irme o quedarme. La intrincada estrategia de llevar a mi hija a la otra punta de la Galaxia no puede tener como objetivo obligarme a quedarme donde estoy, puesto que sin duda me habría quedado si no hubieran hecho nada. Su único objetivo tiene que ser obligarme a moverme, y por eso no pienso dar ni un paso.

»Además, Anthor, no todo lleva la marca de la Segunda Fundación, no todos los acontecimientos son fruto de sus manipulaciones. Quizá no tengan nada que ver con la marcha de Arcadia, que podría estar a salvo en Trantor cuando todos los demás estamos condenados.

—No —repuso bruscamente Anthor—, se equivoca.

—¿Se le ocurre una interpretación alternativa?

—Así es. Si me escucha...

—Adelante. Ando sobrado de paciencia.

—Bueno, en tal caso... ¿Hasta qué punto conoce a su hija?

—¿Hasta qué punto puede conocer un individuo a otro? Evidentemente, mis conocimientos distan de ser infalibles.

—Al igual que los míos, quizá más aún... pero al menos, yo he podido verla con nuevos ojos. Prueba número uno: es una romántica empedernida, hija única de un académico en una torre de marfil, criada en un mundo irreal de vídeos y librofilms de aventuras. Vive en una extraña fantasía de su invención, repleta de espionajes e intrigas. Prueba número dos: es inteligente, lo suficiente como para eludirnos, en cualquier caso. Planeó meticulosamente escuchar a hurtadillas nuestra primera reunión y lo consiguió. Planeó meticulosamente ir a Kalgan con Munn y también lo consiguió. Prueba número tres: venera la heroica imagen que se ha formado de su abuela... la madre de usted... quien derrotó al Mulo.

»Creo que por ahora voy bien encaminado, ¿verdad? Pues bien, al contrario que usted, yo sí he recibido un informe completo del teniente Dirige y, además, mis fuentes de información en Kalgan son bastante completas, y todos los indicios sugieren lo mismo. Sabemos, por ejemplo, que el señor de Kalgan denegó a Homir Munn el acceso al palacio del Mulo, y que esta negativa se revocó inesperadamente después de que Arcadia hablara con lady Callia, la muy buena amiga del Primer Ciudadano.

—¿Cómo sabe usted todo esto? —lo interrumpió Darell.

—Para empezar, Dirige entrevistó a Munn durante la campaña policial para localizar a Arcadia. Disponemos de una transcripción completa de las preguntas y las respuestas, naturalmente.

»Y no nos olvidemos de la propia lady Callia. Cuentan que lord Stettin ha perdido el interés por ella, aunque no hay hechos que respalden esos rumores. No sólo no la ha remplazado nadie, no sólo es capaz de transmutar en aquiescencia la negativa inicial de Stettin a Munn, sino que además ha orquestado a las claras la huida de Arcadia. Una docena de soldados presentes en la mansión de Stettin han declarado que vieron juntas a ambas la última noche. Pero no ha recibido ningún castigo, a pesar de que la búsqueda de Arcadia se llevó a cabo con suma minuciosidad, al menos en apariencia.

—¿Y cuál es la conclusión que extrae de todo este torrente de conexiones traídas por los pelos?

—Que la huida de Arcadia estaba planeada.

—Lo que yo decía.

—Con el añadido de que Arcadia debía de saberlo; de que Arcadia, la brillante pequeña que ve conspiraciones por todas partes, vio ésta y siguió el mismo razonamiento que usted. Querían que regresara a la Fundación, de modo que en vez de eso se fue a Trantor. ¿Pero por qué a Trantor?

—Eso, ¿por qué?

—Porque allí es adonde escapó Bayta, su idolatrada abuela, cuando tuvo que huir. Consciente o inconscientemente, Arcadia ha imitado sus pasos. Eso me lleva a preguntarme si no estaría huyendo de la misma amenaza.

—¿Del Mulo? —inquirió Darell, con educado sarcasmo.

—Por supuesto que no. Por amenaza me refiero a una mentalidad a la que no podía enfrentarse. Huía de la Segunda Fundación, o de la influencia de ésta presente en Kalgan.

—¿A qué influencia se refiere?

—¿Cree que Kalgan es inmune a esa amenaza ubicua? De alguna manera, ambos hemos llegado a la conclusión de que la huida de Arcadia estaba preparada, ¿verdad? La buscaron y la encontraron, pero Dirige la dejó escapar a sabiendas. Dirige, ¿lo entiende? Ahora bien, ¿por qué? Porque es de los nuestros. ¿Pero cómo lo sabían ellos? ¿Contaban con que fuera un traidor? Explíquemelo, doctor.

—¿Insinúa ahora que realmente pretendían volver a capturarla? Francamente, Anthor, empiezo a aburrirme. Diga lo que tenga que decir, que quiero acostarme.

—Terminaré enseguida. —Anthor metió la mano en un bolsillo interior y sacó un puñado de gráficos. Los familiares picos y valles del encefalograma—. Éstas son las ondas cerebrales de Dirige —explicó—, tomadas desde su regreso.

Darell podía ver a simple vista lo que significaba aquello. Su semblante se había vuelto ceniciento cuando levantó la cabeza.

—Está controlado.

—Ni más ni menos. Permitió que Arcadia escapara, no porque fuera uno de los nuestros, sino porque era de la Segunda Fundación.

—A pesar de saber que Arcadia no se dirigía a Terminus, sino a Trantor.

Anthor encogió los hombros.

—Lo habían programado para dejarla escapar. No podía hacer nada por modificar ese hecho. Sólo era un instrumento, ¿lo ve? Sólo que Arcadia tomó la decisión menos probable, y seguramente esté a salvo. Al menos hasta que la Segunda Fundación pueda corregir su curso de acción para contemplar este cambio de planes.

Hizo una pausa. La pequeña señal luminosa del aparato de vídeo estaba parpadeando. En un circuito independiente, eso significaba la emisión de un boletín de emergencia. Darell también se fijó, y encendió el vídeo con un movimiento mecánico que era fruto de la costumbre. Sintonizaron en medio de una frase, pero antes de que ésta terminara, supieron que la *Hober Mallow,* o lo que quedaba de ella, había sido encontrada y que, por primera vez en casi medio siglo, la Fundación volvía a estar en guerra.

Anthor apretó con fuerza las mandíbulas.

—Bueno, doctor, ya lo ha oído. Kalgan ha atacado. Kalgan está bajo el control de la Segunda Fundación. ¿Seguirá el ejemplo de su hija y viajará a Trantor?

—No. Correré el riesgo. Aquí.

—Doctor Darell, su hija ha demostrado ser más inteligente. Me pregunto hasta qué punto se puede confiar en usted. —Miró fijamente a Darell por un momento, y sin decir palabra, se fue.

506

Darell se quedó a solas con la incertidumbre y con algo parecido a la desesperación.

Impasible, el vídeo continuaba emitiendo su frenética mezcolanza de imágenes y sonido, describiendo en atropellado detalle la primera hora de la guerra que enfrentaba a Kalgan y a la Fundación.

17
Guerra

El alcalde de la Fundación se atusó fútilmente los cabellos encrespados que le ribeteaban la coronilla. Suspiró.

—Los años que hemos desperdiciado... Las oportunidades que hemos malgastado. Sin recriminaciones, Darell, pero nos merecemos la derrota.

—No veo ningún motivo para perder la fe en el devenir de los acontecimientos, señor —repuso Darell, sin perder la calma.

—Perder la fe... ¡Perder la fe! Por la Galaxia, doctor Darell, ¿en qué basaría usted cualquier otra actitud? Venga aquí.

Medio guió, medio empujó a Darell hacia el ovoide cristalino que reposaba grácilmente en el diminuto campo de fuerza que le servía de sostén. Al contacto de la mano del alcalde, su interior refulgió: un modelo tridimensional exacto de la espiral doble galáctica.

—En amarillo —comenzó nerviosamente el alcalde— tenemos la región del espacio bajo el control de la Fundación; en rojo, la de Kalgan.

Lo que vio Darell era una esfera carmesí inscrita en un vasto puño amarillo que la rodeaba por completo salvo en dirección al centro de la Galaxia.

—La galactografía —dijo el alcalde— es nuestra mayor enemiga. Nuestros almirantes no ocultan lo desesperado de nuestra posición estratégica. Observe. El enemigo dispone de líneas de comunicación interiores. Está concentrado; puede salir a nuestro encuentro por todos los frentes con la misma facilidad. Puede defenderse con un mínimo esfuerzo.

»Nosotros estamos expandidos. La distancia media entre los sistemas habitados del interior de la Fundación es aproximadamente el triple que en Kalgan. Viajar de Santanni a Locris, por ejemplo, supone para nosotros una travesía de dos mil quinientos pársecs, pero sólo ochocientos pársecs para ellos, si nos atenemos a nuestros respectivos territorios.

—Soy plenamente consciente de ello, señor —dijo Darell.

—¿Y no es plenamente consciente de que eso podría suponer nuestra derrota?

—La distancia no lo es todo en la guerra. Yo digo que no podemos perder. Es prácticamente imposible.

—¿Y qué le lleva a decirlo?

—Mi interpretación personal del plan de Seldon.

—Ah. —El alcalde torció los labios y entrechocó las manos a su espalda—. De modo que también usted confía en la ayuda mística de la Segunda Fundación.

—No. Sólo en la ayuda de lo inevitable... y del valor y la persistencia.

Sin embargo, tras esa fachada de confianza, acechaban las dudas.
¿Y si...?

En fin, ¿y si Anthor estuviera en lo cierto y Kalgan fuese un instrumento al servicio de los brujos mentales? ¿Y si su intención fuera derrotar y destruir la Fundación? ¡No! ¡No tenía sentido!

Sin embargo...

Sonrió con amargura. Siempre igual. Siempre ese incesante escudriñar a través de la misma pantalla opaca de granito que para el adversario era tan transparente.

Tampoco Stettin ignoraba las implicaciones galactográficas de la situación.

El señor de Kalgan se erguía ante el gemelo del modelo galáctico que habían inspeccionado el alcalde y Darell. Salvo que, donde el alcalde fruncía el ceño, Stettin sonreía.

Su uniforme de almirante resplandecía deslumbrante sobre su majestuosa figura. La banda carmesí de la Orden del Mulo, antes perteneciente al antiguo Primer Ciudadano que tan precipitadamente había debido abdicar seis meses atrás, le ceñía el pecho en diagonal desde el hombro a la cintura. La estrella de plata con los cometas dobles y las espadas rutilaba sobre su hombro izquierdo.

Se dirigió a los seis hombres de su consejo general, cuyos uniformes rivalizaban en grandilocuencia con el suyo, y a su primer ministro, gris y enjuto; una telaraña deslucida, perdida entre tantos destellos.

—Creo que la decisión está clara —dijo Stettin—. Podemos permitirnos el lujo de esperar. Para ellos, cada día de retraso será otro mazazo para su ánimo. Si intentan defender todas las porciones de su reino, debilitarán sus fuerzas y podremos golpear en dos ataques simultáneos, aquí y aquí. —Indicó las direcciones sobre el modelo galáctico; dos lanzas de un blanco puro atravesaron el puño amarillo desde la pelota roja contenida en él, aislando a Terminus por ambos lados en un arco apretado—. De este modo, dividiremos su flota en tres partes que podremos derrotar a placer. Concentrar sus fuerzas equivaldría a entregar voluntariamente dos tercios de sus dominios, y probablemente conduciría a la rebelión.

Sólo la voz atiplada del primer ministro rompió el silencio que siguió a sus palabras.

—Dentro de seis meses —dijo—, la Fundación será seis veces más fuerte. Disponen de mayores recursos, como todos sabemos. Su armada nos supera en número. Sus reservas de población son prácticamente inagotables. Puede que una estocada rápida fuera lo más seguro.

La suya era sin duda la voz menos influyente de la sala. Lord Stettin sonrió y ensayó un gesto tajante con la mano.

—Esos seis meses no nos costarán nada, como si es un año. Los habitantes de la Fundación no pueden prepararse, son ideológicamente incapaces de ello. Creer que la Segunda Fundación los salvará es algo que forma parte integral de su filosofía. Pero esta vez no, ¿eh?

Los ocupantes de la sala se revolvieron, incómodos.

—Creo que su confianza escasea —dijo con voz glacial Stettin—. ¿Es preciso que describa una vez más los informes de nuestros agentes en territorio de la Fundación, o que repita los hallazgos de don Homir Munn, el agente de la Fundación que ahora está a nuestro... eh... servicio? Caballeros, se levanta la sesión.

Stettin regresó a sus aposentos con una sonrisa cincelada aún en los labios. A veces no sabía qué pensar de Homir Munn. Un tipo sin agallas cuya promesa inicial no se había cumplido. Y sin embargo rebosaba de información interesante, cargada de convicción. Sobre todo cuando Callia estaba presente.

Su sonrisa se ensanchó. Esa necia gordinflona tenía su utilidad, después de todo. Al menos, con sus zalamerías había extraído de Munn más que él, y con menos problemas. ¿Por qué no entregársela a Munn? Frunció el ceño. Callia. Ella y sus estúpidos celos. ¡Por el espacio! Si la niña de Darell aún estuviera en su poder... ¿Por qué no le había aplastado la crisma después de aquello?

No lograba precisar el motivo.

Quizá porque se entendía con Munn. Y Stettin necesitaba a Munn. Era Munn, por ejemplo, el que había demostrado que la Segunda Fundación no existía, al menos en opinión del Mulo. Sus almirantes necesitaban esa tranquilidad.

Le gustaría hacer públicas las pruebas, pero era mejor que la Fundación creyera en su inexistente ayuda. ¿Realmente había sido de Callia esa idea? Correcto. Había dicho...

¡Bah, paparruchas! Qué iba a decir.

Y sin embargo...

Sacudió la cabeza para aclararse las ideas y pasó a concentrarse en otros asuntos.

18
El fantasma de un mundo

Trantor era un planeta que había renacido de sus cenizas. Incrustado como una joya deslustrada en el seno de la deslumbrante multitud de soles del centro de la Galaxia, entre los montones y racimos de estrellas que se agolpaban con gratuita prodigalidad, sus sueños se alternaban entre el pasado y el futuro.

Hubo una época en que las insustanciales cadenas del control se extendían desde su revestimiento metálico hasta los confines del universo. Había sido una ciudad habitada por cuarenta mil millones de administradores, la capital más poderosa de la historia.

Hasta que la caída del Imperio por fin le dio alcance y, durante el Gran

Saqueo de hacía un siglo, sus mermados poderes se desmoronaron para no volver a levantarse jamás. Con la abrasadora llegada de la devastación, la carcasa metálica que envolvía el planeta se marchitó y apergaminó en una dolorosa burla de su antiguo esplendor.

Los supervivientes desgajaron las planchas metálicas y se las vendieron a otros planetas a cambio de semillas y reses. La tierra afloró una vez más, y el planeta regresó a sus orígenes. Con la expansión de una agricultura rudimentaria, olvidó su intrincado y colosal pasado.

O lo habría hecho de no ser por los poderosos fragmentos que, en amargo y digno silencio, elevaban sus gigantescas ruinas hacia el firmamento.

El corazón de Arcadia aleteó en su pecho mientras contemplaba el borde metálico del horizonte. La aldea de los Palver era un mero conjunto de casas para ella, pequeña y primitiva. Las extensiones de terreno que la rodeaban estaban cubiertas de trigo dorado.

Pero allí, al alcance de los dedos, el recuerdo del pasado refulgía aún en todo su inoxidable esplendor, llameante allí donde el sol de Trantor le arrancaba brillantes destellos. Arcadia había estado allí una vez durante los meses que hacía de su llegada a Trantor. Había seguido el liso pavimento sin fisuras y se había aventurado entre las silenciosas estructuras veteadas de polvo, donde la luz se filtraba entre las aristas de paredes y muros derruidos.

Había sentido una congoja palpable. Era una blasfemia.

Huyó con estruendo, corriendo hasta que sus pies volvieron a golpear suavemente la tierra.

Desde entonces sólo podía mirar en esa dirección con anhelo. No se atrevía a despertar de nuevo aquella irrefrenable aprensión.

Sabía que había nacido en algún rincón de este mundo, cerca de la antigua Biblioteca Imperial, la esencia misma de Trantor. Lo más sagrado y santificado de todo. De todo el planeta, era lo único que había sobrevivido al Gran Saqueo, y durante un siglo había permanecido ilesa e intacta, desafiando al universo.

Allí habían tejido su inimaginable red Hari Seldon y su grupo. Allí había desvelado el secreto Ebling Mis, y allí se había quedado, aturdido por la inmensa sorpresa, hasta que lo mataron para impedir que el secreto se propagara.

Allí, en la Biblioteca Imperial, habían vivido sus abuelos diez años, hasta la muerte del Mulo, cuando pudieron regresar a la Fundación renacida.

Allí, en la Biblioteca Imperial, su padre regresó en compañía de su esposa para buscar una vez más la Segunda Fundación, sin éxito. Allí había nacido Arcadia, y allí había muerto su madre.

Le hubiera gustado visitar la biblioteca, pero Preem Palver sacudió la redonda cabeza.

—Son miles de kilómetros, Arkady, y hay muchas cosas que hacer aquí. Además, no conviene perturbar ese lugar. Ya sabes, es un altar...

Arcadia sabía que Palver no sentía el menor deseo de visitar la biblioteca, que volvía a ser el palacio del Mulo. Un caso más del temor que profesan los pigmeos del presente a las reliquias de los gigantes del pasado.

Pero sería horrible guardar rencor al pintoresco hombrecillo por algo así. Hacía casi tres meses que estaba en Trantor, y en todo ese tiempo, tanto él como ella, Papa y Mama, se habían portado maravillosamente.

¿Y cómo se lo pagaba Arcadia? Exponiéndolos al peligro. ¿Les había advertido de que estaba señalada por la destrucción, quizá? ¡No! Había permitido que se arrogaran el mortífero papel de protectores.

Los remordimientos eran insoportables, ¿pero qué elección tenía?

A regañadientes, bajó las escaleras para desayunar. El sonido de unas voces llegó a sus oídos.

Preem Palver giró el cuello rollizo para ajustar la servilleta en el cuello de la camisa y atacó los huevos escalfados con desinhibida satisfacción.

—Ayer bajé a la ciudad, Mama —dijo, esgrimiendo el tenedor y ahogando prácticamente las palabras con un generoso bocado.

—¿Y qué novedades hay en la ciudad, Papa? —preguntó con indiferencia Mama, sentándose, echando un rápido vistazo a la mesa y levantándose de nuevo para buscar la sal.

—Ah, ninguna buena. Ha llegado una nave de Kalgan, con periódicos de allí. Están en guerra.

—¡Guerra! ¡Pero bueno! En fin, que se partan la cabeza, si tan hueca la tienen. ¿Ya has cobrado la nómina? Papa, no me canso de decírtelo. Adviértele al viejo Cosker que la suya no es la única cooperativa del mundo. Que me dé vergüenza contarles a mis amigas cuánto ganas, todavía, pero un poquito de puntualidad por lo menos.

—Qué puntualidad ni qué niño muerto —replicó Papa, irritado—. Mira, no me vengas con pamplinas cuando estoy desayunando, a ver si se me va a atragantar la comida. —Causó estragos entre las tostadas con mantequilla mientras hablaba. Algo más moderado, añadió—: La disputa es entre Kalgan y la Fundación, y ya llevan dos meses así.

Entrechocó las manos imitando un combate entre naves espaciales.

—Hm-m-m. ¿Y cómo les va?

—A la Fundación, mal. Bueno, ya has visto Kalgan, son todos soldados. Estaban preparados. La Fundación no, así que... ¡puf!

De improviso, Mama dejó el tenedor encima de la mesa y siseó:

—¡Serás memo!

—¿Eh?

—¡Cabeza de chorlito! ¿Cuándo aprenderás a cerrar esa bocaza tan grande que tienes?

Apuntó rápidamente con el dedo, y cuando Papa miró por encima del hombro, allí estaba Arcadia, paralizada en el umbral.

—¿La Fundación está en guerra? —preguntó la muchacha.

Papa miró a Mama, impotente, y asintió con la cabeza.

—¿Y lleva las de perder?

Otra afirmación.

Arcadia sintió cómo se le formaba un nudo insoportable en la garganta. Se acercó a la mesa arrastrando los pies.

—¿Se acabó? —susurró.

—¿Acabarse? —preguntó Papa, con fingido optimismo—. ¿Quién ha dicho que se haya acabado? En una guerra pueden pasar muchas cosas. Además... además...

—Siéntate, tesoro —dijo Mama, conciliadora—. No se debe hablar sin haber desayunado antes. Nadie está en condiciones de hacer nada con el estómago vacío.

Pero Arcadia hizo oídos sordos.

—¿Han llegado a Terminus los kalganianos?

—No —dijo Papa, con gesto grave—. La noticia es de la semana pasada, y Terminus todavía resiste. Te lo aseguro. Es verdad. Y la Fundación sigue siendo fuerte. ¿Quieres que te traiga los periódicos?

—¡Sí!

Los leyó mientras desayunaba lo que podía, con la mirada empañada por las lágrimas. Santanni y Korell habían caído... sin presentar batalla. Un escuadrón de la armada de la Fundación había sido emboscado en el sector de Ifni, escasamente poblado de soles, y aniquilado casi hasta la última nave.

Y ahora la Fundación se reducía al corazón de los Cuatro Reinos, el reino original que se había construido bajo la tutela de Salvor Hardin, el primer alcalde. Pero aun así resistía, quizá tuviera una oportunidad todavía, y ocurriera lo que ocurriese, debía informar a su padre. Debía ponerse en contacto con él. Como fuera.

¿Pero cómo, con una guerra de por medio?

Terminado el desayuno, preguntó a Papa:

—¿Saldrá pronto en una misión nueva, señor Palver?

Papa estaba en la gran silla del jardín delantero, tomando el sol. Un grueso cigarro puro humeaba entre sus dedos rechonchos, y su aspecto recordaba al de un perro dogo.

—¿Una misión? —repitió lánguidamente—. ¿Quién sabe? Las vacaciones son agradables y todavía no se me ha acabado el permiso. ¿Para qué hablar de nuevas misiones? ¿Estás incómoda, Arkady?

—¿Yo? No, me gusta este sitio. Usted y la señora Palver son muy buenos conmigo.

Papa agitó una mano en dirección a la muchacha, restando importancia a sus palabras.

—Estaba pensando en la guerra —dijo Arcadia.

—No te martirices. ¿Qué puedes hacer? Si no puedes evitarlo, ¿para qué obsesionarte con ello?

—Estaba pensando que la Fundación ha perdido la mayoría de sus mundos agrícolas. Probablemente hayan empezado a racionar los alimentos.

Papa adoptó una expresión azorada.

—No te preocupes. Todo se arreglará.

Arcadia sólo lo escuchaba a medias.

—Ojalá pudiera llevarles algo de comida, eso es todo. Ya sabe que cuando murió el Mulo y la Fundación se rebeló, Terminus se quedó aislado durante una temporada y sufrió el asedio del general Han Pritcher, quien sucedió brevemente al Mulo. Los alimentos escaseaban y mi padre dice que su padre le contó que únicamente podían comer unos concentrados de aminoácidos secos cuyo sabor era espantoso. Un huevo costaba doscientos créditos. El cerco se rompió justo a tiempo, y comenzaron a llegar naves repletas de comida procedentes de Santanni. Debió de ser una época horrible. Ahora probablemente se vuelva a repetir.

Se produjo una pausa, que Arcadia rompió al añadir:

—¿Sabe?, apuesto a que la Fundación estaría dispuesta a pagar precios de contrabando por algo de comida en estos momentos. El doble, el triple y más. Caray, si alguna cooperativa de Trantor, por ejemplo, tomara la iniciativa, podrían perder alguna nave, pero apuesto a que serían millonarios antes de que terminara la guerra. En la antigüedad, los comerciantes de la Fundación lo hacían constantemente. Si estallaba algún conflicto, vendían los productos que más escasearan y asumían todos los riesgos. Caramba, pero si las ganancias ascendían hasta los dos millones de créditos por viaje... limpios. Y eso era lo que conseguían con una sola nave, además.

Papa se revolvió en su asiento. El puro se había apagado, olvidado.

—Conque un trato a cambio de comida, ¿eh? Hm-m-m... Pero la Fundación está muy lejos.

—Ay, ya lo sé. Supongo que desde aquí sería imposible. Con un carguero normal probablemente no se podría llegar más cerca de Massena o Smushyk, y a partir de ahí habría que contratar una pequeña nave exploradora o algo para escurrirse entre las líneas.

Papa se alisó el pelo con una mano mientras hacía los cálculos.

Los preparativos de la misión se completaron dos semanas después. Mama se pasó casi todo ese tiempo despotricando. Primero, contra la incurable obstinación con que Papa coqueteaba con el suicidio; y luego, contra la inexplicable tenacidad con que se negaba a permitir que lo acompañara.

—Mama, ¿por qué te empeñas en comportarte como una vieja senil? No puedo llevarte. Esto es cosa de hombres. ¿Qué te crees que es la guerra? ¿Un chiste? ¿Un juego de niños?

—¿Por qué vas tú, entonces? ¿Tan hombre te consideras, carcamal, con un pie y medio brazo en la tumba? Deja que vaya alguno de los jóvenes, en vez de un gordinflón calvorota como tú.

—No estoy calvo —repuso Papa, indignado—. Todavía me queda pelo de sobra. ¿Y por qué tendría que ser otro el que se llevara el encargo? ¿Quién, un pipiolo? Escucha, podríamos estar hablando de millones.

Mama, que lo sabía, no insistió más.

Arcadia vio a Papa una vez más antes de que partiera.

—¿Se dirige a Terminus? —preguntó.

—¿Por qué no? Tú misma has dicho que necesitan pan, arroz y patatas. Pues bien, haré un trato con ellos, y tendrán cuanto quieran.

—Bien, en ese caso... sólo una cosa. Si va a Terminus, ¿podría... podría visitar a mi padre?

El rostro de Papa se surcó de arrugas, y el hombre pareció derretirse de pena.

—Ay, y he tenido que esperar a que me lo pidieras. Pues claro que iré a verlo. Le diré que estás a salvo y que todo anda bien, y cuando termine la guerra, te llevaré de regreso.

—Gracias. Le explicaré cómo encontrarlo. Es el doctor Toran Darell y vive en Stanmark. Eso queda justo en las afueras de la ciudad de Terminus, podrá llegar en una avioneta que cubre ese trayecto. La dirección es el 55 del paseo del Canal.

—Espera, que lo apunto.

—No, no. —El brazo de Arcadia salió disparado—. No debe poner nada por escrito. Memorice lo que le he dicho, y búsquelo sin ayuda de nadie.

Papa se mostró desconcertado. Se encogió de hombros.

—Bueno, está bien. El 55 del paseo del Canal, en Stanmark, en las afueras de la ciudad de Terminus, adonde se puede llegar en avioneta. ¿Correcto?

—Una cosa más.

—¿Sí?

—¿Le importaría darle un mensaje de mi parte?

—Claro que no.

—Preferiría decírselo al oído.

Papa acercó el carnoso moflete a los labios de la muchacha, de los que escapó apenas un susurro.

Papa puso los ojos como platos.

—¿Quieres que le diga eso? Pero si no tiene sentido.

—Él sabrá interpretarlo. Dígale que es de mi parte y que sé que él lo entenderá. Repita exactamente mis palabras. No cambie nada. ¿Lo recordará?

—¿Cómo podría olvidarlo? Cinco palabritas de nada. Mira...

—No, no. —La intensidad de sus emociones provocó que Arcadia diera un saltito—. No lo repita. No se lo repita a nadie. Olvídelo todo hasta que hable con mi padre. Prométamelo.

Papa volvió a encogerse de hombros.

—De acuerdo, te lo prometo.

—De acuerdo —musitó Arcadia, con voz fúnebre. Mientras Papa recorría el camino hasta el aerotaxi que esperaba para llevarlo al espaciopuerto, se preguntó si no habría firmado su sentencia de muerte. Se preguntó si volvería a verlo algún día.

514

No se atrevía a regresar al interior de la casa y mirar a la cara a la buena de Mama. Cuando todo acabara, quizá sería mejor que se quitara la vida por lo que les había hecho.

19
El fin de la guerra

QUORISTÓN, BATALLA DE: Librada el 3 del 1 de 377 E. F. entre las fuerzas de la Fundación y las de lord Stettin de Kalgan, fue la última batalla de consideración durante el Interregno [...]
ENCICLOPEDIA GALÁCTICA

Jole Turbor, en su nuevo papel de corresponsal de guerra, descubrió que le gustaba el uniforme naval que ceñía su corpachón. Le gustaba volver a estar en el aire, y la feroz impotencia que le producía la futilidad de enfrentarse a la Segunda Fundación desaparecía ante la trepidación de las batallas de antaño, con naves tangibles y hombres corrientes.

Cierto, la guerra contra la Fundación no se había caracterizado por la abundancia de victorias, pero todavía era posible tomárselo con filosofía. Después de seis meses, el núcleo duro de la Fundación permanecía intacto, y lo mismo podía decirse de la mayor parte de la flota. Con las nuevas adiciones que se habían producido desde el comienzo de la guerra, era casi igual de numerosa y técnicamente más fuerte que antes de la derrota de Ifni.

Mientras tanto, las defensas planetarias seguían fortaleciéndose; las fuerzas armadas estaban mejor adiestradas; la eficiencia administrativa conseguía tapar la mayoría de las vías de agua, y gran parte de la flota invasora kalganiana tenía problemas para ocupar el territorio «conquistado».

En esos momentos, Turbor acompañaba a la Tercera Flota en los confines exteriores del sector de Anacreonte. En consonancia con su política de conseguir que en esta guerra no hubiera «ningún hombre pequeño», estaba entrevistando a Fennel Leemor, ingeniero de tercera clase, voluntario

—Háblenos un poco de usted, marinero —dijo Turbor.

—No hay gran cosa que contar. —Leemor barrió el suelo con los pies y permitió que una sonrisa tímida se plasmara en sus labios, como si pudiera ver a los millones de personas que sin lugar a dudas estaban observándolo en esos instantes—. Vengo de Locris. Trabajo en una fábrica de aeromóviles; director de sección, la paga es buena. Estoy casado y tengo dos niñas. Oiga, ¿no podría mandarles un saludo? A lo mejor me están escuchando.

—Adelante, marinero. El vídeo es todo suyo.

—Caray, gracias. —Atropelladamente, añadió—: Hola, Milla, por si me escuchas, que sepas que estoy bien. ¿Está bien Sunni? ¿Y Tomma? No dejo de pensar en vosotras, a lo mejor puedo tomarme un permiso cuando regresemos al puerto. Recibí el paquete con la comida pero voy a enviarlo de vuelta. Aquí tenemos raciones regulares, pero dicen que los civiles andan algo apretados. Creo que eso es todo.

—Iré a verla la próxima vez que recale en Locris, marinero, y me aseguraré de que no le falte el alimento. ¿De acuerdo?

El joven sonrió de oreja a oreja y asintió con la cabeza.

—Gracias, señor Turbor. Se lo agradecería.

—Bueno. ¿Por qué no nos cuentas...? Te has presentado voluntario, ¿no es cierto?

—Ya lo creo. Cuando alguien me busca las cosquillas, que no espere que me quede de brazos cruzados. Me enrolé el mismo día que supe lo de la *Hober Mallow*.

—Eso te honra. ¿Has visto mucha acción? Veo que luces dos estrellas de combate.

—Bah —escupió el marinero—. Fueron persecuciones, más que batallas. Los kalganianos no pelean, a menos que cuenten con una ventaja de cinco contra uno o superior. Incluso así se limitan a acercarse con cautela e intentan abatir nuestras naves de una en una. Un primo mío estuvo en Ifni, a bordo de la nave que consiguió escapar, la vieja *Ebling Mis.* Cuenta que allí era igual. Su flota principal se enfrentaba a un solo escuadrón de los nuestros, y se limitaron a perseguirnos en vez de atacar aunque sólo nos quedaban cinco naves. Abatimos el doble de las suyas en esa batalla.

—Entonces, ¿crees que ganaremos la guerra?

—Sin lugar a dudas, ahora que hemos dejado de replegarnos. Y si las cosas se tuercen, seguro que interviene la Segunda Fundación. El plan de Seldon sigue estando de nuestra parte, y ellos lo saben.

Turbor frunció ligeramente los labios.

—¿Cuentas con la Segunda Fundación?

—Bueno —fue la respuesta, genuinamente sorprendida—, como todo el mundo.

El oficial subalterno Tippellum entró en el camarote de Turbor al término de la visiproyección. Empujó un cigarrillo en dirección al corresponsal y se echó la gorra hacia atrás hasta dejarla en precario equilibrio encima del occipucio.

—Hemos hecho un prisionero —anunció.

—¿Sí?

—Un chiflado. Asegura ser neutral... inmunidad diplomática, nada menos. Me parece que no saben qué hacer con él. Se llama Palvro, Palver o algo por el estilo, y dice que viene de Trantor. No sé qué sideritos hace en una zona de guerra.

Pero Turbor ya se había sentado en su catre, olvidada la siesta que se disponía a echar. Recordaba perfectamente su última entrevista con Darell, un día después de que estallara el conflicto.

—Preem Palver —dijo. No era ninguna pregunta.

Tippellum hizo una pausa y dejó que el humo escapara en volutas por las comisuras de sus labios.

—Eso —dijo—. ¿Cómo asteroides lo sabe?

—Da igual. ¿Puedo verlo?

—Por el espacio, y yo qué sé. El viejo ha ido a interrogarlo personalmente. Todos creen que es un espía.

—Dile al viejo que lo conozco, si es quien afirma que es. Asumiré toda la responsabilidad.

El capitán Dixyl, a bordo del buque insignia de la Tercera Flota, observaba sin parpadear el detector maestro. Ninguna nave podía evitar ser una fuente de radiación subatómica, ni siquiera como masa inerte en reposo, y cada punto focal de dicha radiación era un pequeño destello en el campo tridimensional.

Todas las naves de la Fundación se habían reportado y no faltaba ninguno de esos destellos, ahora que el espía que afirmaba ser un agente neutral estaba a buen recaudo. Por un momento, la nave extraña había causado bastante revuelo en las dependencias del capitán. Podría haber hecho falta alterar la estrategia improvisadamente. Así las cosas...

—¿Seguro que lo ha entendido? —preguntó.

El comandante Cenn asintió con la cabeza.

—Mi escuadrón cruzará el hiperespacio: radio, 10,00 pársecs; zeta, 268,52 grados; fi, 84,15 grados. Regreso al punto de partida a las 1330. Ausencia en total, 11,83 horas.

—De acuerdo. Ahora calcularemos el punto de retorno en las coordenadas espaciotemporales. ¿Entendido?

—Sí, capitán. —El comandante consultó su reloj de pulsera—. Mis naves estarán listas a las 0140.

—Bien —dijo el capitán Dixyl.

El escuadrón kalganiano no estaba dentro del radio de acción de sus detectores en esos momentos, pero pronto lo estaría. Habían recibido información privilegiada al respecto. Sin el escuadrón de Cenn, las fuerzas de la Fundación se encontrarían en franca inferioridad numérica, pero el capitán se sentía confiado. Muy confiado.

Un apesadumbrado Preem Palver miró a su alrededor. Primero al enjuto almirante; después a los demás, todos ellos de uniforme; y por último al tipo grande y recio, con el cuello de la camisa abierto y sin corbata, al contrario que el resto, que quería hablar con él.

—Soy perfectamente consciente —estaba diciendo Jole Turbor—, almirante, de la gravedad de las posibilidades en juego, pero le aseguro que si me permite hablar con él unos minutos, podría despejar todas las dudas que nos ocupan.

—¿Existe algún motivo por el que no pueda interrogarlo delante de mí? Turbor frunció los labios y adoptó una expresión obstinada.

—Almirante —dijo—, durante mi asignación a sus naves, la Tercera Flota ha recibido una prensa excelente. Puede estacionar hombres en la puerta, si lo prefiere, y regresar dentro de cinco minutos. Pero, mientras tanto, sígame la corriente y sus relaciones públicas no se resentirán. ¿Me explico?

A la perfección.

En la consiguiente intimidad, Turbor se giró hacia Palver y dijo:

—Rápido, ¿cómo se llama la chica que usted secuestró?

A lo que Palver se limitó a quedarse mirándolo con los ojos como platos y sacudir la cabeza.

—Nada de tonterías —insistió Turbor—. Como no me conteste, será un espía, y en tiempos de guerra los espías son desintegrados sin juicio previo.

—¡Arcadia Darell! —jadeó Palver.

—Eso es. Muy bien. ¿Está a salvo?

Palver asintió en silencio.

—Será mejor que esté en lo cierto, o lo pagará caro.

—Goza de buena salud y está perfectamente a salvo —dijo Palver, pálido.

El almirante regresó al interior del cuarto.

—¿Y bien?

—Señor, este hombre no es ningún espía. Puede creer todo cuanto le diga. Respondo por él.

—¿Es cierto eso? —El almirante frunció el ceño—. Así que representa a una cooperativa agrícola de Trantor que quiere firmar un acuerdo comercial con Terminus para la distribución de cereales y patatas. Bueno, de acuerdo, pero ahora no puede marcharse.

—¿Por qué no? —quiso saber Palver.

—Porque nos encontramos en medio de una batalla. Cuando termine, siempre y cuando sigamos con vida, lo llevaremos a Terminus.

La flota kalganiana que se extendía por el espacio descubrió a las naves de la Fundación a una distancia asombrosa, y fue descubierta a su vez. Como luciérnagas minúsculas en los detectores maestros de sus rivales, acortaron la distancia a través del vacío.

El almirante de la Fundación frunció el ceño y observó:

—Ésta debe de ser su ofensiva principal. Fíjense en su número. —Añadió—: Pero no serán rivales para nosotros, no si podemos contar con el destacamento de Cenn.

El comandante Cenn había partido horas antes, al primer indicio de la proximidad del enemigo. Ya no había manera de alterar el plan. Daría resultado o fracasaría, pero el almirante se sentía confiado. Al igual que sus oficiales. Al igual que sus hombres.

Las luciérnagas se movían.

Rutilaban en formaciones precisas, como si ejecutaran unos mortíferos pasos de ballet.

La flota de la Fundación avanzaba lentamente. Las horas se sucedieron, y la flota se desvió de forma gradual, atrayendo al enemigo lejos de su trayectoria. Con sutileza al principio, luego cada vez más.

En las mentes de los dictadores del plan de batalla, existía un determinado volumen del espacio que las naves kalganianas debían ocupar. De ese volumen salían los fundacionistas, y en él se adentraban los kalganianos. Los que lo surcaban por completo fueron atacados inesperadamente y con ferocidad. Los que se quedaron dentro de sus confines permanecieron intactos.

Todo dependía de la reticencia de las naves de lord Stettin a tomar la iniciativa, a su disposición a permanecer donde nadie las agredía.

El capitán Dixyl lanzó una mirada glacial a su reloj de pulsera. Marcaba las 1310.

—Tenemos veinte minutos —dijo.

El teniente que estaba a su lado asintió con la cabeza, en tensión.

—Todo en orden por ahora, capitán. Más del noventa por ciento de sus naves están acorraladas. Si conseguimos que permanezcan así...

—Eso. Si lo conseguimos.

Las naves de la Fundación reanudaron la marcha, muy lentamente. No lo bastante rápido como para provocar una retirada kalganiana, pero lo suficiente como para disuadir su avance. Preferían esperar.

Transcurrieron los minutos.

A las 1325, la sirena del almirante resonó en setenta y cinco naves de guerra de la Fundación, que aceleraron al máximo hacia el frente de la flota kalganiana, compuesta por trescientas naves. Los escudos kalganianos se activaron con un resplandor, y los vastos haces de energía salieron disparados como uno solo. Hasta el último de los trescientos se concentró en la misma dirección, hacia los temerarios atacantes que acortaban la distancia implacables, sin miedo.

A las 1330, cincuenta naves a las órdenes del comandante Cenn surgieron de la nada, en un solo salto a través del hiperespacio hasta un punto calculado en un momento predeterminado, y convergieron con furia desgarradora sobre la desprevenida retaguardia kalganiana.

La trampa funcionó a la perfección.

Los kalganianos aún tenían la superioridad numérica de su parte, pero no estaban de humor para hacer cuentas. Su primer impulso fue escapar, y una vez rota la formación, su vulnerabilidad se multiplicó mientras las naves enemigas entrecruzaban sus trayectorias.

Transcurridos unos instantes, la situación se convirtió en una cacería de ratas.

De las trescientas naves kalganianas, la flor y nata de su flota, unas sesenta o menos, varias de ellas en un estado de desperfecto irreparable, regresaron a Kalgan. Las pérdidas de la Fundación ascendieron a ocho naves de un total de ciento veinticinco.

Preem Palver aterrizó en Terminus cuando la celebración estaba en pleno apogeo. Tanto furor resultaba desconcertante, pero antes de salir del planeta cumplió con dos objetivos y obtuvo una nueva misión.

Los dos logros fueron: 1) la conclusión de un acuerdo según el cual la cooperativa de Palver debería entregar veinte cargamentos de determinados comestibles al mes durante todo el año siguiente a un precio de guerra sin, gracias a la reciente batalla, ninguno de los riesgos derivados de dicha guerra; y 2) la entrega al doctor Darell de las cinco palabras que constituían el sucinto mensaje de Arcadia.

Sobresaltado, Darell se quedó mirándolo sin pestañear durante unos momentos antes de comunicarle su siguiente misión: llevarle una respuesta a Arcadia. A Palver le gustó; era una respuesta sencilla y lógica. Rezaba: «Vuelve a casa en cuanto puedas. Ya no hay ningún peligro».

Lord Stettin era presa de una frustración demencial. Ver cómo todas sus armas se rompían entre sus manos, sentir cómo el recio tejido de su potencia militar se rasgaba como los harapos raídos que habían resultado ser, bastaría para transformar aun el mayor estoicismo en lava fundida. No podía hacer nada, sin embargo, y lo sabía.

Hacía semanas que no dormía bien. Hacía tres días que no se afeitaba. Había cancelado todas las audiencias. Sus almirantes estaban abandonados a su suerte y nadie sabía mejor que el señor de Kalgan que no habrían de transcurrir ni muchos días ni muchas derrotas más antes de que la rebelión causara estragos entre sus filas.

Lev Meirus, su primer ministro, no era de ayuda. Allí estaba, sereno e indecentemente viejo, con sus finos dedos nerviosos acariciando, como siempre, la arrugada línea que se extendía desde su nariz hasta su barbilla.

—Bueno —le espetó Stettin—, di algo. Nos han derrotado, ¿lo entiendes? ¡Derrotado! ¿Y por qué? No sé por qué. Ya lo he dicho. No sé por qué. ¿Lo sabes tú?

—Creo que sí —fue la plácida respuesta.

—¡Traición! —La palabra reverberó suavemente, al igual que las que la sucedieron—. Estabas al corriente de una traición y guardaste silencio. Serviste al payaso que se hacía llamar Primer Ciudadano antes que yo y crees que podrás servir a quien sea la vil sabandija que me sustituya. Si es así como has actuado, te arrancaré las entrañas y las quemaré ante tus propios ojos antes de que mueras.

Meirus se mantuvo impertérrito.

—He intentado transmitirle mis dudas, no una sola vez, sino en infinidad de ocasiones. Se lo he gritado al oído y usted ha preferido escuchar el consejo de otros para satisfacer su ego. La situación no es tan grave como me temía, sino mucho peor. Si sigue sin querer escucharme, señor, dígalo ahora y me iré. A su debido tiempo hablaré con su sucesor, cuya primera acción, sin duda, será firmar un acuerdo de paz.

Stettin lo miró fijamente con los ojos inyectados en sangre, apretando y abriendo lentamente los puños.

—Habla, babosa inmunda. ¡Habla!

—Le he dicho a menudo, señor, que usted no es el Mulo. Su control se circunscribe a sus naves y sus arsenales, pero las mentes de sus súbditos escapan a él. ¿Se da usted cuenta, señor, de quién es su adversario? Se enfrenta a la Fundación, que no conoce la derrota; la Fundación, que goza de la protección del plan de Seldon; la Fundación, que está destinada a crear un nuevo Imperio.

—No existe ningún plan. Ya no. Así lo ha reconocido Munn.

—En tal caso, Munn se equivoca. Y aunque tuviera razón, ¿qué más daría? Usted y yo, señor, no somos el pueblo. Los hombres y las mujeres de Kalgan y sus planetas súbditos creen completa y profundamente en el plan de Seldon, al igual que todos los habitantes de este extremo de la Galaxia. Casi cuatrocientos años de historia nos han enseñado que la Fundación no puede ser derrotada. No lo consiguieron ni los reinos, ni los caudillos, ni el antiguo Imperio Galáctico.

—El Mulo lo consiguió.

—Exacto, un ser impredecible... algo que no puede decirse de usted. Peor aún, el pueblo lo sabe. Por eso sus naves se dirigen a la batalla temiendo una derrota inesperada. El tejido insustancial del plan se cierne sobre ellos, que prefieren mostrarse cautos, pensárselo bien antes de atacar y hacerse demasiadas preguntas. Mientras que, en el otro bando, ese mismo tejido insustancial infunde confianza al enemigo, disipa sus temores y mantiene alto su ánimo frente a los primeros reveses del conflicto. ¿Por qué no? La Fundación siempre ha empezado perdiendo y siempre ha terminado ganando.

»¿Y su propio ánimo, señor? Se ha desbandado por todo el territorio enemigo. Nadie ha invadido sus dominios, ni siquiera cabe contemplar esa amenaza... y sin embargo, está derrotado. No cree en la posibilidad de la victoria porque sabe que es inexistente.

»Agache la cabeza, o lo pondrán de rodillas por la fuerza. Humíllese voluntariamente y quizá consiga salvar algo. Se ha puesto en manos del metal y la energía, y ambos lo han sustentado mientras pudieron. Ha ignorado la mente y el ánimo, y ambos le han dado la espalda. Escuche mi consejo. El hombre de la Fundación, Homir Munn, libérelo. Envíelo de regreso a Terminus con su oferta de paz.

Los dientes de Stettin rechinaron detrás de sus labios, pálidos y apretados. ¿Acaso tenía otra elección?

El primer día del nuevo año, Homir Munn volvió a abandonar Kalgan. Habían transcurrido más de seis meses desde que saliera de Terminus y, en el ínterin, había estallado y terminado una guerra.

Había llegado solo, pero se fue escoltado. Había llegado como un hombre sencillo con motivaciones personales; se fue convertido, a efectos prácticos ya que no oficialmente, en un embajador de paz.

Pero el mayor cambio se había operado en su preocupación inicial por la Segunda Fundación. La idea le arrancó una carcajada, y se imaginó con todo lujo de detalles la revelación final ante el doctor Darell; ante aquel joven tan enérgico y competente, Anthor; ante todos ellos.

Lo sabía. Él, Homir Munn, por fin había descubierto la verdad.

20
«Sé que...»

Para Homir, los dos últimos meses de la guerra stettiniana pasaron volando. En su nuevo papel de mediador de excepción, se vio convertido en el centro de los asuntos galácticos, un puesto que no podía menos que encontrar de su gusto.

No hubo más batallas importantes, tan sólo unas cuantas escaramuzas fortuitas de escasa relevancia, y los términos del tratado se forjaron sin que la Fundación necesitara realizar apenas ninguna concesión. Stettin conservó el cargo, pero prácticamente nada más. Su armada se desmanteló; los territorios que poseía fuera de su sistema natal obtuvieron la independencia y recibieron permiso para votar la vuelta a su estado anterior, la completa autonomía o la integración en la confederación de la Fundación, como prefirieran.

La guerra se dio oficialmente por concluida en un asteroide del sistema estelar de Terminus, emplazamiento de la base naval más antigua de la Fundación. Lev Meirus firmó por Kalgan, y Homir estuvo presente en calidad de espectador interesado.

A lo largo de todo ese periodo no vio ni al doctor Darell ni a ninguno de los otros. Pero daba igual. La noticia podía esperar. Como siempre que pensaba en ello, sonrió.

El doctor Darell regresó a Terminus unas semanas después del día de la victoria contra Kalgan, y esa misma noche, su hogar sirvió de escenario para la reunión de los cinco hombres que, diez meses antes, habían trazado sus primeros planes.

Se demoraron durante la cena, primero, y después con el vino, como si vacilaran en retomar el antiguo tema.

Fue Jole Turbor quien, escudriñando fijamente con un ojo las púrpuras profundidades de su copa, musitó más que dijo:

—Bueno, Homir, veo que ahora eres un hombre de estado. Has controlado bien la situación.

—¿Yo? —Munn soltó una carcajada sonora y gozosa. Por algún motivo, hacía meses que no tartamudeaba—. Yo no tuve nada que ver. Fue Arcadia. Por cierto, Darell, ¿cómo está? Tengo entendido que ya ha salido de Trantor.

—En efecto —fue la queda respuesta—. Su nave debería llegar a lo largo de esta semana. —Observó a los demás con la mirada entornada, pero sólo se escucharon confusas e imprecisas exclamaciones de alegría. Nada más.

—Entonces —dijo Turbor—, es verdad que todo ha terminado. Podríamos haberlo anticipado hace diez meses. Munn ha estado en Kalgan y ha regresado. Arcadia ha estado en Kalgan y en Trantor, y se dispone a regresar. Ha habido una guerra y la hemos ganado, por el espacio. Cuentan que las grandes pinceladas de la historia son predecibles, ¿pero no es concebible que todo lo que ha sucedido, con la absoluta perplejidad de todos cuanto lo hemos vivido, no hubiera podido vaticinarse jamás?

—Pamplinas —repuso Anthor, con aspereza—. Además, ¿a qué viene tanta euforia triunfal? Hablan como si realmente hubiéramos ganado una guerra, cuando lo cierto es que no hemos ganado nada más que una reyerta pueril que sólo ha servido para distraer nuestra atención del verdadero enemigo.

Se produjo un silencio incómodo, durante el cual únicamente la sutil sonrisa de Homir Munn parecía estar fuera de lugar.

Anthor golpeó el brazo de su sillón con el puño, furioso.

—¡Sí, me refiero a la Segunda Fundación! No se hace ninguna mención a ella pero, si no me equivoco, no se escatiman esfuerzos para evitar pensar en ella. ¿Será porque esta falaz atmósfera de victoria que flota sobre este planeta plagado de imbéciles es tan seductora que se sienten obligados a perpetuarla? Pónganse a dar volteretas, hagan el pino contra la pared, dense palmaditas en la espalda y tiren confeti por la ventana. Hagan lo que les plazca, pero sáquenselo de dentro. Cuando hayan terminado y vuelvan a ser ustedes mismos, regresen y discutiremos el mismo problema que sigue siendo tan vigente ahora como hace diez meses, cuando no dejaban de lanzar miraditas por encima del hombro atemorizados por quién sabe qué. ¿Realmente creen que la amenaza de los señores de la mente de la Segunda Fundación ha desaparecido porque han derrotado a un insensato armado con una simple flota de naves espaciales?

Hizo una pausa, jadeante y con las mejillas encendidas.

—¿Me dejará hablar ahora, Anthor? —preguntó plácidamente Munn—. ¿O prefiere seguir representando su papel de conspirador delirante?

—Di lo que tengas que decir, Homir —terció Darell—, pero abstengámonos de recurrir a epítetos extravagantes. Están muy bien, si se dosifican, pero en estos momentos me aburren.

Homir Munn se reclinó contra el brazo del sillón y volvió a llenar su copa con el decantador que había junto a su codo.

—Viajé a Kalgan —dijo— para averiguar todo lo que pudiera de los archivos guardados en el palacio del Mulo. Dediqué varios meses a esa tarea. No busco ningún reconocimiento por ello. Como ya he señalado, fue la ingeniosa intervención de Arcadia lo que me facilitó la entrada. Fuera como fuese, lo cierto es que a mis conocimientos iniciales sobre la vida y la época del Mulo, considerables de por sí, he podido añadir los frutos de un arduo trabajo entre pruebas de primera mano a las que nadie más tenía acceso.

»Por consiguiente, me encuentro en una posición única para evaluar la verdadera amenaza de la Segunda Fundación, y con mucha más exactitud que nuestro irascible amigo, aquí presente.

—¿Y cuál es su evaluación de esa amenaza? —preguntó Anthor, rechinando los dientes.

—Que no existe.

Tras una breve pausa, Elvett Semic inquirió, entre asombrado e incrédulo:

—¿Se refiere a que no existe ninguna amenaza?

—Ni más ni menos, amigos. Y la Segunda Fundación tampoco.

Anthor cerró lentamente los párpados y se quedó sentado en el sitio, pálido e inexpresivo.

—Más aún —continuó Munn, convertido en el centro de atención y recreándose en ello—, no ha existido jamás.

—¿En qué se basa para llegar a esta sorprendente conclusión? —quiso saber Darell.

—No tiene nada de sorprendente —dijo Munn—. Todos conocen la historia de la búsqueda de la Segunda Fundación por parte del Mulo. ¿Pero qué opinan de la intensidad de esa búsqueda, de su carácter obsesivo? Disponía de unos recursos inmensos y no los escatimó. Pese a poner todo su empeño, fracasó. La Segunda Fundación no apareció nunca.

—Lo extraño sería que la hubiera encontrado —señaló Turbor, inquieto—. Poseía los medios necesarios para protegerse de las mentes inquisitivas.

—¿Aun cuando una de ellas perteneciera al mutante, al Mulo? Lo dudo. Pero bueno, no esperarán que condense cincuenta volúmenes de informes en cinco minutos. Los términos del tratado de paz estipulan que todo ello terminará formando parte del Museo Histórico de Seldon, tarde o temprano, y todos ustedes serán libres de analizarlo tan a placer como yo. Sin embargo, descubrirán su conclusión expresada en términos inequívocos, como ya he dicho. La Segunda Fundación no existe, ni ha existido jamás.

—Entonces —repuso Semic—, ¿qué detuvo al Mulo?

—Por la Galaxia, ¿usted qué cree? Lo detuvo la muerte, como hará con todos nosotros. La mayor superstición de la historia gira en torno a la creencia de que, de alguna manera, la imparable carrera del Mulo se vio truncada por unas misteriosas entidades superiores incluso a él mismo. Es el resultado de analizarlo todo desde un punto de vista erróneo.

»Sin duda no hay nadie en la Galaxia que ignore el hecho de que el Mulo era una aberración a efectos tanto físicos como mentales. Falleció con treinta y tantos años debido a que su cuerpo no pudo seguir haciendo frente a la maquinaria defectuosa que lo impulsaba. Antes de morir, vivió sus últimos años como un inválido. Aun en su momento de mayor esplendor, su salud nunca fue superior a la de un enclenque ordinario. Así pues, conquistó la Galaxia e, impotente ante el devenir natural de los acontecimientos, se dispuso a morir. Es un milagro que resistiera durante tanto tiempo y tan bien como lo hizo. Amigos, está todo puesto por escrito, con letra clara. Sólo hay que tener paciencia. Sólo hay que intentar darles otro enfoque a las cosas.

—Bueno —dijo Darell, pensativo—, intentémoslo, Munn. Será un ejercicio interesante y, cuando menos, nos ayudará a desoxidar las ideas. Las personas manipuladas que aparecen en los informes que nos trajo Anthor hace ya casi un año, ¿qué ocurre con ellas? Ayúdenos a verlo con otra perspectiva.

—Nada más fácil. ¿Cuánto hace que se descubrió el análisis encefalográfico? O dicho de otra manera, ¿hasta qué punto se ha desarrollado el estudio de las rutas neuronales?

—En ese sentido estamos dando nuestros primeros pasos, lo reconozco —dijo Darell.

—Correcto. Así pues, ¿qué credibilidad tiene la interpretación de lo que Anthor y usted llaman «meseta de manipulación»? Han elaborado teorías, ¿pero están seguros de su validez? ¿Tanto como para basar en ellas su creencia en una fuerza inmarcesible cuya existencia niegan todas las demás pruebas? Explicar lo desconocido postulando una voluntad sobrehumana y arbitraria es la salida más sencilla.

»Se trata de un fenómeno perfectamente humano. A lo largo de toda la historia galáctica se han dado casos de sistemas planetarios aislados que revierten a un estado primitivo, ¿y qué lección podemos extraer de ello? En todos los casos, esos bárbaros atribuyen las para ellos incomprensibles fuerzas de la naturaleza... las tormentas, las epidemias, las sequías... a unos seres inteligentes más poderosos y caprichosos que el hombre.

»Eso se llama antropomorfismo, creo, y en ese sentido, somos unos salvajes y nos recreamos en ello. Con nuestros escasos conocimientos de la ciencia mental, culpamos de todo cuanto ignoramos a unos superhombres... a los habitantes de la Segunda Fundación, en este caso, basándonos en las insinuaciones que nos legó Seldon.

—Ah —lo interrumpió Anthor—, así que se acuerda de Seldon. Pensaba que se había olvidado. Seldon afirmó que había una Segunda Fundación. Dele un nuevo enfoque a eso.

—¿Sabe usted cuáles eran las intenciones de Seldon? ¿Conoce todos los entresijos de sus cálculos? La Segunda Fundación podría ser un espantapájaros necesario para cumplir un objetivo específico. ¿Cómo derrotamos a Kalgan, por ejemplo? ¿Qué fue lo que dijo en su última serie de artículos, Turbor?

El corpulento aludido se revolvió en su asiento.

—Sí, ya veo adónde quiere ir a parar. Estaba en Kalgan hacia el final, Darell, y saltaba a la vista que el planeta tenía el ánimo por los suelos. Eché un vistazo a sus noticiarios y... en fin, esperaban la derrota. De hecho, la idea de que la Segunda Fundación intervendría tarde o temprano, a favor de la Primera, naturalmente, los había desarmado por completo.

—Es verdad —corroboró Munn—. Estuve allí durante todo el conflicto. Le dije a Stettin que la Segunda Fundación no existía y me creyó. Se sentía a salvo. Pero no había manera de conseguir que la población renunciara de pronto a algo en lo que llevaba creyendo toda la vida, por lo que al final la leyenda representó un papel sumamente útil en la cósmica partida de ajedrez de Seldon.

Anthor abrió los ojos de improviso y los fijó en el rostro de Munn con sarcasmo.

—Yo digo que miente.

Homir palideció.

—No veo por qué tendría que tolerar, y mucho menos refutar, una acusación de esa naturaleza.

—No se lo tome como una ofensa personal. No puede evitar mentir, ni siquiera sabe que lo está haciendo. Pero miente igualmente.

Semic apoyó una mano sarmentosa en la manga del joven.

—Respire hondo, muchacho.

Anthor se lo sacudió de encima, sin miramientos, y continuó:

—Se me ha agotado la paciencia con todos ustedes. No he visto a este hombre más que media docena de veces en toda mi vida, pero me cuesta creer el cambio que se ha operado en él. Los demás lo conocen desde hace años, y sin embargo lo ignoran. Es para volverse loco. ¿Llaman Homir Munn a la persona que están escuchando? Éste no es el Homir Munn que yo conocía.

La voz de Munn se impuso al consiguiente clamor de consternación:

—¿Me acusa de ser un impostor?

—Quizá no en el sentido tradicional de la palabra —gritó Anthor por encima de las voces airadas—, pero impostor al fin y al cabo. ¡Silencio, todo el mundo! Exijo que se me escuche.

Frunció el ceño con ferocidad hasta que obedecieron.

—¿Recuerda alguno de ustedes al mismo Homir Munn que yo, un bibliotecario introvertido incapaz de hablar sin visible azoramiento, un hombre de voz nerviosa, siempre en tensión, que tartamudeaba sus frases carentes de vehemencia? ¿Se parece a él este hombre? Es elocuente, rebosa seguridad en sí mismo, es una fuente inagotable de teorías y, por el espacio, no se le enreda la lengua. ¿Se trata de la misma persona?

Incluso Munn parecía desconcertado.

—Pues bien —continuó Pelleas Anthor—, ¿quieren que lo comprobemos?

—¿Cómo? —quiso saber Darell.

—¿Y usted lo pregunta? De la forma más lógica. Conserva su encefalograma de hace diez meses, ¿no es así? Realice otro y compárelos.

Apuntó con el dedo al bibliotecario, que aguardaba con la frente arrugada, y sentenció violentamente:

—Le desafío a negarse a someterse al análisis.

—No tengo ninguna objeción —dijo Munn, desafiante—. Soy el mismo de siempre.

—¿Cómo lo sabe? —preguntó con desdén Anthor—. Iré aún más lejos. No me fío de ninguno de los presentes. Quiero que todo el mundo se someta al análisis. Ha habido una guerra. Munn ha estado en Kalgan; Turbor ha estado en todas las zonas del conflicto a bordo de una nave espacial. Darell y Semic también han estado ausentes... no tengo ni idea de dónde. Lo único que sé es que yo he permanecido en mi puesto, aislado y a salvo, y que ya no confío en ninguno de ustedes. Para ser justos, me someteré al test yo también. Entonces, ¿estamos de acuerdo? ¿O prefieren que me marche ahora y siga mi propio camino?

Turbor se encogió de hombros y dijo:

—No tengo inconveniente.

—Yo ya he dado mi parecer —dijo Munn.

Semic indicó su aquiescencia con un ademán, y Anthor esperó la respuesta de Darell, que asintió con la cabeza.

—A mí primero —dijo Anthor.

Las agujas surcaban la cuadrícula con delicadeza mientras el joven neurólogo permanecía inmóvil en el sillón reclinable, con los párpados pesadamente entrecerrados. Darell sacó del archivador la carpeta que contenía el encefalograma original de Anthor y se lo enseñó.

—Ésta es su firma, ¿verdad?

—Sí, sí. Es mi historial. Establezca la comparación.

El escáner volcó sobre la pantalla los gráficos antiguos y los nuevos. Allí estaban las siete curvas de cada grabación, y en la oscuridad, la voz de Munn resonó con ronca nitidez.

—Bueno, veamos, mire eso. Ahí hay un cambio.

—Ésas son las ondas primarias del lóbulo frontal. No significa nada, Homir. Esos picos adicionales que señala son de simple rabia. Los que cuentan son los demás.

Tocó un regulador, y las siete parejas se solaparon y confluyeron. La duplicación reveló cómo coincidían las amplias curvas primarias.

—¿Satisfecho? —preguntó Anthor.

Darell asintió con la cabeza, sucinto, y ocupó el sillón a su vez. Lo siguió Semic, y a continuación Turbor. Las curvas se registraron y compararon en silencio.

Munn fue el último en sentarse. Titubeó por unos instantes y, con un poso de desesperación en la voz, dijo:

—Bueno, miren, soy el último y estoy sometido a mucha tensión. Espero que se tenga en cuenta ese atenuante.

—Así se hará —le aseguró Darell—. Ninguna de sus emociones conscientes afectará más que a las primarias, y éstas no son importantes.

El silencio absoluto que siguió a esas palabras pareció prolongarse durante horas.

Al cabo, en la penumbra que envolvía el proceso, Anthor dijo con voz ronca:

—Claro, claro, no es más que la insinuación de un complejo. ¿No fue eso lo que nos contó? La manipulación no existe, es un burdo concepto antropomórfico... ¡pero fíjense! Supongo que se trata de una casualidad.

—¿Qué ocurre? —chilló Munn.

Darell apretó con firmeza el hombro del bibliotecario.

—Calma, Munn... Ha sido manipulado. Lo han ajustado.

La luz se encendió a continuación, y Munn miró a su alrededor con ojos enloquecidos, haciendo un espantoso intento por sonreír.

—No lo dirá en serio. Tiene que haber algo más. Me está poniendo a prueba.

Pero Darell se limitó a sacudir la cabeza.

—No, no, Homir. Es verdad.

Los ojos del bibliotecario se anegaron repentinamente de lágrimas.

—No me siento distinto. No puedo creerlo. —Con inesperada convicción, añadió—: Se han confabulado todos. Se trata de una conspiración.

Cuando Darell ensayó un gesto conciliador, Munn le apartó la mano de golpe y gruñó:

—Intentan matarme. Por el espacio, quieren asesinarme.

Anthor se abalanzó sobre él. El sonido del hueso contra el hueso restalló en el aire, y Homir se desplomó, fláccido e inerte, con los rasgos cincelados en una expresión despavorida.

Temblando, Anthor se puso en pie y dijo:

—Será mejor que lo maniatemos y lo amordacemos. Más tarde podremos decidir qué hacemos con él. —Se echó hacia atrás los largos cabellos.

—¿Cómo adivinó usted que ocurría algo extraño? —preguntó Turbor.

Anthor se giró hacia él y respondió con socarronería:

—No fue difícil. Verá, resulta que conozco el auténtico paradero de la Segunda Fundación.

Puesto que la acumulación de sorpresas tiende a mitigar su impacto, fue con tibia curiosidad que Semic preguntó:

—¿Está usted seguro? Quiero decir, acabamos de pasar por todo este trance con Munn...

—No tiene nada que ver —replicó Anthor—. Darell, el día que comenzó la guerra, me dirigí a usted con suma seriedad. Intenté convencerlo para que saliera de Terminus. Si hubiera podido confiar en usted, le habría revelado entonces lo que voy a contarles ahora.

—¿Sugiere que hace medio año que conoce la respuesta? —sonrió Darell.

—La conozco desde que supe que Arcadia se había ido a Trantor.

Darell clavó la mirada en sus pies, presa de una súbita consternación.

—¿Qué tiene que ver Arcadia con todo esto? ¿Qué insinúa?

—Absolutamente nada que no hayan puesto de manifiesto los acontecimientos que todos conocemos. Arcadia va a Kalgan y huye aterrada al mismísimo centro de la Galaxia, en vez de regresar a casa. El teniente

Dirige, nuestro mejor agente en Kalgan, es manipulado. Homir Munn viaja a Kalgan y también él es víctima de una manipulación mental. El Mulo conquistó la Galaxia pero, curiosamente, estableció su cuartel general en Kalgan, y me da por pensar si no sería un instrumento en vez de un conquistador. Una y otra vez nos encontramos con Kalgan, Kalgan, nada más que Kalgan, el planeta que de alguna manera sobrevivió intacto a todas las disputas de los caudillos durante más de un siglo.

—Entonces, su conclusión...

—Es evidente. —El brillo de la mirada de Anthor se intensificó—. La Segunda Fundación está en Kalgan.

—He estado en Kalgan, Anthor —intervino Turbor—. Estuve allí la semana pasada. Si hay una Segunda Fundación allí, yo estoy loco. Aunque, personalmente, creo que el loco es usted.

El muchacho se encaró con él con fiereza.

—Gordo insensato. ¿Qué espera que sea la Segunda Fundación? ¿Un centro de enseñanza? ¿Cree que hay letreros luminosos que deletrean las palabras «Segunda Fundación» en haces comprimidos verdes y morados a lo largo de las rutas espaciales que conducen hasta ella? Escúcheme bien, Turbor. Dondequiera que estén, forman una oligarquía cerrada. Deben de estar tan bien escondidos en el mundo en el que existen como dicho planeta en la Galaxia en general.

Los músculos de la mandíbula de Turbor sufrieron un estremecimiento.

—No me gusta su actitud, Anthor.

—Mire cómo tiemblo —fue la sarcástica respuesta—. Fíjese en lo que sucede aquí, en Terminus. Estamos en el centro, en el corazón, en el origen de la Primera Fundación, con todos sus conocimientos de las ciencias físicas. Ahora bien, ¿cuántos de sus habitantes son científicos físicos? ¿Sabe usted operar una estación de transmisión de energía? ¿Qué sabe del funcionamiento de los motores hiperatómicos? ¿Eh? El número de científicos reales en Terminus, incluso en la capital, equivale a menos del uno por ciento de la población.

»¿Y qué ocurre entonces con la Segunda Fundación, cuyo secreto debe ser preservado? Habrá aún menos expertos, y éstos se ocultarán incluso de su propio planeta.

—Bueno —dijo Semic, despacio—, acabamos de vapulear a Kalgan...

—Sí, ya lo creo —lo interrumpió con aspereza Anthor—. Oh, cómo celebramos esa victoria. Las ciudades todavía están repletas de luces, siguen disparándose fuegos artificiales, los televisores no se cansan de proclamarlo a los cuatro vientos. Pero ahora... ahora, cuando se reanude la búsqueda de la Segunda Fundación, ¿cuál será el último lugar donde miraremos, el último lugar donde se le ocurriría mirar a cualquiera? ¡Exacto! ¡Kalgan!

»No les hemos hecho daño, ¿saben?, en realidad no. Hemos destruido unas cuantas naves, acabado con unos cuantos miles de vidas, arrasado su imperio, asumido el control sobre una parte de su potencia comercial y económica... pero todo eso no significa nada. Apuesto a que ni un solo miembro de la verdadera clase regente de Kalgan siente la menor preocupación. Al contrario, ahora están a salvo de la curiosidad de todos. Menos de la mía. ¿Qué dice usted, Darell?

Darell se encogió de hombros.

—Interesante. Intento relacionarlo con un mensaje que recibí de Arcadia hace unos meses.

—Ah, ¿un mensaje? —preguntó Anthor—. ¿Y qué decía?

—Bueno, no estoy seguro. Cinco breves palabras. Pero es interesante.

—A ver —intervino Semic, preocupado—, hay algo que no entiendo.

—¿De qué se trata?

Semic escogió sus palabras con cuidado. Su apergaminado labio superior se levantó al pronunciar cada una de ellas, como si las dijese a regañadientes.

—Bueno, veamos, Homir Munn estaba diciendo hace apenas unos instantes que Hari Seldon mintió al asegurar que había establecido una Segunda Fundación. Ahora usted afirma que no es así, que Seldon no mentía, ¿eh?

—En efecto, no mentía. Seldon dijo que había establecido una Segunda Fundación y así era.

—Vale, de acuerdo, pero también dijo algo más. Dijo que había establecido las dos Fundaciones en extremos opuestos de la Galaxia. ¿Mentía entonces, muchacho? Porque Kalgan no está en la otra punta de la Galaxia.

—Un detalle sin importancia —repuso con irritación Anthor—. Esa parte podría ser una tapadera para protegerlos. Pero después de todo, creo que... ¿Qué utilidad práctica tendría ubicar a los señores de la mente en el extremo opuesto de la Galaxia? ¿Cuál es su función? Ayudar a preservar el plan. ¿Quiénes son los componentes más importantes del plan? Nosotros, la Primera Fundación. Así pues, ¿desde dónde podrían vigilarnos mejor y velar por sus intereses? ¿Desde la otra punta de la Galaxia? ¡Es ridículo! Se encuentran a menos de cincuenta pársecs de distancia, en realidad, lo cual resulta mucho más lógico.

—Me gusta ese argumento —dijo Darell—. Tiene sentido. Miren, Munn se ha pasado un buen rato inconsciente, propongo que lo desatemos. No puede causar ningún daño.

Anthor parecía contrario a la idea, pero Homir asintió vigorosamente con la cabeza. Cinco segundos después, se frotó las muñecas con el mismo vigor.

—¿Cómo se encuentra? —preguntó Darell.

—De pena —fue la enfurruñada respuesta—, pero da igual. Me gustaría hacerle una pregunta a nuestro brillante y joven amigo. He escuchado lo que tenía que decir, y quisiera preguntarle qué sugiere que hagamos a continuación.

Se produjo un violento e incongruente silencio.

Una sonrisa agria aleteó en los labios de Munn.

—Bien, imaginemos que Kalgan realmente es la Segunda Fundación. ¿Pero a cuáles de sus habitantes nos estamos refiriendo? ¿Cómo se propone desenmascararlos? ¿Cómo piensa enfrentarse a ellos si los encuentra, eh?

—Ah —dijo Darell—, por extraño que parezca, tengo la respuesta. ¿Quieren que les cuente qué hemos estado haciendo Semic y yo a lo largo de los últimos seis meses? Quizá así entienda mejor, Anthor, mi empeño en quedarme en Terminus durante todo este tiempo.

—En primer lugar —continuó—, he estado trabajando en el análisis encefalográfico con más ahínco de lo que ninguno de ustedes sospecha. Detectar las mentes de la Segunda Fundación es ligeramente más sutil que encontrar una simple meseta de manipulación... y no lo he conseguido. Pero estuve cerca.

»¿Sabe alguno de ustedes en qué consiste el control emocional? Se trata de un tema frecuente en la literatura de ficción desde la época del Mulo, y se han publicado, dicho y grabado muchos disparates al respecto. Por lo general, se considera algo misterioso y oculto. No lo es, por supuesto. Todo el mundo sabe que el cerebro es la fuente de una miríada de diminutos campos electromagnéticos. Todas las emociones, por efímeras que sean, alteran esos campos de forma más o menos intrincada, algo que también todos deberían saber.

»Ahora bien, es posible concebir una mente capaz de percibir dichos campos en fluctuación y de responder a ellos, incluso. En otras palabras, cabe la posibilidad de que exista un órgano especial en el cerebro capaz de imitar cualquier pauta de campo que detecte. Exactamente cómo haría algo así, lo desconozco, pero eso no importa. Si me quedara ciego, por ejemplo, seguiría conociendo el significado de los fotones y de los cuantos de energía, y me parecería razonable que la absorción de un fotón de cierta energía pudiera generar cambios químicos en algún órgano del cuerpo de forma que su presencia fuera detectable. Pero eso no me capacitaría para distinguir los colores.

»¿Me siguen todos ustedes?

Anthor asintió con firmeza; los demás, algo menos convencidos.

—Este hipotético órgano de resonancia mental, al ajustarse a los campos emitidos por otras mentes, podría llevar a cabo lo que popularmente se conoce por «leer las emociones» o incluso «leer la mente», lo cual en realidad es algo aún más sutil. De ahí a imaginar un órgano parecido capaz de imponer un ajuste a otra mente sólo hay un paso. Su campo podría cambiar la orientación del de otra mente, de forma parecida al modo en que un imán reorienta los dipolos atómicos de una barra de acero, magnetizándola.

»Resolví las matemáticas de la Segunda Fundación en el sentido de que desarrollé una función capaz de predecir la necesaria combinación de rutas neuronales que permitiría la formación de un órgano como el que acabo de describir... pero, lamentablemente, la función es tan compleja que no puede resolverse por medio de ninguna de las herramientas matemáticas conocidas en la actualidad. Lástima, porque eso significa que nunca podré detectar a un manipulador mental gracias exclusivamente a sus pautas encefalográficas.

»Pero podía hacer otra cosa. Con ayuda de Semic, construí lo que describiré como un generador de estática mental. Crear una fuente de energía capaz de duplicar la pauta encefalográfica de un campo magnético no es algo inalcanzable para la ciencia contemporánea. Más aún, se puede programar para que fluctúe de forma aleatoria, creando así, por lo que respecta a este sentido mental en particular, una especie de «ruido» o «estática» que enmascararía cualquier otra mente con la que pudiera estar en contacto.

»¿Todavía me siguen?

Semic soltó una risita. Le había prestado su ayuda a ciegas, pero tenía su propia teoría, y ésta había resultado ser cierta. Al viejo aún le quedaban uno o dos trucos.

—Creo que sí —dijo Anthor.

—El aparato —prosiguió Darell— es muy fácil de producir, y dispuse de todos los recursos de la Fundación para llevar a cabo una investigación que podría ayudarnos a ganar la guerra. Ahora, la estática mental envuelve el despacho del alcalde y todas las asambleas legislativas. Al igual que la mayoría de nuestras fábricas más importantes. Al igual que este edificio. Tarde o temprano, cualquier lugar que deseemos estará completamente a salvo de la Segunda Fundación o de un nuevo Mulo. Eso es todo.

Subrayó sus últimas palabras con un sencillo ademán.

—Entonces —balbució Turbor, desconcertado—, se acabó. Por Seldon, todo ha terminado.

—Bueno —dijo Darell—, no exactamente.

—¿Cómo que no exactamente? ¿Aún hay más?

—En efecto. Todavía no hemos localizado la Segunda Fundación.

—¿Cómo que no? —bramó Anthor—. ¿Insinúa que...?

—Lo afirmo. Kalgan no es la Segunda Fundación.

—¿Y usted cómo lo sabe?

—Muy fácil —gruñó Darell—. Verá, da la casualidad de que conozco el auténtico paradero de la Segunda Fundación.

21
La explicación más convincente

Turbor se echó a reír de improviso, profiriendo unas estridentes carcajadas que rebotaron en las paredes y se apagaron entre jadeos. Sacudió débilmente la cabeza y murmuró:

—Por la Galaxia, esto durará toda la noche. Uno tras otro, presentaremos nuestros muñecos de paja para que los demás los hagan pedazos.

Muy entretenido, pero no conduce a ninguna parte. ¡Por el espacio! A lo mejor todos los planetas son la Segunda Fundación. A lo mejor no tienen un solo planeta, sino personajes clave repartidos entre varios. ¿Y qué más da, si Darell asegura que contamos con la defensa perfecta?

Darell esbozó una sonrisa desprovista de humor.

—La defensa perfecta no es suficiente, Turbor. Incluso mi generador de estática mental sólo es algo que nos deja donde ya estábamos. No podemos pasarnos la vida con los puños crispados, escudriñando frenéticamente a nuestro alrededor en busca de un adversario desconocido. Debemos descubrir no sólo cómo ganar, sino a quién derrotar. Y el enemigo se encuentra en un planeta específico.

—Vaya al grano —dijo Anthor, hastiado—. ¿Qué ha averiguado?

—Arcadia —comenzó Darell— me envió un mensaje, y hasta que no lo recibí, no supe ver lo obvio. Probablemente no lo hubiera visto jamás. Sin embargo, era un sencillo mensaje que rezaba: «Un círculo no tiene fin». ¿Se dan cuenta?

—No —replicó Anthor, obstinado. Saltaba a la vista que hablaba en nombre de todos.

—Un círculo no tiene fin —repitió Munn, pensativo, con la frente surcada de arrugas.

—Bueno —se impacientó Darell—, para mí estaba muy claro. ¿Cuál es la única verdad absoluta que conocemos acerca de la Segunda Fundación, eh? Se lo diré. Sabemos que Hari Seldon la emplazó en el extremo opuesto de la Galaxia. Homir Munn ha sugerido la posibilidad de que Seldon mintiera acerca de la existencia de esa Fundación. Pelleas Anthor defiende la teoría de que Seldon fue fiel a la verdad hasta ese punto, pero que mintió acerca de la ubicación de la Fundación. Sin embargo, les aseguro que Hari Seldon no mintió en ningún momento y fue fiel a la verdad en todos los sentidos.

»Ahora bien, ¿a qué extremo se refería? La Galaxia es un objeto plano de forma lenticular. La sección transversal de ese plano es un círculo, y un círculo no tiene fin, como comprendió Arcadia. Nosotros... nosotros, la Primera Fundación... nos encontramos en Terminus, en el borde de ese círculo. Estamos en un extremo de la Galaxia, por definición. Ahora, sigan el borde de ese círculo y busquen el otro extremo. Síganlo cuanto quieran, que no lo encontrarán. Tan sólo conseguirán regresar al punto de partida.

»Y allí encontrarán la Segunda Fundación.

—¿Allí? —repitió Anthor—. ¿Quiere decir... aquí?

—¡Eso es, aquí mismo! —exclamó enérgicamente Darell—. ¿Dónde si no? Usted mismo ha dicho que si los segundos fundacionistas son los guardianes del plan de Seldon, sería poco probable que se encontraran en el denominado extremo opuesto de la Galaxia, donde su aislamiento sería absoluto. Cualquiera diría que cincuenta pársecs es una distancia más práctica. Les aseguro que también eso es demasiado lejos. Que lo verdaderamente práctico es que no exista ninguna distancia. ¿Y dónde estarían más a salvo? ¿Quién los buscaría aquí? Ah, se trata del antiguo principio según el cual el lugar más evidente es también el que suscita menos sospechas.

»¿Por qué se sorprendió y consternó tanto el pobre Ebling Mis al descubrir la ubicación de la Segunda Fundación? Allí estaba, buscándola desesperadamente para advertirla de la llegada del Mulo, tan sólo para encontrarse con que el Mulo ya había capturado ambas fundaciones de un plumazo. ¿Que por qué fracasó la búsqueda del Mulo? Bueno, ¿por qué no? Si uno busca una amenaza imbatible, donde menos se le ocurrirá mirar será entre los adversarios que ya ha derrotado. De modo que los señores de la mente, con todo el tiempo del mundo, pudieron trazar sus planes para detener al Mulo y consiguieron pararle los pies.

»Ah, es demencialmente simple. Aquí estamos nosotros, con nuestros complots y nuestros ardides, pensando que nuestro secreto se encuentra a salvo... cuando desde el principio hemos estado inmersos en el mismísimo corazón de la fortaleza de nuestro enemigo. Tiene gracia.

El escepticismo de Anthor se resistía a abandonar sus facciones.

—¿De veras cree en esta teoría, doctor Darell?

—De veras.

—Entonces, cualquiera de nuestros vecinos, cualquiera de las personas con las que nos crucemos por la calle, podría ser uno de los superhombres de la Segunda Fundación, con su mente volcada sobre la nuestra, tomando el pulso de nuestros pensamientos.

—En efecto.

—¿Y nos han permitido actuar sin estorbos durante todo este tiempo?

—¿Sin estorbos? ¿Quién dice que no nos hayan puesto trabas? Usted mismo demostró que han manipulado a Munn. ¿Qué le hace pensar que la idea de enviarlo a Kalgan fuera realmente nuestra, o que Arcadia descubriera nuestros planes y decidiera irse con él por voluntad propia? ¡Ja! Lo más probable es que no hayan dejado de molestarnos. Después de todo, ¿por qué tendrían que esforzarse más? Impulsarnos en la dirección equivocada sería más ventajoso que intentar detenernos.

Anthor se sumió en sus cavilaciones, de las que emergió con expresión insatisfecha.

—Bueno, pues no me gusta. Su estática mental no vale un pimiento. No podemos quedarnos aquí encerrados eternamente, y en cuanto salgamos, con lo que sabemos ahora, estaremos perdidos. A menos que pueda construir una maquinita para cada uno de los habitantes de la Galaxia.

—Sí, pero no estamos tan indefensos, Anthor. Las personas de la Segunda Fundación poseen un sentido especial del que nosotros carecemos. Ahí reside su fortaleza, pero también su punto débil. Por ejemplo, ¿existe algún arma eficaz contra alguien que pueda ver con normalidad pero inútil contra alguien que esté ciego?

—Claro —respondió de inmediato Munn—. Una luz en los ojos.

—Exacto —dijo Darell—. Un resplandor deslumbrante.

—Bueno, ¿y eso qué tiene que ver con todo esto? —preguntó Turbor.

—La analogía es evidente. Poseo un generador de estática mental. Emite una pauta electromagnética artificial que para la mente de un segundo fundacionista sería como un rayo de luz para nosotros. Pero el generador de estática mental es caleidoscópico. Cambia rápida y continuamente, más deprisa de lo que la mente receptora puede seguirlo. Considérenlo, entonces, como una luz parpadeante, la clase de luz que les provocaría dolor de cabeza si le dieran tiempo. Ahora, intensifiquen esa luz o ese campo electromagnético hasta que sea cegador... y el dolor será insoportable. Pero sólo para quienes posean el sentido adecuado, no para quienes carezcan de él.

—¿Es cierto eso? —dijo Anthor, con una sombra de entusiasmo—. ¿Lo ha probado?

—¿Con quién? Por supuesto que no lo he probado. Pero funcionará.

—Bueno, ¿dónde están los controles del campo que rodea la casa? Me gustaría ver este chisme.

—Aquí. —Darell metió la mano en el bolsillo de la chaqueta. Era un objeto pequeño que apenas abultaba la tela. Lanzó el cilindro negro, tachonado de botones, en dirección a Anthor, que lo inspeccionó detenidamente y se encogió de hombros.

—No descubriré su funcionamiento a simple vista. Mire, Darell, ¿hay algo que no deba tocar? No quiero desactivar las defensas de la casa por accidente, ¿sabe?

—No lo hará —repuso con indiferencia Darell—. Ese control está bloqueado. —Oprimió un interruptor que no se movió.

—¿Para qué sirve esta rueda?

—Ésa varía la frecuencia del cambio de pauta. Aquí... Ésta varía la intensidad. A eso me refería antes.

—¿Puedo? —preguntó Anthor, con un dedo encima del control de intensidad. Los demás se arracimaron a su alrededor.

—¿Por qué no? —Darell se encogió de hombros—. A nosotros no nos afectará.

Despacio, con aprensión, Anthor giró el dial, primero en una dirección y después en otra. Turbor rechinó los dientes mientras Munn pestañeaba varias veces seguidas. Era como si intentasen aguzar sus inadecuados sentidos para percibir ese impulso que no podía afectarles.

Al cabo, Anthor se encogió de hombros y soltó el mando en el regazo de Darell.

—Bueno, supongo que podemos fiarnos de su palabra. Aunque cuesta imaginar que ocurriera algo cuando giré la rueda.

—Por supuesto, Pelleas Anthor —dijo Darell, con una sonrisa tirante—. Lo que le he dado era un señuelo. ¿Lo ve?, aquí tengo otro. —Abrió la chaqueta y cogió el duplicado de la cajita de control que Anthor había inspeccionado, que colgaba de su cinturón—. Fíjese bien. —Con un gesto, giró la rueda de intensidad al máximo.

Pelleas Anthor se desplomó con un alarido inhumano. Se retorció de dolor, pálido, mesándose fútilmente los cabellos con los dedos engarfiados.

Munn se puso en pie de un salto para evitar el contacto con aquel cuerpo torturado, convertidos sus ojos en dos pozos gemelos de horror. Semic y Turbor eran dos figuras de escayola, rígidas y blancas.

Darell, sombrío, giró la rueda hacia atrás una vez más. Anthor sufrió un par de débiles convulsiones más y se quedó inerte. Su respiración entrecortada indicaba que aún seguía con vida.

—Llévenlo al diván —dijo Darell, mientras agarraba la cabeza del joven—. Échenme una mano.

Turbor cogió los pies. Era como levantar un saco de harina. Tras unos minutos interminables, los jadeos de Anthor se aquietaron, y sus párpados aletearon y se abrieron. Su tez presentaba un sobrecogedor tinte amarillo; tenía el cabello y el cuerpo empapados de sudor, y su voz, cuando habló, sonó truncada e irreconocible.

—No —musitó—. ¡No! ¡No vuelva a hacer eso! No sabe... No sabe... Ohh-h. —Emitió un gemido, trémulo y prolongado.

—No volveremos a hacerlo —dijo Darell— si nos cuenta la verdad. ¿Es usted miembro de la Segunda Fundación?

—Permítanme tomar un poco de agua —imploró Anthor.

—Turbor, dele un trago —dijo Darell— y traiga la botella de whisky.

Repitió la pregunta cuando Anthor se hubo metido un dedo de licor y dos vasos de agua en el cuerpo. El muchacho parecía algo más relajado.

—Sí —dijo, con voz fatigada—. Soy miembro de la Segunda Fundación.

—La cual —continuó Darell— está en Terminus... aquí.

—Sí, sí. Tiene razón en todos los sentidos, doctor Darell.

—Bueno. Ahora, explíquenos qué ha ocurrido en los últimos seis meses. ¡Hable!

—Me gustaría dormir —susurró Anthor.

—¡Más tarde! ¡Hable ahora!

Un suspiro tembloroso, seguido de unas palabras quedas y atropelladas. Los demás se agacharon para que llegaran a sus oídos.

—La situación se estaba volviendo peligrosa. Sabíamos que Terminus y sus científicos físicos comenzaban a interesarse cada vez más por las pautas de ondas cerebrales, y que la ocasión era propicia para el desarrollo de algo parecido al generador de estática mental. Además, la hostilidad hacia la Segunda Fundación no dejaba de aumentar. Debíamos detenerlo sin arruinar el plan de Seldon.

»Intentamos... intentamos controlar el movimiento. Intentamos unirnos a él. Eso alejaría las sospechas de nosotros. Nos encargamos de que Kalgan declarara la guerra como una distracción añadida. Por eso envié allí a Munn. La supuesta amante de Stettin era uno de los nuestros. Lo arregló todo para que Munn diera los pasos indicados...

—¡Callia es...! —exclamó Munn, pero Darell le indicó que guardara silencio con un ademán.

—Arcadia lo siguió —prosiguió Anthor, ajeno a la interrupción—. No habíamos contado con eso... no podemos preverlo todo... de modo que Callia se encargó de enviarla a Trantor para evitar que interfiriera. Eso es todo. Sólo que perdimos.

—También intentó que yo fuera a Trantor, ¿no es cierto? —preguntó Darell.

Anthor asintió con la cabeza.

—Tenía que quitarlo de en medio. El triunfo creciente en su mente era palpable. Estaba resolviendo los problemas del generador de estática mental.

—¿Por qué no me manipuló?

—No... no podía. Cumplía órdenes. Actuábamos según un plan. Si improvisaba, lo desestabilizaría todo. El plan sólo predice probabilidades... ya lo sabe... como el plan de Seldon. —Su discurso, salpicado de jadeos angustiosos, resultaba apenas coherente. Su cabeza no dejaba de girar a un lado y a otro, presa de una fiebre implacable—. Trabajábamos con individuos... no grupos... probabilidades muy bajas en juego... perdimos. Además... si lo manipulaba... alguien más inventaría el aparato... no serviría de nada... debía controlar los tiempos... más sutil... el plan del Primer Orador... no conoce todos los ángulos... excepto... no funciona-a-a.

—Las fuerzas lo abandonaron.

Darell lo zarandeó sin contemplaciones.

—No puede dormir todavía. ¿Cuántos son?

—¿Eh? Cómo dice... ah... no muchos... se sorprendería... cincuenta... no necesitamos más.

—¿Todos aquí, en Terminus?

—Cinco... seis en el espacio... como Callia... tengo que dormir.

Se sacudió de repente, con un esfuerzo tremendo, y sus expresiones ganaron en claridad. Era un último intento de justificarse, de relativizar su derrota.

—Casi lo engaño al final. Habría desactivado las defensas y lo habría atrapado. Habría visto quién era el amo. Pero me dio unos controles de pega... sospechaba de mí desde el principio...

Por fin lo venció el sueño.

—¿Desde cuándo sospechaba de él, Darell? —preguntó Turbor, admirado.

—Desde que llegó aquí —fue la serena respuesta—. Afirmaba venir de parte de Kleise. Pero yo conocía a Kleise, y sabía en qué términos nos habíamos despedido. Estaba obsesionado con la Segunda Fundación, y lo abandoné. Mis motivos eran razonables, pues consideraba que sería más seguro desarrollar mis teorías por mi cuenta. Pero no podía decirle eso a Kleise, ni él me habría escuchado aunque lo hiciera. Para él, yo era un cobarde y un traidor, tal vez incluso un agente de la Segunda Fundación. Era un hombre rencoroso, y desde entonces hasta prácticamente el día de su muerte no quiso volver a saber nada más de mí. Entonces, inesperadamente, en sus últimas semanas de vida, me escribió... como un viejo amigo... para que recibiera a su mejor y más prometedor pupilo como colaborador, y reanudase la antigua investigación.

»Era algo impropio de él. ¿Cómo podría hacer algo así sin estar sometido a una influencia exterior? Empecé a preguntarme si su única intención no sería ganarse mi confianza para extenderla a un verdadero agente de la Segunda Fundación. En fin, tenía razón.

Suspiró y cerró los ojos un momento.

—¿Qué haremos con todos ellos —preguntó Semic, titubeante—, con esos tipos de la Segunda Fundación?

—No lo sé —respondió Darell, cariacontecido—. Supongo que podríamos exiliarlos. A Zoranel, por ejemplo. Podríamos encerrarlos allí y saturar el planeta de estática mental. Podríamos separar a los hombres de las mujeres, o mejor aún, esterilizarlos, y en cuestión de cincuenta años la Segunda Fundación será cosa del pasado. O puede que una muerte discreta para todos ellos fuera lo más piadoso.

—¿Cree usted —dijo Turbor— que podríamos aprender a utilizar ese sentido suyo? ¿O nacen con él, como el Mulo?

—No lo sé. Creo que se desarrolla mediante un extenso entrenamiento, puesto que la encefalografía sugiere que su potencial está latente en la mente humana. ¿Pero para qué quiere ese sentido? A ellos no les ha servido de nada.

Frunció el ceño.

Aun en silencio, era fácil adivinar sus pensamientos.

Había sido fácil... demasiado fácil. Estos seres invencibles habían caído como villanos de ficción, y no le gustaba.

¡Por la Galaxia! ¿Cuándo puede saber uno que no es un títere? ¿Cómo saberlo?

Arcadia se dirigía a casa, y sus pensamientos se alejaron con un estremecimiento de lo que debería afrontar al final.

Pasó una semana desde la llegada de la muchacha, después otra, y Darell seguía sin atreverse a aflojar la presa sobre sus pensamientos. ¿Cómo podría hacerlo? Merced a algún extraño proceso alquímico, durante su ausencia, Arcadia había pasado de ser una niña a convertirse en una jovencita. Era su vínculo con la vida, su vínculo con un matrimonio agridulce que apenas había sobrevivido a la luna de miel.

Hasta que una noche preguntó, con tanto aplomo como fue capaz de reunir:

—Arcadia, ¿qué te llevó a decidir que Terminus contenía las dos Fundaciones?

Habían ido al teatro. Habían disfrutado de los mejores asientos con visores tridimensionales privados para cada uno. Arcadia se había comprado un vestido nuevo para la ocasión, y estaba contenta.

La muchacha se lo quedó mirando fijamente un momento, antes de restarle importancia.

—Ay, no lo sé, padre. Se me ocurrió sin más.

Una capa de hielo recubrió el corazón del doctor Darell.

—Piensa —dijo con vehemencia—. Esto es importante. ¿Qué te hizo suponer que ambas Fundaciones estaban en Terminus?

Arcadia frunció ligeramente el ceño.

—Bueno, seguro que fue lady Callia. Sabía que era una segunda fundacionista. Anthor lo corroboró.

—Pero ella estaba en Kalgan —insistió Darell—. ¿Por qué te decidiste por Terminus?

Arcadia esperó varios minutos antes de responder. ¿Qué la había llevado a tomar esa decisión? ¿Qué? Le sobrevino la espantosa sensación de que algo se escurría entre sus dedos.

—Sabía cosas... —dijo—, lady Callia... y debía de haber obtenido la información de Terminus. ¿No tiene sentido, padre?

El doctor Darell sacudió la cabeza.

—Padre, sencillamente lo sabía. Cuanto más lo pensaba, más segura estaba. Tenía sentido, eso es todo.

Los ojos de su padre adoptaron una expresión ausente.

—No me sirve, Arcadia. Eso no basta. Por lo que la Segunda Fundación respecta, la intuición es sospechosa. Lo entiendes, ¿verdad? Podría haber sido un presentimiento... o podría haber sido una manipulación.

—¡Una manipulación! ¿Te refieres a que estaban controlándome? Oh, no. No, de ninguna manera. —Retrocedió unos pasos—. ¿No dijo Anthor que yo tenía razón? Lo reconoció. Lo confesó todo. Y habéis encontrado a todos los infiltrados en Terminus, ¿no es así? ¿No? —Respiraba entrecortadamente.

—Ya lo sé, Arcadia, pero... ¿Dejarás que haga un análisis encefalográfico de tu cerebro?

La muchacha sacudió violentamente la cabeza.

—¡No, no! Tengo demasiado miedo.

—¿De mí, Arcadia? No tienes nada que temer. Pero debemos cerciorarnos. Lo comprendes, ¿verdad?

Después de aquello, Arcadia sólo lo interrumpió una vez. Le agarró el brazo justo antes de que se accionara el último interruptor.

—¿Y si he cambiado, padre? ¿Qué harás entonces?

—No tendré que hacer nada, Arcadia. Si has cambiado, nos iremos. Volveremos a Trantor, tú y yo, y... y nos desentenderemos de lo que suceda en la Galaxia.

Jamás en toda su vida había visto Darell un análisis que procediera tan despacio, que le costara tanto, y cuando hubo terminado, Arcadia se hizo un ovillo, sin atreverse a mirar. Lo siguiente que oyó fue la risa de su padre, toda la información que necesitaba. Se incorporó de un salto y se arrojó a sus brazos abiertos.

—La casa está rodeada de estática mental —balbuceó atropelladamente el doctor Darell mientras se abrazaban— y tus ondas cerebrales son normales. Los hemos atrapado de verdad, Arcadia, ya podemos reanudar nuestras vidas.

—Padre —jadeó la muchacha—, ¿aceptaremos ahora las medallas que querían concedernos?

—¿Cómo te enteraste de que había pedido que nos dejaran al margen? —La sostuvo a un brazo de distancia por un momento, antes de volver a reírse—. Da igual, lo sabes todo. De acuerdo, tendrás tu medalla, en un podio, con discursos.

—¿Padre?

—¿Sí?

—¿Me llamarás Arkady a partir de ahora?

—Pero... Está bien, Arkady.

La magnitud de la victoria calaba gradualmente en su interior, saturándolo. La Fundación, la Primera Fundación, la única que existía ahora, era la dueña absoluta de la Galaxia. Ya no se interponía ningún obstáculo entre ellos y el Segundo Imperio, la culminación definitiva del plan de Seldon.

Sólo tenían que estirar la mano.

Gracias a...

22
La verdadera explicación

Una habitación cualquiera en un planeta cualquiera.

Un hombre cuyo plan había dado resultado.

El Primer Orador miró al alumno.

—Cincuenta hombres y mujeres —dijo—. ¡Cincuenta mártires! Sabían que se enfrentaban a la muerte o a la cadena perpetua, y ni siquiera podían ser orientados para evitar que flaquearan, puesto que la orientación se podría haber detectado. Sin embargo, no flaquearon. Se atuvieron al plan hasta sus últimas consecuencias, motivados por su fe en un plan mayor.

—¿No podrían haber sido menos? —preguntó el alumno, dubitativo.

El Primer Orador sacudió lentamente la cabeza.

—Era el mínimo indispensable. Si hubieran sido menos, no habrían resultado convincentes. De hecho, desde un punto de vista estrictamente objetivo, habrían hecho falta setenta y cinco para dejar un margen de error. No importa. ¿Has estudiado el desarrollo de los acontecimientos previsto por el consejo de oradores hace quince años?

—Sí, orador.

—¿Y lo has comparado con los hechos actuales?

—Sí, orador. —Tras un instante de pausa—: Es asombroso, Orador.

—Lo sé. Siempre lo es. Si supieras cuántas personas han trabajado durante meses... durante años, en realidad... para conseguir esta pátina de perfección, te parecería menos asombroso. Ahora, cuéntame lo que ha pasado, con palabras. Quiero escuchar tu traducción de las matemáticas.

—Sí, orador. —El joven puso en orden sus ideas—. Básicamente, era preciso que los habitantes de la Primera Fundación se convencieran por completo de que habían localizado y destruido la Segunda Fundación. De esa manera, se revertería al original pretendido. A todos los efectos, Terminus volvería a no saber nada de nosotros, no nos incluiría en ninguno de sus cálculos. Estamos ocultos una vez más, y a salvo... a costa de cincuenta personas.

—¿Y el objetivo de la guerra kalganiana?

—Demostrar a la Fundación que podían derrotar a un adversario físico, eliminar el daño infligido por el Mulo a su autoestima y su confianza en sí mismos.

—Tu análisis es incompleto. Recuerda que la población de Terminus nos profesaba una ambivalencia palpable. Odiaban y envidiaban nuestra supuesta superioridad, pero confiaban implícitamente en nuestra protección. Si nos hubieran «destruido» antes de la guerra kalganiana, el pánico se habría adueñado de la Fundación. Jamás hubieran reunido el valor necesario para desafiar a Stettin cuando atacara, y lo habría hecho. Sólo en alas del optimismo exultante de la victoria podían paliarse los efectos secundarios de nuestra «destrucción». A partir de ese momento, con cada año que se prolongase la espera, el espíritu del éxito se enfriaría demasiado.

El alumno asintió con la cabeza.

—Ya veo. Así, el devenir de la historia procederá sin desviarse de la dirección indicada por el plan.

—A menos —matizó el Primer Orador— que se produzcan accidentes añadidos, imprevistos e individuales.

—Motivo por el cual —concluyó el alumno— existimos. Sin embargo... Me preocupa una de las facetas del estado actual de las cosas, orador. La Primera Fundación se ha quedado con el generador de estática mental, un arma poderosa contra nosotros. Eso, al menos, ha cambiado.

—Bien dicho. Pero no tienen contra quién emplearlo. Se ha convertido en un armatoste inútil, del mismo modo que sin el incentivo de nuestra amenaza, el análisis encefalográfico se convertirá en una ciencia estéril. Otras variedades del conocimiento volverán a producir beneficios más importantes e inmediatos. Así, la primera generación de científicos mentales de la Primera Fundación será también la última, y dentro de un siglo, la estática mental será una reliquia olvidada del pasado.

—Bueno... —El alumno contempló todas las implicaciones—. Supongo que está usted en lo cierto.

—Lo que más me interesa que comprendas, muchacho, por el bien de tu futuro en el consejo, es la consideración prestada a las diminutas interconexiones que, a lo largo de la última década y media, se han introducido a la fuerza en nuestro plan por el simple hecho de tener que tratar con seres individuales. Como el modo en que Anthor hubo de despertar sospechas sobre su persona para que éstas maduraran en el momento adecuado, aunque eso fue relativamente fácil.

»Piensa en cómo hubimos de manipular el clima social para que a ninguno de los habitantes de Terminus se le ocurriera prematuramente que el mismo Terminus podría ser aquello que buscaban. Tuvimos que transmitir esa información a la joven Arcadia, a quien no escucharía nadie salvo su padre. A fin de que no estableciera contacto con él antes de tiempo, hubo de ser enviada a Trantor. Éstos eran los dos polos de un motor hiperatómico, ambos inactivos en ausencia del otro. Y había que accionar la palanca, establecer el contacto, en el momento adecuado. Yo me encargué de ello.

»También había que controlar con precisión la batalla final. La flota de la Fundación debía imbuirse de confianza en sí misma, mientras la de Kalgan se preparaba para desbandarse. También de eso me encargué yo.

—Creo, orador —observó el alumno—, que usted... quiero decir, todos nosotros... contábamos con que el doctor Darell no sospechara que Arcadia era nuestro instrumento. Según mi análisis de los cálculos, la probabilidad de que sospechara era del treinta por ciento. ¿Qué hubiera ocurrido entonces?

—Lo habíamos previsto. ¿Qué has aprendido acerca de las mesetas de manipulación? ¿Qué son? Sin duda no la prueba de la introducción de una influencia emocional. Eso puede llevarse a cabo sin que ni siquiera el análisis encefalográfico más refinado tenga la menor posibilidad de detectarlo. Consecuencia del teorema de Leffert, ¿sabes? Es la eliminación, la extirpación de la influencia emocional anterior lo que se detecta. Lo que debe detectarse.

»Y, por supuesto, Anthor se aseguró de que Darell lo supiera todo acerca de las mesetas de manipulación.

»Sin embargo... ¿Cuándo se puede controlar a un individuo sin que se note? Cuando no hay ninguna influencia emocional que eliminar. En otras palabras, cuando el individuo es un recién nacido con una pizarra en blanco por mente. Arcadia Darell era ese bebé recién nacido cuando llegó a Trantor, hace quince años, cuando se trazó la primera línea de la estructura del plan. Nunca sabrá que estaba controlada, y se beneficiará de ello, puesto que su control conllevaba el desarrollo de una personalidad precoz e inteligente.

El Primer Orador se rio brevemente.

—En cierto modo, lo más asombroso es lo irónico que resulta todo. Durante cuatrocientos años, las palabras de Seldon, «el extremo opuesto de la Galaxia», han cegado a infinidad de personas. Todas ellas han abordado el problema con su ciencia física particular, calculando la ubicación del extremo opuesto con reglas y transportadores, terminando antes o después en algún punto de la Periferia ciento ochenta grados alrededor del borde de la Galaxia o de nuevo en el punto de partida.

»Nuestra mayor amenaza, no obstante, residía en el hecho de que realmente existe una solución posible basada en modelos físicos de pensamiento. La Galaxia, como sabes, no es en absoluto un simple ovoide plano, como tampoco su Periferia es una curva cerrada. Se trata en realidad de una espiral doble, con al menos el ochenta por ciento de sus planetas habitados en el brazo principal. Terminus ocupa el extremo exterior del brazo de la espiral, y nosotros el otro... Pues, ¿cuál es el extremo opuesto de una espiral? Ni más ni menos que el centro.

»Pero eso es trivial. Se trata de una solución accidental e irrelevante. Quienes buscaban la respuesta podrían haberla encontrado de inmediato si hubieran recordado que Hari Seldon era un científico social, no físico, y hubiesen ajustado sus procesos mentales en consonancia. ¿Qué puede significar «extremos opuestos» para un científico social? ¿Las distintas esquinas de un mapa? Claro que no. Eso sólo es la interpretación mecánica.

»La Primera Fundación estaba en la Periferia, donde el Imperio original era más débil, donde su influencia civilizadora era menor, donde su riqueza y su cultura se encontraban prácticamente ausentes. ¿Y dónde está el extremo social opuesto de la Galaxia? Pues bien, allí donde el Imperio original era más fuerte, donde su influencia civilizadora era mayor, donde su riqueza y su cultura se encontraban más presentes.

»¡Aquí! ¡En el centro! En Trantor, la capital del Imperio en tiempos de Seldon.

»Era inevitable. Hari Seldon dejó atrás la Segunda Fundación para mantener, mejorar y ampliar su obra. Eso es algo que se sabe, o se intuye, desde hace cincuenta años. ¿Pero cuál era el escenario ideal para sus intenciones? Trantor, donde había trabajado el grupo de Seldon, y donde la información llevaba décadas acumulándose. El propósito de la Segunda Fundación era proteger el plan de sus enemigos. ¡También eso se sabía! ¿Y dónde estaba el origen de la mayor amenaza para Terminus y el plan?

»¡Aquí! En Trantor, donde el Imperio, aun moribundo como estaba, aún podría haber destruido la Fundación durante tres siglos, si tan sólo hubiera decidido hacerlo.

»Cuando Trantor cayó y fue saqueado y arrasado por completo, hace apenas un siglo, fuimos capaces de proteger nuestro cuartel general y, de todo el planeta, sólo la Biblioteca Imperial y sus alrededores permanecieron intactos. Esto era sabido por toda la Galaxia, pero incluso esa pista en apariencia tan reveladora consiguió pasar inadvertida.

»Fue aquí en Trantor donde nos descubrió Ebling Mis, y fue aquí donde nos encargamos de que no sobreviviera a su hallazgo. Para conseguirlo tuvimos que organizarlo todo para que una muchacha normal de la Fundación se impusiera a los tremendos poderes mutantes del Mulo. Semejante fenómeno debería haber llamado la atención sobre el planeta en que se produjera. Fue aquí donde estudiamos al Mulo por primera vez y planeamos su derrota definitiva. Fue aquí donde nació Arcadia y comenzó la cadena de acontecimientos que desembocó en el majestuoso regreso del plan de Seldon.

»Todos los defectos de nuestra tapadera, todas esas grietas flagrantes, pasaron inadvertidas porque Seldon había hablado del «extremo opuesto» de una manera, y ellos lo interpretaron de otra.

Hacía rato que el Primer Orador había dejado de dirigirse al alumno. Era una exposición para sí mismo, en realidad, mientras en pie ante la ventana contemplaba el increíble fulgor del firmamento, la inmensa Galaxia que ahora estaba a salvo para siempre.

—Hari Seldon llamó a Trantor «el Extremo de las Estrellas» —susurró—, ¿y por qué no esa concesión a la imaginería poética? El universo entero se guió una vez desde esta roca, todos los hilos de las estrellas conducían aquí. «Todos los caminos llevan a Trantor», reza el antiguo proverbio, «y allí es donde terminan todas las estrellas».

Diez meses antes, el Primer Orador había observado estos mismos cúmulos estelares (en ninguna parte tan apiñados como en el centro de esa gigantesca amalgama de materia que el hombre llama Galaxia) con aprensión, pero ahora había una sombría satisfacción en las redondas y mofletudas facciones de Preem Palver, el Primer Orador.

Índice

ALAMUT

Serie Fantástica

Títulos publicados

Andrzej Sapkowski
22. *La dama del lago 1 (Saga de Geralt de Rivia, Libro VII)*
Traducción de José María Faraldo

Andrzej Sapkowski
23. *El último deseo (edición coleccionista)*
Traducción de José María Faraldo

Orson Scott Card y Kathryn H. Kidd
24. *Lovelock*
Traducción de Rafael Marín

Paul Kearney
25. *El viaje de Hawkwood (Las Monarquías de Dios, Libro I)*
Traducción de Núria Gres

Kim Newman
26. *La era de Drácula*
Traducción de Jaume de Marcos Andreu

Andrzej Sapkowski
27. *La espada del destino (edición coleccionista)*
Traducción de José María Faraldo

Andrzej Sapkowski
28. *La sangre de los elfos (edición coleccionista)*
Traducción de José María Faraldo

Arthur C. Clarke
29. *Las fuentes del paraíso*
Traducción de Carlos Gardini

Andrzej Sapkowski
30. *La dama del lago 2 (Saga de Geralt de Rivia, Libro VII)*
Traducción de Fernando Otero Macías y José María Faraldo

Paul Kearney
31. *Los reyes heréticos (Las Monarquías de Dios, Libro II)*
Traducción de Núria Gres

Isaac Asimov
32. *Relatos completos 2*
Traducción de Manuel de los Reyes

Arthur C. Clarke
55. *La ciudad y las estrellas*
Traducción de Julián Díez

Isaac Asimov
56. *Bóvedas de acero* y *El sol desnudo (Saga de los Robots, Libro II)*
Traducción de Luis G. Prado y Carlos Gardini

Paul Kearney
57. *Los diez mil (Trilogía de los Macht, Libro I)*
Traducción de Núria Gres

Orson Scott Card
58. *Cómo escribir ciencia-ficción y fantasía*
Traducción de Julián Díez

Tad Williams
59. *El juego de las sombras (Shadowmarch, Libro II)*
Traducción de Carlos Gardini

Paul Kearney
60. *Corvus (Trilogía de los Macht, Libro II)*
Traducción de Núria Gres

Tad Williams
61. *El ascenso de las sombras (Shadowmarch, Libro III)*
Traducción de Carlos Gardini

Andrzej Sapkowski
62. *Víbora* [en Artifex]
Traducción de José María Faraldo

F. Paul Wilson
63. *Rakoshi*
Traducción de Núria Gres

G. Egan, H. Rajaniemi, C. Stross, P. Watts y J. C. Wright
64. *Tiempo profundo* [en Artifex]
Traducción de Luis G. Prado, Carlos Gardini y Carlos Pavón

Paul Kearney
65. *Reyes del amanecer (Trilogía de los Macht, Libro III)*
Traducción de Núria Gres